Sabine Kornbichler

Das Verstummen der Krähe

PIPER

Zu diesem Buch

Mehrere Jahre ist es nun schon her, dass Kristina Mahlos Bruder von einem Tag auf den anderen spurlos verschwand und sich auch ihr Leben komplett veränderte. Die Hoffnung, dass Ben irgendwann zurückkehren könnte, hat Kris mittlerweile fast aufgegeben. Doch dann entdeckt sie in der Wohnung einer Verstorbenen, deren Nachlass sie verwalten soll, einen Hinweis auf Ben. Den Auftrag wollte Kris eigentlich ablehnen, denn er ist alles andere als einfach: Die Tote vererbt ihr ansehnliches Vermögen ihren fünf besten Freunden, allerdings nur unter der Bedingung, dass es gelingt, den Mord aufzuklären, für den ihr Mann einst verurteilt worden war – unschuldig, davon war sie überzeugt. Aber soll Ben tatsächlich etwas mit dem Mord zu tun gehabt haben? Oder wurde er vielleicht sogar selbst zum Opfer?

Sabine Kornbichler, geboren 1957, wuchs an der Nordsee auf und arbeitete in einer Frankfurter PR-Agentur, bevor sie sich ganz dem Schreiben widmete. Schon ihr erster Roman, »Klaras Haus«, war ein großer Erfolg. Für »Das Verstummen der Krähe«, ihren ersten Kriminalroman um die Nachlassverwalterin Kristina Mahlo, wurde sie für den Friedrich-Glauser-Preis nominiert. Sabine Kornbichler lebt und arbeitet als Autorin in München.

Sabine Kornbichler

DAS VERSTUMMEN DER KRÄHE

Kriminalroman

PIPER

Mehr über unsere Autoren und Bücher:
www.piper.de

Von Sabine Kornbichler liegen im Piper Verlag vor:
Kristina-Mahlo-Reihe:
Das Verstummen der Krähe
Die Stimme des Vergessens
Das böse Kind

Klaras Haus
Im Angesicht der Schuld
Gefährliche Täuschung
Wie aus dem Nichts

FSC
www.fsc.org
MIX
Papier aus verantwortungsvollen Quellen
FSC® C083411

Ungekürzte Taschenbuchausgabe
1. Auflage November 2014
4. Auflage März 2017

Umschlaggestaltung und -motiv: Hauptmann & Kompanie Werbeagentur, Zürich, unter Verwendung eines Fotos von Arcangel Images
Satz: Fotosatz Amann, Memmingen
Gesetzt aus der Bembo
Druck und Bindung: CPI books GmbH, Leck
Printed in Germany ISBN 978-3-492-30597-6

Die Stimme des Vaters war schwächer geworden mit den Jahren, doch seine Worte waren wie ein nie verhallendes Echo. »Es kommt darauf an, besser zu sein als die anderen. Nimm deinen Stift und schreib: Ich bin intelligenter. Ich bin mutiger. Ich bin schlauer. Ich bin skrupelloser. Ich bin überzeugender. Ich bin besser. Hast du das? Gut. Und jetzt schaust du jeden Morgen nach dem Aufstehen auf deine Liste. Wenn du dich anstrengst, kannst du bald hinter jede dieser Eigenschaften einen Haken machen.«

»Wozu?«

»Wozu wohl? Mit ihrer Hilfe lässt sich eine Karriere planen.« Der Vater hatte gelacht. »Oder ein perfektes Verbrechen.«

»Ein Verbrechen?«

»Hör gefälligst genau zu, wenn ich dir etwas erkläre. Ich rede von einem perfekten Verbrechen. Wer es nicht bis an die Spitze schafft, ist genauso ein Idiot wie ein Knastbruder. Wenn du Dummheit begreifen willst, musst du nur ein Gefängnis besuchen.«

Es war lange her, dass der Vater das gesagt hatte, aber seine Worte hatten nicht an Kraft verloren. War das jetzt perfekt? So perfekt, dass es nicht entdeckt wurde? Der abgelegene Ort, die nicht herzustellende Verbindung, das fehlende Motiv? Und die vielen Schaufeln Erde. Dumm war es ganz bestimmt nicht.

Einen Moment schien es, als stünde der Vater am Rand der Grube. Als gingen sie gemeinsam noch einmal die einzelnen Punkte seiner Liste durch … intelligenter … mutiger … schlauer. Gut!

1

Etwas war anders an diesem Morgen. Mit einem Ruck blieb ich stehen. Während ich mich Schritt für Schritt um die eigene Achse drehte, drückten sich winzige Steinchen in meine nackten Fußsohlen. In der Morgendämmerung betrachtete ich meine Umgebung, als sähe ich sie zum ersten Mal. Die Hofanlage am Ende einer schmalen Stichstraße beherbergte mehrere Gebäude: Das zweistöckige Wohnhaus mit weißer Fassade und dunkelroten Fensterläden, von denen einige zu dieser frühen Stunde noch geschlossen waren. Die lang gezogene Scheune mit Rundbogentor, deren obere Hälfte nachträglich mit Holzlatten verschalt und mit Fenstern ausgestattet worden war. Und schließlich das Nebengebäude, Simons Reich, in dessen Erdgeschoss noch alle Jalousien heruntergelassen waren. Nirgends brannte Licht. Alles war wie immer um diese Uhrzeit, und doch so seltsam anders.

Wann hatte mich dieses Gefühl beschlichen? Ich kehrte zu dem Augenblick zurück, als ich Simons Wohnung im ersten Stock des Nebengebäudes verlassen und leise die Tür hinter mir zugezogen hatte. Über die hölzerne Außentreppe war ich durch den Garten zum Innenhof gelaufen. Dabei hatte ich die To-do-Liste für diesen Tag vor meinem inneren Auge abgespult. Vielleicht war mir auf dem Weg etwas aufgefallen, unbewusst, im Vorübergehen. Ich wandte mich um und betrat durch den Bogen aus gelben Kletterrosen wieder den hinteren Garten, der das Areal zwischen dem Wohnhaus an der Längsseite und dem Nebengebäude an der Kopfseite des Grundstücks ausfüllte. Mein Blick wanderte von Simons Wohnungstür über die Wiese zum ehemaligen Hühnerstall, der als Geräteschuppen diente und dicht an der zwei Meter hohen Hecke stand, hinter der sich ein öffentlicher Park anschloss. Nichts. Ich ging ein paar Schritte weiter über das feuchte Gras, um auf die Terrasse des Haupthauses sehen zu können, die hinter Apfelbäumen und dem Gemüsegarten verborgen war. Auch hier nichts Ungewöhnliches.

Vielleicht hatte ich es gar nicht mit den Augen wahrgenommen. Ich spitzte die Ohren, hörte aber nur das Zwitschern der Vögel, den Hahn aus der Nachbarschaft und in der Ferne das Rauschen der A8 und A99. Der Wind trug den Duft der Kräuterbeete zu mir, Salbei, Rosmarin und Thymian.

Mit klopfendem Herzen lief ich zum zweiten Mal an diesem Morgen Richtung Wohnhaus. Und dann sah ich, was ich zuvor schon gesehen, aber nicht wahrgenommen hatte: Die Kerze war erloschen. Meine Adern fühlten sich an, als würde Eiswasser durch sie hindurchfließen.

Dort, wo die hüfthohe, mit Bonsaibäumchen vollgestellte Steinmauer auf die Ecke des Wohnhauses zulief, stand zum Hof hin eine Laterne aus Glas und Metallstreben mit einer dicken weißen Kerze darin. In den vergangenen sechs Jahren waren unzählige solcher Kerzen in dieser Laterne abgebrannt worden, und das Kerzenlicht war noch nie verlöscht. Solange es brannte, gab mein Vater den Glauben daran nicht auf, dass Ben noch am Leben war. Dass mein Bruder irgendwann zurückkehren würde.

Ich hielt den Atem an und schaute zu dem Fenster im ersten Stock, hinter dem sich das Schlafzimmer meines Vaters befand. In der Regel stand er nicht vor acht Uhr auf, es gab jedoch Ausnahmen. Ich horchte, ob sich dort oben etwas tat. Dann ging ich in die Knie und schaute durch das Glas auf die Kerze, die erst zu einem Drittel verbraucht war. Der schwarze Docht war nicht im Wachs versunken, wie ich im ersten Augenblick angenommen hatte. Auch der Wind konnte die Flamme nicht gelöscht haben, die Tür der Laterne war fest verschlossen.

So leise wie möglich öffnete ich die Haustür und lief über kalten Stein in den ersten Stock, wo meine Wohnungstür der meines Vaters gegenüberlag. Sie ließ sich geräuschlos aufsperren. Die alten Holzdielen im Flur würden längst nicht so kooperativ sein. Ich verlegte mich auf einen Zickzackgang. Mittlerweile wusste ich genau, welche Stellen ich meiden musste, um ohne ein Knarren in meine Küche zu gelangen. Ich schnappte mir das Feuerzeug von der Fensterbank und lief wieder nach unten.

Als ich mich gerade zu der Laterne bückte, wurde neben mir der Fensterladen aufgestoßen.

»Was machst du da?«, wollte meine Mutter wissen.

Blitzschnell hielt ich einen Finger vor die Lippen und gestikulierte mit dem Feuerzeug Richtung Laterne.

Sie beugte sich aus dem Fenster. »Oh mein Gott«, flüsterte sie und legte sich eine Hand auf die Brust.

»Das bedeutet gar nichts!«

Ihr Blick klebte an der Laterne. »Aber …«

»Scht!« Ich öffnete die Laternentür und entzündete die Kerze. Als die kleine Glastür wieder eingerastet war, richtete ich mich auf und atmete aus. »So, das war's.«

»Kommst du auf einen Kaffee zu mir?«, fragte meine Mutter.

Ich schüttelte den Kopf. »Keine Zeit. Heute fängt meine neue Mitarbeiterin an, und ich muss noch einiges vorbereiten.«

»Bitte … nur für fünf Minuten.«

Die Küche meiner Mutter war vom Duft frisch gebrühten Kaffees und aufgebackener Semmeln erfüllt. Sie stellte zwei dampfende Becher auf den runden Holztisch, um den herum Stühle in unterschiedlichen Formen und Farben standen. Ich saß wie immer auf dem hellblauen, sie auf dem lilafarbenen. Auch in den offenen Regalen, die mit Geschirr, Töpfen und Gläsern vollgestellt waren, ging es bunt zu. Nur bei der Deckenlampe, die aussah wie ein umgedrehter Eimer, hatte sie sich für Weiß entschieden.

Für sich selbst bevorzugte meine Mutter von jeher gedecktere Töne. Sie trug oft Schwarz, wobei sie ihren Stil ganz bewusst an der Mode orientierte und nicht an ungeschriebenen Gesetzen, wie eine Achtundfünfzigjährige sich zu kleiden habe. An diesem Morgen steckte ihr Körper in einem anthrazitfarbenen Jogginganzug, der ihre weibliche Figur betonte. Um die Hüften hatte sie einen Pulli geschlungen.

Ich ließ meinen Blick über ihr Gesicht gleiten, das von dunkelbraunen, von Silberfäden durchzogenen Haaren gerahmt wurde, die ihr bis zur Schulter reichten. Um ihre braunen Augen herum hatte sich ein Gespinst von Fältchen gebildet, ihre Haut war durchscheinend geworden. Wie ein Wäschestück vom häufigen Waschen sei ihre Haut von den vielen Tränen strapaziert worden, hatte sie einmal gesagt. Nicht nur die Haut. Auch ihre Augen schienen dem Weinen näher als dem Lachen. Immer noch. Aber wie hätte sich das auch ändern sollen?

Mein Blick wanderte zu dem Foto auf der Fensterbank, das meinen zwei Jahre jüngeren Bruder Ben und mich Arm in Arm zeigte. Es war ein paar Wochen vor seinem Verschwinden aufgenommen worden. Im Aussehen schlugen wir eindeutig nach unserem Vater. Ben hatte dunkelblondes Haar, meines war etwas heller und fiel mir in Wellen weit über die Schultern. Beide hatten wir hohe Wangenknochen und grüne Augen, seine waren grünbraun, meine grün mit einem Hauch von Bernstein. Ich hatte die vollen Lippen meiner Mutter geerbt. Groß gewachsen waren wir beide, allerdings überragte er mich mit einem Meter sechsundachtzig um zehn Zentimeter.

Ben hatte mir kurz vor der Aufnahme dieses Fotos verraten, dass er beabsichtige, sein Informatikstudium an den Nagel zu hängen, weil es ihm kaum neue Erkenntnisse beschere. Was er ohne einen Abschluss anfangen wolle, hatte ich ihn gefragt, und zur Antwort bekommen, ihm werde schon etwas einfallen. Und dann war ich diejenige gewesen, die sich von einem Tag auf den anderen etwas hatte einfallen lassen müssen. Ich schob die Erinnerung beiseite.

Nur mit Tanktop und Schlafanzughose bekleidet, begann ich allmählich zu frieren. Der Kaffee war noch zu heiß, um ihn zu trinken. Ich zog die Knie an, stützte die Fersen auf der Stuhlkante ab und schlang die Arme um die Unterschenkel.

»Du bist viel zu dünn angezogen, Kris. Möchtest du dir meinen Pulli umlegen?«

Ich schüttelte den Kopf. »Ich werde gleich heiß duschen.«

Ihr Blick wanderte ziellos im Raum umher. Sie verschränkte ihre Hände ineinander, sodass die Knöchel weiß hervortraten. »Wie kann das sein?«

Als ich nicht sofort antwortete, wiederholte sie die Frage. Dieses Mal zitterte ihre Stimme.

»Vielleicht ist der Docht feucht geworden, oder eine Windböe hat es durch eine der Ritzen geschafft. Vielleicht wollte uns jemand einen Streich spielen«, versuchte ich meine Mutter zu beruhigen.

»Jemand, der uns kennt, müsste schon ein Sadist sein, um so etwas zu tun. Und Fremde wissen überhaupt nicht, welche Bedeutung diese Kerze für uns hat.«

»Mindestens zwei Zeitungen haben damals darüber berichtet. Über dieses *Hoffnungslicht für Ben.*«

»Selbst wenn sich noch jemand daran erinnern würde … so etwas tut doch keiner, das kann ich mir nicht vorstellen.«

»Und ich weigere mich, an diesen übersinnlichen Hokuspokus zu glauben! Es reicht, wenn Papa überzeugt ist, Ben sei am Leben, solange diese Kerzen brennen.« Ich nahm den Kaffeebecher und stand auf.

Meine Mutter zog die Brauen zusammen. Eine steile Falte teilte ihre Stirn in zwei Hälften. »Und warum warst du vorhin so verstört da draußen?« Es lag nichts Rhetorisches in dieser Frage.

»Ich war nicht verstört, ich habe versucht zu verhindern, dass Papa einen Herzinfarkt bekommt, wenn er aufsteht und wie jeden Morgen als Erstes einen Blick auf diese verdammte Kerze wirft.«

»Nenn sie bitte nicht so.«

»Dieses Licht hat ausschließlich etwas mit Papa zu tun. Bens Leben hängt sicherlich nicht an so einem Wachsteil.«

»Es gibt Menschen, die daran glauben. Für deinen Vater ist es ein Weg, um durchzuhalten.« Mit dem Handrücken wischte sie sich über die Augenwinkel. »Trinkt er eigentlich immer noch so viel?«

Ich zuckte die Schultern. Sie wusste genau wie mein Vater, dass ich auf solche Fragen nicht antwortete. Trotzdem versuchten es beide immer wieder. Könnte ja sein, sie erwischten mal einen meiner nachgiebigeren Momente.

Vor fünf Jahren hatten meine Eltern sich getrennt und aus der linken Haushälfte zwei Wohnungen gemacht. Meine Mutter war in die untere, mein Vater in die obere gezogen. Als sie feststellten, dass die Trennung von Tisch und Bett nicht die erhoffte Erlösung brachte, hatten sie aufgehört, miteinander zu reden, und begonnen, ausschließlich über gelbe Klebezettel an den Briefkästen miteinander zu kommunizieren. Die Frage »Trinkst du immer noch so viel?« machte sich auf einem solchen Zettel natürlich nicht so gut – zumal die Briefkästen im Hausflur gleich hinter der Eingangstür angebracht waren. Und dort kam nicht nur ich vorbei.

»Mitten in der Nacht«, sagte sie leise, »wenn ich aus meinen Albträumen aufwache und die grauen Schatten über mich herfallen, gibt es Momente, die jede Hoffnung zunichtemachen. Aber am Morgen nehme ich all meine Kraft zusammen und stehe auf. Und dann ist die Hoffnung wieder da, dass Ben doch noch zurückkehrt, und diese Hoffnung trägt mich durch den Tag.«

Als ich nach einer heißen Dusche und einem Frühstück im Stehen hinunter ins Erdgeschoss lief, verbot ich mir jeden Gedanken an die Kerze und die schlaflosen Nächte meiner Mutter. Im Büro konzentrierte ich mich auf die Frage, was noch zu tun war, bevor Funda Seidl in einer Stunde ihren neuen Job bei mir antreten würde. Ich ließ meinen Blick durch den Raum wandern. Es war mir gelungen, ihn mit allem auszustatten, was in ein Büro gehörte, ihm gleichzeitig aber eine anheimelnde Note zu verleihen. Außer den beiden Schreibtischen, den rückenfreundlichen Drehstühlen und den PCs gab es grasgrüne Aktenschränke, ein urgemütliches Stoffsofa in Dunkellila und einen Couchtisch aus hellblauen Glasbausteinen, elfenbeinfarbene Raffrollos und einen Strauß weißer Hortensien aus dem Garten.

Ich hoffte, meine neue Mitarbeiterin würde sich hier wohlfühlen und nicht nach kurzer Zeit kündigen, wie es ihre beiden Vorgängerinnen mit der Begründung getan hatten, sie hätten sich die Abwicklung von Nachlässen anders vorgestellt, angenehmer irgendwie. Die eine hatte bei verwahrlosten Haushalten die Nase gerümpft, der anderen war vom Verwesungsgeruch schlecht geworden. Dabei hatte ich in den Bewerbungsgesprächen keine der Schattenseiten dieser Arbeit verschwiegen. Aber wie bei so vielem zeigte sich auch hier, dass die Vorstellung von etwas an die Realität nicht heranreichte. Wer nicht bereit war, auch einmal die Zähne zusammenzubeißen und zuzupacken, war bei der Nachlassverwaltung zum Scheitern verurteilt. Dabei bot sie einen Aspekt, der für mich alles andere aufwog: Ich sah mich als Anwältin der Toten, um deren Hinterlassenschaften und letzte Wünsche ich mich kümmerte.

Funda Seidl, mit ihren siebenundzwanzig fünf Jahre jünger als ich, hatte mir in ihrem Bewerbungsgespräch verraten, sie fühle sich zu jung, um immer das Gleiche zu machen. Arzthelferin sei sie lange genug gewesen, und als Mutter einer dreijährigen Tochter habe sie auch schon jede Menge Erfahrung sammeln können. Sie suche nach einer Halbtags-Herausforderung, und ihr sei garantiert absolut nichts zuwider. Ich hätte nicht sagen können, warum, aber ich hatte ihr geglaubt.

Nach einem Blick auf die Uhr setzte ich in der Küche eine Kanne Kaffee auf. Kaum hatte ich danach die Tür zu meinem kleinen Vorgarten geöffnet, wurde ich lautstark von einer zahmen Krähe begrüßt, die im Quittenbaum auf mich wartete. Mit schnellen Blicken in alle Richtungen prüfte Alfred, ob die Luft rein war, breitete schließlich die Flügel aus und landete auf dem Gartentisch, um sich wie jeden Tag mit einer Walnuss belohnen zu lassen. Sobald er sie aufgepickt hatte, verschwand er über die Buchenhecke hinweg, die mir zur Straße und zum Innenhof hin als Sichtschutz diente.

Ich nutzte die Zeit, bis der Kaffee durchgelaufen war, setzte mich auf die Holzbank und lehnte meinen Kopf gegen die Hauswand. Der Himmel war an diesem ersten Septembermorgen fast wolkenlos. Seit ein paar Tagen wurden die Nächte kühler, die ersten Blätter verfärbten sich, und die Sonne warf längere Schatten, aber sie wärmte noch immer. Ich schloss die Augen, sog den Duft der Quitten ein und landete doch gleich darauf mit meinen Gedanken wieder bei der Kerze. Unmöglich, dass sie von selbst ausgegangen war. Gäbe es irgendeinen Materialfehler, hätte sie nach dem erneuten Anzünden sofort wieder verlöschen müssen.

Das Röcheln der Kaffeemaschine setzte dem Gedankenkarussell ein Ende. Ich trug das Tablett mit Kanne und Bechern ins Büro und stellte es auf den Glasbausteinen ab. Als sich ein kleiner warmer Körper gegen meine Unterschenkel drückte, ging ich in die Knie und streichelte Rosa, die mir durch die offene Terrassentür in mein Büro gefolgt war. Kaum hatte ich unsere Begrüßungszeremonie beendet, verzog sich Simons fünfjährige Mischlingshündin in ihr Hundebett neben meinem Schreibtisch.

Ihren Namen verdankte sie ihrem Prinzessinnengehabe, für das laut Simon allein die Farbe Rosa in Betracht kam. Bei Regen riskierte sie lieber Inkontinenz, als auch nur eine ihrer Pfoten vor die Tür zu setzen. Außerdem bedurfte es stets einer weichen Unterlage, bevor sie sich auf dem Boden niederließ. Gegenüber Katzen, Kaninchen und Eichhörnchen präsentierte sie sich hingegen alles andere als *rosa*.

Auf das Klingeln an der Tür reagierte sie mit einem halbherzigen Bellen, bevor sie sich wieder zusammenrollte. Gleich darauf schlug die Glocke von St. Georg neunmal. Funda Seidl war pünktlich. Ich eilte in den Flur und zog das Blümchenkleid aus Samt glatt, das ich über meiner Jeans trug, bevor ich die Tür öffnete.

Als ich meiner neuen Mitarbeiterin gegenüberstand, wurde mir schlagartig bewusst, dass ich mich nicht allein deswegen für sie entschieden hatte, weil sie sich vor nichts ekelte. Sie machte den Eindruck, als sei sie voll unbändiger Vorfreude auf meiner Fußmatte gelandet. Ein wenig außer Atem pustete sie die Spitzen ihrer zu einem Bob geschnittenen dunklen Haare aus der Stirn und zupfte mit einer Hand an ihrer dunkelroten Wickelbluse herum. Die Beine ihrer hautengen Jeans steckten in Stiefeln mit Absätzen, die waffenscheinpflichtig hätten sein müssen, ihre eins sechzig aber um gut zehn Zentimeter aufstockten.

»Auf die Minute. Perfekt, oder? Ich hab mich wirklich selbst übertroffen. Weißt du, wie es ist, wenn eine Dreijährige ihren Kopf durchsetzen und mit genau den Stiefeln in den Kindergarten gehen will, die du gerade trägst?« Sie stieß einen tiefen Seufzer aus. »Mein Gott, bin ich aufgeregt. Du gar nicht, oder?«

Ich musste lachen. »Komm rein.«

Mit drei Schritten war sie an mir vorbei, beugte sich zu Rosa, strich ihr über den Kopf und steuerte schnurstracks auf ihren neuen Schreibtisch zu. Ein in Alufolie gewickeltes Päckchen, das sie die ganze Zeit in einer Hand balanciert hatte, deponierte sie vorsichtig auf dem Schreibtisch, ihre überdimensional große Tasche ließ sie danebenplumpsen. Sie setzte sich auf den Drehstuhl, der unter ihrem Gewicht kaum nachgab. »Du kannst dir nicht vorstellen, wie sehr ich mich auf diesen Job hier freue. Ich hab kaum geschlafen heute Nacht.« Sie musterte mich. »Du hast aber auch nicht viel geschlafen, oder?«

»Ich schlafe nie viel.«

»Wie hältst du dann den Tag durch?«

»Mit Unmengen von Kaffee.« Ich setzte mich ihr gegenüber, erwiderte ihren Blick und stellte fest, dass ich ihr stundenlang hätte zuhören können. Ihre Stimme und ihre Art zu sprechen hatten etwas von einem sanft plätschernden Zimmerbrunnen.

»Übrigens rede ich nur so viel, wenn ich aufgeregt bin«, erklärte sie. »Früher habe ich dann Schluckauf bekommen. Das hat sich zum Glück gelegt.«

»Wie hast du dich aus der Nummer mit den Stiefeln gerettet?«, fragte ich.

»Indem ich behauptet habe, die Klingel bei meiner neuen Arbeitsstelle sei hoch über der Eingangstür angebracht und ich käme nur auf diesen Absätzen daran. Und wenn ich nicht klingeln könnte, würde niemand bemerken, dass ich da sei. Und dann würde ich den Job gleich wieder verlieren und könnte nachmittags nicht mit ihr Eis essen gehen.«

»Das hat sie geglaubt?«

»Sie ist meine Tochter. Natürlich hat sie es nicht geglaubt, aber sie liebt Geschichten. Ich werde sie irgendwann mal mitbringen, damit du sie kennenlernst. Apropos Mitbringsel – das hier ist von meiner Mutter.« Sie reichte mir das Alupäckchen. »Kennst du Baklava? Obwohl ich damit aufgewachsen bin, könnte ich immer noch dafür sterben.«

»Blätterteig, Pistazien, Butter und Zuckersirup«, zählte ich blitzschnell auf. »Himmlisch.«

»Woher weißt du das?«

»Ich habe ein paar Jahre in Berlin gelebt.« Nachdem ich das Päckchen geöffnet hatte, schob ich mir eines der kleinen Teilchen in den Mund.

»Die machen beim ersten Bissen süchtig«, sagte sie.

»Ich weiß.« Ich schob ein zweites Baklava direkt hinterher.

»Du musst nur einen Ton sagen, dann bringe ich Nachschub mit. Meine Mutter beherrscht ein unendliches Repertoire an türkischen Süßigkeiten. Und sie freut sich, wenn sich der Kreis der Abnehmer erweitert – quasi als Gegengewicht zu Leberkäse und Schweinebraten.«

»Türkisch-bayerisches Gleichgewicht?«

»Mein Vorname ist der beste Beweis. Eigentlich sollte ich Johanna heißen, meine Mutter hat Funda durchgesetzt. Der Name bedeutet auf Türkisch Bergblumenwiese. Das war meiner Mutter bayerisch genug. Aber ich höre jetzt mal besser auf, von meiner Familie zu erzählen. Du willst mir bestimmt jede Menge erklären.«

Ich stand auf und winkte sie zum Sofa. »Magst du einen Kaffee?«

Nachdem eine knappe Stunde lang ausschließlich ich geredet hatte, meldete Funda sich wieder zu Wort.

»Wie hältst du es eigentlich aus, nicht ans Telefon zu gehen?«

Kurz hintereinander waren drei Anrufe hereingekommen. Ich hatte sie ausnahmslos dem Anrufbeantworter überlassen. Mit halbem Ohr hatte ich die Nachrichten mitgehört. »Das musst du hier lernen, Funda, sonst kommst du nicht zum Arbeiten und wirst ständig unterbrochen.«

»Aber bei der letzten Anruferin, dieser Frau …«

»Lischka.« Wer immer sie war.

»Ja. Bei der klang es ziemlich dringend.«

»Die meisten, die hier anrufen, lassen es dringend klingen. Aber wir arbeiten hier in erster Linie für die Toten. Was die Erben anbelangt, gebe ich mir Mühe, die Sache so schnell wie möglich über die Bühne zu bringen, aber ich überschlage mich nicht. Warte ein, zwei Wochen, dann wird es dir genauso gehen.«

»Okay, dann fasse ich jetzt mal kurz zusammen, worum es hier geht, ja?«

Ich nickte.

»Also, wenn ich alles richtig verstanden habe, bekommst du deine Aufträge vom Nachlassgericht, und das auch nur dann, wenn die Erben unbekannt sind.«

»Oder wenn jemand in seinem Testament verfügt hat, dass durch das Nachlassgericht ein Testamentsvollstrecker bestellt wird.«

»Okay. Es ist also jemand gestorben. Du wirst mit der Regelung des Nachlasses beauftragt, gehst in die Wohnung oder das Haus, durchsuchst alles nach Wertgegenständen und …«

»Dokumenten.«

Funda nickte und fügte diesen Punkt einer imaginären Liste hinzu. »Und dann erstellst du eine Nachlassbilanz, suchst die Erben und fertig. Was ist, wenn du keine Erben findest?«

»In dem Fall wird das Fiskuserbrecht festgestellt.«

»Das heißt, du machst alles zu Geld, was der Tote hinterlassen hat, und überweist es an die Staatskasse?«

»So ungefähr.«

»Darf ich dich mal was fragen, Kristina?« Ohne meine Antwort abzuwarten, fuhr sie fort. »Die müssen dir ganz schön vertrauen beim Nachlassgericht. Ich meine, du hast vorhin gesagt, jeder Hinz und Kunz könne Nachlassverwalter werden.«

Zwischen den Zeilen lesen konnte sie also auch, vermerkte ich im Stillen. »Ganz so habe ich es nicht ausgedrückt. Fakt ist, dass jeder diese Arbeit machen kann – egal ob Buchhalter, Pfarrer oder Hausfrau. Aber das Nachlassgericht beauftragt natürlich lieber Leute mit Erfahrung, das heißt mit Verhandlungsgeschick, juristischen Grundkenntnissen, mit Ahnung von Erb-, Familien- und Steuerrecht, Kenntnissen in Bank- und Versicherungswesen, Vermögensanlagen und Immobilien.«

»Und das beherrschst du alles?«

»Ich habe monatelang gebüffelt, um zumindest halbwegs eine Ahnung zu bekommen. Und mit jedem Fall lerne ich dazu. Es ist keiner wie der andere.«

»Wie wollen die überhaupt wissen, dass sie dir vertrauen können? Gelegenheit macht Diebe, heißt das nicht so? Ich meine …« Sie wedelte aufgeregt mit den Händen. »Oh mein Gott, wie sich das anhört! So hab ich es gar nicht gemeint. Manchmal sollte ich wirklich eine Sekunde nachdenken, bevor ich den Mund aufmache.«

Ich musste lachen. »Ich habe viel dafür getan, mir in meinem Bereich einen guten Ruf zu verschaffen, und den setze ich ganz bestimmt nicht aufs Spiel.«

»Hast du tatsächlich noch nie damit geliebäugelt, etwas mitzunehmen? Wenn du zum Beispiel weißt, dass es keine Erben gibt und du es niemandem vorenthältst?«

Sekundenlang hatte ich das Gefühl, Funda würde mir auf den Grund meiner Seele blicken. Ich fühlte mich ertappt. »In dem Fall würde ich es nicht einfach mitnehmen, sondern zum Beispiel den Entrümpler fragen, ob ich es abkaufen kann. Aber es ist bisher noch nie vorgekommen. Bei dieser Arbeit hast du es jeden Tag mit all den Dingen zu tun, die ein Mensch während seines Lebens sammelt und hütet und auf die er glaubt, nicht verzichten zu können. Und dann stirbt er, und das meiste landet im Müllcontainer, im Trödelladen oder auf Flohmärkten. Das hat meine Sicht auf die Dinge ziemlich verändert. Mir genügt es, etwas schön zu finden und es zu bewundern, ich muss es nicht besitzen.« Während ich das sagte, schämte ich mich dafür, sie zu belügen. Es ging jedoch niemanden etwas an, dass ich aus Nachlässen ohne Erben Briefe, Tagebücher und persönliche Aufzeichnungen mitnahm. All das in den Müllcontainer zu werfen wäre mir wie ein Verbrechen an den Menschen vorgekommen, die ihr Innerstes diesen Seiten anvertraut hatten. In meinen schlaflosen Nächten las ich darin.

»Machen dich all diese Dinge, die zurückgelassen werden, nicht manchmal traurig?«

»Mich machen Schicksale traurig. Wenn Menschen einsam und verwahrlost sterben. Aber es gibt auch die, die mit fünfundachtzig friedlich einschlafen. Die machen mich froh. Jeder, dem es ähnlich ergeht, darf sich glücklich schätzen. Und jetzt …«

»Warte! Eine Frage habe ich noch. Darf ich eigentlich zu Hause von dem erzählen, was ich hier mache?«

»Darüber, was du generell hier tust, darfst du selbstverständlich erzählen. Die Details unterliegen allerdings der Verschwiegenheitspflicht, davon darf nichts nach außen dringen.« Ich klatschte in die Hände, woraufhin Rosa aufsprang, als habe ich zur Jagd geblasen. »So, jetzt werfen wir einen Blick in die Kammer des Schreckens.«

Funda sah sich in dem Raum um, der über zwei Wände hinweg Regale mit tiefen Brettern und einen Tresorschrank beherbergte. In den Regalen lagerten bis zum Rand gefüllte Kisten und Wäschekörbe. Die beiden vergitterten Fenster waren gekippt, um den Geruch erträglich zu halten.

Mit einer ausladenden Geste deutete ich auf Regalreihen und Tresor. »Hier lagern die Dokumente und Wertsachen, die ich aus den Objekten mitnehme. Die Papiere werden nach Kategorien auf Haufen sortiert – Versicherungen, Bank, Rente, Gläubiger und so weiter. Dann wird noch einmal jeder Haufen in sich chronologisch sortiert und danach ausgewertet. In diesen Dokumenten lassen sich häufig Hinweise auf weiteres Vermögen oder Verwandte finden.«

»Detektivarbeit«, fasste Funda das Ganze aus ihrer Sicht zusammen. »Das wollte ich schon immer mal machen. Was ist denn in dem Tresor?«

Ich schob den Schlüssel ins Schloss und zog die schwere Tür auf. »All das, was besser nicht frei zugänglich herumliegen sollte.«

»Eine Pistole …« Funda klang, als würde sie auf eine alte Bekannte treffen.

Mir wurde heiß. Das verdammte Ding hatte ich völlig vergessen. Noch vor Fundas Dienstantritt hatte ich sie zurück in das Haus in Untermenzing bringen wollen, wo ich sie am Vortag gefunden hatte. Dann hatte Bens Kerze alle Vorsätze zunichtegemacht.

»Ist das deine?«

»Nein, sie stammt aus einem Nachlass. Ich war gestern kurz in dem Haus und habe sie dort gefunden. Eigentlich hätte ich sie gar nicht mitnehmen dürfen, da es verboten ist, eine Waffe ohne Waffenbesitzkarte oder einen Waffenschein zu transportieren. Ich hätte wie immer die Polizei anrufen müssen, damit die sie abholt. Aber ich hatte es so eilig und wollte die Pistole keinesfalls dortlassen, falls eingebrochen würde. Ich bringe sie heute Nachmittag zurück in das Haus und rufe von dort aus die Polizei.« Zu blöd! Wie sollte ich von ihr erwarten, sich akribisch an Vorschriften und Gesetze zu halten, wenn es mir nicht einmal selbst gelang?

Funda griff ins Regal und nahm die Pistole heraus. Mit geübtem Griff ließ sie das Magazin herausfallen. Sie hielt es mir in der geöffneten Hand entgegen. »Das ist eine Walther PP, und sie ist sogar noch geladen.« Sie schob das Magazin zurück und ließ es wieder einrasten.

»Woher weißt du das?«, fragte ich.

»Mein Vater hat sich immer einen Sohn gewünscht, der ihn in den Schützenverein begleitet. Als das mit dem Sohn nicht klappte, hat er eben mich mitgenommen.« Sie legte die Waffe zurück in den Tresor.

»Dann hätte ich mir meinen Vortrag ja sparen können.«

»Kleine Auffrischungen können nie schaden. Warum nennst du diesen Raum eigentlich Kammer des Schreckens? Wegen der Waffen?«

»Deine Vorvorgängerin hat ihn so genannt. Wegen des Geruchs. Die Papiere aus den Nachlässen stinken teilweise ganz erbärmlich. Deshalb sind in diesem Raum meist die Fenster geöffnet.« Ich verschloss den Tresor und unterdrückte ein Gähnen. »Komm, jetzt zeige ich dir noch schnell den Besprechungsraum, und dann machen wir uns an die Arbeit.«

Während im Büro schon wieder der Anrufbeantworter ansprang, öffnete ich im Nebenzimmer Funda den Blick auf den langen Holztisch, um den herum sechs Stühle angeordnet waren. Vier weitere Stühle standen rechts neben der Tür. An den Wänden hingen moderne, reduzierte Fotos von Naturlandschaften. Ein Wald, eine Wiese, ein Flusslauf. Funda blieb vor jedem einzelnen Bild stehen und betrachtete es.

»Die Fotos sollen die Gemüter beruhigen«, erklärte ich ihr. »In diesem Raum halte ich oft Besprechungen mit Erben ab.«

»Und da geht es heiß her, das kann ich mir vorstellen.«

Es sich vorzustellen war eine Sache, es zu erleben eine andere. Aber das würde sie noch früh genug feststellen. Ich gab ihr ein Zeichen, mir zurück ins Büro zu folgen. »Morgen früh gehen wir als Erstes in dieses Haus in Untermenzing. Bring dir dafür alte Klamotten mit und ein Tuch, das du dir um den Kopf binden kannst. Gerüche setzen sich sofort in den Haaren fest. Einmalhandschuhe habe ich kartonweise hier, da kannst du dich bedienen.« Ich setzte mich an meinen Schreibtisch. »Bevor ich dir jetzt das Ordnersystem erkläre – hast du bis hierher noch Fragen?«

Funda schlug ein Bein über das andere und sah sich im Raum um. Ihr Blick wanderte zum Fenster. »Deine Eltern leben auch hier auf dem Hof, oder?«

Ich nickte. »Mein Vater hat den Hof vor acht Jahren von seinem Onkel geerbt. Vor knapp sechs Jahren sind wir dann alle hierhergezogen.«

»Seid ihr eigentlich mit diesem Benjamin Mahlo verwandt, der vor ein paar Jahren verschwunden ist?«, fragte sie vorsichtig.

»Ben ist mein Bruder, er ist der Grund, warum wir hierhergezogen sind. Gleich nachdem mein Vater den Hof geerbt hatte, ist Ben mit seiner WG oben ins Dachgeschoss gezogen. Drei Jungs, alle Studenten. Als mein Bruder dann verschwand und nicht wieder auftauchte, sind die beiden anderen ausgezogen. Meine Eltern hatten bis dahin im Hessischen eine Buchhandlung. Und als klar war, dass sie sich nicht zweiteilen können, sind sie hierhergezogen, um sich ganz auf die Suche nach Ben konzentrieren zu können.«

»Und du?«

»Ich habe zu der Zeit in Berlin studiert und stand gerade vor meinem ersten juristischen Staatsexamen. Unter den Umständen wäre ich mit Pauken und Trompeten durchgefallen. Also habe ich es aufgeschoben und bin auch hier auf den Hof gezogen.«

»Aber du willst nicht wieder zurück, oder?« Sie klang besorgt, was ihr nicht zu verdenken war, nachdem sie ihren Job gerade erst angetreten hatte.

»In den ersten beiden Jahren wollte ich es noch, aber inzwischen würde es mir schwerfallen, meiner Arbeit hier den Rücken zu kehren. Außerdem lebt auch mein Freund hier. Du wirst ihn noch kennenlernen. Simon wohnt im Nebengebäude und betreibt dort auch seine Weinhandlung.«

»Wie praktisch. Ich meine nicht das mit dem Wein.« Sie lächelte. »Und in der Scheune ist ein Trödelladen, habe ich gesehen.«

»Der gehört Henrike Hoppe. Sie wirst du sicher auch bald treffen. Wenn sie nicht gerade in ihrem Laden steht, entrümpelt sie in meinem Auftrag und auch für andere Haushalte oder arbeitet in ihrer Werkstatt alte Sachen auf. Außerdem schreibt sie an einem Kriminalroman.«

»Über das, was sie beim Entrümpeln so alles entdeckt?«

Als hätte sie den sechsten Sinn, klopfte Henrike in diesem Augenblick an die Fensterscheibe.

»Das kannst du sie gleich selbst fragen«, antwortete ich im Hinausgehen.

»Ich muss mir doch schnell die Neue ansehen«, sagte Henrike lächelnd, nachdem ich ihr die Tür geöffnet hatte. Als sie nach Rosas stürmischer Begrüßung wieder eine Hand frei hatte, hielt sie sie Funda hin. »Henrike.«

Sie war zehn Jahre älter als ich, mit eins sechsundsiebzig genauso groß und hatte schwarzbraune, seitlich gescheitelte Haare, die an diesem Vormittag im Nacken von einer Spange zusammengehalten wurden und so die hauchzarten, fast handtellergroßen Kreolen zur Geltung brachten. Unter einer knallengen Weste aus Anzugstoff trug sie ein verwaschenes, langärmeliges Shirt mit V-Ausschnitt. Dazu eine ebenso eng anliegende Jeans und Boots, die aussahen, als hätte sie mit ihnen mindestens einmal das Land durchquert.

»Funda.« Im Blick meiner neuen Mitarbeiterin spiegelte sich eine Mischung aus Offenheit und Neugier wider.

In Henrikes blaugrauen Augen, die durch die schwarz getuschten langen Wimpern noch betont wurden, lag wie so oft ein Ausdruck von Wachsamkeit, als wolle sie in jedem Moment für die Unberechenbarkeit des Lebens gewappnet sein. Vor ungefähr einem Jahr hatte sie alle anderen Mietinteressenten für die Scheune aus dem Feld geschlagen, als sie sich bei meinem Vater mit den Worten vorstellte: »Ich bin einundvierzig Jahre alt und muss noch einmal ganz von vorne beginnen.«

Das *muss* in diesem Satz war einem Sesam-öffne-dich gleichgekommen. Es war meinem Vater nur allzu vertraut. Denn nicht nur wir drei hatten neu anfangen müssen – auch Simon war vor vier Jahren hier gelandet, nachdem das Restaurant, in dem er als Kellermeister gearbeitet hatte, pleitegegangen war und er sich von einem Tag auf den anderen eine neue Existenz hatte aufbauen müssen.

Henrike, die aus dem Norden stammte und, was ihre Vergangenheit betraf, nicht viel mehr als vage Andeutungen machte, war mir in den vergangenen elf Monaten zu einer Freundin geworden. Auf gewisse Weise waren wir alle wie Strandgut, das von den Wellen hier angespült worden war.

Henrike betrachtete Funda, als ginge es darum, einen Gegner im Ring auf seine Stärke hin zu taxieren. »Willkommen im Club! Ich habe gehört, dass du dich vor absolut nichts ekelst. Sollte es Kris mal nicht gelingen, dich auszulasten, melde dich bei mir.«

»Und du bist das Multitalent, das nebenher noch einen Krimi schreibt? Solltest du mal Nachhilfeunterricht in Waffenkunde brauchen, du weißt ja, wo du mich findest«, konterte Funda.

»Funda ist im Schützenverein«, warf ich ein.

»Inzwischen bin ich ausgetreten. Wovon handelt dein Krimi?«

»Das verrate ich nicht«, antwortete Henrike.

»Wie lange schreibst du schon daran?«

»Ich hab's nicht eilig.«

»Und woher nimmst du deine Ideen?«

Ich ließ die beiden allein und ging in die Küche, um Wasser für einen Tee aufzusetzen. Ich kannte Henrikes Antwort auf diese Frage, ich hatte sie ihr selbst schon gestellt. Sie lasse sich vom Leben in all seinen Facetten inspirieren. Ihr persönliches Umfeld spare sie jedoch aus, hatte sie mir versichert. Nur für den Fall, ich hätte Sorge, sie würde das Verschwinden meines Bruders verarbeiten.

»Was ist los mit dir?«, fragte Henrike, die mir in die Küche gefolgt war. »Du siehst mitgenommen aus. Ist etwas passiert?«

Ich goss das heiße Wasser in einen Becher, tat einen Beutel mit losem grünem Tee hinein und reichte ihn ihr. »Wenn ich es dir erzähle, hältst du mich für übergeschnappt.«

»Es muss eine Menge passieren, bevor ich jemanden für übergeschnappt halte«, konterte sie trocken.

»Als ich heute früh über den Hof ging, brannte die Kerze nicht mehr. Sie ist auf unerfindliche Weise ausgegangen.«

»Vorhin brannte sie.«

»Ja klar, ich habe sie wieder angezündet. Mein Vater würde zusammenklappen, wenn er es wüsste.«

»Hast du eine Idee, wie ...?«

Ich schüttelte den Kopf. »Eigentlich kann sie nur ausgeblasen worden sein. Erst dachte ich, der Wind wäre es gewesen, aber die Laterne war fest verschlossen.«

»Und wenn dein Vater es selbst war?«

»Das würde er nie tun.«

Sie hob eine Augenbraue. »Er würde es tun, wenn Ben tot wäre.«

2

Nachdem Funda um dreizehn Uhr gegangen war, zog ich mir ein paar Mohrrüben aus dem Gemüsebeet meiner Mutter, wusch sie und dippte sie in Frischkäse. Mein Hunger hielt sich nach zehn Baklava in Grenzen. Ich sah die Geschäftsbriefe des Tages durch und sortierte sie vor. Der unterste und zugleich dickste Umschlag kam vom Nachlassgericht. Er enthielt die Unterlagen zu einer Testamentsvollstreckung und die Bitte um Annahmeerklärung. Die Verstorbene, die einundvierzigjährige Theresa Lenhardt aus Obermenzing, hatte ausdrücklich mich benannt, um ihren letzten Willen auszuführen. Der Name war mir nicht geläufig, aber es war auch nicht ungewöhnlich, von völlig Fremden eingesetzt zu werden. Beim ersten Lesen überflog ich das handschriftlich verfasste Testament, dann las ich es noch einmal Wort für Wort:

Zu meinen Erben bestimme ich zu gleichen Teilen Christoph und Beate Angermeier, Tilman und Rena Velte sowie Nadja Lischka.

Nadja Lischka? Bei ihr musste es sich um die Frau handeln, die mir am Vormittag drei Nachrichten auf dem Anrufbeantworter hinterlassen und mich dringend um Rückruf gebeten hatte. Ich las weiter:

Erbe kann jedoch nur werden, wer folgende Bedingung erfüllt: Er/sie muss von jedem Verdacht der Beteiligung an der Ermordung von Konstantin Lischka befreit sein.

Lässt sich der Verdacht bezüglich eines der genannten Erben nicht ausräumen, so fällt sein Anteil den anderen zu gleichen Teilen zu.

Lässt sich der Verdacht für keinen der fünf ausräumen, fällt das gesamte Erbe an den Tierschutzverein.

Dasselbe gilt für den Fall, dass einer der potenziellen Erben Kristina Mahlo als Testamentsvollstreckerin ablehnt.

Es liegt im Ermessen der Testamentsvollstreckerin, darüber zu befinden, ob im Einzelfall der Verdacht ausgeräumt werden konnte.

Diesem außergewöhnlichen Testament war ein verschlossener, an mich adressierter Brief beigefügt. Ich öffnete ihn und las:

Sehr geehrte Frau Mahlo,

sicher werden Sie sich fragen, warum meine Wahl auf Sie gefallen ist. Ihnen eilt der Ruf voraus, gewissenhaft und unbestechlich zu sein. Diese Eigenschaften werden Sie brauchen, um meinen letzten Willen zu erfüllen. Sollten Sie – aus welchen Gründen auch immer – erwägen, die Testamentsvollstreckung gleich im Vorfeld abzulehnen, bitte ich Sie, Ihre Entscheidung erst zu fällen, nachdem Sie in meiner Wohnung waren. Den Schlüssel verwahrt meine Nachbarin Marianne Moser. Ich zähle auf Sie, Kristina Mahlo. Vielleicht gelingt Ihnen, woran ich gescheitert bin.
Theresa Lenhardt

Vorhin erst hatte ich Funda erklärt, bei der Nachlassarbeit sei kein Fall wie der andere. Ein vergleichbares Testament war mir allerdings noch nicht untergekommen. Ich sah mir Theresa Lenhardts Vermögensaufstellung an. Sie hinterließ ein Wochenendhaus am Starnberger See, ein Mietshaus in Nymphenburg, rund sechs Millionen Euro in Wertpapieren sowie zweihunderttausend Euro als Festgeld. Fast automatisch überschlug ich, wie viel Aufwand die Vollstreckung bedeuten würde, und errechnete daraus die mögliche Vergütung. An der Arbeit von schätzungsweise ein bis zwei Jahren würde ich zwischen einhundertachtzigtausend und zweihundertzehntausend Euro netto verdienen können. Ein ungewöhnlich großer Brocken, über den ich mich eigentlich hätte freuen können, wäre da nicht diese absurde Bedingung gewesen, die an das Erbe geknüpft war: Erbe konnte nur werden, wer von jedem Verdacht der Beteiligung an der Ermordung von Konstantin Lischka befreit war.

Nachdem ich mir einen Kaffee geholt hatte, setzte ich mich an meinen Computer, gab »Konstantin Lischka Mord« in die Maske der Suchmaschine ein, drückte die Enter-Taste und arbeitete mich durch die Artikel der Süddeutschen Zeitung, des Münchner Merkurs, der TZ und der Abendzeitung. Allmählich erinnerte ich mich wieder an das, was damals geschehen war. Wie hatte ich es nur vergessen können? Vor sechs Jahren war der neununddreißigjährige Journalist Konstantin Lischka mitten in der Nacht mit mehreren Messerstichen im Treppenhaus vor seiner Wohnung in Schwabing getötet worden. Weder seine Frau, Nadja Lischka, noch seine beiden Kinder hatten etwas davon mitbekommen, sie hatten fest geschlafen und waren in den frühen Morgenstunden vom Schrei einer Nachbarin geweckt worden. Als mutmaßlicher Täter war eine Woche später Lischkas Freund, Doktor Fritz Lenhardt, zum damaligen Zeitpunkt vierzig Jahre alt, verhaftet worden. Zwei Monate später war der bis dahin unbescholtene Gynäkologe, der weder ein Geständnis abgelegt noch Reue gezeigt hatte, des Mordes an seinem Freund für schuldig befunden worden. Sein Motiv sei ein gescheitertes Immobiliengeschäft zwischen beiden Männern gewesen.

Der Fall war wochenlang Gegenstand ausführlichster Medienberichterstattung gewesen. Viele Details aus dem Privatleben der Beteiligten waren ans Licht gezerrt und kommentiert worden. Ein Mord in der *besseren Gesellschaft* gab etwas her.

Drei Wochen zuvor war Ben verschwunden. Ich war damals sofort von Berlin nach München gekommen, um meine Eltern bei der Suche nach ihm zu unterstützen. Ich hatte in den Zeitungsredaktionen angerufen und um Zeugenaufrufe gebettelt. Wo war Ben zuletzt gesehen worden? Hatte er sich mit jemandem getroffen? Wenn ja, mit wem? Wir wären für den kleinsten Hinweis dankbar gewesen. Aber mit dem Verschwinden eines vierundzwanzigjährigen Homosexuellen hatten sich keine Schlagzeilen machen lassen.

Also hatte ich ein Plakat entworfen und es an unzählige Bäume in und um München geheftet. Ich hatte ein Flugblatt vervielfältigt, das ich in Geschäften und Kneipen ausgelegt hatte. Uns hatten daraufhin sogar zahlreiche Hinweise erreicht, denen wir akribisch nachgegangen waren, nur um festzustellen, dass das Personengedächtnis der meisten Menschen wenig zuverlässig ist.

Ich drängte die Erinnerung zurück und konzentrierte mich wieder auf die Medienberichterstattung über den Fall Konstantin Lischka. Darin tauchte mehrmals der Name Theresa Lenhardt auf. Meine Auftraggeberin über den Tod hinaus war die Ehefrau des verurteilten Mörders gewesen. Wie aus den Artikeln hervorging, hatte sie für seine Rehabilitierung gekämpft. Vergebens. Und jetzt sollte ich diesen Kampf fortsetzen? Weil sie es nicht hatte ertragen können, die Frau eines Mörders zu sein?

Fritz Lenhardts Name ergab ebenfalls zahlreiche Treffer. Gemeinsam mit zwei Kollegen, einem Mann und einer Frau, hatte er in München auf der Fürstenrieder Straße ein Kinderwunschinstitut betrieben, bis das Zuschnappen der Handschellen seiner Arbeit, seinen Ambitionen und seinen Träumen ein Ende gesetzt hatte. Seinem Leben hatte er schließlich selbst ein Ende gesetzt, was von den Medien mehrheitlich als verspätetes Schuldeingeständnis gewertet wurde.

Noch einmal überflog ich die Artikel über die Gerichtsverhandlung und die Urteilsfindung. Der Richter hatte keine Zweifel an Fritz Lenhardts Schuld gehabt. Aber seine Frau hatte das allem Anschein nach nicht akzeptieren können. Ich schaltete den PC aus und lehnte mich zurück. Wäre es mir gelungen? Hätte ich mich damit abfinden können, dass der Mann, für den ich die Hand ins Feuer gelegt hätte, ein Mörder war?

Im Hof war Simon gerade dabei, seinen Transporter mit Weinkisten zu beladen. Rosa lag ein paar Meter von dem Wagen entfernt in der Sonne und ließ ihn nicht aus den Augen. In regelmäßigen Abständen verschwand Simon in seiner Weinhandlung und kam mit der voll beladenen Sackkarre wieder heraus. Er trug schwarze Jeans, ein weißes T-Shirt und darüber einen erdfarbenen Pulli mit V-Ausschnitt, dessen Ärmel er hochgeschoben hatte. Seine dunklen Haare waren vom Wind zerzaust. Ich wusste genau, wie widerborstig sie sich anfühlten und wie gut sie dufteten. Seine Stirn war wie immer in Falten gelegt, und wie üblich sah es aus, als habe er sich seit drei Tagen nicht rasiert, obwohl er es an keinem Morgen vergaß. Er kniff die Augen zusammen, um sie vor der Sonne zu schützen.

Simon war in schwierigen Verhältnissen aufgewachsen. Seinem Vater, einem Trinker, war häufig die Hand ausgerutscht, seiner Mutter, einer Egozentrikerin, war ihr perfekter Lidstrich stets wichtiger gewesen als ein blaues Auge ihres Sohnes. Simon hatte beiden mit achtzehn den Rücken gekehrt und sich nie wieder bei ihnen blicken lassen, obwohl sie nicht weit entfernt am Pilsensee lebten. Simon machte nie viele Worte um seine Vergangenheit. Trotz alledem hätte ich die Hand für ihn ins Feuer gelegt. Ich war felsenfest davon überzeugt, er könne niemandem etwas zuleide tun. Eine Überzeugung, die Simon nicht mit mir teilte. Aber das war ein anderes Thema.

Ich beobachtete ihn, wie er die Sackkarre zurückstellte und die Tür von *Vini Jacobi* verschloss. Gleich würde er ins Auto steigen, um die Weinkisten auszuliefern. Mit ein paar Schritten war ich draußen im Hof und lief ihm entgegen, nicht ohne einen schnellen Blick Richtung Laterne zu werfen. Die Kerze brannte.

»Hey, du Frühaufsteherin«, begrüßte er mich. Simons Stimme war der beste Gradmesser für seine Gefühlslage. Sie klang nicht immer so warm wie in diesem Moment, ihre Klaviatur reichte bis hin zu schneidender Kälte. »Gerade wollte ich bei dir vorbeikommen und deine Schulden eintreiben.« Er zog mich so nah an sich, dass unsere Nasen sich fast berührten. Dann blies er mir eine Strähne aus dem Gesicht.

Ich küsste ihn und ließ mir Zeit dabei. »Es war viel zu früh, um dich zu wecken.«

»Ich hätte mich gerne von dir wecken lassen …«, entgegnete er mir mit einem verschmitzten Lächeln.

»Dann wäre ich aber zu spät ins Büro gekommen.«

»Ich hätte dir eine Entschuldigung geschrieben.« Simons Hände strichen über meinen Rücken.

Vor etwas mehr als zwei Jahren hatte ich seine Hände zum ersten Mal gespürt. Fast doppelt so lange war es her, dass ich mich Hals über Kopf in ihn verliebt hatte. Aber er war damals nicht allein ins Nebengebäude gezogen, sondern mit seiner langjährigen Freundin, die ihm in jeder freien Minute geholfen hatte, seine Weinhandlung aufzubauen. Um mein Herz zu schonen, war ich ihm konsequent aus dem Weg gegangen, bis mein Vater eines Tages mit der Neuigkeit gekommen war, die beiden hätten sich getrennt. Von da an war ich regelmäßig über den Hof gegangen, um eine Flasche Wein bei ihm zu kaufen. Erst als ich kaum noch wusste, wohin mit all den Flaschen, gab Simon mir zu verstehen, dass ich mein Portemonnaie beim nächsten Mal zu Hause lassen könnte.

Ich nahm seine Hände, hielt sie einen Augenblick lang fest und gab ihm einen schnellen Kuss. »Hast du heute Abend Zeit?«

Er schüttelte den Kopf. »Rotweinprobe beim Kunden.«

»Und danach?«

»Danach stehst du schon fast wieder auf. Wie ist eigentlich die Neue?«

»Sehr sympathisch, schnell im Kopf und alles andere als faul. Wenn sie in dem Tempo weitermacht, ersetzt sie eine Ganztagskraft.«

»Falls sie noch Kapazitäten frei hat ...«

»Henrike hat auch schon zart angeklopft.«

»Ich traue Henrike ja einiges zu, aber zart?«

»Ich mag ihre direkte Art.«

»Ich persönlich auch. Aber das Direkte und Unverblümte muss man sich auch leisten können. Es gibt Kunden, die das abschreckt. Ihr Trödelladen könnte bestimmt besser laufen, wenn sie diplomatischer wäre.«

»Hast du nicht mal gesagt, Diplomatie sei etwas für Leute, die sich für keine Seite entscheiden könnten?«

»Solche Aussagen kommen immer auf den Kontext an.« Er unterstrich seine Worte mit einer ausladenden Geste, was Rosa animierte, an ihm hochzuspringen. Er wollte sie gerade streicheln, als seine Hand zurückzuckte. »Oje, das hätte ich beinahe vergessen.«

Sein übertrieben schuldbewusster Gesichtsausdruck brachte mich zum Lachen. Simon und ich hatten oft Diskussionen darüber, dass er Rosa verzog. Wenn sie an ihm hochsprang und er sie streichelte, belohnte er sie für etwas, das sie eigentlich nicht durfte. Aber das störte weder ihn noch Rosa. Er machte Anstalten aufzubrechen, doch ich hielt ihn zurück.

»Simon, erinnerst du dich möglicherweise an einen Mordfall vor sechs Jahren? Damals wurde hier in München ein Journalist umgebracht, Konstantin Lischka. Die Zeitungen waren voll davon. Verurteilt wurde sein Freund, der sich später im Gefängnis umgebracht hat. Seine Frau hat immer an seine Unschuld geglaubt.«

Simon lehnte sich gegen den Transporter und sah in den Himmel, während er nachdachte. »Ja … War der Mörder nicht Arzt? Ich glaube, ich habe darüber gelesen. Wieso interessierst du dich dafür?«

»Die Frau dieses Arztes ist vor Kurzem gestorben und hat mich als Testamentsvollstreckerin eingesetzt. Das Vermögen, das sie hinterlässt, kann sich sehen lassen, aber es gibt da ein Problem …«

Simon unterbrach mich. »Weil ihr Mann ein verurteilter Mörder war? Es ist doch ihr Vermögen, das du verteilen sollst. Du könntest dir endlich ein neues Auto leisten.«

»Ich bin mit der alten Gurke sehr zufrieden.«

»Dein Auto hat nur mit viel Glück die grüne Plakette bekommen.«

»Umweltplaketten hängen nicht von Glück ab, sondern von knallharten Bedingungen, die erfüllt werden müssen.«

»Kris, du bist ein Dickschädel. Dein Golf hat fast zweihunderttausend Kilometer drauf, bald ist Winter und …«

»Theresa Lenhardt erwartet von mir, dass ich beweise, dass keiner ihrer fünf möglichen Erben Konstantin Lischka umgebracht hat. So, wie ich das Testament verstehe, geht sie davon aus, dass die Verurteilung ihres Mannes ein Justizirrtum war und einer der fünf der Mörder sein muss. Meine innere Stimme rät mir, besser die Finger davon zu lassen.«

In diesem Moment fegte Rosa mit lautem Gebell Richtung Garten. Vermutlich hatte sich eine der Nachbarskatzen gerade dort blicken lassen.

»Es wird nicht leicht gewesen sein als Ehefrau und Witwe eines verurteilten Mörders«, sagte Simon. »Die Frau hat sich ihr Leben bestimmt anders vorgestellt und vielleicht mit der Zeit die Realität so sehr verfremdet, dass sie schließlich von der Unschuld ihres Mannes überzeugt war. Das ist menschlich, wenn du mich fragst. Ich möchte nicht wissen, wie vielen Angehörigen von Kriminellen es so geht.«

»Mir würde es vermutlich genauso gehen.«

»Siehst du. Deshalb musst du eigentlich nicht viel mehr tun, als ein paar Gespräche mit den Erben zu führen. Alles Weitere beherrschst du im Schlaf. An deiner Stelle würde ich mir diesen Brocken nicht entgehen lassen.« Simon gab mir einen schnellen Kuss auf den Mundwinkel. »Ich muss los, ich bin ohnehin schon viel zu spät dran.«

Ich stand immer noch an derselben Stelle, als er längst vom Hof gefahren war. Was, wenn Theresa Lenhardt sich die Realität nicht verfremdet hatte? Wenn Fritz Lenhardt tatsächlich zu Unrecht verurteilt worden war? Dann lief Konstantin Lischkas Mörder immer noch frei herum.

Ich hatte die Unterlagen zur Seite gelegt und mich einer anderen Nachlasssache gewidmet, die ich in der kommenden Woche endlich abschließen wollte. Der alte Mann war vor drei Monaten gestorben, hatte achtzehntausend Euro an Erspartem und ein Einzimmerapartment hinterlassen. Sieben Erbberechtigte hatte ich ausfindig gemacht, von denen vier wöchentlich bei mir anriefen, um die Sache voranzutreiben. Auch an diesem Tag hatte einer von ihnen eine dringende Nachricht auf meinem Anrufbeantworter hinterlassen.

Nachdem ich die noch anstehende Korrespondenz in diesem Fall und zwei Anrufe erledigt hatte, legte ich die Füße auf den Schreibtisch und nahm noch einmal Theresa Lenhardts Testament zur Hand. *Sollten Sie erwägen, die Testamentsvollstreckung gleich im Vorfeld abzulehnen,* hatte sie geschrieben, *bitte ich Sie, Ihre Entscheidung erst zu fällen, nachdem Sie in meiner Wohnung waren. Den Schlüssel verwahrt meine Nachbarin Marianne Moser.* Deren Telefonnummer war in Klammern hinter dem Namen vermerkt.

Ich nahm das Telefon und wählte die achtstellige Nummer. Nach mehrmaligem Klingeln meldete sich die Stimme einer Bayerin, die ich auf Mitte sechzig schätzte. Ich stellte mich ihr vor und fragte, wann ich in Frau Lenhardts Wohnung könnte.

»Am besten jetzt gleich«, lautete die Antwort. »Morgen gehe ich erst noch zum Friseur, und danach fahre ich in den Urlaub.«

Ich versprach ihr, spätestens um Viertel nach vier bei ihr zu sein. Nachdem ich Rosa klargemacht hatte, dass sie mich nicht begleiten durfte, schloss ich die Tür und holte mein Fahrrad, das im Hausflur lehnte. Im Vorbeigehen las ich den gelben Zettel, der am Briefkasten meiner Mutter klebte. »Könntest du mir bitte ein paar Gläser Marmelade mit einkochen?«, hatte mein Vater geschrieben. »Welche Sorte?«, hatte meine Mutter an den Rand gekritzelt. »Himbeere«, murmelte ich vor mich hin. Das war seine Lieblingssorte. Und das wusste auch meine Mutter. Genauso wusste sie, dass sein Vorrat noch für mindestens zwei Jahre reichen würde. Mit einem Lächeln schwang ich mich aufs Rad. Ich konnte meinen Vater verstehen. Vor ein paar Jahren hatte ich Weinflaschen gehortet, um Simon nahe zu sein.

»Sind Sie Kristina Mahlo?«

Eine Frau kam mir vom Tor her entgegen, als ich gerade vom Hof radeln wollte. Die Sonne ließ ihre hellblonden Locken wie einen Strahlenkranz erscheinen. Alles an ihr schien zu fließen, die lange weiße Bluse über der gleichfarbigen weiten Hose ebenso wie ihre Bewegungen. Sie hatte auffallend blaue Augen und einen zarten, blassen Teint. Ihre Körperhaltung erinnerte mich an die einer Balletttänzerin. Ich war mir sicher, sie noch nie gesehen zu haben.

Ich stieg vom Rad. »Ja.«

Sie hielt mir ihre Hand entgegen. »Nadja Lischka. Ich habe Ihnen bereits auf Ihren AB gesprochen, aber Sie haben nicht zurückgerufen.«

Rechtfertige dich niemals, war eine meiner Devisen, die

ich mir über die Jahre angeeignet hatte, deshalb sah ich sie nur abwartend an.

»Na ja, vermutlich bin ich nicht die Einzige, die auf Ihren Rückruf wartet.«

Und sie würde noch länger darauf warten müssen. Erst einmal würde ich mir ein Bild machen. »Ich muss los, Frau Lischka, ich habe einen Termin, zu dem ich nicht zu spät kommen möchte. Ich rufe Sie in den nächsten Tagen an.«

»Das brauchen Sie nicht, jetzt bin ich ja hier. Und ich werde mich so kurz wie möglich fassen. Ich kenne den Inhalt von Theresas Testament. Wir alle kennen ihn. Das Nachlassgericht hat uns Kopien geschickt. Sie sind als Testamentsvollstreckerin …«

»Ich kann Ihnen noch nichts zu dieser Testamentsvollstreckung sagen. Ich weiß nicht einmal, ob ich sie überhaupt annehme.«

»Sie müssen annehmen, Theresa wollte es so. Außerdem wird es keine große Sache für Sie werden. Leicht verdientes Geld sozusagen. Der Mord an meinem Mann wurde damals aufgeklärt. Wir alle wissen das. Ich kann für jeden einzelnen der Erben bürgen. In Theresas Testament steht nichts davon, dass das Ergebnis, zu dem Sie kommen, von irgendjemandem kontrolliert werden würde. Sie müssten nur …«

»Bezeugen, dass alles mit rechten Dingen zugegangen ist, und meine Unterschrift unter die entscheidenden Dokumente setzen? Ich glaube, ich muss die Vorstellung, die Sie allem Anschein nach von meiner Arbeitsweise haben, ein wenig korrigieren. Ich arbeite im Auftrag der Toten und nicht als Geschenketante für ungeduldige Erben. Und wenn ich mich jetzt nicht beeile, komme ich zu spät zu meinem Termin.«

Sie baute sich vor meinem Rad auf. »Frau Mahlo, wie alt sind Sie? Ende zwanzig? Anfang dreißig? Ich tippe mal darauf, dass Sie noch nicht so oft eine Erbschaft in der Größenordnung von Theresas auf dem Tisch hatten. Seien Sie nicht naiv, greifen Sie zu, wenn sich Ihnen eine solche Chance bietet. Wir alle werden Sie nach Kräften unterstützen.«

Fast hätte ich laut gelacht. Ich konnte sie schon längst nicht mehr zählen – all die Erben, die mich nach Kräften unterstützen wollten. »Sie hören entweder vom Nachlassgericht oder von mir. Bis dahin müssen Sie sich ein wenig gedulden.« Ich winkte ihr zu und trat in die Pedale.

Als ich an St. Georg vorbeifuhr, blinzelte ich gegen die Sonne hinauf zur Kirchturmuhr: Es war kurz nach vier. Mir blieb noch genug Zeit, um es rechtzeitig zu meiner Verabredung mit Marianne Moser zu schaffen. Hinter der Kirche mit ihrem kleinen Friedhof bog ich in den Fahrradweg, der ein Stück die Würm entlang verlief.

Mit achtzehn war ich mit dem festen Vorsatz aus dem hessischen Frankenberg weggegangen, mich fortan nur noch inmitten pulsierender Großstädte zu tummeln. Acht Jahre später war ich unfreiwillig in Obermenzing gelandet. Obwohl es zum Münchner Stadtgebiet zählte, war von Großstadtflair keine Spur. Dafür gab es Hähne, die in aller Herrgottsfrühe lautstark den Tag begrüßten. Hier hatte ich gelernt, dass man manchmal versucht, dem Vertrauten zu entkommen, nur um in der Fremde festzustellen, wie vertraut einem manches ist.

Je weiter ich mich der Schleuse näherte, desto lauter wurde das Rauschen der Würm. Ich passierte den Zehentstadel, in dem früher der Dorfälteste die Steuer für die Gutsherren eingesammelt hatte und der heute als Veranstaltungsort diente. Kurz darauf öffnete sich der Blick auf Schloss Blutenburg. Auf der Wiese vor dem Schlossteich spielte eine Handvoll Jungen lautstark Fußball. Ein Stück weiter hatten sich Sonnenanbeter eine Decke ausgebreitet. Die Tische vor der Schlossschänke waren alle besetzt. Als ich wieder auf den Weg vor mir sah, musste ich eine Vollbremsung machen, um nicht einen altersschwachen Dackel zu überfahren. Ich rief der schimpfenden Besitzerin eine Entschuldigung zu und radelte weiter. Das hinter hohen Bäumen verborgene Mönchskloster ließ ich links liegen und bog auf die Straße, die parallel zur Würm verlief. Keine fünf Minuten später erreichte ich die Marsopstraße. Hundert Meter weiter lag das Eckhaus, das offensichtlich acht Parteien beherbergte. Hier wohnte Marianne Moser, und hier hatte auch Theresa Lenhardt bis zu ihrem Tod gewohnt.

Die Marsopstraße mit ihren Villen aus der Zeit der Jahrhundertwende zählte in Obermenzing zum begehrten Wohngebiet. Das weiß getünchte, moderne Gebäude mit den verglasten Balkonen wirkte jedoch eher durchschnittlich und hätte überall stehen können. Alles in allem würde Theresa Lenhardt ihren Erben vermutlich einen zweistelligen Millionenbetrag hinterlassen. Im Vergleich dazu hatte sie bescheiden gewohnt.

Ich drückte den Knopf neben Marianne Mosers Namen. Es dauerte einen Moment, bis sich ihre Stimme über die Gegensprechanlage meldete und mir den zweiten Stock als Ziel nannte. Als der Summer ertönte, drückte ich die Tür auf. Im Treppenhaus, in dem hintereinander aufgereiht zwei Kinderwagen standen, musste vor Kurzem geputzt worden sein, es roch nach Putzmittel. Die Wohnungstüren, an denen ich vorbeikam, wirkten wie Kontrapunkte zu der äußerlichen Uniformität des Hauses. Vor einer warnte eine Fußmatte vor der *desperate housewife*, an der nächsten hing ein von Kinderhand bemaltes DIN-A4-Blatt, das einen plastischen Eindruck vom Körpergewicht der jeweiligen Bewohner vermittelte.

Im zweiten Stock stand eine Tür einen Spaltbreit offen. Bevor ich sie aufstieß, vergewisserte ich mich mit einem

Blick auf das Klingelschild, dass ich tatsächlich bei Marianne Moser angekommen war. Ich klopfte, aber es tat sich nichts. Also folgte ich dem Duft eines frisch gebackenen Kuchens in die Wohnung, blieb im Flur stehen und sah mich um. An der Wand hingen zwei Setzkästen mit Nippes, gegenüber ein gerahmter Spiegel und ein Ölbild, das zwei Ackergäule zeigte, die einen Pflug zogen. Bei meiner Arbeit hatte ich immer wieder bemerkt, dass sich Wohnungen innerhalb von Altersklassen oft erstaunlich stark ähnelten. Dies hier war die typische Wohnung einer älteren Frau, die ihre Dinge hütete. Ich war mir sicher, dass die Möbel in diesem Haushalt durch geklöppelte Deckchen geschützt wurden und alles blitzblank war.

Marianne Moser kam in weißer Schürze und Kochhandschuhen aus der Küche und dirigierte mich in ihr Wohnzimmer. Sie werde sich jeden Moment zu mir gesellen. Am Telefon hatte ihre Stimme nach einer Mittsechzigerin geklungen, aber sie hatte mit Sicherheit die siebzig überschritten. Ich betrat den Raum, auf den sie gedeutet hatte, und fand noch mehr Ölbilder, hier waren es Gebirgslandschaften. Die Fensterbank stand voller Orchideen, die Gardine aus weißer Lochstickerei war an den Seiten gerafft. Gegenüber der Schrankwand stand ein Sofa mit akkurat aufgereihten Kissen und geknüpften Bezügen. Ein kleiner runder Tisch mit einem weißen Tischtuch war für zwei gedeckt. Das einzige Geräusch im Raum kam von einer aufgeregt tickenden Pendeluhr.

Die alte Dame hatte die Schürze abgelegt und kam mir in einem dunkelblauen, wadenlangen Kleid entgegen, das ihr mindestens eine Nummer zu groß war. Nachdem sie die Kuchenplatte abgestellt hatte, schob sie einen Sessel an den Tisch und forderte mich auf, mich zu setzen. »Ich hatte noch so viele Äpfel, es wäre jammerschade gewesen, sie wegzuwerfen, nur weil ich in den Urlaub fahre. Mögen Sie gedeckten Apfelkuchen? Sie können ordentlich zugreifen, den Rest muss ich ohnehin einfrieren.«

»Sehr gerne«, antwortete ich und dachte an die vielen Baklava, die ich an diesem Tag bereits vertilgt hatte.

Sie schnitt den Kuchen in Stücke und legte ein großes auf jeden Teller. Dann schenkte sie Kaffee ein. Ihre Bewegungen waren langsam und bedacht. Das leise Stöhnen, als sie sich aufs Sofa setzte, ließ auf Gelenkschmerzen schließen.

»Theresa hat gesagt, Sie würden bald nach ihrem Tod kommen.« Marianne Moser rührte Sahne in ihren Kaffee. Ihr Gesicht war voller Falten, die sonnengebräunte Haut mit Altersflecken übersäht. Das schlohweiße Haar hatte sie zu einem dünnen Knoten gesteckt. Ihr Blick war wach und prüfend. »Essen Sie! Sie werden eine Stärkung brauchen, bevor Sie hinübergehen.« Es klang ein wenig so, als würde ich es nebenan mit einem Gruselkabinett zu tun bekommen.

»Kannten Sie Theresa Lenhardt gut?« Ich nahm den Teller auf die Knie und probierte den Kuchen.

»Sie war dreieinhalb Jahre lang meine Mieterin. Mir gehört dieses Haus, müssen Sie wissen. Sie können sich übrigens Zeit lassen mit Theresas Wohnung. Die Miete ist noch für ein Jahr im Voraus bezahlt. Sie wollte, dass ich ausreichend Zeit habe, um nette und angenehme Nachmieter zu finden.«

»Das ist eine sehr ungewöhnliche Regelung. Sie muss sehr großzügig gewesen sein.«

»Sie hatte ein großes Herz.«

»Woran ist sie gestorben? Sie war erst einundvierzig.« Ich sah sie fragend an.

»Sie hatte Krebs und hat ihrem Leben selbst ein Ende gesetzt. Tragisch, wenn Sie mich fragen, wirklich tragisch. So eine nette junge Frau, verliert erst ihren Mann und wird dann zu allem Übel noch so krank. Ich habe längst aufgehört, mich zu fragen, was für ein Schicksal es ist, das da so grausam zuschlägt.«

Vielleicht musste ich erst in ihr Alter kommen, um damit aufzuhören, mir diese Frage zu stellen.

»Falls Sie zu diskret sein sollten, um mich das zu fragen, Frau Mahlo, ich kenne den Inhalt des Testaments.« Mit einer weißen Stoffserviette wischte sie sich die Kuchenkrümel aus den Mundwinkeln.

»Wie ist Ihre Meinung dazu?«

Sie lehnte sich zurück, nahm eines der Kissen auf den Schoß und zeichnete mit einem Finger die Linien des Musters nach. »Schwer zu sagen. Wenn es jemals einen Menschen gab, für den ich so etwas wie Muttergefühle hätte entwickeln können, dann für Theresa. Ich mochte sie sehr gerne. Und deshalb habe ich ihr immer gewünscht, dass sie ihren Frieden findet. Aber das war nicht möglich, solange sie so fest an der Unschuld ihres Mannes festhielt.«

»Sie glauben, dass er schuldig war?«

»Theresa ist hierhergezogen, als ihr Mann bereits seit zwei Jahren im Gefängnis war. Sie musste das gemeinsame Haus in Obermenzing verkaufen. Ihr Mann hatte mit seinem Institut sehr viel Geld verdient, aber als diese Einnahmequelle ausfiel und all die Anwälte zu bezahlen waren, ging es irgendwann zur Neige. Die Erbschaft ihrer Tante hat sie erst nach dem Tod ihres Mannes gemacht. Aber …«

»Wo in Obermenzing hatten die beiden ihr Haus?«, unterbrach ich sie.

»Im Betzenweg. Ein sehr schönes Haus, ich bin mal vorbeigeradelt.« Sie brauchte einen Moment, um den Faden wiederaufzunehmen. »Was ich eigentlich sagen wollte, ist: Ich kann mir beim besten Willen nicht vorstellen, dass jemand für ein Verbrechen verurteilt wird, das er nicht begangen hat.« Sie hielt inne, legte den Finger an die Lippen und schloss für einen Moment die Augen. »Aber vielleicht möchte ich es nur nicht glauben. Mein Mann war Richter. Er hätte nie jemanden verurteilt, von dessen Schuld er nicht felsenfest überzeugt gewesen wäre. Besonders in den Fällen, in denen es kein Geständnis gab, hat er die Beweise lieber einmal mehr auf die Goldwaage gelegt und sie hundertfünfzigprozentig gewürdigt. Nur wenn die Summe der Beweise zwingend auf die Schuld des Angeklagten wies und ihm keine Zweifel blieben, hat er sich zu einer Verurteilung entschlossen. Ganz genau so, wie es vorgeschrieben ist. Nun war es nicht mein Mann, der Fritz Lenhardt verurteilt hat, aber …« Sie legte das Kissen zur Seite und sah mich an. »Ich glaube an unser Rechtssystem, Frau Mahlo. Andererseits habe ich immer wieder die Erfahrung gemacht, dass es Ausnahmen gibt und Dinge geschehen, die ich einmal für völlig unmöglich gehalten habe. Aber um Ihre Frage direkt zu beantworten: Ich kann nicht beurteilen, ob dieser Mann schuldig oder Opfer eines Justizirrtums war. Eine Zeit lang war ich überzeugt, er müsse unschuldig gewesen sein, denn eine so hinreißende und sensible Person wie Theresa könne sich nicht derart in einem Menschen getäuscht haben.«

Sie stand auf und kippte das Fenster. Geräusche von Straßenverkehr, spielenden Kindern und Hundegebell erfüllten augenblicklich den Raum und ließen das Ticken der Uhr in den Hintergrund treten.

»Theresa hat inständig gehofft, dass Sie ihrer Bitte folgen würden.«

»Ich bezweifle nur, dass sie sich dabei in meine Lage versetzt hat. Sollte es sich nämlich bei der Verurteilung von Fritz Lenhardt tatsächlich um einen Justizirrtum gehandelt haben, was ich mir genau wie Sie nur schwer vorstellen kann, könnte die ganze Angelegenheit gefährlich werden.«

»Aber doch nur, wenn einer der fünf möglichen Erben der Mörder wäre.«

»Davon ist sie ja ganz offensichtlich ausgegangen.«

»Theresa sagte, Sie seien eine sehr zielstrebige und hartnäckige Person.«

»Zielstrebig und hartnäckig waren in diesem Fall sicher schon einige vor mir. Deshalb frage ich mich, ob ich überhaupt etwas herausfinden könnte, was bisher noch nicht ans Licht gekommen ist.«

Marianne Moser wollte etwas sagen, überlegte es sich dann jedoch anders. Aus der Tasche ihres Kleides zog sie einen Schlüssel. »Sie werden es verstehen, wenn Sie in ihrer Wohnung waren.«

3

Seit etwas mehr als fünf Jahren war es selbstverständlicher Teil meiner Arbeit, die Wohnungen von Toten zu betreten. Und dabei hatte ich einmal ganz andere Pläne gehabt. Nach Banklehre und Jurastudium hatte ich als Anwältin für Wirtschaftsrecht arbeiten wollen. Bens Verschwinden hatte alles verändert. Anfangs hatte ich noch vorgehabt, mein Studium irgendwann fortzusetzen. Die Regelung von Nachlässen hatte ich als vorübergehenden Broterwerb gesehen. Doch dann hatte es mich gepackt, nicht von einem Tag auf den anderen, aber schleichend. Seitdem hatte ich unzählige Türen von Verstorbenen geöffnet. Und nie war ich mir dabei als Eindringling vorgekommen. Es war so, wie ich es Funda an diesem Morgen beschrieben hatte: Ich fühlte mich als Anwältin der Toten. Und ich versuchte in jedem Fall, der mir anvertraut wurde, mein Bestes zu geben – egal, wie die Menschen, um deren Nachlässe es ging, einmal gelebt hatten, in geordneten oder verwahrlosten Verhältnissen.

Hinter der Tür, die ich jetzt aufschloss, erwartete mich ein Fall, der in keines der bisherigen Raster passte. Ich blieb im Flur stehen und schärfte all meine Sinne, wie ich es beim Betreten eines neuen Objektes immer tat. Anders als üblicherweise, schlug mir hier keine abgestandene Luft entgegen. Vermutlich kam Marianne Moser regelmäßig zum Lüften.

Ich schloss die Tür, hängte meine Tasche über die Klinke und ging über Eichenparkett den hellen Flur entlang. Bis zur ersten Zimmertür waren an beiden Wänden Haken in unterschiedlicher Höhe angebracht, die Mäntel, Jacken, Hüte und Taschen trugen und damit eine Garderobe ersetzten. Auf den ersten Blick wirkten all diese Sachen wie Lieblingsstücke. Vielleicht entstand der Eindruck aber auch nur dadurch, dass jedes einzeln aufgehängt war.

Gleich links befand sich die Küche. Zu wasserblauen Einbauten und modernen Geräten hatte Theresa Lenhardt einen runden antiken Tisch und moderne Kunststoffstühle kombiniert. Auf einem der Stühle lagen zwei weiche Sitzkissen. Es war der Stuhl, von dem aus sie aus dem Fenster hatte sehen können. Auf dem Tisch standen verschieden dicke Kerzen und eine leere Obstschale. Die Spülmaschine war ausgeräumt und stand offen, ebenso der Kühlschrank. Das gestreifte Raffrollo war halb heruntergelassen. In der Luft hing der Geruch von Essigreiniger. Ich sah zur Wanduhr: Ihre Zeiger waren stehen geblieben. Vielleicht hatte jemand die Batterien entfernt.

Gegenüber lag das Bad. Es war hell eingerichtet, und die Sonne drang durch den weißen Vorhang. Ich sah mich um. Der Seifenspender auf dem Waschbecken war der einzige Gegenstand, der an Theresa Lenhardt erinnerte.

Vom Bad aus führte eine Tür ins Schlafzimmer. Über dem Bett, das mit einem taubenblauen Plaid bedeckt war, hing eine neblige Toskanalandschaft in Großformat. Die Wand gegenüber teilten sich Kleiderschrank und Bücherregale, die unter ihrer Last fast zusammenbrachen. Bei einem genaueren Blick stellte ich fest, dass Theresa Lenhardt zwischen all den Buchseiten nicht nach Entspannung gesucht hatte. Unzählige gelbe Zettel markierten Seiten in juristischen Fachbüchern, kriminalistischen Fallanalysen und Büchern über Aussagepsychologie. Medizinische Ratgeber hatte sie ebenso akribisch durchgearbeitet. Die für Schwerkranke typische Ansammlung von Medikamenten fehlte. Auch hier hatte jemand aufgeräumt.

Auf dem Hocker neben dem Bett stand ein gerahmtes Foto von Fritz Lenhardt. Ich betrachtete es genauer: Er hatte ein schmales Gesicht und eine hohe Stirn, auf der sich zum Zeitpunkt der Aufnahme bereits deutliche Geheimratsecken abgezeichnet hatten. Die leicht abstehenden Ohren hatte er offensichtlich durch die längeren, seitlich gescheitelten Haare verdecken wollen. Weder sein Dreitagebart noch sein Lachen konnten darüber hinwegtäuschen, dass er das Leben eher von der nachdenklichen Seite genommen hatte. Sah so ein Mörder aus? Die Frage drängte sich mir auf, gleichzeitig wusste ich, wie idiotisch sie war.

Über den Flur ging ich ins Arbeitszimmer. Von hier aus hatte sie vermutlich den aussichtslosen Kampf für ihren Mann ausgefochten. Ich bildete mir ein, etwas davon spüren zu können, und das ließ mich frösteln. Theresa Lenhardt hatte drei große rechteckige Schreibtische zu einem U gestellt. Die Flächen waren bis auf einen Schnellhefter und ein Telefon leer. Ringsherum standen Regale, auch sie waren leer. Selbst in dem leicht dämmrigen Licht waren die Abnutzungsspuren auf den Regalböden zu erkennen. Solche Spuren waren mir vertraut. Sie entstanden, wenn Aktenordner immer wieder herausgezogen und hineingeschoben wurden. Ich sah mich um, konnte jedoch keinen einzigen Ordner entdecken.

Ich ging zum Fenster und zog das lachsfarbene Rollo hoch. Es war das einzige Element in diesem Raum, das so etwas wie Wärme ausstrahlte. Mein Blick wanderte hinunter auf die Straße und zu dem schmalen Kanal, der parallel verlief. Unten saß eine alte Frau auf einer Bank und fütterte Enten. Als ich das Fenster kippte, war das aufgeregte Geschnatter der Tiere bis in den zweiten Stock zu hören.

»Auf geht's«, murmelte ich, setzte mich auf den ergonomischen Drehstuhl und nahm mir den dünnen Schnellhefter vor. Darauf stand mein Name. Auf der ersten Seite informierte Theresa Lenhardt mich darüber, dass sie sämtliche Akten über den Mordfall an Konstantin Lischka und den Justizirrtum an ihrem Mann vor ihrem Tod habe vernichten lassen. Auf den folgenden Seiten liefere sie mir lediglich eine Zusammenfassung der Fakten. Ich solle mir selbst ein Bild machen und unvoreingenommen an die Sache herangehen. Das Aktenstudium würde viel zu sehr aufhalten und habe schon ihr keinen Schritt weitergeholfen.

Nachdem ich die einleitenden Absätze überflogen hatte, verlangsamte ich mein Lesetempo, um das zu erfassen, was ich noch nicht aus den Zeitungen wusste. Ich war gerade dabei, etwas über den Vorabend des Mordes zu lesen, als das Telefon auf dem Schreibtisch klingelte. Ich schrak zusammen und zögerte einen Moment, bevor ich das Mobilteil in die Hand nahm und die Taste mit dem grünen Hörer drückte.

»Bei Lenhardt«, meldete ich mich.

Am anderen Ende der Leitung war nur ein Atmen zu hören.

»Hallo?«, hakte ich nach und wartete.

Das Atmen wurde lauter. Ich sah aufs Display, aber es zeigte keine Nummer an.

»Sie sind wohl falsch verbunden«, sagte ich und unterbrach die Verbindung.

Dann widmete ich mich wieder Theresa Lenhardts Ausführungen. Sie schrieb: *Am Abend bevor der Mord geschah, hatte Fritz unsere sechs engsten Freunde zu einem festlichen Essen anlässlich seines vierzigsten Geburtstags eingeladen. Sie waren alle gekommen, um mit uns hineinzufeiern: Beate und Christoph Angermeier, Rena und Tilman Velte, Nadja und Konstantin Lischka. Kennen Sie diese Abende, Frau Mahlo, an denen der Funke gleich überspringt? An denen es so ausgelassen und fröhlich zugeht, dass Sie sich wünschen, das Fest würde nicht enden? So etwas lässt sich nicht planen. Aber wenn es gelingt, wird solch ein Abend unvergesslich.*

Er wäre es geworden, wäre er nicht von den grausamen Ereignissen, die auf ihn folgten, überschattet worden. In den frühen Mor-

genstunden – es waren längst alle zu Hause – wurde Konstantin im Hausflur vor seiner Wohnung mit mehreren Messerstichen umgebracht.

Wir waren erschüttert, als wir davon erfuhren, und fanden es ganz selbstverständlich, die Kripo mit allen Informationen zu unterstützen, die wir geben konnten. Zwei Beamte kamen am nächsten Vormittag bei uns vorbei, um uns zu befragen. Sie zeigten uns unter anderem das Foto eines Klappmessers. Es handelte sich um eines der Marke Laguiole. Sie fragten, ob wir dieses Messer schon einmal gesehen hätten. Dieses sicher nicht, meinte Fritz, aber er besäße selbst so eines, ich hätte es ihm vor Jahren geschenkt. Als die Beamten es sehen wollten, durchsuchte mein Mann die Küchenschubladen. Er war überzeugt, er habe es dort zuletzt gesehen, fand es jedoch nicht.

Am Tag darauf wurde Fritz ins Präsidium zu einer weiteren Befragung gebeten. Und dann überschlugen sich die Ereignisse. Zwei Tage später war er bereits Beschuldigter und saß in Untersuchungshaft – für ein Verbrechen, das er nie begangen hat. Es war eine unbeschreibliche Qual für ihn. Für uns beide.

Kripo und Staatsanwaltschaft hatten sich ziemlich schnell auf ihn eingeschossen. Ihrer Auffassung nach hatte Fritz als Einziger ein starkes Mordmotiv, weil er durch Konstantin einen großen finanziellen Verlust erlitten hatte. Als hätte das für meinen Mann ausgereicht, um einen Menschen zu töten, noch dazu einen Freund.

Vielleicht haben Sie über dieses angebliche Mordmotiv in der Zeitung gelesen. Es war eine vertrackte Geschichte. Ich werde versuchen, sie Ihnen zu erklären. Fritz hatte von Konstantin für eins Komma acht Millionen Euro dessen Elternhaus kaufen wollen. Die Kaufvertragsurkunde war schon unterzeichnet, und Fritz hatte im guten Glauben ohne weitere Absicherung den Kaufpreis an Konstantin bezahlt. Aber er wusste nicht, dass dieser aus einer früheren Bürgschaft hoch verschuldet war und von Gläubigern gegen ihn vollstreckt wurde. Weil die beiden auf die Auflassungsvormerkung verzichtet haben, die den Käufer vor dem Zugriff eines Dritten schützt, konnte von den Gläubigern auch in Konstantins Elternhaus vollstreckt werden. Trotz des vorausgegangenen dringenden Rates des Notars, die übliche Auflassungsvormerkung im Grundbuch eintragen zu lassen, haben die beiden einhellig die Köpfe geschüttelt und gesagt, so etwas bräuchten sie nicht. Sie seien langjährige Freunde und könnten guten Gewissens darauf verzichten.

Konstantin wird gewusst haben, in welche Falle er Fritz damit lockte. Warum sonst hätte er so kurz nach dem Tod seiner Eltern auf einen schnellen Verkauf des Hauses drängen sollen? Uns gegenüber hatte er behauptet, dringend Geld zu brauchen. Was letztlich auch stimmte. Ihm wird jedoch klar gewesen sein, dass er das Haus durch den Verkauf ohne Auflassungsvormerkung dem Zugriff der Gläubiger nicht entziehen würde. Und er wird darauf spekuliert haben, mit diesem Schachzug sowohl das Haus als auch den Kaufpreis den Gläubigern auf dem Tablett darzubieten und damit seine Schulden, die sich immer noch auf fast vier Millionen Euro beliefen, auf Kosten von Fritz loszuwerden.

Theresa Lenhardt hatte einen Absatz gemacht, als habe sie Luft holen müssen.

Konstantin hat all das immer bestritten und behauptet, die rechtliche Situation nicht überblickt zu haben. Er habe das Haus an den Gläubigern vorbei verkaufen und den Kaufpreis zur Schuldentilgung heranziehen wollen. In dem Fall hätte er jedoch keinesfalls auf die Auflassungsvormerkung verzichten dürfen. Aber auch da hatte er sich mit Unkenntnis der Sachlage herausgeredet.

Im Prozess hatte das Gericht weder gelten lassen, dass Fritz die Zahlung dieser eins Komma acht Millionen ohne Gegenwert zwar nicht leichtgefallen war, er sie letztlich jedoch hatte verschmerzen können, da er mit seinem Institut sehr viel Geld verdiente. Noch, dass ich von meiner Tante eines Tages ein beträchtliches Vermögen erben würde. Es wurde allein darauf abgestellt, dass Fritz sich durch seinen Freund Konstantin in unerträglicher Weise betrogen und geschädigt gefühlt haben musste.

Immer wieder wurde in der Verhandlung auf diesem unseligen Zerwürfnis zwischen den beiden herumgeritten. Natürlich hatte Fritz Konstantin angebrüllt, heftig sogar. Und natürlich hatte er ihm dabei all seinen Frust und seine Enttäuschung um die Ohren gehauen. Danach war erst einmal ein paar Monate Funkstille zwischen den beiden. Bis Fritz' vierzigster Geburtstag näher rückte. Erst hatte er Konstantin und Nadja nicht einladen wollen, seine Meinung aber schließlich geändert. Ich habe Konstantin nie verzeihen können, aber Fritz war aus einem anderen Holz geschnitzt, er war ein zutiefst großzügiger und großmütiger Mensch. Für ihn stand letztlich die langjährige Freundschaft an erster Stelle und nicht der Betrug durch seinen Freund, der seiner Meinung nach aus einer schlimmen Notsituation heraus gehandelt hatte.

Fritz schickte den beiden eine Einladung, und sie sagten noch am selben Tag zu. An dem Abend brauchten beide Männer ein paar Minuten, um zu ihrem alten, vertrauten Ton zurückzufinden, aber als das Eis gebrochen war, wirkten sie wie befreit. Das haben alle Beteiligten ausgesagt. Aber ein paar wenige scharfe Worte gegen Ende der Feier wogen für das Gericht schwerer als ein stundenlanges friedliches Miteinander.

Schließlich war da noch die Sache mit dem Alibi. Fritz hatte keines, zu dem Schluss kamen jedenfalls die Juristen. Wir waren gemeinsam schlafen gegangen, aber ich hatte keine Ruhe finden können. Es war viel Rotwein geflossen an dem Abend, und mein Mann schnarchte so laut, dass ich eine Schlaftablette nahm. Er hätte danach von mir unbemerkt das Schlafzimmer verlassen und nach Schwabing zu Konstantin fahren können, um ihn zu töten. Aus dem ›hätte‹ war dann schnell ein ›hatte vermutlich‹ geworden.

Später habe ich manchmal gedacht, hätte er doch einfach gesagt, er sei betrunken gewesen und habe in diesem Zustand seinen Freund getötet. Dann hätten sie vielleicht eine Affekttat eingeräumt und ihm wegen des Alkohols mildernde Umstände zugestanden. Aber Fritz hätte niemals etwas zugegeben, was er nicht getan hatte. Er verließ sich darauf, dass ein Unschuldiger nicht verurteilt werden würde. Hätten wir beide nicht so sehr darauf vertraut, wäre er vielleicht heute noch am Leben. Dann wäre vielleicht alles anders gekommen.

Hätte, wäre, wenn. Diese kleinen unscheinbaren Worte konnten einem die Nachtruhe rauben. Wie eine Made in einen Apfel fraßen sie sich in die Gedanken und lenkten sie in eine ungute Richtung. Sie versuchten, die Vergangenheit zu manipulieren. Aber die ließ sich – wenn überhaupt – nur in der Erinnerung verändern.

Es war, als hätten sich alle Umstände gegen Fritz verschworen, schrieb Theresa Lenhardt weiter. *Die Mordwaffe, dieses Klappmesser von Laguiole, gehörte unzweifelhaft meinem Mann. Es war neben Konstantins Leiche gefunden worden, sein Blut klebte daran. Es wird Sie vielleicht nicht verwundern, dass Fritz' Fingerabdrücke darauf gefunden wurden. Die Argumentation seines Verteidigers, dass er selbst sie mit Sicherheit abgewischt hätte, wäre er der Mörder gewesen, verlief wie so vieles andere im Sande. Schließlich gab es noch dieses unselige Haar, das auf Konstantins T-Shirt sichergestellt wurde. Es stammte von Fritz und hätte auf ganz unspektakuläre Weise auf das T-Shirt gelangt sein können, immerhin hatten sich die beiden am Abend umarmt. Es hätte von dem Hemd, das Konstantin am Abend getragen hatte, beim Ausziehen auf sein T-Shirt übertragen werden können. So etwas ist möglich. Richter und Staatsanwalt haben diese Möglichkeit in der Gesamtschau, wie sie es nannten, jedoch als die weniger wahrscheinliche abgetan. Die Menge an Indizien sei zu einer erdrückenden Beweislast geworden. Das Bild, das sie sich von der Tat gemacht hatten, sei logisch und lasse keine Zweifel an der Schuld des Angeklagten.*

Vor der Urteilsverkündung hatte der Richter, wie es üblich ist, meinem Mann das Wort erteilt. Fritz stand auf, ihm war anzumerken, dass er all seine Kraft zusammennehmen musste. Er hatte sich seine Worte vorher zurechtgelegt, um nicht zu stammeln. Aber er brachte sie nicht heraus. Er setzte zweimal an und gab schließlich auf.

Ich lief in den Flur und holte aus meiner Tasche eine Flasche Wasser. Ich lehnte mich gegen die Tür, schraubte den Verschluss auf und trank. Je länger ich darüber nachdachte, desto mehr schloss ich mich der Überzeugung des Gerichts an: Der Verlust von fast zwei Millionen Euro war ein starkes Motiv. Es waren schon Menschen für deutlich weniger Geld umgebracht worden. Noch dazu hatte sein Freund ihn bewusst betrogen. Fritz Lenhardt hätte in jener Nacht tatsächlich von seiner Frau unbemerkt von Obermenzing nach Schwabing fahren können, um seinen Freund zu töten. Nicht zu vergessen die Tatwaffe und das Haar. Es klang alles nach einem eindeutigen Fall. Zu eindeutig? Ich hing immer noch dieser Frage nach, als mein Handy eine SMS anzeigte. Henrike schrieb: *Lust auf Prosecco und grünen Tee? Ich könnte um acht bei dir sein.* In dem Fall bedeutete Prosecco, dass ausschließlich ich ihn trinken und Henrike sich an ihren grünen Tee halten würde.

»Aber bitte keine Minute später«, schrieb ich mit einem Lächeln zurück und erhielt als Antwort einen Smiley.

Henrike kannte meine Macke inzwischen zur Genüge. War ich mit jemandem verabredet und tauchte derjenige nicht pünktlich auf, wurde ich unruhig. Seit sechs Jahren wusste ich aus Erfahrung, dass Menschen verschwanden. Einfach so. Ohne eine Spur. Und dass den anderen das Warten zur Hölle geriet.

Seit heute Morgen wusste ich nun auch, dass Kerzenlicht wie von Geisterhand verlöschen konnte. Ich schob den Gedanken beiseite und kehrte in Theresa Lenhardts Arbeitszimmer zurück, um weiterzulesen. Wie sie schrieb, war ihr Mann zusammengebrochen, als der Richter das Urteil verlas. Und in ihr sei das Grundvertrauen auf Gerechtigkeit zu Bruch gegangen. Mit mehreren Anwälten habe sie erst um eine Revision und dann um Wiederaufnahme des Verfahrens gekämpft. Gleichzeitig habe sie durch einen Detektiv Konstantin Lischka ausforschen lassen, dabei aber nicht viel mehr herausgefunden als das, was sie längst über ihn wusste – dass er ein Vollblutjournalist und Frauenheld gewesen und wegen der gezogenen Bürgschaft in existenzielle Geldnot geraten war. Seine Recherchen zu einer Reportage über Steuerflüchtlinge waren in der Gerichtsverhandlung bereits zur Sprache gekommen, hatten jedoch keine Anhaltspunkte in der Mordsache ergeben. Ein Kollege von Konstantin Lischka hatte diese Reportage nach seinem Tod übernommen, aber auch bei ihm waren weder Motiv noch Gelegenheit, geschweige denn der Zugang zur Tatwaffe nachweisbar gewesen.

Also hatte sich der Detektiv im Auftrag von Theresa Lenhardt den Freundeskreis der Lenhardts vorgenommen, genauer gesagt die Menschen, die der Einladung zu jenem vierzigsten Geburtstag gefolgt waren.

Keiner von ihnen zeigte Verständnis. Keiner von ihnen wollte begreifen, dass es eine reine Verzweiflungstat war, sie von dem Detektiv Martin Cordes ausforschen zu lassen. Sie haben sich nach und nach von Fritz und mir abgewandt. Ausnahmslos. In manchen Momenten kann ich es sogar verstehen. Vielleicht hätte ich an ihrer Stelle genauso gehandelt. Mein Misstrauen hat sie tief verletzt. Vier von ihnen. Einen oder eine wird mein Misstrauen wohl eher beunruhigt haben. Denn einer Sache bin ich mir inzwischen hundertprozentig sicher, Frau Mahlo. Der Mörder oder die Mörderin von Konstantin hat an jenem Abend an unserem Tisch gesessen und mit uns auf Fritz' vierzigsten Geburtstag angestoßen. Einen Beweis dafür hat Martin Cordes jedoch nicht gefunden.

Meine Überzeugung hat Fritz nicht retten können. Als klar war, dass es keine neuen Beweise gab, die nötig gewesen wären, um ein Wiederaufnahmeverfahren zu erwirken, erhängte sich mein

Mann in seiner Zelle. Von einigen Medien wurde sein Suizid ganz offen als Schuldeingeständnis gewertet. Zu dieser Zeit hielten mich Rachegedanken in Atem, wie ich sie niemals zuvor für möglich gehalten hatte. Ich wollte diese Journalisten, die so etwas schrieben, leiden sehen. Ich verfluchte sie, wünschte, sie würden in eine ähnlich aussichtslose und diffamierende Lage geraten und dann einmal zu spüren bekommen, was Durchhalten bedeutete. Wie viel Kraft es erforderte. Kraft, die mein Mann nach allem, was geschehen war, nicht mehr hatte.

Und auch mir ging die Kraft aus, Frau Mahlo. Der Krebs tauchte so unvermittelt auf, er war so aggressiv, dass ich ihm nur wenig entgegenzusetzen hatte. In dieser Zeit starb meine Tante, die mir das Vermögen hinterließ, das nun Sie auf meine Erben verteilen sollen.

An dieser Stelle schlug ich den Schnellhefter zu. Niemand würde ermessen können, welcher Albtraum diesen beiden Menschen widerfahren war, sollte Fritz Lenhardt tatsächlich zu Unrecht verurteilt worden sein. Es kursierten so viele Begriffe, um Ausnahmesituationen wie diese fassbar zu machen. Aber reichte es aus, sie als tragisch, entsetzlich oder traumatisch zu bezeichnen? Wer sie am eigenen Leib zu spüren bekam, für den waren solche Begriffe nur Annäherungen an das Grauen. Von Joan Didion hatte ich einmal den Satz gelesen, Leid sei ein Ort, den niemand von uns kenne, solange wir nicht dort gewesen seien. An diesen Satz musste ich jetzt wieder denken. Gleichzeitig wollte ich mich von diesem Leid nicht beeinflussen lassen. Mitgefühl würde mir ein schlechter Ratgeber sein.

Ich lehnte mich in dem Stuhl zurück und schloss die Augen, um besser nachdenken zu können. In ihrem Brief hatte Theresa Lenhardt mich aufgefordert, ihrer Wohnung erst einen Besuch abzustatten, bevor ich mich entschied, ob ich die Testamentsvollstreckung annehmen wollte. Aber was hatte mein Besuch hier ändern sollen? Was konnte der

Inhalt dieses Schnellhefters ausrichten? Ihr Mann war für den Mord verurteilt worden, und selbst ein Detektiv hatte keinen Beweis für einen Justizirrtum finden können. Was nicht heißen musste, meldete sich meine innere Stimme, dass es einen solchen Beweis nicht gab.

Was hatte sie sich vorgestellt? Dass ich mir die fünf potenziellen Erben vornahm, einen nach dem anderen zu einem Gespräch einlud und fragte, ob er nicht vielleicht doch einen Hinweis zur Unschuld des Freundes hatte, einen Hinweis, den er bisher verschwiegen hatte? Was für Freunde sollten das sein, die erst mit der Wahrheit herausrückten, wenn eine beträchtliche Erbschaft ins Spiel kam?

Ich rief mir den Wortlaut des Testaments wieder ins Gedächtnis. Genau genommen sollte ich nicht den Justizirrtum aufdecken, sondern den Verdacht gegen die Freunde ausräumen. Allein die Vorstellung war absurd. Das hier war die reinste Zeitverschwendung. Ich wollte den Schnellhefter schon zuschlagen, als ich beschloss, wenigstens noch die letzten Seiten zu lesen. Ich blätterte zu der Stelle, an der ich die Lektüre unterbrochen hatte.

Liebe Kristina Mahlo, fuhr Theresa Lenhardt fort, uns beide verbindet eine sehr einschneidende Erfahrung: der Verlust eines geliebten Menschen unter tragischen Umständen. Ich erinnere mich noch gut an die erfolglose Suche nach Ihrem vermissten Bruder, an all die Plakate an Laternenmasten und Bäumen. Und ich erinnere mich auch noch an die Fragen der Kripobeamten, die nach Hinweisen für einen Zusammenhang zwischen beiden Fällen suchten.

Wie hatte ich diese Fragen nur vergessen können? Natürlich: Auch uns hatten die Kripobeamten nach einer möglichen Verbindung Bens zu Konstantin Lischka befragt. Aber Ben hatte sich in einem völlig anderen Umfeld bewegt und keinerlei Berührungspunkte mit dem ermordeten Journalisten gehabt. Die zeitliche Nähe war das Einzige, was den Mord und das Verschwinden meines Bruders verband.

Ich fand diese Fragen damals völlig abwegig. Inzwischen sehe ich das anders. Denn es muss einen solchen Zusammenhang geben, Frau Mahlo. Das habe ich allerdings erst vor ein paar Wochen erfahren.

Als es mir gesundheitlich zunehmend schlechter ging, habe ich noch einmal jeden unserer Freunde zu einem Gespräch gebeten. Ich habe darum gebettelt, angesichts meines nahenden Todes offen zu mir zu sein und mich von der quälenden Ungewissheit über die Umstände, die zu Konstantins Tod geführt haben, zu erlösen. Sollten sie irgendetwas wissen, was sie bisher verschwiegen hätten, sollten sie es mir bitte sagen. Meine Freundin Rena Velte hat mir schließlich gestanden, an jenem Abend etwas belauscht zu haben, das sie jedoch bis dahin für sich behalten habe, um meinen Mann nicht noch mehr zu belasten. Rena war auf der Toilette, als sie draußen im Flur die Stimme von Konstantin Lischka hörte. Er sagte: »Ich hab dich mit Ben Mahlo gesehen. Wie viel ist dir das wert?« Sie nahm an, dass Konstantin mit meinem Mann gesprochen hatte, denn als sie zum Tisch zurückkehrte, war er als Einziger nicht an seinem Platz. Als er zurückkam, habe er irgendwie blass ausgesehen.

Mit wem auch immer Konstantin gesprochen hat – es war nicht mein Mann. Fritz hat diesen Mord nicht begangen. Dessen bin ich mir ganz sicher!

Jetzt ist es an Ihnen, Frau Mahlo: Vielleicht gelingt es Ihnen, auf der Seite Ihres Bruders das Ende eines Fadens aufzunehmen und es mit dem Gast unserer Tafelrunde zu verbinden, den Konstantin an jenem Abend zu erpressen versucht hat.

Ich bin mir bewusst, was ich Ihnen damit aufbürde und dass ich Sie vielleicht sogar in Gefahr bringe. Aber Sie haben die Wahl: Sie können Nein sagen. Sollten Sie sich jedoch dazu entschließen, mein Testament zu vollstrecken, passen Sie gut auf sich auf, denn einer der fünf möglichen Erben ist ein Mörder.

»Das ist eine Finte, darauf gehe ich jede Wette ein«, sagte ich über mein Proseccoglas hinweg, streckte die Beine aus und legte die Füße auf die alte Holztruhe, die als Couchtisch fungierte.

Henrike lag mit übereinandergeschlagenen Beinen auf dem dunkelgrauen Stoffsofa, hatte sich zwei der bunten Kissen in den Nacken gestopft und drehte den Filter einer Zigarette zwischen den Lippen hin und her. »Wieso bist du dir da so sicher?«, nuschelte sie.

»Weil sich niemand, der einigermaßen bei Verstand ist, bereit erklären würde, dieses Testament zu vollstrecken. Also musste sie ein Lockmittel finden.«

»Mir würden zweihunderttausend Euro als Lockmittel reichen.«

»Was hätte ich denn von der Aussicht auf dieses Geld, wenn sie tatsächlich den Falschen eingesperrt haben und ich dem Mörder in die Quere käme?«

»Du könntest mich als Bodyguard anheuern und an dem Geld beteiligen.«

»Und wenn es schiefgeht?«

»Dann beteilige ich mich an deiner Grabstätte.«

»Das ist makaber.«

»Ich finde, es wäre ein guter Deal. Aber mal im Ernst: Schätzt du diese Theresa Lenhardt so ein, dass sie deinen Bruder als Lockmittel benutzen würde?«

»Wie soll ich sie denn einschätzen können, ich kannte sie ja nicht einmal! Aus dem, was sie geschrieben hat, geht nur hervor, dass sie ziemlich verzweifelt gewesen sein muss. Das kann ich sogar verstehen.«

Henrike setzte sich auf und schenkte sich grünen Tee nach. Da sie eine genaue Vorstellung davon hatte, wie er schmecken sollte, bereitete sie ihn sich am liebsten selbst zu. Sie trank ausschließlich China Lung Ching, Drachenbrunnentee aus Zhejiang, den ich immer vorrätig hatte, benutzte gefiltertes Wasser und ließ es nach dem Kochen exakt auf achtzig Grad abkühlen. Ich war dafür meist zu ungeduldig.

»Selbst wenn du jetzt ablehnst, Kris, die Sache wird dir keine Ruhe lassen.«

»Ich werde ablehnen, so viel ist klar.«

»Warum?«

»Ich habe ja nicht einmal herausfinden können, was mit Ben geschehen ist. Wie soll ich denn da diese fünf Leute von einem Mordverdacht befreien? Das ist absurd.« Ich stellte das Glas auf der Truhe ab und setzte mich in den Schneidersitz.

»An deiner Stelle würde ich mit der Frau sprechen, die angeblich auf dem Flur etwas belauscht hat. Finde heraus, ob es stimmt, was diese Theresa Lenhardt in ihrem Brief behauptet.«

Ich schloss die Augen. Was, wenn dieser Satz tatsächlich an jenem Abend gefallen war? »Dann hätte diese Frau sechs Jahre lang geschwiegen«, flüsterte ich, »sechs Jahre, Henrike.« Ich biss mir auf die Unterlippe.

»Hast du Angst davor, endlich zu erfahren, was mit deinem Bruder geschehen ist?« Sie beugte sich vor, stützte die Ellenbogen auf den Knien ab wie ein Kutscher und sah mich mit hochgezogenen Brauen an. »Es hat in all den Jahren keinen einzigen Hinweis auf seinen Verbleib gegeben. Vielleicht gibt es ihn jetzt.«

Ich sprang auf und lief im Zimmer umher. Vor einem der Bücherregale blieb ich stehen und lehnte meine Stirn dagegen. »Ich weiß nicht, ob ich das durchstehe. Ich weiß noch nicht einmal, ob ich das will. Alles wieder aufrollen …«

»Du könntest es zumindest versuchen.«

Ich ging zurück zum Sofa und ließ mich zwischen die Kissen sinken. »Heute hat mir bereits eine der potenziellen Erbinnen auf dem Hof aufgelauert. Sie meinte, die Testamentsvollstreckung sei keine große Sache, sie seien allesamt unschuldig, der Mord sei damals aufgeklärt worden und fertig.«

»Aber das war nicht die, die das mit Ben belauscht haben will, oder?«

»Nein, es war die Witwe des Journalisten, der umgebracht wurde. Wenn es nach ihr ginge, würde ich morgen das Erbe verteilen.«

»Bei der Summe, um die es da geht, ist es ein Wunder, dass sie bisher die Einzige ist, die hier herumschleicht.«

4

Von einer Sekunde auf die andere war ich hellwach. Mein Herz klopfte, als stünde es unter Volldampf. Ich brauchte nicht auf den Wecker zu sehen, um zu wissen, dass es kaum später als vier Uhr war. Es gab nur wenige Nächte, in denen ich um diese Zeit noch schlief. In den vergangenen Jahren hatte ich so ziemlich alles ausprobiert, was in klugen Ratgebern über Schlaflosigkeit stand. Nichts hatte geholfen. Schließlich hatte ich begonnen, das Unabänderliche zu akzeptieren und in die Leben der Toten einzutauchen, in ihre Briefe, Tagebücher und persönlichen Aufzeichnungen, die ich aus Nachlässen rettete, für die sich niemand interessierte. In einer großen Bettschublade, verborgen unter einer Wolldecke, hortete und hütete ich diese Papiere. Sie schlüsselten Biografien auf und erzählten davon, warum manche Menschen scheiterten, während anderen ihr Leben trotz widriger Umstände gelang. Zwischen diesen Seiten lernte ich Menschen kennen, die in schwere Sinnkrisen stürzten, und andere, die ihr Leben lang davon verschont blieben. Und ich begriff, dass es keine Hierarchie des Leids und der Trauer gab. Wer darin verfangen war, für den war der Schmerz absolut.

In dieser Nacht folgte ich Elisabeth Weiß auf ihrem Lebensweg. Ich erinnerte mich noch gut an ihre aufgeräumte, saubere Wohnung, in der sie ihre wenigen Besitztümer gehütet hatte, bis sie eines Morgens nicht mehr aufgewacht war. Ihre Schrift war ungelenk, und auch die Worte schienen ihr nicht immer zugeflogen zu sein. Sie und ihr Mann hatten einen kleinen Lebensmittelladen betrieben, zu einer Zeit, als die Supermärkte gerade im Entstehen waren. Sie hatten um ihre Kunden kämpfen müssen, manchmal um den Preis der Selbstachtung. Da das Geld knapp war, hatten sie an den Wochenenden die verderblichen Überreste aus dem Laden gegessen, meistens Kuchen oder Milch, die sie zu Grießbrei verarbeiteten. Es war ein entbehrungsreiches Leben, von dem Elisabeth erzählte und mit dem sie oft haderte.

Als ich das Schreibheft zuschlug, hörte ich den Hahn aus der Nachbarschaft. In meinen schlaflosen Nächten war mir sein Krähen vertraut geworden. Es gab Anwohner, die hätten seine lautstarken Äußerungen lieber in einem Kochtopf zum Schweigen gebracht, mich beruhigten sie.

Ich stand auf und ging in die Küche, um mir Milch in einem Topf zu wärmen. Mit dem fertigen Kakao setzte ich mich ins offene Fenster und schaute in die Dämmerung. Ich hatte den frühen Morgen schon immer gemocht, den Geruch von würziger, unverbrauchter Luft und das Gezwitscher der Vögel.

Vorsichtig nahm ich einen Schluck von dem heißen Kakao und ließ meinen Blick durch den Park hinüber zur Würm wandern. An der Uferböschung waren zwei Amseln auf der Suche nach den Zutaten für ihr Frühstück. Dieses Picken in der Erde erinnerte mich an unsere Suche nach Ben. Ohne Plan hatten wir im dichten Nebel herumgestochert, hätten alles gegeben für den kleinsten Hinweis, wo wir nach ihm suchen sollten. Aber irgendwann hatte mein verzweifeltes Sehnen nach einem Anhaltspunkt aufgehört. Ich hätte noch nicht einmal sagen können, wann genau. Es war, als hätte sich meine Hoffnung erschöpft. Inzwischen war ich mir sicher, dass Ben nicht mehr lebte.

Mein Bruder war zwei Jahre nach mir, aber zwei Monate zu früh auf die Welt gekommen. Die Ärzte hatten gemeinsam mit meinen Eltern um sein Leben gekämpft und diesen Kampf nach wochenlangem Ringen und Bangen schließlich gewonnen. Von da an hatten meine Eltern Ben in Watte gepackt und verhätschelt. Die Angst und Sorge, ihn zu verlieren, hatte sie nie ganz verlassen. Die Risiken, die mit einem zu früh geborenen Kind verbunden waren, rückten in ihren Augen in die Nähe von Tatsachen. Deshalb hatten sie sich darauf eingestellt, ein Kind mit leichten geistigen Beeinträchtigungen großzuziehen. Es musste erst ein engagierter Lehrer kommen, der Bens Zurückhaltung in der Schule nicht als Minderbegabung, sondern als Langeweile erkannte und meine Eltern überredete, ihren Sohn auf Hochbegabung testen zu lassen.

Sein Verschwinden hatte viele Spekulationen heraufbeschworen. Bis hin zu der, dass er der familiären Fürsorge überdrüssig geworden und ihr entflohen sei. Aber Ben hatte keinen Grund zu fliehen gehabt. Nie war ihm zu viel abverlangt, nie war er unter Druck gesetzt worden. Ihm war alles zugeflogen – allem voran seine vielfältigen Begabungen, um die ich ihn vor allem als Kind glühend beneidet hatte.

Bens Verschwinden hatte mich in die Knie gezwungen. In Gedanken hatte ich ihn so oft zum Teufel geschickt, dass ich unter der Last meiner Schuldgefühle fast zusammenbrach – als hätten meine Gedanken ausgereicht, ihn vom Erdboden verschlucken zu lassen. Zum Glück hatte ich eine Therapeutin gefunden, die mit beiden Beinen fest auf ebendiesem Boden stand. Von ihr hatte ich viel über mich gelernt. Da Ben von Anfang an hilfsbedürftig gewesen war, hatten meine Eltern nur sehr wenig Zeit für mich und meine Bedürfnisse gehabt. Und dabei war es letztlich geblieben. Das hätte mich schon früh selbstständig und autonom werden lassen. Um mich gegenüber ihm, dem Hilfsbedürftigen, abzugrenzen und so ihre Aufmerksamkeit zu bekommen, wäre aus mir die Mutige, Beherzte geworden, die Starke, der nichts zu viel ist, die alles schultern könne. Ganz ohne Groll meinem Bruder gegenüber sei das jedoch nicht vonstattengegangen. Ich solle gnädig mit mir sein und mir verzeihen, ihn zum Teufel gewünscht zu haben, hatte meine Therapeutin oft gesagt.

Ihrer Ansicht nach war es außerdem nicht überraschend, dass ich mich ausgerechnet als Nachlassverwalterin niedergelassen und damit einen Beruf gewählt hatte, in dem Verlust und Sterben zum Alltag gehörten – Themen, die in Bens ersten Lebensmonaten bei uns als starke Bedrohung im Raum gestanden hatten und nach seinem Verschwinden bittere Realität geworden waren. Außerdem müsse ich in diesem Beruf zupackend und mutig sein. Bis dahin hatte ich noch geglaubt, der Zufall habe bei meiner Berufswahl die Hand im Spiel gehabt.

Ben war immer der zarte Junge gewesen, auf den man aufpassen musste, der sich nicht überanstrengen durfte. Dabei hatte er mir mal verraten, dass er sich mitten in einem Orkan am lebendigsten fühlte, dass er diesen Kick brauchte, um das Blut in seinen Adern zu spüren. Mir waren die beständigeren Wetterlagen lieber. Ich hielt mich an das Berechenbare – so etwa an die Überzeugung, meine Ziele mit dem nötigen Einsatz erreichen zu können. *Wenn du dich anstrengst, wirst du belohnt.* Ich mochte diesen Satz und die Chancen, die in ihm mitschwangen. Bens Kommentar dazu hatte gelautet: *Wozu sich anstrengen, wenn man sich auch gleich belohnen kann!*

Er war ungeduldig, mehr seinen Stimmungen unterworfen, die sich von einer Sekunde auf die andere ändern konnten. Und er war unbedachter. Ich fragte mich, ob ihm dieses Unbedachte zum Verhängnis geworden war und ihn ohne eine einzige Spur aus unser aller Leben hatte verschwinden lassen. Denn eines war Ben nicht gewesen: grausam. Hätte er aus welchem Grund auch immer untertauchen müssen, er hätte uns eine Nachricht zukommen lassen. Da das nicht geschehen war, musste er tot sein. Davon war ich inzwischen überzeugt.

Ich schloss das Fenster und ging ins Wohnzimmer. Henrikes unverwechselbarer Duft – ein Gemisch aus Moschus und Zigarettenrauch – hing noch in der Luft. Ich schüttelte die bunten Kissen auf und verteilte sie auf den beiden grauen Sofas, die ich erst vor zwei Monaten erstanden hatte. Bei meinem Einzug hatte ich nur das besessen, was in mein WG-Zimmer in Berlin gepasst hatte: Bett, Kleiderschrank, Sessel, Schreibtisch und Bücherregal. Mit der Zeit war einiges hinzugekommen. Im Wohnzimmer hatte ich eine Wand rubinrot gestrichen und davor eine alte Kommode mit fünfzehn kleinen Schubkästen gestellt. Die andere Wand war nach und nach mit Bücherregalen zugewachsen. In meinem Schlafzimmer hatte sich nichts verändert, dort war es bei Bett und Schrank geblieben. Allerdings hatte sich mein Bett mit unzähligen Kissen zu einem Zufluchtsort entwickelt, in den ich eintauchen konnte, wenn mir danach war.

Nachdem ich heiß geduscht hatte, schlüpfte ich in eine graue Jeans und zog eine kurzärmlige, hauchdünne Bluse in der gleichen Farbe über ein schwarzes Top mit Spaghettiträgern. Nachdem ich mir einen bunten Schal mehrmals um den Hals geschlungen und ausgiebig meine Wimpern getuscht hatte, schnappte ich mir den Autoschlüssel und machte mich auf den Weg.

Der Himmel war verhangen an diesem Morgen. Über Nacht hatte sich eine dichte Wolkendecke gebildet, und es war um ein paar Grad kühler geworden. Aber bei den schnellen Wetterwechseln war es gut möglich, dass bereits in einer Stunde die Sonne wieder schien. Die Aussicht darauf reichte jedoch nicht aus, um mich zu wärmen. An der nächsten Ampel zog ich mir einen Pulli vom Rücksitz und schlang ihn um meine Schultern.

Kurz vor sieben Uhr morgens war eigentlich nicht der ideale Zeitpunkt, um jemandem einen Besuch abzustatten. Aber ich musste Marianne Moser noch etwas fragen, bevor sie an diesem Tag in Urlaub fuhr. Da sie vorher noch zum Friseur wollte, würde sie sicher früh aufstehen.

Als sie mir die Tür öffnete, war sie schon fertig angezogen und gekämmt. Der Duft von Kaffee und Kölnisch Wasser strömte mir entgegen.

»Guten Morgen, Frau Moser«, begrüßte ich sie. »Entschuldigen Sie, wenn ich so früh störe, aber ich würde Sie gerne noch einmal sprechen, bevor Sie abreisen.«

Sie drehte sich gemächlich um und schaute auf die Standuhr im Flur, deren Pendel ein knarzendes Geräusch von sich gab. »Sie sind wirklich früh dran. Haben Sie denn schon gefrühstückt? Sie sehen ja völlig verfroren aus. Kommen Sie, trinken Sie einen Kaffee mit mir.« Ohne meine Antwort abzuwarten, lotste sie mich in ihre Küche und bot mir einen Platz an dem winzigen Küchentisch an, in dessen Mitte eine Vase mit Rittersporn stand. Dann holte sie eine Porzellantasse mit Rosenmuster aus dem Schrank, füllte sie und stellte sie vor mich hin.

»Sie setzte sich, wobei sie sich an Tisch und Stuhl mit den Händen abstützte, und zog ihre Tasse heran. »Was möchten Sie wissen?«

»Wie gut kannten Sie Frau Lenhardt?«

»Diese Frage haben Sie mir gestern schon gestellt. Was möchten Sie denn eigentlich wissen?«

»Können Sie sich vorstellen, dass Frau Lenhardt gelogen hätte, wenn ihr etwas sehr wichtig gewesen wäre?«

»Sie meinen, in der Gerichtsverhandlung?« Sie runzelte die Stirn und deutete ein Kopfschütteln an. »Der Staatsanwalt hätte ihr lediglich ein paar Fangfragen stellen müssen, und ihr Lügengebäude wäre in sich zusammengefallen. Um da überzeugend durchzukommen, muss man nicht nur gut lügen können, sondern auch starke Nerven haben. Und die hatte sie nicht. Überzeugend zu lügen hat etwas von einem Kraftakt.«

»Und sonst? Außerhalb der Gerichtsverhandlung?«

»Worauf wollen Sie hinaus, Frau Mahlo?«

»Es geht um den Vorabend des Mordes, als Doktor Lenhardt seinen vierzigsten Geburtstag gefeiert hat.«

»Die gemeinsame Feier mit den Freunden, ja, ich weiß. Sie hat für Sie ja vor ihrem Tod extra noch mal den Tisch entsprechend gedeckt, damit …«

»Was hat sie?«

»Den Tisch gedeckt. Haben Sie ihn gestern nicht gesehen?«

»Ich war fast die ganze Zeit im Arbeitszimmer und habe gelesen.«

»Na, dann schauen Sie gleich mal in ihr Esszimmer am Ende des Flurs. Ich fand diese Inszenierung ein wenig makaber. Das habe ich ihr auch gesagt. Aber sie bestand darauf. Sie meinte, an dem Tisch habe der Mörder oder die Mörderin von Konstantin Lischka gesessen. Dieser Abend sei entscheidend gewesen für alles, was danach geschah.«

»Sie hat mir einen Brief hinterlassen, in dem sie schreibt, an jenem Abend habe jemand etwas über meinen Bruder Benjamin gesagt. Er ist drei Wochen vor dem Mord spurlos verschwunden.«

»Und man hat ihn bis heute nicht gefunden, ich weiß. Theresa hat mir davon erzählt. Ich habe mich dann auch wieder daran erinnert. Damals hingen ja überall Plakate. Es tut mir sehr leid für Sie und Ihre Familie.« Sie sah mich mitfühlend an.

»Halten Sie es für möglich, dass Frau Lenhardt nur behauptet hat, dass an dem Abend der Name meines Bruders erwähnt wurde?«

»Warum hätte sie das tun sollen?«

»Damit ich ihr Testament vollstrecke.«

Sie legte den Kopf in den Nacken, atmete hörbar ein und aus und sah zur Decke, als könne sie auf diese Weise besser nachdenken. Sie ließ sich Zeit, ihre Gedanken zu ordnen. Als sie mich schließlich wieder ansah, schien sie zu einem Ergebnis gekommen zu sein. »Ich verstehe Ihre Skepsis. Dieses Testament ist wirklich ein harter Brocken. Und dessen war sich Theresa voll und ganz bewusst. Aber ich habe sie an dem Tag erlebt, als diese Freundin ihr davon erzählte. Es hat sie so sehr aufgeregt, dass ein Arzt kommen musste. Nein, Frau Mahlo, ich glaube nicht, dass sie sich das ausgedacht hat.«

»Warum haben Sie dann so lange über Ihre Antwort nachgedacht?«

»Weil ich genauso misstrauisch bin wie Sie. Ich habe diese Situation noch einmal vor meinem inneren Auge Revue passieren lassen. Ich will Ihnen schließlich nichts Falsches sagen. Natürlich hätte sie auch das, was ich mitbekommen habe, vorausplanen und schließlich gut spielen können. Möglich wäre das natürlich gewesen. Aber nicht in Theresas Zustand, sie hatte ja kaum noch Kraft.«

»Hätten Sie ihr denn in einem körperlich besseren Zustand eine solche Täuschung zugetraut?«

»Theresa war eine Kämpferin«, wich sie einer Antwort aus.

»Haben Sie eigentlich ein Foto von ihr? Die einzigen Fotos, die nebenan stehen, zeigen ihren Mann. Und die Fotos, die ich in den Zeitungen gesehen habe, geben nicht viel her.«

»Moment, ich hole Ihnen eines.« Marianne Moser stand auf und kehrte kurz darauf mit einer kleinen Schachtel zurück. Sie zog ein Foto daraus hervor und legte es vor mich hin. »Das stammt noch aus guten Zeiten. Ich habe Theresa kennengelernt, als die schlechten längst angebrochen waren. Sie hat sich zwar immer sehr viel Mühe mit ihrer Kleidung und ihrem Make-up gegeben, aber nichts davon konnte darüber hinwegtäuschen, dass in ihrem Leben eine Bombe eingeschlagen war und sie schwer verletzt hatte.«

Ich betrachtete das Foto. Theresa Lenhardt sah aus, als sei sie vom Glück umweht. Alles an ihr war licht und strahlend.

Ein paar Strähnen ihres hellblonden Haars fielen ihr ins Gesicht. Ihre Augen und ihre Zähne funkelten um die Wette. Ihr Lachen wirkte fröhlich und aufrichtig.

»Manchmal, wenn sie von ihrem Mann erzählte, kam dieses Strahlen wieder durch. Er muss eher introvertiert und nachdenklich gewesen sein, sie hat die unbeschwerte Fröhlichkeit mit in die Ehe gebracht.« Ihre Augen wurden feucht. »Es ist schon richtig so, dass man nicht weiß, was im Leben alles auf einen zukommt.«

Für zwei Wochen würde sie ihre Schwester in Ostholstein besuchen, hatte Frau Moser mir zum Abschied gesagt. Außerdem solle ich nicht vergessen, mir nebenan den Tisch anzusehen. Und ich solle gut auf mich achtgeben. Vielleicht sei doch ein Unschuldiger verurteilt worden, sicher könne man sich schließlich nie sein.

Diese Worte begleiteten mich in Theresa Lenhardts Esszimmer, das mit warmen Farben und weichen Stoffen eine gediegene Landhausgemütlichkeit ausstrahlte. Ich öffnete die Gardinen und ließ Tageslicht hinein. Dann trat ich an den Tisch, der eher für vier Personen konzipiert, aber für acht gedeckt worden war. Der Esstisch aus ihrer Villa im Betzenweg hatte vermutlich nicht in diesen Raum gepasst. Oder sie hatte seinen Anblick nicht mehr ertragen. Das Klingeln des Telefons platzte in meine Gedanken. Ich lief ins Arbeitszimmer, nahm das Mobilteil von der Station und meldete mich. Wieder erhielt ich zur Antwort nur ein Atmen.

»Glückwunsch, atmen können Sie. Dann besteht ja die Hoffnung, dass Sie irgendwann auch noch das Sprechen lernen«, sagte ich, bevor ich die Verbindung unterbrach.

Zurück im Esszimmer, betrachtete ich den Tisch. Mit Porzellan, Kristallgläsern, Leinenservietten und Kerzen wirkte er festlich. In der Tischmitte war mit kleinen Glitzerherzen die Zahl vierzig gestreut worden. Anhand von Platzkarten konnte ich nachvollziehen, wer wo gesessen hatte: Theresa Lenhardt und ihr Mann jeweils am Kopf des Tisches. Das Ehepaar Angermeier und Rena Velte auf der einen Seite, die Lischkas und Tilman Velte auf der anderen.

»Was soll mir das nun sagen, Frau Lenhardt?«, fragte ich laut, machte auf dem Absatz kehrt und verließ die Wohnung. Drei Menschen, die an diesem Essen teilgenommen hatten, waren tot. Die fünf Überlebenden würden alles daransetzen, die Sache mit dem Erbe so schnell wie möglich über die Bühne zu bringen. Und ich? Was sollte ich tun?

Ich setzte mich in mein Auto und schaltete den Motor ein. Beim Ausscheren aus der Parklücke fiel mein Blick auf einen kleinen Gegenstand, der direkt vor mir unter dem Scheibenwischer klemmte. Ich stieg wieder aus und zog ein noch eingeschweißtes Kondom darunter hervor. Ich blickte mich um und war mir ein paar Sekunden später sicher, dass ich die Einzige war, die ein solches *Geschenk* erhalten hatte. Konzentriert schickte ich meinen Blick die Straße hinauf und hinunter und weiter den parallel verlaufenden Weg am Kanal entlang. Der alte Mann, der fast genauso winzige Schritte wie sein übergewichtiger Mops machte, würde mir wohl kaum dieses Ding hier hinterlassen haben. Wahrscheinlich versteckten sich gerade hinter irgendeiner Hecke ein paar kichernde Jugendliche. Ich formte eine Faust um das Kondom und versenkte es mit einer nach allen Seiten hin gut sichtbaren Geste im nächsten Mülleimer, bevor ich wieder in meinen Wagen stieg und nach Hause fuhr.

Erst als ich in die Hofeinfahrt bog, fiel mir auf, dass ich Funda völlig vergessen hatte. Es war halb neun. Um acht Uhr musste sie vor der verschlossenen Bürotür gestanden haben. Mist! Als ich die weit geöffneten Fenster im Erdgeschoss sah, atmete ich auf.

»Entschuldige«, begrüßte ich sie, als ich hineinstürmte und sie an ihrem PC sitzen sah. »Ich habe mich wohl noch nicht daran gewöhnt, wieder eine Mitarbeiterin zu haben. Wer hat dich reingelassen?«

»Dein Vater. Ich soll dir von ihm ausrichten, dass du mit deinem Auto zum TÜV musst. Falls du keine Zeit hättest, könne er das übernehmen. Dann habe ich noch deinen Simon kennengelernt. Von ihm soll ich dir ausrichten, er hätte heute Abend Zeit und sei zu allen Schandtaten bereit.«

»Hat er das so gesagt?«

»In etwa. Außerdem sitzt da draußen eine Krähe, die herumkrakeelt.«

»Das ist Alfred, er wartet auf seine Walnuss.«

»Kein Scherz?«

Lachend schüttelte ich den Kopf. »Ich hatte mal Nüsse zum Trocknen auf dem Gartentisch liegen, die hat er alle verputzt. Von da an habe ich ihm jeden Tag eine hingelegt. Mit der Zeit ist er zahm geworden.«

»Würde er sich von mir auch füttern lassen?«

»Darauf würde ich wetten!«

»Da ist noch etwas. Irgendein Witzbold hat deinen Vorgarten mit Kondomen übersät.«

Ich machte auf dem Absatz kehrt, durchquerte die Küche und sah mich im Garten um. Alfred flog von der Hecke direkt auf den Gartentisch und wartete vor der Dose mit den Nüssen. Ich nahm eine heraus, legte sie vor ihn hin und suchte mit Blicken den Garten ab, als Funda hinter mir auftauchte.

»Ich habe sie alle aufgesammelt und auf die Arbeitsplatte gelegt. Neunzehn Stück sind es.«

Ich ging zurück in die Küche. Tatsächlich, sie sahen genauso aus wie das Exemplar, das ich kurz zuvor entsorgt hatte. Ich war also doch kein zufälliges Opfer eines Dummejungenstreichs gewesen.

»Nummer zwanzig klemmte unter meiner Windschutzscheibe.«

»Wenigstens sind es keine gebrauchten.« Als sie meinen entsetzten Blick sah, sammelte sie die Kondome ein und warf sie in den Abfalleimer. »Erledigt.«

Ich lehnte mich mit der Hüfte gegen den Küchentisch, kreuzte die Arme vor der Brust und überlegte, welche Botschaft wohl dahinterstecken mochte.

»Da wird sich einer für unglaublich witzig halten«, meinte Funda. »Solche Idioten gibt es überall.«

Aber wer das getan hatte, war kein Witzbold. Schließlich hatte er oder sie die Dinger nicht nur in meinen Garten geworfen, sondern mich bis in die Marsopstraße zum Haus von Marianne Moser verfolgt. Und das empfand ich als das eigentlich Gruselige. Dazu noch die beiden Anrufe in Theresa Lenhardts Wohnung. Irgendjemand versuchte mich einzuschüchtern.

»Komm mit, Funda.« Ich lief voraus ins Büro, suchte die Unterlagen zur Testamentsvollstreckung heraus und übergab ihr die Adressliste der fünf potenziellen Erben. »Ruf bitte alle an, und lade sie für fünfzehn Uhr hierher ein. Sag ihnen, dass sie vollzählig erscheinen müssen, da das Treffen sonst sinnlos ist.«

»Kristina, heute ist Freitag. So kurzfristig wird niemand Zeit haben.«

»Glaub mir, die haben Zeit.«

Ich wollte gerade das Treffen mit den Erben vorbereiten, als es an der Bürotür klopfte. Mein Vater stand mit einer gefüllten Papiertüte und einer Flasche Multivitaminsaft im Flur.

»Hast du fünf Minuten, Kris? Ich habe Brezen mitgebracht.«

Diese Sache mit den fünf Minuten beherrschten meine Eltern beide gleichermaßen gut.

»Papa, können wir das auf später verschieben? Ich muss noch etwas vorbereiten.«

»Aber du hast doch heute bestimmt noch gar nichts gegessen. Fünf Minuten, dann bin ich wieder weg.« Er drängte sich an mir vorbei und ging schnurstracks durch die Küche auf die Terrasse, wo er sich am Tisch niederließ. »Bringst du noch Gläser mit?«

Kaum hatte ich mich zu ihm gesetzt, öffnete er die Tüte und legte eine Breze vor mich auf den Tisch. Von einer nahe gelegenen Baustelle ertönte ein Presslufthammergeräusch.

»Wo du hinschaust, Baustellen«, ereiferte er sich. »Überall stehen diese gelben Baukräne. Und was kommt dabei heraus? Immer nur hässliche Mehrfamilienklötze, da ist jeder Hühnerstall schöner. Niemand baut mehr etwas Gescheites.«

»Münchner Wohnraumknappheit«, sagte ich zwischen zwei Bissen.

»Neulich hat mir jemand erzählt, sie würden hier schon gar keine Einfamilienhäuser mehr genehmigen. Ich warte nur darauf, dass sie uns eines Tages enteignen, weil wir so viel Platz haben.«

»Und was macht dir wirklich Sorgen, Papa?«

»Gar nichts«, winkte er ab. »Simon hat mir von deinem neuen Auftrag erzählt. Und dass du vorhast, dir endlich ein neues Auto zu kaufen. Wird auch Zeit, Kris. Die alte Gurke wird es nicht mehr lange machen. Ich bin mir gar nicht sicher, ob sie es überhaupt noch einmal durch den TÜV schafft.«

Ich betrachtete meinen Vater. Er war grau geworden in den letzten Jahren, und seine Tränensäcke und tiefen Falten ließen ihn älter aussehen als zweiundsechzig. Er hatte ein leicht asymmetrisches Gesicht mit grünen Augen, gebogener Nase und Grübchen im Kinn. Es war ein sorgenvolles Gesicht. Wie so oft trug er ein blütenweißes Oberhemd zu seinen Jeans. Er bügelte seine Hemden selbst und war ein Meister darin – wie in so vielem, in das er sich hineinkniete.

»Ich weiß noch nicht, ob ich diese Testamentsvollstreckung überhaupt annehme. Ich muss erst ein paar Details klären.«

»Gib es zu, du versuchst nur, dich um ein neues Auto zu drücken.«

»Wo ist eigentlich Rosa?«, wechselte ich das Thema. »Ich habe sie heute noch gar nicht gesehen.«

»Simon hat sie mitgenommen. Er wollte eine Runde durch den Kraillinger Forst mit ihr drehen. Apropos Runde drehen: Findest du nicht, dass deine Mutter zu viel joggt? Heute Morgen war sie über eine Stunde unterwegs. Hat sie ihren freien Tag?«

Meine Mutter arbeitete ein paar Straßen weiter an der Rezeption eines kleinen Hotels, teilte sich ihre Dienste mit einer weiteren Angestellten und hatte an diesem Tag tatsächlich frei. »Frag sie selbst«, antwortete ich lakonisch.

Er tat, als habe er meine Antwort gar nicht gehört. »In unserem Alter ist das Joggen ungesund, Kris, die Gelenke machen das nicht mehr mit.«

Ich brach mir ein Stück von meiner Breze ab, schob es in den Mund und überlegte, worauf diese Unterhaltung hinauslief.

»Glaubst du, es gibt einen anderen Mann?«

»Und wenn? Ihr lebt seit Jahren getrennt.«

»Na ja, ich habe schließlich auch keine Neue. Wie auch? Die Damen, denen ich das Internet erkläre, gehen in der Regel auf die siebzig zu oder haben sie sogar schon überschritten. Ich wette, dass die Männer, die bei Evelyn im Hotel ein- und ausgehen, deutlich jünger sind.« Er machte keinen Hehl daraus, wie unglücklich er mit dieser Situation war.

Einmal mehr wurde mir bewusst, wie sehr Bens Verschwinden in unser aller Leben eingegriffen und es von einem Tag auf den anderen grundlegend verändert hatte.

Meine Eltern hatten ihre Buchhandlung in Frankenberg aufgeben und sich neu orientieren müssen. Meiner Mutter war das weit besser gelungen als meinem Vater, der sich erst einmal für einen Umweg über den Alkohol entschieden hatte. Die Trennung und der Umzug in die erste Etage hatten dann wie ein heilsamer Schock gewirkt und ihn das Trinken auf die Abende beschränken lassen. Tagsüber hatte er sich fortgebildet, bis er Computer und Internet so weit durchdrungen hatte, dass er die Materie anderen erklären konnte. Inzwischen hielt er sich mit Unterricht für Senioren an der Volkshochschule über Wasser.

»Hättest du gerne eine Neue?«, fragte ich ihn.

»Ich hätte deine Mutter gerne zurück.«

»Dann sag ihr das.«

»Sie will nicht.«

»Hat sie dir das auf einen dieser gelben Klebezettel geschrieben?«

»Mach dich nicht lustig darüber!«

»Papa, Hand aufs Herz: Wie viele Gläser Himbeermarmelade hortest du in deinem Vorratsschrank?«

»Fragt wer? Die junge Dame, die vor zwei Jahren nicht mehr wusste, wohin mit all den Weinflaschen von *Vini Jacobi*?«

Bereits um kurz vor drei hatte die Mehrheit von Theresa Lenhardts potenziellen Erben an meiner Tür geklingelt. Als die Glocke von St. Georg dreimal schlug, saßen sie vollzählig um meinen Besprechungstisch. Nach dem Plausch mit meinem Vater, der natürlich länger als fünf Minuten gedauert hatte, war mir gerade noch genug Zeit geblieben, um die wichtigsten Details zu meinen Besuchern zu recherchieren.

Mir gegenüber hatte Beate Angermeier Platz genommen und ihre Gehhilfen neben sich auf den Boden gelegt. »Kreuzbandriss«, hatte sie knapp kommentiert. Die fünfundvierzigjährige Humangenetikerin leitete gemeinsam mit ihrem Mann Christoph in München das Kinderwunschinstitut, dem auch Fritz Lenhardt angehört hatte. Sie war klein und rundlich, hatte kurzes braunes Haar, hohe, gebogene Brauen, die ihr einen leicht spöttischen Ausdruck verliehen, und sie trug eine rechteckige, schwarz umrandete Brille.

Christoph Angermeier, ihr Mann, war sechsundvierzig und Gynäkologe. Er hatte einen glatt rasierten Schädel, wachsame blaue Augen, Aknenarben und ein kantiges Kinn. Er war muskulös und wirkte robust. Und er besaß Charisma, was ihm bewusst zu sein schien. Laut Informationen aus dem Internet hatte er eine uneheliche Tochter, gemeinsame Kinder hatten die beiden nicht.

Rechts von ihm saß Nadja Lischka mit ihren kurzen hellblonden Locken und dem blassen Teint. Konstantin Lischkas Witwe und Mutter der beiden gemeinsamen Kinder war vierundvierzig Jahre alt und führte in der Türkenstraße eine Yogaschule.

Rechts von mir saß Tilman Velte, fünfundvierzig, Unternehmensberater aus Gräfelfing und offenbar Liebhaber maßgeschneiderter Anzüge mit Einstecktuch. Er war bestimmt einen Meter neunzig groß, hatte dunkelblondes, seitlich gescheiteltes Haar und eine hohe Stirn. Seine Frau Rena, zweiundvierzig Jahre alt, hatte ihr rotblondes Haar zu einem dicken Zopf geflochten. Sie wirkte sehr natürlich, hatte einen leicht verhuschten Blick und sanft geschwungene Lippen. Laut den Ergebnissen meiner Suchmaschine war sie Gartenarchitektin. Die beiden hatten einen Sohn.

Während ich zwei Flaschen Wasser und Gläser auf den Tisch stellte, sah ich mir genau an, wer mit seinen mitgebrachten Unterlagen und Utensilien den meisten Platz am Tisch beanspruchte. Es waren Christoph Angermeier und Tilman Velte, dicht gefolgt von Beate Angermeier. Die

Machtansprüche wären also geklärt, vermerkte ich im Stillen und kippte eines der Fenster, um das Gemisch aus Parfums und Rasierwassern mit Sauerstoff zu verdünnen.

Schließlich setzte ich mich und sagte, während ich jeden der Reihe nach ansah: »Erst einmal möchte ich mich bei Ihnen bedanken, dass Sie sich so kurzfristig für diesen Termin Zeit genommen haben. Das war sicher nicht einfach an einem Freitagnachmittag, und ich weiß es zu schätzen. Deshalb werde ich versuchen, Ihre wertvolle Zeit nicht über Gebühr zu beanspruchen. Es geht mir heute vor allem darum, mir ein Bild der Situation zu machen.«

»Das ist Ihr gutes Recht«, meldete Christoph Angermeier sich mit tiefer, rauer Stimme zu Wort. »Und wir werden Sie dabei selbstverständlich nach Kräften unterstützen.«

»Danke, Herr Doktor Angermeier. Möchte vielleicht jemand von Ihnen vorab schon ein paar Fragen loswerden, oder soll ich einfach mal beginnen?«

Christoph Angermeier machte eine Geste, mit der er mir das Wort erteilte.

Ich öffnete die Mappe mit meinen Unterlagen. »Also gut. Jedem von Ihnen wurde vom Nachlassgericht eine Kopie von Theresa Lenhardts Testament zugeschickt. Sie sind also alle über den Inhalt informiert. Damit dieses Testament von mir vollstreckt werden kann, muss ich das Amt annehmen, was ich bislang noch nicht getan habe …«

»Warum nicht?«, unterbrach Christoph Angermeier mich. Er gab vor, erstaunt zu sein, aber das nahm ich ihm nicht ab. Er wirkte alles andere als naiv.

»Dieses Testament ist außergewöhnlich. Die Bedingungen, die Theresa Lenhardt darin stellt, sind …«

»Oh ja, natürlich. Ich verstehe, worauf Sie hinauswollen, und ich bin überzeugt, dass diese Bedingungen völlig an Gewicht verlieren, sobald Sie sich unsere Sicht der Dinge angehört haben.«

»Möchten Sie dann vielleicht gleich mit Ihrer Sicht der Dinge beginnen, Herr Doktor Angermeier?«

»Gerne.« Er beugte sich vor, stützte die Ellenbogen auf den Tisch und breitete in einer offenen Geste die Hände aus. »Sie haben sich inzwischen sicher mit den grundlegenden Details des Falles Lenhardt/Lischka vertraut gemacht, Frau Mahlo. Es ist eine äußerst tragische Geschichte, die alle Beteiligten Nerven und schlaflose Nächte gekostet hat. Und es ist eine Geschichte, die dazu angetan ist, Freundschaften in die Brüche gehen zu lassen. Für uns alle grenzt es an ein Wunder, dass es uns gelungen ist, unsere engen Verbindungen über den Mord, die Gerichtsverhandlung und die Nachwirkungen hinaus zu bewahren. Deshalb gilt das, was ich sage, für uns alle: Als wir dieses Testament lasen, waren da erst nur Empörung und Entsetzen. Schließlich hat Theresa mit ihrem Erbe ein Kopfgeld ausgesetzt. Unvorstellbar eigentlich, dass eine gute Freundin so etwas tut. Aber diesem Schock ist ziemlich schnell unser aller Mitgefühl gefolgt. Das Unglück, das über Theresa hereingebrochen ist, war zu viel für einen Menschen allein. Sie ist unter dieser Last zusammengebrochen und schließlich daran zugrunde gegangen. Und sie hat sich verhalten wie jeder Ertrinkende, sie hat ausschließlich an sich selbst, an ihr eigenes Überleben gedacht und dabei riskiert, ihre Retter mit in die Tiefe zu ziehen. Das ist nachvollziehbar und sogar entschuldbar. Jeder von uns hätte in einer vergleichbaren Lage vermutlich genauso gehandelt. Um aber auf den Punkt zu kommen: Es handelte sich um keinen Justizirrtum, als der Richter Fritz schuldig gesprochen hat. Es ist eine gerichtlich festgestellte Tatsache, dass unser Freund Fritz unseren Freund Konstantin umgebracht hat. Allerdings bezweifeln wir ausnahmslos, dass Fritz es vorsätzlich getan haben soll. Unserer Meinung nach war es kein Mord, sondern eine Tötung im Affekt. Aber für Fritz hätte das nichts geändert. Er hätte sich so oder so das Leben genommen. Theresa war der festen Überzeugung, er hätte nicht mehr leben wollen, weil er die Haft nicht ertrug. So hat er es auch in seinem Abschiedsbrief formuliert. Aber vielleicht war ihm auch die Schuld, die er auf sich geladen hatte, zu schwer geworden. Wer kann das schon so genau sagen? Sicher ist nur, dass derjenige, der Konstantin getötet hat, dafür auch belangt wurde. Davon war das Gericht überzeugt, und davon sind wir überzeugt. Und ich nehme mal an, dass Sie sich unserer Überzeugung anschließen werden, Frau Mahlo. Wir wollen natürlich nicht vorgreifen, aber wir wollen Ihnen auch unnötige Arbeit ersparen. Selbstverständlich können Sie mit jedem von uns ausführliche Einzelgespräche führen. Aber mal ehrlich: Was wollen Sie herausfinden, was der Kripo und dem von Theresa beauftragten Detektiv verborgen geblieben sein könnte?«

Dieselbe Frage hatte ich mir auch schon gestellt. »Da gebe ich Ihnen recht. Trotzdem würde ich gerne jeden Einzelnen zu Wort kommen lassen. Möchten Sie etwas dazu sagen, Frau Doktor Angermeier?«

Sie warf ihrem Mann einen Seitenblick zu, aber er tat so, als bemerke er das nicht. »Mein Mann hat eigentlich schon alles gesagt. Ich pflichte ihm in jedem einzelnen Punkt voll und ganz bei.« Im Gegensatz zu Nadja Lischka und Rena Velte hatte sie eine herbe Ausstrahlung, was auch in ihrem Tonfall zum Ausdruck kam.

»Was halten Sie von dem Testament?«, fragte ich.

Sie blies Luft durch die Nase. »Offen gesagt, müssen wir Theresa dankbar sein, dass sie uns so großzügig bedacht hat, aber ihr Testament ist auch dazu angetan, die niedersten Instinkte zu wecken. Schließlich könnte jeder von uns alles Mögliche über den anderen behaupten, ohne dass es den Tatsachen entspräche. Und wie sollten Sie dann zwischen Wahrheit und Lüge unterscheiden? Gottlob sind wir uns alle freundschaftlich verbunden.« Es klang wie eine Beschwörungsformel.

»Wie stehen Sie zu dem Testament, Frau Lischka?«, wandte ich mich an die Witwe des Mordopfers.

Nadja Lischka nahm ihr Wasserglas in beide Hände, drehte es und sah mich leicht genervt an. »Ich meine, dass das alles hier eine einzige Zeitverschwendung ist, und genau das habe ich Ihnen auch gestern bereits gesagt, aber ...«

»Nadja, ich bitte dich«, unterbrach Christoph Angermeier sie. »Wir hatten uns doch auf einen zivilisierten Ton geeinigt.«

»Du hattest dich geeinigt, mein Lieber. Und ich glaube nicht, dass Frau Mahlo gleich tot umfällt, wenn hier mal Klartext gesprochen wird. Nicht jede, die zart aussieht, ist es auch. Das solltest du als Frauenversteher eigentlich wissen. Was ich auf meine unzivilisierte Weise sagen wollte ...« Dabei warf sie Christoph Angermeier einen unmissverständlichen Blick zu, »... ist, dass ich wohl das größte Interesse an der Frage haben müsste, wer meinen Mann umgebracht hat. Und für mich ist diese Frage im Prozess beantwortet worden. Deshalb sollten auch Sie, Frau Mahlo, den Richterspruch nicht in Zweifel ziehen, sondern das Erbe unter uns aufteilen und Ihren Lohn für eine erfolgreiche Testamentsvollstreckung einstreichen.« Sie rieb sich die Hände, als wasche sie sie.

Ich fragte mich gerade, ob in Unschuld oder in dem Bewusstsein, sie beschmutzt zu haben, als ich im Augenwinkel eine Bewegung wahrnahm. Rena Velte, die Nadja Lischka gegenübersaß, schüttelte missbilligend den Kopf. Als sie meinen Blick bemerkte, hielt sie abrupt inne.

»Was wollt ihr?«, brauste Nadja Lischka auf. »Ich sage nur, was ihr alle denkt. Tut doch nicht so, als sei euch das Geld egal!« Sie schlug mit der flachen Hand auf den Tisch und brachte die Gläser zum Klirren. »Vielleicht braucht ihr es nicht so nötig wie ich, schließlich seid ihr ja alle Doppelverdiener, und wenn das Erbe verteilt ist, sogar doppelte Erben, aber ich …«

In diesem Moment ließ Tilman Velte neben mir ein lautes »Ommmmm« in den Raum tönen. Spöttisch hielt er den Blickkontakt mit der alles andere als entspannt wirkenden Yogalehrerin. »Keinem von uns ist so viel Geld gleichgültig, Nadja, glaube mir. Und jeder Einzelne von uns hat großes Interesse daran, dass dieses Testament so schnell wie möglich vollstreckt wird. Deshalb steige jetzt bitte zurück zu uns ins Boot, wo du hingehörst. Sonst hätte Theresa am Ende doch noch erreicht, was sie wollte.«

»Was wollte sie Ihrer Meinung nach denn, Herr Velte?«, fragte ich, während ich meinen Stuhl so drehte, dass ich ihn direkt ansehen konnte.

»Ich glaube, sie wollte ein Leben, wie es sich jeder von uns wünscht. Ihres ist von ihrem Mann zerstört worden. Aber sie hat ihn so sehr geliebt, dass sie blind war. Sie konnte oder wollte die Wahrheit nicht sehen. Was ich ihr nicht verüble. Deshalb hat sie sich Nebenkriegsschauplätze geschaffen, an denen sie ihre Wut auf die Ungerechtigkeit des Schicksals abarbeiten konnte. Es …« Sekundenlang sah er aus dem Fenster und schien nach einer Formulierung zu suchen.

»Ich möchte hier kurz einhaken und auf meine Frage zurückkommen, Herr Velte: Was wollte Theresa Lenhardt Ihrer Meinung nach mit dem Testament erreichen?«

»Zwietracht!«

»Sie alle waren ihre Freunde, sie hat Ihnen unter bestimmten Voraussetzungen ihr Vermögen vererbt. Meinen Sie nicht, dass …?«

»Aber sie hat diese Freundschaft sehr strapaziert«, fiel er mir ins Wort, »bis das Band irgendwann gerissen ist.« Er nestelte an den Manschetten seines weißen Hemdes. »Es ist nicht schön, Frau Mahlo, zur Zielscheibe zu werden, das können Sie mir glauben. Jeder von uns hat in dieser Hinsicht einiges aushalten müssen. Lange Zeit haben wir ihr alles verziehen, haben versucht, Verständnis zu zeigen. Aber als sie schließlich diesen Detektiv auf uns angesetzt hat, war es vorbei. Irgendwann ist für jeden die Grenze des Erträglichen erreicht. Dann gilt es, eine Entscheidung zu treffen, und das haben wir getan. Wir haben uns von ihr zurückgezogen. Ich bin nicht stolz darauf, aber letztlich blieb uns keine Wahl.«

»Haben Sie jemals an der Schuld Ihres Freunde Fritz Lenhardt gezweifelt?« Ich ließ ihn nicht aus den Augen.

»Mein Gott, Zweifel«, sagte er und fuhr sich mit einer Hand durchs Haar. »Das trifft es nicht. Als Fritz verhaftet wurde, war ich mir hundertprozentig sicher, dass er unschuldig war. Sie müssen sich nur einmal vorstellen, Ihre beste Freundin würde beschuldigt, eine andere Freundin umgebracht zu haben. Das ist so außerhalb jeder Vorstellungskraft, dass Sie erst einmal reflexartig Nein sagen. Kann nicht sein. Unmöglich. Doch nicht sie. Nicht Ihre Freundin, die Sie so gut kennen. Für die Sie jederzeit die Hand ins Feuer legen würden. Und dann ist es ihr Messer, sind es ihre Fingerabdrücke und ist es ihr Haar …«

Seine Frau nahm Tilman Veltes Hand und drückte sie. Er sah sie an, und einen Moment lang schienen die beiden sich stumm zu verständigen. Er trank einen Schluck Wasser, bevor er fortfuhr.

»Ich glaube, es gibt keinen gedanklichen Ausflug, den ich nicht unternommen habe, um meinen Freund als Mörder auszuschließen. Und irgendwann ist mir bewusst geworden, wie wenig Raum eigentlich Konstantin in alldem einnahm. Ich meine, es gab ja nicht nur Fritz, sondern auch noch die Kehrseite der Medaille. Immerhin war einer unserer besten Freunde einem entsetzlichen Verbrechen zum

Opfer gefallen. Und auch damit mussten wir erst einmal fertigwerden.«

»Prima, dass zur Abwechslung auch mal einer an Konstantin denkt«, warf Nadja Lischka mit einem sarkastischen Unterton in die Runde.

»Du weißt, wie es gemeint ist, Nadja.«

»Ja?« Sie sah Tilman Velte an, als würde sie ihn zu einem Kampf herausfordern. »Ich weiß nur, dass damals plötzlich alle meinten, schmutzige Wäsche waschen zu müssen. Allen voran …«

»Schluss jetzt«, fuhr Christoph Angermeier dazwischen. Seine tiefe, raue Stimme füllte den Raum. »Ich darf dich daran erinnern, wo wir sind, Nadja!«

»Ich weiß, wo wir sind, mein Lieber. Bei der Frau, die es in der Hand hat, ob wir demnächst im Geld schwimmen oder nicht. Ist es nicht so, Frau Mahlo?«

Ihre unverblümte Art gefiel mir irgendwie. Sie tat alles, um nicht als blond gelockte, zart aussehende Yogalehrerin in einer klischeebeladenen Schublade zu landen. »Wem war denn damals besonders daran gelegen, schmutzige Wäsche zu waschen?«, überging ich ihre Frage.

Sie wich meinem Blick aus und schien sich ihre Antwort gut zu überlegen. Für Sekunden kam es mir vor, als hielten alle den Atem an. »In schlimmen Zeiten fallen Worte, die man später bereut«, sagte sie schließlich und schaltete von unverblümt auf vorsichtig.

»Fritz Lenhardt hat nie gestanden«, sagte ich in die Runde. »Jedenfalls nicht offiziell.«

Christoph Angermeier war es schließlich, der den Ball aufnahm. »Fritz war ein Stratege, ein Denker. Was den Intellekt betraf, hat er uns alle in die Tasche gesteckt. Er hätte nie und nimmer gestanden, solange noch die winzige Hoffnung bestand, ungeschoren davonzukommen. Deshalb hat ihn seine Verurteilung völlig umgehauen. Als das Urteil verlesen wurde, muss ihm bewusst geworden sein, dass er sich verzockt hatte.«

»Er hätte in der Haft ein Geständnis ablegen und sich damit möglicherweise Erleichterungen oder eine Haftverkürzung verschaffen können«, gab ich zu bedenken.

Christoph Angermeier schüttelte seinen kahl geschorenen Schädel. »Erst hat er alles darangesetzt, das Urteil anzufechten, dann, eine Wiederaufnahme des Verfahrens zu erreichen. Ich vermute, dass während dieser Zeit die Realität der Haftanstalt wie ein Tsunami über ihn hinweggefegt ist. Im Vergleich zu dem Leben, das er in guten Zeiten geführt hat, muss ein Gefängnis die Hölle sein.«

»Kein ›im Zweifel für den Angeklagten‹?«, vergewisserte ich mich und erhielt einhelliges Kopfschütteln als Antwort.

»Theresa Lenhardt schrieb in ihrem Brief an mich, dass kurz vor Ende des bewussten Abends ein paar scharfe Worte zwischen Fritz Lenhardt und Konstantin Lischka gefallen sein sollen. Dabei ging es wohl um den gescheiterten Hauskauf. Wer von Ihnen hat diese Auseinandersetzung mitangehört und dann vor Gericht dazu ausgesagt?«

»Das war ich«, antwortete Nadja Lischka.

»Als die beiden stritten, hatten Sie da das Gefühl, es sei ein Streit bis aufs Blut, einer, der eskalieren könne?«

Sie dachte nach und schüttelte den Kopf. »Zu dem Zeitpunkt nicht, später aber schon. Letztlich weiß man nicht, welcher Tropfen bei jemandem das Fass zum Überlaufen bringt. Man begreift oft erst, wenn es bereits geschehen ist.«

5

»Es ist völlig irrational«, sagte ich zu Henrike, die in ihrem Trödelladen stand und eine Pyramide aus alten Steinguttöpfen baute, während meine Besucher im Hof eine Zigarettenpause einlegten. »Ich habe die ganze Zeit das Bedürfnis, diesen Fritz Lenhardt zu verteidigen. Einen verurteilten Mörder, den ich nicht einmal gekannt habe.« In diesem Moment hörte ich in den Tiefen des Raumes etwas zu Boden fallen. »Warum hast du nicht gesagt, dass du Kunden hast?«, flüsterte ich.

»Es ist nur Arne.« Sie richtete sich auf und rief. »Kris ist hier, falls du ihr Guten Tag sagen möchtest.«

»Komme«, schallte es zurück. »Nur einen Moment noch.«

Arne Maas handelte mit Autos, egal mit welchen, da legte er sich nicht fest. Auch im Hinblick auf seine Arbeitszeiten nahm es der Fünfundvierzigjährige nicht so genau. Das musste er auch nicht, denn seit er vor ein paar Jahren seine Stiefmutter beerbt hatte, war er finanziell unabhängig. Ich hatte ihr Testament damals vollstreckt. So hatten wir uns kennengelernt. Seitdem war er mein Ansprechpartner, wenn es darum ging, Autos, Motorräder oder anderes Gefährt aus Nachlässen zu verkaufen. Arne war zuverlässig, verschwiegen, und er machte nicht erst viele Worte, bevor er anpackte. Simon und mir war er zu einem Freund geworden.

»Seit wann interessiert Arne sich für Trödel?«, fragte ich. Wer sein Haus einmal von innen gesehen hatte, der wusste, dass er einen ebenso erlesenen wie teuren Geschmack hatte.

»Er interessiert sich nicht für Trödel«, antwortete Henrike mit einem Augenzwinkern, das ich nicht verstand.

»Sondern?«

»Für mich.«

»Ihr beide?«

»Ja, wir beide«, hörte ich in meinem Rücken seine Stimme. »Überrascht?« Er drückte mir einen Kuss auf die Wange.

»Ich habe überhaupt nichts dagegen, wenn meine Freunde eine … Verbindung eingehen. Ich kann es nur nicht ausstehen, wenn ich nichts davon mitbekomme.«

Arne baute sich neben Henrike auf. Breite Schultern, O-Beine, Dreitagebart, kurz geschorenes, dunkelblondes Haar, Designerhemd. Warum nicht? Die beiden gaben ein interessantes Paar ab, nicht zuletzt durch den Größenunterschied. Sie überragte ihn um ein paar Zentimeter.

»Davon hat bisher noch niemand etwas mitbekommen. Sie schleicht sich in der Dunkelheit in mein Bett und verlässt es vor Morgengrauen wieder, um in ihre Einzimmerwohnung zurückzukehren, die ich nicht betreten darf.«

»Keine Sorge, Arne, ich durfte bisher auch nicht hinein«, beruhigte ich ihn.

»Ich verstehe überhaupt nicht, worüber ihr beide euch aufregt«, konterte Henrike gelassen. »Meine Wohnung ist so ziemlich die kleinste und scheußlichste in ganz Pasing, wenn nicht in ganz München …«

»Ich habe dir schon mehrfach angeboten, bei mir einzuziehen«, fiel Arne ihr ins Wort.

Henrike schickte ihm einen Kuss durch die Luft. »Du hast mir auch angeboten, dich an der Miete für eine bessere Wohnung zu beteiligen. Das ehrt dich, aber mich würde es in eine Abhängigkeit bringen, die …« Sie suchte nach einer passenden Formulierung.

»Ich weiß«, kürzte Arne das Ganze ab. »Abhängigkeit kommt bei dir direkt nach den Masern.«

»Nach den Masern?«, fragte ich und musste lachen.

»Als Kind hatte Henrike die Masern so heftig, dass sie wochenlang im Krankenhaus lag«, antwortete er trocken.

Der Blick, mit dem sie ihn belohnte, zeugte von einer Nähe, mit der Henrike eher sparsam umging. »Du bist ein guter Zuhörer«, lobte sie ihn.

»Und nicht nur das! Aber jetzt lasse ich euch beide allein. Dann kann sie dir endlich ungestört von mir vorschwärmen, Kris.«

Ich bekam einen Abschiedskuss auf die Wange und sah dabei zu, wie die beiden sich tiefe Blicke zuwarfen. Das Knistern war förmlich zu spüren.

»Seit wann schleichst du dich denn schon in sein Bett?«, fragte ich, als die Tür hinter Arne zugefallen war.

»Seit zwei Wochen. So in etwa.« Henrike machte sich wieder an den Steinguttöpfen zu schaffen.

Ich beugte mich tief hinunter, um ihr ins Gesicht sehen zu können. »Bist du verliebt?«

»Quatsch. Es ist eine reine Bettgeschichte.«

»Es soll schon Bettgeschichten mit Perspektive gegeben haben.«

»Wenn ich es richtig in Erinnerung habe, wolltest du mir etwas über einen verurteilten Mörder erzählen, mit dem du Mitleid hast?«, lenkte sie geschickt ab.

Ich warf einen Blick Richtung Hof, wo meine Besucher vermutlich schon die zweite oder dritte Zigarette rauchten und ihre weitere Strategie absprachen.

»Zweifelst du aus irgendeinem Grund an seiner Schuld?«, fragte sie in meine Gedanken hinein.

»Seine Freunde zweifeln nicht daran.«

Henrike beobachtete die Gruppe durch die Glastür. Sie standen in einem engen Kreis und diskutierten.

»Genauer gesagt, haben sie am Anfang daran gezweifelt, sich dann aber angeblich aufgrund der Beweise vom Gegenteil überzeugen lassen. Ich frage mich nur, ob es völlig ausgeschlossen ist, dass er unschuldig war. Schließlich könnte mir auch jemand ein Messer mit meinen Fingerabdrücken und ein Haar entwenden und alles an einem Tatort zurücklassen. Wenn ich kein Alibi für die Tatzeit nachweisen könnte und ein stichhaltiges Motiv hätte …« Ich nahm einen sauberen Lappen vom Verkaufstisch, legte ihn auf einen umgedrehten Steinguttopf und setzte mich darauf.

»Wenn es so gewesen wäre, hätte es der Täter aber nicht nur auf den Journalisten abgesehen gehabt, sondern auch auf den Arzt, der verurteilt wurde. Das halte ich für unwahrscheinlich, Kris. Zu viele Wenns.«

»Eine Sache will mir trotzdem nicht in den Kopf. Da entzweien sich zwei Freunde wegen eines Betrugs, der die Schulden des einen nahezu tilgt, den anderen allerdings, nämlich den späteren Mörder, eins Komma acht Millionen Euro kostet. Der bricht jeden Kontakt ab, nur um dann Monate später seinen Gegenspieler zum vierzigsten Geburtstag einzuladen und in der Nacht darauf umzubringen? Das ergibt für mich keinen Sinn.«

»Für mich schon. Vermutlich hatte dieser Fritz Lenhardt angenommen, er sei darüber hinweg, hat dabei aber sich und die Situation falsch eingeschätzt. So viel Geld schmerzt eben doch, von dem Betrug mal ganz abgesehen. Konstantin Lischka muss an dem Abend nur ein falsches Wort gesagt und damit Benzin in die Glut gegossen haben. Diese Flammen werden seinen Freund innerlich zerfressen haben, immer mehr und immer mehr, bis er es nicht mehr ertrug und sich ins Auto gesetzt hat, um nach Schwabing zu fahren.«

»In dem Fall wäre er völlig außer sich gewesen und hätte seinen Freund im Affekt getötet, was auch erklären würde, warum er das Messer dort hat liegen lassen. Aber das Gericht hat ihn wegen Mordes verurteilt.«

»Er wird das Messer nicht zufällig in der Hosentasche gehabt, sondern es bewusst eingesteckt haben. Außerdem wurde Konstantin Lischka doch von hinten erstochen. Kannst du alles im Internet nachlesen. Hast du eigentlich etwas über die Sache mit deinem Bruder herausfinden können?«

»Nein. Danach will ich sie gleich fragen.« Ich gähnte und massierte meinen Nacken. »Einerseits glaube ich nach wie vor, dass es sich um eine Finte handelt. Andererseits fürchte ich mich davor, dass es keine ist.«

Henrike wischte sich ihre staubigen Hände an der Jeans ab, zog sich einen Steinguttopf heran und funktionierte ihn ebenfalls zum Hocker um. »Welchen Eindruck hast du von den Leuten?«

»Sie wollen alle so schnell wie möglich an das Geld. Für sie scheint die Bedingung im Testament überhaupt keine Hürde darzustellen. Der Mörder wurde verurteilt, und dessen Witwe hat das nicht wahrhaben wollen.«

»Was sogar sehr wahrscheinlich ist.«

»Was würdest du an meiner Stelle tun, Henrike?«

Sie zündete sich eine Zigarette an und blies den Rauch zur Seite. »Das, was ich dir gestern Abend schon gesagt habe. Ich würde mir die Frau vorknöpfen, die angeblich dieses Gespräch belauscht hat. Versuch herauszufinden, ob sie glaubwürdig ist.«

»Wie soll ich das denn anstellen?«

»Indem du ihr Fragen stellst, mit denen sie nicht rechnet. Zum Beispiel, wo in der Gästetoilette sie sich befand, was sie dort gerade gemacht hat, als sie das Gespräch belauscht hat. Ob sie nur diesen einen Satz gehört hat oder noch mehr. Warum sie nicht sofort die Tür geöffnet hat, um zu sehen, wer der Gesprächspartner des Journalisten war. Wem sie sich anvertraut hat. Immerhin war es ein schwerwiegender Satz, sollte er so tatsächlich gefallen sein.«

»Steht das in den Fachbüchern für angehende Krimiautorinnen?«

»Es gibt Fachbücher über Vernehmungstechniken.«

»Und die liest du?«

»Mein Krimi soll Hand und Fuß haben.« Sie wandte den Kopf und sah zum Hof. »Ich glaube, die werden langsam ungeduldig.«

»Frau Velte«, begann ich, als alle wieder im Besprechungsraum Platz genommen hatten, »könnten auch Sie mir bitte noch Ihre Einschätzung geben?«

Rena Velte rückte den Stuhl ein Stück zurück und schlug die Beine übereinander. Ihre Hände legten sich um die Armlehnen. Es sah so aus, als suche sie einen Halt.

Mit weicher, melodischer Stimme begann sie zu sprechen. »Vermutlich hätte ich ähnlich wie Theresa für meinen Mann gekämpft, wenn er verdächtigt worden wäre. Das ...«

»Das will ich doch hoffen«, unterbrach Tilman Velte sie mit einem Augenzwinkern.

Sie lächelte ihn an und sah dann wieder zu mir. »Das ist wohl nur allzu menschlich. Aber gegen ein blutiges Messer mit Fingerabdrücken und ein Haar am Opfer lässt es sich schwer ankämpfen. Es ist wie ein Kampf gegen Windmühlenflügel. Völlig aussichtslos. Ein solcher Kampf lässt einen zur tragischen Figur werden.«

»War Ihre Freundin das Ihrer Meinung nach – eine tragische Figur?«

»Ich finde schon. Aber Theresa gebe ich gar nicht die Schuld daran, sondern Fritz. Er hätte sie erlösen können, indem er ihr die Wahrheit gesagt hätte. Dazu hätte er nicht einmal offiziell gestehen müssen. Nur sie hätte er einweihen müssen. Ich fand es erbarmungslos von ihm, das nicht zu tun. Eigentlich passte das nicht zu ihm, aber letztlich schauen Sie niemandem hinter die Stirn.«

»Haben Sie sich jemals gefragt, ob Sie sich in Ihrem Freund Fritz vielleicht gar nicht getäuscht haben? Wenn Sie erst so sicher waren, dass er sich seiner Frau gegenüber nie so erbarmungslos gezeigt hätte, könnte das nicht das entscheidende Indiz für seine Unschuld gewesen sein? Nicht für das Gericht, aber für Sie als Freundin?«

»Wohin soll das führen?«, kam Christoph Angermeier ihr zuvor.

»Bitte, Christoph, ich finde die Frage berechtigt«, sagte Rena Velte. »Ich habe sie mir nämlich auch gestellt, habe mich aber für keine der beiden möglichen Antworten entscheiden können. Fritz hat Theresa sehr geliebt. Sie war eine sehr attraktive Frau, und mit attraktiv meine ich nicht nur ihr Äußeres. Ich glaube, Fritz hatte manchmal das Gefühl, ihr nicht das Wasser reichen zu können.«

»Sie meinen, er hätte alles getan, um ihr gegenüber ein positives Bild aufrechtzuerhalten?«

»Stellen Sie sich doch nur einmal vor, er hätte ihr tatsächlich gestanden, der Mörder von Konstantin zu sein. Die Haft war schon so die Hölle für ihn. Wie hätte er denn sicher sein können, dass Theresa weiter zu ihm steht? Ich glaube nicht, dass er riskiert hätte, sie zu verlieren.«

Tilman Velte streichelte seiner Frau über den Arm. »Letztlich ist aus Fritz auch eine tragische Figur geworden. Er hat den rechten Moment verpasst, um aufzugeben.«

»So sehe ich das auch«, meldete Beate Angermeier sich zu Wort.

»Was heißt hier tragische Figur?«, brauste Nadja Lischka auf. »Fritz war ein Mörder. Und mein Mann war sein Opfer. Das ist tragisch, wenn ihr mich fragt. Theresa war fein raus, sie hat von ihrer Tante ein Vermögen geerbt. Sie musste nicht jeden Cent umdrehen und sich fragen, wovon sie am nächsten Tag das Brot bezahlen sollte.«

»Deshalb hat sie dich auch großzügig unterstützt, Nadja«, erinnerte Beate Angermeier sie in ihrer herben Art.

Ich räusperte mich. »Ich möchte gerne noch einmal auf

den Abend des vierzigsten Geburtstags von Fritz Lenhardt zu sprechen kommen. Seine Frau hat mir in ihrem Abschiedsbrief auch von einem Gespräch erzählt, das Sie, Frau Velte, an dem Abend zufällig mitbekommen haben. In diesem Gespräch zwischen Konstantin Lischka und einer anderen Person soll der Satz gefallen sein: *Ich hab dich mit Ben Mahlo gesehen. Wie viel ist dir das wert?*«

Sekundenlang hätte man eine Nadel fallen hören können. Alle Blicke richteten sich auf Rena Velte.

»So ein Blödsinn!«, brach es aus Nadja Lischka heraus. »Wieso sollte Konstantin so etwas gesagt haben? Was setzt du denn da in die Welt, Rena?«

Auch in den Mienen der anderen zeichneten sich Überraschung und Unglauben ab.

»Wissen Sie, wer Ben Mahlo ist?«, fragte ich in die Runde.

»Selbstverständlich wissen wir das«, antwortete Christoph Angermeier. Er lehnte sich zurück und fuhr sich mit einer Hand über seine Glatze. »Wir alle sind damals nach diesem jungen Mann gefragt worden. Sind Sie mit ihm verwandt?«

»Ben ist mein Bruder.«

»Ist er inzwischen eigentlich wieder aufgetaucht?«, fragte Tilman Velte.

»Nein.«

»Das tut mir für Sie und Ihre Familie sehr leid.«

»Danke.« Einen Moment lang bröckelte meine professionelle Hülle, aber ich hatte mich schnell wieder im Griff und beugte mich ein wenig nach vorn, um Rena Velte ins Gesicht sehen zu können. »Frau Velte, ich möchte noch einmal auf diesen Satz zu sprechen kommen. Eigentlich waren es ja zwei Sätze.«

»Was wollen Sie damit erreichen, Frau Mahlo?«, unterbrach Nadja Lischka mich. Sie klang erschöpft. »Reicht es nicht, dass mein Mann ermordet wurde? Wollen Sie noch einen Erpresser aus ihm machen und Dreck auf sein Grab werfen? Darauf läuft die Frage nach dem Wert dieser zweifelhaften Information doch hinaus. Wissen Sie, was ich glaube: Rena hat sich gründlich verhört.«

»Ist das möglich?«, wandte ich mich wieder an Rena Velte.

Sie biss sich auf die Unterlippe und schaute zwischen ihren Freunden hin und her, aber keiner der vier schien ihr Schützenhilfe geben zu wollen. »Ich weiß es nicht«, gab sie schließlich zu. Sie griff nach ihrem geflochtenen Zopf und hielt ihn fest, als handle es sich um einen Anker. »Es war eine so … so unglaublich bedrückende Situation, als Theresa da auf ihrem Bett lag, nur noch Haut und Knochen, und sie mich anflehte, viel Zeit bleibe ihr nicht mehr, es sei die letzte Chance, ihr auch das zu sagen, was ich all die Jahre verschwiegen hätte …«

Christoph Angermeier lachte laut auf. »Auf die Weise hat sie jeden von uns abzuklopfen versucht. Theresa war verzweifelt. In dieser Situation war ihr jedes Mittel recht. Mein Gott, Rena, was hast du dir bloß dabei gedacht, ihr solch einen Unsinn zu erzählen?«

»Ich habe mir das nicht ausgedacht. Ich habe an dem Abend tatsächlich etwas gehört, das so klang.«

»Das so klang?«, nahm Christoph Angermeier sie ins Gebet. »Wenn man sich nicht sicher ist, sollte man besser den Mund halten.«

»Ich war mir sicher.«

»Und jetzt?«, fragte ich.

Sie zuckte die Schultern.

Ich dachte an Henrikes Verhörtipps, aber sie schienen mir in diesem Moment nicht passend, deshalb folgte ich meiner Intuition. »Sie haben also an jenem Abend Konstantin Lischka mit jemandem auf dem Flur reden hören. Und Sie haben Theresa Lenhardt kurz vor ihrem Tod davon erzählt. Warum haben Sie nie zuvor ein Wort darüber verloren?«

»Weil ich überzeugt war, dass Konstantin mit Fritz gesprochen hat.«

Die nachfolgende Stille war wie greifbare Materie, die alle Anwesenden zu umschlingen schien, mich eingeschlossen. Meine Gedanken überschlugen sich, aber einer drängte sich in den Vordergrund.

»Sie haben es für möglich gehalten«, begann ich zögernd, »dass Konstantin Lischka seinen Freund Fritz Lenhardt auch noch erpresst, nachdem er ihn durch seinen Betrug um eins Komma acht Millionen gebracht hat?«

Sie senkte ihren Blick auf ihre Hände und schwieg. Auch das war eine Antwort.

»Das mit dem Betrug stimmt einfach nicht«, sagte Nadja Lischka in meine Richtung. »Es wurde immer so dargestellt, aber mein Mann befand sich damals in einer Situation, in der ihm das Wasser bis zum Hals stand. Er konnte seine Lage gar nicht mehr überblicken und hat gehandelt, ohne nachzudenken.«

»Aber seine Lage hat sich durch dieses gescheiterte Immobiliengeschäft grundlegend verbessert. War es nicht so?«, fragte ich.

»So war es aber nicht geplant. Er hat nie eine böse Absicht verfolgt«, betonte sie und wandte den Blick zu Rena Velte. »Du hast Konstantin tatsächlich eine Erpressung zugetraut?« Sie klang tief verletzt. »Und dann versuchst du auch noch, Fritz zu schützen …«

»Versteh doch«, fiel Rena Velte ihr ins Wort. Selbst jetzt klang ihre Stimme noch weich und melodisch. »Fritz hatte ohnehin schon die Schlinge um den Hals. Sollte ich da auch noch …?«

»Ja. Genau das solltest du!«

»Ich musste mich zwischen zwei Freunden entscheiden.«

»Und da fiel deine Wahl auf den Mörder, nur weil der andere tot war und sich nicht mehr wehren konnte? Hast du dabei auch nur eine Sekunde lang an die Kinder und mich gedacht? Was, wenn die Beweise nicht ausgereicht hätten, um Fritz zu verurteilen? Dann wäre er davongekommen!«

»Nadja«, ging Beate Angermeier genervt dazwischen. »Es war für uns alle damals eine Ausnahmesituation. Da handelt nicht jeder politisch korrekt. Rena hat es gut gemeint. Lass es dabei bewenden!«

»Aber …«

»Bitte!«

Die beiden Frauen verständigten sich in einem stummen Zwiegespräch. Dann lehnten sie sich in ihren Stühlen zurück und sahen mich an.

»Habe ich das richtig verstanden, Frau Velte? Sie sind sich inzwischen nicht mehr sicher, was Sie damals gehört haben?«

Sie wich meinem Blick aus und nahm sich aufs Neue ihren geflochtenen Zopf vor. »Es ist so lange her.«

Ein klares Ja klang anders. Auch meine Frage nach Ben war unbeantwortet geblieben.

»Dann schlage ich vor, dass wir die Besprechung an diesem Punkt unterbrechen und wir uns am Montag zur gleichen Zeit wieder hier treffen«, sagte ich. »Ich bitte Sie alle, sich bis dahin nochmals ganz ausführlich Gedanken über die Angelegenheit zu machen. Was ich Ihnen dazu mit auf den Weg geben möchte, ist dies: Sollte ich die Testamentsvollstreckung annehmen und Ihrer aller Überzeugung folgen, dass der wahre Mörder verurteilt worden ist, würde jedem von Ihnen ein Fünftel von Theresa Lenhardts Erbe zustehen. Sollte alles ganz anders gewesen sein und der Mörder noch frei herumlaufen, müssten sich möglicherweise nur vier das Vermögen teilen.«

Augenblicklich war der Raum erfüllt von einem Gewirr von Unmutslauten. Christoph Angermeier war es schließlich, der sie in Worte fasste.

»Ist Ihnen klar, was Sie damit unterstellen?«, fragte er.

Nicht nur das. Ich wusste auch, dass ich einen vergifteten Pfeil in dieses Freundschaftsgefüge geschossen hatte.

»Halten Sie es allen Ernstes für möglich, dass Sie hier mit einem Mörder oder einer Mörderin am Tisch sitzen? Ich glaube, Sie sollten Ihre Zunge hüten, damit Ihnen nicht eine Anzeige wegen Rufmords ins Haus flattert.«

»Was soll das, Christoph?« Tilman Velte, der im Vergleich zu seinem eher robusten Freund wie ein englischer Gentleman wirkte, runzelte die Stirn und kniff die Augen zusammen. »Wir sind hier unter uns. Und in diesem Rahmen kann Frau Mahlo durchaus Spekulationen anstellen. Keinem von uns ist das angenehm, aber deshalb musst du nicht gleich die Rufmordkeule schwingen.« Er drehte den Kopf zu mir. »Sie sitzen in einer Zwickmühle, Frau Mahlo. Es gibt keine hundertprozentige Sicherheit, deshalb werden Sie nie die Gewissheit haben, dass Fritz wirklich Konstantins Mörder war. Der Richter hatte sie, Theresa nicht. Sie können sich nur für die eine oder die andere Seite entscheiden. Es läuft auf eine Entscheidung zwischen Vernunft und Mitgefühl hinaus. Theresa hat sich zum Schluss in den Wahn verrannt, einer von uns sei der Mörder. Deshalb dieses absurde Testament. Letztlich können nur Sie, Frau Mahlo, es auflösen, indem Sie dem Gerichtsurteil vertrauen und das Vermögen auf uns fünf verteilen.«

Ich schloss die Mappe mit den Unterlagen und legte meine Hände darauf. »Sie haben den Tierschutzverein vergessen, Herr Velte.«

»Das würdest du tatsächlich tun, oder?« Die Aussicht, dem Tierschutz einen ordentlichen Batzen Geld zukommen zu lassen, gefiel Simon. Seit einer Viertelstunde stand er vor dem Küchenblock, hörte sich meinen Bericht an und rührte in einem Topf mit Risotto. Rosa lag zu seinen Füßen und lauerte darauf, dass etwas Essbares auf den Boden fiel.

»Ohne mit der Wimper zu zucken.«

»Das heißt, du nimmst die Testamentsvollstreckung an?«

»Ja. Ich habe vorhin ans Nachlassgericht geschrieben. Theresa Lenhardt mag sich die Unschuld ihres Mannes nur eingeredet haben, trotzdem wird ihr bewusst gewesen sein, wie gering meine Chancen sind, ihre Version der Wahrheit beweisen zu können. Mit dem Erbe hat sie ihren letzten Joker ins Spiel gebracht …«

»Mit dem Satz über deinen Bruder aber auch.«

»Bevor ich diese Rena Velte kennengelernt habe, war ich überzeugt, dieser Satz sei eine Finte. Inzwischen bin ich mir da nicht mehr so sicher.«

»Hast du deshalb angenommen?«

»Wenn ich ablehne, werde ich es nie herausfinden.«

»Außerdem ist das Geld, das du dafür bekommst, auch nicht zu verachten. Das Geniale an diesem Testament ist, dass du deinen Anteil so oder so bekommst. Allerdings würdest du dir mit der Tierschutzvariante auch fünf Leute auf ewig zu Erzfeinden machen. Deckst du bitte schon mal den Tisch?« Er sah kurz auf und konzentrierte sich dann wieder aufs Rühren.

Zu Beginn unserer Beziehung hatte ich einmal meine Version eines Risottos gekocht. Simons Meinung nach war lediglich ein Reisgericht dabei herausgekommen. Das Geheimnis liege im geduldigen Rühren. Geduld beim Kochen hatte noch nie zu meinen Stärken gezählt. Auch was unsere Einrichtungsstile betraf, hätten wir unterschiedlicher nicht sein können. Mir kam es auf Wärme, Gemütlichkeit und Farben an, während Simons Wohnung den Charme eines Rohbaus ausstrahlte. Der Fußboden war aus Beton, und Metallblech-Spinde mit Lüftungsöffnungen dienten als Schränke. Zum Glück hatte er sich auch für alte Ledersofas und Holztische entschieden. Nicht zu vergessen das bequeme Bett – andernfalls hätte ich gestreikt.

Ich holte Teller, Besteck und Gläser aus einem Regal und verteilte alles auf dem Tisch. Dann zog ich aus dem offenen Wohnraum einen Sessel so nah heran, dass ich mich weiter mit Simon unterhalten konnte, während er rührte. Kaum hatte ich mich hineingekuschelt, gesellte Rosa sich zu mir.

»Meinen Eltern habe ich übrigens nichts von diesem angeblich über Ben gefallenen Satz gesagt. Sie würden sich nur aufregen.«

»Verstehe.« Simon legte den Kochlöffel für einen Moment beiseite, entkorkte eine Flasche Rotwein, goss zwei Gläser halb voll und reichte mir eines. »Probier mal. Den habe ich neu hereinbekommen.«

Der erste Schluck schmeckte so gut, dass ich gleich noch einen nahm. »Mhm.«

»Ist es eigentlich sinnvoll, diese Leute nächste Woche wieder alle zusammen zu dir zu bestellen?«, fragte Simon. »Wäre es nicht besser, sich jeden noch einmal einzeln vorzunehmen?«

»Den Termin am Montag habe ich mehr pro forma ausgemacht. Ich glaube, die Sache wird sich übers Wochenende klären. Sie werden anrufen oder vorbeikommen und versuchen, allein mit mir zu sprechen.«

Simon rührte Parmesan ins Risotto und zog den Topf von der heißen Platte. Dann füllte er die dampfende, köstlich duftende Masse in eine Schüssel und stellte sie auf den Tisch. Kaum hatte er sich gesetzt, saß auch schon Rosa neben seinem Stuhl.

Er sah mit einem Lächeln zu ihr hinunter. »Rosa und ich plädieren für den Tierschutzverein. Stell dir nur mal vor, all das Geld würde für etwas Sinnvolleres ausgegeben als für Luxusautos, Swimmingpools und goldene Uhren.«

»Simon, das ist ein Klischee.«

»Stimmt, aber eines, das zig Leute leben.«

»Wenn sie's schön finden? Es ist ihr gutes Recht.«

»Aber leben möchtest du so nicht. Oder etwa doch?«

Ich konnte mir ein Grinsen nicht verkneifen. »Es gibt wunderschöne goldene Uhren. Und stell dir vor, du könntest morgens im eigenen Schwimmbad deine Bahnen ziehen und müsstest nicht erst zum Langwieder See fahren.« Ich schob mir einen Löffel Risotto in den Mund. Es schmeckte zum Niederknien.

»Dann stell du dir doch bitte vor, wie es wäre, wenn du bald ein neues Auto mit Sitzheizung und Navi vor der Tür stehen hättest.«

»Das wäre mir viel zu langweilig. Du hast keine Ahnung, wie viele skurrile Gespräche ich schon hatte, wenn ich Leute nach dem Weg gefragt habe.«

»Kris, was das Autothema betrifft, bist du beratungsresistent.«

»Mal davon abgesehen, dass ich an meinem Auto hänge, geht es dir und meinem Vater doch nur darum, dass ihr stundenlang im Internet das ideale Auto für mich zusammenstellen könnt, mit allen erdenklichen Extras. Aber das könnt ihr doch auch so.«

»So macht es nur längst nicht so viel Spaß.«

Ich legte meinen Löffel neben den Teller, ging um den Tisch herum und setzte mich rittlings auf seinen Schoß. »Dann probieren wir doch mal aus, was dir mehr Spaß macht.« Ich legte meine Hände flach auf seine Brust und küsste ihn.

»Der Risotto wird kalt«, murmelte er zwischen zwei Küssen. Aber da hatten sich seine Hände längst auf Wanderschaft begeben.

»Macht nichts. Ich bin gut im Aufwärmen.«

In der Nacht zum Samstag waren dicke Regenwolken aufgezogen, die den Himmel verdüsterten. Nachdem wir gemeinsam gefrühstückt hatten, war Simon zum Joggen aufgebrochen. Rosa, die bei Nässe eine widerspenstige Begleiterin war, war bei mir geblieben. Die Minirunde durch den hinteren Garten war für sie schon Albtraum genug. Sie drückte sich an mich, als seien die Regentropfen spitze Pfeile, die es einzig auf sie abgesehen hatten. Im Gegensatz zu Rosa genoss ich es, das Prasseln auf meiner Haut zu spüren. Ich atmete die erdige Luft tief ein, hielt mein Gesicht in den Regen und nahm mir vor, bei nächster Gelegenheit endlich einen tellergroßen Duschkopf zu kaufen, der Regen simulierte. So einen wünschte ich mir seit einer Ewigkeit.

Die Glocke von St. Georg hatte gerade zehn geschlagen, als ich mit Rosa im Schlepptau die Treppe hinunter Richtung Büro lief. Vor den Briefkästen hielt ich kurz inne, um den neuesten gelben Haftzettel zu lesen. Mein Vater hatte meiner Mutter einen Zeitungsartikel ans Herz gelegt: *Übermäßiges Joggen – eine Gefahr für die Gelenke.* Meine Mutter hatte darunter geheftet: *Joggen – das ideale Herz-Kreislauf-Training.*

Im Büro öffnete ich erst alle Fenster und schließlich die Tür zum Vorgarten. Alfred war nirgends zu sehen. Ich schob Daumen und Zeigefinger zwischen die Lippen und pfiff einmal durchdringend. Es dauerte keine dreißig Sekunden, bis er angeflogen kam und sich seine Walnuss abholte. Aus den Tiefen der Küche war Rosas leises Knurren zu hören. Mehr traute sie sich nicht, solange ich in der Nähe war.

Zurück im Büro hörte ich den Anrufbeantworter ab. Drei Anrufer hatten mir die Bitte hinterlassen, sie in jedem Fall noch an diesem Tag zurückzurufen: Beate Angermeier, Nadja Lischka und Tilman Velte. Ich griff nach dem Telefon.

Als Beate Angermeier den Anruf nach mehrmaligem Klingeln entgegennahm, klang sie missgelaunt.

»Frau Doktor Angermeier, Sie wollten, dass ich Sie zurückrufe?«

»Ja. Um diese unselige Sache ein für alle Mal abzuschließen. Ich dachte, es sei endlich vorbei, aber Theresa hat mit ihrem Testament alles wieder aufgewühlt.«

»Was hat sie aufgewühlt?«

»Mein Gott, diese Affäre, die ich mit Fritz hatte. Sie war kurz und unbedeutend. Das Dumme war nur, dass Konstantin uns erwischt und damit gedroht hat, uns auffliegen zu lassen.«

»Was hat er für sein Schweigen gefordert?«

»Geld, was sonst? Er besaß schließlich keinen Cent mehr.«

Jetzt schien der geeignete Moment für Henrikes Verhörtaktik. »Wo hat er Sie erwischt?«

»Wie meinen Sie das?«

»Waren Sie draußen im Grünen oder …?«

»Spielt das eine Rolle?«

»Wenn ich Ihnen glauben soll, schon.«

»Abends im Institut, als alle schon gegangen waren. Fritz hatte vergessen, die Tür abzuschließen, und Konstantin ist hereingeplatzt.«

»War es üblich, dass Herr Lischka im Institut vorbeischaute?«

»Besuchen Ihre Freunde Sie nie in Ihrem Büro?«

Ich schwieg.

»Zwischen Fritz und Konstantin hatte monatelang Funkstille geherrscht. Dann hat Fritz die Lischkas zu seinem Geburtstag eingeladen. Ich glaube, Konstantin ist im Institut vorbeigekommen, damit sie sich nicht erst am Geburtstagsabend nach so langer Zeit wiedersehen. Er wollte die Situation damit wohl etwas entspannen.«

»Sie sind während der Gerichtsverhandlung sicherlich als Zeugin befragt worden. Haben Sie dort etwas von Ihrer Affäre erzählt?«

»Damit hätte ich Fritz doch noch mehr belastet. Konstantin hatte immerhin gedroht, uns auffliegen zu lassen.«

»Vielleicht wären Sie auch selbst in Verdacht geraten. Nüchtern betrachtet, hätten Sie durchaus ein Motiv gehabt, schließlich sind Sie ebenfalls verheiratet und haben durch diese Affäre Ihre Ehe riskiert.«

Sie zog scharf Luft ein. »Das ist Unsinn, Frau Mahlo!«

»Hatten Sie eigentlich ein Alibi für die Nacht?«

»Mit dieser Frage überschreiten Sie Ihre Kompetenzen.«

»Wenn ich Theresa Lenhardts Testament vollstrecken soll, bleibt mir nichts anderes übrig. Es liegt an Ihnen und Ihren Freunden, wie Sie damit umgehen.«

Sekundenlang herrschte Stille in der Leitung.

»Ich habe Konstantin nicht umgebracht, deshalb hätte ich auch nichts zu befürchten gehabt. Aber Fritz hätte ich mit meiner Aussage noch weiter hineingeritten. Außerdem wollte ich Theresa nicht verletzen. Sie hatte es auch so schon schwer genug.«

Beate Angermeier konnte also auch feinfühlig sein, vermerkte ich im Stillen. »Ihre Freundin Theresa hat mit jedem von Ihnen vor ihrem Tod noch einmal unter vier Augen gesprochen. Haben Sie ihr da von der Affäre erzählt?«

»Ich finde Ihre Frage geschmacklos.«

»Haben Sie?«

»Ich habe ein Herz, Frau Mahlo. Und mir fehlt jegliches Verständnis dafür, dass Rena ihr da noch mit dieser Sache gekommen ist.«

»Die beiden Sätze, die Frau Velte belauscht haben will, meinen Sie die?«

»Wenn sie den Mund schon unbedingt aufmachen musste, hätte sie Konstantin wenigstens korrekt zitieren sollen. Er hat nicht gesagt: *Ich hab dich mit Ben Mahlo gesehen,* sondern: *Ich hab dich mit Beate gesehen.*«

Ich verglich beide Sätze im Stillen. »Das überzeugt mich nicht.«

»Ich versuche nicht, Sie zu überzeugen, sondern die Dinge richtigzustellen.«

»Die beiden Menschen, zwischen denen dieser Satz gefallen sein soll, sind tot. Wie wollen Sie etwas richtigstellen, das Sie nicht einmal selbst gehört haben?«

»Fritz hat es mir an dem Abend noch erzählt. Er war sehr aufgebracht deswegen.«

»Das heißt, Konstantin Lischka hat erst an diesem Abend seine Drohung ausgesprochen?«

»Richtig.«

»Nur damit ich den zeitlichen Zusammenhang verstehe: Wann genau hat er Sie und Fritz Lenhardt in Ihrem Institut beim Schäferstündchen erwischt?«

Sie zögerte. »Das war zwei Tage zuvor.«

Ich ließ mir all das durch den Kopf gehen und suchte nach Schwachstellen. »Was glauben Sie, Frau Doktor Angermeier: Warum hat Herr Lischka gesagt: *Ich hab dich mit Beate gesehen*, als wüsste Fritz Lenhardt das nicht längst? Für mich klingt dieser Satz eher, als würde etwas Überraschendes offenbart.«

»Für mich klingt es wie eine Erinnerung. Vielleicht hat er vorher gesagt: *Erinnerst du dich nicht?* Wer sagt denn, dass Rena jedes Wort gehört hat?«

»Wer aus Ihrer Gruppe weiß von dieser Affäre zwischen Ihnen und Fritz Lenhardt?«

»Alle wissen davon.«

»Seit wann?«

»Seit gestern. Nach dem Termin bei Ihnen sind wir noch gemeinsam einen Kaffee trinken gegangen. Da Sie Rena auf das angesprochen haben, was sie glaubt, an jenem Abend gehört zu haben, musste ich es einfach sagen.«

»Warum?«

»Wie bitte?«

»Sie haben sechs Jahre lang geschwiegen. Warum haben

Sie da gestern plötzlich das Bedürfnis verspürt, Frau Velte richtigzustellen?«

Wieder zögerte sie einen Moment. »Theresa hat vom ersten Moment an die Augen vor der Schuld ihres Mannes verschlossen. Solange es nur sie betraf, war das akzeptabel. Aber mit ihrem Testament hat sie uns alle in dieses Gespinst mit hineingezogen. Seitdem steht jeder von uns in Verdacht, ein Mörder zu sein. Damit muss Schluss sein. Fritz hat Konstantin umgebracht. Daran besteht kein Zweifel.«

»Er war Ihr Institutspartner und Ihr Liebhaber. Haben Sie da nie infrage gestellt, ob er tatsächlich einen Menschen oder gar einen Freund würde töten können? Haben Sie nie jemand anderen verdächtigt?«

»Ich bin Wissenschaftlerin. Für mich zählen Beweise.«

»Haben Sie die Beweislage nie hinterfragt?«

»Was ist Ihr Problem, Frau Mahlo?«

»Ich bin mir nicht sicher, ob ich Ihnen glauben kann. Immerhin ist es durchaus möglich, dass Sie sich all das ausgedacht haben. Sollte ich mich Ihrer Version dieses Satzes anschließen, wäre mein Bruder aus dem Spiel. Und vermutlich glauben Sie, dass dann auch meine Motivation eine andere wäre.«

Sie blies genervt Luft durch die Nase. »Es handelt sich nicht um meine Version, sondern um die Wahrheit.«

»Ihre Freundin Rena Velte hat gestern gesagt, Fritz Lenhardt habe seine Frau sehr geliebt. Wieso dann diese Affäre mit Ihnen?«

Ihr Lachen hatte nichts Amüsiertes. »Ich halte diese Frage mal Ihrer Unerfahrenheit zugute. Das eine schließt das andere nämlich nicht aus. Einer langjährigen Beziehung tut ein wenig Abwechslung ganz gut. Für Fritz war es nicht immer leicht, mit einer Heiligen zusammenzuleben. Theresa hatte für jeden Verständnis, sie hat anderen alles verziehen, an sich selbst jedoch allerhöchste Ansprüche gestellt. Dadurch hat sich Fritz ihr manchmal unterlegen gefühlt.«

»Und Sie konnten sein Selbstbewusstsein reparieren?«

Dieses Mal klang sie amüsiert. »Ich habe mir zumindest Mühe gegeben.«

6

Beate Angermeiers Geständnis hätte durchaus plausibel sein können, wäre dieser Satz nicht gewesen, um den sich für mich alles drehte und wendete. Wie sollte Rena Velte, die keinerlei Verbindung zu meinem Bruder hatte, *Ben Mahlo* anstatt *Beate* verstanden haben? Bevor ich bei den Veltes anrief, um das zu klären, machte ich mir einen Kaffee und trank ihn am Bürofenster. Wie so oft an Samstagen, wenn die Leute Zeit zum Einkaufen hatten, war der Parkplatz im Hof vollgestellt mit Autos.

Als sich die Tür der Scheune öffnete, sah ich Henrike in Regenjacke und Gummistiefeln herauskommen und für eine Kundin einen Garderobenständer zum Auto schleppen. Während die ältere Dame umsichtig allen Pfützen auswich, lief Henrike tapfer mitten hindurch. Ich brauchte ihr tief unter der Kapuze verborgenes Gesicht nicht zu sehen, um zu wissen, wie sie dreinschaute. Was Regen anging, waren sie und Rosa Schwestern im Geiste. Kaum hatte sie das sperrige Teil im Auto verstaut und sich verabschiedet, lief sie in Riesenschritten zurück unter das schützende Dach. Sie schob die Kapuze in den Nacken und schüttelte ihre Haare.

Ich öffnete das Fenster und rief: »Bei mir gibt es einen Tee, wenn du zwischendurch mal eine Pause machen möchtest.«

»Hast du auch etwas Süßes?«

»Jede Menge.«

»Dann komme ich jetzt gleich, ich habe gerade Leerlauf. Die meisten Kunden wollen heute ohnehin zu Simons Weinprobe.«

Ich beobachtete, wie sie ihr *Bin-gleich-zurück-Schild* anbrachte, und lief dann zur Tür, um sie ihr aufzuhalten.

Henrike ließ Regenjacke und Gummistiefel neben der Fußmatte, kam auf Socken ins Büro und ließ sich aufs Sofa fallen.

Ich holte aus der Küche einen Becher mit Tee und reichte ihn ihr. »Das Wasser ist fast auf achtzig Grad abgekühlt.« Eigentlich waren es eher neunzig. »Und hier sind Baklava. Fundas Mutter hat sie gebacken.«

Henrike nahm sich gleich zwei und schob sie in den Mund. Sie hatte sie noch nicht ganz hinuntergeschluckt, als sich ihr Blick schon an den Resten auf dem Teller festsaugte.

»Die Dinger landen ziemlich schnell auf den Hüften«, warnte ich.

»Ich weiß. Meinst du, Fundas Mutter backt regelmäßig?«

»Ganz sicher. Sie hat sich zum Ziel gesetzt, Baklava so beliebt wie Leberkäse und Schweinebraten zu machen.«

Henrike schob sich die beiden übrigen nacheinander in den Mund. »Lass ihr bitte ausrichten, dass sie in mir eine Unterstützerin gefunden hat.«

»Dann sind wir schon zwei.« Ich machte es mir in der Ecke des Sofas bequem und zog die Füße an.

»Henrike, weißt du, was mein Problem bei diesem Fall ist? Ich glaube, die werden mir alle einen Bären aufbinden, nur damit sie so schnell wie möglich an das Geld kommen.«

»Das ist möglich. Aber wenn du von vornherein davon ausgehst, dass sie dich belügen, wirst du die Informationen, die sie dir geben, ausschließlich unter diesem Aspekt betrachten. Am sinnvollsten ist es, du hältst erst einmal alles für möglich und sammelst so viele Informationen, wie du bekommen kannst. Vielleicht kristallisiert sich dann schon ein Bild heraus, das ein paar Fragen schlüssig beantwortet oder zumindest Widersprüche aufdeckt.«

»Du erinnerst dich doch an den Satz, der an dem Abend vor dem Mord an dem Journalisten über Ben gefallen sein soll. Eine der möglichen Erbinnen sagte mir vorhin am Telefon, er habe anders gelautet. Nicht *Ich habe dich mit Ben Mahlo* gesehen, sondern *Ich habe dich mit Beate* gesehen. Was mache ich jetzt damit?«

»Hör dir an, was der Rest der Truppe dazu zu sagen hat.«

Ein Gedanke schoss mir durch den Kopf. »Konstantin Lischka könnte auf dem Flur auch mit jemandem telefoniert haben.«

»Das wäre bei den Ermittlungen herausgekommen. Die Kripo hat ganz sicher seine Telefonkontakte in den Stunden vor seinem Tod überprüft.«

»Die Kontakte, ja, aber was ist mit den Inhalten?«

»Bei einem Telefonat so kurz vor seinem Tod wären die ans Licht gekommen, darauf würde ich wetten. Ich an deiner Stelle würde jetzt genau das tun, was Theresa Lenhardt dir empfohlen hat. Wie hat sie es formuliert? Das mit dem Faden?«

Ich kannte ihren Brief mittlerweile fast auswendig. *»Vielleicht gelingt es Ihnen, auf der Seite Ihres Bruders das Ende eines Fadens aufzunehmen und es mit dem Gast unserer Tafelrunde zu verbinden, den Konstantin an jenem Abend zu erpressen versucht hat.«*

Henrike deutete mit dem Zeigefinger auf einen imaginären Punkt vor mir. »Genau *das* würde ich tun.«

»Auf Bens Seite gibt es keinen losen Faden. Wir sind damals jedem noch so unwichtigen Hinweis nachgegangen. Aber da war nichts. Auch die Leute von der Kripo haben nichts herausgefunden.«

»Ich würde trotzdem noch einmal mit Bens Freunden und Bekannten sprechen.«

»Das ist zwecklos, Henrike. Ich habe die damals alle gelöchert. Und die Kripobeamten haben das bestimmt auch getan.«

Sie holte tief Luft. »Erst einmal glaube ich nicht, dass jeder bereitwillig der Kripo sein Herz ausschüttet. Dann gibt es Menschen, die Beobachtungen zurückhalten aus Sorge, sich lächerlich zu machen. Und diejenigen, die Angst haben, sich selbst verdächtig zu machen. Und manche haben etwas gesehen oder wissen etwas, dem sie aber keine Bedeutung beimessen. Es gibt etliche Gründe, warum Menschen mit Informationen hinterm Berg halten. Sprich noch einmal mit Bens Freunden. Und geh noch einmal seine Sachen oben in der Dachwohnung durch. Wenn du es nicht alleine tun magst, helfe ich dir gerne.«

»Eins nach dem anderen«, murmelte ich, nachdem Henrike sich um kurz nach elf verabschiedet hatte, um in ihren Laden zurückzukehren. Erst einmal würde ich Tilman Velte zurückrufen.

Er war bereits nach dem ersten Klingeln am Apparat und sagte lachend, mein Anruf sei seine Erlösung. Er habe stundenlang vor dem Telefon ausgeharrt und auf meinen Rückruf gewartet, was bei diesem lausigen Wetter allerdings kein Drama gewesen sei.

»Was haben Sie mir denn zu erzählen?«, fragte ich und erwiderte seinen unbeschwerten Ton.

»Meiner Frau ist es sehr unangenehm, dass sie sich so verhört hat. Sie hat mich gebeten, Ihnen das auszurichten.« Jetzt klang er ernst. »Beate hat uns nach dem gestrigen Termin bei Ihnen reinen Wein eingeschenkt. Hätten wir vorher von dieser Affäre und von Konstantins Erpressung gewusst, hätte Rena Theresa ganz sicher nicht davon erzählt. Wobei ich ehrlich gesagt glaube, dass Theresa dieser Satz sehr gelegen kam, um Sie, Frau Mahlo, zu ködern. Hätte sie ihm tatsächlich Gewicht beigemessen, hätte sie ihrem Leben sicher nicht selbst ein Ende gesetzt, sondern jede Minute genutzt, die ihr blieb. Meinen Sie nicht auch?«

Ich dachte an Henrikes Worte und beschloss, nichts zu

meinen, sondern lediglich zu sammeln. »Könnte ich Ihre Frau sprechen? Ich wollte sie gerne noch etwas fragen.«

»Sie ist vor einer Stunde mit unserem Sohn ins Schwimmbad gefahren und kommt sicher nicht so bald zurück. Vielleicht kann ich Ihnen helfen?«

Einen Versuch war es wert. »Etwas akustisch falsch zu verstehen, das kann ich nachvollziehen. Aber wie sie bei dem Wort *Beate Ben Mahlo* verstanden haben will, leuchtet mir nicht ein, zumal sie meinen Bruder nicht kannte.«

»Diese Frage habe ich meiner Frau auch gestellt, Frau Mahlo. Sie ist inzwischen überzeugt, ihr Gehirn habe ihr einen Streich gespielt. Damals hingen überall diese Plakate mit dem Namen Ihres Bruders darauf. Dadurch sei ihr der Name ständig im Kopf herumgespukt. Hinzu kam, dass sie großen Anteil am Verschwinden Ihres Bruders genommen hatte. Meine Frau ist überaus sensibel, sie nimmt sich vieles sehr zu Herzen.«

»Wenn sich Ihre Frau das Verschwinden meines Bruders damals so zu Herzen genommen hat und sie glaubte, dass Konstantin Lischka über Ben gesprochen hat – wieso hat sie dann geschwiegen?« Es fiel mir schwer, sachlich zu bleiben. Am liebsten hätte ich ihr selbst diese Frage um die Ohren gehauen.

»Das hat meine Frau Ihnen bereits gesagt. Sie wollte Fritz nicht schaden.«

»Nach dem Urteil hätte sie es sagen können.«

»Nein, Frau Mahlo«, sagte er geduldig, »das hätte sie nicht. Fritz hatte immerhin einen Mord begangen. Und irgendwann wäre er freigekommen. Sie wollte es sich nicht mit ihm verderben. Außerdem war sie mit Theresa eng befreundet.«

»So hat sie möglicherweise meinen Bruder gefährdet.«

»Das hat sie nicht, wie wir seit gestern nun wissen.«

Aber jahrelang hatte sie das annehmen müssen. Wie lebte

es sich mit dieser Vorstellung? Irgendwann würde ich sie das fragen.

»Waren Sie eigentlich gut mit Fritz Lenhardt befreundet?«, fragte ich.

»Ja.«

»Waren Sie enttäuscht, dass er Ihnen als gutem Freund offenbar nichts von der Affäre mit Beate Angermeier erzählt hat?«

»Enttäuscht? Im Gegenteil, ich bin Fritz dankbar dafür. Er hätte mich in eine Zwickmühle katapultiert. Schließlich bin ich auch mit Christoph Angermeier gut befreundet.«

»Wie hat der eigentlich gestern auf die Eröffnung seiner Frau reagiert?«

»Wie reagiert ein Mann, wenn er erfährt, dass ihm Hörner aufgesetzt wurden? Mit solch einem Vertrauensbruch muss er erst einmal fertigwerden. Selbst wenn der Nebenbuhler nicht mehr lebt.«

Der Regen prasselte noch immer gegen die Fensterscheibe. Ich saß mit einem Becher Kaffee im Schneidersitz auf dem Sofa und streichelte Rosa, die sich neben mich gekuschelt hatte. Das Wort *Nebenbuhler* spukte mir im Kopf herum. Was, wenn Christoph Angermeier schon damals von der Affäre erfahren hatte? Und wenn er Fritz Lenhardt, dem sein Messer und sein Haar zum Verhängnis geworden war, auf perfide Weise aus dem Weg geschafft hatte? Wenn er den einen Freund umgebracht hatte, nur um den anderen im Gefängnis leiden zu sehen? Unwahrscheinlich!

Ein Klopfen riss mich aus meinen Gedanken. Meine Mutter, die offensichtlich vom Einkaufen kam, stand vor der Tür. Sie hielt mir einen durchsichtigen Plastikbeutel hin, in dem ein weißer Briefumschlag und ein kleines Sträußchen mit blauen Blumen steckte. »Das klemmte unter deinem Heckscheibenwischer.«

Ich griff danach, aber sie zog ihre Hand zurück.

»Du machst doch nichts Unüberlegtes, Kris?«

»Wie meinst du das?«

Sie schob mich ins Büro und schloss die Tür, als stünden draußen im Flur Trauben von Menschen, die uns hätten belauschen können. »Simon wird vielleicht eines Tages seine Meinung ändern. Du hast Zeit.«

»Wovon redest du?«

»Davon, dass Simon im Gegensatz zu dir keine Kinder möchte.«

»Was hat das mit diesem Umschlag zu tun?«

Sie hob den Plastikbeutel vor mein Gesicht. »Das sind Vergissmeinnicht.«

»Mama, tut mir leid, aber ich verstehe überhaupt nichts.«

»Bandelst du mit einem anderen an, Kris? Sind der Brief und die Blumen von ihm?«

»Ach, daher weht der Wind«, sagte ich und musste lachen. »Du sorgst dich um deinen Traum-Schwiegersohn.«

»Ich sorge mich um dich. Ich weiß, wie sehr du dir ein Kind wünschst und dass dieser Wunsch mit Simon vielleicht nie in Erfüllung gehen wird.«

»Es gibt keinen anderen.«

»Und du denkst auch nicht darüber nach?«, fragte sie. Eine Mischung aus Angst und Unsicherheit stand ihr ins Gesicht geschrieben.

»Wovor hast du Angst?«

»Davor, dass sich etwas ändert.« Ihre Augen wurden feucht. »Seit das mit der Kerze geschehen ist, habe ich wieder ständig das Gefühl, gleich würde etwas Schlimmes passieren. Dabei ist vieles gut im Augenblick, und ich wünsche mir so sehr, dass es so bleibt. Du bist doch glücklich mit Simon, oder?«

»Ja, das bin ich.«

»Und da ist wirklich niemand, der ...?«

»Nein, und jetzt gib mir bitte den Beutel.«

Sie hielt ihn mir hin. »Es steht kein Absender drauf.«

Ich betrachtete den Umschlag von beiden Seiten. Als ich ihn gerade öffnen wollte, hielt ich inne. Beim letzten Mal hatte ein Kondom unter dem Scheibenwischer meines Autos geklemmt. Sollte etwas Ähnliches aus dem Umschlag fallen, würde es um die Nachtruhe meiner Mutter endgültig geschehen sein.

»Warum machst du ihn nicht auf, Kris?«

»Hast du mir nicht mal gesagt, du würdest Mütter verpönen, die in den Tagebüchern ihrer Töchter …«

»Das da ist doch kein Tagebuch!«

»Und wenn doch?« Ich schob den Umschlag in die Gesäßtasche meiner Jeans. »Ich öffne ihn später. Erst muss ich noch einen wichtigen Anruf erledigen.«

»Du arbeitest zu viel.«

»Es ist ein dicker Brocken, den ich da auf den Tisch bekommen habe.«

Nachdem sie die Tür hinter sich zugezogen hatte, wartete ich einen Augenblick, ob sie noch etwas »vergessen« hatte. Aber sie klopfte nicht noch einmal. Ich ging zu meinem Schreibtisch und öffnete den Umschlag. Er enthielt zwei Fotos. Das eine zeigte mich am Fenster von Theresa Lenhardts Arbeitszimmer, auf dem anderen zog ich vor dem Haus das Kondom unter dem Scheibenwischer hervor. Das Gefühl, das die Fotos und das Vergissmeinnicht-Sträußchen in mir auslösten, war eine Mischung aus diffuser Bedrohung und Wut. Ich betrachtete die Aufnahmen genauer. Vermutlich waren sie aus einem Auto heraus aufgenommen worden, denn ich hatte dort außer dem alten Mann mit seinem übergewichtigen Mops keine Passanten entdecken können.

Ich warf die Fotos auf den Tisch. Waren sie die Zermürbungstaktik ungeduldiger Erben oder die unmissverständliche Drohung eines Mörders, der weiter unbehelligt bleiben wollte? Oder hatten sie womöglich überhaupt nichts mit Theresa Lenhardts Testament zu tun? Ich zerriss die Bilder und warf die Schnipsel samt Sträußchen in den Papierkorb. So leicht würde ich mich nicht ins Bockshorn jagen lassen.

Ich nahm den dritten Rückruf in Angriff und wählte Nadja Lischkas Nummer. Ich wollte schon auflegen, als sie doch noch abhob. Sie klang gehetzt und erklärte mir, dass sie zwar gerade für ihre Kinder koche, den Herd jedoch schnell abschalten würde.

»Danke, dass Sie zurückrufen, Frau Mahlo«, sagte sie, als sie wieder ans Telefon kam. »Ich wollte mich unbedingt für meinen kleinen Ausbruch gestern entschuldigen. Manchmal gehen die Pferde mit mir durch.«

»Das finde ich einen sympathischen und sehr menschlichen Zug für eine Yogalehrerin.«

»Was für eine Vorstellung haben Sie von Yoga?«

»Eine ziemlich überirdische. Ich kann nicht glauben , dass mit einem tönenden Om alles von einem abperlt.«

Sie lachte. »Was tun Sie als Ausgleich zu Ihrem Job? Der ist doch sicher nicht immer einfach.«

»Hin und wieder klettere ich auf Bäume.«

»Auf Bäume? Wie ungewöhnlich!«

»Ich mochte schon als Kind solche Mutproben. Irgendwann habe ich dann festgestellt, dass ich sie immer noch mag. Außerdem braucht es Konzentration und Geschick, um bis nach oben zu gelangen. Ich würde Sie gerne etwas fragen, Frau Lischka«, wechselte ich das Thema. »Haben Sie damals etwas von dieser Affäre zwischen Beate Angermeier und Fritz Lenhardt geahnt?«

Ich konnte ihren Atem hören, aber sie schwieg. Dann holte sie tief Luft. »Theresa und Fritz waren für mich immer das Traumpaar schlechthin. Nicht in einem abgehobenen, sondern in einem realistischen Sinn. Sie hatten eine Beziehung, wie sie die wenigsten Menschen in ihrem Leben finden. Wenn ich die beiden zusammen erlebte, habe ich so viel Wärme zwischen ihnen gespürt. Ich hätte Fritz diese Affäre nicht zugetraut. Aber ich wäre auch nie auf die Idee gekommen, dass er meinen Mann umbringen würde.«

»Darf ich Sie noch etwas fragen, Frau Lischka?«

Sekundenlang war es still in der Leitung. »Ich kenne Ihre Frage.«

Ich ließ ihr Zeit.

»Die Antwort lautet: ja. Ja, Konstantin wäre eine solche Erpressung zuzutrauen gewesen. Er hatte zwei Seiten, und eine davon war skrupellos.«

Wie lange war es her, dass ich die Stufen ins Dachgeschoss hinaufgestiegen war? Vier Jahre? Fünf? Am Anfang hatte ich die Zeit, die nicht für die Suche nach Ben und für die Nachlassverwaltung draufging, in seinem Zimmer zwischen seinen Sachen verbracht. Bis ich alles irgendwann so oft betrachtet hatte, dass ich im Schlaf alle Puzzleteile zu diesem chaotischen Bild hätte zusammenfügen können. Als mir das bewusst wurde, habe ich die Tür hinter mir ins Schloss gezogen und sie bis heute nie wieder geöffnet.

Ganz im Gegensatz zu meinen Eltern, die Bens Wohnung regelmäßig Besuche abstatteten. Meine Mutter, um einmal in der Woche zu putzen, zu lüften und frische Blumen hinzustellen, mein Vater, um sich auf Bens Sofa zu setzen und dort auf ihn zu warten. Damit sie sich dort nicht über den Weg liefen, hatten sie für ihre jeweiligen Besuche feste Tage verabredet.

Die Wohnungstür war nicht verschlossen. Ich öffnete sie, ging hinein und gab ihr einen Schubs, sodass sie wieder ins Schloss fiel. Damit die Flut von Erinnerungen an Ben mich nicht gleich wieder hinausspülte, versuchte ich, meinen Besuch hier oben rational und professionell anzugehen. Ich stellte mir die üblichen Fragen. Wonach roch es? Nach Parkettpflege und Zitronenreiniger. In welchem Zustand war die Wohnung? Sehr gepflegt.

Die Zimmer von Bens ehemaligen Mitbewohnern waren vor Jahren leer geräumt und frisch gestrichen worden. Sie rochen gut. Trotzdem öffnete ich die Fenster. Bad und Küche waren aufgeräumt. Auf dem Tisch in der Küche stand ein Strauß bunter Dahlien. An der Schwelle zu Bens Zimmer blieb ich stehen. Es war alles so, wie ich es in Erinnerung hatte. Ben hatte es immer als kreatives Chaos bezeichnet, für mich war es schlicht Unordnung. Überall lag etwas herum, auf dem Bett waren Zeitschriften, Fachbücher und Notizhefte verstreut, genauso auf dem Sofa. Nur ein kleines Stück war frei. Dort saß mein Vater vermutlich, wenn er hierherkam und sich den Song »Speed of Sound« von Coldplay anhörte. Ben hatte sich das Lied zehnmal hintereinander auf eine CD gebrannt, sie steckte immer noch in der Stereoanlage.

Über dem Fernseher hingen Jeans, ein T-Shirt und eine Socke. Die andere lag auf dem Boden daneben. Der Schreibtisch, eine auf zwei Holzböcken liegende Granitplatte in einer Nische des Zimmers, quoll über mit Uni-Unterlagen. Neben dem Schreibtisch war ein kleiner Abstellraum, die Tür stand offen. Ben hatte darin seine Kleidung und Schuhe in einem schmalen Regal untergebracht. Wobei *hineingestopft* den Anblick besser beschrieb. Meine Mutter musste es eine fast übermenschliche Anstrengung gekostet haben, hier nicht aufzuräumen. Sie hatte mir einmal erzählt, dass sie in der ersten Zeit vor allem hierhergekommen war, um Bens Geruch einzuatmen. Mit den Monaten habe er sich jedoch verflüchtigt, und erst dann habe sie sich getraut, in der Wohnung Putzmittel zu verwenden.

Schließlich wanderte mein Blick über eine der Wände,

die mein Bruder mit unzähligen Zeitungsausschnitten geschmückt hatte. Es war alles dabei – von Cartoons über Fotos bis hin zu skurrilen Todesanzeigen.

Als ich hinter mir das Parkett knacken hörte, fuhr ich herum. Henrike stand im Flur und lächelte mich an.

»Ich habe die Fenster offen stehen sehen«, sagte sie.

Mit einer ausladenden Handbewegung zeigte ich einmal durch den ganzen Raum. »Hier etwas zu suchen, von dem man nicht einmal weiß, was es ist, ist kein Spaß, Henrike. Willst du es dir nicht lieber noch mal überlegen? Ich könnte deinen Rückzieher verstehen.«

»Ich habe meinen Laden abgeschlossen und habe Zeit.« Sie stellte sich neben mich und betrachtete das Chaos mit angestrengtem Blick. Fast machte es den Eindruck, als würde sie jeden einzelnen Gegenstand scannen.

Ich setzte mich in die Sofaecke und nahm mir einen Stapel mit Unterlagen vor.

»Wieso sieht es hier so aus?«

»Meinen Eltern ist es wichtig, dass alles so bleibt, wie Ben es zurückgelassen hat.«

»Und woher wisst ihr, dass er es so zurückgelassen hat?«

»Weil Ben das Wort Unordnung erfunden haben könnte.«

»Aber zu dem Zeitpunkt, als er verschwand, warst du in Berlin, und deine Eltern waren in Frankenberg. Haben seine beiden damaligen Mitbewohner gesagt, dass er dieses Chaos veranstaltet hat?«

»Für die beiden bestand gar kein Zweifel daran.«

»Und für die Leute von der Kripo?«

»Die hielten es für möglich, dass Bens Zimmer durchsucht worden ist. Auch weil sein Laptop fehlte. Aber das ist Unsinn. Ben hatte seinen Laptop immer dabei. Das Ding war sein ein und alles. Er hat nicht nur IT studiert, er war ein Computerfreak.«

»Vielleicht ist er es immer noch, Kris.«

Ich schüttelte den Kopf. »Ben ist tot.«

»Warum bist du dann hier und durchsuchst seine Sachen?«

»Weil wir erfahren müssen, was mit ihm geschehen ist. Sonst kommt keiner von uns jemals zur Ruhe.«

»Dann lass mich das jetzt mal machen.« Sie schob sich die langen Ärmel ihres T-Shirts bis über die Ellenbogen hoch. »Ich habe all das hier noch nie zu Gesicht bekommen, deshalb habe ich mit Sicherheit einen anderen Blick darauf. Vielleicht hilft das.« Sie zog unter dem Bett einen offenen Pappkarton hervor und drehte ihn so, dass sich sein Inhalt über die Decke ergoss. Dann begann sie, zwischen Kabeln, Zusatzsteckern, leeren Colaflaschen und ausrangierten Fahrradschlössern zu wühlen.

»Sei vorsichtig, Henrike, meine Eltern drehen durch, wenn hier irgendetwas verändert wird.«

»Sie werden gar nichts davon merken.«

»Wenn du so weitermachst, schon.«

»Okay!« Sie zog ihr Smartphone aus der Hosentasche und begann, das Gesamtgefüge und jeden einzelnen Haufen akribisch abzufotografieren. »Am besten schließt du die Fenster wieder, dann bekommen sie erst gar nicht mit, dass jemand hier oben ist.«

Ich lief von Raum zu Raum und schloss die Fenster. Zurück in Bens Zimmer, sah ich Henrike eine Weile zu. Sie hatte sich inzwischen einen Stapel mit Zeitschriften vorgenommen. »Du kannst dir nicht vorstellen, wie oft ich dieses Chaos durchforstet habe. Aber ich habe nie etwas gefunden. Nicht den kleinsten Hinweis.«

»Was ist mit seinen ehemaligen Mitbewohnern? Mit ihnen solltest du in jedem Fall noch einmal sprechen. Wenn man mit jemandem zusammenwohnt, bekommt man eine Menge über ihn mit.«

Ich schüttelte genervt den Kopf.

»Kris, sei nicht so ein Dickkopf. Informationen werden

einem in den seltensten Fällen auf dem Silbertablett serviert. Du bist doch sonst immer diejenige, die am lautesten schreit, wenn es etwas zu tun gibt.«

»Das ist dann aber auch etwas Sinnvolles.«

Sie legte die Zeitschriften neben sich und fixierte mich mit ihrem Blick. »Wovor hast du eigentlich Angst? Was glaubst du zu finden? Einen Hinweis darauf, dass Ben kriminell war und deshalb untergetaucht ist?«

»Quatsch!«

»Selbst wenn es so gewesen wäre, wäre es in jedem Fall besser, endlich die Wahrheit zu erfahren.«

»Ben war nicht kriminell. Wie kommst du nur auf so eine absurde Idee?«

»Erinnerst du dich, was ich dir gesagt habe? Du musst alles für möglich halten, ohne Einschränkungen. Und das bedeutet auch, das Unmögliche zu denken. Du hast mir Ben als impulsiven Menschen beschrieben, der immer wieder einen Kick brauchte, um sich lebendig zu fühlen. So jemand überschreitet auch gerne mal eine Grenze.«

»Nicht die!«

»Wenn du dir dessen so sicher bist, kann ich ja in aller Ruhe diese Sachen hier durchsehen.«

Eine ganze Weile war nichts anderes zu hören als das Rascheln von Papier. Alles, was Henrike abgearbeitet hatte, drapierte sie entsprechend der Fotos auf ihrem Smartphone genauso, wie es zuvor dagelegen hatte. Sie verstand ihr Handwerk. Nach einer Weile waren wir mit allem durch.

»Ich hätte dir vorher sagen können, dass nichts dabei herauskommt«, sagte ich und spürte den Frust in mir aufsteigen.

»Durch unsere Jobs sind wir beide darauf getrimmt, die Nadel im Heuhaufen zu suchen. Und wir wissen beide, dass man immer etwas übersehen kann.«

»Nicht, wenn es um das Leben des eigenen Bruders geht,

Henrike. Dann bist du voll von Adrenalin, und all deine Sinne sind geschärft.«

»Als du Bens Sachen das erste Mal durchgesehen hast, hast du da Seiten an ihm entdeckt, die du bis dahin nicht kanntest?«

Ich wollte spontan verneinen, aber dann kam eine Erinnerung in mir hoch. Ich versuchte sie in Worte zu fassen. »Diese Suche hat eher einen Eindruck verstärkt, den ich in den Jahren zuvor immer wieder gehabt hatte. Ben hatte unglaublich breit gefächerte Interessen. Er war schnell zu begeistern, und manchmal hatte ich Sorge, er würde sich dabei verzetteln.«

»Du hast recht. Allem Anschein nach hat er neben seinem Studium mit mindestens fünf Projekten gleichzeitig jongliert: Er hat Sicherheitsnetzwerke für kleinere Unternehmen eingerichtet. Er hat in einem Innovationszirkel mitgemischt und war an einer Forschungsarbeit beteiligt. Er hat in einer Kneipe gejobbt und hat angefangen, Chinesisch zu lernen. Aber er hat seine Hausarbeiten nicht rechtzeitig abgegeben. Im Klartext heißt das für mich: Er hat auf zu vielen Hochzeiten getanzt.«

7

Die Zeiger des Weckers standen auf zwanzig nach vier. Seit einer Stunde lag ich wach und überlegte, wo es eine Verbindung zwischen Ben und dem Freundeskreis der Lenhardts gegeben haben könnte. Eine Verbindung, die der Kripo verborgen geblieben war. Beruflich deckte dieser Kreis das Kinderwunschinstitut ab, eine Unternehmensberatung, eine Gartengestaltung und eine Yogaschule. Bis auf Tilman Veltes Unternehmensberatung fiel nichts in Bens Bereich. Die Namen der Unternehmen, für die er Sicherheitssoftware entwickelt hatte, kannte ich immer noch auswendig. Tilman Veltes war nicht dabei. Und privat? Hatte möglicherweise einer der Männer ein Verhältnis mit Ben gehabt? Wenn ich Henrikes Strategie folgte und alles für möglich hielt, war es denkbar. Dann würde auch der Satz, der angeblich so nicht gefallen war, wieder Sinn machen. *Ich hab dich mit Ben Mahlo gesehen*, könnte in dem Fall bedeuten: *Ich weiß, dass du homosexuell bist.* Und Beate Angermeier hätte in diesem Fall gelogen. Des Geldes wegen? Oder hatte sie den Ruf ihres Mannes schützen wollen?

Vorsichtig schlug ich die Bettdecke zurück und stand auf. Simon atmete im gleichen Rhythmus weiter, nur Rosa hob den Kopf, ließ ihn dann aber wieder sinken. Sie war längst daran gewöhnt, dass ich mitten in der Nacht aufstand und mich davonmachte. Ich tastete unter dem Bett nach den Flip-Flops und zog Simons Pulli über meinen Schlafanzug.

Draußen regnete es immer noch. Ich zog die Tür hinter mir ins Schloss, achtete auf der nassen Holztreppe darauf, nicht auszurutschen, und lief durch den Garten Richtung Hof. Außer dem Regen waren nur die Geräusche der Autobahn zu hören. Im Hof galt mein erster Blick der Kerze. Sie brannte ruhig in ihrer schützenden Laterne. Ein Kribbeln im Nacken ließ mich den Schritt beschleunigen. Ich dachte an die Kondome und die Fotos und spürte gleichzeitig Wut darüber, dass es jemandem gelungen war, mich zu ängstigen. Erst im Treppenhaus atmete ich auf.

Nachdem ich mir trockene Sachen angezogen und einen heißen Kakao zubereitet hatte, kuschelte ich mich ins Bett und zog Elisabeth Weiß' Schreibheft aus der Schublade. Sie und ihr Mann hatten ihren kleinen Laden aufgeben müssen, als die ersten Supermärkte entstanden und ihnen die Kunden untreu wurden. Sie suchten sich beide eine neue Arbeit, er in einer Schuhfabrik, sie als Haushaltshilfe. Anstatt in den Urlaub zu fahren wie ihre Nachbarn, legten sie jeden Pfennig fürs Alter auf die hohe Kante. Auf diesen Seiten änderte sich Elisabeths Ton. Ihre Erzählung bekam eine bittere Note und schien ein Vorzeichen zu sein für das, was das Leben noch an Leid für die beiden bereithielt. Ich schlug das Heft zu, verstaute es und lief hinunter ins Büro.

Es war kurz nach fünf, als ich mir aus meinem PC die Mailadressen von Bens ehemaligen Mitbewohnern heraussuchte. Matthias Schütze hatte damals BWL studiert. Er war ein Jahr jünger als Ben, inzwischen also neunundzwanzig. Nils Bellmann hatte wie Ben Informatik studiert und war im selben Alter. Ich schrieb beiden eine Mail, in der ich die Namen der möglichen Erben auflistete und fragte, ob sie jemals einen dieser Namen gehört hätten. Es könne sich möglicherweise eine neue Spur daraus ergeben und ich wäre ihnen dankbar, wenn sie sich die Zeit nehmen würden, um in Ruhe darüber nachzudenken.

Nachdem ich auf Senden gedrückt hatte, machte ich mich über die unerledigte Post her. Der oberste Brief stammte von einem Mitglied einer siebenunddreißig Köpfe zählenden Erbengemeinschaft. Der Mann boykottierte seit mehr als einem Jahr den Verkauf eines Grundstücks in Solln. Es hatte seinem dreiundneunzigjährigen Großonkel gehört, der dort jahrelang einsam in einem mehr als baufälligen Haus vor sich hin vegetiert und kein Testament hinterlassen hatte. Meine Erbensuche hatte ebenjene siebenunddreißig entfernten Verwandten zutage gefördert. Für das Grundstück lag das Angebot eines Bauträgers für zwei Millionen Euro vor. Jedem Erben würde es rund vierundfünfzigtausend Euro bescheren. Nur einer meinte, der Preis sei noch zu toppen, und wollte für seinen Anteil mindestens sechzigtausend Euro. Das Angebot der anderen, für diese fehlenden sechstausend zusammenzulegen, hatte er ausgeschlagen. Er war ein typischer Querulant, dem es ums Prinzip ging. Und das erläuterte er mir zum x-ten Mal auf drei eng beschriebenen Seiten. Der Mann war so unglaublich engstirnig, dass es schon wieder komisch war. Im Gegensatz zu mir war seinen Mitstreitern um das Erbe das Lachen längst vergangen.

Mit einem leisen Pling kam eine neue E-Mail an. Matthias Schütze hatte geantwortet. Ich war also nicht die einzige Schlaflose an diesem frühen Sonntagmorgen.

Liebe Kristina, bevor ich deine Mail geöffnet habe, war da einen kleinen Moment lang die Hoffnung, es gebe gute Nachrichten von Ben. Du schreibst, es gebe vielleicht eine neue Spur. Ich erinnere mich nur leider an keinen dieser Namen. Das heißt natürlich gar nichts. Ben könnte trotzdem einen von ihnen gekannt haben. Aber das weißt du selbst. Ich hätte dir gerne geholfen und wünsche dir viel Glück bei deiner Suche.

Ich lebe und arbeite übrigens inzwischen in Berlin, bin verheiratet und habe einen kleinen Sohn, der gerade zahnt und unaufhörlich auf dem Arm durch die Wohnung getragen werden will. Solltest du mal in der Nähe sein, komm vorbei, ich würde mich freuen. Lg, Matthias.

In diesem Moment kam die Mail an Nils Bellmann als unzustellbar zurück. Ich antwortete Matthias und fragte ihn nach Nils. Nur ein paar Minuten später war erneut das Pling meines Mailprogramms zu hören.

Hallo Kristina, Nils und ich haben uns nach unserem Auszug aus der WG völlig aus den Augen verloren. Wir hatten ohnehin nie viel miteinander zu tun. Ich habe nur mal gehört, dass er in München geblieben sein und Karriere gemacht haben soll. Wenn das stimmt, müsste er sicher über eine Suchmaschine ausfindig zu machen sein. Lg, Matthias.

Nils Spur aufzunehmen war nicht weiter schwer. Er hatte sich als Softwareentwickler selbstständig gemacht, eine kleine Firma gegründet und mittlerweile drei Angestellte. Das Foto, das ihn als Jungunternehmer zeigte, hatte nichts mit dem Nils zu tun, der die meiste Zeit in abgerissenen Klamotten und mit ungewaschenen Haaren in Bens WG herumgehangen war. Ich kontaktierte ihn über seine Website und erhielt postwendend Antwort über sein iPhone. Er komme gerade aus einem Club und sei auf dem Weg nach Hause. Wenn ich Lust hätte, solle ich um sechzehn Uhr ins Café Pini in der Klenzestraße kommen.

»Kris? Bist du im Büro?« Aus dem Flur kam Simons Stimme.

»Ja … am PC.«

Er legte eine gefüllte Brötchentüte neben die Tatstatur, setzte sich auf Fundas Drehstuhl und sah mich wortlos an.

»Was ist?«, fragte ich.

»Es ist halb acht am Sonntagmorgen.«

»Ich weiß.«

»Weißt du auch, was normale Menschen sonntagsmorgens tun?«

»Brötchen holen?«, fragte ich in dem Versuch, ihn ein wenig aufzuheitern.

»Sie wachen nebeneinander auf, sie frühstücken gemeinsam …«

»Ich konnte nicht mehr schlafen.«

»Kris, wie oft hast du in den vergangenen zwei Jahren neben mir gelegen, wenn ich morgens aufgewacht bin?«

»Ich bin nicht gut im Schätzen.«

»Ein einziges Mal. Es ist ungefähr ein Jahr her, und du hattest fast vierzig Grad Fieber.«

»Ich hab nie versprochen, jeden Morgen neben dir aufzuwachen.«

Simon machte ein Gesicht, als ginge es in diesem Moment ums Ganze. »Du hast mir auch nie versprochen, an den Wochenenden nicht zu arbeiten. Ich weiß.«

»Du arbeitest selbst an den meisten Wochenenden. Bisher war das doch nie ein Problem zwischen uns. Wir haben beide ein Geschäft mit flexiblen Arbeitszeiten.«

»Und jeder von uns hat seine eigene Wohnung.«

»Du warst derjenige, der mir gleich von Anfang an gesagt hat, dass du deine eigenen vier Wände brauchst, dass du dich hin und wieder zurückziehen musst und für dich sein möchtest. Wenn ich mich recht entsinne, war dein mangelnder Freiraum der Grund, warum du es mit meiner Vorgängerin nicht mehr ausgehalten hast. Und ich habe dir versprochen, dass du dieses Problem mit mir nicht haben würdest.«

»Mir war damals nicht bewusst, wie leicht dir dieses Versprechen gefallen ist. Dir ist dein Freiraum noch dreimal wichtiger als mir. Deshalb fällt es mir auch schwer, deine Sehnsucht nach einem Kind nachzuvollziehen.«

»Es ist eine Weile her, dass ich gesagt habe, ich könnte mir vorstellen, eines zu haben.«

»Du hast mir erst gestern Abend vorgeschwärmt, wie glücklich deine neue Mitarbeiterin mit ihrem Kind ist. Also, warum?«

»Stellt sich nicht eher die Frage, warum du keines möchtest?«

Er ließ sich nicht auf dieses Spiel ein, sondern wartete in aller Ruhe meine Antwort ab.

»Weil ich ein Familienmensch bin.«

Das Lachen war in seinen Augen, bevor es sich übers ganze Gesicht ausbreitete. Er rollte mit dem Stuhl auf mich zu, packte die Armlehnen meines Stuhls und zog mich nah zu sich heran. Dann sah er mich einen endlosen Moment lang an, bevor er mich küsste.

»Dieses Quiz können wir gerne öfter spielen, wenn ich für jede richtige Antwort so ausgiebig geküsst werde.«

»Diesen Kuss gab es für die falsche Antwort. Du reißt dir für deine Familie ein Bein aus, aber du bist kein Familienmensch. Du bist eine Einzelgängerin mit ausgeprägtem Kinderwunsch.«

Ich rückte ein Stück von ihm weg. »Simon, es ist völlig natürlich, sich ein Kind zu wünschen. Es ist ein biologischer Trieb.«

»Hoffst du, damit die Lücke schließen zu können, die dein Bruder hinterlassen hat?«

»Und wenn? Wer bestimmt, welches die richtigen Gründe sind? Du?«

»Es gibt zu viele falsche. Mit verheerenden Auswirkungen für die Kinder.«

Ich stöhnte laut auf. »Manchmal muss man sich einfach trauen, Simon.«

Er stand auf, nahm sich ein Croissant aus der Tüte und ging zur Tür. »Oder seine Gründe überdenken.«

Mit der Sonne waren die spätsommerlichen Temperaturen zurückgekehrt. Innerhalb der nächsten Stunde würden auch die letzten Wolken am Himmel verschwunden sein. In den Cafés rund um den Gärtnerplatz waren die freien Sitzplätze längst rar geworden. Von freien Parkplätzen ganz zu schweigen. Es war schon zwanzig nach vier, als vor mir endlich ein Wagen aus einer Parkbucht ausscherte. Schnellen Schrittes legte ich die dreihundert Meter zum Café Pini zurück.

Nils hellblondes Haar entdeckte ich schon von Weitem. Er hatte einen Platz an einem der wenigen Außentische unter der grünen Markise ergattert. Als er mich sah, deutete er auf den einzigen noch freien Stuhl zu seiner Rechten.

»Hey, Kristina«, begrüßte er mich.

Ich setzte mich und betrachtete ihn, während er bei der Kellnerin eine neue Bestellung aufgab. Ich versuchte, mich nicht von einer Flut von Erinnerungen überschwemmen zu lassen. Seine Sommersprossen, die ihm eine leicht rötliche Gesichtsfarbe verliehen, schienen sich im Lauf der Jahre ebenso multipliziert zu haben wie das Geld, das er inzwischen für Kleidung und Schuhe ausgab. Lediglich was seine Farbwahl betraf, hatte sich nichts geändert. Nils trug ausschließlich Schwarz, bis hin zu Sonnenbrille und Armbanduhr. Er war noch immer sehr schlank. Sein Gesicht war schmal, seine Nase hatte einen feinen Bogen, und sein Kinn war gerade so ausgeprägt, dass es männlich, aber nicht grob wirkte. Den beiden Mädels Anfang zwanzig, die am Nebentisch saßen, schien er zu gefallen.

»Kristina?« Nils und die Kellnerin sahen mich erwartungsvoll an.

»Einen Latte macchiato, bitte.« Ich wartete, bis sie sich abwandte. »Nettes Café.«

Er nickte und schob sich die Sonnenbrille in die Haare. Seine dunkelblauen Augen glänzten unter den hellen Wimpern wie Murmeln. »Es ist fast sechs Jahre her«, sagte er. »Bist du übers Wochenende hier?«

»Ich habe mein Studium in Berlin abgebrochen und arbeite seit ein paar Jahren hier in München als Nachlassverwalterin.«

»Und wo wohnst du?«

»Auf dem Hof. Meine Eltern sind auch dorthin gezogen.«

»Alles wegen Ben?«

Ich nickte. »Und du?«

»Ich habe nach dem Studium eine kleine Firma für Softwareentwicklung gegründet. Hätte schlimmer kommen können. Aber jetzt erzähl mal von dieser neuen Spur. Was hat es mit den Namen auf sich, die du in deiner Mail aufgelistet hast?«

»Kannst du einen dieser Namen mit Ben in Verbindung bringen?«

Er schüttelte den Kopf. »Nein. Wie bist du überhaupt nach so langer Zeit auf eine neue Spur gestoßen?«

»Durch Zufall.«

»Ich habe vorhin noch schnell ein paar Suchläufe nach diesen Leuten gestartet. Was sollte Ben mit denen zu tun gehabt haben? Sie sind um einige Jahre älter als dein Bruder.«

»Kurz nach Bens Verschwinden gab es einen Mord im Umfeld dieser Leute, und in dem Zusammenhang soll Bens Name gefallen sein.«

Die beiden Mädels neben uns waren verstummt – vermutlich um unserer Unterhaltung besser folgen zu können.

»Hast du schon die Kripo informiert?«, fragte Nils mit gedrosselter Lautstärke, als die Kellnerin den Latte macchiato vor mich stellte.

»Nein. Bisher gibt es ja überhaupt nichts Konkretes. Sag mal, als Ben damals verschwunden war und ihr angefangen habt, euch zu wundern, wo er bleibt, habt ihr doch in sein Zimmer geschaut. Ist euch da irgendetwas aufgefallen?«

»Worauf willst du hinaus?«

»War irgendetwas nicht wie sonst?«

»Alles war wie immer.«

»Das heißt, es sah dort immer so unordentlich aus?«

»Als hätte eine Bombe eingeschlagen, ja.«

»Hältst du es für möglich, dass jemand sein Zimmer durchsucht hat?«

»Nein.«

»Wieso nicht?«

»Na, weil …« Er legte die Sonnenbrille auf den Tisch und fuhr sich mit beiden Händen durch die Haare. »Wer hätte denn ein Interesse daran haben sollen, Bens Zimmer zu durchsuchen? Dein Bruder hatte keinerlei Wertsachen, und auf seine Uniunterlagen wird es wohl kaum jemand abgesehen haben.«

»Um die Uni hat Ben sich am allerwenigsten gekümmert. Außerdem war sein Laptop verschwunden.«

»Den hatte er doch immer bei sich.«

»Nils, hast du damals vielleicht irgendetwas verschwiegen, um Ben zu schützen? Ihr habt zusammen studiert, zusammen gewohnt …«

»Aber wir sind nicht gemeinsam auf nächtliche Streifzüge gegangen. Unser Beuteschema war zu verschieden.«

»Meinst du immer noch, sein Verschwinden hatte etwas mit seiner Homosexualität zu tun?«

»Ich denke schon. Er wird an den falschen Lover geraten sein.«

Ich schüttelte den Kopf. »Ben hat doch diese Nebenjobs gehabt und für kleine Unternehmen individuelle Sicherheitssoftwares entwickelt. Dabei hat er sicher tiefe Einblicke gewonnen …«

»Und du glaubst, einer dieser Einblicke könnte zu tief gewesen sein? Vergiss es.«

»Und wenn er jemanden erpresst hat?«

»Spinnst du, Kristina? Wir reden hier über Ben.«

»Eben deshalb! Bei Ben war ständig das Geld knapp. Er hat mich mehr als einmal angepumpt. Dich etwa nicht?«

»Er durfte froh sein, wenn ich jeden Monat die Miete zusammenkratzen konnte.«

»Ich habe nie herausgefunden, mit wem Ben befreundet war. An der Uni habe ich tagelang herumgefragt, nur um zu hören, was für ein netter Kerl mein Bruder war. Alle kannten ihn, aber angeblich hatte niemand näheren Kontakt mit ihm. Hat er irgendwelche krummen Sachen gemacht?«

»Dein Latte macchiato wird kalt.«

Ich nahm einen Schluck. »Nils, du kannst es mir ruhig sagen. Egal, was es ist – ich falle nicht gleich tot um.«

»Ich glaube, dass du viel zu sehr von dir ausgehst. Du bist anders als dein Bruder. Wenn du Freundschaften schließt, dann sind das wenige, und die sind intensiv. So schätze ich dich jedenfalls ein. Ben brauchte einfach nur viele Menschen um sich herum. Er wollte gar keine tiefen Verbindungen eingehen.«

»Meine Eltern haben die Hoffnung nie aufgegeben, dass Ben noch am Leben sein könnte.«

»Und du?«

»Wenn es so wäre, hätte er sich längst bei uns gemeldet.«

»Warum lässt du ihn dann nicht ruhen? Wem soll es nützen?«

»Wir müssen wissen, was mit ihm geschehen ist, Nils. Vorher werden wir nie zur Ruhe kommen. Fällt dir nicht noch irgendjemand ein, den ich nach Ben fragen könnte?«

»Es ist sechs Jahre her, Kristina.«

»Ihr habt zusammengewohnt. Nils, bitte.«

»Wir haben gemeinsam in einer WG gelebt. Zusammenwohnen ist etwas anderes.«

»Und warum habe ich dann das Gefühl, dass du mir etwas verschweigst?«

Er lachte und schüttelte den Kopf, als könne er nicht ganz glauben, was ich da gerade gesagt hatte. »Weil du dir nichts sehnlicher wünschst, als dass dir jemand etwas verschweigt. Dann hättest du endlich einen Anhaltspunkt. Aber den gibt es nicht.« Mit einer schnellen Geste winkte er die Kellnerin herbei. »Du bist eingeladen.« Er streckte ihr einen Zwanzigeuroschein entgegen. »Stimmt so.«

»Du hast dich verändert, Nils.«

»Und jetzt fragst du dich, ob dein Bruder sich genauso verändert hätte, stimmt's? Ob auch er den Kapuzenpulli gegen ein Designerhemd eingetauscht hätte.« Er stand auf.

»Habt ihr nicht genau das damals verpönt?«

»Es kann ziemlich anstrengend sein, ständig darüber nachdenken zu müssen, wie man im nächsten Monat die Miete zusammenbekommt.«

»Und jetzt bekommst du sie zusammen.«

»Darauf kannst du wetten.«

Auf dem Heimweg schienen sich alle Ampelanlagen zu einer roten Welle verschworen zu haben. Einmal war ich versucht, noch schnell Gas zu geben, aber das Risiko, dabei Polizisten im Zivilfahrzeug ins Netz zu gehen, war in München zu hoch. Also übte ich mich in Geduld und versuchte, Simon zu erreichen. Er ging nicht an sein Handy. »Dann eben nicht«, murmelte ich vor mich hin und bog Richtung Pasing ab.

In der Straße, in der Theresa Lenhardts Privatdetektiv wohnte, hatte ich erst vor Kurzem einen Nachlass bearbeitet. Das im Vergleich zu den umstehenden Häusern winzige Einfamilienhaus war bereits an eine Immobiliengesellschaft verkauft, die auf dem Grundstück vier Doppelhaushälften plante.

Martin Cordes' Detektei war fünf Häuser weiter in einer leicht heruntergekommenen Gründerzeitvilla mit rosa Anstrich untergebracht. Auf einem Schild aus gebürstetem Aluminium stand: *Cordes – Private Ermittlungen.* Den Klingelschildern nach zu urteilen, befand sich die Detektei im Erdgeschoss. Ich drückte und wartete. Als nichts geschah, gab ich dem halb geöffneten Tor einen Schubs und ging auf das Haus zu. Kurz vor der Treppe, die zur Eingangstür führte, bog ein Weg hinters Haus ab. Ich folgte ihm in einen Garten, der schon längere Zeit sich selbst überlassen worden war. Mit viel gutem Willen ließ er sich als verwunschen bezeichnen.

Auf der Rückseite des Hauses stand eine Terrassentür offen.

»Hallo?«, rief ich, wartete einen Moment und machte schließlich kehrt.

»Worum geht's?« Die Stimme kam aus den Tiefen des verwucherten Gartens.

Ich stellte mich auf die Zehenspitzen und hielt nach dem Mann Ausschau. »Ich suche Martin Cordes.«

»Sie haben ihn gefunden, aber es ist Sonntag«, kam es prompt zurück.

»Hätten Sie vielleicht trotzdem kurz Zeit für mich?«

»Folgen Sie dem Trampelpfad!«

Ich hatte alle Hände voll zu tun, in den Weg wachsende Äste wegzudrücken und gleichzeitig darauf zu achten, wohin ich trat. Schließlich gelangte ich zu einem kleinen Stück Rasen mit einer taubenblauen Hollywoodschaukel. Der Mann, der darauf saß, hatte die Beine ausgestreckt, sich ein Kissen in den Nacken geschoben und schaute mir über den *Spiegel* hinweg entgegen. Er war höchstens ein paar Jahre älter als ich, hatte dunkelblonde Haare mit Koteletten, eine breite Stirn und hohe Wangenknochen. Die Muskeln unter seinem eng anliegenden schwarzen T-Shirt wurden mit Sicherheit mehrmals in der Woche trainiert.

»Tut mir leid, dass ich Sie störe«, sagte ich.

»Ich hoffe, Ihnen geht nicht jede Lüge so leicht über die Lippen«, sagte er mit einem verschmitzten Lächeln.

Ich ging ein Stück weiter auf ihn zu und lehnte mich an einen Baumstamm. »Kannten Sie Theresa Lenhardt?«

»Sie sind die Testamentsvollstreckerin.«

»Kristina Mahlo. Ich würde wirklich sehr gerne kurz mit Ihnen reden.«

Er hievte sich aus der Hollywoodschaukel, schob die

Hände in die Taschen seiner verwaschenen Jeans und musterte mich eindringlich. »Was an dieser Sache eilt so sehr, dass Sie hier an einem Sonntag auftauchen? Oder wissen Sie mit Ihrer freien Zeit nichts anzufangen?« Er rollte den *Spiegel* zusammen, klemmte sich das Magazin unter den Arm und kam auf mich zu. Zwei Meter vor mir blieb er stehen. In seinem Blick lag eine Herausforderung, die mich irritierte.

»Sonntags redet es sich meist ungezwungener«, sagte ich.

»Sonntags rede ich meist gar nicht.«

»Und wie wäre es mit einer Ausnahme?«

»Kommen Sie! Bringen wir es hinter uns.« Sein Lachen hatte etwas Mitreißendes.

Ich folgte ihm den Trampelpfad entlang und schließlich durch die Terrassentür in einen Raum, der ganz offensichtlich sein Büro war.

»Mögen Sie auch einen Kaffee?«

»Lieber ein Wasser.«

Ich sah mich in dem Raum mit den hohen Decken um. Links von der Terrassentür waren zwei große Fenster, schräg davor standen ein Schreibtisch mit Drehstuhl sowie zwei Besucherstühle. Eine Wand beherbergte verschlossene Aktenschränke. Diskretion schien hier keine leere Worthülse zu sein. Gegenüber stand eine Couchgarnitur aus cognacfarbenem Leder und Chrom, allem Anschein nach Designerstücke aus den Achtzigern. Ich ließ mich in die Polster sinken.

»Ich habe nur Leitungswasser.« Er reichte mir ein Glas und setzte sich mir mit einem Kaffeebecher gegenüber. »Also, legen Sie los. Was wollen Sie wissen?«

»Was Sie bei Ihren Recherchen herausgefunden haben.«

»Das hätten Sie alles in den Berichten nachlesen können, die ich Frau Lenhardt geliefert habe.«

»Sie hat sämtliche Akten vor ihrem Tod vernichtet.«

Er stand auf, holte aus einem der Aktenschränke einen Ordner und legte ihn aufgeschlagen vor sich auf den Tisch. »Auf diese Weise hat die gute Frau Lenhardt wohl dafür gesorgt, dass wir uns begegnen.«

Die Wärme, die hinter seinem Lächeln zum Vorschein kam, beschleunigte meinen Puls. Ich sah an ihm vorbei zum Fenster.

»Sie haben im Auftrag von Theresa Lenhardt mehrere Personen überprüft. Können Sie mir etwas darüber sagen?« Ich richtete den Blick wieder auf ihn.

Er beugte den Oberkörper vor, stützte die Ellenbogen auf die Knie und das Kinn auf die gefalteten Hände. »Wenn Sie arbeiten, spüren Sie sicheren Boden unter den Füßen, stimmt's? Aber im Flirten sind Sie kein Profi, das macht Ihnen eher Angst.«

»Ich kann nur hoffen, dass Sie bei Ihren Ermittlungen einen besseren Blick haben.«

Sein Lächeln wurde noch eine Spur breiter. »Lassen wir es auf einen Versuch ankommen.«

»Was wissen Sie über die Lischkas?«

»Also gut!« Er richtete den Blick auf den geöffneten Ordner. »Beginnen wir beim Mordopfer. Der Mann hatte als Journalist den Ruf eines Trüffelschweins. Er galt als sehr treffsicher bei der Suche nach sensationsträchtigen Themen. Allerdings soll er nicht immer sehr wählerisch gewesen sein, was die Methoden der Informationsbeschaffung betraf. Privat war er der Typ Schürzenjäger, der nichts anbrennen ließ. Seine finanzielle Misere hat die negativen Aspekte seines Charakters wohl eher noch akzentuiert. Der Betrug an Fritz Lenhardt ist der beste Beweis. Dieser Mann muss, nach allem, was ich über ihn gehört habe, ziemlich ausgeschlafen gewesen sein. Einer wie er wird sowohl seine finanzielle Situation als auch die Rechtslage überblickt haben, wenn Sie mich fragen.

Seine Frau war angeblich seine Jugendliebe. Sie hat mit eher mäßigem Erfolg als Schauspielerin und Model gearbeitet, bevor sie sich dem Yoga verschrieben hat. Böse Zungen behaupten, nur ihr tägliches Om habe verhindert, dass sie ihrem Mann ein Messer zwischen die Rippen gestoßen habe. Die beiden haben zwei halbwüchsige Kinder.«

»Sind Sie diesen Behauptungen nachgegangen?«

»Bin ich. Es ist jedoch nichts dabei herausgekommen. Allem Anschein nach waren es wirklich nur böse Zungen.«

»Hatte die Kripo die Witwe damals in Verdacht?«

Er nickte. »Genau wie die anderen, aber sie hat jeden Zweifel ausräumen können.«

»Was ist mit den Veltes?«

»Tilman Velte und das Mordopfer kannten sich aus der Schule. Tilman Velte hat viele Jahre lang für eine Großbank gearbeitet, bis er dort ohne jedes Aufsehen entsorgt wurde, nachdem aufgeflogen war, dass er mit Kundengeldern an der Börse spekuliert hat. Die Bank hat die Sache unter den Teppich gekehrt, sodass Velte eine blütenweiße Weste hatte, als er sich als Unternehmensberater niederließ. Bei seiner selbstständigen Tätigkeit scheint es nie wieder zu irgendwelchen Unregelmäßigkeiten gekommen zu sein. Er gilt als seriös.

Seine Frau, Rena Velte, hat sich mit sehr viel Enthusiasmus und Kreativität als Gartenarchitektin in Gräfelfing etabliert. Sie gestaltet die Gärten der Wohlhabenden und kann sich über mangelnde Kundschaft nicht beschweren. Die beiden haben einen siebenjährigen Sohn. Sie hatten noch einen zweiten Sohn, der kam allerdings mit schwersten Behinderungen zur Welt und ist im Alter von sechs Monaten gestorben. Angeblich hatte Rena Velte eine kurze Affäre mit dem Mordopfer.«

»Tatsächlich?« Ich holte mir diese sanfte, etwas verhuscht wirkende Frau vor mein inneres Auge. »Sie hat auf mich einen eher konservativen Eindruck gemacht.«

Er sah mich schmunzelnd an.

»Okay, okay«, lenkte ich ein, »das eine hat mit dem anderen nicht unbedingt etwas zu tun. Ich weiß.« Ich holte tief Luft. »Was ist mit den Angermeiers?«

Martin Cordes nahm einen Schluck Kaffee und blätterte weiter. »Christoph Angermeier betreibt mit seiner Frau ein sehr erfolgreiches Kinderwunschinstitut, das die beiden gemeinsam mit Fritz Lenhardt gegründet haben. Es hat das Gerücht kursiert, Angermeier habe eine seiner Patientinnen sexuell genötigt. Tilman Velte habe jedoch bezeugt, dass sein Freund zur fraglichen Zeit gar nicht in der Praxis, sondern mit ihm unterwegs war. Was immer man davon halten mag.«

»Klingt, als hätte hinter der Fassade Sodom und Gomorrha geherrscht. Fritz Lenhardt ein Mörder, der Journalist Konstantin Lischka ein Betrüger und Schürzenjäger, der nicht einmal die Finger von der Frau seines Freundes lassen konnte. Tilman Velte hat mit Kundengeldern spekuliert. Und Christoph Angermeier stand im Verdacht der sexuellen Nötigung …«

»Ich bin noch nicht fertig. Beate Angermeier kennt angeblich nur ihre Arbeit als Humangenetikerin im Kinderwunschinstitut. Sie gilt als Workaholic. Laut Information einer ehemaligen Arzthelferin hatte sie trotzdem eine Affäre mit Fritz Lenhardt, bevor der zum Mörder wurde.«

Was das anging, hatte sie mir also die Wahrheit gesagt. Trotzdem hakte ich nach. »Sind Sie sich da sicher?«

»Die Arzthelferin war sich sicher.«

»Wie hat Theresa Lenhardt auf diese Nachricht reagiert?«

»Ich habe es ihr nicht gesagt. Wozu hätte ich ihr das Herz schwer machen sollen? Es hätte nichts geändert.«

»Es hätte ein weiteres Motiv für den Mord geliefert. Immerhin hätte Christoph Angermeier sich auf diese Weise an Fritz Lenhardt rächen können.«

»Indem er einen Mord begeht und seinen Freund und Kollegen dafür büßen lässt? Das ist mir zu weit hergeholt.«

»Fritz Lenhardt hat bis zu seinem Tod seine Unschuld beteuert. Und seine Frau hat ihm geglaubt.«

»Sie wollte auch glauben, dass er sie nie betrogen hat.«

»Hat Theresa Lenhardt Ihnen erzählt, was sie kurz vor ihrem Tod von Rena Velte erfahren hat?«

Er nickte.

»Die Beamten von der Kripo haben damals nach einer Verbindung zwischen dem Mord an Konstantin Lischka und dem Verschwinden meines Bruders gesucht. Aber es gab nicht einmal den kleinsten Hinweis. Und dann steht plötzlich dieser Satz im Raum. Sind Sie im Zuge Ihrer Recherchen auf den Namen meines Bruders gestoßen?«

»Nein. Wie haben die Erben auf Rena Veltes Aussage reagiert?«

Ich blies Luft durch die Nase und sah zum Fenster hinaus. »Beate Angermeier behauptet, der Satz habe gelautet: *Ich habe dich mit Beate gesehen.* Konstantin Lischka habe Fritz Lenhardt mit dessen Affäre zu erpressen versucht. Sie wisse es deshalb so genau, weil ihr Liebhaber ihr noch am Geburtstagsabend davon erzählt habe. Rena Velte habe den Satz nur falsch verstanden.«

»Aber diese Version glauben Sie nicht.«

»Ich finde sie nicht schlüssig. ›Ben Mahlo‹ und ›Beate‹ – klingt das in Ihren Ohren etwa so ähnlich, dass man sich verhören könnte? In meinen nicht. Nur, wo könnte es eine Verbindung zwischen meinem Bruder und diesen Leuten gegeben haben? War es seine Homosexualität? Hatte er ein Verhältnis mit einem der Männer? Hat er für einen von ihnen gearbeitet? Hat …?«

»Ihr Bruder hat Informatik studiert, nicht wahr?« Martin Cordes runzelte die Stirn und kniff konzentriert die Augen zusammen. Er blätterte in dem Ordner, bis er gefunden hatte, wonach er suchte. »Hier. Eines der Themen, mit denen Konstantin Lischka sich vor seinem Tod beschäftigte, betraf die Hackerszene. Er …«

»In den Unterlagen von Theresa Lenhardt steht, er habe an einer Reportage über Steuerflüchtlinge gearbeitet. Da stand nichts von der Hackerszene.«

»Das Thema hatte er gerade erst ins Auge gefasst. Es ging dabei um eine kriminelle Gruppe von Hackern. Konstantin Lischka hat einem Kollegen gegenüber angedeutet, er wolle versuchen, an einen Informanten mit Verbindungen zu dieser Gruppe heranzukommen. Wenn ihm das gelänge, könnte der Artikel ein Knaller werden.« Martin Cordes sah mich erwartungsvoll an.

»Hey, das ist hoffentlich nicht Ihr Ernst. Die Tatsache, dass mein Bruder Informatik studiert hat, bedeutet noch lange nicht, dass er etwas mit der Hackerszene zu tun hatte. Hätte es da eine Verbindung gegeben, wäre das bei den Untersuchungen der Kripo mit Sicherheit ans Licht gekommen.«

»Lischkas Kollege hat es der Kripo gegenüber nicht erwähnt.«

»Wieso nicht?«

»Weil Konstantin Lischka wohl ständig zehn solcher Vorhaben im Kopf herumgegeistert sind. Realisiert hat er dann höchstens eines oder zwei. Das Thema Hackerszene habe damals noch in der Pipeline gesteckt, sei also überhaupt nicht spruchreif gewesen.« Martin Cordes schlug den Ordner zu. »Das ist die einzige Verbindung, die ich zu Ihrem Bruder sehe.« Er schlug ein Bein übers andere und sah mich an.

Ich hatte Bens Stimme noch im Ohr, als einmal die Sprache auf dieses Thema gekommen war. »Wissen Sie, was mein Bruder Ihnen jetzt gesagt hätte? *Diese Leute müssen nicht erst Informatik studieren, um ihre Fertigkeiten auszubilden, die beherrschen bereits als Siebenjährige diverse Programmiersprachen.*«

»Ich kann Ihnen sagen, was ich Ihrem Bruder entgegengehalten hätte: *Um richtig gut hacken zu können, muss man die Betriebssysteme bis ins Detail kennen, man muss ein Hardcore-Programmierer sein und die Sprache des Computers verstehen.* Vom Schwierigkeitsgrad her ist es so, als müsse man nicht nur Mandarin, sondern auch alle chinesischen Dialekte fließend sprechen. Für Hacken auf hohem Niveau ist ein Leistungskurs in Mathe fast schon Minimalvoraussetzung. Und ohne algorithmisches Denken geht gar nichts. Könnte es sein, dass Ihr Bruder diese Leute bewundert hat?«

»Möglich. In jedem Fall fühlte er sich ihnen unterlegen. Er meinte, jemandem wie ihm seien sie um Meilen voraus.«

»Hätte das ein Ansporn sein können?« Er lächelte mit einem Anflug von Ironie. »Immerhin liegt der Ehrgeiz in der Familie. Bevor Sie das jetzt aber missverstehen: Mir ist ein gewisser Ehrgeiz sympathisch. Nur nicht gerade an Sonntagen. Vielleicht könnten wir beim nächsten Mal …«

»Nein … ich meine, ich werde Sie ganz bestimmt nicht noch einmal so … überfallen.« Für mein Gestammel wäre ich am liebsten im Erdboden versunken. Ich stand auf und ging Richtung Terrassentür. »Danke für das Wasser und die Informationen.«

Er kam mir hinterher und lehnte sich vor mir in den Türrahmen. »Wohin fahren Sie jetzt?«

»Nach Hause.«

»Wartet dort ein Mann auf Sie?«

»Ja.« Ich ignorierte meinen schneller werdenden Puls, wich seinem Blick aus und betrachtete den Garten, als hätte ich noch nie ein solches Gestrüpp gesehen.

»Würde dieser Mann dort nicht warten, hätte ich dann eine Chance?«

»Nein«, antwortete ich und drängte mich an ihm vorbei. Ich lief davon, ohne mich noch einmal umzudrehen.

8

»Schlechtes Gewissen und Herzklopfen«, sagte ich am Montagmorgen zu Alfred, der sich weniger für meine Worte als für die Walnussstückchen interessierte, die ich vor ihn auf den Tisch legte. »Solche Probleme kennst du vermutlich nicht.«

Die Krähe sah mich erwartungsvoll an. Auf dem Kopf hatte Alfred einen Wirbel im Gefieder, durch den ich ihn auch aus einem ganzen Schwarm herausgekannt hätte. Ich spendierte ihm eine weitere Walnuss und sog den Duft des Quittenbaums ein, als ließen sich damit meine Gedanken vertreiben. Mit der Nuss im Schnabel flog Alfred davon.

Ich setzte mich auf die Gartenbank ins erste Sonnenlicht, blies in meinen Kaffee und verdammte das Fahrwasser, auf das ich da gerade zutrieb. Ich hatte Martin Cordes zwar gesagt, dass er keine Chance bei mir hätte, aber ich musste mir eingestehen, dass das nicht ganz der Wahrheit entsprach. Würde Simon nicht auf mich warten, hätte ich Martin Cordes durchaus einen zweiten Blick gegönnt. Obwohl ich nicht so genau hätte sagen können, wieso. War es der Eindruck, dass er in sich ruhte? Oder war es diese Leichtigkeit, mit der er das Leben zu nehmen schien? Eine Leichtigkeit, die ich bei Simon, aber auch bei mir manchmal vermisste.

Das leise Pling einer SMS riss mich aus meinen Gedanken. Henrike schrieb: *Hast du Lust auf eine Runde durch den Langwieder See? Ich bin in zehn Minuten dort.*« Ich antwortete: »*Bin gleich da.*«

Fünf Minuten später saß ich in meiner alten Gurke und fuhr Richtung Autobahn. Es war kurz vor sieben, und ich reihte mich in den starken Montagmorgenverkehr ein. Bei der zweiten Ausfahrt verließ ich die Autobahn und stellte keine drei Minuten später meinen Wagen auf dem Parkplatz neben Henrikes ab. Außer unseren standen um diese Uhrzeit nur zwei weitere Autos dort. Es gab nicht viele, die hier so früh am Morgen schwammen. Die meisten kamen zum Sonnenbaden und verbrachten den ganzen Tag hier. In zwei Stunden würde der Parkplatz gefüllt sein.

Henrike ließ sich mit geschlossenen Augen im Wasser treiben. Mit ein paar kräftigen Zügen war ich neben ihr. Am gegenüberliegenden Ufer stand ein älteres Paar bis zu den Knien im See und übte sich im Wassertreten. Bis auf die kleinen Wellen, die wir verursachten, war die Wasseroberfläche glatt. Die Sonne spiegelte sich darin.

»Den See werde ich im Winter vermissen«, sagte Henrike. Sie räkelte sich im Wasser wie eine zufriedene Katze. »Arne kann nicht schwimmen. Wer hätte das gedacht.«

Ich drehte mich ebenfalls auf den Rücken und ließ mich treiben.

»Hast du eigentlich schon viele Frauen bei ihm ein und aus gehen sehen?«, fragte sie.

»Du bist die Erste, von der ich weiß, seit ich ihn kenne. Also ist er entweder sehr diskret oder sehr wählerisch.«

»Ich bin für wählerisch.«

»Henrike, hast du dich eigentlich schon mal in jemanden verguckt, während du in einen anderen verliebt warst?«

»Nein. Was hat er, was Simon nicht hat?«

Eine so direkte Frage war typisch für Henrike. Wieder einmal wurde mir bewusst, wie wichtig sie mir geworden war. Hätte mich jemand gefragt, was sie mir bedeutete, hätte ich geantwortet, dass sie meine beste Freundin war – und das, obwohl es längst keine andere Freundin mehr gab. Meine Studienfreundinnen hatte ich auf unseren unterschiedlichen Lebenswegen verloren. Sie hatten weiterstudiert, während ich nach meinem Bruder gesucht und mich in die Arbeit geflüchtet hatte.

»Kris?«, unterbrach Henrike meine Gedanken und wiederholte ihre Frage.

»Er strahlt eine gewisse Leichtigkeit aus und wirkt so völlig unbeschädigt vom Leben. Weißt du, was ich meine?«

»Lass die Finger davon! Es ist immer besser, wenn beide beschädigt sind. Oder eben nicht. Aber die Betonung liegt auf *beide*. Irgendwann wäre er dir *zu* unbeschädigt vom Leben. Du brauchst einen Mann, der deine Macken versteht.«

»Welche Macken?«, fragte ich und spürte, wie ein breites Grinsen meine Gesichtszüge entspannte. »Einmal bis zum anderen Ufer und zurück?«

»Muss das sein?«

Anstelle einer Antwort schwamm ich los, als gelte es, einen Rekord aufzustellen. Henrike holte schnell auf und hielt sich neben mir. Wir hatten beide eine gute Kondition. In Badetücher gehüllt ließen wir uns am Ufer nieder.

»Wo warst du gestern Nachmittag?«, fragte Henrike schwer atmend. »Ich wollte dich zu einem Eis überreden.«

»Erst habe ich mich mit Bens ehemaligem Kommilitonen getroffen und danach mit Theresa Lenhardts Detektiv.«

»Und welcher ist der Unbeschädigte?«

Mein strafender Blick musste als Antwort ausreichen.

»Schon gut, was ist dabei herausgekommen?«

Nachdem ich ihr eine ausführliche Zusammenfassung der Fakten geliefert hatte, zog ich ein kurzes Resümee. »Mein Bruder war ein völlig harmloser Vierundzwanzigjähriger, Henrike. Ich …«

»Also, die Gleichung jung gleich harmlos hat sich mir noch nie erschlossen«, unterbrach sie mich.

»Und mir erschließt sich die Gleichung Informatikstudent gleich Hacker nicht. Es muss irgendetwas anderes gewesen sein, das ihn – wenn überhaupt – mit einem der Erben verbunden hat.«

Henrike hob eine Hand, um meinem Widerspruch Einhalt zu gebieten. »Lass uns mal ein wenig spinnen. Angenommen, Ben hätte tatsächlich gehackt: Dann können wir Nadja Lischka mit ihrer Yogaschule und Rena Velte mit ihrem Gartenbaubetrieb von vornherein ausschließen. Für deren Daten würde sich wohl kaum ein Hacker interessieren. Bleiben also noch Tilman Veltes Unternehmensberatung und das Angermeier-Lenhardt'sche Kinderwunschinstitut. Hier wie dort geht es um sehr sensible Daten.«

»Das ist Kleinkram, Henrike. Professionellen Hackern geht es um richtig große Datenbanken, um echte Herausforderungen.«

»Und wenn der eine oder andere von denen nun dem Credo folgt, Kleinvieh mache auch Mist? Sehr viel Kleinvieh macht übrigens erst recht Mist. Da könnte es durchaus um beachtliche Summen gegangen sein.«

Ich stand auf und kickte mit dem Fuß einen Stein ins Wasser. Henrikes Überlegungen fühlten sich an wie schleichendes Gift und lenkten meine Gedanken in eine ungute Richtung. »Ben war experimentierfreudig, und er hat es mit der Ehrlichkeit nicht immer so genau genommen. Aber er war nicht kriminell und schon gar kein Erpresser.«

»Wovon hat er gelebt? Haben deine Eltern ihn unterstützt?«

»Eine kleine Buchhandlung wirft nicht viel ab. Ben hat neben den Softwareentwicklungen noch in einer Kneipe gejobbt. Er hat sein Geld verdient, nicht erpresst.« Ich versuchte, die eingeschlagene Richtung zu wechseln. »Sollte es eine Verbindung zum Lenhardt-Kreis gegeben haben, dann wohl eher über Bens Homosexualität. Denn wenn wirklich stimmt, dass Beate Angermeier ein Verhältnis mit Fritz Lenhardt hatte, bedeutet das noch lange nicht, dass dieser bewusste Satz genauso gelautet hat, wie sie es vorgibt. Sollte Rena Velte sich an jenem Abend in der Gästetoilette nicht verhört haben, dann nutzt Beate Angermeier ihre Affäre dazu, mich von der Spur zu Ben abzubringen.«

»Konstantin Lischka hätte also Fritz Lenhardt oder einen der beiden anderen Männer mit Ben gesehen und sein Wissen für eine kleine Erpressung ausgenutzt haben können. Aber woher sollte dieser Journalist deinen Bruder gekannt haben?«

»Von den Plakaten, die ich überall aufgehängt habe. Außerdem wurde in den Zeitungen über Bens Verschwinden geschrieben.« Ich bückte mich, nahm eine Handvoll Steinchen und warf sie in einer schnellen Folge ins Wasser.

»Hat Ben dir etwas über seine Beziehungen erzählt?«

»Wenn, dann nur in vagen Andeutungen. Eigentlich hab ich es immer eher gespürt, wenn es jemanden gab. Darüber gesprochen hat er kaum.«

»Gab es vor seinem Verschwinden jemanden?«

»Nein, da war er schon eine Weile solo.«

»Könnte Ben anfällig gewesen sein für Unterstützungsleistungen älterer Herren?«

Ich wirbelte herum und wäre beinahe auf den glitschigen Steinen im Wasser ausgerutscht. »Jetzt gehen aber die Pferde mit dir durch, Henrike!«

Der Fall Lenhardt war dabei, meine anderen Verpflichtungen in den Hintergrund zu drängen. Und das durfte nicht geschehen. Kurz bevor Funda kam, schickte ich den fünf potenziellen Erben eine Mail und sagte den Nachmittagstermin wegen Arbeitsüberlastung ab. Sie würden sich lediglich dafür einsetzen, die Angelegenheit schnell über die Bühne zu bringen. Ich brauchte Zeit, um mich weiter an Bens Fersen zu heften.

Als sich Funda um kurz nach acht an ihrem Schreibtisch niederließ, konnte sie den Blick kaum von den Ringen unter meinen Augen lösen. Sie runzelte die Stirn, sagte aber nichts.

»Manchmal schlafe ich schlecht. Das liegt am Wetter. Aber ich brauche ohnehin wenig Schlaf.«

»Aha.« Das war ungewöhnlich wortkarg für Funda. Vermutlich mochte sie keine Halbwahrheiten.

»Was hältst du davon, wenn wir losfahren und uns ein Haus ansehen? Die Wertsachen und Dokumente müssen gesichert werden.«

Mit einem spitzbübischen Lächeln zog sie aus ihrer Tasche Turnschuhe und ein Tuch hervor, das sie über ihre Haare band. »Kann losgehen.«

Mit Einmalhandschuhen und zwei frisch gewaschenen Overalls im Gepäck machten wir uns auf den Weg nach Untermenzing. Auf der Fahrt erwachte Fundas Redefreude zu neuem Leben. Gut gelaunt erzählte sie, was sie und ihr Mann am Wochenende alles mit ihrer kleinen Tochter unternommen hatten. Badesee, Grillplatz, Spielplatz, Fahrradtour. Und das an jedem Tag.

»Und du?«, fragte sie, als wir unser Ziel fast erreicht hatten.

»Ich habe gearbeitet.«

»Aha.«

»Es ging nicht anders.«

»Das Wochenende durchzuarbeiten ist ziemlich ungesund. Meine Eltern sind auch selbstständig und arbeiten sehr viel, aber zumindest der Sonntag ist tabu.«

»Was machen deine Eltern?«

»Sie haben eine Schreinerwerkstatt, mein Vater macht die Handarbeit, meine Mutter das Büro. Solltest du mal ein Regal brauchen, lege ich ein gutes Wort für dich ein, die Warteliste ist nämlich ziemlich lang.«

Funda war Balsam. Ich betete, dass sie der Arbeit bei und mit mir möglichst lange etwas würde abgewinnen können. Was immer ich dazu beitragen konnte, würde ich tun.

Ich fand schnell einen Parkplatz in der kleinen Seitenstraße und reichte Funda einen der Overalls.

»Woher weißt du eigentlich schon vorher, dass wir da drin einen Overall brauchen werden? Das Haus könnte doch auch sauber und ordentlich sein.«

»Ich war letzten Mittwoch schon einmal kurz drin. Aus diesem Haus stammt die Waffe im Tresor. Außerdem erkennst du schon am Drumherum, wie es innen aussieht.«

Wir standen vor einem grünen Dickicht, an das links und rechts gepflegte Vorgärten grenzten. Das Gartentor hatte sich aus der Angel gelöst. Der Weg, der zum Haus führte, war mit Brombeerranken zugewachsen. Ich schlang meine Haare zu einem Knoten und band mir ebenfalls ein Tuch um den Kopf.

»Wie lange wohnt hier schon niemand mehr?«, fragte sie.

»Der Besitzer ist vor sechs Wochen gestorben.«

»Aber hier ist alles zugewachsen.« Sie sah sich irritiert um.

»Brombeerranken sind sehr schnell. Aber sie werden sich schon vor seinem Tod hier ausgebreitet haben. Manche Menschen schaffen es irgendwann nicht mehr und lassen allem seinen Lauf.«

Ich schloss die Tür auf und blieb im Eingang stehen. Die Luft roch trocken und abgestanden. »Bleib einfach hinter mir und achte auf die Spinnenweben«, riet ich Funda, die durch einen Blick in den Flur einen Vorgeschmack darauf bekam, was sie noch erwartete. Ich zog die Einmalhandschuhe über und steuerte den Wohnraum an.

»Oje«, sagte Funda hinter mir.

Wer noch nie in einem solchen Haus war, hatte vermutlich den Eindruck einer meterhohen Müllhalde. Aber das war es nicht. Ich hatte in den vergangenen Jahren viele ähnliche Räume gesehen. Inzwischen erkannte ich das System in der Unordnung. An der einzigen freien Stelle an dem über und über mit Zeitungen und ineinandergeschachtelten Tupperdosen zugestellten Tisch hatte der Mann immer gesessen. Ich zog die kleine Schublade heraus und fand darin Besteck und sein Gebiss. Die Sitzfläche des Stuhls war kaputt, er hatte ein Brett darübergelegt. Der gesamte Raum war mit überquellenden Kommoden und halbhohen Schränken zugestellt. Dazwischen führte ein schmaler Gang zum Fenster, auf der Fensterbank stand ein Schnurtelefon, davor ein Stuhl. Im gesamten Raum hingen Spinnweben.

Funda zeigte nicht einmal einen Anflug von Ekel. »Warum hat er all das aufgehoben?«, wollte sie wissen.

»Die Frage ist eher, warum er sich nicht davon trennen konnte.«

Funda verharrte vor einer Vitrine voller Briefe. Sie waren bündelweise mit Kordel zusammengebunden. Ich hätte sie am liebsten eingesteckt.

»Hier sieht es aus, als sei die Zeit stehen geblieben.« Sie hob den Deckel eines alten Nähtisches und deutete auf ein Fach mit altrosa Kleinteilen. »Was ist denn das?«

»Das sind Ersatzstrumpfhalter. Vermutlich von seiner Frau oder seiner Mutter.«

»Und wo willst du hier Wertsachen finden?«

Ich sah mich konzentriert um und versuchte, ein Gefühl für die Ordnung dieses Mannes zu bekommen. Am Fußende des durchgelegenen Sofas, in das sich über die Jahre seine Körperkonturen eingegraben hatten, lag ein Stapel Decken. Ich hob sie an, zog einen flachen Pappkarton darunter hervor und öffnete ihn: Ausweis, Rentenbescheide, Versicherungsscheine – alles da. Nur keine Waffenbesitzkarte.

Funda schaute mir über die Schulter. »Und das war's jetzt?«

»Nicht ganz. Jetzt müssen wir trotzdem noch in alle Schränke schauen. Oft finden sich dort noch Schmuck,

Uhren und Waffen. Eine Waffe habe ich ja schon gefunden, aber es kann immer noch eine zweite auftauchen. Fang du auf dieser Seite an, ich gehe da rüber. Und halte Ausschau nach der Waffenbesitzkarte oder dem Waffenschein.«

»Wo hast du die Walther PP überhaupt gefunden, wenn du nur mal kurz hier drin warst?«

»In der Garage. Sie lag auf dem Dach seines Autos. Wieso auch immer.«

»Wir hätten die Pistole mit hierher nehmen und die Polizei anrufen können.«

»Hätten wir. Aber sollten wir unterwegs in eine Verkehrskontrolle geraten, will ich nicht, dass du dabei bist. Denn dann könnten wir beide Ärger bekommen.«

»Bist du immer so fürsorglich?«

»Mitarbeiterinnen, die sich vor nichts ekeln, sind seltene Schätze.«

Sie grinste und machte sich an die Arbeit. Wir hatten kaum begonnen, als mein Handy klingelte. Ich schaute aufs Display und nahm den Anruf entgegen.

»Du musst sofort kommen, Kris«, rief mein Vater ins Telefon.

Allein der Ton seiner Stimme versetzte mich in Alarmbereitschaft. »Was ist passiert?«

»Die Bonsais deiner Mutter … jemand hat … komm schnell her! Bitte.«

Als wir auf den Hof fuhren, standen dort Simon, Henrike und meine Eltern. Allesamt starrten sie auf die Mauer, auf der die Bonsaibäume meiner Mutter in einer Reihe standen. In Windeseile parkte ich den Wagen und lief mit Funda im Schlepptau auf die kleine Gruppe zu. Bis auf den Strom tuschegeschwärzter Tränen, der über ihre Wangen lief, wirkte meine Mutter wie erstarrt. Mein Vater stand mit hängenden Armen neben ihr. Henrike warf den Bäumen von der anderen Seite der Mauer aus intensive Blicke zu, als könnten sie ihr etwas erzählen.

Was war passiert? War einer der Bäume gestohlen worden? Blitzschnell zählte ich sie durch. Sie waren vollzählig.

»Was ist denn los?«, fragte ich irritiert.

Henrike trat dicht an die Mauer und drückte mit dem Zeigefinger gegen eine der kleinen Baumkronen. Der obere Teil des Miniaturapfelbaums kippte zur Seite. Der Stamm war fast vollständig durchsägt worden. Henrike vollführte die gleiche Prozedur mit einer Kiefer.

»Alle sind angesägt«, sagte sie.

»Wer tut denn so etwas?« Meine Mutter brachte die Worte kaum heraus.

»Idioten, die mit ihrer Zeit nichts anzufangen wissen«, meinte Funda und strich zart über den Stamm einer Ulme. »Lassen die sich nicht irgendwie kitten?«

Meine Mutter schüttelte den Kopf und atmete schwer. »Sobald die Wunde angetrocknet ist, wird der Baum nicht mehr versorgt. Dann ist es vorbei.«

»Die Arbeit von so vielen Jahren … einfach durchgesägt.« Mein Vater wischte sich Tränen aus den Augenwinkeln.

»Dann müssen eben neue her«, meinte Funda pragmatisch. »Bei Kölle gibt's welche, die hatten neulich erst so eine Aktion.«

Fast wäre ich in ein erlösendes Lachen ausgebrochen. Funda war neu auf dem Hof, sie hatte noch keinen einzigen der Vorträge meiner Mutter über Bonsais gehört. Sie wusste nichts von der jahrelangen Arbeit, dem unermüdlichen Zuschneiden, Zupfen, Düngen und Wässern. Sie wusste nicht, dass hinter der Form eines jeden Bonsais ein ausgefeiltes Konzept, ein Plan steckte. Und sie wusste nicht einmal annähernd etwas über den Wert dieser Bäume. Solche, wie sie dort vor uns auf der Mauer standen, würden im Fachhandel jeweils zwischen ein- und zweitausend Euro kosten. Nach oben hin gab es beinah keine Begrenzung. Das, was unter der Bezeichnung Bonsai in normalen Gärtnereien angeboten wurde, war für Experten wie meine Mutter eine Beleidigung ihrer Sinne und ihrer Kunst.

Ich ging zu ihr und strich ihr über den Rücken. »Geh ins Haus, Mama. Wir machen das hier.«

»Aber …«

»Geh einfach.« Ich warf meinem Vater einen unmissverständlichen Blick zu. Er nahm die Hand meiner Mutter und zog sie hinter sich her.

»Ich hole die Biotonne«, sagte Henrike kämpferisch.

»Was kann ich tun?«, fragte Funda.

Ich lächelte sie dankbar an. »Im Büro die Stellung halten.«

Simon kam auf mich zu und nahm mich in den Arm. Für einen Moment lehnte ich die Stirn an seine Schulter.

»So jemand dürfte mir nicht über den Weg laufen«, flüsterte er. »Deine Mutter tut mir leid.«

Ich richtete mich auf, trat einen kleinen Schritt zurück und sah ihm in die Augen. »Das ist schlimm für sie.«

»Ich weiß.« Er entknotete das Kopftuch und zog es von meinen Haaren. Zärtlich strich er mir über die Schläfen. »Ich habe dich vermisst heute Nacht. Warum bist du nicht rübergekommen?«

»Ich war todmüde.«

»Nicht mehr sauer wegen gestern?«

Ich schüttelte den Kopf und hoffte, dass damit auch gleich die Flausen aus meinem Hirn flogen.

Simon küsste mich und sah mich anschließend forschend an. »Sicher?«

»Ganz sicher.«

»Okay, dann mache ich mich jetzt auf den Weg. Ich habe heute ziemlich viele Auslieferungen vor mir und danach noch eine Weinprobe in Augsburg.«

»In Augsburg?«

»Ja, ein Stammkunde, der umgezogen ist. Ich komme erst morgen Vormittag zurück. Kannst du dich um Rosa kümmern?«

»Kein Problem.«

Simon fuhr gerade vom Hof, als Henrike mit der braunen Tonne hinter der Scheune hervorkam.

»Das tut richtig weh«, sagte sie, als sie den ersten Baum aus seiner flachen Schale gelöst und in die Tonne geworfen hatte. »Wie verroht muss man sein, um so etwas zu tun?«

Ich nahm den kleinen Apfelbaum und musste an seine wunderschönen Blüten im vergangenen April denken. Sie waren eine einzige Pracht gewesen. Ich löste ihn aus dem Topf und ließ ihn in die Tonne fallen. »Ich bin mir gar nicht sicher, ob es hier um Verrohung geht.«

»Sondern?« Sie hielt inne und runzelte die Stirn.

»Um eine Drohung.«

»Geht das ein bisschen genauer?«, fragte Henrike mit gerunzelter Stirn.

»Erst hat in der Nacht auf Donnerstag jemand die Kerze ausgeblasen, davon hatte ich dir ja erzählt. Es kann nur so gewesen sein. Am Nachmittag war ich in der Wohnung von Theresa Lenhardt und bekam dort einen anonymen Anruf. Danach …«

»In den Wohnungen von Toten klingelt doch öfter mal das Telefon, das ist nichts Ungewöhnliches.«

»Dass ein Anrufer nur ins Telefon atmet, hatte ich bisher zwar noch nicht, trotzdem habe ich mir erst einmal nichts dabei gedacht. Es ist allerdings nicht bei diesem einen Mal geblieben. Außerdem klemmte kurze Zeit später ein Kondom unter meinem Scheibenwischer, und am Tag darauf lagen neunzehn Stück in meinem Vorgarten.« Ich war Henrike dankbar, dass sie konzentriert zuhörte und keine Witze machte. »Vorgestern hatte ich schließlich zwei Fotos in der

Post. Das eine zeigte mich am Fenster von Theresa Lenhardts Arbeitszimmer, das andere, wie ich vor dem Haus das Kondom unter dem Scheibenwischer hervorzog. Mich hat also eindeutig jemand beobachtet. Und jetzt die Bonsais.«

»Warum hast du nicht längst mal einen Ton gesagt, Kris?«

»Was hätte das ändern sollen?«

»Auch Einzelkämpfer können hin und wieder von einem Austausch profitieren. Wir könnten zum Beispiel gemeinsam überlegen, wer dahintersteckt und wie wir dem Ganzen ein Ende bereiten.«

»Ich bin mir ziemlich sicher, dass Theresa Lenhardts Erben da die Hand im Spiel haben. Entweder ein Einzelner oder alle gemeinsam – im Ergebnis ist das ziemlich egal. Aber ich lasse mich von denen nicht einschüchtern.«

»Fällt dir nichts auf dabei?«

Ich setzte mich rittlings auf die Mauer. »Die Aktionen werden immer boshafter, das fällt mir auf.«

Henrike setzte sich mir gegenüber. »Zwei der Aktionen haben eine Verbindung zu Ben. Ich habe noch mal in den Pressearchiven nachgelesen, was damals über das Verschwinden deines Bruders geschrieben wurde. In einem der Artikel wurde explizit diese Kerze erwähnt, die für deinen Vater eine so große Bedeutung hat. Und auch die Bonsais, mit denen deine Mutter ihre Hoffnung am Leben hält.«

»Das Wühlen in den Pressearchiven hättest du dir sparen können. Mein Vater hat alle Artikel und Meldungen gesammelt. Aber wieso bist du so überzeugt, dass die beiden Aktionen auf Ben hinweisen? Die Kerze und die Bonsais stehen hier seit Jahren frei zugänglich. Jeder, der auf den Hof kommt, kann sie sehen. Man müsste schon ein unsensibler Holzklotz sein, um nicht zu begreifen, dass die Kerze eine Bedeutung hat. Und die Bonsais könnten einfach nur ein Hobby sein.«

»Sind sie aber nicht. Sie sind die Zöglinge deiner Mutter. Kris, warum sträubst du dich so sehr gegen einen Zusammenhang mit Ben?«

Ich strich über die feinen Nadeln der Miniaturdouglasie und dachte über Henrikes Frage nach.

»Ist es die Sorge, Ben könnte in irgendetwas Illegales verstrickt gewesen sein? Du bist doch sonst immer eine Verfechterin von harten Fakten und willst nichts beschönigen.«

»Es reicht, dass wir ihn verloren haben. Ich möchte nicht auch noch herausfinden müssen, dass der Ben, den wir kannten, eine Illusion war.«

Die Bande war reif für die nächste Runde. Am Nachmittag schrieb ich den fünf möglichen Erben eine Mail, fasste den Status quo zusammen und vertröstete sie wegen des nächsten Treffens. Ich machte unmissverständlich klar, dass die Option mit dem Tierschutzverein momentan die wahrscheinlichere sei. Um das Testament zu ihren Gunsten zu vollstrecken, müsste für jeden der Verdacht, an der Ermordung von Konstantin Lischka beteiligt gewesen zu sein, ausgeräumt werden. Ohne weitere Fakten sei mir das nicht möglich.

Nachdem ich auf »Senden« gedrückt hatte, überfiel mich eine bleierne Müdigkeit, die jeden weiteren Versuch, mich zu konzentrieren, zunichtemachte. An diesem toten Punkt half selbst Kaffee nicht mehr. Kaum hatte ich mich aufs Sofa gelegt, fielen mir die Augen zu.

Eineinhalb Stunden später nahm ich mir die Notizen von meinem Besuch bei Martin Cordes vor. Während ich noch einmal die Fakten und Gerüchte durchging, die er über die fünf gesammelt hatte, schob sich immer wieder sein Gesicht vor mein inneres Auge. »Lass die Finger davon!«, wiederholte ich leise Henrikes Worte und vertrieb ihn immer wieder aus meinen Gedanken.

Also: Nadja Lischka war mehrfach von ihrem Mann Konstantin betrogen worden – unter anderem mit ihrer Freundin Rena Velte. Beate Angermeier hatte ihren Mann mit Fritz Lenhardt betrogen. Christoph Angermeier hatte angeblich eine Patientin sexuell genötigt, und Tilman Velte hatte mit Kundengeldern an der Börse spekuliert. Die beiden Fragen, um die sich für mich alles drehte, lauteten: Wie passte Ben da hinein? Wen hatte der Journalist mit meinem Bruder gesehen?

Um kurz vor fünf wählte ich die Handynummer von Bens ehemaligem Mitbewohner Matthias.

»Bist du etwa in Berlin?«, fragte er.

»Nein, ich habe noch ein paar Fragen wegen Ben. Geht es deinem Sohn inzwischen besser?«

Er lachte. »Ja. Der Zahn ist da.«

»Das freut mich. Sag mal, Matthias, kannst du dich erinnern, ob Ben vor seinem Verschwinden eine Liaison mit jemandem hatte? Vielleicht sogar mit einem älteren Mann?«

Einen Moment war es still in der Leitung, er schien nachzudenken. »Eigentlich glaube ich das nicht. An einem der letzten Abende, an dem wir zusammensaßen, hat er rumgefeixt und gesagt, er habe gerade mal wieder eine seiner enthaltsamen Phasen.«

»Und es kann dabei nicht um Alkohol gegangen sein?«

»Nein, es war klar, dass er über Sex sprach. Tut mir leid, Kristina, dass ich dir nicht mehr sagen kann.«

Es war vertrackt. Ein Mensch verschwand mitten aus seinem Leben, und es gab keine Spur, die zu ihm führte. Es hatte so lange gedauert zu lernen, mit dieser Tatsache zu leben. Verkraftet hatte ich sie längst nicht, ich hatte sie nur unter die Oberfläche verbannt. Und jetzt ging alles wieder von vorne los.

Ich horchte auf. Nadja Lischka sprach gerade auf meinen

Anrufbeantworter. Sie klang verärgert wegen meiner Mail, bemühte sich jedoch um einen freundlichen Ton. Kaum hatte sie aufgelegt, klingelte das Telefon erneut, und Christoph Angermeier machte sich auf dem AB Luft. Es bestehe Redebedarf, ich solle ihm kurzfristig einen Termin nennen.

Nachdem er aufgelegt hatte, wählte ich Nils' Nummer. Er meldete sich sofort. Ich stellte ihm die gleiche Frage wie Matthias. Im Gegensatz zu seinem ehemaligen Mitbewohner schloss er die Möglichkeit eines Liebhabers nicht aus.

»Ich wusste zwar nicht konkret von jemandem, aber das heißt natürlich nicht, dass es niemanden gab.«

»Matthias sagte, Ben habe vor seinem Verschwinden angedeutet, dass er gerade enthaltsam leben würde …«

»Solche Phasen hatte er immer mal wieder. Für mich klang das immer ein bisschen wie Fasten zur Körperreinigung.« Nils lachte. »Das passte so überhaupt nicht zu deinem Bruder.«

»Aber wenn man immer mal wieder enthaltsam lebt, heißt das doch, dass man dazwischen eben nicht enthaltsam ist. Hatte er sich damals vielleicht gerade von jemandem getrennt?«

»Klar, das könnte sein.«

»Aber du hast ihn nie danach gefragt, oder?«

»Wir haben einfach gelebt, Kristina, und nicht alles hinterfragt. Wenn das alles ist … ich muss hier nämlich weitermachen.«

»Nils, bitte, denk noch mal nach. Vielleicht ist dir in den vergangenen Jahren noch irgendetwas eingefallen, dem du gar keine große Bedeutung beimisst. Vielleicht gibt es auch etwas, das du damals der Polizei nicht hast sagen mögen?«

»Glaubst du allen Ernstes, ich hätte damals etwas verschwiegen? Ich habe alles gesagt, was ich wusste – egal ob wichtig oder nicht. Ich wollte genau wie du, dass Ben gefunden wird.«

»Und da war nichts, was dir später noch eingefallen ist? Ich meine, das mit der Enthaltsamkeit ist ja damals auch nicht zur Sprache gekommen.«

»Mit Bens Scherzen wollte ich die Kripo nicht verwirren.«

»Gab es noch mehr solcher Scherze?«

Als er nicht antwortete, wiederholte ich meine Frage.

»Du weißt, wie dein Bruder war.«

»Weiß ich. Nenn mir ein Beispiel.«

Nils blies Luft durch die Nase. Es klang genervt. »Eines Tages ist zum Beispiel so ein Teenie bei ihm aufgetaucht, der war sechzehn oder siebzehn, hat Ben eine externe Festplatte in die Hand gedrückt und ihm etwas zugemurmelt. Als ich gefragt habe, worum es da ging, hat dein Bruder behauptet, auf der externen Festplatte befänden sich wichtige Fotos – Fotos, die einigen Leuten gefährlich werden könnten. Er würde sie an einem sicheren Ort verwahren.«

»Hast du diesen Jungen vorher schon mal gesehen?«

»Nein.«

»Was daran klingt in deinen Ohren nach einem Scherz?«

»Ben hat öfter mal solche Geschichten erzählt und sich dann kaputtgelacht, wenn man ihm auf den Leim gegangen ist.«

»Wann war der Junge mit der Festplatte da gewesen?« Ich musste mir Mühe geben, ruhig zu bleiben.

»Ein paar Wochen bevor Ben verschwand.«

»Und das hast du der Polizei verschwiegen? Ich fasse es nicht, Nils!«

»Jetzt übertreib mal nicht, Kristina. Glaubst du, ich hätte mir keine Gedanken darüber gemacht? Als er plötzlich wie vom Erdboden verschluckt war, hab ich in der ganzen Wohnung nach dieser Festplatte gesucht. Immerhin hätte es ja sein können, dass doch etwas dahintersteckte. Aber da war nirgends eine Festplatte versteckt. Er hat mir einen Bären aufgebunden.«

»Also hast du damals sein Zimmer durchsucht.«

»Na klar habe ich das. Und ich bin froh, dass ich es gemacht habe. Sonst hätte ich euch womöglich auf eine völlig falsche Fährte gelenkt.«

»Jede Fährte wäre besser gewesen als gar keine. Wie konntest du dir anmaßen zu entscheiden, was ein Scherz ist und was nicht? Es ist das erste Mal, dass ich von dieser Festplatte höre! Er hätte sie an jemanden geschickt haben können, er hätte sie im Garten vergraben haben können, er hätte ein Bankschließfach gemietet haben können ... es gibt tausend Möglichkeiten!«

»Ja, und die wahrscheinlichste ist, dass es einfach eine seiner Geschichten war.« Nils war anzuhören, dass er allmählich ungehalten wurde. »Das gebietet schon die Logik. Wenn man etwas verwahrt, das einem anderen gefährlich werden kann, dann doch nur deshalb, damit man gegen diesen Jemand ein Druckmittel in der Hand hat. Und wenn es um die eigene Sicherheit geht, dann ist dieses Druckmittel nur dann etwas wert, wenn es im Notfall ins Spiel gebracht werden kann, und zwar von einer dritten Person. Irgendjemand hätte davon wissen müssen. Aber hat sich jemand gemeldet? Nein. Verstehst du, Kristina? Wenn jemand das Ding in den vergangenen Jahren gefunden hätte, wüsstest du davon. Es war ein belangloser Scherz. Zugegeben – einer, der im Nachhinein ziemlich makaber klingt. Ich hätte es dir gar nicht erzählen sollen. Mein Fehler.«

»Ein Fehler war es, dass du damals den Mund nicht aufgemacht hast.«

»Ich warne dich, Kristina, solltest du damit zur Kripo gehen, sage ich, dass du dir das ausgedacht hast, um die Untersuchungen wieder ins Rollen zu bringen. Hast du mich verstanden?«

»Du kannst froh sein, dass ich für mich behalte, was ich von dir denke.«

9

Henrike hatte die Bonsaischalen bereits ausgewaschen und hinter der Scheune verstaut. Kurz vor Ladenschluss kaufte ich in der Gärtnerei mehrere Töpfe mit einem bunten Potpourri von Pflanzen und verteilte sie auf der Mauer. Dann setzte ich mich eine Weile zu meiner Mutter und hielt ihre Hand. Auf ihren Wangen zeichneten sich die Spuren getrockneter Tränen ab. Stumm und zusammengesunken saß sie da und fand keine Worte für das Massaker an ihren Bäumen. Ich versuchte sie zu trösten, aber auch mir fehlten die Worte.

Ich war froh, Rosa mitgenommen zu haben. Die Hündin drückte sich so lange gegen die Beine meiner Mutter, bis deren Hand in ihr Fell fand und es mit zitternden Fingern streichelte. Als meine Mutter sagte, sie wolle sich einen Moment hinlegen, ließ ich Rosa bei ihr und ging ein Stockwerk höher zu meinem Vater.

Er hatte sich mit einer Flasche Weißwein an seinen Esstisch zurückgezogen und hob nicht einmal den Kopf, als ich mich zu ihm setzte. Die Küche war funktional und bestand nur aus dem Nötigsten. Die Einrichtung war das Gegenteil der farbenfrohen Möbel meiner Mutter. In der Spüle standen zwei mit Wasser und Spülmittel gefüllte Töpfe, daneben ein Stapel schmutziger Teller. Von diesem Tag würden sie nicht stammen. Wie ich meinen Vater kannte, hatte er seit der Sache mit den Bonsais keinen Bissen mehr herunterbekommen.

»Papa?«

Er atmete schwer. »Ich kann dir gar nicht beschreiben, welche Rachegedanken mir durch den Kopf gehen.«

»Ich kann es mir vorstellen. Aber ein Kettensägenmassaker an dem, der die Bäume so zugerichtet hat, würde keinen einzigen wiederherstellen.«

»Und was ist mit meinem inneren Gleichgewicht?«

»Das würdest du damit auch nicht zurückerlangen.«

Einen Moment lang betrachtete mich mein Vater, als sei ich eine völlig Fremde. »Woher hast du das nur?«

»Was?«

»Dieses Vernunftgesteuerte. Kommen dir keine bitterbösen Gedanken, wenn du siehst, was jemand deiner Mutter angetan hat?«

»Doch, aber ich glaube nicht daran, dass es mir helfen würde, ihnen nachzugeben. Kann ich irgendetwas für dich tun, Papa?«

Er sah mich lange an und fuhr sich schließlich mit beiden Händen übers Gesicht. »Du warst schon immer so tüchtig und selbstständig. Um dich mussten wir uns nie Sorgen machen.«

Schon immer?, lag mir die Gegenfrage auf der Zunge. Ich hatte keine andere Wahl, als selbstständig zu werden. Aber es hatte keinen Sinn, darüber zu sprechen, es würde nichts daran ändern. Ich würde ihm nur das Herz schwer machen.

»Magst du mit Rosa und mir noch eine kleine Runde durch den Park drehen?«

Er schüttelte den Kopf. »Macht ihr beide das mal alleine.«

Ich öffnete die Papiertüte, die im Brotkorb lag, nahm ein Brötchen heraus und legte es neben sein Weinglas. »Bitte, Papa, iss wenigstens zwei Bissen.«

Aber er hatte seinen Blick schon wieder im Weinglas versenkt und sich in sich zurückgezogen.

Im Park konnte ich zum ersten Mal an diesem Tag durchatmen. Die Dunkelheit hüllte mich ein, ich empfand sie wie einen Mantel, in den ich mich schmiegen und in dessen Schutz ich mich entspannen konnte. Der Boden war wieder trocken, er hatte den Regen vom Wochenende längst aufgesogen. Von der Würm wehte kühle, würzige Luft zu mir herüber. Während Rosa auf Mäusejagd ging, liefen mir vor Erschöpfung Tränen über die Wangen. Auf dem schmalen Grünstreifen zwischen Weg und Würm setzte ich mich auf einen abgesägten Baumstumpf. Als zwei Jogger an mir vorbeiliefen, schnappte ich Wortfetzen ihres Gesprächs auf. Es ging um Smartphones und das neue, schnellere LTE-Netz. Ein Stück hinter ihnen folgte ein weiterer Jogger. Er blieb auf meiner Höhe stehen und band sich den Schuh zu. Aus der anderen Richtung näherten sich mehrere Stimmen, die unverkennbar Jugendlichen gehörten. Ich sah die rot glühenden Enden ihrer Zigaretten, bevor der Rauch zu mir wehte. Rosa raschelte hinter mir im Gebüsch. Nachdem wieder Ruhe eingekehrt war, stand ich auf, rief Rosa zu mir und lief weiter.

Nach fünf Minuten erreichte ich eine meiner Lieblingsstellen, wo der Weg direkt am Wasser entlangführte. Ich blieb stehen und schaute in den Himmel. Genau in diesem Moment kam der Mond hinter einer Wolke hervor. Er war im Abnehmen begriffen und zeigte sich nur als schmale Sichel. Am Ufer ging ich in die Hocke und ließ mit einem leisen Plopp einen Stein ins Wasser fallen. Ein paar Meter weiter scheuchte Rosa ein Entenpärchen auf, das mit Getöse davonstob. Normalerweise hätte sie dafür eine Standpauke bekommen, aber an diesem Abend war ich zu erschöpft und drückte ein Auge zu.

Der Schlag in den Nacken kam aus dem Nichts. Es dauerte ein paar Sekunden, bis ich begriff, dass es kein Schlag gewesen war, sondern eine Hand, die mich wie ein Schraubstock packte und auf die Knie zwang. Eine zweite Hand hielt meinen Mund zu. Ich versuchte sie wegzuzerren, mein Herz hämmerte gegen meine Rippen. Unfähig, einen klaren Gedanken zu fassen, grub ich meine Nägel reflexartig in den dicken Handschuh der Hand auf meinem Mund. Die andere zerrte mich an den Haaren Richtung Wasser. Rosa musste ganz nah sein, sie bellte wie verrückt, bis ihr Bellen schließlich in einem Jaulen erstarb. Er musste ihr einen Tritt verpasst haben.

Meine Angst ließ mich ins Bodenlose fallen. Ich kämpfte mit meinen Nägeln gegen festes, unnachgiebiges Leder. Mein Kopf wurde unter Wasser getaucht. Ich fuchtelte mit den Armen, schlug mit den Händen auf die Wasseroberfläche und holte kurz Luft, als ich an den Haaren aus dem Wasser gerissen wurde. Der Moment reichte für einen verzweifelten Atemzug durch die Nase, dann war mein Kopf wieder unter Wasser. Um mich war alles schwarz, in meinen Ohren rauschte es, alles in mir schrie nach Luft. Wieder kam ich nach oben, wieder ein kurzer Atemzug, bevor ich erneut untergetaucht wurde. Dann lösten sich beide Hände von mir. Augenblicklich trieb die Strömung mich ab. Ich fand mit den Füßen Halt, stemmte mich nach oben und füllte meine Lungen mit Luft. Mitten in der Strömung stehend, suchte ich panisch nach meinem Angreifer. Bis ich laute Stimmen hörte, die grölten und lachten. Ich sah den Lichtschein von Handydisplays. Erst glaubte ich, die Jugendlichen würden über mich lachen und mich filmen, wie ich mitten in der Würm stand. Aber sie hatten mich gar nicht entdeckt. In ihrer Nähe würde ich vor einem weiteren Angriff sicher sein. Ich arbeitete mich ans Ufer, rief leise nach Rosa und betete, dass sie unverletzt und in ihrer Panik nicht weggelaufen war. Ein paar Meter weiter ließen sich die Jugendlichen auf einer Bank nieder. Ich hörte, wie Bierflaschen geöffnet wurden und die Kronkorken auf den Weg fielen.

»Rosa«, wiederholte ich meinen Ruf jetzt so laut, dass die Jugendlichen mich hören mussten. »Komm her, bitte …« Ich zitterte am ganzen Körper, meine Zähne schlugen aufeinander, und ich konnte mich kaum auf den Beinen halten.

Ich ging in die Knie und weinte. Ich spürte ein Schluchzen in meinem Hals und schluckte dagegen an. War Rosa nach Hause gelaufen? Was sollte ich tun, wenn die Jugendlichen aufstanden und weitergingen? Ich konnte nicht ohne Rosa gehen, aber alleine konnte ich hier auch nicht bleiben. Womöglich lauerte mein Angreifer noch irgendwo in der Nähe.

»Habt ihr eine kleine Hündin gesehen?«, rief ich Richtung der Gruppe.

»Nee«, schallte es zurück.

»Könntet ihr so lange hierbleiben, bis ich sie gefunden habe?«

»Wenn's keine drei Stunden dauert …« Sie feixten.

Ich schrak zusammen, als Rosa sich plötzlich gegen mich drückte. Dann schlang ich die Arme um ihren kleinen Körper, der noch viel stärker zitterte als meiner. Ich hielt sie fest an mich gepresst und flüsterte in ihr Fell. »Alles gut, hab keine Angst, wir haben es geschafft. In fünf Minuten sind wir zu Hause. Und dann bekommst du ein riesiges Stück Leberwurst.«

Die Angst kam als Welle zu mir zurück und schnürte mir die Kehle zu. Ich nahm Rosa auf den Arm, stand auf und ging zu der Bank. Die drei Gestalten, die dort mit Bierflaschen und Zigaretten saßen, konnte ich nur schemenhaft ausmachen.

»Könntet ihr mich bitte bis zum Ausgang des Parks begleiten? Ich wurde gerade überfallen, und alleine habe ich Angst.« Rosa wehrte sich gegen meinen festen Griff, aber ich hielt sie umschlungen.

»Kein Problem«, hörte ich einen der Jungs sagen. Er schien das Kommando zu haben, denn augenblicklich setzten sich auch seine beiden Kumpane in Bewegung und kamen auf mich zu.

Ich hatte mein Versprechen gehalten und Rosa ein dickes Stück Leberwurst gegeben. Seitdem stand ich unter der Dusche, ließ Unmengen heißen Wassers über mich laufen und versicherte mir immer wieder, dass Haus- und Wohnungstür abgeschlossen waren. Es konnte nichts mehr passieren. Erst als meine Haut knallrot war, trocknete ich mich ab, zog einen flauschigen Schlafanzug an und feilte meine eingerissenen Nägel. Dann machte ich mir einen Kakao und legte mich ins Bett. Rosa leistete mir sofort Gesellschaft.

Ich musste mit jemandem reden. Da Simon noch nicht zu Hause war, rief ich Henrike an.

»Störe ich?«

»Also …« Sie lachte. »Falls es nichts Dringendes ist … ich bin gerade bei Arne und …«

»Kein Problem, dann reden wir morgen.«

»Kris? Ist alles okay bei dir?«

»Alles okay. Grüß Arne von mir.«

»Hey, warte! Was hältst du von einem gemeinsamen Frühstück morgen? Ich bringe Brötchen mit.«

»Gute Idee.«

»Um sieben?«

Ich sah auf die Uhr, es war Viertel vor elf. »Sieben ist gut. Bis morgen dann.«

Mir blieben acht Stunden. Das kam genau hin. Die Wirkung der Schlaftabletten, die ich für Notfälle im Nachttisch aufbewahrte, hielt acht Stunden an. Ich schluckte eine, ließ mich zurück in die Kissen sinken und meinen Tränen freien Lauf, während ich Rosa streichelte.

»Es tut mir so leid, meine Kleine. Ich wünschte, er hätte dich nicht erwischt.«

Sie blinzelte mit halb geschlossenen Augen und drehte sich auf den Rücken.

Dieses Bild war das letzte, an das ich mich am nächsten Morgen erinnerte, als ich von durchdringendem Klingeln und Bellen aus dem Schlaf gerissen wurde. Mit einem Blick auf die Uhr war die Sache klar. Ich sprang aus dem Bett und lief zur Tür.

»Entschuldige«, begrüßte ich Henrike noch leicht benommen.

In weißer Jeans, eng anliegendem, langem T-Shirt und dünner Lederjacke wehte sie herein wie eine frische Brise. Ihre dunklen Haare glänzten seidig. Meine Haare würde ich heute vorsichtig kämmen müssen, meine Kopfhaut tat immer noch weh.

»Verschlafen?« Sie hielt mir die Brötchentüte entgegen. »Das ist ja mal ganz etwas Neues. Zieh dich an, ich mache uns Kaffee und Tee.«

Im Schlafzimmer betrachtete ich mich vor dem Spiegel und war erstaunt, dass ich ohne sichtbare Blessuren davongekommen war. Ich konnte keine einzige Schramme entdecken. Trotzdem fühlte mein Körper sich an, als hätte er Leistungssport betrieben. Ich schlüpfte in Jeans und T-Shirt und fasste meine Haare mit einer großen Spange zusammen.

In der Küche mischten sich die Düfte von Moschus und Kaffee. Henrike stand mit dem Rücken zu mir an der Arbeitsplatte und goss Kaffee in den einen Becher, Tee in einen zweiten. Wir setzten uns an den gedeckten Tisch. Henrike nahm sich ein Brötchen, teilte es in zwei Hälften und bestrich jede mit Butter.

»War es schön bei Arne?«, fragte ich.

»Wenn ich nicht aufpasse, verliebe ich mich noch in ihn.«

»Dann bin ich dafür, dass du nicht aufpasst.«

»Ich weiß so gut wie nichts über ihn.« Henrike verzog das Gesicht.

»Ich weiß auch so gut wie nichts über dich, und trotzdem bist du meine Freundin.«

»Du hast mich nie nach meiner Vergangenheit gefragt.«

»Ich hatte immer das Gefühl, dass du nicht darüber sprechen willst.«

»Trotzdem ist es ungewöhnlich.«

»Du bist hierhergekommen und hast gesagt, du möchtest neu anfangen. Für die meisten Menschen heißt das, dass sie die Vergangenheit hinter sich lassen wollen. Das kann ich nur zu gut verstehen.«

»Du machst es einem leicht, mit dir befreundet zu sein«, sagte Henrike mit einem Lächeln und biss in ihr Brötchen.

»Da gibt es durchaus gegenteilige Meinungen.«

Sie beugte sich vor und forschte in meinem Gesicht. »Du siehst irgendwie mitgenommen aus heute Morgen. Ist es wegen der Bonsais? Machen sie dir immer noch zu schaffen?«

»Mehr noch machen sie meiner Mutter zu schaffen.« Ich nahm einen Schluck Kaffee und hielt den Becher mit beiden Händen umfasst. »Ich bin gestern Abend überfallen worden.«

Henrike legte ihr Brötchen auf den Teller. »Was bist du?«

»Jemand hat mich im Park überfallen, als ich mit Rosa noch eine letzte Runde gedreht habe.«

Sie beugte sich näher zu mir. »Geht das etwas genauer?«

»Ich hab an der Würm gestanden und Steinchen geworfen, als mich plötzlich jemand von hinten gepackt und mit dem Kopf unter Wasser gedrückt hat.« Augenblicklich begannen meine Hände wieder zu zittern.

Henrike war nicht leicht zu schrecken, aber diese Nachricht schien ihr zuzusetzen. Sie zog eine Zigarette aus der Brusttasche ihrer Lederjacke und drehte sie zwischen den Fingern. »Warum, um alles in der Welt, hast du gestern Abend am Telefon nichts davon gesagt? Ich wäre sofort zu dir gekommen!«

»Da war ich längst wieder hier und in Sicherheit. Außerdem wollte ich dir den Abend mit Arne nicht verderben.« Ich wischte mir eine Träne aus dem Gesicht.

»Arne hätten keine zehn Pferde davon abhalten können, mitzukommen. Bei ihm hast du einen riesigen Stein im Brett.«

Ich musste lächeln und spürte, wie sich meine Gesichtsmuskeln entkrampften. »Ich habe eine Schlaftablette genommen und tief und fest geschlafen.«

»Um wie viel Uhr ist es passiert?«

Ich überlegte. »Um kurz nach neun etwa.«

»Hast du den Angreifer erkannt?«

»Ich habe ihn noch nicht einmal gesehen. Er war die ganze Zeit hinter mir.«

»Bist du sicher, dass es ein Mann war?«

»Sicher sein kann ich mir natürlich nicht, es gibt schließlich auch kräftige Frauen.« Ich zuckte mit den Schultern.

»Hat er etwas gesagt?«

»Nein.«

»Nicht einmal einen unterdrückten Laut?«

»Nein, nichts.«

»Hast du eine Vorstellung von seinen Körpermaßen?«

»Ich habe nur seine Hände gespürt. Mit der einen hat er mich erst im Nacken und an den Haaren gepackt. Mit der anderen hat er mir den Mund zugehalten.« Ich überlegte. »Er trug Lederhandschuhe und irgendetwas Langärmeliges.«

»Er hat dich zum Wasser geschleift und mit dem Kopf untergetaucht. Und dann?«

»Dann hatte er mich plötzlich losgelassen.«

»Hast du eine Ahnung, warum?«

»Ich nehme an, er wollte von den Jugendlichen, die den Weg entlangkamen, nicht entdeckt werden.«

»Hast du irgendjemanden gesehen, als du in den Park gegangen bist?«

Ich atmete tief durch und sah sie ungläubig an. »Übst du hier gerade für deinen Krimi? Ich komme mir vor wie im Polizeiverhör.«

»Jetzt sind deine Erinnerungen noch frisch. Also: Hast du jemanden gesehen?«

»Zwei Jogger sind an mir vorbeigelaufen. Dann noch einer, und außerdem waren da diese Jugendlichen.« Ich blinzelte in die Sonne, die sich in diesem Augenblick vors Fenster schob.

»Was ist mit dem einzelnen Jogger? Könnte er der Angreifer gewesen sein?«

»Er hat auf meiner Höhe kurz angehalten und seinen Schuh zugebunden.«

»Kannst du ihn beschreiben?«

Ich schloss die Augen und holte ihn vor mein inneres Auge. »Er war komplett dunkel angezogen. Und er war schlank. Aber was sagt das schon aus?«

»Hast du sein Gesicht sehen können?«

»Nein.«

»Hast du einen Geruch wahrgenommen?«

»Dazu war er zu weit entfernt.«

»Was sagt dir dein Gefühl? Warst du ein Zufallsopfer, oder hatte es der Täter auf dich abgesehen?«

Mir war kalt, ich schlang die Arme um den Körper. »Mein Verstand sagt mir, dass ich gemeint war. Das war weder ein Angriff von einem Sexualtäter noch ein Raubüberfall. Und wenn er mich hätte umbringen wollen, hätte er meinen Kopf nur ein bisschen länger unter Wasser halten müssen. Ich glaube, es war als ganz massive Drohung gedacht.«

»Und wer kommt dafür infrage?«

Ich nahm ein Croissant, brach ein Stück ab und schob es in den Mund. Noch vor fünf Minuten hatte ich geglaubt, mich beim ersten Bissen übergeben zu müssen, jetzt spürte ich, wie hungrig ich war. »Keine Ahnung. Bei einer weniger drastischen Aktion hätte ich gesagt, einer von Theresa Lenhardts fünf Erben. Die Sache mit der Kerze, mit den Kondomen und den Fotos und selbst mit den Bonsais traue ich denen zu, darüber haben wir ja schon gesprochen. Aber so einen Überfall? Nein. Außer …«

»Ja?«

»Außer, es gibt doch einen Mörder unter ihnen.«

»Was ist mit den anderen Fällen, die du gerade bearbeitest?«

»Der eine oder andere ist knifflig, aber es ist keiner dabei, der auch nur annähernd in diese Richtung weist.«

»Könnte es irgendetwas mit deinem Bruder zu tun haben?«

»Wie denn das?«

»Das versuche ich ja gerade herauszufinden.« Henrike stützte das Kinn auf ihre Hand und legte die Stirn in Falten.

»Warum sollte mich jemand, der es nicht auf Theresa Lenhardts Erbe abgesehen hat, sechs Jahre nach Bens Verschwinden bedrohen?«

»Weil du angefangen hast, Fragen zu stellen. Mit wem hast du über Ben gesprochen?«

»Mit den Erben und mit seinen ehemaligen Mitbewohnern. Aber die beiden Jungs kannst du auch streichen. Die überfallen mich nicht abends im Park.«

»Was hast du von ihnen erfahren?«

»Laut Matthias hat mein Bruder vor seinem Tod enthaltsam gelebt, hatte also allem Anschein nach keine Beziehung. Nils hat mir von einem angeblichen Scherz erzählt, den Ben sich mit ihm erlaubt hat. Wobei ich mir nicht sicher bin, ob es wirklich ein Scherz war.« Ich gab ihr detailgetreu wieder, was Nils gesagt hatte.

»Eine Festplatte?«, fragte sie wie elektrisiert. »Hat er diesen Jungen, der sie gebracht hat, beschreiben können?«

»Nein, hat er nicht.« Ich nahm einen Schluck Kaffee und wechselte das Thema. »Eigentlich hoffe ich, dass dieser Angreifer mich mit jemandem verwechselt hat. Wenn es nämlich nicht so war, stellt sich die Frage, was es ist, das solch eine Bedeutung oder solch einen Wert hat, dass man dafür jemanden brutal überfällt. Vielleicht geht es doch nur um dieses verdammte Vermögen von Theresa Lenhardt.«

Henrike blies nachdenklich in ihren Tee. »Vielleicht befürchtet jemand, durch deine Recherchen aufzufliegen. Es besteht durchaus die Möglichkeit, dass Ben noch lebt und nicht gefunden werden möchte.«

»Mein Bruder soll für diesen Überfall verantwortlich sein? Henrike, ganz ehrlich, du spinnst. Ben ist tot. Weder würde er uns sechs Jahre lang leiden lassen noch mich überfallen! Ein für alle Mal: Er war nicht kriminell!«

Sie drehte die Kreole in ihrem Ohr. »Sollte er tatsächlich tot sein, muss jemand dafür verantwortlich sein. Andernfalls wäre er längst gefunden worden. Vielleicht bist du diesem Jemand zu nah gekommen. Komm, lass uns in den Park gehen, ich will mir die Stelle, an der es passiert ist, mal genauer ansehen.«

»Bist du noch zu retten? Da bekommen mich keine zehn Pferde hin.«

»Willst du den Park bis in alle Ewigkeit meiden?«

»Es ist kurz vor acht, Funda kommt gleich, außerdem habe ich jede Menge Arbeit auf dem Schreibtisch.«

»Wenn jemand, der einen Verkehrsunfall hatte, nicht gleich wieder Auto fährt, fährt er vielleicht nie wieder.«

»Es gibt für alles überzeugende Gegenbeispiele.«

Funda verspätete sich um zehn Minuten. Als sie mit gewohntem Enthusiasmus an ihrem Schreibtisch Platz nahm, erklärte ich ihr, was zu tun war. Dann folgte ich Henrike widerwillig nach draußen.

»Ich stelle zwei Bedingungen dafür, dass ich mitgehe«, rief ich ihr hinterher.

Sie lief mit ausgreifenden Schritten ein Stück voraus, nicht ohne sich immer wieder zu vergewissern, dass ich noch hinter ihr war. »Welche?«

»Kein Wort über den Überfall zu meinen Eltern, vor allem nicht zu meiner Mutter. Die muss sich erst einmal von den massakrierten Bonsais erholen. Und kein Wort zu Simon. Ich habe keine Lust auf all die Erklärungen.«

Mit einem Ruck blieb sie stehen und drehte sich zu mir. »Kris, hast du schon mal davon gehört, dass andere Menschen einem auch Trost spenden und einen in den Arm nehmen können?«

»Hab ich.«

»Jeder muss sich hin und wieder mal anlehnen.«

»An wen lehnst du dich an?«

Sie stöhnte auf und schickte einen genervten Blick in den blauen, mit kleinen weißen Wölkchen durchsetzten Himmel. »Okay, kein Wort, versprochen. Dafür versprichst du mir, dass du zur Polizei gehst und Anzeige erstattest.«

»Das bringt doch nichts.«

»Erklär das mal der nächsten Frau, die im Park überfallen wird!«

Ich verschränkte die Arme vor der Brust und holte tief Luft. »Weißt du, was ich von einem Polizeibeamten zu hören bekommen habe, als ich vor zwei Jahren Anzeige erstatten wollte, weil mir mein Fahrrad gestohlen wurde? Es würde mit Sicherheit nichts dabei herauskommen, aber wenn ich darauf bestünde, würde er meine Anzeige natürlich aufnehmen. Wahrscheinlich sind solche Beamten der Grund dafür, dass die bayerische Kriminalitätsrate so niedrig ist.« Ich biss mir auf die Unterlippe.

Henrike hatte sich keinen Zentimeter von der Stelle bewegt. Zwei Joggerinnen mussten sie ebenso umrunden wie eine Mutter mit Kinderwagen und Labrador. Henrike schien sie gar nicht wahrzunehmen. »Da es ja im Sinne einer konstruktiven Auseinandersetzung direkte Du-Botschaften zu vermeiden gilt, drücke ich es mal so aus: Ich empfinde dich als ungeheuer sperrig und dickköpfig.«

»Und ich empfinde dich als penetrant.«

Sie setzte sich wieder in Marsch. »Wie gut, dass wir das geklärt haben!«

Das Lachen, das in mir aufstieg, hatte etwas Befreiendes und bildete ein Gegengewicht zu den beklemmenden Gefühlen, die mich überschütteten, je näher wir der Stelle kamen. »Da vorne ist es«, rief ich Henrike zu, die ein paar Meter vorausgeeilt war. Kurz darauf stand ich mit klopfendem Herzen an dem Ort, den ich am vergangenen Abend für immer von der Liste meiner Lieblingsstellen gestrichen hatte.

»Setz dich dort auf die Bank, und vergiss nicht zu atmen.«

Während Henrike die Umgebung in einer Weise betrachtete, als sei sie Mitglied eines Spurensicherungsteams, schaute ich mich in alle Richtungen um. Obwohl es über zwanzig Grad waren, fröstelte ich. Mein Hals war wie zugeschnürt. Eines wusste ich schon jetzt: Im Dunkeln würde ich den Park nicht mehr betreten. Bei dieser Erkenntnis braute sich eine ungeheure Wut in mir zusammen. Wer immer dieser Kerl war, er hatte Erfolg auf ganzer Linie gehabt. Nicht nur, dass er mich völlig verschreckt hatte, er hatte auch meinen Bewegungsradius eingeschränkt.

»Ideale Stelle, noch dazu im Dunkeln«, sagte Henrike in meine Gedanken hinein. »Hier hat er in jede Richtung abhauen können.«

»Dann war ich ihm ja sogar behilflich. Bravo!«

»Zieh deine Krallen ein. Du weißt, dass ich es so nicht gemeint habe.«

»Meine Krallen sind mir bei dem Überfall abgebrochen. Bist du fertig? Ich will hier weg.«

Henrike schob die Hände in die Hosentaschen und sah mich an. »Ich hab eine Idee. Komm mit!«

Ohne meine Reaktion abzuwarten, lief sie zurück in die Richtung, aus der wir gekommen waren. Nach zweihundert Metern blieb sie stehen und wartete, bis ich bei ihr war.

Dann deutete sie auf die alte Eiche, die am Rand der Wiese stand. »Du liebst es doch, auf Bäume zu klettern. Also los.«

»Nicht, wenn mir jemand zuguckt.«

»Ich habe nicht vor, nur zuzugucken!«

Der Stachel saß. Sosehr ich mich auch bemühte, ich bekam den Gedanken, Ben könne noch leben und sich vor uns verstecken, nicht mehr aus dem Kopf. Wann immer ich mich in den vergangenen Jahren gefragt hatte, was mit ihm geschehen war, hatte ich ihn als Opfer gesehen, nie, in keinem einzigen Moment, als Täter. Henrike hatte mit ihren Fragen alles auf den Kopf gestellt.

Ich versuchte mir vorzustellen, Ben habe mich unter Wasser gedrückt, aber es war im wahrsten Sinne des Wortes unvorstellbar. Könnte er jemanden beauftragt haben, mich zu bedrohen? Nie und nimmer!

Bei meiner Arbeit als Nachlassverwalterin sammelte ich Tag für Tag jede Menge Erfahrungen, was die menschliche Gier betraf. Über die üblichen Beschleunigungsversuche ungeduldiger Erben ging die Attacke jedoch weit hinaus. Ich war in einer Weise bedroht worden, wie ich es noch nie erlebt hatte. Normalerweise hatte ich es mit Telefonterror und Bestechungsversuchen zu tun, mit Schmeicheleien und Beleidigungen – aber nicht mit körperlichen Angriffen. Wen hatte ich mit meinen Recherchen nervös gemacht?

»Hallo? Kristina!«

Ich zuckte zusammen. »Entschuldige, Funda, ich war in Gedanken. Was hast du gesagt?«

»Ich wollte wissen, was ich als Nächstes tun soll. Die beiden Anfragen beim Grundbuchamt sind erledigt, wegen der Wohnung in Laim habe ich den Stromanbieter kontaktiert und den Vertrag gekündigt, und die Kontoauszüge, die du mir hingelegt hast, habe ich überprüft.« Sie wippte auf ihrem Stuhl.

»Welchen Eindruck hast du?«

»Ich habe mir die letzten zwölf Monate angeschaut. Die Ein- und Ausgänge sind regelmäßig und überschaubar. Die Frau hat zum Beispiel immer am Anfang der Woche hundert Euro von ihrem Konto abgehoben. Im letzten Vierteljahr waren es dann deutlich mehr, mal dreihundert, mal fünfhundert. Ich habe in der Akte nachgeschaut, zu der Zeit war die Frau im Pflegeheim.«

»Hat sie das Geld am Schalter geholt oder am Automaten abgehoben?«

»Automat, mit ihrer EC-Karte. Seltsam, wenn jemand im Pflegeheim liegt.« Fundas detektivische Ader, von der sie mir erzählt hatte, schien geweckt worden zu sein.

»Vermutlich hat sie jemanden gebeten, ihr das Geld zu besorgen.«

»Und der- oder diejenige hat dann gleich etwas für sich abgezwackt?«

»Das ist nicht unbedingt gesagt. Aber möglich. Ich werde im Pflegeheim nachfragen, wer sie dort betreut hat.«

»Jemand, der sich die eigenen Taschen füllt, würde das doch nicht freiwillig zugeben.«

»Aber er oder sie wird sich zumindest ertappt fühlen. Und die Heimleitung kann ein Auge darauf haben.«

»Passiert so etwas öfter?«, fragte Funda, die sich vom Klingeln des Telefons nicht angesprochen fühlte. Drei Tage in diesem Büro, und sie war immun dagegen.

»Hin und wieder. Auf ein Unrechtsbewusstsein kannst du dich dabei nicht verlassen. Diese Leute reden sich manchmal selbst ein, dass sie den Menschen, den sie bestehlen, über Gebühr gut betreut haben und ihnen das Geld zusteht. Und da geht es dann längst nicht immer nur um fünfhundert Euro.«

»Machst du deshalb diese Plausibilitätsprüfungen der Kontoauszüge?«

Ich nickte. »Das ist zwar eine der langweiligeren Arbeiten, aber ich mag es nicht, wenn jemand übers Ohr gehauen wird, erst recht nicht von Menschen, denen er vertraut.«

Funda sah mich sekundenlang zufrieden an, als habe ich eine Prüfung bestanden. »Was hältst du zur Abwechslung mal von einem Tee?«, fragte sie. »Ich habe schwarzen gekocht, der Tote aufweckt, und türkische Teegläser mitgebracht. Daraus schmeckt der Tee einfach besser. Deiner Mutter habe ich vorhin auch schon einen verpasst.«

Wie hatte ich meine Mutter vergessen können? Ich machte auf dem Absatz kehrt und wollte direkt zu ihr hochlaufen, als Funda mich zurückhielt.

»Sie ist im Hotel. Sie meinte, Arbeit sei die beste Ablenkung. Mach dir keine Sorgen um sie, Kristina. Wir haben zusammen Tee getrunken, sie hat von den Bäumen erzählt, und als sie ging, war sie eigentlich ganz okay.«

»Danke.«

»Oh, und bevor ich es vergesse: Ich habe Alfred heute Morgen seine Nuss gegeben. Er hat da draußen ziemlich herumkrakeelt. Als er mich sah, war er erst sehr argwöhnisch, aber die Aussicht auf eine Nuss hat gesiegt. Hattet ihr übrigens eine gute Aussicht auf dem Baum dort drüben im Park?«

»Du hast uns gesehen?«

»Reiner Zufall, als ich draußen bei der Krähe war. Macht ihr das öfter?«

»Henrike nicht, ich schon. Für mich ist es besser als jede Entspannungsübung.«

»Da lege ich mich lieber in die Badewanne, das ist weniger gefährlich«, sagte Funda und ging in die Küche.

Bei dem Wort gefährlich durchzuckte es mich, und das Erlebnis vom vergangenen Abend war sofort wieder in meinem Kopf. Ich betrachtete Rosa, die zusammengerollt im Korb neben meinem Schreibtisch schlief. Bei ihr würde der

Ausflug in den Park auch Spuren hinterlassen haben. In diesem Moment kam mir eine Idee. Henrike hatte mich gefragt, ob ich mich an einen Geruch erinnerte. Keine von uns hatte an Rosa gedacht. Sie würde sich ganz sicher an den Geruch desjenigen erinnern, der mich überfallen und sie getreten hatte. Ein Hund vergaß so etwas nicht.

»Funda …«, rief ich Richtung Küche.

Sie kehrte mit einem Tablett ins Büro zurück, auf dem zwei kleine, geschwungene Teegläser, eine Zuckerdose und eine Doppelkanne standen. »Möchtest du deinen Tee hell oder dunkel?«, fragte sie. »Dunkel ist sehr stark.«

»Dann dunkel.«

Aus der kleinen oberen Kanne füllte sie zwei Drittel Tee ins Glas und goss dann aus der unteren Kanne heißes Wasser auf. Ihre eigene Mischung geriet deutlich heller als meine.

Ich nahm mir zwei Stück Zucker aus der Dose und ließ sie ins Glas fallen. »Könntest du bitte gleich noch mal die fünf Leute anrufen, die du schon für vergangenen Freitag hierherbestellt hast?«

»Worum geht es bei denen eigentlich?«

»Um sehr viel Geld, das ihnen unter einer bestimmten Bedingung vererbt wird.«

In Fundas Augen funkelte es schelmisch. »Sollen sie etwa heiraten und kleine Erben in die Welt setzen, wie im Film? Oder auf ewig in einer WG zusammenleben – bis dass der Tod sie scheidet? Etwas in der Art?«

Ich schüttelte lachend den Kopf und nahm einen Schluck Tee. Dann erzählte ich ihr von Theresa Lenhardts Testament.

»Die Frau hat ein Kopfgeld ausgesetzt«, brachte Funda es schließlich auf den Punkt. Aus ihrem Mund klang es wie eine prima Idee. »Und haben sie sich schon gegenseitig beschuldigt?«

»Bisher halten sie noch zusammen.«

»Ist bestimmt nur eine Frage der Zeit«, meinte Funda und prostete mir mit ihrem Teeglas zu. »Was soll ich denen also sagen?«

»Lade sie ein, morgen um siebzehn Uhr vollzählig hier zu erscheinen.«

Funda nippte an ihrem Tee. »Weißt du, was ich bei dieser Arbeit genial finde? Die Leute sind alle so heiß aufs Erben, dass sie wahrscheinlich auch sonntagmorgens um sechs hier antanzen würden. Beim ersten Mal habe ich noch angenommen, es würde verdammt schwierig, fünf Leute terminmäßig unter einen Hut zu bekommen. Aber jetzt …« Sie rieb sich die Hände und drehte sich zum Telefon. »Eine Spur diebische Freude ist schon dabei«, sagte sie über die Schulter hinweg, bevor sie zum Mobilteil griff.

Mein Blick wanderte zu Rosa. Auch sie würde an dem Termin teilnehmen. War mein Angreifer einer der fünf, würde sich das ziemlich schnell beweisen lassen. Und noch jemand würde teilnehmen. Ich nahm mein Handy und schrieb Henrike eine SMS: *Morgen, siebzehn Uhr, Treffen mit den Erben. Könntest du als stille Beobachterin daran teilnehmen?* Es dauerte keine Minute, bis ich eine Antwort erhielt. *Nichts lieber als das!*

10

Seit dem Frühstück hatte ich nichts mehr gegessen, sondern nur Fundas köstlichen Tee getrunken. Inzwischen war es nach sechs, und mein Magen hatte auf höchste Alarmstufe geschaltet. Eigentlich hatte ich noch Post bearbeiten und die Nachrichten auf dem Anrufbeantworter abhören wollen, aber das musste bis morgen warten. Ich ließ alles stehen und liegen und lief mit Rosa im Schlepptau hinüber zum Nebengebäude.

Simon stand in seinem Laden und öffnete gerade eine Probeflasche für einen Kunden. Als Rosa voll überschwänglicher Freude an ihm hochsprang, wäre ihm die Flasche beinahe aus der Hand gerutscht. Er stellte sie ab, bat den Mann um einen Moment Geduld und begrüßte die Hündin, bevor ich einen Kuss bekam. Allen Theorien, die diese Reihenfolge als schädlich für die Hierarchie im Rudel verpönten, zum Trotz, machte ich es im umgekehrten Fall genauso. Rosa respektierte uns deshalb keinen Deut weniger. Nur an der Sache mit dem Hochspringen würden wir noch arbeiten müssen.

»Hast du Zeit, mit mir essen zu gehen?«, fragte ich Simon. »Ich komme um vor Hunger.«

»Wohin willst du?«

»Ins *Menzingers*.«

»Wenn es für dich in Ordnung ist, dann fahr doch schon mal vor, ich komme in einer halben Stunde nach. Okay?«

Ich nickte. »Soll ich Rosa mitnehmen?«

»Das wäre toll.« Er legte eine Hand um meinen Nacken und wollte mich an sich ziehen.

Ich zuckte zusammen und wand mich aus seiner Hand.

»Was ist?«, fragte Simon irritiert.

»Mein Nacken tut weh, ich habe ihn mir heute Nacht verlegen.«

Er legte seine Hand auf meine Wange. »Dann werde ich ihn dir später massieren.«

Ich nickte. Mir würde schon etwas einfallen, um ihn davon abzuhalten.

Nachdem ich Halsband und Leine geholt hatte, setzte ich mich aufs Fahrrad und wollte gerade losradeln, als wieder einmal Nadja Lischka am Tor auftauchte und mir den Weg versperrte.

»Ich habe wirklich keine Zeit, Frau Lischka«, versuchte ich sie abzufertigen.

»Aber ich muss Sie sprechen. Es ist dringend.«

Neugierig lief Rosa auf die Frau zu und wedelte, als sie mit ihr sprach. Die Witwe mit den blonden Locken hatte mich definitiv nicht unter Wasser gedrückt und Rosa einen Tritt versetzt. »Hat meine Mitarbeiterin Sie nicht erreicht? Für morgen um siebzehn Uhr habe ich hier ein Treffen anberaumt.«

»Ich muss Sie vorher sprechen!«

»Und ich muss etwas essen. Tut mir leid.«

»Das trifft sich gut, ich habe auch Hunger. Wenn es Ihnen recht ist, leiste ich Ihnen ein paar Minuten Gesellschaft.«

Es war mir nicht recht, aber letztlich siegte meine Neugierde. »Dann in zehn Minuten im *Menzingers* auf der Menzinger Straße. Haben Sie ein Navi?«

Mit einem Nicken machte sie auf dem Absatz kehrt und lief zu ihrem Auto. Während ich losradelte, überlegte ich, Simon per SMS vorzuwarnen, entschied mich dann jedoch dagegen. Vermutlich nahm ihn sein Kunde ohnehin länger als eine halbe Stunde in Anspruch. Den Leitspruch, der Kunde sei König, schien er erfunden zu haben. Manchmal ging mir das auf die Nerven, aber ich sah ein, dass sich genau darauf sein Erfolg gründete. Guten Wein verkauften viele, mit so viel Herzblut taten es nur wenige.

Das Restaurant war gut besucht an diesem Abend. Nadja Lischka hatte auf der Terrasse am Rand des Spielplatzes einen der letzten beiden Tische ergattert und studierte bereits die Karte. Ich breitete für Rosa eine Decke neben meinem Stuhl aus und konzentrierte mich auf die Tafel mit den Tagesempfehlungen.

Nachdem wir Weißwein, Wasser und Tagliatelle mit Steinpilzen bestellt hatten und ich endlich auf einem Stück Brot kaute, richtete ich meine Aufmerksamkeit auf Konstantin Lischkas Witwe. Ich war mir noch immer nicht im Klaren, wie ich sie einzuschätzen hatte. Mal wirkte sie zart und zerbrechlich, mal aufbrausend und durchsetzungsfähig. »Was ist so dringend, dass es nicht bis morgen warten kann?«, fragte ich.

Sie nahm sich ebenfalls ein Stück Brot, anstatt es jedoch zu essen, zerbröselte sie es und vergewisserte sich mit einigen Seitenblicken, dass auch niemand zuhörte. »Für mich wäre es ein Desaster, wenn Sie das Erbe dem Tierschutzverein zuschlagen würden, Frau Mahlo. Ich habe zwei Kinder großzuziehen und muss immer noch die restlichen Schulden abzahlen, die mein Mann mir hinterlassen hat.«

Wie oft hatte ich solche und ähnliche Sätze schon gehört? Meine Antworten konnte ich inzwischen fast im Schlaf herunterbeten. »Ihre finanzielle Situation tut mir sehr leid, darf mich jedoch bei meiner Arbeit nicht beeinflussen. Ich bin ausschließlich Theresa Lenhardt verpflichtet.«

Nadja Lischka wollte gerade etwas erwidern, als der Kellner Mineralwasser und Wein auf den Tisch stellte. Mein Blick wanderte zu zwei Kindern, die unter fröhlichem Geschnatter auf der Wippe herumturnten.

»Es gibt ein paar Tatsachen, die vor Gericht nicht zur Sprache gekommen sind«, sagte sie.

Ich löste meinen Blick von den Kindern und nahm einen Schluck Wein. »Und zwar?«

»Ich fange mal bei Tilman an. Ich weiß nicht, ob es sich heute noch so verhält, aber vor ein paar Jahren kam er hin und wieder an Insiderinformationen über börsennotierte Unternehmen, aber auch über geplante Übernahmen, die börsenrelevant werden konnten. Er selbst durfte diese Informationen als involvierter Unternehmensberater nicht verwenden, um nicht wegen Insiderhandels belangt zu werden. Deshalb hat er sie unter der Hand an Fritz und meinen Mann für Aktienspekulationen weitergegeben.«

»Und wurde von den beiden an den Gewinnen beteiligt?«

»Ja.«

Also waren die Fehltritte als Bankangestellter doch nicht seine einzigen geblieben. Interessant, was sich alles hinter der Maske dieses Gentlemans verbarg. »Das heißt, es gab damals drei Freunde, die lukrative Geschäfte miteinander betrieben haben. Zwei dieser Männer sind tot, einer lebt.«

Sie drehte das Weinglas zwischen den Händen. »So habe ich das nicht gemeint. Es geht mir nur darum, Ihnen zu zeigen, dass vor Gericht längst nicht alles zur Sprache gekommen ist. Nicht jedes Motiv. Konstantin stand sehr unter Druck damals. Wir brauchten dringend viel Geld, um die Schulden abzuzahlen, und er hat sicher nicht die ehrenhaftesten Methoden angewandt, um da ranzukommen.«

Ich spürte die ersten Schlucke Wein bereits im Kopf und nahm mir ein weiteres Stück Brot.

»Außerdem habe ich Konstantin damals sehr unter Druck gesetzt, weil ich nicht wusste, wie es weitergehen sollte. Jedes Mal, wenn ich darüber nachdenke, sage ich mir: Er wäre nicht so weit gegangen, Fritz auch noch zu erpressen, die Sache mit dem Haus war doch schon schlimm genug. Aber vielleicht hat er Tilman erpresst. Dennoch, es war Fritz'

Messer, das am Tatort gefunden wurde«, sagte sie bedrückt. »Und vor Gericht wurden schließlich alle Zweifel ausgeräumt.«

»Trifft das auch auf all Ihre Zweifel zu? Immerhin könnte Tilman Velte sich das Messer aus dem Haus der Lenhardts genommen haben.«

»Sie vergessen das Haar!«

Wortlos griff ich über den Tisch und zupfte ein blondes Haar von ihrer Schulter, bevor ich es zu Boden fallen ließ.

Sie rieb sich die Oberarme, als friere sie.

»Die Frage ist doch, warum Tilman Velte das getan haben könnte. Warum bringt man den einen Freund um und schiebt es dem anderen in die Schuhe?«, überlegte ich laut. »Um einen unliebsamen Mitwisser gleich mit auszuschalten? Und um selbst ungeschoren davonzukommen? Hatte Tilman Velte ein Alibi?«

»Ja. Er und seine Frau haben die Nacht nebeneinander im Bett verbracht. Rena hat einen sehr leichten Schlaf. Sie hätte es bemerkt, wenn er aufgestanden wäre.«

Der Kellner stellte die gefüllten Teller vor uns hin. Nadja Lischka bestellte sich ein weiteres Glas Wein. Während ich mich hungrig über die Tagliatelle hermachte, ließ ich mir alles noch einmal durch den Kopf gehen. »Es geht darum, den Mordverdacht gegenüber jedem einzelnen Erben auszuräumen. Es hätte also völlig ausgereicht, mir von Tilman Veltes Alibi zu erzählen, stattdessen haben Sie eher Zweifel geweckt. Wieso?«

Die Frage schien ihr unangenehm zu sein. »Ich habe in den letzten Tagen so viel nachgedacht über damals. Irgendwann hat mir der Kopf geschwirrt, und ich wusste nicht mehr, wo oben und wo unten ist. Ich glaube, ich wollte diese Geschichte einfach loswerden. Vielleicht können Sie sie besser beurteilen als ich. Wir alle sind viel zu nah dran.« Sie stach die Gabel in einen Steinpilz und schob ihn in den Mund.

Mein Handy meldete eine SMS. Ich las Simons Nachricht: *Sorry, aber ich schaffe es nicht. Komm du später zu mir. Kuss S.*

Ich antwortete mit einem Smiley, entschuldigte mich bei Nadja Lischka und ließ das Handy zurück in meine Tasche fallen. »Ich kann es noch viel weniger beurteilen als Sie«, nahm ich den Faden wieder auf. »Und letztlich kann ich mit der Information nichts anfangen. Tilman Velte hat ein Alibi, und seine beiden Mitwisser bei den Insidergeschäften sind tot. Sollte er dabei seine Finger im Spiel gehabt haben, wie Sie es andeuten, wird er das ganz sicher nicht zugeben.«

»Es gibt noch mehr, was ich Ihnen erzählen wollte.« Sie nahm einen Schluck Wein. Dann beugte sie sich näher zu mir. »Vor Jahren kursierte das Gerücht, Christoph Angermeier habe eine seiner Patientinnen sexuell genötigt.«

»Davon habe ich gehört.«

»Von wem?«

»Das spielt keine Rolle.« Ich dachte an Martin Cordes und spürte ein aufgeregtes Prickeln, dem sofort das schlechte Gewissen folgte.

»Diese Patientin hat Christoph damals angezeigt«, holte sie meine Gedanken an den Tisch zurück.

»Aber Tilman Velte hat seinem Freund ein Alibi gegeben, wenn ich mich richtig erinnere.«

»Ich bin damals das Gefühl nicht losgeworden, dass es ein Gefälligkeitsalibi war. Nicht, dass ich Christoph damit eine sexuelle Nötigung unterstellen will, aber diese Frau hat ziemlich viel Wind gemacht. Sie hat behauptet, er habe sie unter einem fadenscheinigen Grund außerhalb der Sprechstunde ins Institut bestellt. Er habe gesagt, mit einer Blutprobe sei etwas schiefgelaufen, sie sei ihm hinuntergefallen, und ihr müsste nun noch einmal Blut abgenommen werden. Es sei an einem Samstag gewesen, und sie seien allein gewesen.« Nadja Lischka senkte die Stimme fast zu einem Flüstern. »Erst habe er ihr Blut abgenommen und dann vorgeschlagen, sie noch einmal ganz gründlich zu untersuchen. Vorher habe er ihr eine Menge Fragen gestellt über die Qualität der sexuellen Beziehung zu ihrem Mann, ob die unter dem Kinderwunsch leide, ob sie manchmal das Bedürfnis nach außerehelichen Kontakten habe. Bei der anschließenden Untersuchung habe er versucht, sie sexuell zu stimulieren. Sie hat danach Christoph angezeigt. Da er ein Alibi hatte, wurde keine Anklage erhoben. Kurz darauf hat die Frau es über die Medien versucht. Ich glaube, sie wusste nicht, dass Konstantin und Christoph befreundet waren. Sie hat sich an meinen Mann gewandt, weil er dafür bekannt war, sich auf die heißen Eisen zu stürzen. Aber Konstantin hat natürlich Christoph und Tilman geglaubt und die Sache nicht weiter verfolgt.« Sie schwieg einen Moment und machte ein Gesicht, als müsse sie die Gedanken in ihrem Kopf ordnen. »Verstehen Sie, was ich damit sagen will?«

»Ziemlich genau. Sie meinen, Ihr Mann könnte doch ein wenig recherchiert haben und zu dem Ergebnis gekommen sein, dass die Patientin tatsächlich von Christoph Angermeier belästigt worden war. Er könnte seinen Freund damit erpresst haben.«

Sie atmete mit einem leisen Seufzer aus, als falle ihr ein Stein vom Herzen.

»In dem Fall hätte Christoph Angermeier ein Motiv gehabt. Und ...« Ich stützte die Ellenbogen auf den Tisch und beugte mich ein wenig vor. »Und er hätte alles so arrangieren können, dass sein Freund Fritz als Mörder dastand. Gab es privat Ärger zwischen den beiden? Oder Querelen am Institut? Es kommt schließlich nicht selten vor, dass Geschäftspartner zu Konkurrenten werden.«

»Querelen gab es nicht gerade, aber Fritz war sehr viel konservativer als Christoph, der allen neuen Strömungen und Methoden gegenüber aufgeschlossener war … vielleicht auch experimentierfreudiger.«

»Das Wort experimentierfreudig im Zusammenhang mit einem Kinderwunschinstitut finde ich ehrlich gesagt etwas irritierend«, sagte ich.

»Was ich damit meine, ist, dass Christoph sich mehr traut. Fritz war immer eher den Statistiken und seinen Erfahrungen verhaftet. Wenn er die Chancen für eine Schwangerschaft als zu gering eingeschätzt hat, hat er den Paaren direkt abgeraten. Christoph ist jemand, der auch eine zweiprozentige Chance als eine reelle betrachtet, wenn er damit Geld verdienen kann. Darüber sind sich die beiden des Öfteren in die Haare geraten.« Sie strich sich eine hellblonde Locke aus der Stirn. »Wissen Sie, was mich in der Gerichtsverhandlung so verwundert hat? Es wurde ständig darauf herumgeritten, dass Fritz durch meinen Mann so viel Geld verloren hatte. Dabei war Geld Fritz gar nicht so wichtig. Ich habe mich oft gefragt, welches sein eigentliches Motiv für den Mord an meinem Mann war.«

»Geld war ihm immerhin so wichtig, dass er sich an illegalen Aktienspekulationen beteiligt hat.«

»Ich glaube, er ist da eher hineingerutscht. Er hat mitgemacht, weil ihm die Gewinne sozusagen auf dem Präsentierteller geliefert wurden. Er hätte sich aber nicht darum gerissen wie Tilman und Konstantin.«

Ich schob meinen Teller zur Seite. Ich hatte keine einzige Nudel übrig gelassen. In meinem Magen trat allmählich Entspannung ein. Nicht so in meinem Nacken, er schmerzte immer mehr. Ich schlang meinen Pulli darum und hoffte auf die Wirkung von Wärme. »Kommen wir noch mal zurück zu Christoph Angermeier. Nach dem, was Sie mir erzählt haben, hätte er ein Motiv für den Mord haben können und darüber hinaus eines, seinen Freund Fritz aus dem Weg zu schaffen. Wobei ich Letzteres eher schwach finde. Um einen unliebsamen Geschäftspartner loszuwerden, gibt es andere Methoden. Was war mit seinem Alibi?«

»Er hat ausgesagt, er habe geschlafen.«

»Und seine Frau konnte das bezeugen?«

»Die beiden haben getrennte Schlafzimmer.«

»Also hatte er kein Alibi?«

»Den Ermittlern von der Kripo zufolge hatte er kein erkennbares Motiv. Damit haben sie sich zufriedengegeben.«

Wir sahen uns schweigend an.

»Da gibt es noch etwas.« Sie schien einen inneren Kampf mit sich auszufechten und sich dann einen Ruck zu geben. »Tilman und Rena haben vor zehn Jahren ihren sechs Monate alten Sohn verloren. Er kam mit schwersten Behinderungen zur Welt, die auf eine Erbkrankheit zurückzuführen waren, die aus Tilmans Familie stammt. Das Risiko, dass ein zweites Kind auch davon betroffen sein würde, war extrem hoch. Aber sie wünschten sich noch ein Kind, ganz besonders Rena. Also haben sie damals beschlossen, sich an eine Klinik im Ausland zu wenden. Sie haben in Tschechien mehrere In-vitro-Fertilisationen durchführen und die befruchtete Eizelle zusätzlich per Präimplantationsdiagnostik untersuchen lassen. Es hat jedoch lange nicht geklappt mit einer Schwangerschaft. Rena war damals verzweifelt. Bis sie endlich das ersehnte Kind bekamen, einen Jungen. Der Kleine ist jetzt sieben.« Sie sah mich vielsagend an.

»Was wollen Sie damit andeuten?«

»Dass die beiden vielleicht gar nicht ins Ausland reisen mussten. Uns gegenüber haben sie das zwar behauptet, aber …«

»Sie meinen, sie haben ein Kind adoptiert?«

Sie schüttelte den Kopf. »Rena hätte das sofort gemacht, sie hat es oft genug vorgeschlagen. Aber für Tilman kam eine Adoption nicht infrage.«

»Wieso nicht?«

»Es hätte ihn in seinem männlichen Stolz gekränkt.« Sie zögerte. »Es ist bloß eine Vermutung, es kann sich auch völlig anders verhalten haben, aber manchmal habe ich mich in den vergangenen Jahren gefragt: Warum für etwas nach Tschechien reisen, das man auch hier haben kann?«

»Präimplantationsdiagnostik war zum damaligen Zeitpunkt in Deutschland verboten.«

»Wenn man aber eine Freundin hat, die Humangenetikerin ist?«

»Dann ist es immer noch verboten.«

Sie setzte sich aufrecht hin. »Stellen Sie sich vor, eine gute Freundin wünscht sich nichts sehnlicher als ein gesundes Kind, und Sie könnten ihr dazu verhelfen. Würden Sie ihr diesen Freundschaftsdienst verweigern?«

Vermutlich nicht. »Dafür hätte Beate Angermeier ins Gefängnis gehen können.«

»Wenn es rausgekommen wäre. Tilman und Rena hätten sie ganz bestimmt nicht verraten.«

Ich vergegenwärtigte mir noch einmal das Treffen der Erben, bei dem ich einen Eindruck von Beate Angermeier bekommen hatte. Sie hatte für meinen Geschmack zu ehrgeizig und zu wenig emotional gewirkt, um sich allein von Freundschaft leiten zu lassen. »Welche Motivation hätte Frau Doktor Angermeier haben sollen, ein solches Risiko einzugehen – abgesehen von freundschaftlicher Verbundenheit?«

Nadja Lischka zuckte die Schultern. »Sie geht völlig in ihrem Beruf auf und hat ähnlich wie ihr Mann ziemlich liberale Ansichten. Wenn in unserer Freundesrunde die Sprache auf das Thema Fortpflanzungsmedizin kam, ist sie mit Konstantin des Öfteren aneinandergeraten.«

Ich runzelte die Stirn. Wenn man zwei gesunde Kinder hatte, war es leicht, sich liberalen Ansichten zur Präimplantationsdiagnostik zu verschließen. »Haben Sie mit Ihrem

Mann über Ihre Vermutung gesprochen? Oder hat er selbst einmal einen dahin gehenden Verdacht geäußert?«

»Wir haben darüber gesprochen, ein einziges Mal, aber da hat er meinen Verdacht völlig abgetan. Als es dann mal wieder zu einer Diskussion mit Beate kam, hat er sich ein paar Tage später in das Thema reingekniet, er hatte sogar vor, einen Artikel darüber zu schreiben.«

»Wusste Beate Angermeier davon?«

»Oh ja, Konstantin hat an Fritz' Geburtstag so etwas angedeutet.«

»Am vierzigsten Geburtstag? Am Abend bevor Ihr Mann umgebracht wurde?«

Sie nickte.

»Hm …« Ich ließ mir das durch den Kopf gehen. »Damit könnte Beate Angermeier ebenfalls ein Motiv haben. Aber dann stellt sich die gleiche Frage wie bei ihrem Mann Christoph: Warum wurde Fritz Lenhardt ans Messer geliefert?«

»Vielleicht aus demselben Grund. Fritz wäre ganz sicher nicht damit einverstanden gewesen, dass in seinem Institut PID praktiziert wird. Ich weiß nicht, wie der Vertrag zwischen den Partnern ausgestaltet ist, aber ein solcher Verstoß hätte mit Sicherheit zur Kündigung der Partnerschaft geführt.«

Ich versuchte mir vorzustellen, wie Beate Angermeier Konstantin Lischka mehrmals ein Messer zwischen die Rippen rammte. Es wollte mir ebenso wenig gelingen wie bei ihrem Mann oder Tilman Velte. »Trauen Sie Ihrer Freundin Beate einen Mord zu?«

Die Frage schien sie unangenehm zu berühren. Als würde sie sich erst jetzt bewusst, was sie da in den Raum gestellt hatte. »Nein, natürlich nicht!«

»Und Christoph Angermeier oder Tilman Velte?«

Sie schüttelte den Kopf und seufzte. »Aber ich habe auch Fritz keinen Mord zugetraut.«

Der Kellner räumte die Teller ab und wollte wissen, ob wir noch einen Wunsch hätten. Nachdem wir zwei Espressos bestellt hatten, verschwand Nadja Lischka zur Toilette. Ich ließ mich gegen die Stuhllehne sinken und fragte mich, ob – wenn man nur tief genug grub – in jedem Freundeskreis solche Geschichten ans Tageslicht kämen. Ich war versucht, diese Frage mit Ja zu beantworten. Seit Jahren verbrachte ich meine schlaflosen Nächte mit der Lektüre persönlicher Aufzeichnungen und Briefe. Was ich da zu lesen bekam, unterstützte meine These.

»Dann fasse ich jetzt mal zusammen«, setzte ich an, als sie an den Tisch zurückkehrte. »Von den fünf möglichen Erben, die Theresa Lenhardt benannt hat, hätten mindestens drei, nämlich die Angermeiers und Tilman Velte, ein Motiv für den Mord an Ihrem Mann gehabt. Was ist mit Rena Velte?«

»Sie hatte kein Motiv. Ihr hätte man schließlich nichts anhaben können, wenn die PID-Geschichte sich so zugetragen hätte und herausgekommen wäre.«

»Hätte sie aber nicht ein anderes Motiv gehabt?«

Sie öffnete ihr Jackett und fächerte sich mit ihrer Serviette Luft zu. »Ehrlich gesagt, weiß ich nicht, worauf Sie hinauswollen.«

»Das nehme ich Ihnen nicht ab.« Ich schwieg und verließ mich darauf, dass die meisten Menschen das nicht lange aushielten.

»Mein Gott, diese dumme kleine Affäre«, sagte sie nach einer Weile. »Wer hat Ihnen davon erzählt? Der Detektiv, den Theresa beauftragt hat? Das hätte ich mir denken können. Er hat Ihnen vermutlich auch das von Christoph erzählt. Ja, es stimmt, mein Mann hatte eine Liaison mit Rena. Kurz und intensiv, wie er es bezeichnet hat. Das war nicht einmal etwas Besonderes, so hat er über all seine Affären geredet.« Es hatte etwas Selbstzerfleischendes, wie sie es sagte.

»Wissen Sie, wer von beiden die Affäre beendet hat?«

»Mit Sicherheit er. Konstantin war zu eitel, um zu riskieren, dass er abserviert wurde. Aber Rena hat es nichts bedeutet. Es ging nur um Sex, um nichts sonst.«

»Woher wissen Sie das?«

»Von ihr. Von meinem Mann bestimmt nicht.« Sie lachte bitter. »Er hatte immer nur Ausflüchte.«

»Rena Velte hat mit Ihnen so offen darüber geredet?«

»Ich habe die beiden erwischt. Da sie es nicht abstreiten konnte, versuchte sie mir zu erklären, wie es dazu gekommen war. Erst dachte ich damals, ich würde ihr das nie verzeihen, aber mit der Zeit habe ich sie sogar verstanden.« Sie biss auf ihrer Unterlippe herum. »Wissen Sie, wir hätten fünf Kinder haben können, wenn wir gewollt hätten, es hat immer auf Anhieb geklappt. Ich brauchte nur die Pille abzusetzen, und ein paar Wochen später war ich schwanger. Aber es gibt Paare, bei denen das nicht so einfach geht. Und da bekommt der Sex mit der Zeit eine andere Qualität, er wird zweckbestimmt und verliert jede Spontaneität.«

Und diese Spontaneität hatte Rena Velte bei Konstantin Lischka wiederzuentdecken gehofft. »Wenn Rena Velte so offen zu Ihnen war, wissen Sie vielleicht auch, wie sie die Abfuhr Ihres Mannes genommen hat?«

»Gelassen und irgendwie auch erleichtert. Nachdem ich den beiden auf die Schliche gekommen war, hätte sie die Affäre ohnehin nicht weitergeführt. Konstantin ist ihr lediglich zuvorgekommen.«

»Das heißt, Rena Velte hatte kein Motiv, Ihren Mann zu töten. Was ist mit Tilman Velte? Eifersucht ist eines der stärksten Motive.«

»Nicht für Tilman. Ich habe ihm Renas kleinen Fehltritt damals gesteckt. Und wissen Sie, was er daraufhin getan hat? Er hat mich aus dem Haus geworfen und mir unterstellt zu lügen. Nur weil meine Ehe ein einziges Desaster sei, müsse ich nicht seine Frau mit Dreck bewerfen.« Sie starrte in ihr Weinglas. »Rena ist zu beneiden um einen so loyalen Mann.«

»Loyalität seiner Frau gegenüber ist eine Sache, den Nebenbuhler ungeschoren davonkommen zu lassen, eine andere.«

»Er hat mir nicht geglaubt! Verstehen Sie? In seinen Augen hat dieser Fehltritt nie stattgefunden. Also hatte er auch keinen Grund, Konstantin umzubringen.«

»Und was ist mit Ihnen?« Ich ließ sie keine Sekunde aus den Augen.

Nadja Lischka hielt meinem Blick stand. »Es hat Jahre gegeben, in denen ich gelitten habe wie ein Hund. Aber ich habe es nie als Eifersucht empfunden, sondern als eine tiefe Wunde. Er hat mich immer wieder verletzt, und ich habe mich dafür verachtet, ihn nicht zu verlassen.«

»Sind Sie wegen Ihrer Kinder geblieben?«, fragte ich behutsam.

»Meine Eltern haben sich scheiden lassen, als ich zwölf war. Die Erfahrung wollte ich meinen Kindern ersparen. Vielleicht hätte ich ihnen ein bisschen mehr zutrauen sollen.« Mit einem traurigen Lächeln hob sie ihr Weinglas. »Mein Mann war alles andere als einfach. Er hat mir viel zugemutet. Trotzdem vermisse ich ihn. Einige meiner Freundinnen meinen, ich müsse erleichtert sein, aber das bin ich nicht.«

Ich ließ ihre Worte einen Moment im Raum stehen. »Eines würde ich gerne noch wissen …«

Sie blickte auf.

»Es geht um diesen Satz, den Rena Velte mitgehört haben will. Und ich meine jetzt nicht die Version von Beate Angermeier, sondern die ursprüngliche: *Ich hab dich mit Ben Mahlo gesehen.* Lassen Sie sich mal für einen Moment darauf ein. Mit wem könnte Ihr Mann meinen Bruder Ben gesehen haben?«

»Ich habe keine Ahnung.«

»Gibt es irgendwelche Anhaltspunkte dafür, dass einer der Männer, die am vierzigsten Geburtstag von Fritz Lenhardt um einen Tisch saßen, homosexuelle Neigungen hat oder hatte?«

»Was?« Sie zog die Stirn in Falten. »Nein ... das glaube ich nicht.«

»Bitte«, insistierte ich, »überlegen Sie in Ruhe. Gab es bei keinem von ihnen je Anzeichen dafür?«

»Wie kommen Sie auf diese Idee?«

»Mein Bruder war homosexuell.«

Jetzt nahm sie sich die Zeit, nachzudenken. »Es hat nie den kleinsten Hinweis gegeben«, meinte sie schließlich, »bei keinem. Das ist das Einzige, was ich dazu sagen kann.«

»Dann habe ich noch eine letzte Frage. Wissen Sie etwas darüber, dass Ihr Mann kurz vor seinem Tod plante, eine Reportage über Hacker zu schreiben?«

»Nein, aber das heißt nichts. Mein Mann hatte ständig einige Themen in der Pipeline, wie er das nannte. Wie kommen Sie gerade auf Hacker?«

»Es wäre eine weitere mögliche Verbindung zu meinem Bruder.«

»Ihr Bruder war Hacker?«

»Nein, das war er nicht. Er hat Informatik studiert. Aber es gibt Menschen, die das eine mit dem anderen verwechseln.«

Sie sah mich ernst an. »Konstantin hätte das nicht verwechselt. Er war gut in seinem Job.« Es klang ein wenig so, als hätte sie sagen wollen, wenigstens darin sei er gut gewesen. Sie schien meinen Gedanken erraten zu haben und lächelte. »Er war auch ein sehr guter Vater.«

Als der Kellner mit der Rechnung kam, bestand sie darauf, den gesamten Betrag zu übernehmen. Ich machte ihr jedoch unmissverständlich klar, dass ich mich damit in eine angreifbare Lage bringen würde. Daran könne schließlich keinem von uns beiden gelegen sein.

»Aber Sie dürfen mir einen Gefallen tun und Rosa und mich bei mir zu Hause absetzen.« Die Vorstellung, durch die Dunkelheit zu radeln, bereitete mir größere Sorge als die, neben einer leicht angetrunkenen Fahrerin am Baum zu landen.

»Und Ihr Fahrrad?«, fragte sie.

»Das hole ich morgen.«

Simon war im Sessel eingeschlafen. Aus seinen Lautsprecherboxen drang leise die Stimme von Rebekka Bakken. Ein Buch über Weinanbau, in dem er offenbar gelesen hatte, lag auf seinem Knie. Ich nahm es vorsichtig und legte es auf den Tisch, wo ein halb leer gegessener Teller stand. Ein Rest Rucolasalat und kaltes Huhn waren übrig geblieben.

»Rosa«, lockte ich leise. Die Hündin hatte sich neben Simons Füßen eingerollt. »Hier ist ein Betthupferl.« Ich ging in die Hocke und gab ihr das Huhn in kleinen Stücken. Sie konnte gar nicht so schnell schlucken, wie sie um Nachschub bettelte.

»Keinesfalls etwas vom Tisch«, hörte ich Simons Stimme hinter mir. »Ist das nicht eine deiner unumstößlichen Regeln für die Hundeerziehung?«

Ich drehte mich um, während Rosa meine Finger ableckte. »Erwischt.«

Simon blinzelte ins Licht. »Gibt es noch mehr Regelverstöße, von denen ich nichts weiß?«

Ich senkte den Blick zu Rosa und streichelte sie ausgiebig. »Nichts von Bedeutung«, sagte ich leichthin und machte mir einen Spaß daraus, so zu tun, als würde ich etwas vor ihm geheim halten. Den Gedanken an Martin Cordes und mein schlechtes Gewissen, das sich unmittelbar bemerkbar machte, verscheuchte ich schnell wieder. »War der Kunde, der dich so lange in Anspruch genommen hat, wenigstens nett?«

»Nett?« Simon schüttelte den Kopf. »Er war einer von der redseligen Sorte. Pausen hat er nur zum Atmen und Trinken gemacht. Anstelle seiner Frau würde ich Reißaus nehmen. Das grenzt ja an Körperverletzung.«

»War's wenigstens interessant, was er erzählt hat?«

»Belangloses Zeug … Wie groß das Steak in einem bestimmten Restaurant war, wie klein dagegen in einem anderen. Wo er die meisten Prozente bekommt. Dass Biolebensmittel völlig überschätzt werden und sie ohnehin kein bisschen besser seien als die konventionellen. Dass Rolex früher schönere Uhren entworfen hätte, dass …«

»Und da konntest du an dich halten?«, unterbrach ich ihn.

»Ich hab einfach auf Durchzug geschaltet und ihn reden lassen. Immerhin war er keiner von der Sorte, die die ganze Zeit prahlt. Deshalb sind mir Frauen als Kundinnen so lieb, die sind bescheidener.«

Ich drehte die Musik ein wenig lauter, zog Simon an beiden Händen aus dem Sessel und schmiegte mich dicht an ihn. Es dauerte keine zehn Sekunden, bis sich unsere Körper im Einklang zu Rebekka Bakkens »September« bewegten. Ich schloss die Augen und gab mich den langsamen Klängen und Simons sanft tastenden Händen hin. Als er mich küsste und dabei eine seiner Hände um meinen Nacken legte, zuckte ich zurück. Sofort ließ er seine Hand meinen Rücken hinabgleiten. »Entschuldige«, sagte er dicht an meinem Ohr, »das habe ich ganz vergessen. Wie wär's jetzt mit der versprochenen Massage?«

Ich küsste ihn lange und schob meine Hände unter sein T-Shirt. »Wenn du meinen Nacken aussparst …«

11

Die Zeiten, in denen ich nachts ohne Angst den Hof überquert hatte, waren vorbei. Das Erlebnis aus dem Park saß mir tief in den Knochen. Bewaffnet mit einem Messer von beachtlicher Größe, sah ich mich nach allen Seiten um, bevor ich loslief und die zwanzig Meter zwischen Nebengebäude und Haupthaus in Rekordzeit zurücklegte. Im Augenwinkel sah ich die Kerze brennen, bevor ich erleichtert die Haustür aufstieß und dahinter verschwand.

Allem Anschein nach war ich nicht die Einzige, die morgens um halb fünf wach war. Durch das Glasfenster in der Wohnungstür meiner Mutter sah ich einen Lichtschein fallen. Sie konnte also auch nicht schlafen. Ich klopfte gerade so laut, dass sie es hören musste, das Geräusch aber nicht durch den Hausflur hallte. Sekunden später öffnete sie barfuß und im Morgenmantel die Tür.

»Komm rein«, sagte sie leise. Dann fiel ihr Blick auf das Messer in meiner Hand. Sie sah mich fragend an.

»Ich hab es mir von Simon geborgt.«

»Wozu?«

Aus ihrer Sicht war die Frage berechtigt, immerhin hatte ich einen gut gefüllten Messerblock. Simon schenkte mir zu jedem Anlass ein neues, da er als leidenschaftlicher Koch der Überzeugung war, es müsse für jede Lebensmittelkonsistenz das entsprechende Schneidwerkzeug geben.

»Um es mit meinem zu vergleichen. Ich habe das Gefühl, es schneidet nicht so gut.«

Sie sah mich an, als hätte ich über Nacht eine seltsame Wandlung durchgemacht, fragte aber nicht weiter. »Magst du einen Kakao?«

»Gerne.«

Die Küche war erfüllt von der Wärme, die der Backofen ausströmte. Ich schaute durch das Fenster aufs Backblech. »Was wird das?« Es sah aus wie ein flacher Nusskuchen, duftete aber herzhaft.

»Hundekekse für Rosa. Ich musste mir irgendwie die Zeit vertreiben. Im Hotel hat mir gestern eine Hundebesitzerin davon vorgeschwärmt. Es geht ganz einfach. Du mischst zu gleichen Teilen Rinderhack und Hirseflocken, fügst Öl und Wasser hinzu und lässt das Ganze zwei Stunden bei hundertfünfzig Grad im Ofen.«

Dem Aussehen der Kekse nach zu urteilen, mussten die zwei Stunden bald um sein. »Wie lange bist du schon wach?«, fragte ich.

»Ich habe gar nicht richtig geschlafen.« Sie goss warme Milch in einen Becher und rührte gesüßtes Kakaopulver hinein. »Hier, das wird dir guttun.«

Wir setzten uns an den Tisch, wo bereits eine halb volle Tasse Kakao stand. Daneben lag ein aufgeschlagenes Buch über Bonsais. Mir wurde das Herz schwer.

Sie folgte meinem Blick. »Dein Vater hat mir übrigens gestern Abend einen vor die Tür gestellt. Es ist so ein kleines, dürres Ding aus der Gärtnerei.« Mit Daumen und Zeigefinger einer Hand rieb sie sich über die Augen. »Er hat einen Brief dazugelegt. In dem steht, er wisse, dass so ein Bäumchen für eine gestandene Bonsaizüchterin einer Beleidigung gleichkomme. Aber vielleicht sei es auch eine Herausforderung, es durchzubringen und etwas daraus zu machen.«

Ich sah meinen Vater vor mir, wie er den Brief schrieb. Wie er jedes Wort fünf Minuten lang auf die Goldwaage legte, bevor er es zu Papier brachte. Ich hätte ihn dafür umarmen können. Und meine Mutter machte den Eindruck, als ginge es ihr ähnlich.

»Was für ein Baum ist es denn?«, fragte ich.

»Eine Ulme.«

»Und hat sie Chancen?«

»Jetzt schon«, meinte sie mit einem Lächeln. Sie schlug das Buch zu und schob es zur Seite. »Deine neue Mitarbeiterin ist übrigens sehr nett.«

»Ihr habt Tee zusammen getrunken, hat sie erzählt.«

»Ja. Was mir besonders an ihr gefällt, ist ihre unbeschwerte Fröhlichkeit. Daran fehlt es hier auf dem Hof. Das wird uns allen guttun.«

Der Küchenwecker schrillte. Meine Mutter stand auf, schaltete den Backofen aus und holte das Blech heraus. Sie stach mit einem kleinen Messer in die undefinierbare Masse und nickte zufrieden. »Das scheint was geworden zu sein. Wenn sie abgekühlt sind, gebe ich dir gleich ein paar mit.« Sie kam zurück zum Tisch, setzte sich und ließ den Kopf in die Hände sinken. »Weißt du, Kris, als letzte Woche das mit der Kerze geschah, ist mir einmal mehr bewusst geworden, wie sehr Bens Verschwinden unser aller Leben verändert hat. So viele Freundschaften sind darüber kaputtgegangen. Und das meine ich nicht als Vorwurf. Es ist einfach geschehen. Für die anderen muss es genauso schwer gewesen sein, mit mir umzugehen, wie mir mit ihnen. Ich habe mich lange für nichts anderes interessiert als für die Suche nach Ben. Natürlich hatten die anderen auch ihre Sorgen, ich weiß das, aber in mir war kein Raum dafür. Es war, als wären alle freien Plätze besetzt.« Sie schluckte. »Und dein Vater und ich … wir hatten so viele Pläne, wir wollten mehr reisen, wir wollten endlich einen Tanzkurs machen … uns ist die Perspektive verloren gegangen.«

Ich sah zu, wie Tränen ihre Wangen hinabliefen, und strich über ihre Hand. Die freien Plätze für die Sorgen der anderen waren schon viel früher besetzt gewesen, nicht erst, als Ben verschwand. Es hatte mit seiner frühen Geburt und seinen Anfangsschwierigkeiten begonnen. Ben hatte diese

Schwierigkeiten hinter sich gelassen, aber bei meinen Eltern hatten sie Spuren hinterlassen.

»Ich bin froh und dankbar, dass du so gut zurechtkommst, Kris. Nicht auszumalen, wie es wäre, wenn wir uns um dich auch noch Sorgen machen müssten.«

Ich hatte Verständnis für meine Mutter, aber auf derartige Sätze hätte ich verzichten können.

Kaum hatte ich die Tür leise hinter mir geschlossen und das Licht eingeschaltet, brachte das Klingeln des Telefons mein Herz zum Rasen. Zu ungewöhnlichen Zeiten kam es für mich einem Alarmsignal gleich. »Unbekannter Anrufer«, stand auf dem Display. Ich drückte die grüne Taste und meldete mich. Es war das Atmen, das ich bereits aus Theresa Lenhardts Wohnung kannte. Gehörte es zu demjenigen, der mich überfallen hatte? Ich bekam eine Gänsehaut und zog die Gardinen zu.

»Es gibt viele Arten der Kommunikation«, sagte ich in möglichst gelassenem Ton, »Atmen gehört nicht dazu.« Mit der roten Taste setzte ich dem Ganzen ein Ende.

Bevor ich unter die Dusche ging, verriegelte ich die Wohnungstür. Dann ließ ich Unmengen heißen Wassers über meinen Nacken strömen und versuchte mich mit Gedankenspielen zu den unterschiedlichen Mordmotiven abzulenken. Fritz Lenhardt, Tilman Velte, Christoph und Beate Angermeier – alle hatten sich auf die eine oder andere Weise erpressbar gemacht. Das Testament von Theresa Lenhardt hatte etwas von einem Akt der Verzweiflung. Sie hatte mir eine unlösbare Aufgabe zugeschoben und musste sich dessen bewusst gewesen sein. Die Aussicht auf ihr Erbe verfehlte zwar nicht ihre Wirkung, aber es war nicht die, die Fritz Lenhardts Witwe sich durch die Aussetzung des Kopfgeldes erhofft hatte. Ich erhielt jede Menge Informationen, erfuhr von Leichen in den Kellern der ehrenwerten Freunde – aber es gab keinerlei klare Beweise.

Vielleicht gelingt es Ihnen, auf der Seite Ihres Bruders das Ende eines Fadens aufzunehmen und es mit dem Gast unserer Tafelrunde zu verbinden, den Konstantin an jenem Abend zu erpressen versucht hat. Ich murmelte diesen Satz aus ihrem Brief immer wieder vor mich hin, ich kannte ihn inzwischen auswendig. Aber es führte kein Faden zu Ben.

Funda nahm meine ebenso griesgrämige wie einsilbige Laune an diesem Morgen mit Gelassenheit. Mit ihrer sanften Zimmerbrunnenstimme erzählte sie von ihrer Tochter, die gestern Nachmittag den Fußboden der Wohnung mit Mehl bestäubt und sich dann an ihren Fußabdrücken erfreut habe. Dass das nur Minuten nachdem Funda den Boden gewischt hatte, geschah, kam nach ihrer Ansicht einem Naturgesetz gleich. »Das ist wie das Marmeladenbrot, das immer mit der bestrichenen Seite nach unten auf dem Teppich landet«, sagte sie lachend. »Ist aber nicht so schlimm! Außerdem läuft dienstagabends immer meine Lieblingsserie im türkischen Fernsehen, die macht so ziemlich jedes Missgeschick sofort vergessen. *Öyle Bir Gecer Zaman Ki*, auf Deutsch *Wie die Zeit vergeht*. Hast du davon schon mal gehört? Wahrscheinlich nicht. Die Serie spielt in den Achtzigerjahren und ist Drama pur, sage ich dir. Ohne Tränen schaffe ich keine einzige Folge. Welche Sendung schaust du am liebsten?«

»Mein Fernseher ist kaputt.«

Funda sah mich voller Mitgefühl an. »Bevor ich es vergesse, ich hab übrigens vorhin ein paar von den Keksen in der Küche gegessen. Zum Frühstücken war heute Morgen keine Zeit, und mir hat der Magen geknurrt.«

»Welche Kekse?«, fragte ich alarmiert.

»Die in der Dose auf der Fensterbank.« Als sie meinen Gesichtsausdruck sah, entgleiste ihre fröhliche Miene. »Oje, die waren für jemand anderen gedacht … abgezählt? Weißt du was? Ich laufe los und hole neue, wenn du mir sagst, wo es sie gibt.«

»Meine Mutter hat sie gebacken. Und sie sind für Rosa.« Ich musste an mich halten, um nicht loszulachen.

»Deine Mutter backt Kekse für den Hund? Aus was?«

»Lass mich überlegen«, sagte ich bierernst. »Ich glaube, es kommt Pansen hinein, Hühnerherzen und …«

»Sag sofort, dass das nicht wahr ist!«

»Hast du nicht behauptet, du würdest dich vor nichts ekeln?«, fragte ich amüsiert.

»Da haben wir uns über Nachlässe unterhalten, nicht über Nahrungsmittel.«

Ich zwinkerte ihr zu. »Rinderhack, Hirseflocken, Öl und Wasser.«

»Puh. Danach haben sie auch geschmeckt. Und ich habe noch gedacht, man hätte sie durchaus mit ein paar Gewürzen verfeinern können.«

In diesem Moment klingelte es. Ich lief zur Tür und öffnete sie, immer noch lachend.

»Was für ein netter Empfang«, begrüßte mich Martin Cordes.

Ich spürte die Hitze in meine Wangen steigen. »Oh.« Mehr fiel mir nicht ein. Ich hätte mich dafür ohrfeigen können.

»Haben Sie einen Moment Zeit für mich?«, fragte er. »Ich habe noch etwas herausgefunden, das Sie interessieren könnte.«

»Kommen Sie rein.« Nachdem ich ihn in den Besprechungsraum dirigiert hatte, informierte ich Funda, dass ich in zehn Minuten wieder da sei. Sollte das Gespräch allerdings doch länger dauern, könnte sie schon einmal bei einer Bank in Freising anrufen und all ihre Überredungskunst einsetzen, um an Informationen in einer anderen Nachlasssache zu kommen. Außerdem mussten in der Kammer des Schreckens noch zwei Wäschekörbe mit Dokumenten sortiert werden. Ich war noch nicht aus der Tür, da hatte Funda bereits das Telefon in der Hand.

»Interessante Fotos, beruhigende Ausstrahlung«, sagte Martin Cordes, der sich am Besprechungstisch niedergelassen hatte und die Landschaften an der Wand betrachtete.

Ich blieb an der Tür stehen. »Herr Cordes …«

»Martin«, unterbrach er mich. »Wir sind eine Altersklasse, haben gemeinsame Interessen und …«

»Herr Cordes, was haben Sie herausgefunden?«

»Es war einen Versuch wert, oder?« In seinen Augen lag so viel Wärme, dass mir heiß wurde. »Bevor ich zum Geschäftlichen komme, habe ich eine Bitte.«

»Ja?«

»Sollte derjenige, der unserem Glück im Weg steht, jemals das Feld räumen, geben Sie mir Bescheid, ja?«

»Er ist nicht der Typ, der das Feld räumt.«

»Da scheinen wir ja Gemeinsamkeiten zu haben. Die meisten Menschen bleiben bei Partnerwechseln ihrem Typ treu. Wussten Sie das?«

»Ich lese keine Frauenzeitschriften.«

»Die sind auch eher etwas für Männer, die Frauen verstehen wollen.«

Ich spürte ein Zucken in meinen Mundwinkeln. »Wollen wir jetzt zum Geschäftlichen kommen?«

Ich hatte mit weiteren Umwegen gerechnet, aber er kam sofort zur Sache. »Sie haben mich am Sonntag nach Ihrem Bruder gefragt, und ich konnte Ihnen nichts über ihn sagen. Das hat mir keine Ruhe gelassen. Versprechen Sie, dass unter uns bleibt, was ich Ihnen jetzt mitteile?«

Ich zögerte nicht eine Sekunde. »Ja.«

»Selbst wenn es Ihnen auf der Seele brennt, mit jemandem darüber zu reden?«

»Ja!«

Ihm war anzusehen, wie er einen Moment abwog, ob er mir vertrauen konnte. »Ich habe bei der Kripo einen alten Spezi kontaktiert«, begann er dann. »Er hat mir unter dem Siegel der Verschwiegenheit verraten, dass Ihr Bruder, einige Zeit bevor er verschwand, als Informant angeworben wurde.«

»So ein Quatsch!«, platzte es aus mir heraus.

Er reagierte nicht darauf.

»Worüber soll er die denn *informiert* haben?«

»Zum Informationsaustausch ist es letztlich nicht gekommen. Ben tauchte zum vereinbarten Treffen nicht mehr auf.«

»Informationen worüber?«

»Über eine kleine, ebenso exklusive wie kriminelle Hackergruppe.«

Ich ließ mich auf einen der Stühle fallen und schüttelte ungläubig den Kopf. »Wieso haben die geglaubt, Ben könne ihnen Informationen über solch eine Gruppe liefern?«

»Er war wegen einer kleineren Geschichte aufgeflogen. Da haben sie einen Deal mit ihm gemacht. Informationen gegen Straffreiheit.«

»Weswegen war er aufgeflogen?« Meine Stimme zitterte.

»Er hat den Server eines Pharmakonzerns lahmgelegt.«

»Das nennen Sie eine kleinere Geschichte? Wie ist er geschnappt worden?«

»Er hat es von einem Rechner in der Hochschule aus gemacht, nicht wissend, dass dort wegen verschiedener Diebstähle gerade erst eine Kamera installiert worden war. Er hat das Schild übersehen, das darauf hinwies.«

Ich sah aus dem Fenster und holte mir Ben vor mein inneres Auge. »Wie sollte er denn an Informationen über die Hackergruppe kommen?«

»Er sollte sich in der Szene umhören und signalisieren,

dass er nicht abgeneigt sei, seine Fähigkeiten als Black Hat Hacker zu versilbern.«

»Als was?«

»Das sind die mit den kriminellen Absichten. Die anderen werden als White Hat Hacker bezeichnet. Die nutzen ihre Fertigkeiten nur im Rahmen der Gesetze und ihrer Ethik, handeln aus Neugier und mit dem Ziel, die Technologie zu beherrschen. Nicht, sie zu missbrauchen.«

Allmählich begann ich innerlich zu kochen. »Die haben ihn einfach in die Höhle des Löwen geschickt? Haben ihn als Kanonenfutter benutzt, um an Informationen zu kommen? Einen vierundzwanzigjährigen naiven Jungen?«

»Mit Naivität dringt man nicht ins Netzwerk eines Pharmakonzerns ein. Das muss man schon können.«

»Als Ben verschwand, wussten da die Ermittler von seiner Informantentätigkeit?«

»Nein, aber die, die davon wussten, hatten ein Auge drauf. Bevor du dich jetzt aufregst, Kristina, es gab nicht den kleinsten Hinweis darauf, dass sein Verschwinden mit dieser Sache zu tun hatte.«

»Wie wollen sie das denn wissen? Es gab ja keine einzige Spur. Es ließ sich nicht einmal herausfinden, wo er an dem Tag war. Eigentlich hätte Ben Vorlesung gehabt, aber er meinte zu seinen Mitbewohnern, er habe keine Lust und wolle lieber eine Runde mit seinem Rad drehen. Wir wissen nicht mal, ob er das tatsächlich getan hat, denn das Fahrrad stand an seinem angestammten Platz, als die beiden anderen später aus der Uni zurückkamen. Nur von Ben gab es keine Spur.« Als ich merkte, dass meine Stimme sich überschlug, holte ich tief Luft und atmete langsam aus. Ich wartete einen Moment, bevor ich weitersprach. »Die haben das Leben eines Studenten, der den Kopf voller Flausen hatte, aufs Spiel gesetzt. Und im Nachhinein verharmlosen sie alles, damit sie aus der Verantwortung raus sind.«

Martin sah mich mitfühlend an. »Der eine oder andere hat es sich möglicherweise so einfach gemacht, das kann ich nicht beurteilen. Aber der, mit dem ich gesprochen habe, dem geht die Sache nach. Er hat sich damals intensiv mit dem Verschwinden deines Bruders befasst.«

»Frag mich mal!« Ich sprang auf und lief vor dem Fenster auf und ab. »Ist diese kriminelle Gruppe in der Zwischenzeit wenigstens aufgeflogen?«

»Nein.«

»Und wieso nicht?«

»Vermutlich weil sie sehr gut organisiert war oder ist, bei der Auswahl der Mitglieder größte Sorgfalt walten lässt und bei Fehltritten drakonische Strafen verhängt.«

»Klingt nach Mafia.«

»Es ist ein ähnlich funktionierendes System.«

»Und da sollte sich mein Bruder reinschmuggeln? Was für eine Irrsinnsidee. Das ist doch wie David gegen Goliath.«

»Auch Goliath hat mal klein angefangen, und zu der Zeit, als sie deinen Bruder drauf angesetzt haben, war die Organisation gerade erst aus den Kinderschuhen heraus.«

Ich setzte mich wieder hin, stützte die Ellenbogen auf und verbarg das Gesicht in meinen Händen.

»Kristina?«, hörte ich Funda von der Tür her fragen.

Ich drehte mich zu ihr um. »Was immer es ist, es muss warten.«

Sie nickte und schloss die Tür.

»Und das hat dir dein alter Spezi alles ganz freimütig erzählt?« Erst jetzt wurde mir bewusst, wie selbstverständlich ich zum Du übergegangen war.

»Er vertraut mir.«

»Der Mann geht ein ziemliches Risiko damit ein.«

»Ich auch. Wenn du damit hausieren gehst, habe ich ein Problem und mein Spezi ein noch viel größeres.«

»Wie soll ich das denn für mich behalten? Weißt du, was du da von mir verlangst?«

»Wenn ich es dir nicht zutrauen würde, hätte ich es dir nicht erzählt. Dein Bruder ist seit sechs Jahren verschwunden. Die Wahrscheinlichkeit, dass er noch am Leben ist, tendiert gegen null und …«

»Meine Eltern haben ein Recht darauf zu erfahren, was mit ihm geschehen ist.«

»Niemand weiß, was mit ihm geschehen ist, Kristina.« Er sprach meinen Namen fast zärtlich aus. »Willst du ihnen das Herz mit Informationen darüber schwer machen, womit er sich vor seinem Verschwinden beschäftigt hat? Wenn du mit jemandem darüber reden willst, melde dich. Du weißt, wo du mich finden kannst.« Er stand auf und schob seinen Stuhl gegen die Tischkante.

Ich stand ebenfalls auf. »Warum ist dein Kontaktmann dieses Risiko eingegangen?«

»Frag mich lieber, warum *ich* dieses Risiko eingegangen bin.« Er kam ein paar Schritte auf mich zu und blieb nur Zentimeter vor mir stehen.

»Besser nicht.«

Er sah mir einige Sekunden tief in die Augen und lächelte, bevor er ohne ein weiteres Wort ging.

Ich lehnte mich in den Türrahmen und versuchte, dem Durcheinander in meinem Kopf beizukommen. Es war zwecklos.

»Weißt du, was meine Mutter jetzt sagen würde?«, hörte ich Funda fragen. »Hüte dich vor Männern, die deine Wangen erst rosig und dann aschfahl werden lassen.«

»Ist das ein türkisches Sprichwort?«

»Nein. Lebenserfahrung.«

Vor dem Termin mit den Erben hatte ich mit Henrike noch etwas Geschäftliches zu klären. Bisher hatte unsere berufliche Zusammenarbeit ausschließlich darin bestanden, dass ich sie mit Haushaltsentrümpelungen beauftragte. Durch ihre Teilnahme an dem Treffen würde ich sie erstmals sehr viel weiter in meine Arbeit einbinden, und das durfte nicht unentgeltlich geschehen. Als ich ihr vorschlug, ihren Einsatz mit dem für die Entrümplungen üblichen Satz in Rechnung zu stellen, wehrte sie entschieden ab. Sie könne bei dem Gespräch mit den Erben schließlich jede Menge für ihren Krimi lernen, und dafür würde sie sich nicht bezahlen lassen. Da könne ich mich auf den Kopf stellen, wenn ich wollte.

Nach einigem Hin und Her gab ich nach und berichtete ihr von meinem Treffen mit Nadja Lischka. Wir verabredeten, die ungeduldigen Freunde zunächst lediglich nach ihren Alibis für Donnerstagnachmittag und Montagabend zu fragen. Es war ungefähr Viertel nach fünf gewesen, als ich in Theresa Lenhardts Arbeitszimmer das Rollo hochgezogen hatte und sich kurz darauf der anonyme Anrufer gemeldet hatte. Da von ihm vermutlich die Kondome und die Fotos stammten, musste er sich in der Nähe des Hauses aufgehalten haben. Der Überfall an der Würm hatte am Montagabend um kurz nach neun stattgefunden.

Als wir vollzählig waren, stellte ich ihnen Henrike als Mitarbeiterin vor, die in meinem Auftrag Notizen von dem Gespräch machen sollte. Wir saßen jeweils am Kopfende des Tisches, die fünf nahmen ihre Plätze vom ersten Treffen ein. Auf der einen Seite Beate und Christoph Angermeier und Nadja Lischka, ihnen gegenüber die Veltes.

Die Blicke, mit denen sie mich ansahen, hatten sich seit dem letzten Mal gewandelt. Am Freitag war mir geballtes Wohlwollen entgegengeflossen. Sie waren überzeugt gewesen, mich leicht auf ihre Seite ziehen zu können. Heute schwang bei den Angermeiers und den Veltes latente Verärgerung mit. Ging es darum, dass ich in ihrem Privatleben herumwühlte? Lag es daran, dass sie meinen Einladungen folgen mussten? Oder daran, dass ich mehr als zehn Jahre jünger war und die Regeln bestimmte? Sie waren es beruflich nicht gewohnt, sich einem Vorgesetzten unterzuordnen. Und nun hatte Theresa Lenhardt mich ihnen auf dem Weg zu einem beträchtlichen Erbe als Hindernis in den Weg gestellt. Die Kröte, die sie schlucken mussten, war ziemlich fett.

Ich betrachtete jeden Einzelnen von ihnen und fragte mich, ob mein Angreifer unter ihnen war. Die Erinnerung an den Montagabend saß mir immer noch im Nacken. Die Angst, die ich ausgestanden hatte, spürte ich körperlich. Hier an diesem Tisch, im Hellen, konnte ich mir nur schwer vorstellen, dass einer von ihnen mich überfallen hatte. Aber im Dunkeln hätte es jeder von ihnen sein können.

Noch bevor ich das Gespräch eröffnet hatte, meldete Tilman Velte sich zu Wort. »Bevor wir zu Ihren Tagesordnungspunkten kommen, Frau Mahlo, haben wir als zukünftige Erben ein Anliegen, das ein wenig eilt. Und zwar geht es um die Anlage von Theresas Vermögen. Sollte unsere Freundin nichts geändert haben, ist ein beträchtlicher Teil des Betrages in Aktien angelegt. Derzeit fällt der Dax, es ist nicht abzusehen, wie die Börse sich weiter entwickelt. Wenn ich richtig informiert bin, ist es Ihre Aufgabe als Testamentsvollstreckerin, dafür zu sorgen, dass das Vermögen erhalten bleibt. Ich weiß nicht, wie viel Sie von Vermögensverwaltung verstehen …« Es klang so, als hege er ernsthafte Zweifel, dass ich überhaupt etwas davon verstand. Durch ein gewinnendes Lächeln versuchte er die Botschaft zu entschärfen.

Ich ließ ihn einen Moment lang schmoren, bevor ich darauf einging. »Sie sind völlig richtig informiert, was meinen Aufgabenbereich anbelangt. Es gibt da allerdings ein paar juristische Feinheiten zu beachten. Ich habe das Nachlassgericht informiert, dass ich die Testamentsvollstreckung annehme. Ich bin zwar offiziell rückwirkend zum Todestag von Frau Lenhardt für ihr Erbe zuständig, aber weitreichende finanzielle Entscheidungen kann ich erst veranlassen, wenn mir das Testamentsvollstreckerzeugnis als Legitimation vorliegt.«

Das Lächeln stand immer noch in seinem Gesicht. »Dann biete ich Ihnen hiermit ganz offiziell meine Hilfe an. Ich arbeite zwar inzwischen als Unternehmensberater, wie Sie vielleicht wissen, habe aber viele Jahre lang Erfahrungen in der Vermögensverwaltung sammeln können. Und ich wage mal zu behaupten, dass ich immer noch ganz gut darin bin. Was meinen Sie?«

Vermutlich hatte er gerade von seiner Arbeit als Bankangestellter gesprochen. Über die unschönen Erfahrungen, die sein Arbeitgeber und dessen Kunden mit ihm hatten sammeln können, war er elegant hinweggegangen. »Danke für Ihr Angebot.« Ich legte die Unterarme auf den Tisch, faltete die Hände und beugte mich ein wenig vor. Ich blickte in die Runde. »Es gibt einen Grund, aus dem ich Sie heute hierhergebeten habe.«

»Hoffentlich einen positiven«, sagte Christoph Angermeier mit seiner rauen, tiefen Stimme.

Ich betrachtete ihn sekundenlang. Einmal mehr fiel mir auf, wie grobschlächtig er mit seinem kahl geschorenen Kopf und dem muskulösen Körper wirkte. Einen Halbgott in Weiß stellte ich mir anders vor. Trotzdem hütete ich mich davor, von seinem Aussehen auf seinen Umgang mit Patientinnen zu schließen. Die sexuelle Nötigung war ein Gerücht, mehr nicht.

»Ich würde gerne mit Ihnen über Ihre Alibis sprechen.«

Er rückte seinen Stuhl ein Stück vom Tisch weg und ließ sich mit einem sehr beredten Stöhnen gegen die Lehne sinken. »Dafür bestellen Sie uns hierher? Das können Sie alles in den Akten nachlesen.«

»Erstens hat Theresa Lenhardt alle Unterlagen, die mir zugänglich gewesen wären, vor ihrem Tod vernichtet. Und zweitens steht das, was ich von Ihnen wissen möchte, ganz sicher nicht darin. Mich interessiert, wo Sie jeweils am vergangenen Donnerstag um siebzehn Uhr fünfzehn und am Montagabend gegen einundzwanzig Uhr waren.«

Im ersten Moment war es still im Raum, dann redeten alle durcheinander. Was ich mir einbildete, was das sollte, worauf ich überhaupt hinauswollte? Ob sie sich das überhaupt antun müssten? Ich forschte in ihren Gesichtern nach Anzeichen dafür, dass sich einer oder eine von ihnen ertappt fühlte.

»Sie müssen gar nichts«, ging ich auf den Einwurf von Beate Angermeier ein, als der Lärmpegel etwas gesunken war. »Hier ist alles auf freiwilliger Basis. Es ist allein Ihre Entscheidung, ob Sie meine Frage beantworten oder nicht.«

»Weswegen wollen Sie das überhaupt wissen?«, fragte Rena Velte, die ihr rotblondes Haar auch heute zu einem Zopf geflochten hatte.

»Wegen zweier Vorkommnisse, die vermutlich im Zusammenhang mit dieser Testamentsvollstreckung stehen.«

»Verraten Sie uns auch, worum es da geht?«, warf Tilman Velte ein, während er von einer der Manschetten seines blütenweißen Hemdes einen Fussel entfernte.

»Am vergangenen Donnerstag habe ich einen anonymen Anruf erhalten, es wurde ein Kondom unter meinem Scheibenwischer deponiert, und es wurden Fotos von mir gemacht.«

»Und am Montag haben Sie vermutlich die Einladung eines unbekannten Verehrers erhalten«, meinte er scherzhaft. »Sollten zumindest wir Männer uns geschmeichelt fühlen, dass Sie da sofort an uns denken?«

»Bei meinen Gedanken würde sich vermutlich keiner von Ihnen geschmeichelt fühlen. Mögen Sie beginnen, Herr Velte? Wo waren Sie am Donnerstag und am Montag zu den jeweiligen Uhrzeiten?«

Er griff nach seinem Smartphone und scrollte zu seinem Terminkalender. »Also: Am Donnerstag habe ich mir ab sechzehn Uhr eine Trainingseinheit auf meinem Rennrad gegönnt. Leider ohne Zeugen.« Er scrollte weiter. »Am Montagabend hatte ich im Bayerischen Hof ein Geschäftsessen mit einem sehr sympathischen Unternehmerehepaar, das meine Dienste in Anspruch nehmen möchte. Allerdings wäre es in meinem Metier eher geschäftsschädigend, Kunden als Zeugen heranzuziehen. Dafür haben Sie sicher Verständnis.«

»Danke, Herr Velte.«

»Ich habe noch eine Frage zum Donnerstag«, schaltete sich Henrike ein. »Eine Trainingseinheit auf Ihrem Rennrad, sagten Sie. Wo genau sind Sie gefahren?«

»Am Starnberger See. Ich bin mit dem Auto nach Berg und von dort losgefahren.«

»Das ist ein ziemlicher Aufwand.«

Er sah sie spöttisch an. »Bevor es langweilig wird, betreibe ich gerne einen größeren Aufwand.«

»Fahren Sie öfter dorthin?«

»Hin und wieder.«

»Wo haben Sie Ihr Auto abgestellt?«

»Am Sportplatz.«

»Und am Montagabend im Bayerischen Hof – in welchem Restaurant haben Sie gegessen?«

»Im Garden, das Atelier hat montags leider geschlossen.«

»Waren Sie mit dem Auto oder mit Öffentlichen unterwegs?«

»Mit dem Auto. Wenn Sie der Parkbeleg interessiert, kann ich Ihnen den gerne aus meiner Buchhaltung raussuchen.«

Henrike senkte den Blick auf ihren Block und machte einige Notizen.

»Und Sie, Herr Doktor Angermeier?«, wandte ich mich an den Arzt.

Er verschränkte die Arme vor der Brust und sah mich missbilligend an. »Was passiert, wenn ich sage, dass Sie das gar nichts angeht?«

»Nichts.«

»Was soll das Ganze dann überhaupt?«

»Ich möchte sichergehen, dass die Angriffe, denen ich ausgesetzt war, nicht von Ihrem Kreis ausgehen.«

»Übertreiben Sie da nicht ein wenig? Ich meine, ein anonymer Anruf und Kondome mögen Ihnen unangenehm sein, aber daraus gleich einen Angriff zu machen …«

»Was ist denn an dem Montagabend überhaupt passiert?«, fragte Beate Angermeier. Sie hatte ihre Gehhilfen links und rechts von sich aufgestellt, als sei sie auf dem Sprung und wolle sich jeden Moment erheben.

»Ich wurde überfallen.«

Sie zog die Brauen zusammen und sah mich zweifelnd an. »Und Sie glauben, das war jemand von uns? Das ist eine ziemliche Unterstellung.« Sie tauschte Blicke mit ihren Freunden. »Aber auch eine, die sich schnell ausräumen lässt. Zum einen verbietet mir mein Kreuzbandriss Überfälle jedweder Art. Und zum anderen war ich Montagabend bei Rena eingeladen.«

Rena Velte bestätigte mir das mit einem Nicken und wandte sich gleich darauf an Nadja Lischka. »Das war eine ganz spontane Idee, Nadja, ich habe es bei dir gar nicht erst versucht, weil du ja abends meistens Kurse gibst.«

Wieder meldete Henrike sich zu Wort. »Ich habe eine Frage an Sie, Frau Velte, und Sie, Frau Doktor Angermeier. Und ich bitte Sie, ohne zu zögern und gleichzeitig zu antworten: Um wie viel Uhr waren Sie verabredet?«

»Um acht«, sagten sie wie aus einem Mund.

»Und haben Sie gemeinsam gegessen?«

»Ja«, sagten beide.

»Ich hatte Montagabend tatsächlich einen Kurs«, sagte Nadja Lischka unaufgefordert. »Mit sieben Frauen. Hormonyoga, um genau zu sein.«

Bei dem Wort Hormonyoga hob Christoph Angermeier spöttisch die Augenbrauen und gab einen despektierlichen Laut von sich.

Nadja Lischka schien das eher zu amüsieren. »Ich mache gerne einmal eine Fortbildungsveranstaltung für euer Institut zum Thema *Chancenerhöhung einer Schwangerschaft auf natürlichem Wege*. Außer, du ziehst es vor, die natürlichen Methoden zur Fruchtbarkeitssteigerung weiterhin zu ignorieren.«

»Okay«, beendete ich diesen Schlagabtausch und fasste das bisherige Ergebnis zusammen. »Dann habe ich jetzt vier Alibis für den Montagabend. Das ist ja schon mal ganz ordentlich. Möchten Sie sich anschließen, Herr Doktor Angermeier, oder …?«

»Ich möchte ganz und gar nicht, aber ich bin mir ziemlich sicher, dass Sie aus meiner Weigerung die falschen Schlüsse ziehen würden. Also fange ich mal hinten an: Am Montagabend war ich mit meiner Mutter essen. Meine Frau konnte leider an dem Essen nicht teilnehmen, da sie mit ihrer Freundin verabredet war.« Der Ton, in dem er es sagte, ließ auf leichte Differenzen zwischen den Ehepartnern schließen. »Meine Mutter geht zwar auf die achtzig zu, sie wird sich jedoch an unser Treffen erinnern. Und was den vergangenen Donnerstag betrifft …«

»Ich würde gerne noch kurz beim Montagabend bleiben«, unterbrach ich ihn. »Sie sagten, Sie waren mit Ihrer Mutter essen. Es würde mich interessieren, wo das war, schließlich haben montags sehr viele Restaurants geschlossen.«

»Wir waren im Freihaus Brenner in Bad Wiessee.«

»Warum ausgerechnet dort?«

»Meine Mutter wohnt in Bad Wiessee. Außerdem ist es ihr Lieblingsrestaurant. Möchten Sie auch noch wissen, was wir gegessen haben und welcher Kellner uns bedient hat?«

»Nicht nötig.« Ich winkte ab. »Und am Donnerstagnachmittag?«

»Siebzehn Uhr fünfzehn, sagten Sie?«

Ich nickte.

»Ich komme selten vor neunzehn Uhr aus dem Institut. Das wiederum wird Ihnen meine Frau bestätigen können, die übrigens am vergangenen Donnerstagnachmittag in der fraglichen Zeit mit mir zusammen ein Gespräch mit einem Patientenpaar hatte.«

»Und daran erinnern Sie sich auf Anhieb noch so genau?«

»Würden Sie das Paar kennen, würden Sie diese Frage nicht stellen«, sagte Beate Angermeier.

Henrike räusperte sich und blickte auf ihre Aufzeichnungen. »Dann fehlen uns jetzt nur noch die Angaben von Frau Lischka und Frau Velte zum Donnerstagnachmittag.«

»Ich war mit unserem Sohn bei seinem Fußballtraining. TSV Gräfelfing«, sagte Rena Velte und richtete dann den Blick auf Nadja Lischka, die ihr gegenübersaß.

»Moment noch bitte«, sagte Henrike. »In welcher Mannschaft spielt Ihr Sohn?«

»Bei den Junioren in der F1, falls Sie damit etwas anfangen können.«

»Kann ich«, antwortete Henrike, ohne mit der Wimper zu zucken.

»Und Sie, Frau Lischka?«, fragte ich.

Die Witwe presste die Lippen zusammen und blies Luft durch die Nase. »Ich hatte einen Termin bei der Bank. Es ging um meinen Dispo.« Sie hob den Blick und sah mich an.

»Um welche Bank handelt es sich?«

»Commerzbank, Filiale Bonner Platz. Man hat mir dort eine Frist gesetzt, um mein Minus auszugleichen. Was meinen Sie, wie lange es noch dauern wird, bis …?«

»Das kann ich Ihnen nicht sagen, Frau Lischka. Tut mir leid. Aber das Ganze kann sich noch einige Zeit hinziehen.«

»Viel Zeit bleibt mir nicht.« Ihr war der Druck, unter dem sie stand, deutlich anzumerken.

»Warum sagst du denn nichts, Nadja?«, herrschte Beate Angermeier sie ungehalten an. »Wir haben oft genug angeboten, dir zu helfen. Aber wir können dir das Geld nicht hinterhertragen, du musst schon den Mund aufmachen!«

»Dafür sind Freunde schließlich da«, meldete sich auch Tilman Velte zu Wort. »Und wir tun es nicht nur für dich und die Kinder, sondern auch im Gedenken an Konstantin. Aber wir können schließlich nicht ahnen, wie es um dich steht …«

Nadja Lischka lachte laut auf und pustete sich eine hellblonde Locke aus der Stirn. »Was gibt es denn da zu ahnen? Du weißt, was der Lebensunterhalt in München kostet! Du hast mit Sicherheit eine Vorstellung davon, dass sich mit einer Yogaschule keine Reichtümer anhäufen lassen. Und du müsstest bestens darüber informiert sein, in welcher Scheiße ich nach Konstantins Tod gesessen habe! Was soll sich in den vergangenen sechs Jahren groß daran geändert haben? Kannst du mir das mal sagen?« Sie spie die Worte aus, als würde ihr übel, wenn sie noch länger in ihr gärten. Dann sah sie ihre Freunde der Reihe nach an. »Und wenn ich schon mal dabei bin: Habt ihr auch nur die leiseste Vorstellung davon, wie es ist, auf Almosen angewiesen zu sein? Ihr mit euren barmherzigen Angeboten! *Melde dich, wenn du was brauchst*«, äffte sie die anderen nach. »Verdammt noch mal! Wisst ihr, wie schwer das ist? Wie elend man sich fühlt? Warum hat nicht einer von euch in all den Jahren einfach mal ein Konto für die Kinder eröffnet und regelmäßig etwas eingezahlt?« Ihr liefen die Tränen übers Gesicht. Sie wischte sie mit einer fahrigen Geste fort.

Beate Angermeier reichte ihr ein Papiertaschentuch. Nadja Lischka nahm es, zerknüllte es und warf es vor sich auf den Tisch. Als Christoph Angermeier daraufhin seine Hand nach ihr ausstreckte, warf sie ihm einen unmissverständlichen Blick zu. Er zuckte zurück.

»Und wenn hier irgendeiner von euch meint, mit Frau Mahlo Spielchen spielen zu müssen, um sie einzuschüchtern, dann warne ich denjenigen …« Sie sah alle der Reihe nach an. »Konstantin hat mir eine Menge erzählt vor seinem Tod.«

»Wenn es dabei um seine Weibergeschichten ging, dann hatte er ganz sicher viel zu erzählen«, sagte Christoph Angermeier mit einem unverhohlenen Anflug von Häme.

Nadja Lischka griff nach dem Taschentuch und wischte sich das Gesicht trocken. »Ihr habt alle eure Leichen im Keller, und ich weiß, wo sie versteckt sind. Falls ihr glaubt, ihr könntet mich mundtot machen, kann ich nur sagen, dazu ist es zu spät. Ich hatte gestern Abend ein ausführliches Gespräch mit Frau Mahlo.«

Augenblicklich entstand ein empörtes Stimmengewirr. Christoph Angermeier schlug ungehalten mit der Faust auf den Tisch, sodass das Wasser in den Gläsern schwappte. »Ich glaube, du hast sie nicht mehr alle«, sagte er in scharfem Ton. »Was du da in den Raum stellst, ist eine bodenlose Unverschämtheit. Du kannst froh sein, dass wir hier eine Art geschlossene Gesellschaft sind, sonst würde ich …«

»Was würdest du?« Sie streckte den Rücken durch und hob angriffslustig das Kinn.

Ich wollte gerade verbal dazwischengehen, als Henrike mir ein Zeichen gab, es laufen zu lassen.

»Und du erwartest von uns, dass wir deinen Kindern Konten einrichten?«, meldete Tilman Velte sich zu Wort. Er zog das Revers seines eleganten Sakkos zurecht. »Zur Belohnung für den Mist, den du da gerade verzapfst? Ich weiß nicht, was dieses Hormonyoga auslöst, aber vielleicht solltest du es besser lassen. Und wage es ja nicht, deine Behauptung außerhalb dieser vier Wände noch einmal zu wiederholen. Sonst bekommst du Post von …«

Rena Velte legte ihrem Mann beschwichtigend eine Hand auf den Arm.

»Von deinem Anwalt?«, fragte Nadja Lischka mit einem abfälligen Lachen. »Was, glaubst du, kann er gegen Fakten ausrichten?«

Beate Angermeier stampfte mit ihren Gehhilfen auf den Boden. »So, jetzt beruhigen wir uns alle mal wieder und lassen endlich Frau Mahlo zu Wort kommen. Sie hat sicher noch einiges auf ihrer Liste, das es abzuarbeiten gilt.«

Augenblicklich war es still, und alle sahen Henrike und mich an, als würde ihnen erst jetzt bewusst, dass wir auch noch da waren.

»Danke für die Überleitung, Frau Doktor Angermeier. Mir bleibt nur, Sie für heute zu verabschieden. Ich hatte diesen einen Punkt auf der Tagesordnung, und den haben wir erschöpfend behandelt.«

Nun wurde auch sie aufbrausend. »Dafür holen Sie uns aus dem Institut? Haben Sie schon einmal etwas von Verdienstausfall gehört? Die Sache mit den Alibis hätte sich genauso gut am Telefon klären lassen.« Zum ersten Mal erlebte ich Beate Angermeier wütend.

»Über Alibis spricht man besser nicht am Telefon.«

»Und warum nicht? Glauben Sie, Sie könnten an meinem Gesicht ablesen, ob ich lüge? Ist hier irgendwo eine Kamera installiert, damit Sie später in Zeitlupe unsere Mimik analysieren können? So wird es doch im Fernsehen immer gemacht.«

»Nur weil es im Fernsehen kommt, muss es noch lange kein Unfug sein«, sagte Henrike mit leisem Spott.

»Ich habe Sie hierhergebeten, weil es sehr viel effektiver ist, als Ihnen allen lange hinterherzutelefonieren. Außerdem ist an der Sache mit der Mimik etwas dran.«

Tilman Velte machte eine ausladende Geste, als würde er seine Nase verlängern. »Pinocchio-Effekt? Haben Sie darauf gehofft?« Er lachte in die Runde und lächelte mich dann an, als wolle er nach der hitzigen Diskussion Frieden schließen. »Na los, Frau Mahlo, geben Sie sich einen Ruck. Wir sitzen hier alle im selben Boot, und das bestimmt noch für eine Weile. Wenn wir unser Ziel erreichen wollen, müssen wir alle an einem Strang ziehen.«

Ich fragte mich, in welchem Zustand unser Boot sein Ziel erreichen würde. Und ob noch alle an Bord sein würden, wenn das Ufer in Sicht kam.

»Wie geht es jetzt überhaupt weiter?«, unterbrach Christoph Angermeier meine Gedanken.

Ich gab Henrike das zuvor verabredete Zeichen und blätterte in meinen Unterlagen, um Zeit zu gewinnen. Henrike stand auf und verließ den Raum. Kurz darauf öffnete sich die Tür, und sie kam mit Rosa an der Leine herein. Ohne weitere Erklärung umrundete Henrike mit der Hündin zweimal den Tisch und ließ sie dabei keinen Moment aus den Augen. Rosa lief wedelnd von einem zum nächsten, schnüffelte und ließ sich über den Kopf streicheln. Henrike zog ein Leckerchen aus der Hosentasche, gab es Rosa und verließ gemeinsam mit ihr den Raum.

»Was war denn das?«, durchbrach Rena Velte amüsiert das Schweigen. Sie sah immer noch zur Tür.

»Das war Rosa«, sagte ich. »Sie hat eine sehr gute Nase.«

Beate Angermeier schien ebenfalls belustigt. »Haben Sie gehofft, Konstantins Leichengeruch würde sich noch an einem von uns feststellen lassen? Aufgespürt von dieser vierbeinigen Geheimwaffe?«

In Nadja Lischkas Blick stand eine Mischung aus Wut

und Entsetzen. Beate Angermeier hatte es ebenfalls wahrgenommen. »Entschuldige, Nadja, das war geschmacklos von mir. Vergiss es gleich wieder, bitte.«

»Was haben Sie damit bezweckt, Frau Mahlo?«, fragte Rena Velte nun ernst.

»Rosa war am Montagabend dabei, als ich angegriffen wurde. Sie ist nicht ganz ungeschoren davongekommen.«

»Das heißt, sie hat uns gerade allen die Absolution erteilt.«

»Das würde ich nicht sagen. Es könnte auch jemand beauftragt worden sein, mich zu überfallen.«

Rena Velte runzelte die Stirn und fingerte an ihrem geflochtenen Zopf herum. »Wissen Sie, Frau Mahlo, was wirklich schlimm ist? Theresa ist es mit ihrem Testament auf perfide Weise gelungen, uns alle zu kriminalisieren. Nadja redet bereits von Leichen in unseren Kellern. Ich habe einen riesigen Fehler gemacht, als ich Theresa erzählte, was ich an jenem Abend gehört zu haben glaubte. Ich hatte so lange geschwiegen, und dann habe ich mich von ihr erweichen lassen. Aber wie hätte ich denn ahnen sollen, dass so etwas daraus entsteht? Ich habe mich verhört und nur Unheil damit angerichtet.«

Tilman Velte strich seiner Frau über den Rücken. »Bei diesem Unheil hatten mehrere Menschen ihre Hand im Spiel.«

»Meinst du mich?«, fragte Beate Angermeier. »Hätte ich mit meiner Affäre mit Fritz etwa hausieren gehen sollen?«

»Du hättest von Anfang an die Finger von Theresas Mann lassen sollen«, sagte Nadja Lischka sehr bestimmt.

»So«, meldete ich mich zu Wort. »Ich schlage vor, wir schließen hier und vertagen uns.«

»Bis wann?«, fragten drei von ihnen wie aus einem Mund.

»Bis es neue Anhaltspunkte gibt. Sie hören von mir.«

12

»Herzlichen Glückwunsch zum Geburtstag!« Ich umarmte Arne und drückte ihm links und rechts einen Kuss auf die Wangen. Sein herbes Rasierwasser stieg mir in die Nase. Es passte zu ihm, genauso wie das weiße, maßgeschneiderte Hemd, die schwarzen Designerjeans und die sündhaft teure Armbanduhr, die ungefähr so viel gekostet haben musste wie ein Kleinwagen. Er trug sie mit einer Lässigkeit, die nicht einmal einen Hauch von Protz aufkommen ließ.

Nach einer ausgiebigen Umarmung hielt er mich ein Stück von sich und betrachtete mich. Ich trug meine Haare offen über einem kurzen, tief ausgeschnittenen Wickelkleid mit blauem Paisleymuster und High Heels. »Noch so eine Augenweide.« Er grinste bis über beide Ohren, sodass sein Gesicht sich in tiefe Falten legte.

»Finde ich auch«, sagte Simon und hielt seinem Freund eine Rotweinflasche entgegen. »Auf die nächsten fünfundvierzig Jahre!«

Arne schaute aufs Etikett. »Mein Geburtsjahrgang, ich fasse es nicht! Mensch, Simon … danke! Die hebe ich für einen besonderen Anlass auf.«

»Ist heute etwa kein besonderer Anlass?« Henrike kam dazu und legte den Arm um Arne. Sie sah umwerfend aus in dem kunterbuntem Spaghettiträgerkleid, das ihr bis zu den nackten Füßen reichte. Als Schmuck trug sie nur ihre Kreolenohrringe. Ihr unverwechselbarer Moschusduft verbreitete sich im Raum.

Arne küsste sie auf den Mund. »Ein besonderer Tag wird sein, wenn du es ein Jahr lang mit mir ausgehalten hast.«

Die beiden sahen sich an und vergaßen für Sekunden die

Welt um sie herum. Dann war der Moment vorbei, und Arne lud Simon ein, mit ihm zu kochen. Für die nächste halbe Stunde würden die beiden beschäftigt sein.

Henrike holte uns zwei Gläser Prosecco und lotste mich Richtung Terrasse. Wir durchquerten Arnes Lebensraum, wie er ihn nannte. Es war eine Mischung aus Wohn-, Ess- und Lesezimmer. Ich hatte kaum jemals eine großzügigere Raumaufteilung gesehen als in Arnes Haus. Er hatte es sich nach eigenen Vorstellungen von einem Architekten bauen und von einer Innenarchitektin einrichten lassen. Es war wunderschön und wirkte trotz der Größe gemütlich.

Auf der Terrasse sanken Henrike und ich in die weichen Polster von zwei Korbsesseln. Es war ein lauer Spätsommerabend, und es war still. Bis auf das leise Rauschen der Würm, das Zirpen einer Grille und Rosas Rascheln im Unterholz auf der Suche nach Mäusen war nichts zu hören. Die Rosen, die in großen Kübeln den Rand der Terrasse säumten, verströmten einen betörenden Duft. Ich blickte in den riesigen, naturbelassenen Garten mit meterhohen Eschen, durch den die Würm floss. Eine kleine Holzbrücke verband beide Teile des Gartens.

»Dieses Grundstück hat für mich immer wieder etwas von einem Paradies«, sagte ich.

»Es ist romantisch.«

»Das Grundstück oder Arne?«

Henrike antwortete nicht, sondern zündete sich eine Zigarette an. Sie blies den Rauch in die Luft und sah zu, wie er sich auflöste.

»Ist es für dich tatsächlich eine reine Bettgeschichte?«

»Nein.«

»Du sagst das, als wäre es ein Unglück.«

Die eine Hälfte ihres Gesichts lag im Schatten, die andere wurde von flackerndem Kerzenlicht beleuchtet. Sie sah mich an, aber schien durch mich hindurchzublicken. In ihrem

Blick lag Schmerz. Näher war ich Henrikes Vergangenheit vermutlich nie gekommen.

»Für Arne würde ich die Hand ins Feuer legen«, sagte ich leise. »Ich kann dir nicht sagen, warum, aber ich bin mir sicher, dass du mit ihm keine bösen Überraschungen erleben wirst.«

In Henrikes Augenwinkel glitzerte eine Träne. Sie wischte sie mit dem Handrücken fort. »Entschuldige. Geburtstage machen mich immer sentimental.«

Ich hob mein Glas in ihre Richtung. »Ich hoffe, dass ihr Simons Flasche nächstes Jahr zusammen trinken könnt.«

Sie beugte sich vor und stieß mit mir an.

»Ich wollte noch kurz mit dir über die Alibis sprechen«, wechselte Henrike das Thema. Normalerweise hielt sie mir vor, ich würde zu viel arbeiten. Aber normalerweise sprachen wir auch nicht über ihre Gefühle.

»Rosas Reaktion war eindeutig. Von denen hat sie ganz bestimmt niemand getreten. Aber sie könnten natürlich jemanden angeheuert haben.«

Henrike verzog skeptisch das Gesicht. »Möglich ...«

»Wenn es keiner der fünf Erben war, muss ich zufällig Opfer geworden sein. Aber das glaube ich nicht. Mein Gefühl sagt mir, dass ich gemeint war.«

»Dann lassen wir den Montagabend mal außer Acht und konzentrieren uns auf den Donnerstagnachmittag. Im Grunde genommen könnte jede einzelne Angabe gelogen sein. Aber je konkreter das Alibi, desto nachprüfbarer ist es. Fangen wir mal hinten bei Nadja Lischka an. Termin bei der Bank klingt plausibel, zumal sie sich immer noch darüber aufgeregt hat, dass sie überhaupt dort antanzen musste. Aber im Zweifel würde ich mir von ihr den Namen des Sachbearbeiters geben lassen, um es nachzuprüfen.

Rena Velte war mit ihrem Sohn beim Fußballtraining. Ich habe vorhin noch schnell beim TSV Gräfelfing angerufen und mir bestätigen lassen, dass dort donnerstagnachmittags das Training dieser Mannschaft stattfindet. Und es ist in der letzten Woche auch nicht ausgefallen. Dass sie tatsächlich dort war, beweist das jedoch nicht.

Dann die Angermeiers mit ihrem Patientenpaar ...« Sie zündete sich eine weitere Zigarette an. »Ich werde morgen im Institut anrufen und behaupten, mir sei für vergangenen Donnerstagnachmittag der Termin abgesagt worden und ich hätte gerne einen neuen. So etwas in der Art. Vielleicht bekomme ich auf diese Weise etwas heraus. Könnte sein, dass sie ihm ein Alibi gibt. Für den Überfall kommt sie selbst wegen des Kreuzbandrisses wohl kaum infrage.«

»Bleibt Tilman Velte mit seinem Rennrad. Als er davon sprach, habe ich seine Frau beobachtet. Sie schien es nicht zu erstaunen, also nimmt er sich vermutlich öfters nachmittags solche Auszeiten. Ob es für den Donnerstag stimmt, lässt sich nicht beurteilen.«

»Nadja Lischka hat doch versucht, dir Motive zu liefern, aus denen einer der anderen ihren Mann umgebracht haben könnte. Was war noch mal das mögliche Motiv von Tilman Velte?«

»Erpressung«, griff ich Henrikes Gedankengang auf. »Einmal wegen der Weitergabe von Insiderinfos und dann wegen des Alibis, das er Christoph Angermeier nach der Anzeige wegen sexueller Nötigung gegeben hatte. Allerdings hätte er sich nur dann erpressbar gemacht, wenn es getürkt war.«

»Damit hätte Konstantin Lischka auch Christoph Angermeier erpressen können.«

»Ja. Und bei seiner Frau ging es um den Verdacht, Präimplantationsdiagnostik durchgeführt zu haben.«

»Was ist mit Nadja Lischka selbst? Hätte sie auch ein Motiv gehabt, ihren Mann zu töten?«

»Eifersucht, weil er sie ständig betrogen hat.«

»Und Rena Velte?«, fragte Henrike.

»Bei ihr scheint es kein Motiv zu geben. Selbst wenn sie ihre Freundin Beate Angermeier zu einer damals noch illegalen PID überredet hätte, wäre das nicht strafbar. Also keine Basis, um Rena Velte zu erpressen. Und auch ihre kurze Affäre mit Konstantin Lischka gibt nicht viel her.«

Henrike stöhnte auf. »So kommen wir nicht weiter.«

Ich beobachtete Rosa, die hechelnd in die Würm sprang und sich von der Mäusejagd abkühlte. Zum Glück schüttelte sie sich das Wasser aus dem Fell, bevor sie sich zwischen unsere Korbstühle fallen ließ.

»Außerdem bleibt die Frage, ob Rena Velte sich tatsächlich verhört hat«, fuhr Henrike fort. »Sie macht zwar manchmal einen etwas verhuschten Eindruck, aber sie hört trotzdem sehr genau zu. Sollte sie sich nicht verhört haben, hat Beate Angermeier gelogen. Und …« Sie machte eine Pause. »… und Ben hatte mit einem vom ihnen zu tun.«

Ich dachte an das, was Martin Cordes mir über Ben erzählt hatte. Hätte Bens angebliche Informantentätigkeit für die Kripo auch nur ansatzweise etwas mit den fünf Erben zu tun haben können, hätte ich in diesem Moment den Mund aufgemacht, obwohl ich Martin versprochen hatte zu schweigen.

»Woran denkst du gerade?«

Ich sah auf. »An meinen Bruder.«

»Als ihr damals nach seinem Verschwinden sein Zimmer durchsucht habt, habt ihr da auch die Schränke vorgerückt, unter den Schreibtisch geschaut, unters Bett, ob er da vielleicht etwas versteckt hatte?«

»Ja.«

»Und habt ihr euch auch all die Zeitungsausschnitte genauer angesehen, die an der Wand hängen?«

»Du meinst die Todesanzeigen, Cartoons und all das Zeug?«

Henrike nickte.

»Ich habe stundenlang davorgestanden und nach Hinweisen gesucht.«

»Hast du auch druntergeschaut?«

»Klar.«

»Was ist mit den Rückseiten?«

Ich sah sie irritiert an.

»Hast du jeden einzelnen Schnipsel von der Wand genommen und nachgesehen, was auf den Rückseiten steht?«

»Nein, habe ich nicht.«

»Weißt du, ob die Leute von der Kripo das getan haben?«

»Das glaube ich kaum. Die hätten sich bestimmt nicht die Mühe gemacht, alles wieder hinzuhängen.«

»Dann wissen wir ja, was wir morgen tun.«

»Was tut ihr morgen?«, fragte Arne von der Tür her.

Ich wandte mich zu ihm um. »Das, was wir immer tun«, antwortete ich mit einem Lächeln. »Nachlässe sichern und entrümpeln. Ich schreibe dir gleich noch eine Adresse in Untermenzing auf, morgen am späten Vormittag werde ich mit meiner neuen Mitarbeiterin dort weiter den Nachlass sichten. In der Garage stehen ein altes Auto und ein Motorrad. Hast du kurz Zeit, um dir beides anzusehen?«

»So gegen elf?«

»Wunderbar.« Ich zeigte auf den Teller in seiner Hand. »Das sieht gut aus. Ist das für uns?«

Er zog einen kleinen Tisch heran und stellte den Teller darauf. »Lachs-Sashimi mit selbst verfeinerter Sojasoße. Probiert mal.«

Wir nahmen uns kleine Holzspieße, stachen sie in den rohen Fisch, tunkten ihn in die Soße und kosteten. Rosa fühlte sich ebenfalls aufgefordert zu probieren und näherte ihre Nase dem Teller. »Platz«, sagte ich leise und schob sie zurück.

Arne setzte sich auf die Armlehne von Henrikes Stuhl

und ließ eine ihrer Haarsträhnen durch seine Finger gleiten. »Simon sagte, dass du ein neues Auto brauchst, Kris. Ich habe gerade einen Golf hereinbekommen. Nur drei Jahre alt, Topzustand, guter Preis. Was meinst du? Magst du ihn dir mal anschauen?«

Bevor ich antworten konnte, kam Simon aus der Küche. »Der Wagen ist übrigens dunkelgrün, genau wie deine alte Gurke.«

»Und du hast ihn dir bestimmt schon angesehen, oder?«

»Nur um eine Vorauswahl zu treffen. Das spart dir Zeit.« Grinsend lehnte er sich in den Türrahmen.

Er trug über einer khakifarbenen Hose das orange Poloshirt, das ich ihm im Sommer geschenkt hatte. Ich mochte den starken Kontrast zu seinen dunklen Haaren. Und wenn ich ehrlich war, mochte ich auch sein Engagement für meinen fahrbaren Untersatz. Trotzdem würde ich mich nicht von meiner alten Gurke trennen, solange sie noch fuhr.

»Kann es sein, dass in der Küche etwas anbrennt?«, fragte ich.

»Nein«, antworteten beide Männer wie aus einem Mund. Einen Versuch war es wert gewesen. Henrike schmunzelte.

»Könnten wir das Thema wechseln, wenn ich verspreche, es mir zu überlegen?«

Die beiden zogen sich zwei Korbsessel heran und setzten sich zu uns. »Erzähl mir von der Testamentsvollstreckung. Simon sagte, die hätte mit diesem Lischka-Fall zu tun? Ich habe den damals verfolgt.«

»Warum?«, fragte Henrike wie aus der Pistole geschossen.

»Dieser Fritz Lenhardt hatte kurz vor dem Mord an dem Journalisten einen alten restaurierten Porsche bei mir gekauft. Zu dem Zeitpunkt musste er die zwei Millionen für den geplanten Hauskauf von seinem Freund bereits verloren haben. Aber er hat mit keinem einzigen Wort versucht, den Preis runterzuhandeln. Er hat sich in den Wagen verliebt und wollte ihn haben. Beim Autokauf zeigt sich der Charakter eines Menschen, ob er kleinlich ist, geizig, großzügig oder protzig. Fritz Lenhardt war großzügig.«

»Und was soll das beweisen?«, fragte Henrike.

»Ich kann mir noch immer gut vorstellen, dass er unschuldig war.«

»Das Gericht war anderer Meinung.«

»Das Gericht hat sich an dem vermeintlichen Motiv festgebissen. Aber der Mann war wohlhabend. Er hat mit seinem Institut vermutlich viel Geld verdient, die Summe, die er drangeben musste, hat ihn nicht in die Knie gezwungen.« Arne zuckte die Schultern und nahm einen Schluck aus seinem Weinglas.

»Manche können aber einfach nicht verlieren, egal ob zweihunderttausend oder zwei Millionen.«

»Vielleicht ging es auch weniger ums Geld als vielmehr um die Tatsache, dass er von seinem Freund betrogen worden war«, gab ich zu bedenken. »Hätte er ihm nicht so blind vertraut, hätte er auf eine Auflassungsvormerkung bestanden.«

»Freundschaft hin oder her«, sagte Simon, »bei Geschäften dieser Größenordnung sichert man sich ab.«

»Mir ist dieser Fall damals lange nicht aus dem Sinn gegangen«, fuhr Arne fort. »Stellt euch vor, der Mann war wirklich unschuldig. Dann wurde durch ein Fehlurteil sein ganzes Leben zerstört und das seiner Frau gleich mit. Ich habe damals jeden Artikel über den Prozess gelesen. Für mich klangen seine Aussagen plausibel.«

»Die Beweise haben eine andere Sprache gesprochen«, entgegnete Henrike.

»Sie könnten fingiert worden sein. Ich habe neulich erst einen Artikel über Justizopfer gelesen. Die sind gar nicht so selten, wie wir meinen. Dort stand, dass die Richter in den Zivilverfahren, die den Strafprozessen folgen und in denen es um Schadenersatz geht, in mehr als einem Viertel der Fälle anders entscheiden, was die Schuldfrage betrifft. Das bekommt in der Öffentlichkeit nur niemand mehr mit. Außerdem müsst ihr euch nur mal die Zahlen über Haftentschädigungsleistungen ansehen! Da bekommt man eine Vorstellung davon, wie viele Menschen jahrelang unschuldig im Gefängnis sitzen. Das hat mein Vertrauen in den Rechtsstaat ziemlich erschüttert. Ich mag mir gar nicht vorstellen, auf welche Ideen ich käme, wenn ich unschuldig hinter Gittern wäre.«

Henrike streckte ihren Fuß aus und strich damit über Arnes Schienbein. »Vielleicht würdest du deine Lebensgeschichte aufschreiben. Ich würde sie lesen.«

»Vorher würde ich gerne deine lesen.« Arne warf ihr einen eindeutigen Blick zu und schwieg.

Ich stand auf, lief hinein zu meiner Tasche, die ich im Eingangsbereich abgelegt hatte, und holte den sorgsam verpackten Schokomuffin mit der kleinen Kerze hervor. Ich wollte meine Tasche gerade wieder schließen, als ich mein Handy blinken sah. Nils hatte mir eine SMS geschickt. Er fragte, ob ich weitergekommen sei bei meinen Recherchen. Ich schrieb: *Nein, kein Stück*, sparte mir allerdings einen Gruß, da ich wegen der Sache mit der externen Festplatte, die Ben von einem Teenie bekommen hatte, immer noch wütend auf Nils war. Ich drückte auf »Senden« und ließ das Handy zurück in die Tasche gleiten. Vor der Terrassentür zündete ich die Kerze an. »Wenn du sie ausbläst, darfst du dir etwas wünschen, Arne.« Ich hielt sie ihm direkt vors Gesicht.

»Aber verrate uns deinen Wunsch bloß nicht«, meinte Simon trocken. »Ich habe das mal gewagt und mir von Kris eine ordentliche Standpauke eingefangen.«

»Recht hat sie«, sagte Henrike. »Der Wunsch geht nicht in Erfüllung, wenn du ihn verrätst.«

Arne schloss die Augen, holte tief Luft und blies die Kerze aus.

»Ich drücke die Daumen, dass er sich erfüllt«, sagte ich leise. Ich war mir sicher zu wissen, was er sich gewünscht hatte.

Simon hatte in der Zwischenzeit von drinnen Arnes Fotoapparat geholt. Arne stand auf, zog Henrike an sich und drehte sie Richtung Kamera.

»Dieses Mal entkommst du mir nicht«, sagte er. »Ich möchte endlich mal ein Foto von uns beiden.«

Blitzschnell wand sie sich in seinem Arm und kehrte Simon den Rücken zu. »Damit du es im Silberrahmen auf den Kaminsims stellen kannst? Das ist spießig, Arne!«

»Ich stelle es neben mein Bett.«

»Noch schlimmer«, konterte sie.

»Ein einziges Foto. Bitte.«

»Du brauchst kein Foto von mir, du kannst mich jederzeit anschauen.«

»Jederzeit ist maßlos übertrieben. Warum sträubst du dich denn so? Ich habe schließlich nicht vor, das Foto auf Facebook zu veröffentlichen. Es ist ausschließlich für den Eigenbedarf.«

Henrike lachte. »Ist das nicht der Satz, den Dealer üblicherweise zu ihrer Verteidigung anbringen?«

Obwohl Simon den Fotoapparat längst zur Seite gelegt hatte, ließ Arne nicht vom Thema ab. »Mal ehrlich: Was ist so schlimm an einem Foto?«

Henrikes Miene verfinsterte sich. Es war an der Zeit, ihr zu Hilfe zu kommen. »Was immer es ist, sie muss sich dafür nicht rechtfertigen. Sie will es nicht, und damit basta.«

Henrike würde ihre Gründe haben, da war ich mir sicher. Kurz bevor sie die Scheune von meinem Vater gemietet hatte, hatte er im Internet recherchiert und nichts, aber auch gar nichts über sie gefunden. Kein Foto und keinen Eintrag.

Das hatte ihm imponiert. Es gab also noch Menschen, denen es gelang, sich den Suchmaschinen dieser Welt zu entziehen. Das war eine Kunst, die nicht nur er bewunderte.

Bevor sie sich zurück in ihren Korbsessel fallen ließ, drückte Henrike im Vorbeigehen meine Hand. Dann wandte sie sich an Simon und Arne. »Und falls ihr beiden jetzt nicht unverzüglich in die Küche verschwindet, mache ich ein Foto vom Essen, damit wir alle eine Vorstellung davon bekommen, wie es unverbrannt ausgesehen hat.«

Wir hatten bis kurz nach eins geschlemmt, die Musik aufgedreht und in den Sternenhimmel geguckt. Dann wurde es draußen zu kühl, und Simon, Rosa und ich waren nach Hause gelaufen. Es hatte mich einige Überredungskünste gekostet, Simon von dem kürzeren Weg durch den Park abzuhalten. Keine zehn Pferde hätten mich dazu bringen können, im Dunkeln noch einmal da entlangzugehen. Das entscheidende Argument waren letztlich meine High Heels, mit denen ich es auf den unebenen Wegen des Parks nicht heil nach Hause geschafft hätte.

Simon war sofort eingeschlafen, aber mir spukte zu viel im Kopf herum. Todmüde und erschöpft lag ich im Dunkeln und lauschte seinem leisen Schnarchen. Rosa hatte sich zu unseren Füßen eingerollt. Ich dachte an Ben und versuchte ihn mir als Informanten der Kripo vorzustellen. Ben war ein Tunichtgut gewesen mit allen möglichen Flausen im Kopf, aber hätte er andere bespitzelt, um seinen eigenen Kopf aus der Schlinge zu ziehen?

Vielleicht war auch das Bild, das ich von meinem Bruder hatte, ein falsches. Ich ließ mir Martin Cordes' Worte noch einmal durch den Kopf gehen. Und ich erinnerte mich an das Gespräch mit Nils und Bens angeblichen Scherz über die externe Festplatte, deren Inhalt einigen Leuten gefährlich werden konnte. Einmal angenommen, es wäre doch kein Spaß gewesen, wo hätte Ben diese Festplatte versteckt? Wo wäre ein sicherer Ort gewesen?

Ich stand auf, zog mir einen von Simons Pullis über T-Shirt und Schlafanzughose und schlich in die Küche, um mich mit einem Messer zu bewaffnen. Dann lief ich den kurzen Weg über den Hof. Nach einem schnellen Blick auf die Kerze, die ruhig in der Laterne brannte, stieß ich die Tür auf und verschwand im Haus. Der gelbe Zettel am Briefkasten meiner Mutter stach mir sofort ins Auge. Mein Vater hatte geschrieben: *Hast du Lust auf griechisches Essen? Ich könnte uns einen Tisch reservieren.* Den Zettel hatte er vermutlich erst am Abend hingeklebt, denn meine Mutter hatte noch nicht geantwortet. Vielleicht war das Bonsaibäumchen, das er ihr geschenkt hatte, ein Anfang gewesen. Es wurde allmählich Zeit, dass die beiden ihr kindisches Verhalten beendeten und wieder wie Erwachsene miteinander umgingen. *Ich bin dafür*, schrieb ich auf den Zettel und fügte noch einen Smiley hinzu, bevor ich nach oben in meine Wohnung schlich.

Mit einem Becher Kaffee lief ich fünf Minuten später die Stufen zur Dachwohnung hinauf. Ich schloss leise die Tür hinter mir, schaltete das Licht ein und bewegte mich vorsichtig und auf Zehenspitzen, damit mein Vater einen Stock tiefer nicht vom Knarren der Dielen geweckt wurde. In Bens Zimmer zog ich die Gardinen zu. Dann durchsuchte ich es zum x-ten Mal. Zum x-ten Mal ohne Erfolg. Ich nahm mir auch die leeren Zimmer, Küche und Bad vor und musste mir schließlich eingestehen, dass es sinnlos war. Wäre diese Festplatte in der Wohnung, hätte einer von uns sie längst entdeckt.

Schließlich machte ich mich daran, Henrikes Vorschlag in die Tat umzusetzen und die Rückseiten der Zeitungsausschnitte, Zettel, Bierdeckel und Fotos zu prüfen. Eines der Fotos zeigte den ehemaligen Hühnerstall im hinteren

Garten. Durch die offene Tür Bens heiß geliebtes Stofftierhuhn aus Kindertagen. In eine Sprechblase hatte Ben geschrieben *Hab gerade ein Ei gelegt.* Immer wenn ich dieses Foto ansah, wurde mir warm ums Herz. Als kleiner Junge hatte Ben das Huhn geliebt, es saß heute noch neben seinem Bett.

»Das Huhn«, sagte ich laut in den Raum. Warum war ich darauf nicht eher gekommen? Dabei hatte ich doch mehrfach im Fernsehen gesehen, dass in Stofftieren immer der entscheidende Hinweis verborgen war. Ich nahm das Huhn und knetete es so lange durch, bis ich mir eingestehen musste, dass Ben diese Krimis offensichtlich nicht gesehen hatte. Enttäuscht stellte ich es zurück neben sein Bett und setzte meine Suche an der Wand fort. Aber die war ebenso wenig von Erfolg gekrönt. Nach einer knappen Stunde bestand meine Ausbeute in einer einzigen Visitenkarte. Sie stammte von der Kneipe, in der Ben gejobbt hatte. Auf der Rückseite stand: *Falls du es dir anders überlegst, melde dich! Robin.* Er hatte noch ein kleines Herz danebengekritzelt. Hatte Ben ihn abblitzen lassen? Obwohl ich mir nicht vorstellen konnte, dass diese Nachricht mit seinem Verschwinden zu tun hatte, schob ich die Karte in die Tasche meiner Schlafanzughose.

Zurück in meiner Wohnung, legte ich mich aufs Bett, aber an Einschlafen war nicht mehr zu denken. Ich lauschte dem Krähen des Hahns und schaute durch den kleinen Spalt in der Gardine in den Himmel. Immer noch meinte ich, die Hände in meinem Nacken und auf meinem Mund zu spüren. Und die Panik unter Wasser. Die war am schlimmsten. Ich drehte mich auf die Seite, setzte mich vorsichtig auf, ohne dabei meine Nackenmuskeln anspannen zu müssen, und schaltete das Licht ein.

Aus der Schublade unter meinem Bett zog ich Elisabeth Weiß' Schreibheft. Es fehlten mir nur noch ein paar Seiten ihrer Geschichte. Elisabeth Weiß und ihr Mann hatten jeden Pfennig auf die hohe Kante gelegt, um als Rentner die Reisen machen zu können, die sie sich zuvor versagt hatten. Als ich an der Stelle ankam, wo es endlich so weit war, hielt ich den Atem an, da ich meinte, bereits die Tragik zu spüren, die fast unweigerlich folgen würde. Ich hatte schon einige dieser Geschichten von Menschen gelesen, die das Leben auf später verschoben hatten, nur um im Später festzustellen, dass nicht mehr viel vom Leben übrig war.

Noch bevor Elisabeth die erste große Reise ihres Lebens antreten konnte, erkrankte ihr Mann schwer an Krebs. Das Schicksal machte die Hoffnung auf einen geruhsamen Lebensabend zunichte, und schon ein halbes Jahr später war ihre gemeinsame Zeit für immer vorbei.

Elisabeth hatte ihr Hochzeitsfoto auf die letzte Seite geklebt und bis zu ihrem eigenen Tod keinen einzigen Eintrag mehr gemacht. Sie hatte ihren Mann um siebzehn Jahre überlebt und war kurz vor ihrem achtzigsten Geburtstag gestorben. Ich erinnerte mich an ihre Wohnung. Sie war sehr ordentlich und gepflegt gewesen. Es war eine dieser Wohnungen, in denen Tische und Kommoden eifrig poliert und mit Spitzendeckchen geschützt worden waren, nur um schließlich im Container zu landen, weil niemand mehr ein Interesse daran hatte. Das Schreibheft hatte in ihrer Nachttischschublade gelegen. So, wie es aussah, musste sie oft darin geblättert haben. Ich schlug es zu, strich über den schwarzen Einband, der an einigen Stellen rissig geworden war, und legte es zurück in meine Schublade.

Voll innerer Unruhe stand ich auf und wusste nicht, wohin mit mir. Eher halbherzig checkte ich meine Mails. Matthias, Bens ehemaliger Mitbewohner, hatte vor einer halben Stunde geschrieben. Jetzt war es halb sechs.

Wollte nur schnell fragen, ob es etwas Neues gibt. Gruß, Matthias.

Nein, leider nicht, mailte ich zurück. *Hält dein Sohn dich wieder wach?*

Diese Sache mit den Zähnen scheint langwieriger zu sein, antwortete er innerhalb weniger Minuten. *Zum Glück sagt einem das niemand vorher.* Er hatte einen zwinkernden Smiley hinzugefügt.

»Mich würde nicht mal das abschrecken«, murmelte ich vor mich hin.

13

Das spätsommerliche Wetter hielt an. Die Sonne schien von einem wolkenlosen Himmel und vertrieb schon früh die morgendliche Kühle. Noch während ich im Büro alle Fenster zum Lüften öffnete, wehte von den Blumenkübeln im Hof der Duft von Lavendel herein. Ich schloss einen Moment die Augen, füllte meine Lungen mit der frischen Luft und machte mir im Geiste eine To-do-Liste für diesen Donnerstag. Es gab so viel zu erledigen, dass ich bis in den Abend hinein beschäftigt sein würde. Bevor ich loslegte, bekam Alfred noch seine Nuss. Manchmal kam es mir vor, als wären wir beide Weggefährten, als wären der Vogel und ich vom selben Schlag. Alfred hielt sich nie lange auf, sondern machte sich nach seinem Frühstück immer gleich an das nächste Projekt. Eine Pause gönnten wir uns wohl beide nur selten.

Funda kam um zwanzig nach acht und verkündete mit unglücklicher Miene, sie müsse dringend mit mir reden. Innerlich wappnete ich mich bereits für ihre Kündigung. Sie habe sich doch etwas anderes unter der Arbeit bei einer Nachlassverwalterin vorgestellt, würde sie vermutlich sagen. Eine neue Mitarbeiterin zu finden, die genauso sympathisch und lebensfroh war wie Funda, würde Monate dauern.

»Ich weiß nicht so recht, wie ich es dir sagen soll«, druckste sie herum, während sie Teewasser aufsetzte und mir dabei den Rücken zukehrte.

»Sag's, wie es ist. Ich werde nicht gleich tot umfallen.«

»Und wenn doch?«

»Dann ist dein Problem gelöst.«

»Oh Mann, Kristina, das ist echt schwer.« Sie goss Wasser

auf die Teeblätter im oberen Teil der Doppelkanne und stellte die Eieruhr auf zwanzig Minuten.

»Ich bin dir nicht böse, Funda, ich kann ja verstehen, dass es nicht jedermanns Sache ist. Vielleicht kannst du noch so lange bleiben, bis ich Ersatz für dich gefunden habe?«

Als sie sich zu mir umdrehte, sah ich Tränen in ihren Augen. »Meine Mutter meinte, du würdest ganz bestimmt Verständnis haben und mir deswegen nicht kündigen. Sie ...«

»Wovon redest du? Warum sollte ich dir kündigen? Ich habe angenommen, *du* wolltest kündigen.«

»Ich? Bist du verrückt? Ich will auf keinen Fall kündigen! Ich bin doch so froh über diesen Job. Aber ich schaffe das einfach nicht mit der Pünktlichkeit. Bei meinem Vorstellungsgespräch hast du aber gesagt, dass du allergrößten Wert darauf legst.«

Ich ließ mich auf einen der Stühle sinken und sah sie sprachlos an.

»Was Pünktlichkeit angeht, bin ich nicht so sehr deutsch, verstehst du? Es fällt mir schwer, jeden Tag auf die Minute irgendwo zu sein.«

Ein Stein fiel mir vom Herzen. »Vergiss einfach, was ich gesagt habe, ja? Wenn du morgens irgendwann zwischen acht und neun hier auftauchst, ist das völlig okay. Seit mein Bruder verschwunden ist, habe ich diese Macke mit dem Zuspätkommen. Ich denke immer gleich, es sei etwas passiert.«

Sie lachte wieder. »Dann machen wir es doch so: Wenn ich bis neun nicht da bin und mich auch nicht gemeldet habe, darfst du dir Sorgen machen.«

»Abgemacht!«

Plötzlich war eine Männerstimme aus dem Büro zu hören. Ich lief hinüber und sah Tilman Velte vom Hof aus durch das Bürofenster hineinschauen.

»Guten Morgen«, rief er mir entgegen. Selbst in seinem Fahrraddress, den er gegen Maßanzug und Krawatte getauscht hatte, wirkte er auf verblüffende Weise elegant. Er nahm den Helm vom Kopf und fuhr sich mit einer Hand durch die Haare. »Haben Sie eine Sekunde für mich?«

»Kommen Sie rein, den Weg kennen Sie ja.«

Er nickte und machte eine Handbewegung, als salutiere er.

»Ich bin kurz im Besprechungsraum«, informierte ich Funda, die in der Küche Teekanne und Gläser auf ein Tablett stellte.

»Wieder der von gestern?«, flüsterte sie. Sie meinte Martin.

»Nein, ein anderer.«

»Dann bin ich beruhigt.«

Ich auch, dachte ich im Stillen, und betrat das Besprechungszimmer, wo Tilman Velte bereits Platz genommen hatte. Dieses Mal saß er am Kopfende, was ich amüsiert registrierte.

»Sie sollten öfter lächeln«, meinte er. »Das steht Ihnen gut.«

»Möchten Sie etwas trinken?«, fragte ich, ohne auf seinen Kommentar einzugehen.

»Nein, danke. Ich fahre gleich weiter. Ich wollte nur kurz die Gelegenheit nutzen, um alleine mit Ihnen zu sprechen.«

»Wie oft machen Sie Touren mit Ihrem Rennrad?«

»Jetzt haben Sie wieder Ihre professionelle Miene aufgesetzt. Das ist schade. Anders gefallen Sie mir besser.«

»Professionalität ist in manchen Situationen angebrachter.«

»Da gebe ich Ihnen recht. Also zurück zu Ihrer Frage. Touren mit meinem Rennrad mache ich so oft wie möglich. Ich kann mir meine Zeit einteilen, und das nutze ich schamlos aus.« Er grinste wie ein Junge, der gerade Kirschen geklaut hatte, ohne dabei erwischt zu werden.

»Worüber wollten Sie mit mir sprechen?«

»Über Nadja. Diesen Unsinn von Leichen in den Kellern glauben Sie ihr hoffentlich nicht. Durch die Schuld ihres Mannes steckt sie heute immer noch in großen finanziellen Schwierigkeiten. Und wozu Menschen in einer solchen Situation fähig sind, können Sie sich bestimmt vorstellen.« Er forschte in meinem Gesicht und wartete auf eine Reaktion. Als die ausblieb, fuhr er fort. »Ich würde gerne wissen, was sie in diesem Gespräch mit Ihnen alles behauptet hat, damit ich es richtigstellen kann.«

»Es war ein vertrauliches Gespräch. Ich kann Ihnen lediglich sagen, was Frau Lischka über Sie gesagt hat.«

»Das genügt mir völlig.«

In knappen Worten erzählte ich ihm von den Insidergeschäften und dem möglicherweise falschen Alibi für seinen Freund Christoph Angermeier.

Er blickte mich amüsiert an. »Das ist alles?«, fragte er.

»Was haben Sie erwartet?«

»Ein Mordmotiv, denn darum geht es hier doch die ganze Zeit.«

»Wären Ihre Insidergeschäfte ans Licht gekommen, hätten Sie Ihren Laden dichtmachen können. Von einer Haftstrafe ganz zu schweigen.«

»Haben Sie schon mal mit dem Schicksal einen Deal ausgehandelt, Frau Mahlo?«

»Worauf wollen Sie hinaus?« Ich hoffte, mein Blick verriet nichts über meine Gedanken. Meine Deals mit dem Schicksal waren so zahlreich wie nutzlos gewesen. Was hatte ich alles tun wollen, wäre Ben nur wiederaufgetaucht.

»Nicht einmal als Kind?«, fragte er. »Haben Sie dem lieben Gott nie versprochen, immer Ihre Hausaufgaben zu machen, wenn Sie dafür die heiß ersehnten Schlittschuhe zu Weihnachten bekommen?«

»Wie kommen Sie ausgerechnet auf Schlittschuhe?« Es

hatte tatsächlich eine Zeit gegeben, da hatte ich mir nichts sehnlicher gewünscht.

Er betrachtete mich einen Moment, als nehme er Maß. »Sie sind nicht der Typ, der sich für Barbiepuppen interessiert.«

»Welchen Deal mit dem Schicksal haben Sie denn geschlossen?«

»Ich habe geschworen, keine halbseidenen Geschäfte mehr zu machen, sollte unser Kind gesund auf die Welt kommen. Und daran habe ich mich gehalten. Das ist jetzt sieben Jahre her. Meine Insidergeschäfte gehören der Vergangenheit an.«

»Dennoch sind beide Männer, die davon wussten, heute tot.«

»Was mich nicht mit Erleichterung erfüllt, falls Sie darauf hinauswollen. Ich wünschte, die beiden würden noch leben. Alte Freunde lassen sich nicht ersetzen.«

»Ehemänner auch nicht«, sagte ich trocken.

»Ich wage allerdings zu bezweifeln, dass Nadja Konstantin als unersetzlich betrachtet.«

»Wie meinen Sie das?«

»Er war ein Schürzenjäger wie aus dem Bilderbuch. Er hat sie nach Strich und Faden betrogen. Monogamie ist eine Disziplin mit beachtlichen Herausforderungen, finden Sie nicht?« Er verzog keine Miene, nur in seinen Augen blitzte es spöttisch.

»Beherrschen Sie diese Disziplin?«, fragte ich zurück.

»Würde ich es nicht tun, würde ich meine Frau verlieren. So einfach ist das. Ich habe Konstantin nie verstanden. Nadja kann heute ziemlich zickig sein, früher war sie hinreißend. Er hätte sie nicht so oft verletzen dürfen.«

»War er denn so unvorsichtig, dass sie von seinen Affären erfahren hat?«

»Sie weiß sicher nicht von allen, aber von einigen.«

Sie wusste zumindest von Rena Velte. Aber deren Mann hatte dieses Wissen als Lüge abgetan.

»Hatte eine dieser Frauen eine größere Bedeutung für ihn?«

Er schüttelte den Kopf. »Das glaube ich nicht. Er hat sich nie ernsthaft auf eine von ihnen eingelassen, sondern sie immer sehr schnell wieder ad acta gelegt. Aber Nadjas Ego hat das nicht gutgetan. Sie hat sich in diesen Jahren sehr verändert.«

»Warum hat sie ihn nicht verlassen?«

»Mit zwei Kindern, ohne Ausbildung und ohne Familie, die sie unterstützt? Das Schlimme ist, dass sie aus ihrem Frust heraus irgendwann angefangen hat, mit wirren Behauptungen und Verleumdungen um sich zu schlagen.«

»Können Sie mir ein Beispiel nennen?«

»Einmal hat sie sogar meiner Frau unterstellt, etwas mit Konstantin angefangen zu haben«, ungläubig schüttelte er den Kopf.

»Wie hat Ihre Frau darauf reagiert?«

»Entsetzt und enttäuscht.«

»Und Sie?«

»Verärgert. Aber letztlich fand ich es verzeihlich. Ich vermute, sie hat nicht ertragen können, dass meine Frau und ich glücklich miteinander sind.« Er schwieg und schien seinen Gedanken nachzuhängen.

»Ich würde Sie gerne noch etwas fragen, Herr Velte«, durchbrach ich die Stille.

Er hob die Brauen und sah mich erwartungsvoll an.

»Können Sie sich irgendeine Verbindung zwischen einem der Geburtstagsgäste von Fritz Lenhardt und meinem Bruder Ben vorstellen? Ich weiß, dass Sie alle überzeugt sind, Ihre Frau habe sich verhört, aber …«

»Meine Frau *hat* sich verhört.«

»Vergessen Sie das bitte mal für einen Moment, und stellen Sie sich nur diese Frage. Könnte es eine Verbindung gegeben haben?«

Tilman Velte wich meinem Blick aus und sah zum Fenster. Seinem Mienenspiel nach zu urteilen, focht er einen innerlichen Kampf aus. Zögernd rückte er schließlich mit der Sprache heraus. »Es gab einen Abend vor vielen Jahren, da haben Fritz und ich uns ziemlich betrunken. Er hat mir damals gestanden, dass er homoerotischen Abenteuern nicht völlig abgeneigt sei, und wollte wissen, ob es mir ähnlich gehe.«

»Und? Geht es Ihnen ähnlich?«

Er lachte über meine Frage.

»Hat er dieses Thema später noch einmal angesprochen?«, fragte ich.

»Nein, vermutlich hat er sich nach dieser Nacht gar nicht mehr daran erinnert. Ich habe eben erst wieder daran gedacht, als Sie mich nach einer möglichen Verbindung zu Ihrem Bruder gefragt haben. War der nicht schwul? Ich meine, ich hätte das in den Berichten über sein Verschwinden gelesen.«

»Wie passt es dann Ihrer Meinung nach zusammen, dass Fritz Lenhardt eine Affäre mit Beate Angermeier hatte?«

»Manche Menschen sind bisexuell«, meinte er mit einem Schulterzucken. »Es gibt so viele Varianten und Veranlagungen.«

»Trifft das Gleiche auch auf Ihren Freund Christoph Angermeier zu?«

»Was Nadja da unterstellt, ist Unsinn«, brauste er auf. »Ich habe ihm kein Alibi gegeben, sondern wir waren während der Zeit, als diese sexuelle Nötigung stattgefunden haben soll, verabredet. Das ist das eigentlich Schlimme an solchen haltlosen Anschuldigungen: Sie sind nie wieder ganz aus der Welt zu schaffen.«

14

In Overalls, Kopftüchern und alten Turnschuhen standen Funda und ich eineinhalb Stunden später am Fuß der schmalen Holztreppe, die zum Dachboden des Einfamilienhauses führte. Erdgeschoss und ersten Stock hatten wir bereits bei unserem ersten Besuch, der wegen der Bonsais ein so jähes Ende gefunden hatte, nach Dokumenten und Wertsachen durchsucht. Unsere bisherige Ausbeute, die wir akribisch von Mäusekot und toten Käfern befreit hatten, ruhte in einem alten Wäschekorb im Hausflur.

Ich prüfte jede einzelne Stufe, bevor ich sie mit Gewicht belastete. Aus Erfahrung wusste ich, dass solche Treppen böse Überraschungen bereithalten konnten. Aber die Stufen knarrten nur und schienen stabil zu sein. Oben angekommen, stieß ich die Tür zum Dachboden auf. Sie war nur schwer zu bewegen und ächzte in den Angeln. Ein Blick in diesen Raum genügte, und Funda wusste, warum wir Kopftücher trugen. Unzählige Spinnen hatten hier über Jahre ungehindert ihre Netze gesponnen. Holzleitern, Blechwannen, kaputte Stühle, ein Küchenbuffet, ein Kleiderschrank, Hirschgeweihe, Werkzeug, Matratzen und leere Flaschen – alle Gegenstände waren durch hauchdünne Fäden verbunden oder hinter einem weißen Schleier verborgen.

»Und jetzt?«, fragte Funda. Es klang, als könne sie es nicht erwarten loszulegen.

»Jetzt durchsuchen wir Küchenbuffet und Kleiderschrank nach Wertsachen.«

Funda bewegte sich durch die Spinnweben, als sei sie auf Safari in einem wuchernden Urwald. Sie begann, die Schubladen des Buffets herauszuziehen. »Wer entsorgt das alles?«

»Ich werde Henrike damit beauftragen, falls sich herausstellt, dass es keine Erben gibt.«

»All das Gerümpel schafft sie doch gar nicht alleine.«

»Keine Sorge, sie hat ein paar vertrauenswürdige Studenten, die ihr helfen.«

Funda hielt inne und sah sich um. »Wer sollte denn hiervon etwas stehlen?«

»Beim Entrümpeln werden immer wieder wertvolle Dinge entdeckt, die ich bei der Nachlasssicherung nicht gefunden habe. Ich muss mich darauf verlassen können, dass nichts verschwindet. Henrike genauso.«

»Wie kommt man denn darauf, Entrümplerin zu werden?«

Ich nahm den Schrank unter die Lupe und wühlte mich durch Berge alter Bett- und Tischwäsche. »Henrikes Traum war schon immer ein Trödelladen. Sie geht mit einem völlig anderen Blick als wir durch solche Räume. Bei den meisten dieser Gegenstände kann sie sich sofort vorstellen, wie sie sich aufarbeiten lassen und wo sie in ihrem Laden stehen werden. Als Entrümplerin arbeitet sie direkt an der Quelle.« Zwischen den gestapelten Tischdecken zog ich ein goldenes Medaillon hervor und hielt es Funda hin. »Sieh mal! Zwischen Wäschestücken liegt oft Schmuck.«

Sie öffnete das Medaillon und betrachtete das Foto auf der Innenseite. »So gut gehütet und jetzt braucht es niemand mehr. Traurig.«

»Vielleicht gibt es ja Erben. Wenn du dir in den nächsten Tagen die Dokumente vornimmst, werden wir mehr wissen.«

»Kris? Bist du da oben?«, rief Arne.

»Ja. Warte einen Moment, wir kommen runter.« Ich schob das Medaillon in die Overalltasche und gab Funda ein Zeichen, mir zu folgen. »Das ist Arne Maas, er ist Autohändler und schaut sich das Auto und das Motorrad in der Garage an.«

Vorsichtig stiegen wir die Treppe hinunter. Unten angekommen, blickte uns Arne finster entgegen. Er stand breitbeinig im Flur und hatte die Fäuste in die Hüften gestemmt.

»Was ist los?«, fragte ich.

»Dein Auto wäre beinahe abgefackelt.«

»Was?« Ich drängte mich an ihm vorbei und lief zur Straße. Am hinteren rechten Kotflügen sah die grüne Gurke überhaupt nicht mehr grün aus, sondern war mit einem feinen weißen Schaumteppich überzogen. »Haha, ziemlich blöder Scherz!«, sagte ich und gab mir Mühe, ruhig zu bleiben, als Arne sich neben mir aufbaute. »Trotzdem werde ich in absehbarer Zeit kein neues Auto kaufen. Haben du und Simon das alleine ausgeheckt, oder hat mein Vater sich beteiligt?«

»Du glaubst allen Ernstes …?«

»Ja«, unterbrach ich ihn wütend. »Und deshalb werde ich Funda und mir jetzt ein Taxi rufen, das uns zurückbringt.«

»Ich kann euch fahren«, schlug Arne völlig verdattert vor.

»Nein, danke! Du darfst diese Sauerei hier beseitigen, mein Auto auf eure Kosten durch die Waschanlage fahren und es mir dann auf dem Hof abstellen. Und vergiss nicht, dich zu entschuldigen!«

Funda ging vor dem Hinterreifen in die Knie und schien ihn von allen Seiten zu betrachten.

»Kris, hör mir bitte mal zu!«, sagte Arne.

»Nein, du hörst mir zu! Ich liebe mein Auto, es ist ein sehr verlässlicher Teil meines Lebens. Und bis es sich definitiv nicht mehr reparieren lässt, wird es nicht ausgetauscht! Hast du mich verstanden?«

Ein Mann beugte sich über den angrenzenden Gartenzaun und fragte, ob er helfen könne. Ich sagte Nein und bedankte mich, so freundlich ich konnte, für sein Angebot.

»Kris, es hat schon gebrannt, als ich hier ankam«, schaltete sich Arne wieder ein. »Es muss kurz zuvor in Brand geraten sein. Du kannst froh sein, dass ich immer einen Feuerlöscher dabeihabe, sonst wäre die Sache anders ausgegangen.«

»Du hast nicht …?«

»Definitiv nicht!«

Blut schoss mir in den Kopf, am liebsten wäre ich im Erdboden versunken. »Entschuldige bitte, Arne, ich habe tatsächlich geglaubt … Ich dachte, ihr …« Ich schluckte gegen den Kloß im Hals an. »Kannst du mir das verzeihen?«

Er sah mich mit einem gutmütigen Blick an. »Bei einem guten Essen könnte ich das in Erwägung ziehen.«

»In Berlin machen sie das mit Grillanzündern auf den Hinterreifen«, meldete Funda sich fachmännisch zu Wort. Sie stand auf, kam zu uns und hielt Arne die Hand hin. »Funda Seidl, ich bin Kristinas neue Mitarbeiterin.«

Arne ergriff ihre Hand. »Arne Maas. Tatkräftiger, aber verkannter Freund des Hauses.«

Funda ging bei seinem Händedruck in die Knie. »Tatkräftig kann ich bestätigen.«

»Ist Funda ein Spitzname?«

»Es ist türkisch und bedeutet Bergblumenwiese.«

»Gefällt mir«, sagte Arne.

»Könnten wir jetzt bitte noch mal einen Schwenk zu meinem Auto machen? Wie konnte es denn in Brand geraten?«

»Vermutlich genau so, wie Funda es beschrieben hat. Mit einem Grillanzünder. Allerdings würde es mich interessieren, wem daran gelegen ist, ein Auto wie deines abzufackeln. Sozialneid kann ich mir bei deiner alten Gurke nur schwer vorstellen.«

»Ich würde die Polizei anrufen«, sagte Funda.

»Nein«, entgegneten Arne und ich wie aus einem Mund.

»Wenn jemand Grillanzünder auf einem Reifen anzündet, ist das ein Fall für die Polizei«, beharrte sie.

»Dann wartet bitte, bis ich weg bin«, sagte Arne.

»Arne hält gerne Abstand zur Polizei«, erklärte ich Funda.

»So wie du das sagst, Kris, klingt es, als wäre ich einer von diesen unseriösen Autohändlern. Was soll sie jetzt von mir denken?«

»Keine Sorge, Funda weiß, dass ich nur mit vertrauenswürdigen Leuten zusammenarbeite.«

»Was haben Sie gegen die Polizei?«, fragte sie ihn unverblümt.

»Ist was Persönliches. Mein Vater war einer von denen.«

»Verstehe. Und warum willst du nicht die Polizei rufen, Kris?«

»Weil ich erst einmal in Ruhe nachdenken möchte, was das zu bedeuten hat.«

Kondome im Garten waren eine Sache, auch anonyme Anrufe brachten mich kaum aus der Ruhe, aber die Zerstörung der Bonsais war für meine Mutter eine Katastrophe. Und mein Vater wäre bis ins Mark getroffen worden, hätte er die ausgeblasene Kerze entdeckt. Wenn ich mir auch nicht sicher sein konnte, dass der Übergriff im Park mir galt, mit dem Angriff auf die alte Gurke war meine Schmerzgrenze endgültig überschritten. Es wurde Zeit, dass wieder Ruhe einkehrte. Dafür mussten der oder die Täter jedoch erst einmal identifiziert werden.

Bis es so weit war, durfte ich die anderen laufenden Nachlasssachen nicht schleifen lassen. Einen Haken konnte ich auf meiner To-do-Liste schon einmal machen: Der Wäschekorb mit Wertsachen und Dokumenten aus dem Untermenziger Haus stand inzwischen in der Kammer des Schreckens. Funda würde sich auf der Suche nach Verwandten durch die Unterlagen wühlen. Waren die erst einmal gefunden, würden sie anfangen, Druck zu machen, damit die Angelegenheit so schnell wie möglich abgewickelt würde. Auch an diesem Tag hatte mein Anrufbeantworter bereits fünf solcher dringenden Nachfragen gespeichert.

Es war kurz nach eins, und ich biss gerade in eine Leberkäsesemmel, als mein Handy klingelte. Im Display erschien Nils' Nummer. Da ich immer noch wütend auf ihn war, ignorierte ich seinen Anruf und sah die Post der vergangenen Tage durch.

»Du bist ja doch im Büro«, ertönte Henrikes Stimme durch das Fenster. »Wo ist denn dein Auto?«

»In der Werkstatt.«

»TÜV?«, fragte sie und klopfte den Staub von ihrem T-Shirt.

»Vermutlich ein Grillanzünder auf dem Hinterreifen. Davon ist zumindest Arne überzeugt. Ich hatte das Auto vor einem Haus in Untermenzing abgestellt. Arne kam wegen der Fahrzeuge vorbei. Hätte er das Feuer nicht entdeckt und sofort gelöscht, wäre mein Auto hinüber.«

Henrike setzte sich in den Fensterrahmen, zog ihre langen Beine zum Kinn und schwang herum. Sie blieb auf der Fensterbank sitzen und blickte mich mit gerunzelter Stirn an. »Hat er jemanden gesehen?«

Ich schüttelte den Kopf. »Im ersten Moment dachte ich sogar, er hätte das Feuer vorgetäuscht, um mich von einem neuen Auto zu überzeugen. Ich weiß, wie blöd das klingt, aber ich wäre nie auf die Idee gekommen, dass jemand versucht, meine alte Gurke abzufackeln.«

»Hast du Anzeige erstattet?«

Ich stöhnte genervt. »Es gibt keine Zeugen, und ich würde mir nur wieder anhören müssen, dass es kaum Aussichten gibt, den Übeltäter zu schnappen, dass sie aber selbstverständlich, wenn ich darauf bestünde …«

»Woher willst du wissen, dass es keine Zeugen gibt? Hast du die Nachbarn befragt?«

»Arne, Funda und ich haben überall geklingelt und die Leute gelöchert. Es war überhaupt nur in vier Häusern jemand zu Hause.«

»Und dein Auto?« Die Art, wie Henrike Fragen stellte, hatte hin und wieder etwas von einem Maschinengewehrfeuer.

»Arne hat es in die Werkstatt geschleppt. Morgen kann ich es abholen. Glücklicherweise ist nur der Reifen hinüber.« Ich massierte meinen Nacken, der immer noch schmerzte.

»Hast du eine Idee, wer es gewesen sein könnte?«

»Einer von den Lenhardt-Erben, da bin ich mir ziemlich sicher. Langsam glaube ich nicht mehr an einen Zufall. Aber sie noch einmal nach ihren Alibis zu fragen halte ich für zwecklos. Wir haben ja die für den Donnerstag und den Montag noch nicht einmal geklärt. Hast du eigentlich im Kinderwunschinstitut angerufen, um das Alibi der Angermeiers zu überprüfen?«

Das hatte sie. Herausgekommen war, dass beide am Donnerstagnachmittag tatsächlich bis in den Abend hinein Patientengespräche geführt hatten. Aber das war nicht alles, was sie herausgefunden hatte. Im Freihaus Brenner in Bad Wiessee hatte man ihr bestätigt, dass Christoph Angermeier dort am Montagabend mit seiner Mutter gegessen hatte. Und auch Tilman Velte hatte die Wahrheit gesagt. Er hatte im Garden-Restaurant des Bayerischen Hofs gegessen.

»Und das haben dir die Leute freimütig erzählt?«, fragte ich staunend. »Haben die noch nie etwas von Datenschutz oder Vertraulichkeit gehört?«

»Du darfst ihnen natürlich nicht das Gefühl geben, dass sie etwas ausplaudern, sondern musst an ihre Hilfsbereitschaft appellieren. In den beiden Restaurants habe ich mich als Assistentin auf der Suche nach der Lesebrille ihres Chefs ausgegeben. Und was das Alibi der Angermeiers für den Donnerstagnachmittag angeht, habe ich mich beim Kinderwunschinstitut telefonisch als Angestellte eines Bekleidungsgeschäfts in der Innenstadt vorgestellt. Ich habe behauptet, an dem besagten Nachmittag habe ein Mann dort Hemden eingekauft und sein Smartphone liegen gelassen. Er habe es bisher nicht abgeholt. Eine meiner Kolleginnen habe nun gemeint, es habe sich bei dem Mann möglicherweise um Herrn Doktor Angermeier gehandelt. Ganz sicher sei sie sich jedoch nicht. Ob die Sprechstundenhilfe wisse, ob er sein Smartphone vermisse? Die Antwort lautete, davon wisse sie nichts, sie könne mir jedoch versichern, dass es sich um jemand anderen gehandelt haben müsse, da ihr Chef gemeinsam mit seiner Frau den ganzen Nachmittag bis in den Abend hinein Sprechstunde abgehalten hätte.« Henrike grinste zufrieden.

»Wenn du mich bei meiner Arbeit weiter so unterstützt, müssen wir eine Regelung finden. Es geht nicht, dass du daran nichts verdienst.«

»Klar geht das. Mir macht es Spaß, außerdem habe ich zurzeit keine anderen Aufträge.«

»Aber …«

»Kein Aber«, schnitt sie mir das Wort ab. »Und jetzt lass uns mal den Stand der Dinge zusammenfassen. Christoph Angermeier hat für beide Tage ein gesichertes Alibi, seine Frau für den Donnerstag, Tilman Velte für den Montag. Bislang ungesicherte Alibis haben Tilman und Rena Velte jeweils für den Donnerstag – was sie betrifft, wissen wir nämlich nicht, ob sie mit ihrem Sohn tatsächlich beim Fußballtraining war, und seine Radtour kann auch niemand bezeugen. Für den Montagabend könnten Rena Velte und Beate Angermeier sich theoretisch gegenseitig ein Alibi gegeben haben. Sollte an der Sache mit der PID etwas dran sein, wäre das nicht das erste Geheimnis, das die beiden Frauen teilen.«

»Wobei Tilman Velte über die PID ebenfalls Bescheid wissen müsste«, wandte ich ein. »Ohne ihn könnte das gar nicht vonstattengegangen sein. Er war heute Morgen übrigens hier.« Ich erzählte Henrike von dem Gespräch und der möglichen Verbindung des Lenhardt-Kreises zu Ben. »Angeblich hat Fritz Lenhardt ihm mal in weinseligem Zustand von homoerotischen Neigungen erzählt. Sollte das tatsächlich stimmen, könnte er ein Verhältnis mit Ben gehabt haben und von Konstantin Lischka damit erpresst worden sein.«

»Demnach müsste dieser Fritz Lenhardt außerhalb seiner Ehe ziemlich aktiv gewesen sein, und zwar in beide Richtungen. Hast du sonst noch etwas herausgefunden?«, fragte sie.

Ich nickte. »Ich habe mir vorhin Nadja Lischkas Website angesehen. Sie gibt montags tatsächlich ab zwanzig Uhr einen Hormonyoga-Kurs.«

»Den könnte sie kurzfristig abgesagt haben. Und was den Banktermin betrifft, wissen wir auch nicht, ob sie die Wahrheit gesagt hat«, meinte Henrike. »Solange wir nichts Genaueres wissen, sind ihre Alibis ungesichert.«

Ich ließ meinen Kopf vorsichtig kreisen und versuchte, den Nacken zu entspannen. »Hätte Theresa Lenhardt mit Ben nicht diesen Köder ausgeworfen, stünde meine Entscheidung für den Tierschutzverein längst fest.«

Henrike zündete sich eine Zigarette an und blies den Rauch über die Schulter hinweg nach draußen. »Wollen wir nicht noch einmal in Bens Wohnung hinaufgehen und die Wandschnipsel unter die Lupe nehmen?«

»Das habe ich heute Nacht bereits getan. Fehlanzeige.«

»Ich hätte dir doch helfen können.«

»Mitten in der Nacht?«

»Nein, nicht mitten in der Nacht. Kris, irgendwann musst du dein Schlafproblem angehen, und damit meine ich nicht, dass du noch mehr Kaffee trinken sollst, als du es ohnehin schon tust. Kein Mensch kommt dauerhaft mit so wenig Schlaf aus.«

»Wenn ich nachmittags mein Tief habe und mir vor Müdigkeit die Augen zufallen, lege ich mich hier aufs Sofa und schlafe. Mein Körper holt sich schon, was er braucht.«

»Wann hat er das zuletzt getan?«

Ich zuckte die Schultern.

Henrike sah mich missbilligend an. »Wann hast du zuletzt einfach nur mal dagesessen und Musik gehört oder ein Buch gelesen? Wann warst du zuletzt im Kino? Oder mal im Urlaub? Seitdem ich hier auf dem Hof bin, hast du dir nicht ein einziges verlängertes Wochenende gegönnt.«

»Du auch nicht und Simon ebenso wenig. Das ist das Los der Selbstständigen.«

»Leben darf aber nicht nur aus Arbeit bestehen, Kris.«

»Mir macht meine Arbeit Spaß. Außerdem besteht mein Leben auch noch aus Simon, aus dir und Arne, aus Rosa, meinen Eltern ...«

»Apropos deine Eltern. Gibt es da etwa eine vorsichtige Annäherung? Ich habe vorhin den Zettel gelesen.« Henrike grinste. Den hatte ich vollkommen vergessen. »Hat meine Mutter schon geantwortet?«

»Sie noch nicht. Dafür haben Funda und ich geschrieben, dass wir ebenfalls dafür sind. Im Moment scheint deine Mutter überstimmt zu sein.« Henrike drückte die Zigarette aus und behielt den Stummel zwischen den Fingern.

Ich nahm ihn ihr ab und warf ihn in den Müll. Bei der Gelegenheit entsorgte ich auch gleich ein Papiertaschentuch und einen Kassenbeleg aus meiner Hosentasche. Fast hätte ich die Visitenkarte aus Bens Zimmer, auf der dieser Robin sich verewigt hatte, mit weggeworfen.

Ich zeigte sie Henrike. »Du meintest doch, ich sollte nach Notizen auf den Rückseiten der Schnipsel Ausschau halten. Es stand nirgends etwas geschrieben, nur auf dieser Visitenkarte. In der Kneipe hatte Ben öfters gejobbt.«

»*Falls du es dir anders überlegst, melde dich*«, las Henrike laut vor. »Sagt dir der Name Robin etwas?«

Ich schüttelte den Kopf.

»Ruf doch dort mal an und frage, ob ihn jemand kennt.«

Ich stemmte die Hände in die Hüften. »Hast du eine Vorstellung davon, wie oft ich der Kneipenwirtin damals auf die Pelle gerückt bin? Die bekommt vermutlich allergische Pusteln, wenn sie meine Stimme hört.«

»Ich an deiner Stelle würde es trotzdem tun. Es ist ein Anruf, mehr nicht.«

»Aber …«

»Denk nicht lange darüber nach, mach es einfach!«

Ich nahm die Karte und wählte die Nummer. Während das Freizeichen ertönte, fragte ich mich, ob Ines Wallner wohl immer noch die Besitzerin der Kneipe war. Ben hatte sie als Chefin sehr geschätzt. Sie sei eine Frohnatur und immer fair, hatte er mir des Öfteren von ihr vorgeschwärmt. Ich hatte sie als sehr sympathisch in Erinnerung. Sie war ein paar Jahre älter als ich, ziemlich temperamentvoll und hatte einen burschikosen Charme. Nach Bens Verschwinden hatte ich sie etliche Male gelöchert, um an Hinweise zu kommen. Anfangs war sie mir mit sehr viel Anteilnahme und Geduld begegnet. Aber irgendwann war ich ihr auf die Nerven gegangen. Und selbst das hatte sie noch in nette Worte verpackt.

Am anderen Ende meldete sich ein Mann, den ich wegen des Hintergrundlärms in der Kneipe kaum verstand. Ich fragte ihn nach Ines Wallner, woraufhin er lautstark nach ihr rief und dann offensichtlich den Hörer beiseitelegte. Fast wollte ich schon auflegen, als sie sich endlich meldete. Ich erkannte ihre Stimme sofort wieder, tauschte ein paar Höflichkeitsfloskeln mit ihr aus und erzählte dann, aus welchem Grund ich anrief.

»Robin?«, wiederholte sie den Namen, um sicherzugehen, dass sie mich richtig verstanden hatte.

»Ja, Robin. Er hat auf einer eurer Visitenkarten eine

Nachricht für Ben hinterlassen. Sagt dir dieser Name irgendetwas?«

»Ja, natürlich sagt mir der Name etwas.« Der Lärm im Hintergrund schwoll an, sie rief etwas, das ich nicht verstand. »Kristina, sei mir nicht böse, melde dich ein anderes Mal wieder, hier ist die Hölle los. Ciao.«

»Kannst du mir sagen, wo …« Sie hatte aufgelegt. »Mist.«

»Konnte sie mit dem Namen etwas anfangen?« Henrike sah mich gespannt an.

»Ja, aber sie hatte keine Zeit. Ich soll wieder anrufen.«

»Weißt du was? Du brauchst ohnehin mal eine Pause. Ich lade dich zu einem Eis ein. Es gibt in der Kaiserstraße einen Laden, der macht Eis zum Niederknien. Und vorher statten wir dieser Ines Wallner einen Besuch ab.«

»Wir?«

»Im Team sind wir unschlagbar. Wie spät ist es jetzt?«

Die Glocke von St. Georg beantwortete ihre Frage mit zwei tiefen Schlägen.

In Henrikes schwarzem Mini, der dasselbe Baujahr hatte wie sie, donnerten wir im Schein einer strahlenden Septembersonne über die Dachauer Straße in Richtung Maxvorstadt. Im Gegensatz zu meiner alten Gurke erntete dieses Auto ausschließlich Bewunderung. Simon hätte es ihr am liebsten abgekauft, und mein Vater schlich ständig drum herum und bot sogar regelmäßig an, es zu waschen. Henrike hatte für meinen Geschmack einen etwas zu sportlichen Fahrstil. Ein Blick in ihre Miene genügte jedoch, um zu erkennen, wie viel Spaß ihr die ständigen Spurwechsel machten.

»Zu schnell?«, fragte sie.

»Für meinen Nacken heute etwas zu heftig«, gab ich zu.

»Entschuldige, daran habe ich gar nicht gedacht.« Sofort verlangsamte sie das Tempo und warf mir besorgte Blicke zu.

In meiner Tasche klingelte das Handy. Ich nahm es heraus und blickte aufs Display. »Nicht schon wieder.« Genervt drückte ich den Anruf weg und öffnete das Seitenfenster einen Spalt, um das nach kaltem Rauch riechende Wageninnere mit frischer Luft zu füllen.

»Wer war das?«

»Nils Bellmann, einer von Bens ehemaligen Mitbewohnern.«

»Warum gehst du nicht dran?«

»Weil ich immer noch sauer auf ihn bin. Er hätte mir das mit der Festplatte schon vor sechs Jahren erzählen müssen, selbst wenn er das Ganze für einen von Bens Scherzen gehalten hat.«

»Du wolltest Dienstagmorgen beim Frühstück nicht weiter darüber reden, das verstehe ich, aber ich finde, bei dieser Sache stellen sich schon noch einige Fragen. Zum Beispiel, ob dein Bruder tatsächlich zu solchen Scherzen neigte. Ich meine, von Fotos zu reden, die einigen Leuten gefährlich werden könnten und die er an einem sicheren Ort verwahren wollte, finde ich schon ziemlich speziell.«

»Er hatte einen eigenen Humor, du hast ja seine Wand mit den skurrilen Todesanzeigen und Cartoons gesehen.« Ich unterdrückte ein Gähnen.

»Sollte es aber dennoch kein Scherz gewesen sein, stellt sich die Frage, was mit dieser Festplatte geschehen ist.«

Ich winkte ab und öffnete das Fenster noch weiter, was dazu führte, dass Henrikes Haare um ihren Kopf wirbelten. Sie fing sie mit einer Hand ein und hielt sie zusammen. »Ben hat ständig irgendwelchen Leuten bei ihren Computerproblemen geholfen«, erklärte ich ihr gegen den Straßenlärm und das Rauschen des Fahrtwindes. »Er wird dem Jungen die Festplatte vor seinem Verschwinden zurückgegeben haben, sonst hätte sie längst jemand entdeckt. Mehr wird nicht dahinterstecken.«

»Da wäre ich mir nicht so sicher. Durch brisante Fotos könnte sich dein Bruder durchaus in Gefahr gebracht haben.«

Nicht nur durch brisante Fotos, schoss es mir durch den Kopf. Die Gedanken, die ich seit Martins Besuch und dieser Hackergeschichte so weit wie möglich in den Hintergrund geschoben hatte, ließen sich nicht länger verdrängen. Sie rollten wie eine gewaltige Welle auf mich zu.

»Was ist los?«, fragte Henrike und passte ihre Lautstärke dem Lärmpegel an.

»Nichts«, wehrte ich ab.

»Dann erzähl mir von diesem Nichts.« Die Ampel vor uns schaltete auf Rot. Henrike drehte sich zu mir.

»Vielleicht war Ben damals in etwas verwickelt worden, das zu groß für ihn war.« Ich blickte aus dem geöffneten Seitenfenster auf die Fahrbahn.

»Kann gut sein«, antwortete sie spontan. »Das ist nichts Außergewöhnliches. Menschen lassen sich tagtäglich in etwas verwickeln, das sie nicht überschauen. Schau dir nur das Kreditgewerbe an, das würde ohne solche Menschen pleitegehen.«

»Ben war sehr intelligent.«

»Das bedeutet nicht, dass er auch klug war. Aber wie kommst du überhaupt darauf, dass ihm etwas über den Kopf gewachsen sein könnte?«

»Einfach nur so.«

»Raus damit!«

»Na ja«, sagte ich zögernd, »er konnte wirklich sehr gut programmieren. Zumindest hat er das immer behauptet.« Ich legte eine Hand auf meine Brust und atmete bewusst ein und aus.

Hinter uns hupte jemand. Die Ampel war längst auf Grün gesprungen.

»Wieso schließt du von einer Festplatte mit Fotos aufs

Programmieren?«, fragte Henrike und gab Gas. »Das eine hat mit dem anderen nicht unbedingt etwas zu tun.«

»Ich kann dir das nicht erklären.«

»Vielleicht solltest du es versuchen, sonst kann ich dir nicht helfen.«

Ich schüttelte den Kopf und schloss das Fenster, damit es wieder leiser wurde. »Würde ich gerne, aber ich habe versprochen, mit niemandem darüber zu reden.«

Für eine Weile verstummten wir. Henrike setzte als Erste wieder zu sprechen an. »Manchmal ist es blödsinnig, sich an ein Versprechen zu halten, Kris. Mach den Mund auf, bevor es auch für dich gefährlich wird.«

»Das werde ich.«

»Versprich es!«

Ich hob zwei Finger zum Schwur.

»Gut, und jetzt ruf diesen Nils an. Wenn wir schon unterwegs sind, statten wir ihm auch gleich noch einen Besuch ab. Dann verdienen wir uns das Eis wenigstens.«

Alle Fenster des in der Amalienstraße gelegenen *Wallner's* waren weit geöffnet. Vor der Kneipe standen vier kleine Tische mit jeweils zwei Stühlen, die allesamt besetzt waren. Wir gingen hinein. Die Gestaltung des Innenraums war immer noch dieselbe wie vor Jahren. An die hellblauen Wände waren in unterschiedlichen Farben Zitate aus der Weltliteratur geschrieben worden. Die Tische und Stühle – ein Sammelsurium der unterschiedlichsten Materialien und Stile – waren zu zwei Dritteln besetzt. Die Gäste schienen vorwiegend Studenten zu sein. Zwei Kellnerinnen schwirrten herum. Falls Ines ihr Konzept nicht geändert hatte, waren auch sie Studentinnen, die hier jobbten, wie Ben es einmal getan hatte.

Ines Wallner stand hinter ihrem Tresen und mixte Aperol-Sprizz. Fast hätte ich sie nicht erkannt. Als ich sie vor fünfeinhalb Jahren das letzte Mal gesehen hatte, waren ihre Haare lang, rot und lockig gewesen. Jetzt waren sie von einem dunklen Braun und zu einem Bubikopf geschnitten, der viel besser zu ihrer Gesichtsform passte. Ihr Make-up war längst nicht mehr so grell und ihre Kleidung weniger schrill als damals. Zumindest ihr Äußeres schien sie neu erfunden zu haben.

»Hallo, Ines.«

Sie sah auf, erkannte mich und lächelte. »Servus, Kristina.« Ihr Blick richtete sich auf Henrike, die neben mir stand. »Und wer ist das?«

»Meine Freundin Henrike.«

»Mögt ihr etwas trinken?«

»Nein, danke. Ich wollte dich nur schnell fragen, wer dieser Robin ist.«

»*Diese*«, sagte sie und mixte die nächste Bestellung. »Robin ist eine Frau.«

Eine Frau? »Sie hat Ben damals etwas auf eine Karte geschrieben.«

»Was?«

Ich zog die Karte aus meiner Hosentasche und reichte sie ihr.

Ines warf einen Blick darauf und gab sie mir dann wortlos zurück.

»Weißt du, wo ich sie finden kann?«

»Auf Ibiza.«

München wäre auch zu einfach gewesen. Obwohl Ines nicht den Eindruck vermittelte, als ob sie große Lust hätte, weiter über Robin zu sprechen, löcherte ich sie nach Robins Nachnamen und Adresse.

»Ich kann dir ihre Telefonnummer geben.«

»Weißt du zufällig, was Ben mit ihr zu tun hatte?«, fragte ich.

»Robin war meine Lebensgefährtin. Er ist ihr hin und

wieder hier begegnet, wenn sie mich besucht hat. Mehr hatte er nicht mit ihr zu tun.«

»Habt ihr euch getrennt?«

»Vor zwei Jahren.« Sie stellte zwei Latte macchiato vor uns hin und deutete auf die Barhocker. »Setzt euch. So viel Zeit muss sein.«

Henrike schob ihren Latte macchiato ein Stück von sich. »Danke, aber ich trinke keinen Kaffee.«

»Einen Tee?«

»Ein Wasser wäre toll.«

Ines füllte ein Glas mit Mineralwasser, reichte es Henrike und wandte sich dann wieder an mich. »Gibt es etwas Neues von Ben?« Sie fragte mit einer spürbaren Zurückhaltung, so als könne dieses Neue nur etwas Schlechtes bedeuten.

Ich nickte. »Er wurde vor seinem Verschwinden mit jemandem gesehen. Der Zeuge ist inzwischen leider tot, er kann nicht mehr sagen, mit wem er Ben beobachtet hat.« Ich nahm einen Schluck von dem Latte macchiato.

»Und du glaubst, das sei Robin gewesen?«

»Nein. Aber wir haben Bens Sachen noch einmal durchsucht, und dabei ist mir das Kärtchen mit Robins Nachricht in die Hände gefallen.«

»Du suchst immer noch nach einem Strohhalm.« Ihr Ton war voller Mitgefühl, doch ich spürte deutlich, dass sie meine Mühe für zwecklos hielt.

»Ines, gibt es vielleicht irgendetwas, das du damals nicht gesagt hast?«

»Ich?« Sie lachte. »Ich habe noch nie ein Blatt vor den Mund genommen. Nicht zuletzt deshalb ist Robin auf und davon. Sie mag es gern ein wenig mehr durch die Blume.« Ines fuhr sich mit einer schnellen Bewegung über die Stirn, als habe sie Kopfschmerzen.

Henrike trank ihr Wasser in einem Zug und stellte das leere Glas zurück auf den Tresen. »Manchmal hält man

Begebenheiten für unwichtig und erwähnt sie deshalb nicht.«

»Nachdem Ben nicht wieder aufgetaucht ist, habe ich mir unglaublich viele Gedanken gemacht. Glaub mir, ich hätte sogar erwähnt, wenn er Blähungen gehabt hätte. Ich hatte Ben ins Herz geschlossen. Selbst Robin …« Sie schien sich an etwas Unangenehmes zu erinnern.

»Selbst Robin …?«, half Henrike nach.

»Selbst Robin mochte ihn. Sie fand ihn sympathisch, intelligent und für einen Mann ungewöhnlich attraktiv.«

»Willst du damit andeuten, dass sie ein Auge auf ihn geworfen hatte?«

»In gewisser Weise, aber nicht so, wie du dir das vorstellst. Als bei uns noch alles gut lief, hatten wir eine Zeit lang ziemlich intensiv über ein Kind nachgedacht. Wie es wäre, gemeinsam eines großzuziehen, und was wir tun müssten, um überhaupt eines in die Welt zu setzen. Ich kann keine Kinder bekommen, aber Robin hätte gekonnt. Sie hat Ben eines Tages um eine kleine Spende gebeten.«

»Um was?«, fragte ich irritiert.

»Um eine Samenspende«, antwortete Henrike trocken und ließ Ines dabei nicht aus den Augen. »Ich vermute, er hat Nein gesagt?«

»Beim ersten Mal schon, aber Robin hat nicht lockergelassen. Schließlich meinte er, er würde es sich überlegen. Ich schätze mal, dass aus dieser Phase ihre Nachricht auf dem Kärtchen stammt.«

»Und?«, fragten Henrike und ich wie aus einem Mund.

»Ich war dagegen. Nicht gegen die Idee mit der Samenspende, die fand ich eigentlich gar nicht schlecht. Aber ich wollte keinen Spender, den ich kenne und der uns kennt.« Sie stützte sich mit den Ellenbogen auf den Tresen und schien ihren Gedanken nachzuhängen. Dann schüttelte sie den Kopf und lachte. »Dein Bruder fand schließlich, die

Sache mit der Samenspende sei eigentlich eine gute Geschäftsidee. Ob es in unserem Umfeld nicht zahlungskräftige Paare gebe, die an erstklassigem Sperma von einem intelligenten, attraktiven Mann mit hervorragenden Genen interessiert seien. Das war typisch für ihn.«

»Und konntest du ihm jemanden nennen?«, fragte ich.

»Bist du verrückt? Mit so etwas kannst du dich nur in die Nesseln setzen.«

»Hast du eine Ahnung, ob er diese Idee weiter verfolgt hat?«

Sie sah mich an, als hätte ich die Antwort auf meine Frage längst kennen müssen. »Ben hat doch ständig irgendwelche Ideen in seinem Kopf gewälzt. Du weißt selbst, was dabei herausgekommen ist. In den meisten Fällen gar nichts.«

Eine der Kellnerinnen fragte nach ihrer Bestellung. An Tisch sechs würden die Leute allmählich ungeduldig. Ines entschuldigte sich und machte sich an der Kaffeemaschine zu schaffen. Während sie drei Latte macchiato und zwei Cappuccinos zubereitete, zog Henrike Fotos aus ihrer Tasche und breitete sie auf dem Tresen aus, sodass Ines sie von ihrer Seite aus würde betrachten können. Die Aufnahmen zeigten die Lenhardts und ihre Freunde, die gemeinsam mit ihnen Geburtstag gefeiert hatten.

»Woher hast du die?«, flüsterte ich überrascht.

»Aus dem Internet. Ich dachte, es könnte nicht schaden, sie mal herumzuzeigen.«

»Was sind das für Leute?«, fragte Ines, als sie sich uns wieder zugewandt hatte.

»Hast du einen von ihnen schon mal gesehen?«

Sie sah sich ein Foto nach dem anderen an und schüttelte schließlich den Kopf.

»Auch sie nicht?« Henrike deutete auf das Foto von Nadja Lischka. »Sie hat hier ganz in der Nähe eine Yogaschule.«

»Für Yoga fehlt mir die Zeit. Und Ben hatte in seinen

Pausen auch etwas Besseres zu tun, als sich auf eine Matte zu legen und Verrenkungen zu machen.«

»Die Yogaschule gab es damals noch gar nicht«, sagte ich. »Sie hat sie erst nach Bens Verschwinden eröffnet.«

»Wieso fragt ihr mich dann überhaupt danach?«

Ich fand die Frage berechtigt und sah Henrike von der Seite an.

»Es wäre doch möglich, dass die Frau hin und wieder Gast hier ist«, erklärte sie. »Dann hättest du uns möglicherweise etwas über sie erzählen können.«

»Ich sag dir mal etwas, Henrike. Meine Gäste sollen sich hier wohlfühlen und nicht Gefahr laufen, ausspioniert zu werden. Ist die Botschaft angekommen?«

Henrike salutierte lächelnd. »Klar und deutlich.«

»Und jetzt lasst mich weiterarbeiten, ihr beiden.« Und an mich gewandt: »Lass stecken, Kristina! Ihr seid mir nichts schuldig.«

»Gibst du mir noch Robins Telefonnummer?«

Ines nahm Zettel und Stift und schrieb. Allem Anschein nach kannte sie die Nummer auswendig.

»Danke! Soll ich ihr einen Gruß von dir ausrichten?«

»Untersteh dich!«

15

Es war kurz vor vier, und der Feierabendverkehr verstopfte bereits die Straßen. Die meisten wollten bei diesem Wetter so schnell wie möglich an einen der Badeseen oder zumindest in den Biergarten. Henrike und mich zog es zu der Eisdiele in der Kaiserstraße. Nachdem wir das *Wallner's* verlassen hatten, versuchte ich Nils zu erreichen, aber er ging nicht an sein Handy. Schließlich schrieb ich ihm eine SMS: *Ich muss dich sprechen, Kristina.*

»Wir machen einen kleinen Umweg über die Türkenstraße«, kündigte Henrike an, nachdem wir die Autotüren zugeschlagen hatten. Ohne meine Antwort abzuwarten, fuhr sie los, bog in die Schelling- und schließlich in die Türkenstraße und hielt vor dem Haus, in dem Nadja Lischka ihre Yogaschule betrieb. Henrike parkte in der zweiten Reihe, und wir stiegen aus.

Das Haus war eine dieser unansehnlichen Siebzigerjahre-Bausünden, woran auch der leuchtende türkise Anstrich nichts ändern konnte. Ich hätte Konstantin Lischkas Witwe eher in einer Jugendstilvilla gesehen als hinter einer so nichtssagenden Häuserfassade. Aber vielleicht war genau diese Fassade, hinter die sie nach dem Bankrott und dem Tod ihres Mannes hatte ziehen müssen, auch der Kern ihres Kummers.

Nach einem Blick auf die Klingelschilder war klar, dass Nadja Lischka die Yogakurse in ihrer Wohnung abhielt. Eigens angemietete Räumlichkeiten würden ihre Mittel vermutlich bei Weitem übersteigen.

Noch bevor ich ihren Arm zurückhalten konnte, hatte Henrike den Klingelknopf gedrückt.

»Was machst du da?«

»Vielleicht ist sie zu Hause und lässt uns hinein.« Unbekümmert zuckte sie die Schultern.

»Wozu?«

»Damit wir uns einen Eindruck davon machen können, wie sie lebt, ob sie tatsächlich jeden Cent umdrehen muss. Damit wir sie in ihrer privaten Umgebung erleben. Dort sind die meisten Menschen viel ungezwungener, achten nicht so sehr auf das, was sie sagen. In ihren Wohnungen und Häusern sind sie durchlässiger, verwundbarer.«

»Ich habe nicht vor, sie zu verwunden, sie hat schon genug durchgemacht. Ihr Mann wurde ermordet und hat sie und ihre Kinder im Elend zurückgelassen.«

Henrike lehnte sich gegen die Hauswand und sah mich in einer Weise an, wie ich sie noch aus der Schule kannte, wenn ich mit meiner Antwort völlig danebengelegen hatte. »Vielleicht hatte sie die Nase voll von ihrem Mann. Und vielleicht ist sie nicht nur erleichtert, dass er ein paar Meter unter der Erde liegt und nichts mehr anstellen kann – vielleicht hatte sie auch das Messer in der Hand. Weißt du's?«

Gerade wollte ich zu einer Entgegnung ansetzen, als mein Handy klingelte. Es war Nils.

»Hallo Nils«, meldete ich mich.

»Wo bist du?«, fragte er.

»Auf der Türkenstraße. Und du?«

»Am Rotkreuzplatz. Worum geht es denn überhaupt, Kristina? Du hast geschrieben, du müsstest mich dringend sprechen.«

»Muss ich auch, aber nicht am Telefon. Ich komme auf dem Heimweg ohnehin über den Rotkreuzplatz. Wollen wir uns in der Eisdiele Sarcletti treffen? Ungefähr in zwanzig Minuten?«

»Okay, ich warte dort auf dich.«

Nadja Lischka hatte nicht geöffnet. Also waren wir unverrichteter Dinge wieder ins Auto gestiegen. Es war fast fünf, als wir es endlich durch den dichten Verkehr geschafft hatten. Nils saß an einem der hinteren Tische vor einer stilisierten Gebirgskulisse. Kaum hatten wir auf den weißen Schalenstühlen Platz genommen, nahm Nils einen Schluck von seinem Eiskaffee und musterte Henrike ziemlich unverhohlen.

»Henrike ist eine Freundin«, erklärte ich ihm.

»Was kann ich euch bringen?«, fragte der Kellner, der in diesem Moment an den Tisch trat.

Ich warf einen Blick in die Karte. »Einen Becher mit drei Kugeln bitte – Blutorange, Granatapfel und Rhabarber.«

»Für mich bitte grüner Tee, Mandel und Himbeere«, bestellte Henrike.

»Hast du nicht gesagt, du wolltest mich alleine sprechen?«, fragte Nils, als der Kellner fort war.

»Ich wollte nicht am Telefon mit dir sprechen.«

Er schien immer noch irritiert von Henrikes Anwesenheit.

Als wolle sie ihn noch zusätzlich provozieren, nahm Henrike das Zepter in die Hand. »Eigentlich ist die Sache schnell geklärt. Du hast Kristina von dem Jungen erzählt, der ihrem Bruder eine externe Festplatte übergeben hat.«

Nils lehnte sich zurück und fuhr sich durch die hellblonden Haare. »Das ist nicht euer Ernst, oder?« Er sah zwischen uns hin und her. Sein Blick blieb an Henrike hängen. »Was geht das dich überhaupt an?«

Henrike rückte ihren Stuhl ein Stück zurück, streckte die Beine aus, schlug sie lässig übereinander und schob die Hände in die Hosentaschen. »Stell dir einfach vor, Kristina hätte dir die Frage gestellt.«

Nils nahm seinen Eiskaffee und saugte die Flüssigkeit mit dem Strohhalm auf, bis nur noch Luft kam. Dann legte er einen Zehneuroschein auf den Tisch und stand auf. »Beim nächsten Mal lass sie besser zu Hause!« Mit wenigen Schritten hatte er den Ausgang erreicht.

Ich sprang auf und lief ihm hinterher. »Nils, warte bitte!«

An der Fußgängerampel hatte ich ihn eingeholt und hielt ihn am Arm zurück. »Beantworte mir nur eine Frage: Dieser Junge mit der Festplatte – hattest du den vorher schon einmal bei Ben gesehen?«

Er wich einen Schritt von mir zurück. »Nein.«

»Hattest du ihn überhaupt schon mal irgendwo gesehen? In der Nachbarschaft vielleicht?«

»Ich habe ihn damals zum ersten und letzten Mal gesehen.«

»Das heißt, du hast auch nicht mitbekommen, ob er die Festplatte wieder bei Ben abgeholt hat?«

»Da sie nicht unter Bens Sachen war, muss er sie ja wohl abgeholt haben. War's das jetzt?«

»Wie sah er aus?«

Nils zuckte die Schultern. »Keine Ahnung, daran erinnere ich mich nicht mehr.«

»Groß, klein, dick, dünn?«

»Ich sage doch ...«

»Du erinnerst dich schließlich auch, dass er sechzehn oder siebzehn war.«

Er kam wieder näher, baute sich vor mir auf und kniff die Augen zusammen. »Dein Bruder kommt nicht wieder, Kristina. Lass es gut sein.«

Hinter ihm tauchte Henrike auf, sie hatte seine letzten Worte noch gehört. »Woher willst du wissen, dass Ben nicht wieder auftaucht?«

Ihm war anzusehen, dass er sich zusammenreißen musste, um nicht auf sie loszugehen. Dann hatte er sich wieder in der Gewalt, und seine Gesichtszüge glätteten sich. »Ich habe ein gutes Gespür für Wahrscheinlichkeiten.« Ohne ein weiteres Wort machte er auf dem Absatz kehrt und lief über die Straße.

Henrike räusperte sich.

»Den meintest du hoffentlich nicht, als du mir am Montagmorgen am See von dem Typ erzählt hast, der so völlig unbeschädigt vom Leben ist, oder?«

Ich konnte nicht anders als zu lachen. »Nein!«

»Das beruhigt mich!«

Simon, mein Vater und Arne standen um ein Weinfass herum, das als Stehtisch diente. Sie tranken Rotwein aus bauchigen Gläsern und waren so in ihr Gespräch vertieft, dass sie uns erst bemerkten, als wir uns zu ihnen gesellten. Die drei waren völlig verschwitzt, ihre T-Shirts hatten großflächige Schweißflecken.

»Anstrengende Sache, so eine Weinprobe«, meinte Henrike mit einem anzüglichen Grinsen. »Da kann man schon mal ins Schwitzen geraten.«

Arne schob ihre Haare zur Seite und küsste sie auf den Nacken.

»Die beiden haben mir geholfen, ein paar Kisten im Lager umzustellen«, erklärte Simon.

Ich stibitzte mir sein Glas und probierte den Wein. »Mhm, gut! Dafür würde ich auch die eine oder andere Kiste bewegen.«

»Du bewegst schon genug. Wo warst du den ganzen Nachmittag? Ich habe dich vermisst. Außerdem habe ich mir Sorgen gemacht. Arne hat mir von deinem Auto erzählt.«

»Was war denn mit deinem Auto?«, fragte mein Vater dazwischen.

»Nichts weiter, es hatte nur einen Platten. In der Werkstatt ziehen sie mir einen neuen Reifen auf.«

»Vielleicht solltest du …«

»Nein, Papa, wegen eines Plattens brauche ich nicht gleich ein neues Auto.«

»Bevor wir ganz vom Thema abkommen«, beharrte

Simon, »was habt ihr denn nun gemacht?« Er sah zwischen Henrike und mir hin und her.

Ich zog die Brauen zusammen und schüttelte ganz leicht den Kopf, aber Simon verstand nicht, dass ich in Anwesenheit meines Vaters nicht damit herausrücken würde.

»Wir haben ein paar Leute besucht«, kam Henrike mir zu Hilfe.

»Wegen einer Nachlasssache«, schickte ich hinterher.

Simon schlang seine Arme um meine Taille und blickte mir amüsiert ins Gesicht. »Jetzt mach es nicht so geheimnisvoll. Oder unterliegt das der Schweigepflicht?«

In der Hoffnung, er würde das Thema wechseln, küsste ich ihn auf den Mund, aber Simon ließ nicht locker.

»Ist es wegen dieser Lenhardt-Geschichte? Wenn ja, kann ich nur sagen, zahl das Geld endlich dem Tierschutzverein aus. Umso eher kommst du selbst an dein Geld.«

»Sobald wieder genügend Geld auf meinem Konto ist, werde ich mir einen neuen Duschkopf leisten. Marke Wasserfall.«

»Dann komme ich zu dir zum Duschen«, feixte Henrike.

Arne umarmte sie von hinten und legte seinen Kopf auf ihre Schulter. »Mir wäre es lieber, du würdest bei mir duschen.«

Mein Vater räusperte sich. Seinem leicht glasigen Blick nach zu urteilen, hatte er nicht erst ein paar Schlucke Wein getrunken. »Kann mir mal jemand von euch Turteltauben sagen, wie ich meine Frau dazu bekomme, mit mir essen zu gehen?«

»Die Einladung zum Griechen war doch ein guter Anfang«, sagte ich.

»Sie hat abgesagt. Hat geschrieben …« Er schluckte und atmete tief ein, als könne der Sauerstoff ihm Mut machen. »Sie hat geschrieben, sie halte es für keine gute Idee. Könnt ihr euch das vorstellen? Ich dachte …«

Arne und Simon sahen sich ratlos an. Simon legte meinem Vater tröstend die Hand auf die Schulter, wusste jedoch nicht, was er dazu sagen sollte.

»Vielleicht mag sie kein griechisches Essen«, meinte Arne vorsichtig.

»Sie liebt es«, entgegnete ich. »Vermutlich ist sie noch viel zu aufgewühlt wegen ihrer Bonsais und muss erst wieder zur Ruhe kommen.«

»Ich hätte sie trösten können.« Mein Vater sah mich an wie ein Ertrinkender, der nach einem Halt sucht.

»Gib ihr Zeit, Papa. Versuch es irgendwann noch einmal.«

»Aber vielleicht ist es dann zu spät.«

»Wieso?«, fragte ich. Aber kaum war die Frage heraus, wusste ich, worauf er anspielte. »Sie hat keinen anderen Mann, ganz sicher nicht!«

»Wie willst du das wissen? In ihrem Hotel gehen Tag für Tag Geschäftsmänner ein und aus.«

»Evelyn steht nicht auf solche Typen«, meinte Henrike trocken.

»Ist euch nicht aufgefallen, wie hübsch sie in letzter Zeit wieder aussieht?«, fragte er unglücklich.

Henrike stellte sich vor meinen Vater, packte ihn an beiden Armen und zwang ihn, sie anzusehen. »Jetzt sage ich dir mal etwas, Hans: Evelyn ist es lange genug sehr schlecht gegangen. Genau wie dir. Und wenn sie jetzt wieder Lust hat, sich ein wenig zurechtzumachen, dann nimm das einfach als gutes Zeichen, dass es aufwärtsgeht mit ihr.«

Er ließ seine Stirn auf ihre Schulter sinken. »Ich hätte so gerne, dass es mit uns beiden wieder aufwärtsgeht.«

Henrike sah mich Hilfe suchend an. Ich ging zu den beiden und strich meinem Vater sanft über den Rücken.

»Schau mal, Papa, sie hätte in den vergangenen Jahren längst die Scheidung einreichen können, aber das hat sie nicht getan.«

»Und du meinst …?« Er löste sich aus Henrikes Armen und drehte sich zu mir um.

»Lass ihr Zeit, vergiss aber dein eigenes Leben darüber nicht.«

»Mein eigenes Leben? Ohne deine Mutter ist das nur ein Durchhalten. Würde sie nicht im Haus leben, ich weiß nicht, was …«

Arne klatschte laut in die Hände. »Dafür weiß ich, was wir jetzt machen. Wir Männer verräumen noch ein paar Kisten, und Henrike und Kris besorgen für uns alle etwas zu essen.«

Die Temperaturen waren immer noch so mild, dass wir hinter dem Haus an Simons verwittertem Holztisch unterhalb seiner Wohnung saßen. Ein leichter Wind mischte die unterschiedlichsten Düfte aus dem Kräutergarten und wehte sie zu uns herüber. Die Sterne glitzerten am wolkenlosen Himmel. Unter anderen Umständen hätte es ein Abend zum Träumen sein können.

Simon und Arne unterhielten sich mit schwerer Zunge über den Bordeaux, den sie in ihren Gläsern schwenkten, Henrike war in ihrem Trödelladen auf der Suche nach etwas Süßem zum Nachtisch, und ich stapelte die leer gegessenen Teller übereinander. Mein Vater schien tief in Gedanken zu sein und warf in regelmäßigen Abständen Blicke zur Wohnung seiner Frau hinüber, als wolle er nicht wahrhaben, dass ihre Spätschicht im Hotel auch an diesem Abend bis Mitternacht dauern würde. Meine Mutter war nicht unschuldig an seiner Verunsicherung. Mal versorgte sie ihn mit Köstlichkeiten aus ihrer Küche, um dann wieder wie eine Auster dichtzumachen und ihn nicht an sich heranzulassen. Was sie wirklich wollte, hätte ich nicht sagen können, vermutlich wusste sie es selbst nicht.

Die Pizza lag mir schwer im Magen. Den anderen ging es

wohl ähnlich, immerhin hatten Henrike und ich uns bei der Bestellung für die Variante XXL entschieden. Als Simon die Pizzen hatte schneiden wollen, war ihm aufgefallen, dass zwei seiner großen Messer fehlten. Nach meinen nächtlichen Wanderungen zwischen unseren Wohnungen hatte ich vergessen, sie zurückzubringen. Ich hatte ihm eine fadenscheinige Erklärung aufgetischt, die er nur deshalb schluckte, weil er wegen des vielen Weins nicht mehr klar denken konnte. Am Morgen würde ich die Messer zurückbringen.

Da ich nur ein Glas Wein zum Essen getrunken hatte, war ich fast so nüchtern wie Henrike, die wie immer keinen Tropfen anrührte. Sie kam mit einer Tüte Mäusespeck zurück und setzte sich wieder. Als mit den drei Männern irgendwann kein vernünftiges Wort mehr zu wechseln war, verzogen wir uns auf zwei Liegen im Garten. Ich schaute in den Sternenhimmel, während Henrike mit geschlossenen Augen rauchte. Nach einer Weile gesellte sich Rosa zu uns und kuschelte sich sogar zu mir auf die Liege, nachdem sie vorhin noch vor mir zurückgeschreckt war. Ich hatte sie zur Begrüßung streicheln wollen, aber sie hatte die Rute eingezogen und war verschwunden. Momente wie dieser riefen mir immer wieder ins Bewusstsein, dass wir nichts über ihr Vorleben wussten. Manchmal reichte eine Bewegung oder ein bestimmter Geruch, und sie wurde an frühere Erfahrungen erinnert. Jemand hatte sie auf einem Autobahnparkplatz angebunden zurückgelassen. Simon hatte sie dort gefunden und mitgenommen.

»Denkst du oft an dein früheres Leben?«, fragte ich Henrike.

»Wie kommst du jetzt darauf?«

»Ich habe über Rosa nachgedacht und über ihre seltsame Reaktion, als ich sie vorhin begrüßt habe. Wahrscheinlich habe ich irgendeine blöde Bewegung gemacht, die sie erschreckt hat. In solchen Momenten merkte ich, dass es ihr nicht immer so gut gegangen ist wie jetzt bei uns.«

»Reagiere ich auch seltsam?« Es klang, als würde sie schmunzeln.

»Höchstens eigen.« Ich lachte leise, wurde aber gleich wieder ernst. »Um neu anzufangen, muss man einiges hinter sich lassen. Ist dir das nicht schwergefallen? Ich meine, du musst Freunde gehabt haben in deinem früheren Leben, Familie, vielleicht auch einen Mann.«

»Einmal Einzelgängerin, immer Einzelgängerin. Daran ändern weder Lebensumstände noch Umfeld etwas. Du hast übrigens Kinder in deiner Aufzählung vergessen.«

Der Gedanke, Henrike könnte Kinder haben, lag mir völlig fern. »Hast du Kinder?«

»Nein.«

»Hättest du gerne welche?«

Sie schwieg einen Augenblick. »Es hat mal eine Zeit gegeben, da hätte ich mir vorstellen können, ein Kind großzuziehen. Aber das war nur eine kurze Phase, die vorüberging.«

»Warum hast du dir ein Kind gewünscht?«

»Warum?« Sie schien über die Frage nachdenken zu müssen. »Um es in Liebe aufwachsen zu sehen«, antwortete sie schließlich und schien dabei immer noch tief in Gedanken zu sein.

»Und der Mann, mit dem du dir dieses Kind gewünscht hast, hat der das auch so gesehen?«

»Was möchtest du denn eigentlich wissen, Kris?«

Ich atmete tief durch. »Simon hat mich vor ein paar Tagen gefragt, warum ich unbedingt ein Kind haben möchte. Ich habe gesagt, weil ich ein Familienmensch bin. Er meinte, ein Familienmensch sei jemand, der inmitten seiner Familie auflebe. Ich würde mir für meine Familie ein Bein ausreißen und Verantwortung übernehmen. Aber ich sei eine Einzelgängerin mit ausgeprägtem Kinderwunsch. Seiner Meinung nach gebe es zu viele falsche Gründe, um ein Kind in die Welt zu setzen.« Ich seufzte leise. »Simons Vater ist ein übler Schläger, der ihn regelmäßig verprügelt hat. Er kann die Angst nicht überwinden, selbst eines Tages die Kontrolle zu verlieren und sein Kind zu schlagen. Er ist so überzeugt davon, dass dieses Handlungsmuster in ihm drinsteckt – dagegen komme ich nicht an.«

»Ich kann ihn verstehen. Es gibt genügend Beispiele, wo es genauso ist.«

»Aber doch nicht Simon! Wir sind jetzt seit zwei Jahren zusammen, und es hat in dieser Zeit keine einzige Situation gegeben, in der ich auch nur annähernd Sorge hatte, dass er ausrastet.«

»Vielleicht hat er eine Ahnung von der dunklen Seite in sich.«

»Selbst wenn. Solch einer dunklen Seite ist man nicht hilflos ausgeliefert.«

»Da wäre ich mir nicht so sicher, Kris. Du musst dich erst einmal an sie heranwagen, sie dir eingestehen und dich ihr stellen. Das ist nicht einfach.«

»Kennst du deine?«

»Ziemlich genau. Und du?«

Ich schmunzelte. »Ich habe keine.«

»Ach, ja … interessant.« Sie ging auf meinen leichten Ton ein und zündete sich eine weitere Zigarette an.

Eine Weile schwiegen wir und hingen unseren Gedanken nach. Ich spürte, wie eine bleierne Müdigkeit von mir Besitz ergriff. Arne schien es ähnlich zu gehen. Henrike müsse ihn jetzt sofort nach Hause bringen, er sei zum Umfallen müde, rief er vom Tisch her zu uns rüber.

»Zum Umfallen betrunken«, sagte sie in liebevollem Ton, drückte die Zigarette im Rasen aus und stand auf.

»Henrike …«, hielt ich sie zurück, ohne dass ich wusste, was ich noch sagen sollte.

Sie sah mich lange an und legte dann ihre Hand an meine Wange. »Ja, Kris, man kann ohne Kinder leben. Gut sogar.«

»Bist du nie traurig deswegen?«

»Ich war es mal, aber die Traurigkeit ist vorübergegangen. Inzwischen bin ich froh über meine Unabhängigkeit. Mach dir nicht so viele Gedanken deswegen. Du hast noch viel Zeit. Und selbst wenn sich die Dinge nicht so entwickeln sollten, wie du es dir wünschst, können sie sich trotzdem zum Guten wenden. Letztlich weißt du das immer erst im Nachhinein.«

Ich spürte einen Trotz in mir aufsteigen, den ich schon aus meiner Kindheit kannte und der mich früher mit dem Fuß hatte aufstampfen lassen, wenn etwas nicht so lief, wie ich es wollte.

»Manche Dinge solltest du nicht erzwingen.« Henrike sah mich an, als spräche sie zu einer jüngeren Version von sich selbst.

»Fatalismus liegt mir nicht«, entgegnete ich.

»Mit Fatalismus hat das nichts zu tun, sondern mit Klugheit.«

»Ich bin nur froh, dass du nicht gesagt hast, es habe mit Vernunft zu tun. Darauf reagiere ich nämlich allergisch. Kris, die Vernünftige – damit haben meine Eltern sich immer aus der Verantwortung mir gegenüber gestohlen und ihre Aufmerksamkeit Ben zugewandt.«

»Hast du ihnen das jemals gesagt?«

»Wozu? Das würde sie nur traurig machen, und ändern würde es nichts.«

»Nicht für die Vergangenheit, aber fürs Jetzt.«

Ich schüttelte den Kopf und gähnte. »Ich bin ein großes Mädchen, ich komme damit klar.«

Henrike ging einen Schritt auf mich zu und umfing mich

mit ihren Armen. Sie legte ihre Wange an meine und sprach leise in mein Ohr. »Dann sage ich dem großen Mädchen mal was: Egal, was passiert oder wie sich die Dinge entwickeln, ich bin froh, dich zur Freundin zu haben. Vergiss das nicht, ja?«

Ich löste mich aus ihrer Umarmung und hielt sie ein Stück von mir fort. »Was soll denn passieren?«

Sie blieb mir die Antwort schuldig. Arne kam auf uns zugetorkelt und ging neben ihr in die Knie. Wir packten ihn unter den Armen und schleiften ihn, so gut wir konnten, zu Henrikes Mini. Nachdem wir ihn auf dem Beifahrersitz festgeschnallt hatten, half Henrike mir dabei, meinen Vater und Simon in ihre Betten zu verfrachten. Die beiden waren zum Glück noch besser zu Fuß als Arne. Danach drehten wir mit Rosa eine kleine Runde durch den Garten und verabschiedeten uns gerade an der Haustür, als meine Mutter mit dem Rad in die Hofeinfahrt bog. Sie begrüßte Henrike, drückte mir einen Kuss auf die Wange und sagte, sie müsse dringend ins Bett, sie könne kaum noch die Augen offen halten. Nur Sekunden später war sie im Haus verschwunden. Henrike schaute ihr hinterher und meinte, Täter würden ausschließlich für das bestraft, was sie ihren Opfern antäten. Aber wenn sie meine Eltern und mich sehe, dann habe das Verschwinden von Ben weit mehr Opfer gefordert.

Wider Erwarten hatte ich bis zum frühen Morgen durchgeschlafen. Rosa lag zusammengerollt am Fußende des Bettes und ließ sich nicht stören, als ich aufstand, um mich unter die Dusche zu stellen. Während ich den heißen Wasserstrahl auf meinen Nacken richtete, machte ich wie jeden Morgen einen Plan für den Tag. Und wie so oft war bereits unter der Dusche klar, dass der Plan nur mit größter Anstrengung und Disziplin zu schaffen sein würde. Ich machte mir gedanklich

Luft, indem ich ein paar Punkte auf das Wochenende verschob.

Zehn Minuten später war ich angezogen, schnalzte mit der Zunge und forderte die Hündin auf, mich zu begleiten. Als die Haustür hinter uns ins Schloss fiel, warf ich einen Blick auf die brennende Kerze und setzte mich dann aufs Rad. Es ging ein leichter Wind, der kühle Luft von der Würm zu mir herüberwehte. Am Himmel waren ein paar vereinzelte Wolken zu sehen, die Sonne war noch hinter den Häusern verborgen.

Rosa trabte aufgeregt neben mir her, als wir in den Park einbogen. Seit dem Überfall am Montagabend war ich mit ihr nicht mehr hier gewesen. Je näher wir der Stelle kamen, desto langsamer wurde sie, bis sie schließlich stehen blieb und sich weigerte weiterzulaufen. Ich zog die Tube mit Leberwurst aus der Hosentasche und lockte sie in kleinen Schritten und mit Lobeshymnen daran vorbei. Als wir es geschafft hatten, war ich stolz auf uns beide. Die erste Schlacht des Tages hatten wir geschlagen.

In der Büroküche fütterte ich als Erstes Rosa, bevor ich ein Brötchen aus dem Tiefkühlfach holte und es auf den Toaster legte.

Die Glocke von St. Georg tat gerade den siebten Schlag, als ich die Tür zum Vorgarten öffnete. Bis Funda kam, blieb mir also noch mehr als eine Stunde für eine private Recherche. Ines Wallner hatte etwas über Ben gesagt, das mir nicht aus dem Kopf ging: *Dein Bruder fand, die Sache mit der Samenspende sei eigentlich eine gute Geschäftsidee.* Was, wenn er diese *Sache* weiterverfolgt hatte?

Mit Telefon und Kaffee setzte ich mich an den Tisch in meinem Vorgarten und pfiff einmal laut. Vorsorglich öffnete ich schon mal die Dose mit den Nüssen, aber Alfred tauchte nicht auf. Meist lauerte er auf einem Baum in der Nähe und kam angeflogen, sobald ich die Tür öffnete. Ich pfiff noch einmal. Als nichts geschah, breitete sich eine leise Unruhe in mir aus. Gleichzeitig schalt ich mich eine Närrin. Wenn ich meinen Pünktlichkeitsfimmel auch noch auf Alfred ausdehnte, wurde es Zeit, daran zu arbeiten. Ich schloss die Dose wieder und stellte sie zur Seite. Er würde schon auftauchen, wenn ihm danach war.

Ich nahm einen großen Schluck Kaffee und wählte Robins Nummer. Aus Sorge, sie zu wecken, wollte ich nach einigen Sekunden schon wieder auflegen, als sie doch noch den Hörer abnahm. Sie hatte eine weiche, angenehme Stimme und störte sich überhaupt nicht daran, dass ich sie um diese Uhrzeit anrief. Sie sei eine Frühaufsteherin, außerdem hätte ich als Bens Schwester ohnehin einen Stein bei ihr im Brett. Ob es Neuigkeiten von meinem Bruder gebe?

»Nein, leider nicht. Aber ich habe gestern mit Ines gesprochen, und sie erzählte mir, dass du damals die Idee hattest, Ben als Samenspender heranzuziehen. Weißt du noch, ob ...?«

»Oje«, unterbrach sie mich und seufzte ins Telefon, »bin ich froh, dass es nur bei der Idee geblieben ist.«

»Wieso ...?«

»Nein, nein, nicht wegen Ben, entschuldige! Dein Bruder hätte sich ganz bestimmt wunderbar geeignet. Nur mit Ines und mir hat es nicht so geklappt. Geht es ihr gut?«

»Sie macht zumindest den Eindruck. Robin, sie hat mir erzählt, dass Ben damals meinte, diese Sache mit der Samenspende könne eine gute Geschäftsidee sein. Er hat sie gefragt, ob es in eurem Umfeld zahlungskräftige Paare gebe, die an erstklassigem Sperma interessiert seien. Hat er dich auch mal danach gefragt?«

»Hat er, aber zu dem Zeitpunkt wusste ich von niemandem. Ich habe ihm vorgeschlagen, sich ganz offiziell bei

Samenbanken zu bewerben. Ich meine, Kristina, mal ehrlich, die müssten sich doch um Typen wie Ben gerissen haben. Gut aussehend, intelligent, humorvoll ...« Sie kicherte. »Soll ich dir etwas verraten? Ich bin im fünften Monat.«

»Oh! Samenbank?«, fragte ich.

»Nein, ein guter Freund. Ines wollte nie jemanden, den sie kennt, aber meine Partnerin und ich möchten, dass unser Kind auch Zeit mit seinem biologischen Vater verbringen kann.«

»Glückwunsch, Robin, das freut mich.«

»Ich wollte schon immer ein Kind«, sagte sie mit einem zärtlichen Anflug in der Stimme. Vermutlich strich sie sich gerade in diesem Moment über ihren Bauch.

»Warum?«

Sie schien meine Frage weder seltsam noch indiskret zu finden, nur vollkommen überflüssig. »Das habe ich mich noch nie gefragt. Kinder gehören doch ganz selbstverständlich zum Leben. Was ist mit dir? Hast du Kinder?«

»Noch nicht. Robin, ich muss jetzt Schluss machen. Falls dir noch etwas zu Ben einfällt, meldest du dich dann bei mir?«

»Na klar.«

Ich gab ihr meine Telefonnummer, verabschiedete mich von ihr und ging in Gedanken zurück in die Küche. Ich strich mir gerade Honig auf das Brötchen, als ich Funda Guten Morgen rufen hörte.

»Ist es schon acht?«, fragte ich völlig verdattert, als sie in die Küche kam.

»Es ist sogar schon zwanzig nach.« Sie lächelte mich an und platzierte ein in Alufolie gewickeltes Päckchen auf der Arbeitsplatte.

»Baklava?«

»Nein, zur Abwechslung mal Sekerpare. Das heißt auf Deutsch so viel wie Zuckerstückchen. Pack aus!«

Ich löste die Alufolie, nahm eines der runden Teilchen und wollte gerade hineinbeißen, als Funda mich zurückhielt. Aus einem Marmeladenglas, das sie ebenfalls mitgebracht hatte, goss sie Zuckersirup über das Sekerpare.

»Der Sirup ist noch warm«, erklärte sie mir. »Sekerpare werden immer teils warm, teils kalt serviert.«

Ich biss hinein. »Mhm, schmeckt das gut. So könnte ich in jeden Tag starten.«

»Dann könntest du dir deine Klamotten aber auch gleich zwei Nummern größer kaufen«, lachte Funda.

»Hat deine Mutter wieder gebacken?«

Sie nickte und pustete dabei ihre Ponyspitzen von den Wimpern. »Als Dankeschön an dich, dass wir das mit der Pünktlichkeit klären konnten.«

»Sag einfach Bescheid, sobald es wieder etwas zu klären gibt.«

Spitzbübisch grinsend hob sie den Daumen und verzog sich auf klappernden Absätzen ins Büro.

Ich wollte Funda gerade folgen, als ich meinte, Alfred zu hören. Mit zwei großen Schritten war ich draußen, aber meine Ohren mussten mir einen Streich gespielt haben. Ich pfiff und wartete. Als er nicht auftauchte, schlang ich fröstelnd die Arme um den Körper. Seit wir Freundschaft geschlossen hatten, hatte die Krähe keinen einzigen Tag ausgelassen. In meinem Kopf tauchten Bilder von überfahrenen Vögeln auf, ich schob sie weg. Alfred durfte nichts passiert sein! Immerhin war der Tag noch lang, bestimmt würde ich später sein unvergleichliches Krächzen hören.

16

Während Funda in der Kammer des Schreckens die Unterlagen aus dem Wäschekorb sortierte, schaltete ich meinen PC ein. Kaum hatte sich der Internetbrowser geöffnet, gab ich *Samenspende* in die Suchmaschine ein und bekam mehr als vierhunderttausend Treffer. Ich engte die Suche auf *Samenspende München* ein, was die Treffer immerhin auf rund sechzigtausend reduzierte. Gleich auf der ersten Seite fand ich einen Hinweis auf die Website des Kinderwunschinstituts der Angermeiers. Ich wechselte zu der Seite und klickte auf den Reiter »Samenspende und Samenspender«. Zunächst las ich mir die Anforderungen an Samenspender durch: Sie mussten zwischen zwanzig und sechsunddreißig Jahre alt und völlig gesund sein, mussten eine Eins-a-Spermienqualität haben, sollten gepflegt sein, ansehnlich und männlich aussehen, eine gute Ausbildung haben, in oder um München herum wohnen und durften keiner Risikogruppe angehören. In Klammern dahinter waren diese Risikogruppen aufgeführt: Männer mit häufig wechselnden Sexualpartnern, Homosexuelle und Drogenabhängige.

Um die Diskriminierung von Homosexuellen schien sich hier niemand zu scheren. Ich hingegen konnte mich darüber genauso aufregen wie über das Verbot für Homosexuelle, Blut oder Knochenmark zu spenden. Auch ich hatte ausschließlich mit Männern Geschlechtsverkehr und konnte mich mit ansteckenden Krankheiten infizieren. Waren mein Blut oder mein Knochenmark deshalb auch nur einen Deut besser?

Einer Sache war ich mir sicher: Bens sexuelle Orientierung würde seiner Geschäftsidee mit der Samenspende zumindest auf dem offiziellem Weg, den Robin ihm vorgeschlagen hatte, einen Riegel vorgeschoben haben. Zumal sich, wie ich weiter erfuhr, Samenspenden finanziell nicht lohnten und auch ganz bewusst nicht lohnen sollten. Je nach Menge und Qualität gab es pro Spende zwischen dreißig und siebzig Euro. Die eine Hälfte dieses Betrages, der als Aufwandsentschädigung gedacht war, erhielt der Spender nach Abgabe der Probe, die zweite Hälfte nach einem halben Jahr. Und das auch nur dann, wenn die Kontrolle des Spermas Infektionskrankheiten ausschloss. Über die Gesamtanzahl und die Häufigkeit der Spenden würde im Einzelfall entschieden.

Ich las weiter und scrollte zu der Stelle, an der etwas über die rechtliche Seite der ganzen Angelegenheit stand. Der Samenspender blieb gegenüber den zukünftigen Eltern anonym. Sie konnten keinerlei Ansprüche, vor allem keine Unterhaltsansprüche, an ihn stellen. Aber auch der Spender erfuhr nichts über die Eltern. Das Gleiche galt für die Kinder, die mit seinem Sperma gezeugt wurden. Allerdings hatten die Kinder von ihrem achtzehnten Lebensjahr an einen Anspruch darauf, von der Samenbank zu erfahren, wer ihr Erzeuger war. Und hier wurde es für mich besonders interessant, denn mit der Preisgabe der Identität des Erzeugers war es möglich, erbrechtliche Ansprüche an ihn zu stellen. Aber, schrieben die Verfasser der Seite, die Erfahrung habe gezeigt, dass nur in seltenen Fällen die Kinder überhaupt ein Interesse an der Identität ihres biologischen Vaters hätten.

Ich lehnte mich in meinem Stuhl zurück und fragte mich, wie ich in einer solchen Situation entschieden hätte. Die Antwort war eindeutig. Ich hätte den Mann wenigstens einmal sehen und mit ihm sprechen wollen. Hatte Ben sich über solche Fragen überhaupt Gedanken gemacht, als Robin ihn wegen der Samenspende gefragt hatte?

Ich las weiter, erfuhr von ausführlichen Vorgesprächen,

von Typangleichung, damit der Spender dem unfruchtbaren Partner der Frau ähnlich sah, und vom eigentlichen Prozedere der Samenspende. Die optimale Samenspende kam zustande, wenn der letzte Samenerguss nicht mehr als zehn Tage zurücklag, der Spender jedoch vier Tage vor dem entscheidenden Termin keinen Samenerguss hatte. Das erinnerte mich an irgendetwas, das ich in den vergangenen Tagen gehört hatte, aber ich kam nicht gleich drauf, was es war. Und dann hatte ich es: »Bens enthaltsame Phase«, murmelte ich. »Genau das ist es.«

Gespannt las ich weiter. Um das Risiko zu senken, dass Geschwister unwissentlich eine Beziehung miteinander eingingen, sollten mit jedem Samenspender maximal zehn Kinder gezeugt werden. Jeder Spender erhalte eine Spendernummer, und nur die Ärzte des Instituts kannten seine wahre Identität.

Ich wechselte zu anderen Seiten, erfuhr, dass mit Spendersamen gezeugte Kinder Eiskinder genannt wurden und dass deren Akten bei den Ärzten unter Verschluss lägen. Bei Adoptivkindern lagerten die Akten bei den Jugendämtern. Staunend las ich, dass manche Samenbanken für sehr viel Geld Samen auch exklusiv verkauften und ihn somit nur an eine einzige Frau weltweit herausgaben. Und ich begriff, dass viele Spender ihren Samen nicht nur einem einzigen Institut zur Verfügung stellten. Damit konnte das Ganze durchaus zu einem Geschäft werden – zumindest für einen Studenten mit Anfang zwanzig und Blödsinn im Kopf.

Ich verließ das Internet und wählte Matthias Schützes Nummer in Berlin. »Wo erwische ich dich gerade?«, fragte ich Bens ehemaligen Mitbewohner, als er abnahm und ich im Hintergrund Kindergejohle und Stimmengewirr hörte.

»Auf dem Spielplatz.«

»Hast du nicht gesagt, dein Sohn zahne gerade erst?«

»Ich wollte ihm mal zeigen, welche Abenteuer noch auf ihn warten«, antwortete er mit trockenem Humor. »Bleib dran, ich verziehe mich mal ein Stück in den Park, da können wir ungestörter reden.«

Ich hörte ein Tor quietschen und die Geräuschkulisse abschwellen.

»So, jetzt«, meldete er sich zurück. »Was hast du auf dem Herzen?«

»Matthias, du hast doch gesagt, Ben habe dir vor seinem Verschwinden von einer enthaltsamen Phase erzählt. Hat er mit dir einmal über das Thema Samenspende geredet?«

»Nicht nur einmal.« Im Hintergrund war sein Baby zu hören, es brabbelte vor sich hin. »Wir haben uns damals immer mal wieder die Köpfe zerbrochen, wie man nebenher Geld verdienen könne. Ben schlug vor, Samen zu spenden. Das sei leicht verdientes Geld. Wo sonst würde man für ein bisschen Spaß mit sich selbst auch noch bezahlt?«

»Und ein lohnendes Geschäft, wenn man für mehrere Institute spendet …«

»Stimmt, aber das wird nicht gerne gesehen. Das jedenfalls meinte Ben damals. Er hatte überlegt, sich bei einem Institut registrieren zu lassen und damit sozusagen die Zertifizierung für erstklassiges Sperma zu ergattern. Damit wollte er dann auf den freien Markt gehen. Die Freundin seiner Chefin hatte ihn mal darauf angesprochen, aber deren Partnerin war wohl dagegen. Das einzige Problem, das er bei dieser Geschäftsidee gesehen hat, war, an die entsprechenden Leute heranzukommen.«

Wie musste man gestrickt sein, um darin das einzige Problem zu sehen? Hatte Ben etwa keinen einzigen Gedanken an das Ergebnis seiner *Geschäftsidee* verschwendet? Dass mit seinem Sperma Kinder entstanden? Oder dass ohne eine Samenbank seine Anonymität nicht gewahrt sein würde? Hatte er auch nur einmal an die rechtlichen Konsequenzen gedacht? »Bedeutet das, er hat sich tatsächlich bei einer Samenbank registrieren lassen?«, fragte ich.

»Zumindest hat er es versucht. Aber soweit ich mich erinnere, ist aus seiner Idee nichts geworden.«

Kein Wunder, dachte ich. Die Vorschriften der Samenbanken hatten sich nicht geändert. Auch vor Jahren schon war Homosexuellen der Zugang verwehrt gewesen. Oder hatte Ben vorgegeben, heterosexuell zu sein? »Bist du sicher, dass daraus nichts geworden ist?«, hakte ich nach.

»Das war zumindest mein letzter Stand damals. Aber, wer weiß, ob das auch wirklich stimmt.«

»Du meinst, er hat dich angelogen?«

»Na ja, ich fand, er ging ziemlich leichtfertig mit dem Thema um, und daraus habe ich auch keinen Hehl gemacht. Wäre es nach Bens Vorstellungen gegangen, hätte er sich bei dieser Geschäftsidee keine Grenzen gesetzt. Er hätte auch für fünf Samenbanken gleichzeitig gespendet oder die unfruchtbaren Paare eines ganzen Stadtteils versorgt. Hauptsache, die Kohle hätte gestimmt.«

Ich spürte einen Kloß im Hals.

»Dein Bruder war ein Grenzgänger«, fuhr Matthias fort. »Die Frage nach der Ethik seines Handelns hat ihm keine schlaflosen Nächte bereitet. Positiv ausgedrückt, war Ben experimentierfreudig und neugierig.«

»Warum hast du mir vorher nie etwas davon erzählt?«

»Wovon? Von seiner Experimentierfreude?«

»Ich meine die Sache mit der Samenspende.«

»Kris, hast du eine Ahnung, wie viele Geschäftsideen Ben in seinem Kopf gewälzt hat? Er kam jede Woche mit einer neuen. Hätte ich dir etwa alle aufzählen sollen? Davon abgesehen, kann ich mir beim besten Willen nicht vorstellen, wie das im Zusammenhang mit seinem Verschwinden stehen sollte.«

»Aber Ben hat genau wie ich jeden Monat Geld von meinen Eltern bekommen. Mit dem einen oder anderen Aushilfsjob hätte er damit eigentlich auskommen müssen. Ich verstehe das nicht.«

Matthias schwieg einen Moment. »Das Geld war das eine. Dazu kam der Kick, schlauer zu sein als andere.«

War das der Ben gewesen, den ich gekannt hatte? Einen Grenzgänger hatte Matthias ihn genannt, einen, der in beiden Welten zu Hause gewesen war. Ich musste an das denken, was Martin mir über Ben erzählt hatte. Die illegalen Machenschaften, in die er verstrickt gewesen war, und seine anschließende Informantentätigkeit. Ich konnte nicht länger so tun, als sei das nicht wahr, als würde meinem Bruder nur übel nachgeredet.

Ben war jemandem zum Opfer gefallen, da war ich mir ganz sicher. Er hatte sich mit hoher Wahrscheinlichkeit nicht nur als Hacker, sondern auch als Samenspender verdingt und hatte in jeder Situation versucht, das Beste für sich selbst herauszuholen. In welcher dieser Rollen hatte er sich einen Feind gemacht? Als Samenspender? Unwahrscheinlich, wenn es über eine Samenbank gelaufen war. Anonymität war dort eines der ehernen Gebote. Als Hacker? Möglich, dafür hätte er allerdings entlarvt werden müssen. War Konstantin Lischka bei seinen Recherchen auf Ben gestoßen und hatte ihn dann mit einem Gast des Abends in Verbindung bringen können? Reine Spekulation. Es gab keinen konkreten Hinweis darauf. Welche andere Möglichkeit gab es? Immer wieder die, dass die Verbindung durch Bens Homosexualität zustande gekommen war. Stimmte die Behauptung von Tilman Velte, Fritz Lenhardt habe homosexuelle Tendenzen gehabt, und hatte er die mit meinem Bruder ausgelebt?

Ich rief Nadja Lischka an und fragte sie unumwunden nach ihrem Eindruck. Spontan meinte sie, Fritz sei keinesfalls an Männern interessiert gewesen, um dann hinterherzuschicken, letztlich könne man für niemanden die Hand ins Feuer legen. Intuitiv bleibe sie zwar bei ihrem Nein, andererseits habe sie in ihrem Leben schon viele Überraschungen erlebt. Diese Antwort half mir nicht weiter.

Ich überlegte, wen von den fünf Erben ich noch darauf ansprechen konnte, und entschied, erst einmal einen anderen Weg einzuschlagen. Ich wählte die Nummer von Martins Handy. Nach dem zweiten Klingeln hörte ich seine Stimme.

»Sehnsucht?«, fragte er.

»Nein, eine Bitte.« Ich spürte, wie mir die Röte ins Gesicht stieg.

»Schade. Worum geht's?«

Ich erklärte es ihm und wartete gespannt auf seine Reaktion.

»Hol mich in zehn Minuten ab, dann fahre ich mit dir dorthin.«

»Ich habe gerade kein Auto.«

»Okay, dann bis gleich.«

Das weiße Hemd zu den verschlissenen Jeans stand ihm gut. Er hatte die Ärmel hochgekrempelt, sodass seine Unterarme zu sehen waren. Um sein rechtes Handgelenk trug er ein Wunschbändchen. Ich betrachtete sein Gesicht im Profil und fragte mich, was für ein Wunsch das sein mochte. Ich war mir sicher, dass er es bei unserer letzten Begegnung noch nicht getragen hatte. Es schien mir ratsam, diesen Gedanken nicht weiterzuverfolgen.

Martin war ein guter Fahrer, er fuhr zügig über die Autobahn, gleichzeitig sehr umsichtig und überraschend rücksichtsvoll, verlangsamte sogar mehrmals das Tempo, um andere einscheren zu lassen.

»Fährst du immer so?«, fragte ich ihn, als er die Ausfahrt nach Markt Schwaben nahm.

»Untypisches Balzverhalten verspricht angeblich den größten Erfolg. Ich befinde mich gerade in der Testphase.« Er grinste, ohne den Blick von der Straße zu wenden. »Und bist du im Auto immer so wortkarg?«

»Ich habe dich gerade erst etwas gefragt«, verteidigte ich mich.

»Nachdem du fast eine Viertelstunde geschwiegen hast.«

»Du hättest auch etwas sagen können.«

»Was ich zu sagen habe, willst du bestimmt nicht hören.« Sein Grinsen verbreiterte sich noch.

Wollen schon, dürfen nein, dachte ich im Stillen und sah aus dem Seitenfenster.

»Siehst du, jetzt schweigst du wieder«, sagte er nach einer Weile.

»Ich denke nach.«

»Weißt du, was ich glaube? Dir würde es ganz bestimmt guttun, etwas weniger zu denken.«

Für einen Moment trafen sich unsere Blicke, bevor ich wieder aus dem Seitenfenster sah. Wir passierten den Ortseingang von Markt Schwaben nun schon zum zweiten Mal. »Weißt du, was ich denke? Du bist einer von diesen notorischen Flirtern.«

»Und davor hast du Angst, stimmt's?«

»Ich bin nicht sehr ängstlich. Außerdem habe ich einen guten Orientierungssinn. Du fährst im Kreis.«

»Genau genommen war es ein Rechteck.« Er bog rechts ein und dann wieder links. Nach hundert Metern stellte er den Motor aus.

Wir standen am Zaun eines kleinen Einfamilienhauses mit spitzem Dach und alten Fenstern. Die mit Geranien überquellenden Blumenkästen waren eine einzige Pracht. Im Vorgarten schaukelte ein kleines Mädchen, als ginge es darum, einen Rekord aufzustellen. Das rhythmische Knarren der Hanfseile mischte sich mit dem Gezwitscher der

Vögel. Neben der Schaukel lag eine getigerte Katze im Gras und leckte sich das Fell.

Martin drückte die Klingel der Leitners. Es dauerte einen Moment, bis die Haustür aufging und eine gut gebaute Enddreißigerin mit blond gefärbten Haaren öffnete und uns zurief, wir sollten das Gartentor fest hinter uns schließen. Es klemme ein wenig.

Britta Leitner hatte einen festen Händedruck und einen offenen Blick. Sie begrüßte Martin wie einen alten Bekannten. Die Sympathie, die sie ihm gegenüber zu hegen schien, übertrug sie glücklicherweise auf mich. Das erleichterte die Sache. Sie bat uns in ein gemütlich eingerichtetes Wohnzimmer mit viel Holz und warmen Farben. In Fensternähe standen ein Bügelbrett und ein bis oben gefüllter Wäschekorb. Ein Hemd lag halb gebügelt auf dem Brett. Sie ging hin und schaltete das Bügeleisen aus.

»Wie ich schon am Telefon angedeutet habe«, begann Martin, »hat Frau Mahlo ein paar Fragen an Sie zu Fritz Lenhardt.«

Sie hatte die Hände in die Hüften gestützt und sah zwischen uns beiden hin und her. »Ich hole uns erst einmal etwas Gescheites zur Stärkung. Da redet es sich leichter.«

Sie schien schon alles vorbereitet zu haben, denn kaum eine Minute später kam sie mit einem Tablett zurück, auf dem Kaffeekanne, Becher und ein Teller mit Muffins standen. »Selbst gebacken«, erklärte sie überflüssigerweise. Der Duft frisch gebackenen Kuchens hatte uns bereits im Flur empfangen. Sie stellte das Tablett auf den runden Holztisch, der an einigen Stellen mit Buntstiften verziert worden war.

Obwohl ich am Morgen bereits Fundas Sekerpare verdrückt hatte, lief mir beim Anblick der Blaubeermuffins das Wasser im Mund zusammen. Den Gedanken an meine Kleidergröße schob ich beiseite und nahm mir eines der köstlich duftenden Teile.

Britta Leitner setzte sich zu uns, nachdem sie Kaffee eingeschenkt und einen Blick aus dem Fenster Richtung Schaukel geworfen hatte.

»Also dann los«, sagte sie. »Was wollen Sie über Doktor Lenhardt wissen?«

»Herr Cordes sagte mir, dass Sie viele Jahre als Arzthelferin für Fritz Lenhardt gearbeitet haben.«

»Nicht nur für ihn, für das gesamte Team, also auch für die Angermeiers.«

»Entschuldigen Sie, wenn ich das so direkt frage, aber wie haben Sie damals entdeckt, dass Fritz Lenhardt ein Verhältnis mit Beate Angermeier hatte?«

»Die Frage müsste eigentlich lauten, wo ich das entdeckt habe.« Sie lachte verschmitzt. »Die beiden lagen auf dem Sofa im Aufenthaltsraum. Sie haben bestimmt geglaubt, außer ihnen sei niemand mehr im Institut. Aber ich hatte an dem Abend das Geburtstagsgeschenk für meinen Mann vergessen und musste noch mal zurück. Wenn Doktor Lenhardt mir nicht hinterhergekommen wäre, hätte ich gar nicht begriffen, dass die Frau Doktor Angermeier nicht unter ihrem eigenen Mann lag. Ich hatte ja nur ganz kurz in den Raum geschaut, weil ich Geräusche gehört hatte. Als ich dann die beiden Nackten sah und das Gesicht von der Frau Doktor erkannte, hab ich auf dem Absatz kehrtgemacht. Der Doktor Lenhardt hat sich schnell seinen Kittel angezogen und mich noch an der Tür abgefangen.« Die Erinnerung schien sie zu amüsieren. Ihre Augen blitzten. »Das war wie im Film. Da sagen die Männer auch immer, es sei nicht das, wonach es aussehe. Ich habe ihm dann versprechen müssen, dass von mir niemand etwas erfährt. Und daran habe ich mich gehalten, bis der Herr Cordes bei mir auftauchte.« Sie nickte Martin zu. »Da habe ich mich nicht mehr an das Versprechen gebunden gefühlt, Doktor Lenhardt ist ja jetzt schon länger tot.«

»Sind Sie dazu nach der Ermordung des Journalisten eigentlich von der Kripo befragt worden?«, wollte ich wissen.

»So direkt nicht, nein. Die haben alles Mögliche gefragt, aber nie nach einem Verhältnis. Also habe ich auch nichts gesagt. Das war schließlich nicht gelogen. Ich mochte Doktor Lenhardt sehr, ich wollte ihm nicht schaden.«

»Können Sie sich noch erinnern, wie lange vor dem Mord Sie die beiden erwischt haben?«

Sie schien im Geiste nachzurechnen. »Ich schätze, das war so ungefähr ein Vierteljahr davor.«

»Frau Leitner, könnten Sie sich vorstellen, dass Fritz Lenhardt auch einmal etwas mit einem Mann hatte?«

»Mit einem Mann?« Sie sah mich an, als zweifle sie an meinem Verstand. »Auf keinen Fall!«

»Wieso nicht?«

»Wird ihm das etwa nachgesagt? Wer behauptet so etwas?«

»Einer seiner Freunde hat es angedeutet.«

Sie ließ sich gegen die Lehne ihres Stuhls sinken. »Und der will mit ihm ein Verhältnis gehabt haben?« Sie schüttelte heftig den Kopf. »Der Mann lügt.«

»Wie können Sie sich dessen so sicher sein? Es gibt schließlich auch Bisexuelle.«

»Aber nicht Doktor Lenhardt«, beharrte sie und sah mich einen Augenblick lang fast feindselig an.

Ich hatte verstanden. Ich durfte ihr Fragen stellen, aber ich durfte nicht an dem Bild kratzen, das sie sich von ihrem ehemaligen Chef bewahren wollte. Ich zog mein Notizbuch aus der Tasche, entnahm ihm ein Foto und schob es über den Tisch zu ihr hinüber. »Haben Sie diesen Mann schon einmal gesehen?«

Sie nahm das Foto in die Hand. Während sie es betrachtete, runzelte sie die Stirn und massierte sich die linke Schläfe. »Möglich … aber …«

Um zu verhindern, dass sie sich an Ben nur wegen der

Suchplakate, die ich damals aufgehängt hatte, erinnerte, hatte ich ein völlig anderes Foto ausgewählt. Gespannt hielt ich den Atem an.

»Sie könnten ihm im Institut begegnet sein«, versuchte Martin ihr auf die Sprünge zu helfen.

Wie in Zeitlupe nickte sie. Mit geschlossenen Augen und einer knappen Handbewegung bedeutete sie uns, sie nicht zu stören.

»Könnte er Samenspender gewesen sein?«, fragte ich, als mir die Geduld ausging.

Sie schlug die Augen auf. »Wer ist der Mann überhaupt?«

»Er ist mein Bruder.«

»Und weswegen wollen Sie wissen, ob ich ihn schon einmal gesehen habe? Ist er derjenige, der behauptet, Doktor Lenhardt hätte etwas mit Männern gehabt?«

»Nein«, antwortete ich schnell. »Mein Bruder ist vor sechs Jahren verschwunden. Und ich habe erst jetzt erfahren, dass er sich vermutlich als Samenspender zur Verfügung gestellt hat. Es wäre doch möglich, dass …«

»Verstehe«, unterbrach sie mich. »Warten Sie bitte einen Moment.« Sie ging zum Fenster und hielt nach ihrer Tochter Ausschau, die nicht mehr auf der Schaukel saß. Als sie das Kind entdeckt hatte, kam sie zum Tisch zurück. Sie sah mich forschend an. »Sagen Sie, Ihr Bruder, ist das zufällig der, nach dem so lange gesucht wurde? Damals hingen überall Plakate.«

»Ja, das ist Ben.«

Sie nahm das Foto wieder zur Hand. »Auf diesem Foto sieht er ganz anders aus als auf den Plakaten.«

»Sie erinnern sich an das Foto auf den Plakaten?«

»Ja. Darauf habe ich ihn damals ja wiedererkannt.«

»Was?«, fragten Martin und ich wie aus einem Mund.

Sie zuckte zusammen und schien in diesem Augenblick zu begreifen, dass sie einen Fehler gemacht hatte. Sie nahm die Kaffeekanne zur Hand, schenkte uns nach, obwohl unsere Tassen noch fast voll waren, und ging dann dazu über, die restlichen Muffins auf dem Teller neu zu drapieren. Schließlich schaute sie auf die Uhr und meinte, sie hätte jetzt eigentlich keine Zeit mehr, sie müsse sich um ihre Tochter kümmern.

»Das heißt«, sagte ich behutsam, »Sie haben ihn vor seinem Verschwinden schon einmal gesehen. Wann war das?«

»Wieso ist das wichtig?«

»Haben Sie Geschwister?«

»Zwei Schwestern.«

»Stellen Sie sich vor, eine der beiden würde spurlos verschwinden …«

»Ich habe ihn mehr als einmal gesehen. Im Institut.«

»Und wann zuletzt?«, fragte Martin.

Sie brauchte nicht lange zu überlegen. »Das war ungefähr ein halbes Jahr vor dem Mord, für den Doktor Lenhardt eingesperrt wurde.«

»Frau Leitner«, nahm ich den Faden auf, »Sie sagten, Sie hätten ihn mehr als einmal gesehen. Wissen Sie, was er im Institut wollte oder mit wem er dort zu tun hatte?«

»Er hatte mit Doktor Lenhardt zu tun, aber …«

»Ganz sicher mit Fritz Lenhardt?«

»Ich weiß, worauf Sie hinauswollen.« Sie wirkte aufgebracht. »Ihr Bruder war homosexuell. So hat es in den Zeitungen gestanden. Wenn Sie meinen, dass …« Sie schluckte schwer. »Doktor Lenhardt hatte nichts mit ihm. Dafür lege ich meine Hand ins Feuer.«

Ich trank einen Schluck Kaffee. Ihr Blick wanderte nervös im Raum umher.

»Wie war das damals für Sie, als er wegen Mordverdachts verhaftet wurde?«

»Entsetzlich. Sie haben ihn einfach abgeholt. Mitten am Tag.« Sie sagte es so, als wäre jede andere Tageszeit eine bessere gewesen. »Kamen ins Institut, fragten am Empfang nach ihm und führten ihn in Handschellen ab. Er sagte noch zu mir, ich solle mir keine Sorgen machen, das sei ganz sicher ein Irrtum. Und dann ist er nie wiedergekommen. Und hat sich im Gefängnis …« Sie zog ein Taschentuch aus ihrer Hosentasche und wischte sich damit über die Augen.

»Glauben Sie, dass er unschuldig war?«

Sie nickte mit Nachdruck.

»Und die anderen Mitarbeiter im Institut?«, fragte ich weiter.

»Wir waren uns alle einig, dass sie mit Doktor Lenhardt den Falschen verhaftet hatten.«

»Auch noch, nachdem er verurteilt worden war?«

»Warum hätte denn das Urteil etwas daran ändern sollen?«, fragte sie überrascht.

Diese Frage machte sie mir sehr sympathisch. Unweigerlich musste ich lächeln.

»Ich konnte seine Frau gut verstehen, sie hat nie aufgegeben«, fuhr sie fort. »Hätte ich an ihrer Stelle auch nicht. Aber sie ist dran kaputtgegangen.«

Einen Moment fragte ich mich, ob beide Frauen einen verklärten Blick auf Fritz Lenhardt gehabt hatten. »Frau Leitner, Sie sagten, mein Bruder hätte mit Doktor Lenhardt zu tun gehabt. Was war denn genau dessen Aufgabengebiet im Institut?«

»Er hatte mehrere.«

»War er auch für die Samenbank und die Auswahl der Spender zuständig?«, fragte Martin.

Ihr Widerstreben stand ihr ins Gesicht geschrieben. »Das war er, aber … Ich muss jetzt wirklich weitermachen.« Sie stand auf und bewegte sich Richtung Tür.

In diesem Augenblick begriff ich, was ihr zu schaffen machte. »Doktor Lenhardt hat es auch erst aus den Zeitungen erfahren, nachdem mein Bruder verschwunden war, nicht wahr?«

Sie atmete tief ein und schien sich beim Ausatmen etwas zu entspannen. Ihr Nicken war kaum erkennbar.

Martin sah mich verständnislos an, hielt sich aber zurück.

»Und er hat Sie und alle anderen gebeten, Stillschweigen darüber zu bewahren, dass mein homosexueller Bruder für das Institut Samen gespendet hat.«

»Das hätte doch einen Skandal gegeben und dem Institut und uns allen geschadet. Es wäre niemandem damit gedient gewesen, wenn herausgekommen wäre, dass ein Schwuler …« Sie rang ihre Hände und blickte zu Boden. »Doktor Lenhardt hat dafür gesorgt, dass der restliche Samen Ihres Bruders sofort vernichtet wurde.«

Ich gab mir Mühe, die nächste Frage nicht vorwurfsvoll klingen zu lassen. »Und als mein Bruder spurlos verschwunden war und nach ihm gesucht wurde, da …«

Sie schüttelte den Kopf, als spüre sie meine Anspannung und versuchte mich zu beschwichtigen. »Er war ja schon ein halbes Jahr lang vor seinem Verschwinden nicht mehr im Institut aufgetaucht. Insofern war das alles Schnee von gestern und nicht mehr relevant.«

Das klang nicht nach ihrer eigenen Wortwahl. »Hat Doktor Lenhardt das so ausgedrückt?«

Sie setzte sich wieder zu uns. »Nein, Frau Doktor Angermeier.«

Einen Moment lang saß ich mit offenem Mund da. Sie hatte also gewusst, dass Ben für das Institut gespendet hatte, und hatte es mit keiner Silbe erwähnt. »Hat Herr Doktor Angermeier auch etwas dazu gesagt?«

»Er hat uns allen klargemacht, dass unsere Arbeitsplätze gefährdet seien, wenn etwas davon nach außen dringe.« Sie biss sich auf die Unterlippe, als habe sie noch immer ein schlechtes Gewissen. »Und damit hatte er schließlich recht.

Ihrem Bruder hätte es nichts genutzt, wenn wir damit zur Kripo gegangen wären. Herr Doktor Angermeier meinte, wenn jemand verschwindet, glaubt jeder, seinen Senf dazugeben zu müssen. Die Polizei würde überschwemmt mit völlig unwichtigen Informationen, die sie nur von ihrer Suche nach wirklich wichtigen Hinweisen ablenke. Das hat uns allen eingeleuchtet.«

So konnte man die Sache natürlich auch betrachten, dachte ich mit einem Anflug von Sarkasmus und warf Martin einen schnellen Blick zu. Ihm schien ein ähnlicher Gedanke durch den Kopf zu gehen.

»Jetzt muss ich aber wirklich«, sagte Britta Leitner, strich sich über die Oberschenkel und machte Anstalten aufzustehen.

Ich beugte mich zu ihr. »Es tut mir leid, dass wir Sie so sehr in Beschlag nehmen mussten. Darf ich trotzdem noch eine Frage loswerden?«

»Wenn es schnell geht ...«

»Es hat einmal eine Anschuldigung gegen Herrn Doktor Angermeier gegeben. Wissen Sie etwas davon?«

Sie wirkte erleichtert, dass es nicht mehr um Fritz Lenhardt ging, setzte sich aufrecht hin und senkte die Schultern. Es sah ein wenig so aus, als vollführe sie eine gymnastische Übung. »Das ließ sich ja gar nicht geheim halten.« Sie überlegte. »Es ist jetzt um die acht Jahre her. Eine schlimme Sache, wenn Sie mich fragen. Wir haben damals alle die Luft angehalten. Gar nicht auszudenken, was gewesen wäre, wenn die Patientin die Wahrheit gesagt hätte.« Britta Leitner sah zwischen uns beiden hin und her und schien sich vergewissern zu wollen, dass wir begriffen, welches Damoklesschwert damals über dem Institut gehangen hatte. »Aber zum Glück hat es diesen Zeugen gegeben, mit dem Doktor Angermeier zur angeblichen Tatzeit unterwegs war. Er konnte also gar nicht in der Praxis gewesen sein.«

Wäre das Thema nicht so ernst gewesen, hätte ich geschmunzelt. Für Fritz Lenhardt würde seine ehemalige Angestellte immer noch die Hand ins Feuer legen. Und das, obwohl es so viele Beweise gegeben hatte, die für seine Schuld sprachen. Im Fall von Christoph Angermeier hingegen hielt sie sich an den einzigen Beweis, den es für seine Unschuld gab: den Zeugen Tilman Velte.

»Als Sie damals von dem Vorwurf gegen Doktor Angermeier hörten, was war da Ihr erster Gedanke?«

»Mein erster Gedanke? Oje, das ist so lange her. Wie soll ich mich jetzt noch daran erinnern, was ich gedacht habe?«

In diesem Moment kam ihre Tochter herein und verkündete, dass sie Durst habe. Britta Leitner stand auf und ging mit ihr in die Küche. Wir hörten die beiden reden. Kurz darauf kamen sie gemeinsam zurück ins Wohnzimmer. Die Kleine kletterte auf einen Stuhl und bekam von ihrer Mutter ein Glas mit Apfelschorle.

»Hat Sie der Vorwurf überrascht?«, fragte Martin.

»Ich fand ihn ganz grässlich. Bis dahin hatte ich gedacht, so etwas gäbe es nur in Filmen.«

»Das heißt, Sie hätten Herrn Doktor Angermeier eine sexuelle Nötigung nicht zugetraut?«

»Hätte ich ihm so eine Schweinerei zugetraut, hätte ich ganz bestimmt nicht für ihn gearbeitet.«

17

Vor genau einer Woche hatte ich mit den fünf Erben zusammengesessen und sie unter anderem nach meinem Bruder gefragt. Jeder einzelne von ihnen hatte versichert, Ben entweder noch nie oder lediglich auf den Plakaten gesehen zu haben. Ob die Angermeiers ihn jemals im Institut zu Gesicht bekommen hatten, war fraglich. Aber wie ich inzwischen mit Sicherheit wusste, war beiden bekannt, dass er für das Institut als Samenspender gearbeitet und mit Fritz Lenhardt zu tun gehabt hatte. Sie hatten mich angelogen.

In welchem Licht erschien nun der Satz *Ich hab dich mit Ben Mahlo gesehen*? Laut Beate Angermeier hatte Konstantin Lischka den Satz in abgewandelter Form an jenem Abend zu Fritz Lenhardt gesagt. Es sei um das Schäferstündchen gegangen, bei dem der befreundete Journalist sie und ihren Institutspartner zwei Tage vor dem Mord überrascht habe. Britta Leitner hatte die beiden allerdings bereits ein Vierteljahr vor dem Mord zusammen erwischt. Entweder, die Affäre hatte sich über mehrere Monate hingezogen, und sie waren zweimal überrascht worden, oder Beate Angermeier hatte eine Lüge mit Wahrheit vermischt. Hatte sie die Vergangenheit kurzerhand umgeschrieben, Konstantin Lischka gegen ihre Angestellte vertauscht und den Zeitpunkt, zu dem die Affäre entdeckt worden war, nach hinten verschoben?

Und wenn ja, warum war es ihr so wichtig, von Ben abzulenken? Um ihr Institut zu schützen? Damit es nicht in den Ruf geriet, die Samenspender schludrig auszuwählen? Oder ging es allein ums Erbe? War das Geld für sie ein so gewichtiger Grund, den Fokus scheinbar ohne Not auf sich selbst zu richten und gleichzeitig Fritz Lenhardt ein weiteres Mordmotiv unterzuschieben? Und nicht zuletzt: Wie passte Tilman Veltes Hinweis auf Fritz Lenhardts homosexuelle Tendenzen da hinein?

Mit all diesen Fragen bestürmte ich Henrike, als sie am frühen Nachmittag endlich in ihrem Trödelladen auftauchte. Sie war ratlos und konnte genau wie ich nur spekulieren. Um die Anzahl der Fragezeichen zu reduzieren, beschlossen wir, Beate Angermeier noch vor dem Wochenende einen Besuch abzustatten. Ich rief sie im Institut an, sagte, mir wäre bewusst, dass es Freitagnachmittag sei, ich hätte jedoch ein paar dringende Fragen zu klären, und bat sie, in jedem Fall dort auf uns zu warten. Sie versuchte mich auf die kommende Woche zu vertrösten. Nach einer anstrengenden Woche habe sie endlich die Möglichkeit, das Institut früher zu verlassen, und die wolle sie nutzen. Also schlug ich vor, sie gegen Abend zu Hause zu besuchen, aber das schien ihr noch weniger zu gefallen. Widerstrebend willigte sie schließlich ein.

Wir wollten gerade in meinen Wagen steigen, den Arne aus der Werkstatt geholt und auf dem Parkplatz abgestellt hatte, als Simon winkend auf uns zugelaufen kam. Rosa sprang aufgeregt bellend neben ihm her.

»Wie gut, dass ich dich noch erwische, Kris! Ich habe ganz kurzfristig eine Einladung in die Pfalz bekommen. Einer meiner Lieblingswinzer veranstaltet heute Abend eine Weinprobe. Ich habe schon alles geregelt. Arne springt heute Nachmittag und morgen hier für mich ein. Wir könnten in einer halben Stunde aufbrechen.« Er sah mich in freudiger Erwartung an. Als ich nicht gleich reagierte, versuchte er mir den Ausflug schmackhaft zu machen. »Du hast so lange keinen freien Tag gehabt. Es würde dir guttun, mal hier rauszukommen und etwas anderes zu sehen als verwaiste Haushalte und gierige Erben. Was meinst du?«

Es tat mir weh, ihn zu enttäuschen. »Das geht nicht, Simon. Henrike und ich haben einen wichtigen Termin.«

»Verschieb ihn.«

»Es war schon schwierig genug, ihn überhaupt zu bekommen.«

Er wandte sich an Henrike. »Kannst du nicht allein hinfahren?«

Sie schüttelte den Kopf. »Leider nein.«

Simon stand die Enttäuschung ins Gesicht geschrieben. Einen Moment lang betrachtete er mich stumm. Dann nahm er meine Hand. »Wir haben so selten die Gelegenheit zu einem gemeinsamen Wochenende, Kris …«

»Das liegt aber nicht nur an mir, Simon, sondern auch daran, dass du an den meisten Samstagen in deinem Laden stehst und sonntags groggy bist. Das ist auch völlig in Ordnung, aber …«

»Du hast keinen Laden, vor dem samstags die Kunden stehen«, unterbrach er mich. »Du bist viel flexibler. Jedenfalls könntest du das sein.« Er trat vor mich und strich mir zärtlich eine Haarsträhne aus dem Gesicht. »Oder muss ich erst zur Nachlasssache werden, um deine Aufmerksamkeit zu bekommen?«

Ich knuffte ihn leicht in die Seite. »Sag so etwas nicht einmal im Scherz!«

»Kris, bitte, komm mit! Solch eine Gelegenheit ergibt sich so schnell nicht wieder. Der Winzer hat ganz wunderbare Weine. Gleich neben dem Weingut steht ein kleines, romantisches Hotel. Ich habe dort ein Zimmer für uns reserviert. Wir könnten endlich mal wieder zusammen ausschlafen …«

Henrike räusperte sich, sagte, sie würde mal kurz eine Zigarette rauchen gehen, und verschwand hinter der Scheune.

Ich legte meine Arme um Simon und näherte meinen Mund seinem Ohr. »Wir beide haben noch nie zusammen ausgeschlafen.«

»An mir liegt das ganz bestimmt nicht.« Es klang traurig, wie er es sagte.

Ich umschlang ihn fester und hielt ihn einen Moment so. »Es tut mir leid, Simon, aber ich kann nicht mitkommen.«

»Was ist wichtiger? Diese Testamentsvollstreckung? Kris, ich verstehe dich nicht. Das eilt doch nicht.«

Simon war nicht auf dem Laufenden, und das war meine Schuld. Ich hatte ihm zu viel verschwiegen, was diesen Fall betraf. Wie sollte ich ihm zwischen Tür und Angel erklären, dass eine Erklärung für Bens Verschwinden möglicherweise in greifbare Nähe gerückt war? »Simon«, sagte ich sanft, »ich muss diese Frau treffen. Sie hat nur heute Nachmittag Zeit. Danach ist sie für die nächsten Wochen verreist.« Die Lüge kam mir leicht über die Lippen. Aus jahrzehntelanger Erfahrung wusste ich, dass diese Strategie effektiver war als endlose Erklärungsversuche.

»Schade«, gab er sich geschlagen. »Ich hätte dich gerne dabeigehabt.«

»Wir holen das nach. Versprochen.«

Er nahm meinen Kopf in die Hände und sah mir lange in die Augen. »Du bedeutest mir sehr viel, Kris, vergiss das nicht.«

Simon hatte mir noch nie eine Liebeserklärung gemacht. Warum ausgerechnet jetzt? Ich sah ihn irritiert an.

Er berührte meine Lippen mit seinen und ließ sie dann zu meinem Ohr wandern. »Ich bin am Sonntag zurück. Vielleicht könnten wir dann im Langwieder See schwimmen gehen, was meinst du?«

Ich musste lachen. »Hast du nicht mal gesagt, Schwimmen sei etwas für Senioren und du würdest frühestens als Achtzigjähriger damit anfangen?«

»Ich wollte mich nur vergewissern, dass du tatsächlich nichts vergisst.«

Der Feierabendverkehr verstopfte wie immer die Straßen, sodass wir von Obermenzing bis zur Fürstenrieder Straße fast eine halbe Stunde brauchten. Und das, nachdem wir ohnehin schon zu spät losgefahren waren. Zum Glück fanden wir sofort einen Parkplatz auf der institutseigenen Fläche.

Das Kinderwunschinstitut Angermeier war in der obersten Etage eines unscheinbaren, sechsstöckigen Gebäudes untergebracht. Henrike und ich nahmen den Aufzug, der innen auf einer Seite komplett verspiegelt war. Wir nutzten die Gelegenheit für einen kleinen Check. Henrike fuhr sich mit den Fingern durch die Haare und wischte einen Wimperntuschefleck unter dem linken Auge fort. Ich fasste meine Haare mit einer Hornspange zusammen und legte farblosen Lipgloss auf. Im Spiegel zwinkerten wir uns zu.

»Dann auf in den Kampf«, sagte Henrike mit einem Schmunzeln, als ein leises Pling unsere Ankunft im sechsten Stock anzeigte.

Wir betraten das Institut durch eine Glastür, hinter der uns eine pastellige Ästhetik empfing. Hier war alles zum Wohlfühlen erdacht – die Farben genauso wie die Formen. Die Wände waren fliederfarben gestrichen, Plastiken schwangerer Frauen standen dezent verteilt. Eine Wand des Entrees war über und über mit Babyfotos bedeckt. Das war die Wand, die von den Erfolgen des Instituts erzählte. Einem Impuls folgend, stellte ich mich davor und hielt nach Babys Ausschau, die Ben ähnelten.

»Kann ich Ihnen helfen?« Die Stimme kam vom Empfang.

»Wir haben einen Termin bei Frau Doktor Angermeier«, sagte Henrike.

Ich drehte mich um und stellte mich neben sie. Die äußerst gepflegte Brünette im lachsfarbenen Hosenanzug schaute uns fragend an.

»Kristina Mahlo«, stellte ich mich vor.

Sie sah zwischen uns beiden hin und her und senkte ihren Blick dann auf ihren PC. Schließlich schüttelte sie den Kopf. »Ich habe keinen Termin für Sie vermerkt. Sind Sie sicher …?«

»Ich habe den Termin vorhin telefonisch direkt mit Frau Doktor Angermeier ausgemacht. Sie weiß Bescheid.«

»Verstehe.« Sie griff zum Hörer und drückte zwei Ziffern. Während sie wartete, betrachtete sie ihre langen, lackierten Nägel. »Nicole vom Empfang«, meldete sie sich. »Frau Mahlo ist hier, sie sagt, sie …«

»Ja, ich bringe sie zu Ihnen.« Sie legte auf und gab uns ein Zeichen, ihr zu folgen.

Henrike und ich waren es gewöhnt, uns zügig durch unseren Arbeitstag zu bewegen. Hier hingegen herrschte ein völlig anderes Tempo. Nicole, die vor uns ging, schien alle Zeit der Welt zu haben. Wir bogen zweimal ab, bis wir am Ziel angekommen waren. Sie deutete auf eine Tür und begab sich auf den Rückweg.

Ich klopfte kurz, wartete auf ein Herein und öffnete dann die Tür zu einem gemütlich eingerichteten Sprechzimmer, das bis auf die Bücher im Regal nichts Medizinisches hatte. Es gab auch keinen Schreibtisch, an dem man sich gegenübersaß, sondern eine bequeme Sitzgarnitur in Erdfarben mit pastellfarbenen Kissen darauf. Auf dem Glastisch stand ein bunt gemischter Rosenstrauß, der einen zarten Duft verbreitete. Die weiche, feminine Ausstrahlung dieses Raumes schien so gar nicht zu der eher herben Beate Angermeier zu passen.

Im weißen, maßgeschneiderten Hosenanzug kam sie uns auf Gehhilfen gestützt entgegen und begrüßte uns. An Henrikes Anwesenheit schien sie sich seit unserer letzten Begegnung gewöhnt zu haben, sie verlor kein Wort darüber. »Setzen wir uns«, sagte sie.

Wir ließen uns in die weichen Polster sinken und saßen vermutlich genau dort, wo tagtäglich die Kinderwunschpaare ihre Hoffnungen offenbarten. Beate Angermeier nahm uns gegenüber Platz.

»Dies ist ein sehr schöner Raum«, eröffnete ich das Gespräch.

»Danke.« Zu Small Talk schien sie nicht aufgelegt zu sein.

»Wie hoch ist Ihre Erfolgsquote?«, fragte ich.

»Die können Sie auf unserer Website nachlesen, dafür hätten Sie nicht herkommen müssen. Also, worum geht es? Wieder um diesen leidigen Satz, den Rena belauscht haben will? Ich dachte, das hätten wir geklärt.« Sie lächelte aufgesetzt.

»Wirklich geklärt ist bisher nur, dass Fritz Lenhardt und Sie eine Affäre hatten und Sie dabei erwischt wurden.« Ich erwiderte ihr Lächeln.

Ihre Brauen zogen sich ganz leicht zusammen. »Konstantin hat uns erwischt. Das habe ich Ihnen bereits ausführlich erzählt. Wozu …?«

»Es wäre gut, wenn wir noch ein paar Details abklären könnten.«

»Zum Beispiel?«

»Wo genau befanden Sie und Fritz Lenhardt sich, als Herr Lischka Sie überrascht hat?«, übernahm Henrike.

»Auf dem Sofa im Aufenthaltsraum.«

»Zu welcher Tageszeit?«

»Es war abends. Wir nahmen an, wir seien alleine.«

»Tauchte Konstantin Lischka öfters unangemeldet in Ihrem Institut auf?«

Beate Angermeier warf mir einen Blick zu, als wolle sie sich vergewissern, dass sie tatsächlich meiner Begleiterin

Rede und Antwort stehen sollte. Ich nickte ihr aufmunternd zu.

»Diese Frage habe ich schon einmal beantwortet. Aber bitte: Zwischen den beiden Männern herrschte wegen des gescheiterten Hauskaufs eine Ausnahmesituation«, erklärte sie. »Sie hatten wochenlang nicht miteinander gesprochen. Schließlich hatte Fritz die Hand ausgestreckt und Konstantin zu seinem Geburtstag eingeladen. Damit sie sich nicht erst an dem Abend zum ersten Mal wieder begegneten, hatte Konstantin beschlossen, zwei Tage vorher im Institut vorbeizuschauen.«

»Ist diese Begegnung während der Gerichtsverhandlung zur Sprache gekommen?«

»Selbstverständlich nicht. Weder Fritz noch ich haben sie erwähnt. Das hätte ihn nur noch stärker belastet.«

»Verstehe«, sagte Henrike und schien über ihre nächste Frage nachzudenken. »Herr Lischka hat Sie also überrascht. Was geschah dann?«

»Es war ihm ganz offensichtlich unangenehm, er hat auf dem Absatz kehrtgemacht und die Tür hinter sich zugeschlagen. Fritz hat sich einen Kittel übergezogen und ist ihm hinterhergelaufen. Was die beiden dann besprochen haben, entzieht sich allerdings meiner Kenntnis.«

»Das heißt, Fritz Lenhardt hat ein paar Worte mit seinem Freund gewechselt, kam zurück in den Aufenthaltsraum und …«

»Nichts und. Die Stimmung war natürlich dahin. Wir haben uns angezogen und das Institut verlassen.«

»Und Sie haben Herrn Doktor Lenhardt nicht gefragt, wie Ihr gemeinsamer Freund reagiert hat?«, wollte ich wissen.

»Das hat mich, ehrlich gesagt, nicht interessiert. War es das jetzt?«

»Noch nicht ganz«, antwortete Henrike. »Da wäre noch

die eine oder andere Frage zu klären. Zum Beispiel die, seit wann Konstantin Lischka einen Schlüssel zum Institut hatte?«

»Er hatte keinen.« Kaum hatte sie die drei Worte ausgesprochen, begriff sie, dass sie einen Fehler gemacht hatte. Sie versuchte ihn durch ein Lächeln zu kaschieren, aber es misslang.

»Wie erklären Sie sich dann, dass er Sie im Aufenthaltsraum überraschen konnte?«

»Jemand vom Personal wird beim Hinausgehen die Tür nicht richtig geschlossen haben.«

»Hatten Sie dieselbe Tür vor sechs Jahren auch schon?«

Beate Angermeier änderte ihre Strategie: Anstatt zu antworten, wartete sie die nächste Frage ab, als löse sich die vorherige dadurch in Luft auf.

»Ich habe mir die Tür vorhin angeschaut«, fuhr Henrike fort. Das Modell, für das Sie sich entschieden haben, fällt von allein ins Schloss. Wäre es nicht besser, Sie würden diese unsinnige Scharade beenden, Frau Doktor Angermeier? Wir wissen, dass Sie und Fritz Lenhardt überrascht wurden. Aber das Ganze hat sich ein Vierteljahr vor dem Mord zugetragen, nicht zwei Tage zuvor. Und erwischt wurden Sie nicht von Ihrem Freund Konstantin Lischka, sondern von einer Ihrer damaligen Mitarbeiterinnen.«

Beate Angermeier griff nach den Gehhilfen, stand wortlos auf und sah aus dem Fenster. Sie schien überaus interessiert an dem, was unter ihr auf der Straße vor sich ging. Henrike und ich verständigten uns mit Blicken, dieses Schweigen auszusitzen. Sollte die Ärztin ruhig glauben, dass ein Ende in Sicht war. Die für mich wichtigsten Fragen würden erst noch kommen.

Während wir warteten, ließ ich mir das bisherige Gespräch noch einmal durch den Kopf gehen. Wieso war mir die Sache mit dem Schlüssel nicht aufgefallen?

Beate Angermeier drehte sich zu uns um. Scheinbar gelassen sah sie zwischen Henrike und mir hin und her. »Nachdem Sie offensichtlich keine weiteren Fragen haben, schlage ich vor, unsere Unterhaltung zu beenden.« Sie machte sich auf den Weg zur Tür.

»Ich würde Ihr Verhalten gerne verstehen, Frau Doktor Angermeier«, hielt ich sie zurück. »Sie haben Ihre Liaison mit Fritz Lenhardt ganz ohne Not preisgegeben. Oder haben Sie einen finanziellen Engpass, der Sie zwingt, die Auszahlung des Erbes zu beschleunigen?«

Sie lächelte spöttisch. »Ich wollte die Angelegenheit für uns alle beschleunigen. Fritz und Theresa sind tot, ihnen konnte ich damit nicht mehr schaden.«

»Und sich selbst? Immerhin sind Sie verheiratet, und Fritz Lenhardt war auch Freund und Institutspartner Ihres Mannes.«

»Mein Mann ist ...« Sie suchte nach dem passenden Wort. »Ich würde sagen, er ist tolerant. Insofern wird ihm diese kleine, unbedeutende Affäre keine schlaflosen Nächte bereiten.« Sie lehnte sich mit dem Rücken gegen die Zimmertür. »Ich sehe das sportlich, es war den Versuch wert.«

Ich fixierte sie, bevor ich die nächste Frage stellte. »Sehen Sie es auch sportlich, dass wir Sie bei einer weiteren Unwahrheit erwischt haben?«

Sie verlagerte ihr Gewicht auf ein Bein und lehnte die Gehhilfen gegen die Tür. Dann nahm sie ihre Brille von der Nase und putzte sie ausgiebig mit einem Tuch, das sie aus der Hosentasche zog. Erst als sie damit fertig war und die Brille wieder auf ihrer Nase saß, fragte sie, worauf ich anspiele.

»Bei unserem ersten Gespräch vor genau einer Woche habe ich Sie und Ihre Freunde gefragt, ob Sie meinen Bruder Ben kennen oder seinen Namen schon einmal gehört haben. Ihr Mann hat für Sie alle geantwortet und behauptet,

Sie würden den Namen nur aus den Befragungen der Polizei kennen.«

»Und?«

»Mein Bruder war Samenspender Ihres Instituts, und Sie wussten davon.«

»Das heißt«, warf Henrike dazwischen, »dass Sie damals bei einer polizeilichen Ermittlung eine Falschaussage gemacht haben.«

Beate Angermeier kam zurück zur Sitzgruppe, blieb jedoch stehen. »Damals war eine Ausnahmesituation, Frau …«

»Hoppe.«

»Einer unserer Freunde brutal ermordet, ein anderer unter Mordverdacht. Glauben Sie allen Ernstes, dass mein Mann oder ich in einer solchen Situation an irgendeinen Samenspender gedacht haben?«

»Er war nicht irgendeiner«, sagte Henrike, »sondern Ben Mahlo, der ein paar Wochen zuvor spurlos verschwunden war.«

»Zu der Zeit hatte er längst nicht mehr bei uns gespendet. Er war ein halbes Jahr vor dem Mord zum letzten Mal hier gewesen. Es gab ausreichend Proben von ihm. Er hatte sein Soll erfüllt.«

»Und als Sie aus den Zeitungen erfuhren, dass er homosexuell war, haben Sie den unverbrauchten Rest dieses Solls vernichtet?«, fragte ich, obwohl ich es bereits von Britta Leitner wusste.

»Fritz hat dafür gesorgt.«

»Und dann haben Sie alle Ihre Mitarbeiter zum Stillschweigen verpflichtet.«

Sie setzte sich. »Inzwischen scheint ja ganz offensichtlich jemand geplaudert zu haben.«

Ich war mir bewusst, wie sinnlos diese Frage war, trotzdem drohte ich an ihr zu ersticken, wenn ich sie nicht aussprach. »Hat Sie nie auch nur eine Sekunde lang Ihr schlechtes Gewissen geplagt? Haben Sie nie Zweifel gehabt, ob es richtig war, all das zu verschweigen? Wieso haben Sie einfach entschieden, dass Bens Tätigkeit als Samenspender nichts mit seinem Verschwinden zu tun hatte? Sind Sie jemals auf die Idee gekommen, die Informationen, die Sie zurückhielten, könnten ihm das Leben retten?«

Anstatt zu antworten, sah sie mich mitleidig an und schüttelte kaum merklich den Kopf.

»Solange Ben Mahlo nicht gefunden wird, gilt er als vermisst. Ist Ihnen das bewusst, Frau Doktor Angermeier?«, fragte Henrike. »Die Tatsache, dass er für Ihr Institut als Samenspender tätig war, ist ein neuer Hinweis, auf dessen Grundlage sich die Ermittlungen wiederaufnehmen lassen. Und …«

»Wer sind Sie überhaupt? Wie kommen Sie dazu …?«

»Ich heiße Henrike Hoppe«, sagte sie geduldig, »und ich arbeite mit Frau Mahlo zusammen.«

»Was wollen Sie?«, fragte Beate Angermeier kalt.

»Die Details«, kam ich Henrike zuvor. »Und zwar alle. Sonst rufe ich noch von hier aus die Polizei.«

Beate Angermeier wandte den Blick ab und schien das Für und Wider abzuwägen. Schließlich begann sie zu erzählen. »Es war Fritz, der Ihren Bruder in die Spenderdatei aufgenommen hat. Er war damals für die Auswahl der Samenspender zuständig. Als über das Verschwinden Ihres Bruders in den Medien berichtet wurde, haben wir drei Institutspartner uns besprochen. Und nach reiflicher Überlegung haben wir beschlossen, uns nicht an die Polizei zu wenden. Dabei ging es nicht allein um die Tatsache, dass Ihr Bruder uns seine sexuelle Veranlagung verschwiegen hat, sondern auch und vor allem um unsere Verantwortung gegenüber unseren Mitarbeitern. Wäre ein Schatten auf das Institut gefallen, hätten alle darunter zu leiden gehabt.«

»Das klingt, als würden hier nicht Sie, sondern Ihre Pressesprecherin reden, Frau Doktor Angermeier. Für meinen Geschmack ein wenig zu glattgebügelt«, machte ich mir Luft.

»Dann sage ich es Ihnen mal weniger glattgebügelt. Wir waren sehr verärgert. Ihr Bruder hat uns schamlos belogen. Homosexualität ist eines der Ausschlusskriterien für einen Samenspender, das wusste er, darüber ist er von Fritz dezidiert aufgeklärt worden.«

»Hat sich eigentlich noch nie ein Homosexueller wegen dieser Ungleichbehandlung vor dem Bundesverfassungsgericht beschwert?«, fragte ich.

»Hier geht es um die Ansteckungsgefahr mit dem Aidsvirus«, sagte Beate Angermeier. Sie machte ein Gesicht, als zweifle sie an meinem Verstand.

»Seit wann kann sich ein heterosexueller Mann nicht mit dem Aidsvirus anstecken?«

Sie strich ihre weiße Hose glatt. »Ich glaube, diese Diskussion führt zu nichts, Frau Mahlo.«

»Manchmal führen Diskussionen zu einem Umdenken.«

Henrike legte ihre Hand beschwichtigend auf meinen Arm.

Ich nahm mich zusammen und konzentrierte mich auf meine nächste Frage. »Sie sagten, Fritz Lenhardt sei damals für die Auswahl der Samenspender zuständig gewesen und er habe auch meinen Bruder ausgesucht. Dann war er es auch, der aus den Zeitungsberichten von Bens Homosexualität erfahren und den Zusammenhang mit Ihrem Institut hergestellt hat. Ist das richtig?«

»Korrekt.«

»Was glauben Sie, warum er Sie und Ihren Mann darüber informiert hat?«

Sie schien den Sinn der Frage nicht zu verstehen und sah mich irritiert an.

»Er hätte Bens Samen vernichten können, ohne dass Sie oder Ihr Mann etwas davon bemerkt hätten. Ist das nicht so?«

»Das hätte überhaupt nicht zu Fritz gepasst. Für ihn war es selbstverständlich, uns aufzuklären. Wir waren schließlich Partner. Die Spendertätigkeit Ihres Bruders für unser Institut hätte im Zuge der Ermittlungen herauskommen können. Fritz wollte, dass wir Bescheid wissen und dass wir gemeinsam entscheiden, wie damit zu verfahren ist. Ich verstehe überhaupt nicht, worauf Sie hinauswollen.«

»Das erkläre ich Ihnen gleich. Einen Moment noch, bitte. Hat es schon einmal andere Fälle gegeben, in denen die Homosexualität eines Spenders aufgeflogen ist?«

»Nein, nicht bei uns. Was nicht bedeutet, dass es keine weiteren homosexuellen Männer in unserer Datei geben kann. Wir sind auf die Ehrlichkeit der Spender angewiesen.«

»Das heißt aber, sobald Sie – wie auch immer – davon erfahren, fliegt der Spender raus.«

»Das ist korrekt, selbstverständlich.«

»War es das auch für Fritz Lenhardt?«

»Aber ja!«

»Dann hätte er also nie ein Auge zugedrückt und jemanden in die Datei aufgenommen, von dessen Homosexualität er wusste?«

»Fritz?« Sie schüttelte den Kopf. »Nie im Leben. Und jetzt erklären Sie mir bitte, warum Sie das fragen.«

»Auf der Suche nach einer Verbindung zwischen meinem Bruder und Fritz Lenhardts Geburtstagsgesellschaft hatte ich eine Unterhaltung mit Ihrem Freund Tilman Velte. Er sagte, Fritz Lenhardt habe ihm einmal in angetrunkenem Zustand homosexuelle Neigungen gestanden.«

Sie lachte, als sei ich einem schlechten Scherz aufgesessen. »Unsinn! Vergessen Sie das gleich wieder! Jeder von uns versucht auf seine Art, die Auszahlung des Erbes ein wenig zu beschleunigen. Und das ist eben Tilmans Weg. Geschmacklos, wenn Sie mich fragen.« Sie zog die Stirn in Falten und entspannte sie gleich darauf wieder. Ihr war anzusehen, dass ihr etwas durch den Kopf ging. »Jetzt verstehe ich. Sie haben für möglich gehalten, dass Fritz und Ihr Bruder sich näherstanden und Fritz ihn trotz alledem als Spender zugelassen hat. Hätten Sie Fritz gekannt, wüssten Sie, wie absurd das ist, und zwar in jeder Hinsicht. Anders ausgedrückt: Hätte Fritz homosexuelle Neigungen gehabt – was ich nicht glaube –, hätte er Ihren Bruder trotzdem nicht in die Datei aufgenommen.«

Ich dachte an Tilman Velte und daran, wie selbstverständlich ihm die Geschichte über die Lippen gekommen war. Wenn alle fünf das Lügen ähnlich gut beherrschten, würde es schwierig werden, der Wahrheit jemals auf den Grund zu kommen. Mir rauschte der Kopf, und ich signalisierte Henrike, dass sie fortfahren sollte.

»Könnte Konstantin Lischka herausgefunden haben, dass Ben Mahlo für Ihr Institut als Samenspender tätig war, und Fritz Lenhardt damit erpresst haben?«, fragte sie prompt.

»Er könnte es nur von Fritz selbst, von meinem Mann oder mir erfahren haben. Aber unsere Verschwiegenheit ist neben unserer Kompetenz und unserer Erfolgsquote unser Kapital«, betonte sie, als zitiere sie aus ihrer Werbebroschüre. »Das setzt niemand leichtfertig aufs Spiel.«

»Was ist mit Ihren Angestellten?«

»Unwahrscheinlich!«, tat sie die Möglichkeit ab. »Mein Mann hat unseren Leuten damals hinreichend klargemacht, dass die Arbeitsplätze vom guten Ruf unseres Instituts abhängen. Es wurden in zeitlicher Nähe zu dieser Geschichte keinerlei Kündigungen ausgesprochen, sodass auch niemand den Wunsch hätte verspüren können, sich an uns und dem Institut zu rächen.«

»Sie schließen also aus, dass Konstantin Lischka irgendwie an dieses Wissen gelangt sein könnte?«

»Völlig auszuschließen ist es nicht. Aber selbst wenn Fritz ihm davon erzählt hätte, wäre das im Falle einer Erpressung nur ein weiteres Motiv für den Mord an Konstantin gewesen.«

»Eine Erpressung hätte auch Ihnen oder Ihrem Mann ein Motiv liefern können«, hielt Henrike in trockenem Tonfall dagegen.

Beate Angermeier schien das zu amüsieren. »Die Frage ist doch viel eher, warum einer von uns dreien überhaupt eine solche Information hätte preisgeben sollen. Und dazu fällt mir nichts ein. Ihnen?«

»Wie viele Kinder wurden eigentlich mit dem Samen meines Bruders gezeugt, bevor er vernichtet wurde?«, wollte ich wissen.

»Darüber darf ich Ihnen keine Auskunft geben.«

»Verstehe.« Ich schwieg einen Moment. »Vielleicht können wir einen Deal machen. Ich vergesse eine Information, die ich bekommen habe, und Sie geben mir dafür die Information, die ich haben möchte.«

Wieder kreuzte sie die Arme vor der Brust. »Welche Information haben Sie bekommen?«

Ich beugte mich ein wenig vor, sodass mir der Duft der Rosen in die Nase stieg, und sah sie genau an. »Rena und Tilman Velte haben vor Jahren ein Kind durch eine Erbkrankheit verloren. Um diese Erkrankung beim zweiten Kind auszuschließen, haben die beiden sich für IVF und PID entschieden und sind dafür nach Tschechien gereist. Angeblich!«

»Was meinen Sie mit *angeblich*?«, fragte die Ärztin.

»Sie sind eine enge Freundin und noch dazu Humangenetikerin. Es heißt, Sie gingen in Ihrem Beruf auf und hätten ziemlich liberale Ansichten, was die Präimplantationsdiagnostik betrifft. Einmal angenommen, Sie hätten den Eltern geholfen – was ich durchaus verstehen könnte –, dann hätten Sie sich zum damaligen Zeitpunkt strafbar gemacht. Der Sohn der Veltes ist sieben. Als er gezeugt wurde, war PID in Deutschland noch verboten.«

»Jetzt habe ich eine Frage an Sie, Frau Mahlo. Wenn Sie hier so locker in den Raum werfen, Sie würden es verstehen, hätte ich den Eltern geholfen – was genau *verstehen* Sie dann?« Ihr war anzusehen, dass sie Mühe hatte, sich zu beherrschen. »Verstehen Sie dann die Verzweiflung dieser Eltern, die schon ein Kind an eine Erbkrankheit verloren haben? Verstehen Sie deren Hoffnung?« Sie erwartete eine Antwort.

»Ja, ich kann nachempfinden, dass Eltern den Wunsch haben, ein gesundes Kind in die Welt zu setzen. Es …«

»Es geht nicht um die Garantie eines gesunden Kindes«, brauste sie auf. »Ein Kind kann jederzeit krank werden oder sich bei einem Unfall schwer verletzen. Es geht darum, dass Eltern mit hohen genetischen Risiken die Chance bekommen, ihr Kind ohne diese Behinderung *zur Welt zu bringen*. Es darf nicht sein, dass Eltern mit einer speziellen genetischen Ausstattung von unseren Gesetzen zusätzlich gestraft werden. Hier geht es auch nicht um die Ausgrenzung von Menschen mit Behinderungen, wie von PID-Gegnern so gerne ins Feld geführt wird. Diese Ausgrenzung findet nämlich nicht unter dem Mikroskop statt, sondern da draußen.« Mit dem Zeigefinger wies sie Richtung Fenster. »Um einen Eindruck davon zu bekommen, müssen Sie nur einmal mit offenen Augen durch den Alltag gehen. Alles da draußen ist auf Wachstum und Erfolg getrimmt, wer da nicht mithalten kann, fällt raus. Zugegeben, heute gibt es mehr und mehr Unterstützungssysteme für Eltern behinderter Kinder, aber längst nicht genug. Können Sie sich vorstellen, was es heißt, das Leben mit einem schwerstbehinderten Kind zu meistern oder einem todgeweihten Kind in all seinen Bedürfnissen gerecht zu werden? Die Mehrheit der Mütter wandelt ständig am Abgrund.« Sie holte tief Luft. »Bei der PID geht es darum, genetisch vorbelasteten Eltern eine Wahl zu lassen. Und glauben Sie nur nicht, dass diesen Eltern die Entscheidung für die PID leichtfällt. Auf diese Weise schwanger zu werden ist alles andere als ein Osterspaziergang und in jeder Hinsicht belastend.«

»Zum Glück stehen Sie heute nicht mehr mit einem Bein im Gefängnis, wenn Sie diese Diagnostik durchführen«, sagte Henrike.

»Für mich war es immer ein Skandal, verzweifelten Eltern nicht helfen zu dürfen – Eltern, die das Geld für den teuren PID-Auslandstourismus nicht aufbringen konnten. Ich frage mich, was das für Menschen sind, die diese Gesetze gemacht haben. Sind sie ignorant? Überheblich? Oder einfach nur grausam?«

»Manche von ihnen haben die Sorge, dass mit Verfahren wie der Präimplantationsdiagnostik Dämme brechen könnten«, entgegnete Henrike ruhig. »Sie befürchten, dass irgendwann nur noch Designerbabys und in manchen Ländern nur noch Jungen auf die Welt kommen würden.«

Die Ärztin winkte ab. »Das sind die, die in jedem Fortschritt nur Gefahren wittern. Es gibt nichts Gutes, das nicht auch ein Risiko in sich birgt oder das durch Missbrauch nicht auch ins Gegenteil verkehrt werden könnte. Aber nehmen Sie nur einmal Ihr Beispiel mit den Jungen: In Ländern, für die eine solche Entwicklung befürchtet wird, werden Mädchen gleich nach der Geburt getötet. Ist das etwa besser? Oder nehmen Sie unsere Abtreibungsgesetze! Bei bestimmten Diagnosen darf selbst ein voll entwickelter Embryo noch abgetrieben werden. Ist es da nicht humaner, vorher einzugreifen? Es gibt diese Möglichkeiten. Warum soll man sie verwehren? Nur weil einige meinen, es gehöre zum Leben dazu, dass nicht alles machbar ist? Dass genetisch vorbelastete Eltern dann eben auf Kinder verzichten sollten? In meinen Augen ist das eine bodenlose Arroganz.« Sie presste die Lippen zusammen und ließ nach ein paar Sekunden die Schultern sinken.

Wir sahen uns alle drei erschöpft an. Henrike fand ihre Sprache als Erste wieder. »Einmal angenommen, Frau Doktor Angermeier, Sie hätten den Veltes tatsächlich aus Ihrer Überzeugung heraus geholfen und Konstantin Lischka hätte davon erfahren …«

»Unmöglich!«, schnitt sie Henrike das Wort ab.

»Wieso?«

»Vorausgesetzt, es wäre so gewesen – was nicht der Fall war –, hätten nur drei Personen davon gewusst: die Veltes und ich. Und von uns dreien hätte sicher keiner auch nur ein Wort darüber verloren.«

Henrike sah einen Moment lang durchs Fenster in den Himmel, dann richtete sie ihren Blick wieder auf Beate Angermeier. »Manchmal entstehen Situationen, in denen man etwas preisgibt, über das man normalerweise nie sprechen würde. Vielleicht ist eine solche Situation zwischen Tilman Velte und Konstantin Lischka entstanden.«

»Wenn Sie damit andeuten wollen, Konstantin könnte Tilman erpresst haben, kann ich nur sagen: Blödsinn! Was an der PID hätte Tilman erpressbar machen sollen?« Ganz offensichtlich erwartete sie keine Antwort darauf.

»Konstantin Lischka hätte Sie erpressen können, Frau Doktor Angermeier«, sagte ich ruhig und achtete genau auf ihre Reaktion. »Welche Einstellung hatte er zur Präimplantationsdiagnostik?«

»Das entzieht sich meiner Kenntnis«, antwortete sie in einem Ton, als sei die Meinung des toten Freundes für sie völlig belanglos.

Ich betrachtete sie mit einer gewissen Faszination. Sie konnte sich für eine Sache bedingungslos engagieren und gleichzeitig sehr gekonnt lügen. Hätte ich es durch Nadja Lischkas Erzählungen nicht besser gewusst, hätte ich ihr geglaubt. »Ist es nicht viel eher so, dass er eine ablehnende Haltung hatte?«

»Da wissen Sie mehr als ich«, sagte sie betont beiläufig.

»Von seiner Frau habe ich erfahren, dass Ihre Vorstellungen von Fortpflanzungsmedizin …«

»Ach, hören Sie doch auf damit«, schnitt sie mir das Wort ab und wurde laut. »Das ist alles längst Schnee von gestern. Wen interessiert das heute …?«

»Mich interessiert das, Frau Doktor Angermeier. Und deshalb möchte ich aus Ihrem Mund hören, was am Abend von Fritz Lenhardts vierzigstem Geburtstags zwischen Ihnen und Konstantin Lischka gesprochen wurde.«

»Für wen halten Sie sich eigentlich, Frau Mahlo? Nur weil Sie darüber entscheiden dürfen, was mit Theresas Erbe geschieht, müssen Sie sich hier nicht so aufspielen!«

»Ist Ihnen meine Frage unangenehm? Wenn Sie Zeit brauchen, um darüber nachzudenken, können wir auch gerne ein anderes Mal wiederkommen.«

Henrike und ich lehnten uns zurück und warteten ab, was geschah.

Einen Moment lang sah es so aus, als huschten Schatten über ihr Gesicht. Sie kniff die Augen zusammen und machte aus ihrer Verachtung für uns keinen Hehl. Schließlich rang sie sich zu einer Antwort durch. »Konstantin war einer von den Hardlinern, was Fortpflanzungsmedizin betrifft. Aber eine harte Linie zu verfolgen ist einfach, wenn man nicht betroffen ist und sich auch keine weiteren Gedanken darüber machen muss, was es bedeuten würde, betroffen zu sein.« In Erinnerung an ihn schnaubte sie Luft durch die Nase. »Es hat mich regelmäßig auf die Palme gebracht, wenn er mit diesen überheblichen Sätzen kam: Wer keine oder nur kranke Kinder bekommen könne, müsse sich eben damit abfinden. Es sei nicht an uns, dem Schicksal ins Handwerk zu pfuschen. Ich habe ihm regelmäßig entgegengehalten, dass jeder Arzt Tag für Tag dem Schicksal ins Handwerk pfuscht, indem er Krankheiten behandelt, bei Herzinfarkten und Schlaganfällen interveniert und und und. Aber er hat nichts davon gelten lassen.«

»Stimmt es, dass er Sie in Verdacht hatte, den Veltes geholfen zu haben?«

»Diesen Floh hat ihm Nadja ins Ohr gesetzt.«

»Und er plante, das Thema in einem Artikel aufzugreifen. Das hat er Ihnen am Abend vor seinem gewaltsamen Tod erzählt. Oder sollte ich besser sagen, er hat Ihnen damit gedroht?«

»Und? Das war reines Kettenrasseln, das hat er gerne gemacht. Aber er hätte nichts beweisen können.«

»Wusste Fritz Lenhardt von diesem Verdacht?«, fragte Henrike.

»Spielt das irgendeine Rolle?«, hielt Beate Angermeier dagegen.

»Kommt auf die Vertragsgestaltung unter den Partnern an. Ich könnte mir vorstellen, dass bestimmte Verstöße gegen die Institutsprinzipien zu einer fristlosen Kündigung hätten führen können. Und zu Zeiten, als Präimplantationsdiagnostik noch verboten war ...«

»Ihre Logik hinkt«, fiel sie Henrike ins Wort. »In dem Fall hätte ich doch wohl eher Fritz und nicht Konstantin umgebracht.«

»Es besteht immerhin die Möglichkeit, dass jemand die Beweise im Fall Lischka so fingiert hat, dass sie zwingend auf Fritz Lenhardt deuteten. Damit wären beide Männer aus dem Weg gewesen. So, wie es schließlich auch gekommen ist.«

Die Ärztin sah Henrike sprachlos an. »Trauen Sie mir das nur deshalb zu, weil Sie meinen, ich würde mich mit der PID als Herrin über Leben und Tod aufspielen?«

»Formulieren wir es einmal andersherum. Nur weil Sie sich für das Leben starkmachen, müssen Sie noch lange kein Engel sein.«

18

Auf dem Rückweg hatten Henrike und ich kaum geredet. Während sie sich auf den Verkehr konzentrierte und mehr als einmal andere Autofahrer beschimpfte, hatte ich das Gespräch mit Beate Angermeier gedanklich Revue passieren lassen. Kurz vor unserem Ziel hatte ich Henrike schließlich von der Seite angesehen und mich gefragt, welchen Beruf sie eigentlich ausgeübt hatte, bevor sie sich fürs Entrümpeln und ihren Trödelladen entschied. Ich erinnerte mich daran, dass ich ihr diese Frage schon einmal gestellt hatte. Das sei Schnee von gestern, hatte sie geantwortet, sie wolle nur noch nach vorne schauen. Ich nahm mir vor, sie noch einmal zu fragen. Aber das hatte Zeit, sie würde mir nicht davonlaufen. Sie hatte mich am Tor des Hofes abgesetzt und war in ihrem Mini davongebraust.

Die Wettervorhersage in den Zwanziguhrnachrichten hatte ich gerade noch mitbekommen. Danach war ich todmüde auf meinem Sofa eingenickt. Ich wachte erst wieder auf, als meine Beine, auf denen Rosa sich zusammengerollt hatte, eingeschlafen waren. Vorsichtig schob ich die Hündin beiseite, setzte mich auf und machte Licht. Es war kurz nach vier. Immerhin hatte ich fast acht Stunden durchgeschlafen.

Barfuß tappte ich in die Küche, setzte Milch für einen Kakao auf und öffnete das Fenster, um frische Luft hereinzulassen. Draußen war es stockdunkel, der Mond hielt sich hinter Wolken verborgen. Sollte der Wetterbericht recht behalten, waren die Aussichten fürs Wochenende nicht allzu rosig. Aber ich würde ohnehin die meiste Zeit im Büro verbringen, um Liegengebliebenes aufzuarbeiten.

In diesem Moment wurde mir zum ersten Mal bewusst, dass ich noch nie auf die Idee gekommen war, nachts zu arbeiten. Tagsüber nutzte ich jede Gelegenheit, aber in den schlaflosen Nächten schlich ich mich aus rein privatem Interesse in das Leben der Toten. Was von diesen Leben übrig blieb und keinen anderen interessierte, landete in der Schublade meines Bettkastens. Mit der Zeit hatte sich dort so viel angesammelt, dass ich für die nächsten Jahre mit Lesestoff versorgt war. Ich schloss die Augen, schob eine Hand zwischen die ungelesenen Materialien und überließ es dem Zufall, welchen zusammengeschnürten Stapel ich mir als nächsten vornehmen würde. Als ich ihn in Händen hielt, öffnete ich die Augen wieder und las den Vermerk, den ich auf einem rosa Haftzettel gemacht hatte: *Johann Ehlers, wohnhaft in Pasing, verstorben im Alter von siebenundachtzig Jahren, Todesursache Herzversagen, ledig, keine Kinder.* Es hätte dieser Eckpunkte nicht bedurft, um mich an seine Nachlasssache zu erinnern. Er hatte in der Straße gewohnt, in der auch Martins rosafarbene Gründerzeitvilla stand. Johann Ehlers' Haus war im Vergleich dazu winzig gewesen. Da keine Erben aufzutreiben gewesen waren, hatte ich es vor Kurzem an eine Immobiliengesellschaft verkauft, die auf dem Grundstück nun vier Doppelhaushälften plante.

Ich löste die Kordel, die ich um die Hefte gebunden hatte, legte sie wie Spielkarten nebeneinander und berührte sie wie einen Schatz. Es waren dicke Hefte, die Seiten in einer gestochen scharfen Schrift eng beschrieben. Für die nächsten Wochen würden sie mich durch meine Nächte begleiten und mir Einblicke gewähren, als wäre ich ein enger Vertrauter gewesen. Ich blätterte durch die Seiten und betrachtete einige wenige Fotos, die Johann Ehlers dazwischengelegt hatte. Sonderbar, dass er nie geheiratet hatte. Den Fotos nach zu urteilen, hätten die Frauen sich um ihn reißen müssen. Schon jetzt war ich gespannt, was er erzählen würde, ob es eine unglückliche Liebe gegeben hatte oder eine heimliche. Aber das würde noch ein wenig warten müssen. Ich legte die Hefte wieder auf einen Stapel, band die Kordel darum und ließ sie in der Schublade verschwinden.

Nachdem ich den leeren Kakaobecher in die Küche gebracht hatte, setzte ich mich ins geöffnete Fenster und lauschte dem Krähen des Hahns. Unweigerlich musste ich an Alfred denken, der sich gestern nicht hatte blicken lassen. Es sei denn, in der Zeit, als ich unterwegs war. Ich konnte kaum erwarten, dass es hell wurde, ich hinuntergehen und nach ihm pfeifen konnte. Einerseits war ich mir sicher, dass er wie gewohnt auf dem Tisch landen und sich seine Nuss holen würde. Andererseits hatte ich ein mulmiges Gefühl. Woher kam es? Rührte es von meiner Angst vor einem unerwarteten Verlust? Oder war es die Angst vor einem schlechten Omen?

Um mich abzulenken, nahm ich mir den mit Äpfeln und Quitten gefüllten Jutesack vor, den meine Mutter mir in die Küche gestellt hatte. Es versetzte mir immer wieder einen Stich, wenn sie so etwas tat. Ben hätte sie die Früchte als fertiges Kompott hingestellt. Bei mir kam sie gar nicht auf die Idee. Patent, wie ich nun einmal war, konnte ich das schließlich selbst machen. Ob sie eine Vorstellung davon hatte, wie patent ihr Sohn gewesen war?

Ich ließ das Obst auf dem Küchentisch liegen, ging ins Wohnzimmer, holte hinter einer Bücherreihe im Regal ein Foto von Ben hervor und setzte mich damit auf den Boden. Es war lange her, dass ich es mir angeschaut hatte, und es dauerte nur ein paar Sekunden, bis mir Tränen über die Wangen liefen. Vorsichtig strich ich mit dem Finger über sein Gesicht. Es war eine Bilderflut, die mich überschwemmte und der ich nichts entgegenzusetzen hatte. In diese Bilderflut mischte sich die Erinnerung an die erste Zeit nach seinem Verschwinden. Meine Phantasie hatte sich mit möglichen Szenarien überschlagen. Wurde er irgendwo gefangen gehalten? Lag er schwer verletzt in einem Graben? Hatte ihn jemand umgebracht? Hatte er leiden müssen? Die Ungewissheit hatte zermürbende Kräfte entwickelt. Irgendwann hatte ich mir selbst eine Antwort gegeben: Nach den Gesetzen von Vernunft, Logik und Wahrscheinlichkeit musste Ben tot sein. In manchen Momenten hatte das geholfen.

Ich erinnerte mich an den Tag, an dem die Kripobeamten uns mitteilten, dass die Ermittlungen eingestellt würden. Sie waren sich sicher, dass Ben einem Verbrechen zum Opfer gefallen war, aber sie hatten keinen einzigen Anhaltspunkt gefunden, nichts, wo sie hätten ansetzen können. Ich fragte mich, ob ihre Kollegen, aus welcher Abteilung auch immer, ihnen nicht mitgeteilt hatten, dass Ben als Informant für sie gearbeitet hatte. Aber selbst wenn, überlegte ich, dürfte sie das nicht weitergebracht haben. Schließlich hätten wir sonst davon erfahren.

Ich sehnte den Tag herbei, an dem wir für Ben einen Grabstein aufstellen konnten. Gleichzeitig fürchtete ich mich davor. Meiner Mutter ging es ähnlich. Ohne Wissen meines Vaters hatte sie auf dem Untermenzinger Friedhof unter einer Linde eine Grabstätte ausgesucht. Weil Ben den Duft von Lindenblüten gemocht hatte. Und weil sie hoffte, dem Schicksal damit die Stirn bieten zu können, hatte sie mir erklärt. Vielleicht spürte sie aber auch, dass Ben tot war, und hatte auf ihre Art für ihn vorgesorgt.

Nachdem ich Äpfel und Quitten geschält und zerkleinert hatte, füllte ich alles in einen Topf, gab Wasser hinzu und drehte die Temperatur auf mittlere Flamme. Dann stellte ich mich unter die Dusche und ließ so lange heißes Wasser über mich laufen, bis mein kleines Bad von Dampf erfüllt war. Ich schlüpfte in den Bademantel und brachte Rosa ein paar von den selbst gebackenen Hundekeksen als Frühstück. Zumindest ihr Tag hatte damit schon einmal wunderbar begonnen.

Ich zog eine weiße Jeans an, ein langes und darüber ein kürzeres T-Shirt und schlang mir einen Pulli um die Schultern. Meine Haare drehte ich zu einem kreativen Gebilde und fixierte sie mit einer langen Spange. Zum Schluss tuschte ich meine Wimpern. Das alles ausgiebig und mit Zeit zu tun, empfand ich als Luxus. Nach einem prüfenden Blick in den Spiegel holte ich das fertige Apfel-Quitten-Kompott aus der Küche und stieg mit Rosa die Treppe hinunter.

Es war kurz nach sechs am Samstag, und ich war vermutlich als Einzige im Haus schon munter. An den Briefkästen hing ein neuer gelber Zettel. Mein Vater hatte geschrieben: *Ich gebe die Hoffnung nicht auf, Evelyn.* Einen Moment lang war ich versucht zu schreiben: *Ich auch nicht.* Aber ich beschloss, mich herauszuhalten. Solange die beiden überhaupt noch miteinander kommunizierten, war nichts verloren.

Im Büro öffnete ich als Erstes die Tür zum Vorgarten und pfiff nach Alfred. Einmal und dann noch einmal, aber nichts geschah. Vielleicht war es noch zu früh, versuchte ich mich zu beruhigen, doch es gelang nicht. Wenn ein Wesen verschwand – und sei es nur eine Krähe –, gingen bei mir die Alarmglocken an.

Fröstelnd verließ ich das Büro und lief mit Rosa an der Laterne mit der brennenden Kerze vorbei in den hinteren Garten. Die grauen Wolken sorgten für einen tristen Himmel. Das Thermometer war über Nacht gefallen. Während ich ein paar Rosen abschnitt, tobte Rosa mit einem Stöckchen herum. Erst als sie ihr Spiel selbst unterbrach und sich hechelnd ins Gras fallen ließ, trat ich den Rückweg an und gab ihr das Zeichen, mir zu folgen.

Im Büro stellte ich die Rosen in eine Vase und machte Kaffee. Ich sortierte die Post nach Wichtigkeit und hörte den Anrufbeantworter ab. Der Duft der Rosen stieg mir in die Nase und erinnerte mich an das Gespräch mit Beate Angermeier. Ich schob die Erinnerung daran beiseite. In den folgenden zwei Stunden erledigte ich so viel wie in den vergangenen Tagen nicht. Es war ein befriedigendes Gefühl. Als ich eine kleine Pause einlegte, holte ich mir eine Schale Kompott als Frühstück und aß es auf dem Sofa. Dann platzierte ich den Laptop auf meinen Oberschenkeln und brachte mich mit verschiedenen Nachrichtenseiten auf den neuesten Stand des Weltgeschehens.

Dabei musste ich schon wieder eingeschlafen sein, denn als ich die Augen öffnete, beugte Funda sich über mich und lächelte mich an. Sie am Samstag hier zu sehen, brachte mich völlig durcheinander. Genauso sah ich sie offenbar auch an, denn sie setzte mit ihrer Zimmerbrunnenstimme sofort zu einer Erklärung an.

»Meine Tochter hat heute Großelterntag, und mein Mann ist beruflich unterwegs.«

»Warum nutzt du die Zeit nicht und gehst mal ausgiebig shoppen?«

»Mein Gehalt bekomme ich erst Ende des Monats«, antwortete sie grinsend.

»Verstehe. Und was ist mit Freundinnen?«

»Die haben heute alle Familientag. Ich dachte, ich helfe dir ein wenig.«

»Woher wusstest du, dass ich hier bin?«

»Deine Mutter hat mir erzählt, dass du samstags oft arbeitest.«

»Magst du Apfel-Quitten-Kompott?«

»Selbst gemacht?«

»Sehe ich so aus, als würde ich Fertignahrung essen?«

»Ja.«

»Alles klar. In der Küche steht die Schüssel. Nimm dir eine große Portion, und dann erzählst du mir etwas aus deinem Leben.«

In diesem Moment meldete mein Handy eine SMS. Henrike schrieb: *Bin auf dem Weg zu dir. Hast du Zeit?* Ich antwortete: *Ja.*

Funda kam mit einer Schale Kompott zurück, setzte sich in die andere Sofaecke und fragte, was ich wissen wolle, während sie sich einen Löffel voll in den Mund schob.

»Wie deine Tochter heißt, wie dein Mann heißt, welchen Beruf er hat, der ihn samstags beschäftigt, ob du gute Freundinnen hast, wohin du am liebsten in den Urlaub fährst, welche Musik du gerne hörst, welche deine Lieblingsfarbe ist …«

»Okayokay«, unterbrach sie mich, »das schmeckt übrigens sehr gut. Man könnte allerdings noch ein bisschen Zimt drüberstreuen. Hast du welchen?«

Ich schüttelte den Kopf.

»Meine Tochter heißt Leila, mein Mann Joachim, er arbeitet als Kreativer in einer Werbeagentur und ist gerade wegen eines Filmdrehs in Berlin, ich habe sehr gute Freundinnen, eine sogar noch aus der Grundschule, im Urlaub fahre ich am liebsten in die Türkei, ich liebe die Musik von Adele, ganz besonders den Song ›Someone Like You‹, traurig, aber wunderschön, noch mehr liebe ich Gebrabbel meiner Tochter kurz vorm Einschlafen, und meine Lieblingsfarbe ist Wasserblau. Welche ist deine?«

»Die wechselt ständig, ich kann mich einfach nicht entscheiden. Wie schaffst du es eigentlich, immer so fröhlich zu sein?«

»Das mit dem *Immer* kommt nicht ganz hin. Aber ich mag die Arbeit hier und komme gern her. Außerdem gebe ich mir natürlich Mühe, gute Laune zu verbreiten. Du willst hier bestimmt keiner Miesepeterin gegenübersitzen.«

Und ich hatte nicht einmal bemerkt, dass sie sich Mühe gab. »Versprichst du mir etwas, Funda?«

»Kommt drauf an.«

»Solltest du mal nicht gut drauf sein, verbirg das nicht. Ich will nicht, dass deine Zeit hier im Büro zu einem Seelenkraftakt ausartet. Versprochen?«

»Liebend gerne!«

»Darf ich dich noch etwas fragen?«

»Klar.«

»Warum hast du dir ein Kind gewünscht?«

Funda sah mich einen Moment verdutzt und zuckte dann mit einem Lächeln die Schultern. »Kinder gehören doch ganz selbstverständlich zum Leben.«

»Was hättest du gemacht, wenn du festgestellt hättest, dass es nicht klappt und du nicht schwanger wirst. Hättest du das akzeptiert?«

»Auf keinen Fall! Ich hätte alles Mögliche versucht.«

»Und was wäre gewesen, wenn dein Joachim keine Kinder hätte haben wollen?«

»Dann hätte ich mich von ihm getrennt.«

»Einfach so?«

»Leicht wäre mir das bestimmt nicht gefallen. Aber was willst du mit einem Mann, der sich gegen Kinder entscheidet?«

»Auch solche Männer können nett sein.«

»Nett reicht leider nicht für ein ganzes Leben.«

Ich musste lachen. »Ich meinte damit auch ein bisschen mehr als nett.«

»Reicht auch nicht«, antwortete Funda unerschütterlich.

»Was wäre gewesen, wenn du Joachim geheiratet hättest und ihr dann festgestellt hättet …«

»In dem Fall hätten wir ein Kind adoptiert. Will dein Simon keine Kinder?«

»Trifft in etwa ins Schwarze.«

Ihr Blick war voller Mitgefühl. »Oje. Was für ein Jammer. Er ist wirklich ein bisschen mehr als nett.« Sie runzelte die Stirn und dachte nach. »Meine Mutter ist der Überzeugung, Männer bräuchten für fast alles ein bisschen länger. Vielleicht braucht Simon einfach noch Zeit.«

»Ich bin mir nicht sicher, ob Zeit da hilft.«

»Was ist mit dem steten Tropfen?«

»Wirkt bei ihm auch nicht.«

»Und was ist mit dem Mann, der neulich hier war? Ich meine den, der …«

»Ich weiß, wen du meinst«, unterbrach ich sie. »Aber so kann ich das Problem nicht lösen.«

»Du könntest schon«, sagte sie mit einem frechen Grinsen. »Solange ihr nicht verheiratet seid …«

»Simon ist nicht der Typ, der heiratet.«

»Es heißt ja, dass man sich unterbewusst einen Partner aussucht, der mit den eigenen Vorstellungen vom Leben harmoniert. Irgendetwas muss da bei dir schiefgelaufen sein, Kristina.«

»Danke, Funda. Damit hilfst du mir wirklich weiter. Bei deinem Einstellungsgespräch muss auch etwas schiefgelaufen sein, ich erinnere mich nämlich nicht daran, dass du bedingungslose Offenheit als eine deiner Schwächen genannt hast.«

Sie zwinkerte mir zu. »Ich wollte den Job.«

Obwohl es kühl war, setzten Henrike und ich uns auf die Bank in meinem kleinen Vorgarten. Ich zog meinen Pulli an, während sie sich ein großes Tuch um den Oberkörper schlang.

»Alfred ist seit vorgestern nicht mehr hier gewesen. Bisher hat er keinen Tag ausgelassen.«

»Vielleicht ist gerade Paarungszeit.«

»Im September?«

»Oder er hat das Stadtleben satt und macht eine Landpartie.«

»Ich mache mir wirklich Sorgen, Henrike.«

»Alfred ist ein Wildtier«, sagte sie, als würde das irgendetwas erklären.

»Ich hätte mich nie an ihn gewöhnen dürfen.« Und ich durfte nicht daran denken, dass es Menschen gab, die Krähen am liebsten tot sahen.

»Mach dir keine Sorgen, Kris, morgen ist er bestimmt wieder da. Wie hast du eigentlich den Überfall im Park verkraftet?« Behutsam legte sie mir eine Hand auf die Schulter.

»Die letzten Tage sind nur so dahingerauscht, ich hatte kaum Zeit, darüber nachzudenken.«

»Weißt du, was Flashbacks sind?«

»Mich überfallen keine Bilder.«

»Und was ist mit deinem Nacken?«

»Der entspannt sich ganz allmählich. Nur meine Angst im Dunkeln hat sich noch nicht verflüchtigt. Wenn ich morgens im Dunkeln über den Hof laufe, nehme ich mir jedes Mal ein Messer von Simon mit.«

»Deshalb hat er sie vermisst«, sagte sie schmunzelnd, um gleich darauf wieder ernst zu werden. »Lass das mit den Messern, Kris, das ist viel zu gefährlich! Im Zweifel kann dein Gegenüber damit viel besser umgehen als du und ist auch entschlossener. Nimm nie eine Waffe mit, die gegen dich gerichtet werden könnte, hörst du? Der beste Schutz für Leute, die mit Waffen nicht trainiert und versiert sind, ist immer noch, laut zu schreien und schnell zu laufen.«

»Damit hätte ich im Park wirklich unglaublich gut punkten können«, entgegnete ich trocken. »Mir wurde der Mund zugehalten, und ich wurde von den Beinen gerissen.«

»Hättest du ein Messer oder eine andere Waffe dabeigehabt, wärst du vielleicht nicht so glimpflich davongekommen. Wenn man es noch nie erlebt hat, fällt es schwer, sich vorzustellen, wie schnell einem jemand eine Waffe entwinden kann. Wenn du unbedingt etwas mitnehmen willst, besorg dir einen Personenalarm. Das ist ein kleines

Teil, das einen Höllenlärm macht, wenn du den Kontakt herausziehst.«

»Hast du so ein Teil?«

In ihren Augen blitzte es. »Hätte ich Angst im Dunkeln, hätte ich eines.«

»Wie weit bist du eigentlich mit deinem Krimi?«

»Ich stecke noch in der Recherchephase.«

»Welches Thema?«

»Wird nicht verraten.« Mit zwei Fingern machte sie eine Bewegung, als verschließe sie ihre Lippen. »Außerdem stecke ich doch gerade metertief in *deinem* Krimi. Ich habe viel über dieses Gespräch gestern nachgedacht. Wenn …«

»Henrike«, unterbrach ich sie, »solltest du vorhaben, hier irgendwann von einem Tag auf den anderen zu verschwinden, und das womöglich noch ohne eine Erklärung, würde ich dir das nicht verzeihen. Ich bin ein gebranntes Kind, und ich würde umkommen vor Sorge.«

»Wie kommst du darauf, ich könnte verschwinden?«

»Du bist schließlich auch aus Kiel verschwunden und hast alles hinter dir gelassen, um hier neu anzufangen.«

Einen Moment lang kam es mir vor, als würde Henrike mir die Tür zu ihrer Vergangenheit einen Spaltbreit öffnen. Sekunden später war sie bereits wieder geschlossen. »Ich bin hier angekommen.«

»Ich kann nicht noch jemanden verlieren.«

»Ich weiß.« Sie drückte meine Hand. »Wollen wir dann jetzt arbeiten?« Ohne meine Antwort abzuwarten, fuhr sie fort: »Also, ich habe über gestern nachgedacht. Wenn du mich fragst, führt alles immer wieder zu der Frage, wen Konstantin Lischka an dem Geburtstagsabend auf Ben angesprochen haben könnte. Theresa Lenhardt können wir ziemlich sicher ausschließen. Und ihren Mann lassen wir für den Moment mal außen vor. Nadja Lischka können wir, was Ben angeht, streichen. Der Journalist wird wohl kaum seine Ehefrau erpresst haben. Wenn aber die Angermeiers ihr Institut durch die Entdeckung von Bens Homosexualität nicht bedroht sahen, bleiben nur die Veltes. Wobei ich mich bei den beiden mit einem Motiv schwertue. Bei ihr tappe ich in Bezug auf Ben völlig im Dunkeln. Bei ihm käme natürlich eine verdeckte Homosexualität infrage. Oder aber er hat Ben als Hacker engagiert, um eine Betrügerei durchzuziehen.«

»Und hätte den Mord an dem Journalisten begangen?«

»Möglich. Aber solange unklar ist, worum es da tatsächlich ging, ist alles reine Spekulation. Wir wissen nur eines: Wer immer Konstantin Lischka umgebracht hat, musste Zugang zur Tatwaffe gehabt haben. Und wenn es Fritz Lenhardt nicht selbst war, hat ihn entweder jemand eiskalt geopfert – sozusagen als Kollateralschaden –, oder auch er sollte für etwas büßen. Was hältst du davon, wenn wir den Veltes einen kleinen Besuch abstatten?«

»Genau das wollte ich auch gerade vorschlagen.«

Wir verabschiedeten uns von Funda. Während ich direkt zu meiner alten Gurke ging, lief Henrike über den mit Autos zugeparkten Hof zu Simons Weinladen, wo Arne an diesem Tag vertretungsweise Beratung und Verkauf übernommen hatte.

»Und?«, fragte ich, als sie mit geröteten Wangen zurückkehrte und sich in den Sitz fallen ließ.

»Als hätte er nie etwas anderes gemacht. Er hat mir zugeflüstert, wer Autos verkaufen könne, für den sei Wein ein Klacks. Ich habe ihm das Versprechen abgenommen, Simon diese Erkenntnis nur leicht modifiziert mitzuteilen.«

Das von einer dichten Eibenhecke umgebene und dem Bauhausstil nachempfundene Haus der Veltes lag in einer Villengegend von Gräfelfing. Wir liefen über eine Auffahrt aus terrakottafarbenen Pflastersteinen, die ein kleines Vermögen gekostet haben mussten, im Verhältnis zum Gesamtobjekt aber vermutlich kaum ins Gewicht gefallen waren. Auf unserem Weg begleiteten uns zwei Kameras. Ich drückte den Klingelknopf und fragte mich, wieso Tilman Velte es so eilig mit der Erbschaft hatte. Aber diese Frage hätte ich mir genauso gut bei den Angermeiers stellen können. Außer Nadja Lischka war finanziell wohl keiner der Freunde auf Theresa Lenhardts Erbe angewiesen.

Als nichts geschah, drückte Henrike den Klingelknopf noch einmal. Währenddessen versuchte ich dieses Anwesen mit seinen Besitzern in Einklang zu bringen. Bei Tilman Velte gelang mir das problemlos, bei seiner Frau sperrte sich etwas dagegen. Anders als ihr Mann wirkte sie bescheiden und bodenständig auf mich. Ich hätte sie eher in einem alten Haus voller Charme und zugiger Fenster angesiedelt als inmitten dieses mindestens dreihundert Quadratmeter umfassenden Perfektionsbaus.

Verschwitzt und außer Atem öffnete sie die Tür. »Hallo«, begrüßte sie uns und streifte sich die erdigen Gartenhandschuhe von den Händen. »Entschuldigung. Haben Sie es schon öfter versucht? Ich war hinten im Garten, da höre ich die Klingel kaum.«

»Wir müssen uns entschuldigen«, sagte ich, »immerhin überfallen wir Sie am Wochenende.«

»Kein Problem. Kommen Sie herein.« Sie lotste uns durch eine Eingangshalle mit offenem Treppenhaus und modernen Plastiken in Mauernischen. Mitten in einem fast ebenso großen Raum blieb sie stehen und deutete auf eine weiße Sitz- und Sofaecke, an die sich ein Kamin anschloss. Unter der Sitzbank war das Kaminholz gestapelt. »Ich wasche mir nur schnell die Hände, ich war gerade dabei, ein neues Beet anzulegen. Mögen Sie etwas trinken?«

»Gerne ein Wasser«, antwortete ich.

»Für mich auch, bitte«, schloss Henrike sich an.

Während die Hausherrin sich davonmachte, wanderten unsere Blicke durch die weit geöffnete Terrassentür in den Garten. Für mein Empfinden war er ein Kunstwerk, was bei Rena Veltes Arbeit als Gartenarchitektin aber auch kein Wunder war. Ich stand auf und trat auf die Terrasse. Links von mir erstreckte sich ein großzügig verglastes Badehaus. Das Becken, das sich darin befand, konnte durchaus sportliche Ambitionen wecken.

Henrike trat neben mich und gab ein sehnsüchtiges Seufzen von sich. »Es gibt durchaus Dinge, auf die ich neidisch bin. So ein Schwimmbad gehört dazu. Stell dir nur vor, du könntest in so einem Ding jeden Morgen deine Bahnen ziehen.«

»Ich stelle mir den Aufwand vor, um das in Schuss zu halten«, erwiderte ich trocken. »Von den Energiekosten ganz zu schweigen.«

»Vielleicht ist Tilman Velte deshalb so heiß auf das Erbe.« Sie zwinkerte mir zu.

Hinter uns klirrten Gläser. Wie auf Kommando wandten wir uns um und gingen zurück. Rena Velte goss Wasser in drei Gläser, die sie auf den Couchtisch gestellt hatte.

»Schön haben Sie es hier«, sagte Henrike. »Um Ihr Schwimmbad beneide ich Sie. Wir haben uns gerade gefragt, ob es viel Arbeit macht, es in Schuss zu halten.«

»Wir haben eine Firma, die das übernimmt«, antwortete sie mit weicher, melodischer Stimme.

»Schwimmen Sie täglich darin?«, fragte ich und verlegte mich zur Einstimmung auf Small Talk, während mein Blick kurz über die gerahmten Fotos auf dem Kaminsims huschte. Eines war ein Hochzeitsfoto, daneben waren Baby- und Kinderfotos. Einen Moment lang kam es mir vor, als habe ich den Jungen schon einmal gesehen.

»Mein Mann und unser Sohn nutzen es«, antwortete Rena Velte. »Und natürlich die Horden von Kindern, die zu

Besuch kommen. Ich bin keine Wasserratte. Mein Metier ist der Garten.« Sie strich sich eine Haarsträhne hinters Ohr, die sich aus ihrem geflochtenen Zopf gelöst hatte. »Falls Sie auch mit meinem Mann sprechen wollen, haben Sie Pech, er ist heute Vormittag unterwegs. Aber wenn es wichtig ist, könnte ich ihn anrufen ...«

»Nein, nicht nötig«, wehrte ich ab, »wir wollten ohnehin mit Ihnen sprechen.«

»Worum geht es denn?«

»Es geht noch einmal um diesen Satz, den Sie unfreiwillig belauscht haben.«

»Den ich falsch belauscht habe«, warf sie prompt dazwischen.

»Die Frage ist nur, wie das geschehen konnte«, schaltete Henrike sich ein. »Wie kamen Sie auf den Namen Ben Mahlo?«

»Das habe ich doch schon erklärt. In den Tagen und Wochen vor Fritz' Geburtstagsessen bin ich ständig über diese Plakate gestolpert.« Sie sah Hilfe suchend zu mir. »Sie hingen ja wirklich überall. Da habe ich immer wieder den Namen gelesen.«

Henrike tat, als würde sie nachdenken. »Ich versuche gerade, mir das vorzustellen. Sie verbringen einen fröhlichen, ausgelassenen Abend im Kreis Ihrer Freunde, gehen kurz zur Toilette und hören draußen vor der Tür die Stimme von Konstantin Lischka, der mit jemandem redet. Er sagt: *Ich habe dich mit XY gesehen. Wie viel ist dir das wert?* Nach der jüngsten Version steht XY für Beate. Ursprünglich stand es für Ben Mahlo. Durch eine stinknormale, nicht schallgeschützte Zimmertür dürfte es zu einem solchen Missverständnis eigentlich nicht kommen. Zwar enthalten beide Versionen jeweils drei Silben, aber der Klang ist zu unterschiedlich. Wie erklären Sie sich das?«

Rena Velte war anzusehen, dass ihr diese Diskrepanz

selbst zu schaffen machte. »Dass Konstantin *Beate* und nicht *Ben Mahlo* gesagt haben soll, stammt von Beate und nicht von mir. Ich wusste nicht einmal, dass sie und Fritz eine Affäre hatten. Und wie es zu dem Missverständnis kommen konnte?« Sie rieb sich den Nacken und sah in den Garten. »Ich kann es mir nur durch das Stimmengewirr der anderen im Hintergrund erklären.«

»Wie weit entfernt war die Gästetoilette von dem Raum, in dem das Geburtstagsessen stattfand?«

»Eigentlich nicht so weit«, antwortete sie zögernd und runzelte die Stirn. Sie schien sich an etwas zu erinnern.

»Was irritiert Sie?«, fragte ich.

»Der Flur im Haus der Lenhardts machte einen Knick, eigentlich ...« Sie verstummte.

Ich war versucht, den Satz für sie zu beenden, aber Henrike legte ihre Hand auf meinen Arm und hielt mich zurück.

»Durch den Knick hätte man eigentlich nicht allzu viel von den anderen hören dürfen«, sagte sie tief in Gedanken.

»Wen haben Sie gesehen, als Sie aus der Toilette kamen?«, fragte Henrike.

»Niemanden. Der Flur war leer.«

»Wie viel Zeit ist zwischen Konstantin Lischkas Äußerung und dem Öffnen der Tür vergangen?«

»Ich erinnere mich, dass ich einen Moment gewartet habe, bis ich Konstantin nicht mehr hörte. Der zweite Satz hatte einen unangenehmen Beigeschmack, damit wollte ich nichts zu tun haben.« Es schien sie zu erleichtern, darüber reden zu können. Sie trank einen Schluck Wasser und drehte das Glas zwischen den Händen.

»Wie war die Situation, als Sie zu den anderen zurückgingen?«

»Was meinen Sie damit?«

»Waren alle im Raum? Saßen sie, standen sie? Gab es Grüppchen? Fehlte jemand? Wirkte jemand ungewöhnlich angespannt? Können Sie sich daran vielleicht noch erinnern?«

»Wäre der Mord nicht geschehen, könnte ich das sicher nicht. Aber nachdem Konstantin tot war, habe ich mir immer wieder jedes Detail dieses Abends vor Augen geführt.« Sie schloss für Sekunden die Augen. »Die meisten saßen, Theresa und Beate standen und lachten über irgendetwas. Konstantin saß neben seiner Frau. Nadja hatte sich gerade eine Zigarette in den Mund gesteckt, er gab ihr Feuer. Mein Mann und Christoph sprachen über den Rotwein. Christoph war begeistert davon, Tilman fand ihn zu schwer. Konstantin meinte, ihm könne er gar nicht schwer genug sein. Er hob sein Glas und betonte, jetzt gehe es wieder aufwärts mit ihm.«

»Wen hat er dabei angesehen?«, fragte ich leise.

»Nadja. Er sah sie freudestrahlend an und gab ihr einen Kuss. Als hätte er an dem Tag einen lukrativen Auftrag erhalten oder etwas in der Art.«

»Oder als hätte er eine lukrative Erpressung in die Wege geleitet«, meinte Henrike. »Wo befand Fritz Lenhardt sich zu dem Zeitpunkt?«

»Er kam ein paar Minuten später mit zwei Rotweinflaschen und sagte, er habe in seinem Weinkeller zwei Schätze für uns ausgegraben. Er sah in dem Moment irgendwie fertig aus, blass. Theresa war es auch aufgefallen, sie machte sich Sorgen um ihn. Fritz sagte, er habe den Wein zu schnell getrunken. Ich war mir ganz sicher, dass Konstantin im Flur mit ihm gesprochen hatte und ihm das auf den Magen geschlagen war. Deshalb habe ich es in der Gerichtsverhandlung auch verschwiegen. Es hätte nichts an Fritz' Verurteilung geändert.«

»Haben Sie nach dem Abend nie einen der anderen gefragt, wer kurz vor Ihnen zurück ins Esszimmer gekommen war?«

»Von Konstantin wusste ich, dass er vor mir das Zimmer betreten hatte, er saß schließlich schon wieder am Tisch, als ich zurückkam. Ja, und dann kam Fritz herein und war ganz blass. Wieso hätte ich da die anderen noch befragen sollen? Es war eindeutig.«

»Hätte es Ihrer Meinung nach denn zu Konstantin Lischka gepasst, Fritz Lenhardt auch noch zu erpressen, nachdem er ihn schon um eins Komma acht Millionen gebracht hatte?«, fragte ich. »Um so etwas zu tun, muss jemand ziemlich skrupellos sein.«

Wieder sah sie in den Garten. »Konstantin saß auf einem Berg von Schulden.« Sie schien sich zu diesem Satz durchgerungen zu haben, dann schwieg sie.

»Eine andere Frage«, nahm ich das Gespräch wieder auf. »Warum haben Sie sich bei unserem ersten Treffen in meinem Büro von den anderen verunsichern lassen?«

»Weil mich da auf einmal drei Augenpaare ansahen, als hätte ich ein Kapitalverbrechen begangen. Es ...«

»Wer sah Sie so an?«, fragte Henrike dazwischen. »Die Angermeiers und Nadja Lischka?«

Sie nickte. »Mein Mann ganz bestimmt nicht«, schickte sie mit einem schiefen Lächeln hinterher.

»Ich habe Sie eben unterbrochen«, sagte Henrike. »Was hatten Sie noch sagen wollen?«

»Nur, dass mir das Ganze nicht wichtig genug war, um deswegen mit den anderen einen Streit vom Zaun zu brechen.«

»Und deshalb haben Sie sich letztlich von Ihrer Überzeugung verabschiedet?«, fragte ich.

Sie kaute auf ihrer Oberlippe herum und atmete ein, als laste ein Gewicht auf ihrer Brust. Dann goss sie sich Wasser nach und füllte auch unsere Gläser auf. »Nach unserem ersten Treffen bei Ihnen hat mein Mann mich auch gefragt, warum ich mich hätte verunsichern lassen. Wir sind dann gemeinsam noch einmal alles durchgegangen. Und da ist mir bewusst geworden, dass ich durch Ihre Plakataktion so oft den Namen Ihres Bruders gelesen hatte. Ich habe selbst einen Bruder und musste immer daran denken, wie es wäre …« Sie verstummte und sah mich an, als wolle sie prüfen, wie viel sie mir zumuten konnte. »Um es kurz zu machen: Das Verschwinden Ihres Bruders hat mich damals sehr beschäftigt, und deshalb schwirrte sein Name dauernd in meinem Kopf herum. Glatte Fehlleistung.«

»Und als Sie dann hörten, was Konstantin Lischka laut Ihrer Freundin Beate tatsächlich gesagt haben soll, waren Sie da überrascht?«

»Natürlich. Ich war sechs Jahre lang von einer anderen Version überzeugt. Und was das Schlimmste ist: Ich habe Theresa kurz vor ihrem Tod davon erzählt und sie mit Sicherheit damit durcheinandergebracht. Im Nachhinein habe ich ein sehr schlechtes Gewissen deswegen.«

Das war mein Stichwort. Ich hatte meine Frage lange genug zurückgehalten. »Ich habe noch eine sehr persönliche Frage, Frau Velte«, setzte ich an. »An Fritz Lenhardts Geburtstagsabend glaubten Sie noch, den Namen Ben Mahlo verstanden zu haben. Und wie Sie sagten, hat Sie das Verschwinden meines Bruders sehr beschäftigt.«

Sie wurde rot und wich meinem Blick aus. »Ich weiß, worauf Sie hinauswollen«, sagte sie leise und blickte wieder hinaus in den Garten.

»Mein Bruder war spurlos verschwunden, wir haben nach dem kleinsten Hinweis gesucht, was mit ihm geschehen sein könnte. Warum haben Sie sich nicht an die Polizei gewandt?«, fragte ich sie vorwurfsvoll.

»Wir haben uns darüber die Köpfe zerbrochen, glauben Sie mir, aber …«

»Wer ist wir?«, fragte Henrike.

»Mein Mann und ich. Als wir am nächsten Morgen diese

entsetzliche Nachricht von Konstantins Ermordung erhielten, habe ich Tilman sofort davon berichtet, was ich am Abend zu hören geglaubt hatte. Wir haben hin und her überlegt und sind schließlich zu dem Schluss gekommen, dass wir Fritz damit in den Fokus der Ermittlungen zerren würden. Immerhin hatte er Tilman einmal in einer schwachen Stunde gebeichtet, dass er sich auch zu Männern hingezogen fühlte. Ihr Bruder war homosexuell, möglicherweise hatte Fritz sich aus genau diesem Grund mit ihm getroffen. Und Konstantin, der die beiden beobachtet und Fritz damit erpresst haben könnte, war am nächsten Morgen tot. Mit meiner Aussage hätten wir die Polizei auf eine völlig irrwitzige Spur gelenkt und höchstens Kapazitäten gestohlen für die Überprüfung wirklich wichtiger Hinweise.«

»Haben Sie dabei auch nur eine Sekunde lang an das Schicksal meines Bruders gedacht?«, fragte ich fassungslos. »Bens Leben hätte auf dem Spiel stehen können, für Ihren Freund Fritz stand nur seine Freiheit auf dem Spiel.«

»Glauben Sie nur nicht, wir hätten es uns leicht gemacht!« Sie sprang auf, ging ein paar Schritte Richtung Terrasse und stellte sich mit dem Rücken zu ihrem Garten, als könne er ihr eine Stütze sein. »Fritz war ein enger Freund, Ihren Bruder kannten wir nicht. Außerdem mussten wir auch an Nadja denken, sie hatte gerade ihren Mann verloren, stand völlig allein mit zwei Kindern und ohne Geld da. Hätte ich Konstantin da auch noch als Erpresser hinstellen sollen?« Sie schien keine Antwort zu erwarten.

Mein Handy meldete eine SMS, aber ich ignorierte sie. »Eine letzte Frage habe ich noch, Frau Velte. Haben Sie Ihren Freund Fritz nach dessen Verurteilung im Gefängnis besucht?«

Sie sah mich an, als habe ich ihr einen Stich versetzt. »Ich wollte es, aber ich hatte nicht den Mut.«

»Wovor hatten Sie denn Angst?«, fragte ich. »Davor, dass

sich herausstellen könnte, dass es gar nicht Fritz Lenhardt war, der mit Konstantin Lischka auf dem Flur gesprochen hat?«

»Ich hatte ein kleines Kind zu versorgen.« Sie zuckte hilflos die Schultern. »Aber das war es nicht allein. Es war eine sonderbare Zeit damals … als hätten wir alle den Atem angehalten. Wir waren sehr eng miteinander gewesen, und dann … plötzlich fehlten zwei der Freunde. So ein Verbrechen ist wie ein Schuss, der die Stille für immer zerfetzt.«

Sie hatte all die Jahre geschwiegen und nur mit ihrem Mann darüber gesprochen, dachte ich fast staunend und versuchte mir das in letzter Konsequenz vorzustellen.

Als könne sie meine Gedanken lesen, sagte sie: »Ich habe es mit den Jahren verdrängt und irgendwann gar nicht mehr daran gedacht. Bis Theresa mir diese Frage stellte, ob es etwas gebe, das ich damals nicht ausgesagt hätte. Plötzlich war es wieder da.«

»Wie hat Theresa Lenhardt eigentlich darauf reagiert?«, fragte Henrike.

»Euphorisch. Als gebe es endlich den alles entscheidenden Hinweis für Fritz' Unschuld. Von einer möglichen homosexuellen Neigung ihres Mannes wollte sie überhaupt nichts hören. Diesen Hinweis hat sie als absurd abgetan. Sie war überzeugt, Tilman müsste Fritz damals falsch verstanden haben, immerhin seien beide Männer ja wohl betrunken gewesen. Und der Satz über Ben Mahlo beweise, dass Konstantin versucht habe, jemanden zu erpressen. Dieser Jemand sei jedoch mit Sicherheit nicht ihr Fritz gewesen.«

»Möglicherweise lag sie damit gar nicht so falsch. Die Version, die Beate Angermeier uns aufgetischt hat, ist nämlich gelogen. Konstantin Lischka hat sie und Fritz Lenhardt nicht bei einem Schäferstündchen erwischt.«

»Die beiden hatten gar kein Verhältnis?«

»Sie hatten eines, aber sie wurden schon Monate vorher von einer Mitarbeiterin überrascht.«

»Warum …?«

»Beate Angermeier wollte damit das, was Sie Theresa Lenhardt auf ihrem Sterbebett offenbart hatten, vom Tisch wischen, um die Erbschaftsangelegenheit zu beschleunigen.«

»Das heißt, ich habe mich nicht verhört?«

»Vermutlich nicht.«

19

An meine alte Gurke gelehnt, rauchte Henrike eine Zigarette. Sie inhalierte tief und behielt den Rauch für Sekunden in ihrer Lunge, bevor sie ihn langsam ausatmete. Ich las die SMS von Simon, der mir vorschwärmte, was ich alles verpassen würde, und damit schloss, dass er mich vermisse. Ich schickte ihm gerade einen Kuss zurück, als fünf lärmende Jungs um die Ecke bogen. Einer von ihnen ließ einen Fußball rhythmisch auf den Bürgersteig knallen. Sie waren alle ungefähr gleich groß und im selben Alter. Ich schätzte, dass sie noch nicht lange zur Schule gingen. Als sie näher kamen, saugte sich mein Blick an einem der Jungen fest. Einen Moment lang kam es mir vor, als sei Ben einem seiner Kinderfotoalben entstiegen und genau hier auf dieser Straße gelandet. Ich schloss die Augen, nur um sie sofort wieder zu öffnen. Haarfarbe und Gesichtsstruktur entsprachen Bens, nur der Mund war anders. Ohne uns zu beachten, liefen die Jungen an uns vorbei und bogen in die Auffahrt der Veltes. Ich starrte ihnen hinterher.

Dann rannte ich los und rief, sie sollten warten. Fast gleichzeitig drehten sie sich um und sahen mich an, als hätten sie etwas ausgefressen. Der Junge, der Ben so ähnlich sah, hielt den Ball fest umschlungen.

»Sagst du mir, wie du heißt?«, fragte ich ihn.

Er schüttelte den Kopf.

»Wohnst du hier?«

»Ich darf nicht mit Fremden reden.«

Henrike tauchte neben mir auf. »Was ist denn los, Kris?«

Ich drehte den Jungen den Rücken zu und senkte meine Stimme. »Der Junge mit dem Ball ... er sieht aus wie Ben als kleiner Junge.«

Inzwischen hatte Rena Velte die Tür geöffnet, und die Jungen waren an ihr vorbei ins Haus gestürmt. Als sie die Tür gerade schließen wollte, entdeckte sie uns. »Haben Sie etwas vergessen?«

»Ja«, antwortete Henrike, »dürfen wir noch einmal kurz hineinkommen?«

Das Nein stand ihr deutlich ins Gesicht geschrieben.

»Es geht ganz schnell«, beteuerte Henrike und ging zielstrebig auf sie zu.

Widerstrebend tat Rena Velte einen Schritt zur Seite, um uns hineinzulassen. Dieses Mal bat sie uns nicht in ihr Wohnzimmer, sondern versuchte uns im Eingangsbereich abzufertigen. »Ich habe wenig Zeit, die Jungs sind hungrig.«

Also machte ich es kurz. »Welcher der Jungen ist Ihr Sohn, Frau Velte?«

»Warum wollen Sie das wissen?«, fragte sie überrascht.

»Ist es der mit den blonden Haaren? Der, der meinem Bruder Ben so ähnlich sieht?«

Sie zuckte zusammen und schien für Sekunden zu erstarren. Dann zog sie die Brauen zusammen. »Für so einen Unsinn habe ich wirklich keine Zeit. Und jetzt gehen Sie bitte, ich habe zu tun.«

»Ist er Ihr Sohn?«

»Mir reicht es jetzt, Frau Mahlo. Nehmen Sie Ihre Mitarbeiterin, und verlassen Sie unser Haus!« Sie machte einen entschlossenen Schritt auf uns zu, musste allerdings feststellen, dass wir keinen Millimeter zurückwichen.

»Sie haben die Wahl.« Mein Herz klopfte bis zum Hals, und ich hatte das Gefühl, völlig außer Atem zu sein. Als sei ich sechs Jahre lang gerannt, um in diesem Moment genau hier anzukommen. »Entweder wir reden und Sie beantworten mir meine Fragen, oder wir warten vor dem Haus, bis die vier Jungen, die nicht Ihre sind, wieder herauskommen. Auch so lässt sich herausfinden, welcher Ihr Sohn ist.«

»Das dürfen Sie nicht.«

»Welches Gesetz sollte es uns verbieten?«, fragte Henrike mit spöttischem Unterton.

Rena Velte machte auf dem Absatz kehrt und bedeutete uns, ihr zu folgen. Dieses Mal ging es in die entgegengesetzte Richtung, fort vom Wohnzimmer und dem Zugang zum Garten, in den die Jungen vermutlich verschwunden waren. In der Küche, die mindestens vierzig Quadratmeter maß und alles bot, was das Herz eines Hobbykochs erwärmte, setzte Rena Velte Wasser auf und holte zwei Pakete Spaghetti aus einem der Schränke. Henrike und mich würdigte sie keines Blickes, als könne sie uns durch bloßes Ignorieren fortzaubern.

»Ihr Sohn – wie heißt er eigentlich?«, nahm ich den Faden wieder auf und bemühte mich um einen behutsamen Ton.

»Sebastian.«

»Wie ich erfahren habe, ist er durch künstliche Befruchtung unter Anwendung von Präimplantationsdiagnostik gezeugt worden.«

»Wer sagt das?«

»Niemand, der damit seine Schweigepflicht verletzt hätte.«

»Nadja«, sagte sie und ballte die Fäuste.

»Wo haben Sie die PID vornehmen lassen?«

»Da Sie sich mit der Gesetzeslage so gut auszukennen scheinen, dürfte Ihnen die Antwort klar sein. Als Sebastian gezeugt wurde, war die Präimplantationsdiagnostik in Deutschland noch verboten. Wir haben uns an eine Klinik im Ausland wenden müssen.«

»Und das, obwohl Sie in Beate Angermeier eine Freundin haben, die dieses Verfahren beherrscht. Das muss schwer für Sie gewesen sein.«

Rena Velte schüttete Salz ins Nudelwasser und schloss den Deckel des Topfes. Dann zupfte sie scheinbar unbeteiligt vertrocknete Blättchen aus verschiedenen Kräutertöpfen.

»Vielleicht«, fuhr ich leise fort, »hat sie Ihnen aber auf andere Weise helfen können.«

Sie hielt den Atem an, richtete den Blick jedoch weiter auf die Töpfe mit den Kräutern.

»Mein Bruder Ben hat für das Kinderwunschinstitut der Angermeiers Samen gespendet. Wussten Sie das?«

In diesem Moment klingelte ein Handy, das auf dem Küchentisch lag. Rena Velte stürzte sich darauf wie auf einen Rettungsring. Sie warf einen Blick aufs Display, atmete tief durch und meldete sich schließlich mit ruhiger Stimme. Am anderen Ende der Leitung war ihr Mann. Sie erzählte ihm, dass sie eine riesige Portion Spaghetti für fünf hungrige Mäuler kochen und später ihr Beet weiter umgraben würde. Er müsse sich nicht beeilen. Uns erwähnte sie mit keiner Silbe.

Henrike, die es leid war zu stehen, setzte sich an den Küchentisch, an dem eine Großfamilie Platz gefunden hätte und auf dem eine Holzschale mit getrockneten Lavendelblüten stand. Ich lehnte mich gegen den Tisch.

»Wussten Sie das?«, wiederholte ich meine Frage, als sie das Telefonat beendet und das Handy in die Hosentasche geschoben hatte.

»Selbstverständlich nicht! Wollen Sie Beate Angermeier nun auch noch unterstellen, ihren Unterhaltungswert zu steigern, indem sie die Identität ihrer Samenspender beim Kaffeeklatsch preisgibt?«

»Mein Bruder hat möglicherweise nicht nur für das Kinderwunschinstitut Samen gespendet, sondern vermutlich auch nebenher kleine Privatgeschäfte gemacht. Soll ich Ihnen sagen, was ich glaube, nachdem ich Ihren Sohn Sebastian gesehen habe?«

Sie hatte uns den Rücken zugedreht, sodass ihr Gesicht nicht zu sehen war.

»Vielleicht haben Sie irgendwann Ihre Freundin Beate in

deren Institut besucht. Sie wird Sie sicher bezüglich Ihres Kinderwunschs und der damit verbundenen Problematik beraten haben, schließlich ist sie vom Fach. Und vielleicht ist Ihnen bei einem dieser Besuche mein Bruder Ben über den Weg gelaufen. Und vielleicht haben Sie begriffen, dass er dort war, um Samen zu spenden. Dann haben Sie ihn betrachtet, haben gesehen, dass er genau wie Ihr Mann blond ist, grüne Augen hat und groß gewachsen ist. Und vielleicht haben Sie sich dann ein Herz gefasst und ihn angesprochen. Nach allem, was ich inzwischen über meinen Bruder erfahren habe, hätte er Sie nicht abgewiesen. Er hätte lediglich einen guten Preis verlangt. Vielleicht hatten Sie damals die Eingebung, dass es nicht viel brauchte, um die genetische Disposition Ihres Mannes ...«

»Hören Sie auf«, sagte sie so leise, dass sie kaum zu verstehen war. »Gehen Sie und kommen Sie nie wieder hierher!« Sie wandte sich um. »Nie wieder!«

Ich kam mir längst vor wie ein Schwein. Und das, was jetzt folgte, machte es keinen Deut besser. »Gut.« Ich machte Anstalten zu gehen und gab Henrike ein Zeichen, es mir gleichzutun. »Wenn Sie nicht mit mir darüber reden wollen, wende ich mich an Ihren Mann.«

»Welches Recht haben Sie ...?« Ihr traten Tränen in die Augen, und sie sah mich zutiefst erschrocken an.

»Das Recht der Schwester von Ben Mahlo, der seit sechs Jahren verschwunden ist, ohne eine Spur zu hinterlassen. Der seinen Samen verkauft hat und möglicherweise deshalb sterben musste.«

Sie kam zum Tisch und ließ sich schwer auf die Bank fallen. Zwischen ihr und uns lagen gut drei Meter. »Sie phantasieren sich da etwas zusammen, Frau Mahlo. Ich bin Ihrem Bruder nie begegnet.« Sie stützte die Ellenbogen auf und verbarg für Sekunden das Gesicht in den Händen. Schließlich ließ sie die Hände sinken, als ergebe sie sich.

»Dann sind Sie durch Beate Angermeier an die Samenspende gekommen«, schloss Henrike.

Rena Veltes Blick irrte zwischen uns beiden hin und her. »Sie …«, setzte sie zu sprechen an, musste sich aber erst einmal räuspern. »Sie beide wissen nicht, was es heißt, ein sterbenskrankes Kind zur Welt zu bringen, es zu Tode zu pflegen, Stunde für Stunde und Tag für Tag, und an dem Schmerz, den Ihnen die Liebe zu Ihrem Kind bereitet, fast zu zerbrechen. Es leiden zu sehen und ihm nicht helfen zu können. Dieses Kind schließlich in Ihren Armen in den Tod zu wiegen und es zu begraben.« Sie hielt kurz inne und schluckte. »Und mit der Trauer in Ihrem Herzen nehmen Sie irgendwann all Ihren Mut zusammen und wagen es noch einmal, ein Kind in die Welt zu setzen. Genauer ausgedrückt: Sie möchten es wagen. Aber Sie scheitern, einmal, zweimal. Und dann ist es irgendwann der Mut der Verzweiflung, der Sie treibt. Ich habe im Ausland eine Klinik gefunden, in der ich nicht nach der Zustimmung meines Mannes für eine Samenspende gefragt wurde. Ich habe dort ein Foto von ihm vorgelegt und darum gebeten, einen Samenspender auszusuchen, der meinem Mann ähnlich sieht. Ihre Sehnsucht nach Ihrem Bruder wird Ihnen einen Streich spielen, Frau Mahlo.« Sie versuchte ihren Worten mit ihrem Blick Nachdruck zu verleihen. »Wäre Sebastian mit dem Samen Ihres Bruders gezeugt worden, hätte ich doch seinen Namen niemals ins Spiel gebracht, nicht einmal Theresa gegenüber.«

»Auch wenn dieses Argument einleuchtend klingt«, wandte Henrike ein, »wäre es interessant zu erfahren, wo im Ausland Sie waren. Können Sie uns dazu etwas sagen?«

»Das möchte ich nicht. Aber ich bitte Sie beide inständig, dass unser Gespräch für immer in diesen vier Wänden bleibt. Für Theresas Erbsache hat es keinerlei Relevanz. Sollte bei meinem Mann aber nur der Hauch eines Zweifels an seiner

Vaterschaft aufkommen, könnte ich mir das nie verzeihen. Tilman hat damals sehr darunter gelitten, dass unser erster Sohn durch seine genetische Belastung schwer krank geboren wurde und schließlich daran gestorben ist. Wüsste mein Mann von der Samenspende, würde das nicht nur unsere Ehe zerstören, sondern auch ihn.«

»Wer weiß überhaupt davon?«, fragte ich.

»Ich habe es bisher nie jemandem erzählt.«

Henrike änderte ihre Sitzhaltung und beugte sich vor. »Demnach können Sie sehr gut schweigen, Frau Velte«, sagte sie voller Bewunderung. »Ich habe bisher nur ganz wenige Menschen kennengelernt, die diese Kunst bis zur Perfektion beherrschen.«

»Ich kann nicht nur gut schweigen, ich kann auch gut verdrängen«, sagte Rena Velte mit einem fast erleichterten Unterton. Sie schien anzunehmen, dass die Tortur für sie endlich ein Ende hatte, ging zum Herd und füllte die Spaghetti ins sprudelnde Wasser.

»Ich habe noch etwas festgestellt«, fuhr Henrike fort, »wer gut schweigen kann, kann in der Regel auch gut lügen. Ich nehme Ihnen das mit der Klinik im Ausland nicht ab. Wozu in die Ferne schweifen, wenn ganz in der Nähe eine Freundin mit Zugriff auf eine Samenbank sitzt? Noch dazu eine, die das Schweigen schon aus beruflichen Gründen zur olympischen Disziplin erhoben hat. Und da wären wir dann wieder bei Ben Mahlo.«

»Hören Sie auf damit! Das ist reine Spekulation!«

»Ich brauche nur ein Haar von Sebastian, um einen DNA-Abgleich mit meinem Bruder zu veranlassen«, sagte ich.

»Das ist verboten!« Sie schien an die Grenze dessen zu kommen, was sie an Bedrohung ertrug.

»Verlassen Sie sich nicht darauf, dass ich mich in diesem Fall an die Gesetze halte.«

Als hätte das Schicksal die Fäden gezogen, stürmten in diesem Augenblick Sebastian und zwei seiner Spielkameraden in die Küche. Rena Veltes Sohn riss die Kühlschranktür auf, holte Apfelsaft und Sprudel daraus hervor und baute alles neben seiner Mutter auf, die damit begann, Schorle in fünf Gläser zu mischen. Dann stellte sie die Gläser auf ein Tablett und bat die Jungen, ihr in den Garten zu folgen. Dabei ließ sie Sebastian nicht aus den Augen und gab acht, dass er vor ihr die Küche verließ.

»Bist du dir bei der Ähnlichkeit hundertprozentig sicher?«, fragte Henrike leise.

»Auf den ersten Blick war ich es«, antwortete ich zögernd. »Wenn ich ihn allerdings genau betrachte, weicht einiges von Ben ab. Aber er hat die Augen- und die Haarfarbe meines Bruders, und er lacht wie er. Ben hat auch immer den Mund weit aufgerissen und alle Zähne gezeigt.«

»Könnte es dennoch sein, dass sie recht hat und du dir die Ähnlichkeit nur wünschst?«

»Dann wäre mir nicht ausgerechnet er in der Gruppe der Jungen aufgefallen.«

»Also gut«, sagte Henrike, als hätte ich sie damit überzeugt.

»Das ist doch kein Zufall!«

Rena Velte tat so, als habe sie beim Hereinkommen meine letzten Worte nicht gehört. »Die Spaghetti sind gleich fertig. Die Jungs müssen etwas essen.« Mit einer Gabel holte sie eine Nudel aus dem Topf und probierte sie.

»Ist mein Bruder der biologische Vater Ihres Sohnes, Frau Velte?«, fragte ich unumwunden.

Ihre Hand schoss zum Hals, ihr Kopf verschwand fast zwischen den Schultern. Kraftlos lehnte sie sich gegen einen der Küchenschränke. Durch die geschlossenen Lider liefen Tränen über ihre Wangen. »Wie soll ich das denn wissen?« Sie schluckte, öffnete die Augen und schien Mühe zu haben, ihren Blick auf uns zu richten. »Beate hat damals einen passenden Spender ausgesucht.« Sie riss ein Blatt Küchenrolle ab und wischte sich damit übers Gesicht.

»Frau Velte«, setzte Henrike an, »hat Ben Mahlo Sie erpresst?«

War sie jetzt übergeschnappt? Ich sog scharf die Luft ein und konnte nur mit Mühe einen Protestlaut unterdrücken.

Henrike ignorierte mich und hielt ihren Blick fest auf Rena Velte gerichtet.

»Nein! Ich hätte doch seinen Namen nicht erwähnt, wenn das so gewesen wäre. Ich bin ihm nie begegnet, das müssen Sie mir glauben. Ich wusste über ihn lediglich das, was auf den Plakaten und in den Medien stand. Und wie hätte er mich denn überhaupt erpressen sollen? Selbst wenn er tatsächlich der Spender gewesen wäre, hätte Beate ihm ganz sicher nicht verraten, für wen sein Samen bestimmt war. Beate ist meine Freundin. Sie verschweigt mir doch nicht den Spender, um meinen Namen dann an ihn weiterzugeben. Allein die Vorstellung ist absurd.«

Ich schluckte meinen Groll auf Henrike hinunter und folgte dem Gedanken, der mir gerade durch den Kopf geschossen war. »Hat Beate Angermeier Sie nach unserem ersten Treffen am vergangenen Freitag eigentlich noch mal auf diesen Satz über Ben Mahlo angesprochen?«

»Nein, das hat sie nicht. Wieso …?«

»Ich bin wieder da«, ertönte in diesem Augenblick Tilman Veltes Stimme aus der Eingangshalle.

Erschreckt sah Rena Velte zwischen uns hin und her und hielt einen Zeigefinger vor ihren Mund, bevor sie ihrem Mann zurief, sie sei in der Küche. Schnell wischte sie sich noch einmal mit Küchenkrepp über Augen und Wangen. »Wir haben Besuch.«

Kurz darauf erschien Tilman Velte in grauem Polohemd und dunkelblauer Designerjeans in der Tür und blickte in die Runde. Sein blondes Haar war leicht zerzaust. Er begrüßte uns wie alte Bekannte. »Über mangelndes Engagement können sich Ihre Auftraggeber wirklich nicht beschweren«, meinte er mit einem Augenzwinkern. »Nur schade, dass die Toten keine Fleißkärtchen mehr verteilen können.«

»Aber das Nachlassgericht«, konterte ich. »Ich werde dort bei Gelegenheit vorschlagen, ein solches Belohnungssystem einzuführen.«

»Sind Sie in Theresas Sache weitergekommen?«

»Es geht voran. In kleinen Schritten.« Ich vermied es, Rena Velte anzusehen.

»Und gibt es schon einen eingrenzbaren Zeithorizont, wann wir mit dem Erbe rechnen können?« Er breitete die Hände aus und machte ein Gesicht wie ein Junge, der etwas verbrochen hatte und all seinen Charme zum Einsatz brachte. »Sie müssen meine Ungeduld verstehen. Es fällt mir schwer, Geld einfach so vor sich hin dümpeln zu lassen. Und da Sie mich Ihnen nicht bei der Anlage helfen lassen ...«

»Wenn ich Hilfe brauche, melde ich mich.«

Er warf seiner Frau einen Blick zu, dem diese jedoch auswich und stattdessen die Spaghetti in ein Sieb goss. »Was hat Sie denn heute eigentlich zu uns geführt?«

»Es ging noch einmal um diesen Satz«, kam Rena Velte uns mit einer Antwort zuvor.

Tilman Velte sah von ihr zu Henrike und schließlich zu mir. »Ich dachte, das wäre geklärt.«

»Wir hatten nur noch einmal in aller Ruhe und allein mit Ihrer Frau sprechen wollen, um sicherzugehen, dass sie sich nicht irgendeinem Druck ausgesetzt fühlte.«

»Da kennen Sie meine Frau aber schlecht.« Er ging zu ihr, legte ihr für einen Moment den Arm um die Schultern und drückte sie liebevoll an sich. »Meine Frau hat ihren eigenen Kopf, gegen den habe selbst ich keine Chance.« Er setzte sich an den Tisch. »Wie geht es denn jetzt eigentlich weiter?«

»Ich werde noch ein paar Gespräche führen und dann eine Art Kassensturz machen, um zu sehen, was ich habe.«

»Was für Gespräche?«, fragte er.

»Mich interessiert zum Beispiel, was Fritz Lenhardt zu Ihnen und Ihren Freunden nach seiner Verurteilung in der Haft gesagt hat.«

Er presste die Lippen zusammen und wirkte von einer Sekunde auf die andere in sich gekehrt und unglücklich. Seine Frau strich ihm aufmunternd über den Rücken, bevor sie die Nudeln auf Teller verteilte und Ketchup aus dem Kühlschrank holte.

»Sie waren nicht dort?«, versuchte ich Tilman Velte die Antwort zu erleichtern.

»Selbstverständlich war ich dort«, protestierte er. »Wäre es nach mir gegangen, hätte ich Fritz einmal im Monat besucht.«

»Was stand dem entgegen?«, fragte Henrike.

»Fritz selbst.« Tilman Velte sah auf seine Hände, dann hob er den Blick. »Ein paar Wochen nach seiner Verurteilung habe ich ihn besucht. Nach zehn Minuten musste ich ihm in die Hand versprechen, nicht wiederzukommen. Es sei einfacher für ihn, alle Brücken hinter sich abzubrechen. Uns, seine Freunde, zu sehen sei für ihn unerträglich. Ich habe das so verstanden, dass er sich uns gegenüber schämte.«

»Weil er in der Haftanstalt war oder weil er den Mord begangen hatte?«

»Es war diese entsetzliche Umgebung, die ihm das Leben zur Hölle gemacht hat. Jedem von uns wäre das so gegangen.«

»Hat Fritz Lenhardt sich in diesem Gespräch in irgendeiner Weise zu dem Mord geäußert?«

»Er hat seine Unschuld beteuert.«

»Wissen Sie, wer von den übrigen Freunden ihn im Gefängnis besucht hat?«, fragte ich.

»Christoph und Beate wollten genauso hingehen wie meine Frau, aber Fritz hat sich verweigert. Theresa war die Einzige, die zu ihm durfte. Na ja, und dass Nadja nicht den Drang verspürt hat, ihn zu besuchen, erklärt sich von selbst.«

»Das heißt, außer seiner Frau waren Sie der Einzige?«

»Seine Anwälte werden ihn besucht haben, nehme ich an. Anfangs ging es ja noch um eine Revision und dann um den Versuch, den Prozess noch einmal neu aufzurollen.«

Rena Velte stellte die Teller auf den Tisch und rief nach den Jungen.

»Wollen Sie nicht mit uns essen?«, fragte ihr Mann. »Wenn die Bande satt ist, könnten wir ein paar Steaks auf den Grill werfen. Was halten Sie davon?«

Wie auf Kommando standen Henrike und ich auf. »Ein sehr verlockendes Angebot«, antwortete ich, »aber leider haben wir heute noch einiges zu erledigen.«

»Melden Sie sich, wenn es etwas Neues gibt?« Er war ebenfalls aufgestanden.

»In jedem Fall«, antwortete ich und entschuldigte mich bei seiner Frau für den Überfall am Samstag.

»Kein Problem«, sagte sie, während sie sich mit den Händen über die Arme fuhr, als friere sie.

»Dann bringe ich Sie zur Tür«, schlug ihr Mann vor und ging uns voraus.

»Sie haben ein prächtiges Haus«, sagte Henrike. »Es war bestimmt nicht leicht, hier in Gräfelfing an ein so großes Grundstück zu kommen.«

»Das ist alles eine Frage des Geldes.« Mit einem Augenzwinkern legte er die Hand aufs Herz. »Und ich gebe es ganz offen zu, dass ich einer von denen bin, die nie genug bekommen. Das ist meine Triebfeder. Ich glaube nicht, dass man sich dafür zu schämen braucht.«

»Scham kann auch eine Triebfeder sein«, konterte Henrike.

Er lehnte sich in den Türrahmen, eine Hand lässig in der Hosentasche und sah sie an, als versuche er auf den Grund ihrer Seele zu schauen. »Und welche ist Ihre, Frau Hoppe? Soll ich raten?«

»Nur zu! Aber ich warne Sie: Sie riskieren eine Niederlage.«

Sein Grinsen hatte etwas Schelmisches. »Dann begnüge ich mich damit, Ihnen beiden jetzt ein erholsames Wochenende zu wünschen. Ich hoffe, wir sehen uns bald wieder.«

Auf dem Weg von Gräfelfing nach Bogenhausen gingen wir das Gespräch mit Rena Velte Punkt für Punkt durch. Als wir zu der Stelle kamen, an der Henrike Ben als möglichen Erpresser hingestellt hatte, machte ich meinem Unmut Luft. Es wäre nicht nötig gewesen, diese Frage zu stellen, hielt ich ihr vor. Worauf Henrike entgegnete, wenn ich wissen wolle, was mit meinem Bruder geschehen sei, solle ich die Augen nicht vor unliebsamen Wahrheiten verschließen. Das sage ausgerechnet sie, die mit ihrer Vergangenheit krampfhaft hinterm Berg halte, schlug ich ihr wütend um die Ohren. Vielleicht solle sie mal damit anfangen, ihre eigenen Geheimnisse zu lüften, bevor sie meinem Bruder welche unterstelle. Ich wusste, wie unfair das war, aber ich konnte in diesem Moment nicht anders.

Wir waren beide so aufgebracht, dass wir für den Rest der Fahrt schwiegen. Während ich mich auf den Verkehr konzentrierte, der durch die zahllosen Wochenendbesucher kein bisschen besser war als unter der Woche, sah Henrike stur aus dem Seitenfenster. Erst als der Friedensengel in Sicht kam, räusperte sie sich und murmelte eine Entschuldigung. Erleichtert tat ich es ihr gleich.

Kurz darauf bog ich in eine verkehrsberuhigte Seitenstraße und hielt vor einer Jugendstilvilla. Wir stiegen aus und studierten die drei Klingelschilder, in die jeweils nur ein Großbuchstabe mit einem Punkt dahinter graviert worden war. Bei A. wie Angermeier klingelten wir. Anstatt des üblichen Summtons für den Türöffner wurde die Tür nur einen Augenblick später mit Schwung aufgerissen, und Christoph Angermeier kam heraus. Seinen kahlen Schädel bedeckte eine Schirmmütze, seine Füße steckten in Golfschuhen.

Verdutzt begrüßte er uns. »Wenn Sie zu mir wollen, muss ich Sie enttäuschen.« Er warf einen schnellen Blick auf seine Uhr. »Ich bin spät dran, mein Golfpartner erwartet mich um fünfzehn Uhr.«

»Wir wollten mit Ihrer Frau sprechen«, sagte ich. »Ist sie zu Hause?«

»Sie können auch kurz mit mir sprechen«, meinte er nun plötzlich und machte damit eine Hundertachtziggradwendung.

»Ist sie da?«

Er wurde eine Spur ungehalten. »Worum geht es denn?«

Anstatt zu antworten, sah ich ihn abwartend an.

»Jetzt machen Sie es nicht so spannend, Frau Mahlo. Meine Frau und ich haben keine Geheimnisse voreinander.«

»Dann wären Sie als Paar die große Ausnahme«, warf Henrike trocken dazwischen.

Der Blick, den sie dafür erntete, hätte waffenscheinpflichtig sein müssen. Beim Versuch, seine Wut hinunterzuschlucken, hatte sein Adamsapfel kräftig zu tun. Christoph Angermeier zog den Hausschlüssel aus der Hosentasche und öffnete die Tür. »Kommen Sie, ich bringe Sie hoch!«

Während wir in dem großzügigen und wunderschön restaurierten Treppenhaus die Stufen hinter ihm hochstiegen, tauschten wir beredte Blicke aus. Wir wollten ungestört mit Beate Angermeier reden. So entschlossen, wie ihr Mann wirkte, würde das allerdings ein hartes Stück Arbeit werden.

In der Duftwolke seines Aftershaves folgten wir ihm, ohne ein weiteres Wort mit ihm zu wechseln.

Er schloss die Wohnungstür auf, ließ uns hinein und gab uns den Blick frei in ein supermodernes Ambiente unter Stuckdecken: knallig lackierte Schrankelemente an den Wänden, Designersessel in Leder und mit Kuhfell überzogene Beistelltische, dazwischen Lampen, die wie gewaltige, pastellige Blüten aussahen. Auf den Beistelltischen lagen Kunstbände und Golfmagazine. Hier hatte sich eine persönliche Note gegen die des Inneneinrichters durchgesetzt.

»Warten Sie einen Moment, ich hole meine Frau, sie telefoniert schon seit Ewigkeiten mit einer Freundin.«

Wer diese Freundin war, konnten wir uns an fünf Fingern abzählen. Es dauerte keine Minute, bis Christoph Angermeier mit seiner Frau im Schlepptau erschien und sich betont lässig in einen der Sessel fallen ließ.

»Worum geht es?«, fragte Beate Angermeier geschäftsmäßig freundlich und stützte sich auf ihre Gehhilfen.

»Das würden wir gerne mit Ihnen alleine besprechen«, antwortete ich.

»Kein Problem.« Sie warf ihrem Mann einen auffordernden Blick zu. »Ich bin schon ein großes Mädchen«, fügte sie spöttisch an, als er darauf nicht reagierte.

Widerstrebend stand er auf und blieb unschlüssig vor uns stehen.

»Wir tun Ihrer Frau nichts, Herr Doktor Angermeier«, sagte Henrike, »wir möchten lediglich mit ihr reden.«

»Das hier ist auch meine Wohnung!« Die Wut darüber, vertrieben zu werden, stand ihm ins Gesicht geschrieben.

»Ich bitte dich!«, machte seine Frau ihrem Ärger Luft und zog abweisend ihre Schulter weg, als er im Vorbeigehen seine Hand darauflegte.

Ohne ein weiteres Wort verließ er den Raum. Als hätten

wir uns abgesprochen, warteten wir alle drei, bis wir die Wohnungstür ins Schloss fallen hörten.

»Ich weiß, was Sie wollen«, sagte die Ärztin. »Rena hat mich gerade völlig aufgelöst angerufen und mir von Ihren hanebüchenen Vermutungen erzählt. Damit gehen Sie eindeutig zu weit!«

»Könnten wir uns bitte setzen?«, fragte Henrike. Ohne die Antwort abzuwarten, ließ sie sich in einen der schlammfarbenen Designersessel mit Chromumrandung sinken.

Ich tat es ihr gleich. »Ihre Freundin Rena hat zugegeben, dass ihr Sohn mit Spendersamen, den Sie ausgesucht haben, gezeugt wurde«, hielt ich Beate Angermeier entgegen. »Insofern sind unsere Vermutungen nicht mehr ganz so hanebüchen. Ich habe Sebastian Velte gesehen. Er sieht aus wie mein Bruder in dem Alter. Ist der Junge mit Spendersamen meines Bruders gezeugt worden?«

Beate Angermeier lehnte die Gehhilfen gegen den Sessel, setzte sich uns gegenüber und sah uns schweigend an. Was hinter ihrer Stirn vor sich ging, war nicht zu ergründen.

»Ich werte Ihr Schweigen als ein Ja«, sagte Henrike mit einer Ruhe, um die ich sie beneidete. »Nehmen wir also einmal an, es habe sich so zugetragen. In dem Fall hätte Ihre Freundin von Ihnen den Samen eines Homosexuellen bekommen, der einige Zeit später spurlos verschwunden ist und immer noch als vermisst gilt. Wer könnte davon erfahren haben?«

Die Ärztin lächelte Henrike mitleidig an. »Niemand. Und wären Sie nicht zu Rena gegangen und hätten ihr das mit der Ähnlichkeit auf die Nase gebunden, wäre es auch dabei geblieben.«

»Ihre Freundin wusste also nicht, mit wessen Samen ihr Sohn gezeugt wurde?«, fragte ich.

»Selbstverständlich nicht! Wir sichern unseren Samenspendern Anonymität zu. Diese Garantie nehme ich sehr ernst. Vom Profil des Spenders kann man nicht auf seine Identität schließen.«

»Es gibt aber Vorschriften, die Sie bei Weitem nicht so ernst genommen haben, nicht wahr? Immerhin hätte Tilman Velte der Samenspende zustimmen müssen. Wenn ich seine Frau richtig verstanden habe, ist Sebastian ohne sein Wissen gezeugt worden. Besteht die Möglichkeit, dass er es herausgefunden hat?«

Sie blies Luft durch die Nase und schüttelte den Kopf. »In dem Fall hätte er ganz sicher seine Konsequenzen gezogen.«

»Konsequenzen welcher Art?«, hakte Henrike nach.

Sie sah uns an, als wären wir fern jeder Realität. »Er hätte sich von Rena getrennt und ihr freiwillig das Sorgerecht überlassen. Tilman ist nicht der Mann, der das Kind eines anderen großzieht, und schon gar nicht das eines Homosexuellen. Das hätte sich mit seinem männlichen Stolz nicht vertragen. Deshalb sollten Sie sehr sorgsam mit Ihrem Wissen umgehen.«

»Und Sie haben später nicht einmal Ihren Mann oder Fritz Lenhardt eingeweiht?«

»Sehe ich aus, als könne ich ein Geheimnis nicht alleine schultern? Was ich getan habe, war ein Freundschaftsdienst für Rena.«

»Das heißt, Sie haben die Angelegenheit außerhalb der offiziellen *Buchhaltung* laufen lassen. Verstehe ich Sie da richtig?«

Wieder antwortete Beate Angermeier mit Schweigen.

»Was ist, wenn Sebastian eines Tages etwas über seinen biologischen Vater wissen will?«, fragte ich.

»Die Frage stellt sich nicht. Für Sebastian wird immer Tilman der biologische Vater sein.«

Henrike beugte sich vor. »Seit 1989 gehört es zu den Persönlichkeitsrechten des Menschen, seine genetische Abstammung zu kennen.«

»Worauf wollen Sie hinaus?«

»Sie sind verpflichtet, die entsprechenden Daten aufzubewahren. Ich gehe mal davon aus, dass Sie dieser Verpflichtung nachgekommen sind. Hätte jemand diese Daten einsehen können?«

Wir sahen sie beide gespannt an.

»Nein!«, lautete die knappe Antwort.

20

Es war halb sechs, als ich bei leichtem Nieselregen auf das Hofgelände einbog. Den parkenden Autos nach zu urteilen, hatte Arne im Weinladen immer noch gut zu tun. Auch vor Henrikes Trödelladen gingen zwei Frauen auf und ab. Sie verabschiedete sich von mir, sprang aus dem Wagen und sprintete über den Hof. Ich hörte noch, wie sie sich bei den beiden entschuldigte. Sekunden später hatte sie ihren Laden aufgeschlossen und war mit den Frauen darin verschwunden.

Einen Moment lang blieb ich unschlüssig im Regen stehen. Mir schwirrte der Kopf, und alles in mir sehnte sich nach Bewegung. Gleichzeitig spürte ich, wie hungrig ich war. Mein Fahrrad stand immer noch vor dem *Menzingers*. Das ließ sich gut verbinden. Also stülpte ich die Kapuze meines Pullis über den Kopf und wollte mich gerade zu Fuß auf den Weg machen, als Henrike angelaufen kam und mir einen kleinen Gegenstand an einer Schlaufe in die Hand drückte. Den Personenalarm hätte sie fast vergessen, der sei für mich. Sobald ich die Schlaufe zöge, würde es richtig laut. Ich fragte sie, ob ich ihr und Arne eine Pizza mitbringen sollte, aber sie winkte ab. Arne wolle sie am Abend unbedingt bekochen und dabei all ihre Sinne für sich einnehmen, schickte sie mit einem Augenzwinkern hinterher, bevor sie sich auf dem Absatz umdrehte und zu ihren Kundinnen zurückeilte.

Ich schob das kleine, schwarze Gerät in die Hosentasche und machte mich auf den Weg. Immer wieder sah ich mich um, ob mir jemand folgte. Es wäre mir mit Sicherheit aufgefallen, denn bei dem unwirtlichen Wetter war in den Seitenstraßen, die ich entlanglief, kaum jemand unterwegs.

Ich achtete jedoch nicht nur auf einen möglichen Verfolger, sondern suchte auch die Umgebung nach einer ganz bestimmten Krähe mit Wirbel im Kopfgefieder ab. Wenn ich von Weitem einen oder mehrere der schwarzen Vögel entdeckte, pfiff ich durchdringend. Aber es war vergebens. Alfred schien aus meinem Leben verschwunden zu sein. Meine Hoffnung auf sein unverwechselbares Krächzen spielte mir mehr als einmal einen Streich, wenn ich meinte, es gehört zu haben.

Nachdem ich mir im *Menzingers* eine Pizza Quattro formaggi besorgt hatte, verstaute ich sie so gut wie möglich in meinem Fahrradkorb und radelte im Regen zurück. Den dunklen Wolken und der Windstille nach zu urteilen, würde das feuchte Wetter anhalten. Zu Hause zog ich mir trockene Sachen an und aß die Pizza im Stehen, während ich aus meinem Küchenfenster in den Park hinausschaute. Ohne ein Fernglas würde ich Alfred zwischen den anderen Krähen jedoch nicht erkennen können. Ich ließ den Rest der Pizza liegen und verzog mich ins Wohnzimmer. Es war an der Zeit, mich mit Ben zu beschäftigen.

In den vergangenen vier Jahren hatte ich es mir verboten, immer wieder in seinen Fotoalben zu blättern. Ich hatte sie in die unterste Ecke des Regals verbannt. Jetzt holte ich die Alben hervor und suchte ein Foto heraus, das meinen Bruder im Alter von sieben Jahren zeigte. Ich löste es heraus und lehnte es gegen einen Stapel Bücher auf dem Tisch. Dann ließ ich mich aufs Sofa fallen, legte die Füße hoch und betrachtete es. Beate Angermeier hatte es zwar nicht explizit ausgesprochen, aber sie hatte auch nicht abgestritten, dass Ben Sebastians biologischer Vater war. Dieses Foto verscheuchte die letzten Zweifel.

Damit hatte ich endlich den Faden gefunden, der von Ben zu Theresa Lenhardts Freunden führte. Aber führte dieser Faden auch zu dem Mord an Konstantin Lischka?

Und war er tatsächlich der einzige? Oder hatte auch durch Bens Homosexualität eine Verbindung zu einem der Freunde bestanden?

Es fehlten immer noch die Antworten auf entscheidende Fragen wie die, woher Konstantin Lischka meinen Bruder überhaupt gekannt hatte. Oder hatte er ihn vielleicht nur *er*kannt, von den Fotos in den Zeitungen oder meiner Plakataktion? Er hätte Ben nicht kennen müssen, um sich daran zu erinnern, dass er ihn schon einmal gesehen hatte. *Ich hab dich mit Ben Mahlo gesehen …*

Wer hätte sich erpressbar gemacht, wenn er mit Ben beobachtet worden wäre? Die Antwort war simpel: Jemand, der keinesfalls mit ihm hätte in Verbindung gebracht werden dürfen. Wer kam dafür infrage? Jemand, der seine Homosexualität nicht offen lebte. Und dafür kamen Fritz Lenhardt und Tilman Velte in Betracht. Nicht zu vergessen Christoph Angermeier. Es konnte ein Fehler sein, ihn allein wegen des Gerüchts der sexuellen Nötigung einer Frau von dieser Liste zu streichen. Doch es gab keinerlei Beweise, bei allen dreien bewegte ich mich auf dem wackligen Boden der Spekulation. Hier kam ich also nicht weiter.

Was war mit der Samenspende? Für wen wäre hier ein offensichtlicher Kontakt zu Ben problematisch gewesen? Rena Velte kam mir dabei als Erste in den Sinn, aber sie musste ich streichen. Hätte sie von Bens Rolle als Samenspender gewusst, hätte sie ihn niemals erwähnt. Blieben Fritz Lenhardt und die Angermeiers.

Wenn Konstantin Lischka herausgefunden hätte, dass Ben Spender für das Kinderwunschinstitut gewesen war, hätte ihm das vermutlich für eine Erpressung gereicht. Wie aber hätte der Journalist davon überhaupt erfahren können? War er Ben im Institut über den Weg gelaufen?

Ich rief Beate Angermeier an und fragte sie, ob Konstantin Lischka zwischen Bens Verschwinden und dem vierzigsten Geburtstag bei ihnen im Institut gewesen sei. Ihre Antwort lautete Nein. Keine von uns erwähnte die Lüge, die sie mir vor Kurzem noch zu Konstantins Besuch im Institut aufgetischt hatte. Ob er ihren Mann oder Fritz Lenhardt von ihr unbemerkt besucht haben könnte, forschte ich weiter. Das sei möglich, aber unwahrscheinlich, Konstantin sei ihres Wissens nach auch vorher nie dort aufgetaucht. Sollte es dennoch geschehen sein, hätte er Ben über den Weg laufen können? Nein, antwortete sie mit Bestimmtheit. Die Samenspender würden einen anderen Eingang benutzen und kämen mit Patienten und Besuchern überhaupt nicht in Kontakt. Ich bedankte mich und legte auf. Die Spur führte in eine Sackgasse.

Gab es außer einer möglichen Homosexualität und der Samenspende noch andere Ansatzpunkte für eine Erpressung? Was, wenn Konstantin Lischka einfach mal im Nebel gestochert und zufällig ins Schwarze getroffen hatte? Um einen seiner Freunde zu erpressen, hätte er nicht unbedingt wissen müssen, *was* denjenigen mit Ben verband. Die Tatsache, dass mein Bruder spurlos verschwunden war, hätte ausreichen können, um seinem Gegenüber auf dem Flur einen Schrecken einzujagen. Und zwar einen so gehörigen Schrecken, dass Konstantin Lischka dafür hatte mit dem Leben bezahlen müssen.

War Fritz Lenhardt dieses Gegenüber auf dem Flur gewesen? Hatte er seine homosexuellen Neigungen mit Ben ausgelebt? Und wenn ja – hätte ihn das zu einem Mord an einem Mitwisser und Erpresser bewegen können? Oder war es die Häufung dessen gewesen, was sein Freund Konstantin ihm zugemutet hatte? Hatte der Journalist das Fass zum Überlaufen gebracht? Fritz Lenhardt konnte diese Fragen nicht mehr beantworten.

Angenommen, Theresa Lenhardt hatte recht, und er war tatsächlich nicht der Mörder. In dem Fall hatte ein anderer die Spuren so gelegt, dass sie zwingend auf den Arzt deuteten. Es dürfte einfach gewesen sein, während der Geburtstagsfeier an die spätere Tatwaffe und ein Haar von Fritz Lenhardt zu kommen und so von sich selbst abzulenken.

Nadja Lischka, schoss es mir durch den Kopf. Ihr Mann hatte sie finanziell in den Ruin getrieben und notorisch betrogen. Vielleicht hatte sie ihn umgebracht und damit aus dem gängigsten Motiv heraus gehandelt, nämlich Eifersucht. Dann hätte die Ermordung ihres Mannes nichts mit dessen Erpressungsversuch auf dem Flur zu tun gehabt. Auch das war eine Möglichkeit.

Ein lautes Klopfen riss mich aus meinen Gedanken. Meine Mutter stand vor der Wohnungstür. Sie hatte Rosa mitgebracht, die die Regentropfen zum Glück schon vor der Tür aus ihrem Fell schüttelte und erst dann an mir vorbei zu ihrem Futternapf stürmte.

»Ich bin ein Stück mit ihr gelaufen«, sagte meine Mutter in einem Tonfall, der ihre traurige Miene unterstrich. Sie trug ihren anthrazitfarbenen Jogginganzug und hatte die Haare mit einem dunkel gemusterten Tuch zusammengebunden. »Du musst sie nur noch füttern.«

»Magst du einen Moment hereinkommen?«

»Aber wirklich nur kurz, ich bin ziemlich durchnässt vom Regen.«

Ich lotste sie in die Küche. »Wie geht es dir?«

»Nicht so gut. Ich komme einfach nicht über die Bonsais hinweg.« Sie ließ sich auf einen Stuhl fallen. »Wer tut denn so etwas, Kris?«

»Ich weiß es nicht, Mama.«

»Ich habe doch niemandem etwas getan.«

»Selbst wenn, würde das nichts davon rechtfertigen.« Das Telefon klingelte, aber ich ignorierte es und strich meiner Mutter über den Rücken.

»Ich habe eben im Vorbeigehen Bens Kinderbild auf deinem Tisch gesehen. Ich weiß noch genau, wann es entstanden ist. Er muss sieben oder acht gewesen sein …«

»Sieben.«

»Warum hast du ausgerechnet dieses Bild herausgezogen?« Manchmal hatte sie unglaubliche Sensoren.

»Weil es mir gefällt.«

»Wenn es etwas Neues über Ben gäbe, würdest du es doch sagen, oder?«

»Lass dich nicht von der Kerze und den Bonsais irritieren, Mama.«

»Es ist schon seltsam, dass das alles innerhalb weniger Tage passiert ist.« Sie starrte ins Leere. »Ich hoffe, es passiert nicht noch mehr. Du passt doch gut auf dich auf, Kris, oder?«

»Um mich brauchst du dir keine Sorgen zu machen.«

»Um Ben habe ich mir immer Sorgen gemacht«, sagte sie leise. »Manchmal denke ich, tief in mir habe ich von Anfang an geahnt, dass ihm eines Tages etwas zustoßen würde.«

Ich setzte mich ihr gegenüber und nahm ihre Hand.

»Letzte Nacht habe ich geträumt, ich würde an seinem Grab stehen«, flüsterte sie. »Der Traum hatte überhaupt nichts Erschreckendes, im Gegenteil. Ich stand da und spürte eine tiefe innere Ruhe. Als ich aufwachte, war ich zuerst auf eine seltsame Weise froh, aber dann habe ich mich verabscheut.« Sie hielt den Kopf gesenkt.

»Schau mich an, Mama!« Ich wartete, bis sie den Kopf hob. »Keiner von uns wird seine innere Ruhe wiederfinden, bevor Ben nicht gefunden ist.«

»Und wenn das nie geschieht?«

Ich holte tief Luft und sah aus dem Fenster. »Dann werden wir einen Weg finden, damit zu leben.«

»Meinst du, dein Vater wird das schaffen? Ohne Alkohol?«

»Warum gehst du nicht mal mit ihm essen?«

»Ich kann es nicht ertragen, ihn leiden zu sehen, es zieht mir den Boden unter den Füßen weg.«

»Vielleicht würde es ihm helfen, wenn er mit dir zusammen wäre – für ein paar Stunden, meine ich.«

»Wir würden doch nur über Ben sprechen.«

»Wie willst du das wissen? Ihr kommuniziert seit Jahren nur über diese Zettel.«

»Das ist besser so, Kris, glaub mir.«

Es war Samstagabend, und ich war völlig erschöpft. Während andere zum Essen oder in die Clubs aufbrachen, sehnte ich mich nach meinem Bett und einer DVD, die mich für zwei Stunden aus allem herausriss. Mit letzter Kraft rappelte ich mich auf, fuhr nach Pasing und stattete einer der Videotheken einen Besuch ab. Auf der Suche nach einem Film, der nicht einmal ansatzweise mit Verbrechen zu tun hatte, entschied ich mich schließlich für *Zusammen ist man weniger allein*.

Als ich zu Hause auf den Hof fuhr, stand Henrikes Mini auf dem Parkplatz. Die Scheibe war heruntergedreht. Henrike saß im Auto und rauchte. Kaum war ich ausgestiegen, stieg auch sie aus.

»Wieso gehst du nicht an dein Telefon?«, fuhr sie mich an, während sie sich gegen den Regen eine Zeitung über den Kopf hielt. »Und wieso schaltest du dein Handy aus?«

»Was ist denn los mit dir?«, fragte ich irritiert.

»Ich habe mir Sorgen um dich gemacht!«

»Ich war nur schnell in der Videothek und habe mir eine DVD geholt. Soll ich das demnächst vielleicht noch ankündigen?«

»Bis diese ganze Sache geklärt ist, wäre das nicht verkehrt«, gab sie prompt zurück. »Können wir vielleicht unter dem Vordach weiterreden? Ich hasse Regen.« Als bedürfte es einer weiteren Betonung, zog sie den Kopf zwischen die Schultern.

Wir liefen zum Haus und stellten uns unter. »Habt ihr euch gestritten? Du hast doch gesagt, Arne wolle für dich kochen.« Das würde zumindest ihre Laune erklären.

»Er ist ganz kurzfristig zu einer Schafkopfrunde eingeladen worden und wollte nicht absagen, da er schon so lange auf die Gelegenheit wartet. Deshalb, dachte ich, könnten wir uns einen gemütlichen Abend machen. Hast du schon gegessen?«

»Eine Pizza aus dem *Menzingers*. Oben ist noch ein Rest, aber der schmeckt jetzt nicht mehr. Du könntest mein selbst gemachtes Apfel-Quitten-Kompott probieren.«

»Hast du nichts Deftiges im Kühlschrank?«

Ich schüttelte den Kopf. »Ich hatte keine Zeit zum Einkaufen. Weißt du was? Du plünderst den Gemüsegarten meiner Mutter, und ich setze schon mal Nudelwasser auf.«

»Bei dem Regen in den Gemüsegarten? Keine Chance! Lass uns einfach Spaghetti aglio e olio machen, und zwar eine Monsterportion! Ich bin am Verhungern.«

Wir liefen die Stufen hinauf und schüttelten vor der Wohnungstür das Regenwasser ab. In der Küche erzählte Henrike, sie habe einen kurzen Plausch mit meiner Mutter gehalten, während ich unterwegs war.

»Sie hat mich beauftragt, ein Auge auf dich zu haben. Zum Glück hast du ihr nichts von dem Überfall im Park erzählt. Sie machte einen ziemlich verängstigten Eindruck.«

»Das ist wegen der Kerze und der Bonsais.«

»Hat es eigentlich noch weitere Vorfälle gegeben? Anonyme Anrufe? Heimlich aufgenommene Fotos?«

»Nein. Nichts.«

»Seltsam. Jemand rasselt doch nicht so kräftig mit den Ketten, um dann von einem Tag auf den anderen damit aufzuhören. Hast du Parmesan da?«

»In der Kühlschranktür.«

Henrike wandte mir den Rücken zu und machte sich mit der Reibe am Käse zu schaffen. Ich verteilte Teller und Besteck auf dem Küchentisch, goss die Nudeln ab, mischte sie mit Öl und dem goldgelb angebratenen Knoblauch und füllte alles in eine große Schüssel. Dann setzte ich Wasser für Henrikes Tee auf und öffnete für mich eine Flasche Rotwein.

Während Henrike sich über den Nudelberg auf ihrem Teller hermachte, legte ich mein Besteck nach ein paar Bissen zur Seite. Ich nahm das Rotweinglas und prostete ihr zu. »Warum trinkst du eigentlich keinen Alkohol? Hat das einen bestimmten Grund?«

»Das hast du mich schon einmal gefragt. Ganz am Anfang, als ich auf den Hof gekommen bin. Erinnerst du dich?«

»Du hast gesagt, dass du dir mehr aus gutem Tee machst.«

»Daran hat sich nichts geändert.«

»Eine Sache zu bevorzugen heißt nicht, auf eine andere völlig zu verzichten.«

»Schmeckt dir dein Wein besser, wenn ich auch welchen trinke?«, fragte sie schmunzelnd.

»Was tust du hier, Henrike?« Ich blickte ihr direkt in die Augen.

Ihr Schmunzeln ging in ein Lachen über. »Was ist denn jetzt los?«

»Warum bist du zu uns auf den Hof gekommen?«

Sie legte ihr Besteck auf den noch halb vollen Teller. »Dein Vater hat für die Scheune einen neuen Mieter gesucht. Und zufällig habe ich gerade eine Scheune für meinen Trödelladen gesucht. Das nennt man eine Win-win-Situation. Dieser Satz stammt übrigens nicht von mir, sondern von deinem Vater.«

»Und warum bist du aus Kiel weggegangen?«

Das Prasseln des Regens auf der Fensterscheibe wurde lauter.

»Weil mich dort nichts mehr gehalten hat. Ich hatte das Bedürfnis, noch einmal völlig neu anzufangen.«

»Hast du in Kiel jemanden zurückgelassen?«

»Niemanden von Bedeutung.«

»Was ist mit Freunden? Waren die auch ohne Bedeutung für dich?«

»Nicht jeder Mensch lässt Freunde zurück, wenn er geht. Aber manchmal findet er Freunde wie dich, Kris.« Wieder war es, als würde sie mich für einen kurzen Moment durch ihre Augen in ihr Innerstes blicken lassen.

»Ist dir unsere Freundschaft so viel wert, dass du mir die Wahrheit sagst?«

Sie zog eine Packung Zigaretten aus ihrer Tasche. »Darf ich?«

Ich nickte und kippte das Fenster.

Sie zündete sich eine Zigarette an und inhalierte tief. »Ganz am Anfang hast du gesagt, du würdest keine Fragen stellen. Jeder, der auf dem Hof lebe, sei wie Strandgut und habe ein Recht darauf, über seine Vergangenheit zu schweigen. Was hat sich geändert?«

»Das Strandgut hat Freundschaft geschlossen«, antwortete ich und spürte, wie viel sie mir bedeutete. Ich wollte Henrike nicht verlieren, wollte nicht eines Morgens feststellen, dass sie woanders noch einmal ganz von vorn angefangen hatte. »Was würdest du riskieren, wenn du mir etwas über deine Vergangenheit erzählst?«

Henrike umfasste den Becher mit einer Hand und schwenkte den Tee darin, so wie andere es mit Wein taten. Dann sah sie auf und fixierte mich. »Wieso ist dir meine Vergangenheit plötzlich so wichtig? Ist irgendetwas geschehen?«

In den vergangenen zehn Tagen war unendlich viel geschehen. Es kam mir vor, als steuere alles in beschleunigtem Tempo auf ein Ziel hin, das ich nicht kannte. »Es ist mir wichtig zu wissen, wer du bist.«

Sie sah mich spöttisch an und blies den Rauch zur Decke. »Möchtest du meinen Ausweis sehen?«

»Ich möchte wissen, woher du kommst und wohin du willst im Leben.«

Von einer Sekunde auf die andere wurde ihr Gesichtsausdruck ernst. Sie schwieg.

»Wenn du meine Freundin bist, Henrike, dann tue mir das nicht an, und sei endlich ehrlich zu mir.«

»Ich werde nicht plötzlich verschwinden wie dein Bruder, das kann ich dir versprechen.«

»Warum kannst du mir nicht die Wahrheit sagen? Weil du Sorge hast, ich würde sie ausplaudern? Wenn du das glaubst, kennst du mich schlecht.«

»Wenn du wüsstest, wo Ben ist, würdest du mir das verraten?«

»Ich würde es niemandem verraten, wenn er mich darum gebeten hätte. Auch dir nicht. Ich wünschte, er hätte sich irgendwo versteckt, aber das ist nicht so. Ich bin sicher, dass mein Bruder tot ist. Hast du ihn gekannt, Henrike? Bist du deshalb zu uns auf den Hof gekommen?«

»Nein, ich habe ihn nicht gekannt.« Sie drückte die Zigarette im Aschenbecher aus. Sie schwieg und sah an mir vorbei durchs Fenster in die Dunkelheit. »Du und deine Eltern … ihr habt mich hier herzlich aufgenommen. Ich musste nichts erklären. Ihr habt es mir leicht gemacht …«

In diesem Moment kam Rosa in die Küche und hielt ihre Schnauze schnuppernd in die Luft, bevor sie sich mit einem Seufzer unter dem Tisch zwischen unseren Füßen niederließ. Henrike beugte sich hinunter und streichelte sie. »Du hast es mir nicht ganz so leicht gemacht«, sagte sie zärtlich zu Rosa, um deren Vertrauen sie lange hatte buhlen müssen.

»Was haben wir dir leicht gemacht?«, zwang ich sie, den Faden wiederaufzunehmen.

Sie setzte sich auf. »Mich hier wohlzufühlen. Nicht mehr wegzuwollen.«

»Welche Umstände sollten dich bewegen, hier wegzugehen?«

»Kris, ich kann dir diese Frage nicht beantworten.«

»Wenn du hierbleiben willst, musst du sie mir beantworten. Ich schwöre dir, dass ich alles, was du mir sagst, für mich behalten werde, aber erkläre mir, was los ist. Bitte, Henrike! Wie sollen wir weiter miteinander befreundet sein, wenn ich ständig das Gefühl habe, dich nicht zu kennen? Ich habe dich bei den Gesprächen mit den Erben beobachtet, ich habe dir zugehört. Das klang alles so routiniert. Du kamst mir vor wie ein Fisch, der in vertrauten Gewässern schwimmt. Warst du früher Polizistin? Oder Rechtsanwältin? Hast du Sorge, ich würde die Wahrheit nicht ertragen?« Ich hielt ihren Blick wie in einem Schraubstock.

»Diese Wahrheit über mich hat auch etwas mit Ben zu tun.«

»Dann fang damit an.« Mein Herz klopfte so stark, dass ich es bis in den Hals spürte. Rosa schien meine Aufregung zu spüren, sie legte sich auf meine Füße.

Henrike stand auf, postierte sich mit dem Rücken zum Fenster und stützte die Hände auf der Fensterbank ab. »Vor Jahren hat sich eine Gruppe krimineller Hacker darauf spezialisiert, in die Zahlungsverkehrssysteme von Privatbanken einzudringen. Sie haben sich speziell die Banken ausgewählt, die ihre Programme an kleinere IT-Dienstleister ausgegliedert haben. Die Rechenzentren dieser Firmen sind oft nicht so gut gesichert wie die der großen Konzerne. Es ist also keine große Herausforderung für einen Hacker, dort einzudringen. Die Vorgehensweise dieser Bande war und ist noch immer die gleiche: Einer von ihnen wird Kunde der

Bank und eröffnet dort ein Konto. Dann macht er via Onlinebanking eine Überweisung und hängt als Anhang einen Trojaner an, den er mit den Überweisungsdaten bis ins Rechenzentrum schickt. Wenn der Trojaner dort auf den Zentralrechner gelangt, lassen sich Überweisungen umlenken. Um nicht sofort entdeckt zu werden, müssen sie sich zeitlich sehr beschränken. Aber dreißig Sekunden reichen schon, um ordentlich abzukassieren. Und da diese Bande ihr Handwerk beherrscht, lässt sich später nicht herausfinden, über welchen legalen Überweisungsauftrag der illegale mitgeschleppt wurde. Es könnte also jeder Kunde der Bank gewesen sein. Die …«

»Willst du damit sagen, dass Ben …?«

»Warte!«

Mein Hals wurde staubtrocken. Ich trank von dem Rotwein und hörte mich laut schlucken.

»Das Problem für die Hacker besteht darin, dass das Zielkonto, auf das die Überweisungen umgeleitet werden, identifizierbar ist«, fuhr sie fort. »Also eröffnen sie ein Konto bei einer Bank auf den Bahamas, leiten das Geld dorthin, schicken es jedoch von dort sofort wieder weiter. Die Banken auf den Bahamas sind nicht reguliert und unterliegen so gut wie keiner Aufsicht. Singapur entzieht sich ebenfalls der westlichen Bankenaufsicht. Also leiten sie das Geld von den Bahamas nach Singapur, holen es dort ab und verschwinden spurlos. Seit acht Jahren ist das ein gut funktionierendes Geschäftsmodell dieser Gruppe.«

»Was hat Ben damit zu tun?«

»Dein Bruder wurde erwischt, als er in die Datenbank eines Pharmakonzerns eingedrungen ist. Er hat es von einem PC in der Uni gemacht und …«

»Und ist …« Beinahe hätte ich den Satz fortgeführt. Ich hatte mich gerade noch rechtzeitig an das Versprechen erinnert, das ich Martin gegeben hatte.

»Was wolltest du sagen?«, fragte Henrike irritiert.

Ich schüttelte den Kopf. »Nichts, entschuldige. Rede weiter. Bitte.«

»Er ist von einer Kamera dabei gefilmt worden. Die für die Hackerbande zuständigen Beamten hatten lange darauf gewartet, dass ihnen jemand mit den Fähigkeiten deines Bruders ins Netz gehen würde. Sie haben ihm Straffreiheit zugesichert, wenn er sich im Gegenzug unauffällig für sie in der Szene umhören würde. Er sollte nur Augen und Ohren offen halten, nichts weiter.« Henrike runzelte die Stirn. »Aber seinen Hang zum Risiko haben sie wohl unterschätzt. Er muss sich beinahe mit Begeisterung in diese neue Aufgabe gestürzt und dabei das Risiko aus den Augen verloren haben. Das wird zumindest vermutet. Ein paar Wochen bevor er verschwand, hat er seinem Kontaktmann bei der Kripo gegenüber eine Andeutung gemacht … Sie dürften sich bald freuen. Er komme wohl an Material, das ihnen die Bande auf dem Silbertablett liefere. Danach gab es keine weitere Kontaktaufnahme.«

Ich fühlte mich, als hätte mir jemand auf den Kopf geschlagen. Für Sekunden konnte ich keinen klaren Gedanken fassen. Bis die Fragen nur so aus mir herausschossen. »Woher weißt du das alles? Hängst du da mit drin? Bist du eine von denen, die für die Hacker *zuständig* sind? Hast du ihn da hineingezogen und seinen Hang zum Risiko unterschätzt, wie du es so lapidar ausgedrückt hast? Bist du schuld, dass er verschwunden ist? Ist es das, was du sagen willst?« Meine Stimme überschlug sich, und Gänsehaut überzog meine Arme. »Ist Ben aufgeflogen, und haben die ihn umgebracht?«

»Er könnte auch Mitglied dieser Bande geworden und untergetaucht sein«, sagte sie in einem Ton, als versuche sie mir auf schonende Weise eine Wahrheit nahezubringen, die in ihren Augen auf der Hand lag.

»Nicht Ben!«, schrie ich sie an. »Das hätte er keinem von

uns angetan. Wäre er tatsächlich untergetaucht, hätte er einen Weg gefunden, uns das mitzuteilen. Begreif das endlich!« Ich wischte mir die Tränen aus dem Gesicht, nahm die Rotweinflasche und füllte mein Glas. Dann trank ich einen großen Schluck. »Und jetzt sag mir verdammt noch mal, was du damit zu tun hast!« Rosa hatte genug von der aufgeladenen Atmosphäre. Sie erhob sich von meinen Füßen und verließ die Küche.

Henrike kam zum Tisch zurück und setzte sich. Sie holte tief Luft, als könne sie sich mit Sauerstoff wappnen. »Diese Bankenbande, um die es hier geht, ist immer noch aktiv. Vor ungefähr zwei Jahren wurde ein verdeckter Ermittler auf sie angesetzt. Er war ein Programmiergenie und …«

»War?«

»Vor anderthalb Jahren wurde er halb totgeschlagen und schließlich in der Isar ertränkt.«

Dieser Satz traf mich wie ein Schlag in die Magengrube. Einen Moment lang war es still in der Küche, nur das Prasseln des Regens war zu hören.

»Dieser Mann war ein sehr guter Freund von mir«, fuhr sie fort. »Und ein Kollege.«

»Du bist eine verdeckte Ermittlerin?«, fragte ich mit brüchiger Stimme. Ich brauchte einen Moment, um mir die Tragweite vorzustellen. »Gegen wen ermittelst du? Gegen Ben? Gegen meine Eltern? Oder gegen mich?«

Henrike legte beide Hände auf den Tisch. »Dem Kollegen, der umgebracht wurde, ist in der Szene das Gerücht zu Ohren gekommen, Ben sei abgetaucht, um lukrativen Geschäften nachzugehen. Er habe sich unter anderem Namen auf den Bahamas niedergelassen, spiele dort bei Bedarf den Geldboten und lasse es sich gut gehen.«

»Nein! Das stimmt nicht! Da hat jemand eine falsche Fährte gelegt!« Ich schlug mit der flachen Hand auf den Tisch. »Hast du dich deshalb bei uns eingeschlichen?« Ich ließ ihr keine Zeit zu antworten, sondern feuerte alle Fragen ab, die mir auf der Seele brannten. »Bist du deshalb zu uns auf den Hof gekommen und hast mir deine Freundschaft angeboten? Nur um mich und meine Eltern auszuspionieren? Wolltest du herausfinden, ob wir vielleicht regelmäßig mit Ben skypen?« Meine Enttäuschung war wie ein Fass ohne Boden. »Kannst du dir vorstellen, wie weh das tut? Vor ein paar Minuten noch habe ich dich für meine Freundin gehalten. Du …«

»Ich bin deine Freundin, Kris«, unterbrach sie mich.

»Wage es nicht, dieses Wort mir gegenüber noch einmal in den Mund zu nehmen! Ich will wissen, wie ihr das rechtlich gedeichselt habt. Der Einsatz eines verdeckten Ermittlers ist Ultima Ratio. Erst einmal müssen alle anderen kriminalistischen Methoden ausgeschöpft werden, observieren, abhören und all das. So viel weiß ich noch aus meinem Studium. Oder wurden wir etwa …?«

»Keine Sorge, ihr wurdet weder abgehört noch observiert. Und …«

»Da können wir ja wirklich dankbar sein.« Ich stieß Luft durch die Nase. »Bist du dir nicht lächerlich dabei vorgekommen? Ich meine, gegen uns verdeckt zu ermitteln ist, als würde man mit Kanonen auf Spatzen schießen.«

»Ich habe nicht verdeckt gegen euch ermittelt. Jedenfalls nicht offiziell.« Henrike sah auf ihre Hände. »Nachdem dieser Freund von mir ermordet wurde, habe ich mich für ein paar Jahre beurlauben lassen. Ich hatte das schon länger vorgehabt. Um in Ruhe darüber nachdenken können, ob ich wirklich weiter in gefälschte Identitäten schlüpfen wollte, immer wieder in ein Umfeld eintauchen, dem ich etwas vorspiele, das ich ausforsche. Ich habe das über so viele Jahre getan, dass ich irgendwann das Gefühl hatte, mich zu verlieren. Ich wollte endlich Freundschaften pflegen und ein normales Leben führen können. Ich …«

»Mir kommen gleich die Tränen«, sagte ich sarkastisch.

Sie sah mich traurig an. »Ich verstehe, dass du wütend auf mich bist, du ...«

»Wütend ist eine bodenlose Untertreibung für das, was ich empfinde. Hättest du deine verdammte Selbstfindung nicht an einen anderen Ort verlegen können? Warum musstest du ausgerechnet bei uns auftauchen?«

Obwohl mein Blick eine einzige Anklage war, wich Henrike ihm nicht aus. »Weil mir der Tod dieses Freundes sehr nahegegangen ist. Und weil ich wissen wollte, warum er sterben musste. Der einzige Anhaltspunkt, den ich hatte, war der Hinweis, dass dein Bruder untergetaucht sein könnte. Also bin ich nach München gezogen und habe mich mit Bens Verschwinden beschäftigt. Als ich dann vor einem Jahr an eurer Hofzufahrt das Schild entdeckte, dass die Scheune zu vermieten war, habe ich zugeschlagen.«

»Und das im wahrsten Sinne des Wortes.«

Henrike zündete sich eine weitere Zigarette an und inhalierte tief. »Glaub mir, es ist mir nicht leichtgefallen, euch so zu täuschen, es ...«

»Wieso? Das müsste dir bei deinem Job doch in Fleisch und Blut übergegangen sein.« Ich wischte mir Tränen aus den Augenwinkeln. »Wie bist du eigentlich auf die Idee mit dem Trödelladen und den Entrümpelungen gekommen? Weil ich als Nachlassverwalterin arbeite? Ist das deine Vorstellung von Selbstfindung? Und findest du es nicht paradox, dass du dich als verdeckte Ermittlerin beurlauben lässt, nur um inoffiziell damit weiterzumachen? Klingt ein wenig nach Suchtverhalten, wenn du mich fragst!«

Henrike sah auf die Zigarette in ihrer Hand und verzog den Mund.

»Seit einem Jahr beschnüffelst du uns und ...« Meine Stimme brach.

Sie schüttelte den Kopf. »Mir war ziemlich bald klar, dass

ihr tatsächlich nichts über Ben wisst. Zu dem Zeitpunkt hätte ich meine Zelte hier abbrechen und auf Nimmerwiedersehen verschwinden können. Aber dann wurde mir bewusst, wie gerne ich hier auf dem Hof bin, mit dir, deinen Eltern und Simon. Was für ein besonderes Leben es mit euch ist. Das wollte ich nicht aufgeben. Deshalb bin ich geblieben. Und auch wenn du es mir im Moment nicht glaubst, ich bin froh, dich zur Freundin zu haben.«

Ich wollte nichts mehr hören von Freundschaft und verschränkte die Arme vor der Brust. »Wie heißt du wirklich? Woher kommst du? Ich nehme mal an, dass alles, was wir von dir zu wissen glauben, eine einzige Lüge ist!«

»Nein«, entgegnete sie ruhig. »Mein Name ist Petra Elisabeth Henrike Hoppe, ich wurde in Kiel geboren. Und ich wünsche mir, dass du mir die Chance gibst …«

»Du willst eine Chance?«, brach es aus mir heraus.

»Ich habe dich nie belogen, Kris!«

»Nein, das hast du tatsächlich nicht. Du hast mir nur jede Menge verschwiegen.« Ich spürte, wie ich in einem Meer von Selbstmitleid unterzugehen drohte. »Ich war glücklich, endlich wieder eine Freundin gefunden zu haben. Es war ein so gutes Gefühl zu wissen, dass da jemand ist, der mich versteht und dem ich vertrauen kann. Hast du eine Ahnung, wie sich das jetzt anfühlt? Wie weh das tut?« Ich schloss für einen Moment die Augen und versuchte mich zu beruhigen. »Was ist mit Arne? Weiß er von alldem?«

»Nein. Und er darf es auch nicht erfahren. Er würde unsere Beziehung sofort beenden, wenn er wüsste, dass ich demselben Verein angehöre wie sein Vater.«

»Du kannst es ihm doch nicht verschweigen!«

»Unsere Beziehung ist noch zu frisch.« Henrike presste die Lippen zusammen und atmete schließlich aus, als habe sie viel zu lange die Luft angehalten. Sie sah mich durchdringend an. »Möchtest du, dass ich meine Zelte hier abbreche?« Das Trommeln des Regens gegen die Fensterscheibe verschluckte ihre Worte fast.

Mir lag ein Ja auf der Zunge. Unsere Freundschaft hatte einen Riss bekommen. Er war zu tief, um einfach so weiterzumachen. Als hätte es dieses Gespräch nie gegeben, das mich in ein Gefühlschaos aus Wut, Enttäuschung und Traurigkeit gestürzt hatte. Mein Schweigen lastete schwer zwischen uns.

»Du wolltest die Wahrheit wissen, Kris«, sagte sie nach einer Weile leise.

Ich richtete meinen Blick ins Leere. »Ich weiß nicht, wie es weitergehen soll, Henrike. Ich weiß es verdammt noch mal nicht.«

21

Henrike war um kurz nach elf gegangen. Kaum war sie fort, hatte ich die Küchentür zugeschlagen, um den Duft aus Moschus und Zigaretten daran zu hindern, sich in meiner Wohnung auszubreiten. Im Wohnzimmer schob ich Rosa, die sich auf dem Sofa breitgemacht hatte, ein Stück zur Seite und setzte mich neben sie. Ich hatte das Gefühl, in meiner Enttäuschung zu versinken wie in morastigem Boden. In meinem Kopf drehte sich alles.

Wollte ich wirklich, dass Henrike ihre Zelte hier abbrach? Oder gab es einen Weg, mit der veränderten Situation umzugehen? Da ich kaum noch aus diesem Gedankenkarussell herausfand, schloss ich mit mir selbst einen Handel. Ich würde mir Zeit nehmen. Irgendwann würden die Antworten vielleicht von selbst kommen. Ich hatte gelernt, mit großen Fragezeichen zu leben, mit größeren als diesen.

Die bleierne Leere in meinem Inneren ließ mich müde werden. Als ich die Augen kaum noch offen halten konnte, ging ich ins Bett. Es dauerte keine fünf Minuten, da sprang Rosa mit einem Satz auf die Decke und kuschelte sich an mich.

Aber der Schlaf brachte keine Linderung. Im Traum sah ich einen Erdhügel, der frisch aufgeschüttet worden war. Drum herum waren Fackeln aufgestellt. Und plötzlich bewegte sich die Erde. Erst war nur eine Hand zu sehen, die zweite folgte, schließlich tauchte ein dunkelblonder Schopf auf. Dann stand der Mann mit dem Rücken zu mir auf seinen Beinen, klopfte sich die Erde von Hose und T-Shirt, strich sich durch die Haare. Ich lief auf ihn zu und stoppte abrupt, als ich nur noch einen Meter von ihm entfernt war. Ich streckte meine Hand aus, wollte ihn berühren, aber da riss mich das Klingeln des Telefons aus dem Traum. Ich versuchte es zu ignorieren und zurückzukehren, aber es funktionierte nicht. Mit klopfendem Herzen griff ich nach dem Mobilteil und meldete mich.

In der Leitung empfing mich nur Stille. Kein Atmen wie bei den vorangegangenen anonymen Anrufen war zu hören. Ich warf einen schnellen Blick aufs Display: keine Nummer. Meine Bitte an den Anrufer, sich zu melden, zeigte keine Wirkung. *Und wenn es Ben ist?*, schoss es mir einen irrwitzigen Moment lang durch den Kopf. Wenn das seine Art ist, mir zu sagen, dass er lebt? Aber Ben hätte sich nicht erst jetzt für ein Lebenszeichen entschieden. Trotzdem blieb ich am Telefon und flüsterte seinen Namen in die Leitung. Zur Antwort erhielt ich das Atmen, das ich bereits kannte. Ohne ein Wort beendete ich den Anruf und lief von Raum zu Raum, um die Vorhänge zu schließen.

Das Telefon klingelte erneut. Bevor ich mich meldete, sah ich aufs Display. Wieder wurde keine Nummer angezeigt. Ich war versucht, dem Anrufer ein paar deftige Flüche mitzugeben, unterdrückte sie jedoch.

»Vielleicht wäre es keine schlechte Idee, sich in den Gelben Seiten mal nach einem Sprechlehrer umzutun«, sagte ich betont freundlich. »Sobald Sie ein paar elementare Wörter beherrschen, dürfen Sie sich gerne wieder melden.«

Kaum hatte ich die Verbindung unterbrochen, klingelte es erneut. »Falls Sie das Wort elementar nicht kennen, empfehle ich ein Wörterbuch!« Ich wollte gerade wieder auflegen, als Martins Stimme mich zurückhielt.

»Ich gehe mal davon aus, dass es sich hier um eine Verwechslung handelt«, sagte er amüsiert. »Ich könnte dir ja jetzt ein paar elementare Wörter ins Ohr flüstern, aber die willst du sicher nicht hören.«

»Wieso hast du deine Rufnummernanzeige deaktiviert?«, fragte ich misstrauisch.

»Weil ich von meinem privaten Handy aus anrufe und ich mein Privatleben schätze.«

»Hast du eben schon mal angerufen?«

»Nein.«

»Und wieso rufst du jetzt an?«

»Kristina, hat dir schon mal jemand gesagt, dass du dich hin und wieder etwas spröde gibst?«

Ich schwieg.

Dann holte er Luft. »Ist irgendetwas passiert? Warum bist du so aufgebracht?«

»Das geht dich nichts an.«

»Verstehe. Würdest du trotzdem ein Glas Wein mit mir trinken? Ich stehe nämlich vor deiner Tür und …«

»Ist dir klar, wie spät es ist?«

»Ziemlich genau.«

»Das geht nicht, Martin.«

»Klemmt deine Tür, oder bist du nicht allein?«

Einen Moment zögerte ich. Nur ein Glas Wein, beruhigte ich mich. Nichts weiter. Völlig ungefährlich. Mit dem Hörer am Ohr lief ich die Treppe hinunter und öffnete die Tür. Erst als ich einen Schritt hinaustrat, sah ich ihn. Er stand gegen die Hauswand gelehnt und schob gerade sein Handy in die Hosentasche. Eine Flasche Wein klemmte unter seinem Arm. In seinen Haaren glitzerten Regentropfen. Er deutete mit dem Kopf in Richtung der Laterne, in der Bens Kerze ruhig brannte.

»Das Licht hat mich angelockt«, sagte er mit schalkhafter Miene.

Ich klärte ihn nicht auf. »Ein Glas, dann werfe ich dich hinaus. Ich habe morgen viel zu tun. Komm mit. Aber sei leise!« Ich ging zurück ins Haus.

Vor der Briefkastenanlage im Flur blieb er stehen und studierte den gelben Zettel, den mein Vater mit *Ich gebe die Hoffnung nicht auf, Evelyn* beschrieben hatte. Ich stellte mich neben Martin und las den Kommentar meiner Mutter: *Das ist allein deine Entscheidung!* Welcher Teufel hatte sie denn da geritten? Vielleicht hatte er ihre Antwort noch nicht gelesen. Ich nahm den Zettel kurzerhand ab und zerknüllte ihn. Martin sah mir mit hochgezogenen Augenbrauen dabei zu.

»Frag nicht! Ich könnte es dir ohnehin nicht mit ein paar Worten erklären.« Ich gab ihm ein Zeichen, mir die Treppe hinauf zu folgen.

Als ich die Wohnungstür öffnete, schoss Rosa heraus, umrundete ihn schwanzwedelnd und sprang an ihm hoch. In diesem Augenblick beneidete ich sie. Kein Gedanke daran, was Simon davon halten würde, belastete sie.

»Netter Hund«, sagte Martin und streichelte sie.

»Rosa gehört Simon, meinem Freund.«

»Sie scheint mich zu mögen.«

Ich nahm ihm die Flasche ab, dirigierte ihn zum Sofa und bat ihn, dort auf mich zu warten. Auf dem Weg in die Küche machte ich einen Umweg übers Bad, nur um dort einigermaßen ratlos vor dem Spiegel zu verharren. Jede Veränderung, die ich jetzt vornahm, würde ihm auffallen. Ich entschied mich gegen Parfum und Kajalstift, bürstete stattdessen meine Haare und fasste sie mit derselben Spange zusammen wie zuvor.

Mit der geöffneten Flasche Wein und zwei Gläsern gesellte ich mich zu Martin, achtete dabei jedoch auf einen genügend großen Abstand zwischen uns. Ich verzichtete auf Kerzen und Musik und dimmte das Licht im Raum heller. Während ich den Wein einschenkte, beobachtete er jede meiner Bewegungen. Ich reichte ihm ein Glas und zog mich in meine Ecke der Couch zurück. Martin schien in den vergangenen Minuten sein Konzept geändert zu haben, denn er flirtete nicht mehr mit mir. Er sah mich an, wie Arne mich oft ansah – als Freund.

»Du machst einen ziemlich angespannten Eindruck«, sagte er über sein Glas hinweg. »Ist es diese Lenhardt-Sache?«

»Es ist das Testament, das mir zu schaffen macht, es ist Ben … es ist so viel, dass …«

»Kann ich dir irgendwie helfen?«

Ich zögerte. »Wenn du dich zwischen einem Versprechen und einem Freund entscheiden müsstest, wofür würdest du dich entscheiden?«

»Geht es um das Versprechen, das du mir gegeben hast?«

»Nein.«

»Du musst das, was ich dir erzählt habe, für dich behalten, egal wie, andernfalls käme mein Kontakt bei der Polizei in Teufels Küche. Und ich brauche ihn. Kann ich mich auf dich verlassen?«

»Ja.« Mir wurde bewusst, wie wenig überzeugend das für Martin klingen musste. Eigentlich hätte es gar keinen Zwiespalt geben dürfen. Ein Versprechen war ein Versprechen, es hatte zu gelten – gleichgültig, unter welchen Bedingungen.

»Was beschäftigt dich so?«, fragte Martin.

»Manchmal erfährt man etwas, das im ersten Augenblick viel schwerer zu wiegen scheint als ein Versprechen, das man gegeben hat. Weil es so unfassbar ist … so verletzend. Weil es die Gewichte zu verschieben droht, die Werte, die sonst so ein großes Gewicht haben.« Ich hoffte, er würde verstehen, dass ich keine Details preisgeben konnte. »Ich weiß nicht, was ich tun soll.«

»Wenn ich verletzt worden bin, hat mir oft die Zeit geholfen. Nicht in dem Sinne, dass sie alle Wunden heilt. Dieser Spruch wurde von Leuten erfunden, die nichts anderes als Schürfwunden kennen. Aber Zeit hilft dabei, einen Standpunkt zu finden und den Blick zu schärfen. Dann wird der Kopf klarer. Manchmal stellst du sogar fest, dass es sich mit dem Schmerz leben lässt, dass mit der Zeit etwas anderes wichtiger wird.« Er nahm sein Glas, schwenkte den Wein und versenkte den Blick in die rote Flüssigkeit. Nach einer Weile sah er auf. »Warte ab. Lass dir Zeit. Das ist der einzige Rat, den ich dir geben kann.«

Als ich gegen fünf Uhr aufwachte, lag ich unter einer Wolldecke auf meinem Sofa. Der Dimmer der Stehlampe war heruntergedreht, sodass der Raum in schummriges Licht getaucht war. Zwei leere Rotweingläser standen auf dem Tisch, die Flasche war noch halb voll. Über dem Etikett haftete ein rosa Klebezettel. Ich streckte meine Hand danach aus und drehte dann das Licht heller, um lesen zu können. Er gehöre nicht zu den Männern, die gekränkt seien, wenn Frauen in ihrer Gegenwart einschliefen, hatte Martin geschrieben. Im Gegenteil: Für ihn sei es ein Vertrauensbeweis. Neben einem Smiley hatte er seine private Handynummer notiert. Nicht nur für Notfälle, hatte er daruntergeschrieben.

Ich klebte den Zettel wieder auf die Flasche und ließ mich zurücksinken. Wäre Rosa nicht gewesen, wäre ich sofort wieder eingeschlafen. Aber sie sprang winselnd aufs Sofa, wieder hinunter und wieder hinauf. Ich hatte am Abend vergessen, mit ihr hinauszugehen.

»Entschuldige«, sagte ich zerknirscht, stand auf und lief mit ihr vors Haus. Zum Glück hatte es aufgehört zu regnen, sonst hätte ich sie in den Garten zerren müssen. So war sie schon einen Moment später aus meinem Blickfeld verschwunden. Ich blieb im Hauseingang stehen und betrachtete Bens Licht. Es strahlte eine seltsame Ruhe aus, die sich auf mich legte. Ein Geräusch ließ meinen Puls in die Höhe schießen. Aber es war nur Rosa, die an mir vorbei ins Haus raste. Ich schloss die Tür und ging auf Zehenspitzen die Treppe hoch. Dabei hätte ich mir das Schleichen sparen können. Mein Vater wartete im karierten Schlafanzug am Treppenabsatz auf mich.

»Wieso bist du schon auf?«, fragte ich überrascht.

»Immer noch. Ich konnte nicht schlafen. Magst du einen Schluck mit mir trinken?«

Ich schüttelte den Kopf. »Ich war nur schnell mit Rosa draußen und bin todmüde.«

»Wie wär's mit einem Kaffee?«, fragte er, als hätte er meine Antwort nicht gehört.

»Papa, was ist los?«

»Hast du den Zettel nicht gelesen?«

Nein, bitte nicht! Das Letzte, was ich jetzt gebrauchen konnte, war eine Diskussion über diese Zettel. »Würdet ihr endlich mal miteinander reden, käme es nicht zu solchen Missverständnissen.«

»Deine Mutter redet nicht mit mir.« Er sah mich so anklagend an, als sei ich schuld daran. »Ich tue doch alles, gebe mir Mühe, trinke kaum noch einen Schluck Wein ... was will sie denn noch?«

Mit einem tiefen Seufzer lehnte ich mich in den Türrahmen. »Papa, lass ihr Zeit, bedränge sie nicht ...«

»Von Bedrängen kann doch wohl kaum die Rede sein, wenn ich sie vorsichtig frage, ob sie mal mit mir essen geht!« Seine Stimme dröhnte durchs ganze Treppenhaus.

»Scht! Du weckst sie auf.« Aber vermutlich hatte er genau das im Sinn.

»Ich habe keine Geheimnisse vor ihr«, wetterte er mit unverminderter Lautstärke. »Aber vielleicht hat sie welche vor mir!«

Er wirkte so unglücklich und ratlos, dass ich ihn am liebsten in den Arm genommen hätte. Dennoch hatte ich keine Lust, in aller Herrgottsfrühe die Beziehungsprobleme meiner Eltern durchzukauen. Am liebsten hätte ich die Tür hinter mir zugeschlagen. Um dem Impuls zu widerstehen, atmete ich tief durch und verlegte mich auf die Strategie, mit der ich bisher am besten gefahren war. »Frag sie doch, ob sie Geheimnisse hat.«

Die Enttäuschung stand ihm ins Gesicht geschrieben. Er sah mich mit einem Ausdruck an, als habe ich ihn verraten.

»Sie hat keine Geheimnisse!«, dröhnte in diesem Augenblick die Stimme meiner Mutter durchs Treppenhaus. »Sie will nur ungestört schlafen.« Gleich darauf knallte sie ihre Wohnungstür so laut zu, dass mein Vater und ich zusammenzuckten.

»Siehst du, du hast dich völlig umsonst gesorgt«, sagte ich mit einem Zwinkern. »Geh schlafen, Papa.«

Seine Stirn glättete sich ein wenig. »Hat sie dir erzählt, dass ich ihr einen Bonsai geschenkt habe?«

»Ja.«

»Meinst du, sie hat sich gefreut?«

»Das hat sie! Und jetzt …«

Er schien mich gar nicht zu hören. »Ich mache mir Sorgen um sie, verstehst du? Die Sache mit ihren Bäumen war ein Schock für sie. Meinst du …?« Seine Worte versiegten, und er starrte ins Leere.

»Papa …?« Sanft legt ich ihm eine Hand auf die Schulter.

Er schrak zusammen und sah mich an, als wache er aus einem Albtraum auf.

»Geh ins Bett, und versuche zu schlafen.«

Mit einem Nicken wandte er sich um und verschwand wortlos in seiner Wohnung. Ich blieb noch ein paar Sekunden lang stehen, bis ich leise die Tür hinter mir schloss.

Nachdem ich mir in der Küche einen warmen Kakao zubereitet hatte, holte ich mir aus dem Bettkasten den zusammengeschnürten Stapel mit Tagebüchern und kuschelte mich ins Bett. Vielleicht gelang es Johann Ehlers, mich auf andere Gedanken zu bringen. Ich breitete die Hefte um mich herum aus und besah sie genauer. Was ich beim ersten schnellen Durchsehen für Tagebücher gehalten hatte, stellte sich als Notizbücher mit verschiedenen Themenschwerpunkten heraus. Ich las einige der Beschriftungen: Nachbarn, Tod, Kinder, Freunde, Bücher, Fehler, Fragen. Ich nahm das Heft, auf dem in Schönschrift *Freunde* geschrieben stand, und begann zu lesen.

Schnell begriff ich, dass Johann Ehlers Freundschaft ähnlich definierte wie Simon. Er stellte klar umrissene Ansprüche an seine Freunde. Was aus seiner Sicht unverzeihlich war, verzieh er ihnen auch nicht. Sie mussten aufrichtig sein, auf seiner Seite stehen und für ihn eintreten, wenn es darauf ankam. Johann Ehlers verabscheute Duckmäuser und Feiglinge und ließ da auch keine Ausnahmen gelten. Er zog wenige gute Freunde vielen falschen vor und erwartete auch von sich selbst, ein guter Freund zu sein. Er schrieb: *Ich habe früh begriffen, dass ich Freund sein muss, um Freundschaft zu schließen. Mit Theo war es fürs Leben. Wir waren wie Brüder, die sich aufeinander verlassen konnten. Es war nicht so, dass wir uns wortlos verstanden. Ganz im Gegenteil: Manches Mal brauchten wir viele Worte, um dem anderen begreiflich zu machen, worum es im Wesentlichen ging. Ich werde Theos Geschichte, die viel zu früh geendet hat, auf späteren Seiten noch erzählen. Erst will ich von Frank schreiben, mit dem ich erst Freundschaft schloss, als ich kurz vor meinem fünfzigsten Lebensjahr stand.*

Ich ließ das Heft sinken und dachte an Johann Ehlers' Beerdigung. Da es keine Erben gab, hatte ich sie organisiert. Außer zwei alten Frauen aus seiner Nachbarschaft hatte niemand daran teilgenommen. Vermutlich war also nicht nur sein Freund Theo vor ihm gestorben, sondern auch Frank. Oder aber sie hatten sich entzweit.

Unweigerlich musste ich an Henrike und meinen eigenen Anspruch an Freunde denken. Er schien von Johann Ehlers' nicht so weit entfernt zu sein. Aufrichtigkeit stand ziemlich weit oben auf meiner Liste. Wie sollte jemand, dessen Beruf es war, unaufrichtig zu sein, sich immer wieder hinter Lügen zu verbergen, zur Freundin taugen? Ich hatte sie von Anfang an gemocht, und ich mochte sie noch immer.

Aber kannte ich sie überhaupt? Es dürfte nicht schwer gewesen sein, meine Sehnsucht nach einer Freundin zu erkennen und in eine entsprechende Rolle zu schlüpfen. Meine früheren Freundschaften waren im Sande verlaufen, nachdem mein Leben sich durch Bens Verschwinden grundlegend geändert und sich von dem meiner Freundinnen zu stark unterschieden hatte. Wir hatten uns alle bemüht, aber es war uns nicht gelungen, uns nah zu bleiben.

Martin hatte gesagt, ich solle mir Zeit geben. Aber wie sollte ich Henrike weiter tagtäglich sehen und nicht an die Umstände denken, die sie zu uns auf den Hof geführt hatten? Sie würde ihre Sachen packen und gehen müssen. Und das möglichst schnell. Ich wollte sie nicht mehr sehen, es war alles gesagt. Für meine Eltern, Simon und Arne würde sie sich eine gute Begründung einfallen lassen müssen. Aber Henrike war das Lügen ja gewohnt, sie würde sich nicht schwer damit tun. Sie …

Das Klingeln des Handys riss mich aus meinen Gedanken. Simons Nummer stand im Display. Wieso rief er in aller Herrgottsfrühe an? War etwas passiert? Mein Herzschlag beschleunigte sich.

»Was ist los?«, fragte ich.

»Ich wollte dir nur Guten Morgen sagen«, antwortete Simon gut gelaunt.

»Es ist Viertel nach sechs!«

»Um die Zeit bist du doch sonst längst wach.«

Ich verfluchte Henrike, die mir ein Versprechen abgenommen hatte, das so schwer zu halten war. Wie schwer, das merkte ich erst jetzt, da ich Simon so gerne davon erzählt hätte. Und ich hatte ein schlechtes Gewissen wegen der halben Flasche Wein, die ich mit Martin getrunken hatte. Es gab zu viele Geheimnisse.

»Kris, was ist los?« Simon klang beunruhigt.

»Gar nichts, ich bin nur müde. Warum schläfst du nicht?«

»Ich habe geschlafen und bin aus einem Albtraum aufgewacht.«

Simon hatte einen wiederkehrenden Traum, in dem er als Kind auf einen Turm kletterte, auf dem Geländer herumturnte, abrutschte und sich gerade noch mit einer Hand festhalten konnte. Jemand kam und nahm seine Hand. Er wusste nicht, wer es war. Seine Hand rutschte immer weiter aus der der anderen Person. Bevor er abstürzte, wachte er meistens auf.

»Warum gehst du nicht endlich mal …«

»Es war nicht dieser Traum«, unterbrach er mich. »Ich habe geträumt, du würdest mich verlassen. Es hat mich fast zerrissen.«

Ich ließ mich in die Kissen zurücksinken und schloss die Augen.

»Kris?«

»Ja?«

»Eigentlich rufe ich nur an, um dir zu sagen, wie viel du mir bedeutest. Vielleicht bin ich manchmal ein bisschen zu sparsam mit solchen Geständnissen«, fuhr er fort. »Du tust dich da viel leichter. Ich wollte nur sicher sein, dass du das weißt, dass du nicht am Ende glaubst …«

»Simon«, unterbrach ich ihn leise. »Du bedeutest mir auch sehr viel. Vergiss diesen Traum. Ich habe nicht vor, dich zu verlassen.«

»Und was ist, wenn dir eines Tages ein Mann über den Weg läuft, der sich Kinder wünscht?«

»Ein Kind darf nicht das Zünglein an der Waage sein.«

»Genau das hat Arne auch gesagt.«

Ich musste lachen. »Kluger Arne! Wie war eigentlich deine Weinprobe?«

»Die hätte dir auch gefallen. Es waren einige Weine dabei, die mich positiv überrascht haben.« An Simons Stimme war deutlich zu hören, dass er sich nun wieder auf sicherem Terrain bewegte. »Ich habe mir ein paar Kisten zusammenstellen lassen. Heute Abend koche ich uns etwas, und dann gibt es ein schönes Glas Wein dazu. Hast du Lust?«

»Könnten wir nicht irgendwo essen gehen und den Wein hinterher bei dir trinken? Ich muss mal raus.«

»Kein Problem. Ich lasse mir etwas einfallen. Ist mit Rosa alles okay?«

»Die liegt neben mir und träumt von Eichhörnchen.«

»Dann lege ich mich in Gedanken zu euch«, sagte er zum Abschied und legte auf, nachdem ich ihm einen Kuss durch die Leitung geschickt hatte.

Ich verstaute Johann Ehlers' Notizhefte im Bettkasten, ging ins Wohnzimmer und trug die halb volle Flasche Rotwein, die dort immer noch stand, in die Küche und leerte ihren Inhalt in den Ausguss. Dann schlug ich sie in Zeitungspapier ein und versenkte sie im Mülleimer. Simon sollte sie besser nicht entdecken.

Eine Stunde später lief ich mit Rosa und Henrikes Personenalarm durch den Park. Erst hatte ich das kleine Gerät in die Ecke gepfeffert, mich dann jedoch besonnen und es in die Hosentasche gesteckt.

Das Gras war noch feucht vom Regen. Ich sog die frische, würzige Luft tief in meine Lungen. Die dichte Wolkendecke war über Nacht löchrig geworden, an einer Stelle brach die Sonne hindurch. Was hätte ich dafür gegeben, wenn sich die Sorgen in meinem Kopf wie die Wolken durch ein wenig Wind hätten vertreiben lassen.

Außer mir war zu dieser frühen Stunde am Sonntag nur ein Mann mit seinem Golden Retriever unterwegs. Er grüßte mich im Vorübergehen und gab mir, ohne es zu wissen, das Gefühl von Sicherheit. Seit dem Überfall hatte ich Gesellschaft im Park zu schätzen gelernt.

Während Rosa mit der Nase am Boden über die Wiese fegte, hielt ich nach Alfred Ausschau. Mindestens acht Krähen hatte ich entdeckt, keine hatte einen Wirbel im Kopfgefieder. Trotzdem pfiff ich und wartete. Alfred blieb verschwunden, sein unvergleichliches Krächzen war verstummt und tönte nur noch in meinem Kopf. Ich versuchte mir Mut zuzusprechen. Vielleicht hatte er eine Krähenfreundin gefunden oder Leute, die ihm mehr Nüsse gaben. Die Vorstellung, er könne verletzt sein und irgendwo verenden, war kaum auszuhalten.

Zurück auf dem Hof, ging ich direkt ins Büro. Funda hatte am Samstag fast die gesamte Korrespondenz erledigt, die ich ihr am Freitag für die kommende Woche hingelegt hatte. Um eine Mitarbeiterin wie sie würde sich jeder Arbeitgeber reißen. Sie war nicht nur schnell und dachte mit, sie hatte auch ein gutes Ordnungssystem, drückte sich nicht um langweilige Aufgaben und war ein As am Telefon. Ich hatte ihr ein paarmal dabei zugehört, wie sie gekonnt Erben vertröstete oder um Informationen buhlte. Und nicht zuletzt trug sie ganz entscheidend zur guten Stimmung bei. Ich hoffte, sie würde bleiben.

Auf dem Anrufbeantworter waren schon wieder mehrere Nachrichten. Darunter zwei von Nadja Lischka und Beate Angermeier. Konstantin Lischkas Witwe drängte auf Nachricht, ob die Erbsache allmählich Fortschritte mache. Die Ärztin bat dringend um Rückruf. Ich ahnte, worum es ging: Um mein Wort, dass nichts von ihrem *Freundschaftsdienst* nach außen drang. Das musste warten. Allmählich hatte ich genug davon, Versprechen zu geben.

Ich schrieb meiner Mutter einen Zettel, dass ich für ein bis zwei Stunden in einem Nachlasshaus in Untermenzing sei und Rosa im Büro lasse. Wenn möglich solle sie doch mal nach ihr sehen oder sie zu sich holen. Dann nahm ich die Pistole aus dem Tresor, verstaute sie in einem Jutebeutel und machte mich auf den Weg. Ich musste für ein paar Stunden auf andere Gedanken kommen. Im Haus des Waffenbesitzers wollte ich weiter nach einem Erlaubnisschein suchen und dann die Polizei anrufen, damit die Waffe endlich ordnungsgemäß abgeholt wurde.

Zu dieser frühen Stunde am Sonntag war so wenig Verkehr, dass ich in wenigen Minuten dort war. Nachdem ich vor dem Haus geparkt hatte, öffnete ich das Gartentor, das nur noch in einer Angel hing, und leerte den Briefkasten. Bis auf die Jalousien, die in einem der Nachbarhäuser gerade hochgezogen wurden, war nur Vogelgezwitscher zu hören. Über die Brombeerranken hinweg lief ich zur Haustür, wickelte mir ein Tuch um die Haare, schlüpfte in meinen Overall und streifte Latexhandschuhe über. Dann schloss ich die Tür auf.

Die Luft roch abgestanden und stickig. Nachdem ich den Jutebeutel mit der Waffe von innen an die Eingangstür gehängt hatte, öffnete ich die Fenster, die nach hinten hinausgingen. Obwohl der leichte Durchzug den Staub aufwirbelte, tat die frische Luft gut. Im Wohnzimmer begann ich mit meiner Suche. Sollte der Mann eine Waffenerlaubnis besessen haben, musste sie irgendwo sein. In der Dokumentenmappe, die ich mit ins Büro genommen hatte, war nichts dergleichen gewesen. Akribisch begann ich damit, Schubladen und Kommoden noch einmal zu durchsuchen. Die Vitrine voller Briefe ließ ich links liegen. Sollte sich herausstellen, dass es keine Erben gab, würde ich sie mir genauer ansehen. Während ich einen Stapel alter Zeitschriften durchsuchte, fiel mir das Medaillon wieder ein, das Funda und ich bei unserem letzten Besuch auf dem Dachboden entdeckt hatten. Vielleicht hatte er seinen Erlaubnisschein auch dort oben versteckt.

Bevor ich die knarrenden Stufen hinaufstieg, öffnete ich

noch die Fenster im ersten Stock. Auf dem Dachboden nahm ich mir den Schrank vor, den ich durchsucht hatte, als Arne mit der Nachricht aufgetaucht war, er habe gerade meinen brennenden Autoreifen gelöscht. Dieses Mal wurde ich vom Klingeln meines Handys unterbrochen. Als ich den Overall gerade geöffnet und es aus der Hosentasche gezogen hatte, verstummte es. Das Display zeigte »Anruf in Abwesenheit« und Henrikes Nummer an. »Vergiss es!«, murmelte ich vor mich hin und spürte, wie Wut und Enttäuschung wieder Besitz von mir ergriffen. Ich schloss den Overall, schob das Handy in die Seitentasche und konzentrierte mich wieder auf den Schrankinhalt. Hier waren über Jahrzehnte hinweg Wäscheberge gesammelt worden. Einen der Stapel nahm ich heraus, um dahinterzusehen, als ein Knarren auf der Treppe zum Erdgeschoss mich zusammenzucken ließ.

Bewegungslos blieb ich stehen und horchte. Wieder knarrte eine Stufe. Nur ein Mensch konnte dieses Geräusch verursachen. Sollte eine Katze durchs geöffnete Fenster gesprungen sein und sich auf Erkundungstour begeben haben, würde das lautlos vonstattengehen. Vielleicht ein neugieriger Nachbar, versuchte ich mich zu beruhigen. Gleichzeitig sah ich mich nach einem Gegenstand um, mit dem ich mich würde zur Wehr setzen können. Meinen raschelnden Overall nochmals zu öffnen und den Personenalarm aus meiner Hosentasche zu ziehen traute ich mich nicht. Das Einzige, was ich auf die Schnelle fand, war ein alter Gehstock. Auf Zehenspitzen schlich ich hinter die geöffnete Tür und hielt den Atem an.

»Frau Mahlo? Wo sind Sie?«

Ich kannte die Stimme. Erleichtert atmete ich auf, lehnte den Stock gegen die Wand und kam hinter der Tür hervor. »Auf dem Dachboden«, rief ich. »Warten Sie, ich komme hinunter.«

Tilman Velte kam aus einem der Zimmer im ersten Stock. »Sie arbeiten wirklich hart für Ihre Fleißkärtchen«, sagte er mit seinem gewohnt charmanten Lächeln. »Ich hoffe, Sie bekommen für die Sonntage einen Bonus.«

»Was machen Sie hier?«, fragte ich verwundert.

»Mit Ihnen sprechen.«

»Und wie sind Sie hereingekommen?«

»Sie haben mir freundlicherweise die Fenster weit geöffnet«, antwortete er mit einer Beiläufigkeit, als steige er tagtäglich in fremde Häuser ein.

»Woher wissen Sie, dass ich hier bin?«

»Bestens informiert zu sein gehört zu meiner Profession.«

Außer meiner Mutter wusste niemand, dass ich hier war. Und auch sie kannte die genaue Adresse nicht. »Sie sind mir gefolgt.«

»Schließen Sie nie den Zufall als Möglichkeit aus! Er vollführt die unglaublichsten Kapriolen.«

»Sind Sie mir hierher gefolgt, Herr Velte?« Ich blickte ihn eindringlich an.

»Ja, Frau Mahlo, das bin ich.« Es schien ihm nicht einmal unangenehm zu sein. »Sie kamen mit Ihrem Auto gerade aus der kleinen Stichstraße, als ich Sie aufsuchen wollte. Also bin ich Ihnen kurzerhand hinterhergefahren und habe vor dem Haus auf Sie gewartet. Irgendwann war ich das Warten da draußen dann leid.« Er zuckte entschuldigend die Schultern.

»Wenn Sie mir schon hinterhergefahren sind, warum haben Sie mich dann nicht vor dem Haus abgefangen?« Er sollte merken, dass mir die Situation unangenehm war.

»Ein dringender Anruf ist mir dazwischengekommen. Sorry.«

»Wieso wollten Sie überhaupt zu mir?«

»Wegen des Besuches, den Sie meiner Familie abgestattet

haben.« Er sagte es in vordergründig freundlichem Ton, trotzdem schwang in seinen Worten plötzlich eine unausgesprochene Drohung mit. Es war, als wäre ein Schalter in ihm umgelegt worden.

»Lassen Sie uns morgen darüber reden, ja? Heute habe ich hier noch einiges zu tun. Deshalb muss ich Sie bitten …«

»Zu gehen?«, fiel er mir ins Wort. »Das entscheide ich lieber selbst!« Jegliche Freundlichkeit war nun aus seiner Stimme gewichen.

»Da irren Sie sich, Herr Velte, in diesem Haus entscheide ich. Sie haben hier nichts zu suchen.«

»Sie glauben allen Ernstes, Sie könnten mir auf der Nase herumtanzen.« Für Sekunden flackerte Wut in seinem Blick auf. »Dabei sind Sie nichts weiter als eine kleine, unbedeutende Nachlassverwalterin, die sich aufbläht, als könne sie es mit den Großen aufnehmen.« Er sprach leise und ließ mich keine Sekunde aus den Augen. »Sie sind impertinent und selbstgefällig. Sie stecken Ihre Nase in Dinge, die Sie nichts angehen. Und das alles unter dem Mäntelchen einer Testamentsvollstreckung. Ich …«

»Ich kann verstehen, Herr Velte, dass Sie sich über dieses Testament aufregen«, unterbrach ich ihn, damit er sich nicht weiter in Rage redete. »Es ist in seiner Art sehr ungewöhnlich. Mir ist bisher kein vergleichbares untergekommen.« Während ich redete, spulte ich im Geiste mein Repertoire ab, auf das ich im Umgang mit aufgebrachten Erben regelmäßig zurückgriff. »Ich habe es nicht formuliert. Und ich hätte Theresa Lenhardt in dieser Form davon abgeraten. Ihre Freundin hat es wohl als letzte Möglichkeit gesehen, um …«

»Theresa war eine tragische Figur«, schnitt er mir das Wort ab. »Vernünftigen Argumenten gegenüber war sie stocktaub. Ich habe ihr oft genug geraten, sich mit den

Gegebenheiten abzufinden, aber sie wollte nicht auf mich hören.« Er schnaubte verächtlich.

»Ich glaube, das ist leichter gesagt als getan. Ihre Frau wäre sicher auch …«

»Lassen Sie meine Frau aus dem Spiel! Haben Sie mich verstanden?« Aufgebracht hielt er mir den Zeigefinger dicht vors Gesicht.

»Klar und deutlich. Und jetzt gehen Sie bitte!«

»Meine Frau und mein Sohn gehen Sie nichts an.«

»Ihre Frau geht mich sehr wohl etwas an, Herr Velte, sie ist als eine der möglichen Erben im Testament aufgeführt. Sie …«

»Das machen Sie gerne, nicht wahr? Dieses Korrigieren! Dann fühlen Sie sich überlegen.« Er verzog den Mund, so dass sein Gesicht etwas Fratzenhaftes bekam.

»Eigentlich möchte ich nur, dass Sie gehen und mich hier in Ruhe weiterarbeiten lassen. Dann habe ich nämlich auch noch die Chance auf ein wenig Freizeit am Sonntag.«

In übertriebener Ergebenheit breitete er die Arme aus und verharrte für einige Sekunden so. Er schien über seinen nächsten Schritt nachzudenken. »Wie Sie meinen! Ich bin schon weg«, sagte er schließlich, machte auf dem Absatz kehrt und ging Richtung Treppe.

»Warten Sie, ich lasse Sie hinaus.«

»Nicht nötig, ich nehme den Weg, den ich gekommen bin.« Das charmante Lächeln war zurück. »Und nichts für ungut, Frau Mahlo. Ich hoffe, Sie legen mir meinen Besuch nicht negativ aus.«

Besuch? Überfall kam der Sache näher, aber ich hielt mich zurück. Hauptsache, er ging endlich. »Ich schlage vor, wir vergessen beide, dass er stattgefunden hat.«

»Und Sie verraten meiner Frau nichts? Ihr wäre es sicher unangenehm, wenn Sie wüsste, dass …« Er schien nach dem passenden Wort zu suchen und schüttelte schließlich den

Kopf. »Ach was, egal! Wie geht es mit der Testamentssache voran?«, fragte er in einem unbeschwerten Ton, als hätte unsere Unterhaltung gerade erst begonnen.

Ich schüttelte genervt den Kopf. »Das haben Sie mich gestern bereits gefragt. Ich kann Ihnen heute nichts anderes darauf antworten. Schließlich lässt sich weder beweisen, dass Fritz Lenhardt unschuldig war, noch kann jeder der fünf möglichen Erben von einem Verdacht völlig freigesprochen werden. Es ist eine vertrackte Angelegenheit.«

»Sie halten es tatsächlich immer noch für möglich, dass einer von uns ein Mörder ist?«, fragte Velte mit einem amüsierten Lachen.

»Haben Sie Fritz Lenhardt für einen Mörder gehalten?«

»Fritz hat für seine Verantwortungslosigkeit gebüßt.« Er sagte es mit einer Entschiedenheit und Härte, die wenig Freundschaftliches erahnen ließ.

Noch nie hatte ich erlebt, dass jemand zwischen Gemütszuständen so blitzschnell hin- und herwechselte wie Tilman Velte. »Meinen Sie damit die Sache mit dem Hausverkauf?«

Er zögerte einen Moment mit seiner Antwort. »Ja«, antwortete er schließlich. »Was sonst!«

Durch sein Zögern begriff ich, dass wir über etwas anderes gesprochen hatten. Ich über die Auflassungsvormerkung und er über …

»Was geht Ihnen da gerade durch den Kopf, Frau Mahlo?«

Ich rang mir ein Lächeln ab. »Nichts.«

Er versuchte sich an der Parodie eines Lehrers, der seine Schülerin mit dem Zeigefinger schalt. »Das ist glatt gelogen, würde ich wetten. Aber da Sonntag ist, lasse ich Ihnen das noch mal durchgehen. Und ich lasse Sie endlich Ihre Arbeit machen. Sorry, dass ich Sie so lange in Anspruch genommen habe. Wird nicht wieder vorkommen. Versprochen!« Er lachte unbekümmert.

»Kein Problem.« Ich konnte es kaum noch erwarten,

endlich in Ruhe über das nachzudenken, was er nicht gesagt hatte.

»Ich sehe schon, Sie sind mit Ihren Gedanken sowieso längst wieder bei der Arbeit. Melden Sie sich, wenn es etwas Neues gibt.« Ohne meine Antwort abzuwarten, machte er auf dem Absatz kehrt und verschwand geräuschvoll über die Treppe aus meinem Blickfeld.

22

Zwei Minuten Vorsprung gab ich ihm, dann würde ich hinuntergehen und die Fenster schließen. Ein derartiger Überfall pro Tag reichte mir. Ich lehnte mich gegen den Türrahmen und vergegenwärtigte mir den letzten Teil unseres Gesprächs. Es war dieses Zögern gewesen, das mich irritiert hatte. Wenn Tilman Velte nicht vom Betrug beim Hausverkauf gesprochen hatte, wovon dann? Für welche Verantwortungslosigkeit hatte Fritz Lenhardt in seinen Augen büßen müssen? Dafür, dass ihm bei der Auswahl der Samenspender ein Fehler unterlaufen war? Mein Bruder hatte den Arzt angelogen, was seine sexuelle Orientierung betraf. Die Schuld dafür traf Ben, nicht Fritz Lenhardt.

Mit einem Frösteln lief ich die Treppe hinunter und sah zur Sicherheit auch noch in Küche und Bad nach, ob Tilman Velte tatsächlich verschwunden war. Er hatte mir Angst gemacht. Ich zog mein Handy aus der Overalltasche, setzte mich auf den einzig freien Stuhl im Wohnzimmer und suchte Henrikes Nummer heraus. Ich wollte gerade auf den grünen Hörer drücken, als ich ein Geräusch hörte. Erschrocken fuhr ich herum und nahm wie in Zeitlupe wahr, was in Sekundenbruchteilen geschah.

Ein Schlag auf meine Hand, der mir das Handy aus den Fingern schleuderte. Mein Schrei und die Hände, die mich brutal packten. Panisch versuchte ich mich aus dem Klammergriff zu befreien und dem Angreifer hinter mir gegen die Beine zu treten. Meine Tritte gingen ins Leere. Grob drückte er mich auf den Stuhl und fesselte meine Hände hinter der Lehne. Ich wollte schreien, wurde jedoch durch eine Hand, die mir Mund und Nase zuhielt, daran gehindert.

»Einen Ton, und ich breche Ihnen das Genick«, sagte Tilman Velte in geschäftsmäßigem Ton.

Luft! Ich brauchte Luft! Zum Zeichen der Zustimmung versuchte ich zu nicken. In dem Augenblick, in dem er die Hand von meinem Gesicht nahm, füllte ich meine Lungen mit Sauerstoff. Das Geräusch, das ich dabei machte, dröhnte in meinen Ohren. Gelähmt vor Angst, sah ich Tilman Velte dabei zu, wie er meine Füße mit großen Kabelbindern an die Stuhlbeine fesselte. Mein Herz raste. Als mein Handy klingelte, gab ich einen unterdrückten Laut von mir. Es schien meilenweit entfernt zu sein, dabei waren es höchstens zwei Meter, zwei unüberwindbare Meter.

Ohne mich eines Blickes zu würdigen, kam Tilman Velte aus der Hocke hoch und zerstörte das Telefon mit einem gezielten Tritt.

»Bitte …«, krächzte ich, »lassen Sie mich …«

Ein gewaltiger Schmerz verschlug mir die Sprache. Ich japste. Tilman Velte hatte mir mit voller Wucht mit der flachen Hand ins Gesicht geschlagen. »Sie reden erst, wenn ich es erlaube. Haben Sie das verstanden?«

Als ich ihn nur entsetzt anstarrte, wiederholte er seine Frage. Ich antwortete mit einem Nicken.

Voller Verachtung sah er auf mich herab. Es war nichts mehr übrig von dem charmanten Mann, als der er sich inmitten seiner Freunde präsentiert hatte. Er schloss die Gardinen vor den beiden Fenstern. Dabei verfingen sich Spinnweben in seinen Haaren. Er wischte sie mit einer schnellen Bewegung fort.

Die Angststarre wich der Erkenntnis, dass ich es trotz seiner Drohung wagen musste. Mit ihm zu reden war vielleicht meine einzige Chance, Zeit zu gewinnen. »Darf ich Sie etwas fragen?« Meine Stimme zitterte. Als er nicht reagierte, fuhr ich fort. »Wodurch habe ich Sie so sehr verärgert?« Verglichen mit dem, was hier geschah, stellte meine

Wortwahl eine krasse Untertreibung dar. »Ist es, weil ich Ihre Frau besucht habe?«

»Wer meine Familie bedroht, bekommt es mit mir zu tun. Und zwar …«

»Ich habe Ihre Familie nicht bedroht, ich habe lediglich …«

»Unterbrechen Sie mich nicht noch einmal!« Schnaubend lief er vor mir auf und ab.

Ihn nicht weiter zu reizen, mich ihm aber auch nicht unterwürfig auszuliefern, würde eine Gratwanderung bedeuten. »Ich werde Sie nicht mehr unterbrechen. Aber ich würde gerne wissen, warum Sie glauben, ich hätte Ihre Familie bedroht. Ich habe lediglich mit Ihrer Frau über den Geburtstagsabend Ihres Freundes Fritz gesprochen.« Ich konzentrierte mich auf jede seiner Regungen und gab mir Mühe, meine Stimme selbstsicher und ruhig klingen zu lassen.

Er verzog den Mund zu einem vordergründig ironischen Lächeln, das ihm schnell entglitt. »Ich habe draußen im Flur gestanden und zugehört, wie Sie meine Frau malträtiert haben.«

»Warum sind Sie ihr nicht zu Hilfe gekommen?« Die Frage war mir herausgerutscht, und sie war ganz sicher alles andere als klug. Sie würde ihn nur noch mehr provozieren.

Aber er schien sie gar nicht gehört zu haben. Sein Blick wanderte durch den Raum, als suche er etwas.

»Was suchen Sie?«, fragte ich.

»Material, das gut brennt«, antwortete er kalt.

»Sie wollen …?«

»Das Haus anzünden, ja. Und Sie gleich mit. Dann können Sie Ihrem feinen Bruder Gesellschaft leisten.«

Sekundenlang war es so, als presse mir etwas den Brustkorb zusammen und hindere mich daran zu atmen. Ich kämpfte dagegen an und holte tief Luft. »Mein Bruder hieß Ben«, brachte ich leise hervor.

»Und er war eine Schwuchtel.« Tilman Velte lachte hart und starrte mich an. »Wissen Sie, wie es ist, wenn Sie erfahren, dass der eigene Sohn von einer Schwuchtel gezeugt wurde? Können Sie mir diese Frage beantworten, Frau Mahlo? Sie wissen doch sonst alles so genau. Ihr Bruder hat es nicht anders verdient. Er war ein Betrüger!«

»Wo ist er?«

»Im Kraillinger Forst, metertief im Waldboden vergraben.«

Ich spürte ein Stechen in meiner Brust. »Weil er homosexuell war?«, stieß ich fassungslos hervor, während mir Tränen übers Gesicht liefen. Ich wagte nicht, den Blick von ihm zu wenden. Es mochte mir gelingen, ihn noch eine Weile zum Reden zu animieren, aber es würde mir nicht gelingen, ihn von seinem Plan abzubringen. Für ihn war ich bereits tot. Ich konnte nur Zeit schinden. Den Gedanken, dass auch das nichts ändern würde, verdrängte ich.

»Sie klingen geradeso, als sei das eine Lappalie. Ihr Bruder war ein …«

»Ja, er war homosexuell.«

Wieder schlug er mir mit voller Wucht ins Gesicht. »Ich habe Sie gewarnt. Unterbrechen Sie mich nicht!« Er stieß Luft durch die Nase. »Er war eine schwule Sau.«

Wenn er Bens Mörder war, hatte er schon vor Jahren von der Samenspende erfahren. »Wer hat Ihnen das mit der Samenspende verraten? Ihre Frau war es ganz offensichtlich nicht.« Mir war schwindelig vor Angst.

»Sie glauben wohl, wenn Sie Zeit schinden, kommen Sie hier raus?« Er schüttelte den Kopf. »Sie kennen mich nicht!«

»Mein Bruder ist seit sechs Jahren tot, und weder meine Eltern noch ich wissen, was mit ihm geschehen ist.« Ich erinnerte mich daran, dass Tilman Velte mich bei unserem ersten Treffen in meinem Büro gefragt hatte, ob mein Bruder je wieder aufgetaucht sei. Welch ein Hohn. »Von wem haben Sie erfahren, dass …?«

»Von meiner Frau und ihrer ach so lauteren Freundin Beate! Ich war genau wie gestern früher nach Hause gekommen. Und da saßen die beiden und haben sich gegenseitig geschworen, nie wieder ein Wort über die Samenspende zu verlieren, die ganze Sache einfach zu vergessen.« Er schnaubte. »Vergessen! Als wäre das überhaupt möglich! Beate hat gesagt, sie würde gleich am nächsten Tag die entsprechenden Daten löschen. Als meine Frau das hörte, ist sie fast durchgedreht. Sie war davon ausgegangen, ihre Freundin hätte alles heimlich gemacht. Aber nichts da. Ordentlich, wie sie nun mal ist, hatte sie alles fein säuberlich in der Datenbank abgelegt!«

»Haben Sie sich daraufhin an Fritz Lenhardt gewandt?«

»An Fritz? Der hätte mir nichts gesagt!« Aus seinem Mund klang es, als sei Verschwiegenheit eine Charakterschwäche. »Ich habe mich an Beates Mann gewandt. Christoph war mir noch etwas schuldig.«

In meinem Kopf fügten sich zwei Puzzleteile zusammen. »Also hat er seine Patientin damals tatsächlich sexuell genötigt, und Sie haben ihm ein falsches Alibi gegeben?«

»Eine Hand wäscht die andere, so macht man das doch unter Freunden, oder nicht?«

Mein Magen krampfte sich zusammen. »Und Christoph Angermeier hat für Sie nachgesehen, wer als Samenspender für Ihren Sohn Sebastian ausgewählt worden war.«

»Gerade noch rechtzeitig, bevor Beate die Daten gelöscht hat.« Er schien sich in seinen Gedanken zu verlieren.

Halte ihn am Reden, hämmerte ich mir ein. Ich musste so viel Zeit gewinnen, dass meine Mutter mich vermisste. Ich hatte geschrieben, ich sei ein bis zwei Stunden fort. Die zwei Stunden mussten längst um sein. Sie nahm solche Zeitangaben sehr ernst, weshalb ich in den meisten Fällen keine machte. Nur heute hatte ich die Zeit eingegrenzt, damit sie wegen Rosa Bescheid wusste. Was würde meine

Mutter tun, wenn ich nicht kam? Wen würde sie anrufen? Würde sie in den Unterlagen auf meinem Büroschreibtisch nachsehen, in welchem Haus in Untermenzing ich war?

»Wie haben Sie eigentlich erfahren, dass mein Bruder homosexuell war?«, fragte ich.

Er starrte durch mich hindurch und ließ sich Zeit mit einer Antwort. Schließlich zog er die Brauen zusammen. »Christoph hat mir Namen und Adresse gegeben. Ich hatte ein Recht darauf. Ein paar Tage lang bin ich ihm gefolgt, habe mit ansehen müssen, wie sinnlos er seine Zeit verplemperte. So ein Verlierer. Ich habe an Nebentischen in Cafés und Kneipen gesessen und habe seine Gespräche belauscht. Und dann…« Mit einem angewiderten Ausdruck im Gesicht ließ er das Satzende unausgesprochen.

Ich wartete einen Moment. »Und dann?«, fragte ich vorsichtig nach und leckte Blut von meiner aufgeplatzten Lippe.

»Dann?« Er presste seine Kiefer aufeinander. »Dann kam ein Typ an seinen Tisch und küsste ihn mitten auf den Mund, während Ihr feiner Bruder ihm die Hand auf den Hintern legte.«

Für einen kostbaren Moment stellte ich mir vor, wie es wäre, die Zeit zurückdrehen zu können, Ben zu warnen und aus dem Blickfeld seines Mörders zu zerren. »Das war sein Todesurteil, nehme ich an.« Diesen Satz auszusprechen fiel mir unendlich schwer. Aber auch über mich hatte er bereits das Todesurteil gefällt.

»Es sind schon Menschen für geringere Vergehen umgebracht worden«, sagte er mit einem gleichgültigen Schulterzucken.

»Homosexualität ist genauso wenig ein Vergehen wie Heterosexualität.« Der Schlag, den ich mir dafür einfing, war heftiger als die vorherigen. Im ersten Moment kniff ich die Augen zusammen, aber als der Schwindel übermächtig wurde, riss ich sie wieder auf. Ich hielt mich an einem weißen Farbfleck auf dem Boden fest. Als er mein Kinn packte und meinen Kopf hob, musste ich ihn ansehen. Er blickte mir direkt in die Augen.

»Es sind schon Menschen für geringere Vergehen umgebracht worden«, wiederholte er den Satz Wort für Wort.

In meinem Kopf dröhnte es, bis sich ein Puzzleteil zum anderen fügte. »Konstantin Lischka hat Sie mit meinem Bruder gesehen.«

Er gab einen zischenden Laut von sich. »Das war der einzige Fehler, der mir unterlaufen ist. Der einzige.« Er schien hart mit sich ins Gericht zu gehen, was in Anbetracht seiner Taten absurd schien. »Ich mache sonst keine Fehler. Nur dieses eine Mal. Aber ich habe meinen Fehler korrigiert.«

Indem er seinen Freund ebenfalls umgebracht hatte. »Wo hat Konstantin Lischka Sie mit meinem Bruder gesehen?«

»In einem Café im Glockenbachviertel. Ich habe mich zu Ihrem Bruder an den Tisch gesetzt und ihn in ein Gespräch verwickelt. Konstantin saß zufällig in einem Café auf der gegenüberliegenden Straßenseite. Ich hatte ihn nicht bemerkt. Er hatte schon immer ein gutes Gedächtnis für Gesichter und hat sich an Ihren Bruder erinnert, als sein Foto veröffentlicht wurde. Das war dumm von ihm.«

»Wo haben Sie Ben umgebracht?« Ich betete, dass mir die Fragen nicht ausgingen.

»Er war mit seinem Fahrrad im Wald unterwegs. Solche Touren hat er wohl öfter gemacht, um sich fit zu halten für seine vielfältigen Umtriebe. Ich bin ihm gefolgt.« Er klang, als zweifelte er keine Sekunde an der Rechtmäßigkeit seines Verhaltens. Als sei alles, was er getan hatte, die logische Folgerung der Verfehlungen anderer. Da war nicht einmal der Funke eines Schuldbewusstseins. Nur eine Sache schien er zu bedauern: dass er ein einziges Mal einen Fehler gemacht hatte und mit meinem Bruder gesehen worden war. Die beiden Morde, die er begangen hatte, schienen nicht zu zählen.

Eine Frage brannte mir auf der Seele. Es war die schwerste. Und ich wusste nicht, ob ich die Antwort ertragen würde. »Wie haben Sie meinen Bruder getötet?« Meine Stimme war brüchig.

Er sah mich an, als belästige ich ihn mit einer Belanglosigkeit. »Ich habe ihn mit einem Klappspaten erschlagen. Das war praktisch, damit konnte ich ihn auch gleich vergraben.«

Meine Adern fühlten sich an, als würden kalte Schauer durch sie hindurchjagen. Ich versuchte meine Sitzposition zu verändern, aber sobald ich mich bewegte, schnitten die Kabelbinder in Hand- und Fußgelenke. Der Personenalarm steckte tief in meiner Hosentasche unter dem Overall. Ich spürte ihn auf meinem Oberschenkel, und doch war er unerreichbar. »Wusste mein Bruder, was mit ihm geschah?«

Auch diese Frage schien ihm überflüssig zu sein, trotzdem nahm er sie auf. »Ich habe einen Platten vorgetäuscht, und er hat sich hilfsbereit über mein Rad gebeugt. Das war's. Eigentlich viel zu gnädig für das, was er sich zuschulden hat kommen lassen. Aber ich musste mich beeilen, ich konnte keine Zeugen gebrauchen.«

»Wie haben Sie das mit dem Fahrrad bewerkstelligt? Es lehnte an der Stelle auf dem Hof, wo er es immer abgestellt hat.«

»Es dort abzustellen war keine große Sache. Ein Student, der in einer WG lebt, wird nicht gleich vermisst. Ich hatte genügend Zeit, alles zu regeln.«

»Aber woher wussten Sie, dass es genau dort immer stand?«

»Woher wohl! Ich hatte ihn doch oft genug beobachtet.«

Das war keine Tötung im Affekt gewesen, er hatte alles bis ins Kleinste geplant. Und er hatte die Mordwaffe mitgenommen, als er meinen Bruder verfolgte. Während ich noch darüber nachdachte, zerknüllte er Zeitungsseiten, verteilte sie unter meinem Stuhl und schichtete sie um mich herum wie einen Scheiterhaufen. Ich dachte an die Pistole, die im Jutebeutel an der Haustür hing, und betete, dass er sie nicht fand. Andererseits wäre das vielleicht ein leichterer Tod gewesen, als an einen Stuhl gefesselt zu verbrennen.

»Warum sind Sie vorhin zurückgekommen?«

»Verkaufen Sie mich nicht für dumm! Tun Sie nicht so, als wüssten Sie das nicht.«

»Erklären Sie es mir, ich möchte es verstehen.«

»Also bitte, ich tue Ihnen den Gefallen. Sie haben diesen kleinen Moment meiner Unachtsamkeit bemerkt. Als Sie glaubten, es sei um den Betrug gegangen.« Er klang ärgerlich und verzog das Gesicht. »Ich habe Ihnen angesehen, dass Sie in diesem Moment verstanden haben, was Sache war. Aber das ist Ihre Schuld. Ganz allein Ihre Schuld.«

»Fritz Lenhardt musste also dafür büßen, dass er meinen Bruder als Spender zugelassen hat. War es so?«

»Aus Ihrem Mund klingt das alles immer so harmlos.« Er baute sich vor mir auf, die Hände zu Fäusten geballt. »Fritz hat versagt, es lag in seiner Verantwortung. Das war keine Lappalie! Und dafür hat er büßen müssen.«

Er stand kaum einen Meter vor mir. Ich musste den Kopf in den Nacken legen, um ihm ins Gesicht sehen zu können. Diesem Mann, der zwei Morde begangen hatte und gerade den dritten plante. Auch auf die Gefahr hin, dass er wieder zuschlug, formulierte ich vorsichtig die nächste Frage. »An dem Abend von Fritz Lenhardts Geburtstag hat Konstantin Lischka versucht, Sie zu erpressen. Das war sein Todesurteil, nehme ich an. Also haben Sie das Messer aus der Küchenschublade genommen und ein Haar Ihres Freundes mitgehen lassen. Wie haben Sie das mit Ihrem Alibi für jene Nacht gedeichselt? Es hieß doch, Ihre Frau habe einen leichten Schlaf. Haben Sie ihr eine Schlaftablette verabreicht?«

Er betrachtete mich skeptisch. »Was wollen Sie? Ein ausführliches Geständnis? Wenn möglich noch schriftlich?« Er lachte verächtlich und verließ den Raum. Es klang, als öffne er der Reihe nach die Küchenschränke.

»Ich möchte die Wahrheit wissen«, rief ich. »Ich möchte begreifen, was geschehen ist.« Sekundenlang erwog ich, laut um Hilfe zu schreien. Doch die Chance, dass jemand aus der Nachbarschaft mich hörte, war geringer als die Gefahr, dass er vor Wut das Feuer entzündete. Und dann würde es vorbei sein mit Reden.

Mit einem länglichen Paket unter dem Arm, einem Metallbehälter in der einen und einem Feuerzeug in der anderen Hand kam er zurück. Fast lässig lehnte er im Türrahmen und betrachtete mich abschätzig, während mir vor Schreck fast das Herz stehen blieb. Was in dem länglichen Päckchen war, wusste ich, ich hatte es beim Durchsuchen der Schränke vorhin selbst in Händen gehalten: Grillanzünder.

»Gut bestückter Haushalt«, sagte er. »Aber das interessiert Sie wohl nicht so sehr. Die Wahrheit möchten Sie ja wissen«, äffte er mich nach. »Die Wahrheit ist, dass es denkbar einfach ist, jemanden hinter Gitter zu bringen. Das Messer mit seinen Fingerabdrücken und ein Haar waren völlig ausreichend. Für das Motiv hat er selbst gesorgt. Armer Fritz. Da saß er im Gefängnis und hatte genügend Zeit, über seine Sünden nachzudenken. Aber er war ein Schwächling. Hat es nicht ausgehalten. Vielleicht war er tatsächlich vom anderen Ufer, wer weiß? Das hätte dem Ganzen zusätzlich eine kleine, höchst perfide Note verliehen.«

»Was haben Sie zu ihm gesagt, als Sie ihn im Gefängnis besucht haben?«

»Wie zutiefst ich ihn bedaure. Und das war nicht mal gelogen. Er war ein bedauernswertes Häufchen Elend, wie er mir da gegenübersaß.«

»Hat er Ihnen jemals eine homosexuelle Neigung gestanden, wie Sie behauptet haben?«

»Das war bloß Futter für Ihren blinden Eifer. Aber jetzt habe ich mal eine Frage an Sie, Frau Mahlo. Wussten Sie damals, dass Ihr Bruder seinen Schwuchtelsamen spendete?«

»Nein.«

»Aber Sie wussten, dass er eine Schwuchtel war?«

»Mein Bruder hat zum Glück kein Geheimnis aus seiner Homosexualität gemacht.«

Er betrachtete mich, als sei ich Abschaum. In gemächlichen Schritten kam er auf mich zu und schraubte den Deckel des Behälters ab, den er in der Linken hielt. Ich konnte lesen, was darauf stand: Brennspiritus. Er ließ den Deckel achtlos fallen und begann, die Zeitungen um mich herum mit der Flüssigkeit zu tränken. Dann bespritzte er meinen Overall und nahm sich schließlich die Polstermöbel und Gardinen vor. Anschließend verteilte er die Grillanzünder.

»Haben Sie jemals bereut, Ben und Ihren Freund Konstantin umgebracht zu haben?«, fragte ich, am ganzen Körper zitternd. Ich versuchte so flach wie möglich zu atmen.

Als Antwort würdigte er mich nicht einmal eines Blickes. Konzentriert sah er sich im Raum um und schien sein Werk zu begutachten.

»Sie machen einen Fehler, wenn Sie das Haus anzünden. Der Brandsachverständige wird nachweisen, dass Brandbeschleuniger eingesetzt wurden. Damit kommen Sie nicht durch.«

Mit zwei Schritten war er bei mir, riss mir das Tuch vom Kopf und griff in meine Haare. Als ich vor Schmerz aufschrie, packte er noch fester zu.

»Ich mache keine Fehler«, hauchte er mir ins Ohr. »Ich bin durch eine gute Schule gegangen. Mir passieren keine Fehler, verstanden?«

»Die Spuren der Kabelbinder an meinen Gelenken werden sich nachweisen lassen.«

Er ließ meine Haare los und versetzte meinem Kopf einen kräftigen Schlag, sodass er nach vorne flog. Meine Angst war größer als der Schmerz und die Hoffnung stärker als die Angst. Ich hätte nicht sagen können, woraus sie sich speiste, rational war sie nicht. Ich konzentrierte mich auf meine Mutter, hoffte, sie würde irgendetwas davon spüren, eine Intensität, eine Angst, die sie handeln ließ. Hoffte …

Er vergoss den letzten Tropfen Brennspiritus und ließ den leeren Behälter fallen. Dann zog er das Feuerzeug aus der Hosentasche und legte den Daumen auf das kleine Metallrädchen. »Selbst wenn hier morgen fünf Brandsachverständige antanzen und ebenso viele Rechtsmediziner übermorgen Fesselspuren an Ihrer Leiche nachweisen – glauben Sie allen Ernstes, mir könnte das schaden? Ich habe kein Motiv. Ich habe doch ein gesteigertes Interesse daran, dass Sie leben und Theresas Erbe verteilen. Mir wird nichts nachzuweisen sein.« Sichtlich zufrieden spielte er mit dem Feuerzeug in seiner Hand.

»Was, wenn Ihre Frau skeptisch wird? Sie weiß, dass ich ihr Geheimnis kenne. Wird sie nicht irgendwann eins und eins zusammenzählen?«

Sein Blick schien zu sagen, dass ich nichts, aber auch gar nichts verstanden hatte. »Meine Frau hat das alles auf sich genommen, um mir unseren Sohn zu schenken. Sie würde alles tun, um unsere Familie zu schützen. Ganz genauso wie ich.«

»Ist es nicht Ironie des Schicksals, dass ausgerechnet Ihre Frau es war, die eine Verbindung zu meinem Bruder hergestellt hat? Hätte sie Theresa nicht davon erzählt …«

Plötzlich hielt er einen alten Lappen in der Hand, den er in zwei Hälften riss. Die eine ließ er fallen, die andere knüllte er zusammen. Grob griff er in meine Haare und versuchte mir den Lappen in den Mund zu stopfen.

Ich kämpfte gegen seinen Griff und riss den Kopf zur Seite. »Warten Sie!«, flehte ich. »Ich habe nur noch eine Frage. Was meinten Sie damit, als Sie sagten, Sie seien durch eine gute Schule gegangen? Wo haben Sie gelernt, keine Fehler zu machen? Auf einem Internat? Oder beim Militär?« Wo lernte man überhaupt, keine Fehler zu machen? Jeder Mensch machte Fehler.

»So etwas lernt man zu Hause«, antwortete er, als sei es das Selbstverständlichste der Welt. »Mein Vater hätte meine Ausbildung nie anderen überlassen.«

»Warum war es ihm so wichtig, dass Sie keinen Fehler machen?«

»Warum?« Sein Lachen hatte etwas Mitleidiges. »Weil es darauf ankommt, besser zu sein als alle anderen … schlauer, mutiger, skrupelloser.«

»Wozu? Welchen Wert hat es, der Beste zu sein?«

Er ging einen Schritt zurück. Für einen Augenblick schien er aus dem Konzept zu geraten. Dann fing er sich wieder. »Dass Sie das in Ihrer kleinen, beschränkten Welt nicht begreifen, ist klar. Dank meines Vaters habe ich Karriere gemacht. Und dank meines Vaters hat man mir keinen der Morde nachweisen können, ich wurde nicht einmal verdächtigt! Mein Vater sagte immer, wenn ich Dummheit begreifen wolle, müsse ich nur ein Gefängnis besuchen, und damit hatte er recht.« Erinnerungen schienen ihn einzuholen und zu packen.

»Was geschah, wenn Sie Fehler machten? Wurden Sie dann von Ihrem Vater bestraft?«

»Oh nein.« Dieses Nein kam von tief drinnen. Es klang rau und ehrfürchtig.

»Erklären Sie es mir bitte, ich …«

In diesem Moment ertönte die Klingel und gleich darauf ein lautes Klopfen an der Tür. »Kris, bist du da?« Es war Henrikes Stimme.

Bevor ich antworten konnte, presste er seine Hand auf meinen Mund. »Ein Ton, und sie ist auch dran«, drohte er flüsternd.

Ich nickte und überlegte fieberhaft, wie ich ihn dazu bringen konnte, mich zur Tür gehen zu lassen. Dann könnte ich in den Jutebeutel greifen, die geladene Pistole nehmen und ….

»Kris, bitte rede mit mir. Ich kann verstehen, dass du wütend auf mich bist, aber deine Mutter macht sich Sorgen, weil du schon so lange fort bist. Dein Handy scheint auch nicht zu funktionieren. Sag mir nur, ob alles in Ordnung ist mit dir. Bitte! Dann verschwinde ich auch gleich wieder.«

»Sagen Sie ihr, dass Sie hier zu tun haben und sie abhauen soll. Los!«

»Binden Sie mich los, damit ich zur Tür gehen kann«, flüsterte ich.

»Wir können sie hören, also wird sie Sie auch hören können.« Er packte mich im Nacken und hielt mir das Feuerzeug vors Gesicht. »Los jetzt! Antworten Sie!«

»Ich habe hier zu tun, Henrike. Ich brauche keine Hilfe. Mach du einfach das, was du gelernt hast.«

Er packte noch fester zu. »Was ist denn das für ein Blödsinn?«

»Das ist kein Blödsinn. Sie ist Entrümplerin. Ich habe ihr für heute ein Projekt aufgetragen.« Bitte, Henrike, betete ich im Stillen. Bitte versteh es!

»Warum antwortet sie dann nicht?«, raunte Tilman Velte mir nervös zu.

»Weil ihr das nicht passt. Wir hatten gestern eine längere Diskussion darüber.« Ich schluckte. »Henrike?«

»Hab verstanden«, rief sie durch die Tür. »Du kannst dich auf mich verlassen. Ich mache meinen Job.«

Von einer Sekunde auf die andere liefen mir Tränen über das Gesicht. Bitte, bitte, beeil dich! Er legte seine Hand wieder auf meinen Mund und lauschte. Kurz darauf hörten wir das Schlagen einer Autotür und das gedämpfte Geräusch eines Motors, der angelassen wurde.

»Waren Sie das im Park?«, fragte ich, als er die Hand von meinem Gesicht nahm. »Haben Sie mich überfallen und unter Wasser gedrückt?«

»Nein. Das muss ein Dilettant gewesen sein.«

»Was ist mit den Anrufen, den Kondomen und den Fotos?«

»Leichtes Kettenrasseln, um die Sache voranzutreiben.«

»Zählte der Grillanzünder auf meinem Autoreifen auch zu diesem leichten Kettenrasseln?«

»Ziemlich effektiv die Dinger.«

»Wie haben Sie das gemacht? An dem Vormittag kamen Sie doch auf Ihrer Radtour bei mir auf dem Hof vorbei. Damit werden Sie meine Mitarbeiterin und mich wohl kaum bis hierher verfolgt haben.«

»Ich bin mit dem Rennrad bei Ihnen auf dem Hof vorgefahren, das ist alles. Mein Auto stand ganz in der Nähe.«

»Waren das auch Sie mit der Kerze und den Bonsais?«

Die Frage schien ihm nicht wert, darauf zu antworten. Er lauschte angestrengt, ob sich draußen etwas tat.

»Haben Sie eine Vorstellung, was Sie meinen Eltern angetan haben, als Sie ihren Sohn umbrachten?«

»Ihre Eltern interessieren mich nicht«, antwortete er kalt.

»Aber Ihr Sohn Sebastian liegt Ihnen am Herzen. Bisher sind Sie mit allem durchgekommen. Was, wenn Sie jetzt auffliegen und im Gefängnis landen? Soll er Sie dort besuchen? Lassen Sie mich gehen. Ich verspreche Ihnen …«

Er stopfte mir den Knebel so tief in den Mund, dass ich würgen musste. Panik überschwemmte mich wie eine große Welle. Ich versuchte zu schlucken und gleichzeitig kontrolliert zu atmen. Es kostete mich eine fast übermenschliche Anstrengung.

Tilman Velte schien mich bereits vergessen zu haben. Während ich mich aufs Überleben konzentrierte, sorgte er sich darum, keine Spuren zu hinterlassen. Er prüfte den Raum mit akribischen Blicken.

Im Augenwinkel glaubte ich eine winzige Bewegung wahrzunehmen. Als ich meinen Kopf vorsichtig ein Stück drehte, war jedoch nichts zu entdecken. Tilman Velte bewegte sich mit dem Feuerzeug im Anschlag rückwärts zur Tür.

»Leben Sie wohl, Frau Mahlo, und grüßen Sie Ihren Bruder von mir!« Er hob die Hand mit dem Feuerzeug.

Ich schrie um mein Leben. Was in mir ohrenbetäubend laut war, wurde durch den Knebel zu einem Wimmern gedämpft. Es kam mir vor, als brenne ich bereits. Ich riss an den Fesseln und grub sie damit nur tiefer in meine Haut. Tränen verschleierten meinen Blick.

Dennoch nahm ich eine schnelle Bewegung wahr. Etwas sauste auf Tilman Veltes rechten Arm nieder. Während er noch wie ein verwundetes Tier aufjaulte, traf ihn der zweite gezielte Schlag in die Kniekehlen. Im Fallen versuchte er sich umzudrehen, aber seine Angreiferin war schneller. Kaum war er auf dem Boden aufgekommen, kniete Henrike auf ihm. Während sie seinen linken Arm hinter seinem Rücken abwinkelte, hörte ich Glas splittern. Gleich darauf stand Arne im Raum und war in drei großen Schritten bei mir. Er zog mir den Knebel aus dem Mund.

»Hier ist überall Spiritus«, brachte ich keuchend hervor, als hätten die beiden es nicht längst gerochen.

Nachdem Arne meine Fesseln mit seinem Taschenmesser durchtrennt hatte, riss er Gardinen und Fenster auf. Licht und Luft strömten in den Raum. Er half mir auf und brachte mich auf meinen wackeligen Beinen zum Fenster. Von der Straße her blinkte das erste Blaulicht.

Tilman Velte wehrte sich nach Kräften, aber er hatte gegen Henrike und Arne, der ihr zu Hilfe eilte, keine Chance. Neben ihm auf dem Boden lag der Baseballschläger, mit dem Henrike ihn außer Gefecht gesetzt hatte. Das Feuerzeug lag nur wenige Zentimeter davon entfernt. Arne verstand meinen ängstlichen Blick und kickte es weit genug fort.

»In dem Jutebeutel an der Haustür ist eine geladene Pistole. Sie hat dem früheren Besitzer des Hauses gehört. Ich muss sie der Polizei geben.«

»Darum kümmern wir uns später«, sagte Henrike. »Mach dir keine Sorgen!«

In der vergangenen Stunde hatte ich um mein Leben geredet, jetzt fehlten mir die Worte. Ich sah sie nur an. Stumm, dankbar und in dem Bewusstsein, dass ich ohne sie nicht mehr am Leben wäre.

23

Es dauerte Tage und etliche Verhöre, bis Tilman Velte endlich preisgab, wo er meinen Bruder vergraben hatte. Und es dauerte weitere Tage, bis die Obduktion abgeschlossen und Bens Leiche freigegeben worden war. Wir begruben ihn unter einem strahlend blauen Oktoberhimmel auf dem Friedhof in Untermenzing. Die Blüten der Linde würden im nächsten Frühjahr ihren Duft verströmen.

Die zehrenden Jahre der Ungewissheit waren endgültig vorbei. Aber so erlösend die Gewissheit auch war – so allumfassend war die Trauer. Meine Eltern schienen unter ihr zusammenzubrechen. Simon, Henrike, Arne und ich versuchten mit vereinten Kräften, sie zu stützen, ihnen zuzuhören oder mit ihnen zu schweigen, wenn ihnen nicht nach Worten zumute war. Sie verschanzten sich in ihren Wohnungen. Hin und wieder sah ich sie jedoch gemeinsam auf der Bank im hinteren Garten sitzen. Sie redeten nicht miteinander, sondern saßen nur da, jeder in seiner eigenen Gedankenwelt verfangen. Sprachlos.

Funda brachte Unmengen von Baklava mit, weil sie überzeugt war, Zucker sei gut für die Seele. Ihre Mutter musste in diesen Tagen Dutzende Stunden mit Backen zugebracht haben. Aber mehr noch als der Zucker war Fundas Zimmerbrunnenstimme Balsam für meine Seele.

Ziemlich schnell nach dem albtraumhaften Sonntag hatte ich meine Arbeit wiederaufgenommen. Sie hatte mir schon früher geholfen, und sie half mir auch jetzt. Abends schlief ich erschöpft in Simons Armen ein, und gegen Morgen lief ich mit Rosa und Henrikes Personenalarm über den Hof in meine Wohnung. Die Angst hatte mich noch nicht völlig aus ihrem Griff entlassen.

Zweimal zog es mich in den schlaflosen Morgenstunden in Bens Zimmer im Dachgeschoss. Beim ersten Mal entdeckte ich dort meinen Vater, der auf dem Bett meines Bruders eingeschlafen war. Beim zweiten Mal war ich allein und schaltete den CD-Player ein, um noch einmal Bens Musik zu hören: »Speed of Sound« von Coldplay. Als die Musik geendet hatte, meinte ich, ihn in meiner Nähe spüren zu können. Ich sah ihn vor mir, aber sosehr ich mich auch anstrengte, es gelang mir nicht, seine Stimme zu hören. Es war, als hätten die Jahre sie aus meiner Erinnerung gelöscht.

Noch bis vor Kurzem war er mein Bruder gewesen, der vor Jahren spurlos verschwunden war. Nun war er mein Bruder, der im Alter von vierundzwanzig Jahren umgebracht worden war. Es fiel mir schwer, das auszusprechen. Eines Tages würde ich jemandem auf die Frage, ob ich Geschwister habe, vielleicht antworten können. Ich hatte einen Bruder. Er lebt nicht mehr.

Das würde der Tag sein, an dem ich in Gedanken kein Wenn mehr hervorholte. Diese Wenns, die mir vorgaukelten, Ben hätte eine Chance haben können, hätte heute noch leben können. Wenn er sich nur nicht als Samenspender verdingt hätte. Wenn es für ein anderes Institut gewesen wäre. Wenn er damals nicht von Tilman Velte beobachtet worden wäre, als ein anderer Mann ihn küsste. Wenn Beate Angermeier ihn nicht als Spender ausgewählt hätte.

Irgendwann würde ich das, was geschehen war, als Bens Schicksal hinnehmen, und die Wunde, die es mir zugefügt hatte, als Teil von mir annehmen.

Im Vergleich zu alldem war der Schmerz, den Henrike mir zugefügt hatte, verschwindend gering. Ich erinnerte mich an das, was Martin gesagt hatte. Dass ich mit der Zeit vielleicht feststellen würde, dass etwas anderes wichtiger würde. Er hatte recht gehabt. Henrikes Doppelleben und alles, was damit zusammenhing, war in den Hintergrund getreten. Was nun zählte, war die Gewissheit, eine Freundin zu haben. Eine, die mein Leben gerettet hatte. Und eine, die sich die Schrecknisse jenes Sonntags anhörte, immer und immer wieder.

Auch Simon sah geduldig zu, wie meine Tränen in einem unaufhörlichen Strom flossen. Wir waren uns näher denn je, und das, obwohl sich unsere Standpunkte in mancher Hinsicht um keinen Millimeter angenähert hatten.

Martin hatte aus der Zeitung erfahren, dass Bens Mörder gefasst worden war. Er kam genau in den zwei Stunden in meinem Büro vorbei, in denen Simon üblicherweise Wein auslieferte. Ich schilderte ihm meine Version der Geschehnisse. Er wünsche, er wäre derjenige gewesen, der mein Leben gerettet hätte, meinte er.

Auch Marianne Moser, Theresa Lenhardts alte Vermieterin, hatte von den Ereignissen in der Zeitung gelesen. Sie schickte mir Blumen. Auf der beiliegenden Karte stand, sie würde sich über meinen Besuch freuen, wenn die Wogen sich etwas geglättet hätten. Ich hatte fest vor, irgendwann zu ihr zu fahren. Aber noch schlugen die Wogen tatsächlich zu hoch.

Eine Woge jedoch glättete sich, wie ich es nicht mehr zu hoffen gewagt hatte. Am Tag nach Bens Beerdigung hatte Rosa ihren alljährlichen Impftermin. Schon beim Betreten der Tierarztpraxis hörte ich ein wütendes Krächzen. Im ersten Moment glaubte ich, meine Sehnsucht nach Alfred habe mir mal wieder einen Streich gespielt. Aber Rosas Tierärztin erklärte mir auf meine Nachfrage, dass sie derzeit auf der Krankenstation eine Saatkrähe mit einem gebrochenen Bein in Pflege hätten. Der Vogel sei in einer Regenrinne hängen geblieben, von deren Besitzer befreit und in die Praxis gebracht worden. Sobald das geschiente Bein geheilt sei, würden sie das Tier wieder freilassen.

Als ich die Krankenstation betrat, verstummte die Krähe und legte den Kopf schief. Ein Wirbel zeichnete sich deutlich im Gefieder ab. Auch Rosa hatte Alfred sofort erkannt und knurrte ihn zur Begrüßung an, während mir vor Freude Tränen in die Augen traten.

Als ich zwei Tage nach Bens Beerdigung mittags mit Rosa durch den Park lief und in einem Moment, in dem ich mich unbeobachtet fühlte, auf die Eiche kletterte, setzte sich kurz darauf eine Frau neben Rosa ins Gras. Von oben erkannte ich sie nicht gleich, bis ich ihre Stimme hörte. Es war Rena Velte.

Ich stieg zu ihr hinunter und sah sie stumm an. Es fiel mir schwer, die richtigen Worte zu finden. Sie konnte in den vergangenen Wochen kaum etwas gegessen haben, sie war abgemagert und blass.

»Gehen Sie ein paar Schritte mit mir?«, fragte sie.

Ich nickte. Während wir schweigend nebeneinander herliefen, schoss mir ein Gedanke durch den Kopf, der mich selbst überraschte. Sie war die Frau des Mörders meines Bruders. Aber zugleich auch die Mutter von Bens Sohn.

Sie ging mit vor der Brust verschränkten Armen und zu Boden gerichtetem Blick. Ihr Unglück war körperlich zu spüren.

»Wie kommen Sie zurecht?«, fragte ich.

»Ich nehme mir immer nur die nächste Stunde vor. Wenn Basti dann abends im Bett liegt und schläft, schlucke ich eine Schlaftablette. Ich weiß, das ist riskant, falls nachts mal etwas mit ihm ist. Aber anders stehe ich die Tage nicht durch. Ich muss weitermachen für meinen Sohn.« Sie blieb stehen und drehte sich zu mir. »Wissen Sie, was kaum zu ertragen ist? Der Gedanke, dass all das nicht geschehen wäre, wenn ich mich damals nicht zu diesem Schritt entschlossen hätte. Drei Männer mussten deswegen sterben. Drei Familien wurden zerstört. Und alles nur, weil …« Sie sah mich Hilfe suchend an. »Verstehen Sie? Hätte ich nicht …«

Auch sie hatte damit zu kämpfen – hätte, wäre, wenn. Es war der Versuch, das Geschehene ungeschehen zu machen. Weder ihr noch mir würde es gelingen.

Ich nahm ihre Hand und suchte ihren Blick. »All das ist nur deshalb geschehen, weil Ihr Mann sich dazu entschlossen hat. Er hat diese Menschen auf dem Gewissen, er ganz allein. Es ist nicht Ihre Schuld.«

»Es war ein schwerer Fehler, es über seinen Kopf hinweg zu tun. Das weiß ich jetzt. Aber ich dachte … wissen Sie, er hätte nicht zugestimmt. Nie, egal, was ich gesagt hätte, und gleichgültig, wie sehr ich es mir ersehnt hätte. Ich wusste das. Aber wir haben uns beide so sehr noch ein Kind gewünscht. Ich dachte, wenn es erst einmal da ist, wenn es gesund ist, spielt alles andere keine Rolle mehr. Wären Beate und ich nur nicht so unvorsichtig gewesen, als wir uns darüber unterhielten … wir haben nicht bemerkt, dass er alles mit anhörte, ich …« Sie schüttelte verzweifelt den Kopf und schwieg.

Ich wusste, wie sehr diese Gedanken zur Qual werden konnten. »Ihr Mann hat diese drei Menschen umgebracht, es war seine Entscheidung«, wiederholte ich. »Er hätte anders mit der Situation umgehen können.«

»Ich habe mich über seinen Kopf hinweggesetzt, das hätte ich nicht tun dürfen«, sagte sie mit gesenktem Blick und setzte sich wieder in Bewegung. »So viel Schlimmes ist geschehen, weil ich damals diese Entscheidung getroffen habe. Und doch ist es mir unmöglich zu wünschen, ich hätte anders entschieden. Denn dann wäre Basti nicht auf der Welt.«

»Wie geht es Ihrem Sohn damit?«

»Den Umständen entsprechend. Er hat viel verloren, allem voran seinen Vater. Damit meine ich Tilman.« In ihrem

Blick lag eine Entschuldigung. »Er vermisst seine Freunde, seine Schule, sein Zuhause, seine vertraute Umgebung.«

»Wo leben Sie jetzt?«

»Im Ferienhaus einer Freundin am Ammersee. Sie hat es uns auf unbegrenzte Zeit zur Verfügung gestellt. Wir leben dort unter meinem Mädchennamen, Basti geht dort zur Schule. Es ist schwer für ihn. Aber in unserem Haus in Gräfelfing konnten wir nicht bleiben. Es wurde belagert.«

»Haben Sie Verwandte, die Sie unterstützen?« Meine Frage war alles andere als uneigennützig. Ich hoffte, sie würde zulassen, dass meine Eltern Sebastian eines Tages kennenlernten. Aber für diese Frage war es noch zu früh.

»Ja, meine Eltern, aber die kann ich nicht beanspruchen. Mein Vater hat eine beginnende Demenz, damit ist meine Mutter ausgelastet.«

»Und Ihr Mann? Hat er Familie?«

»Er ist wie ich Einzelkind. Sein Vater ist vor zwei Jahren gestorben, seine Mutter ist seit vielen Jahren depressiv.«

»Was für ein Mensch war sein Vater?«

Sie blieb stehen und ließ ihren Blick den Horizont entlangwandern. Dann sah sie mich an. »Er war ein sehr schwieriger Mann, hatte sehr hohe Ansprüche an andere Menschen gestellt und abfällig über sie geredet, wenn sie denen nicht gerecht wurden. Er wurde schnell wütend, war nachtragend. Wenn seine Frau nur ein falsches Wort gesagt hat … Sie hat immer versucht, ihn wie ein rohes Ei zu behandeln. Dabei hat sie sich völlig verausgabt. Sie tat mir immer leid.«

»Wie war er zu Ihrem Mann?«

»Wie ein Trainer, der Höchstleistungen verlangt. Er war überzeugt, Tilman hätte viel mehr erreichen können, wenn er sich mehr angestrengt hätte. Ich habe seine Stimme noch im Ohr: *Ich garantiere dir, Junge, wenn ich deine Möglichkeiten gehabt hätte, wäre ich ganz oben auf der Leiter angekommen.* Ich habe mal gewagt zu sagen, ich sei sehr zufrieden mit dem, was mein Mann erreicht habe. Von diesem Moment an hat er mich nicht mehr beachtet.«

»Mir kam es so vor, als hätte Ihr Mann ihn bewundert. Er sagte, sein Vater habe ihm beigebracht, keine Fehler zu machen, besser zu sein als andere.«

»Das war nichts anderes als Drill, getarnt mit dem Mäntelchen der Liebe. Tilman musste als Kind ständig erstrebenswerte Eigenschaften aufschreiben und auswendig lernen, die ihn befähigen sollten, in allem der Beste zu werden. Für Fehler wurde er mit Missachtung bestraft. Sein Vater nahm ihn nur wahr, wenn er seinen Leistungsnormen entsprach. Aber Tilman hat immer eine Entschuldigung für ihn gefunden. Er ist überzeugt, dass er es seiner Erziehung zu verdanken hat, besser zu sein als andere. Und das ist für ihn das Wichtigste. Er vergleicht sich ständig. Ich habe es irgendwann aufgegeben, dagegen anzureden. Nur als er damit begann, Basti zu mehr Leistung anzustacheln, bin ich eingeschritten.«

Ich versuchte mir eine Kindheit unter diesen Bedingungen vorzustellen und fragte mich, was solch ein Druck aus einem Menschen machte.

»Ich bin überzeugt, dass sein Vater für Tilmans angeknackstes Selbstwertgefühl verantwortlich ist«, sagte sie, als habe sie meinen Gedanken hören können. »Er weist das zwar weit von sich und sieht sich als gelassenen und ausgeglichenen Menschen, aber das stimmt nicht. Er braucht wahnsinnig viel Bestätigung und Anerkennung. Mit Kritik kann er kaum umgehen, er ist schnell gekränkt, bezieht alles sofort auf sich. In dieser Hinsicht ähnelt er seinem Vater. Das war im Zusammenleben nicht immer ganz einfach, ich musste viel zurückstecken, aber mit den Jahren habe ich gelernt, damit umzugehen. Als Fabian, unser erster Sohn, todkrank zur Welt kam, hat Tilman das auf eine für mich völlig unverständliche Weise persönlich genommen. Er hätte damit leben können, wenn meine genetische Veranlagung die Ursache gewesen wäre. Dass es seine war, war für ihn unerträglich. Er konnte kaum darüber sprechen. Die Beratungsstunden mit Beate und in den Kinderwunschinstituten im Ausland waren wie ein Gang über ein Minenfeld. Ich musste jedes Wort auf die Goldwaage legen. In dieser Zeit hätten wir uns fast entzweit. Und nach allem, was geschehen ist, denke ich, es wäre das Beste gewesen, wir wären damals auseinandergegangen.«

Die Worte quollen aus ihr heraus, als wären sie lange Zeit im Zaum gehalten und endlich befreit worden. Dann biss sie sich auf die Lippen. »Ich kenne ihn, ich hätte wissen müssen, wie tief ihn diese Samenspende kränken würde. Und wenn ich ehrlich bin, wusste ich es auch. Aber ich war überzeugt, es würde mir gelingen, es geheim zu halten. Alles schien gut, als Basti zur Welt kam. Er war vom ersten Moment an Tilmans ganzer Stolz.«

»Und dann findet er nicht nur das mit der Samenspende heraus, sondern auch, dass sie von einem Homosexuellen stammte.«

»Entschuldigen Sie, Frau Mahlo, wenn ich das so sage, das ist ganz und gar nicht meine Denkweise, aber für Tilman sind Schwule keine richtigen Männer, dieses Gedankengut hat er völlig unreflektiert von seinem Vater übernommen. Ich habe mir in den vergangenen Wochen den Kopf darüber zerbrochen, wie es zu dem Mord an Ihrem Bruder kommen konnte. Ich habe immer wieder versucht, mich in Tilman hineinzuversetzen. Der einzige Schluss, zu dem ich komme, ist der, dass die Zeugung seines Sohnes durch einen Homosexuellen für ihn eine so tiefe Schmach bedeutete, dass er …« Sie legte die Hand auf ihre Brust und atmete tief ein. »Doch wenn ich an diesem Punkt angekommen bin, denke ich, dass viele Menschen tagtäglich

Kränkungen wegstecken müssen und als Kind ähnlichen Bedingungen wie er ausgesetzt waren. Wenn alle, auf deren Selbstwertgefühl herumgetrampelt wird, zu Mördern würden …« Sie schluckte und wischte sich die Tränen aus den Augenwinkeln. »Man kann doch deshalb keinen Menschen umbringen.«

Ich versuchte mir eine Kränkung vorzustellen, die so schwer wog, dass sie mich zu einem Mord veranlassen könnte, aber es wollte mir nicht gelingen. »Vielleicht tötete er den biologischen Vater seines Sohnes, um so letztlich Sebastians alleiniger Vater zu werden.«

Rosa kam über die Wiese gelaufen und legte mir einen Stock vor die Füße. Ich bückte mich danach und warf ihn weit über die Wiese. Dann berührte ich Rena Veltes Arm und deutete auf eine Bank, die ein paar Meter weiter direkt an der Würm stand. Wir setzten uns nebeneinander.

»Selbst wenn die Gutachter irgendwann eine Erklärung seines Motivs liefern«, fuhr ich fort, »wird diese Erklärung uns nie als befriedigende Antwort dienen können. Zwischen den Umständen und den Taten, die Ihr Mann begangen hat, wird immer ein Abgrund bleiben, den Ihr Mann überwunden hat. Weder Sie noch ich werden das jemals verstehen können.«

Rosa brachte den Stock zurück und ließ sich zwischen uns auf der Bank nieder. An mich lehnte sie ihr Hinterteil, auf Rena Veltes Oberschenkel legte sie den Kopf und wartete geduldig, bis diese zaghaft begann, sie zu streicheln.

»Ich denke sehr viel an Ihre Eltern. Ich weiß, wie es ist, ein Kind zu verlieren. Davon erholt man sich nie.« Sie zog ein Papiertaschentuch aus ihrer Jackentasche und schnäuzte sich leise die Nase. »Glauben Sie, es würde ihnen helfen, wenn …« Sie zögerte.

»… wenn sie Sebastian kennenlernen würden?«, vollendete ich ihren Satz und hielt dann den Atem an.

Sie nickte.

»Ja, ich glaube, das würde ihnen helfen. Ganz sicher sogar. Sie haben noch gar nicht richtig begriffen, dass sie einen Enkel haben, aber wenn es so weit ist …«

Jetzt war sie es, die meinen Satz vollendete. »Dann sind sie mir willkommen.«

Inzwischen war vom Nachlassgericht das Testamentsvollstreckerzeugnis eingetroffen. Damit stand der Abwicklung des Nachlasses nichts mehr im Wege. Simon plädierte nach wie vor für den Tierschutzverein, aber ich entschied mich für einen anderen Weg. Das Erbe würde zu gleichen Teilen auf Nadja Lischka, die Angermeiers und Rena Velte verteilt werden, so wie Theresa Lenhardt es wollte. Die Gebühren, die ich daran verdiente, würde ich dem Tierschutzverein spenden. Ich hätte das Geld gut gebrauchen können, aber es war Geld, mit dem ich nicht glücklich geworden wäre. Es war zu eng mit Bens Tod verknüpft. Auch Rena Velte hatte signalisiert, dass sie das Geld nicht wollte. Sie würde das Erbe zwar antreten, es dann aber an eine Organisation spenden, die für Justizopfer eintrat.

Am liebsten hätte ich Christoph Angermeier vom Erbe ausgeschlossen, aber das war nicht möglich. Er hatte großes Unheil angerichtet, indem er Ben als Spender preisgegeben hatte. Aber das war letztlich nur eine Verletzung des Datenschutzes und seiner ärztlichen Schweigepflicht. Für die sexuelle Nötigung seiner Patientin würde er nicht mehr belangt werden können, da sie acht Jahre zurücklag und damit vor drei Jahren verjährt war. Für die betroffene Frau würde seine Tat nie verjähren.

»Es ist verdammt schwer, so jemanden ungeschoren davonkommen lassen zu müssen«, sagte Henrike. Wir saßen mit Rosa an einem Fenstertisch im Tushita Tea House in der Klenzestraße, wohin ich sie eingeladen hatte. Henrike nahm einen großen Schluck grünen Tee und versorgte Rosa unter dem Tisch heimlich mit Leckerchen.

Ich tat, als würde ich es nicht bemerken.

»Ich frage mich die ganze Zeit, ob Tilman Velte jemanden beauftragt hat, mich an der Würm zu überfallen. Er selbst kann es nicht gewesen sein, er hatte ein Alibi. Und er hat an diesem Sonntag alles zugegeben, die anonymen Anrufe, die Fotos, das mit der Kerze und den Bonsais, den Grillanzünder, nur den Überfall nicht.«

»Dann zählt das wohl zu den Sachen, die ungeklärt bleiben.«

Ich sah Henrike einen Moment lang schweigend an. »Ich bin froh, dass du dort warst.«

»Ich auch.«

»Ich habe die ganze Zeit gebetet, dass meine Mutter irgendwie spürt, dass ich Hilfe brauche, und herausfindet, wo ich bin.« Wie ich inzwischen wusste, hatte sie tatsächlich Funda anrufen wollen, kannte aber ihre Telefonnummer nicht. Also hatte sie Henrike angerufen und sie bei Arne erreicht, der sofort wusste, um welches Haus es sich handelte.

»Wie hast du Arne eigentlich erklärt, dass du abgeschlossene Türen öffnen kannst?«

»Das brauchte ich gar nicht. Er hat es gemacht. Und da jeder von uns seine Geheimnisse hat, habe ich ihn nicht gefragt, woher er das kann.« Ihr Schmunzeln ging in ein Grinsen über.

»Du hast ihm nicht gesagt, dass du bei der Polizei bist?«

»Erstens bin ich beurlaubt, wie du weißt, und zweitens will ich damit noch warten. Es läuft gerade so gut zwischen uns.«

»Aber Arne ist doch nicht blöd. Du hast Tilman Velte so gezielt außer Gefecht gesetzt, das lernt man in keinem Selbstverteidigungskurs.«

»Ob du es glaubst oder nicht – der Baseballschläger war ein Geschenk von Arne. Er meint, es könne nie schaden, so etwas im Auto zu haben. Erst vor ein paar Wochen hat er mir beigebracht, wie ich mich damit zur Wehr setze. Ich habe natürlich so getan, als wüsste ich nicht, wie man sich verteidigt.« Sie lächelte und steckte mich damit an.

»Mir hat er solch ein Training vor zwei Jahren auch mal angeboten, aber ich habe dankend abgelehnt.« Ich wurde wieder ernst. »Und du meinst, er ahnt tatsächlich nichts?«

»Er findet mich sehr mutig und ist stolz auf mich. Und ich muss gestehen, dass ich das gar nicht so übel finde.«

»Aber irgendwann wird es dich einholen, Henrike.«

»Ich weiß. Vorher rede ich mit ihm.« Sie sah mich eindringlich an. »Wirst du mir das irgendwann verzeihen können, Kris? So, dass kein Graben zwischen uns bleibt?«

Ich nahm mir Zeit für meine Antwort. »Diesen Graben hast du zugeschüttet, als du dort draußen vor der Tür mit mir geredet hast«, sagte ich dann. »Ich wusste, dass du mich verstanden hattest. Und das ist nur möglich, wenn man den anderen gut kennt und sich auf ihn einlässt. Es wird bestimmt noch viele Fragen geben, auf die ich eine Antwort brauche, aber die haben Zeit. Du wirst doch auf dem Hof bleiben, oder?« Ich spürte, wie sehr mir daran gelegen war.

»Zumindest für die nächsten Jahre … bis ich entschieden habe, wie es danach weitergeht. Wer weiß, vielleicht scheide ich irgendwann ganz aus dem Polizeidienst aus.«

»Um mit Arne ein Kind in die Welt zu setzen?«

Sie schüttelte vehement den Kopf. »Oh nein, das überlasse ich anderen. Aber ich würde mich hervorragend als Babysitter und Bodyguard für Zwerge eignen. Wenn es denn in meiner unmittelbaren Umgebung irgendwann welche geben sollte.« Sie zwinkerte mir zu.

»Wir werden sehen.« Es war neu für mich, so einen Satz auszusprechen, ohne dabei in eine wehmütige Stimmung zu geraten. »Viel wichtiger ist mir im Augenblick, Sebastian kennenzulernen. Ich habe gestern lange mit Rena Velte gesprochen. Und so, wie ich sie verstanden habe, wird das irgendwann möglich sein.«

»Wie geht es ihr?«

»Sie zermartert sich ihr Hirn. Sie versucht zu verstehen, wie das alles geschehen konnte.«

»Narzisstische Kränkungen sind die Ursache für so viele Taten. Dabei glauben die Leute immer, es ginge hauptsächlich um Gier, Eifersucht und Rache. Vermutlich ist es auch leichter, die Motive dort zu suchen. Immerhin steckt in jedem von uns ein kleiner Narzisst, aber längst nicht jeder ist gierig, eifersüchtig oder rachsüchtig.«

»Schreibst du eigentlich tatsächlich an einem Krimi?«, fragte ich. »Oder gehörte das auch nur zu deiner Legende?«

»Ich habe sogar schon die ersten Seiten geschrieben!«, antwortete sie und reckte stolz den Kopf in die Höhe.

»Und wovon handelt er?«

»Das verrate ich nicht. Aber ich verspreche dir, dass du ihn als Erste lesen darfst.«

Nachdem ich die Rechnung bezahlt hatte, standen wir auf und liefen in Richtung Gärtnerplatz. Als wir uns dem Café Pini näherten, sah ich schon von Weitem Nils Bellmanns hellblonden Schopf. Er saß allein an einem Tisch vor seinem Stammlokal und war in sein Notebook vertieft. Mir war es inzwischen zu kühl, um draußen zu sitzen, aber ihm schien es nichts auszumachen.

Ich blieb neben seinem Tisch stehen. »Hallo, Nils.«

»Kristina«, sagte er überrascht. »Wo kommst du denn her?«

In dem Augenblick, in dem ich mit dem Kopf die Straße hinunterwies, hörte ich Rosas tiefes Knurren. Es begann leise und wurde mit jeder Sekunde lauter. Sie stand mit eingeklemmter Rute dicht hinter mir, hatte die Lefzen hochgezogen und zeigte ihr beachtliches Gebiss. »Aus!«, befahl ich, aber ich drang nicht zu ihr durch. Ich gab Henrike die Leine und bat sie, ein paar Schritte vorauszugehen. »Entschuldige«, sagte ich zu Nils.

»Wie geht es dir? Ich habe dich immer anrufen wollen, nachdem ich von der Sache in der Zeitung gelesen habe, aber du weißt ja, wie das ist ...«

»Hast du Bens Todesanzeige bekommen? Ich habe dir eine geschickt.«

»Habe ich, danke. Aber Beerdigungen sind nichts für mich. Ich hoffe ...«

»Mach dir keine Gedanken deswegen«, winkte ich ab und dachte an Matthias Schütze, den dritten aus Bens WG. Er war aus Berlin zur Beerdigung angereist. Wir hatten kaum ein Wort miteinander geredet, ich war gar nicht fähig dazu gewesen. Ich hatte mir vorgenommen, es nachzuholen.

Nils warf einen Blick auf sein Notebook. Ich verstand das Signal.

»Mach's gut, Nils«, verabschiedete ich mich.

»Du auch!«

Mit großen Schritten lief ich hinter Henrike und Rosa her. Als ich die beiden eingeholt hatte, sprang Rosa aufgeregt an mir hoch. Sie war kaum zu beruhigen. »Was ist denn nur los mit dir?«, fragte ich, als könne sie mir tatsächlich antworten.

»Lass uns weitergehen«, sagte Henrike und zog mich hinter sich her.

»Wieso hast du es denn so eilig?«

»Dreh dich nicht um, sondern geh einfach weiter!«

»Kannst du mir das bitte mal erklären?«

»Ich bin mir ziemlich sicher, dass Rosa in Nils deinen Angreifer von der Würm wiedererkannt hat. Ich kenne sie jetzt immerhin seit einem Jahr, und so habe ich sie noch nie erlebt.«

»Du meinst, Nils hätte …?« Die Worte blieben mir im Hals stecken. Ich erinnerte mich an Rosas Zurückweichen, als ich sie begrüßt hatte, nachdem ich von meinem letzten Treffen mit Nils gekommen war. Auch da hatte sie die Rute eingezogen und einen riesigen Bogen um mich gemacht. Ich hatte angenommen, sie mit einer falschen Bewegung erschreckt zu haben, dabei hatte ich Nils' Geruch mit nach Hause gebracht. »Aber wieso denn nur?«

»Vielleicht hat er mit der Hackerbande zu tun? Er war es doch, der dir diese Sache mit der externen Festplatte erzählt hat, die angeblich von einem Teenie an Ben übergeben wurde. Ich denke, er wollte herausfinden, ob Ben einen solchen Datenträger hinterlassen hat und ihr ihn in der Zwischenzeit irgendwo gefunden habt. Vielleicht gibt es diese Festplatte tatsächlich. Schließlich hatte Ben seinem Verbindungsmann bei der Kripo Material in Aussicht gestellt. Ich könnte mir vorstellen, dass dieser Nils nervös geworden ist, als du ihm von einer neuen Spur in Bens Fall erzählt hast.«

»Aber wieso hätte er mich denn mit der Nase auf diese Festplatte stoßen sollen? Stell dir vor, wir hätten sie tatsächlich gefunden und hätten ihn darauf entdeckt. Dann hätte er sich doch selbst ans Messer geliefert!«

»Das glaube ich nicht. Hättet ihr auf dieser Festplatte einen Hinweis auf ihn oder ein Foto von ihm entdeckt, wäre das in euren Augen vermutlich weder auffällig noch verdächtig gewesen. Und hättet ihr tatsächlich eine Festplatte gefunden, hättest du es ihm in eurem Gespräch sicherlich erzählt.«

»Aber wieso hätte er mich überfallen sollen?«

»Weil du dich für seinen Geschmack vielleicht ein wenig zu engagiert auf diese Sache gestürzt hast.«

Das musste ich erst einmal verarbeiten.

»Und jetzt?«, fragte ich, als wir am Auto angekommen und eingestiegen waren.

»Jetzt werde ich meinen Kollegen einen entsprechenden Hinweis geben.«

»Mehr kannst du nicht tun?«

»Sollen sie hingehen und ihn festnehmen, bloß weil Simons Hund ihn angeknurrt hat? Bisher gibt es nur Spekulationen, aber keinen einzigen Beweis.«

»Dann durchsuchen wir Bens Wohnung eben noch einmal.«

Am liebsten hätte ich es gleich getan, aber ich wollte warten, bis meine Eltern aus dem Haus waren. Sie sollten nichts davon mitbekommen. Als meine Mutter am nächsten Morgen zum Frühdienst ins Hotel aufgebrochen war und mein Vater zwei Stunden später zu einer dreiundsiebzigjährigen Kundin aufbrach, um ihr das Internet zu erklären, stieg ich mit Henrike und Funda, die darauf bestand, uns zu helfen, die Treppen ins Dachgeschoss hoch.

In der Wohnung roch es intensiv nach Lilien. Meine Mutter hatte einen frischen Strauß in die Küche gestellt. Ich ging durch alle Räume und öffnete die Fenster. Als ich in Bens Zimmer kam, hatte Henrike bereits damit begonnen, Millimeter für Millimeter die Holzverkleidung im Abstellraum abzusuchen. Funda, die zum ersten Mal hier oben war, stand versonnen vor der Wand mit den Cartoons, Todesanzeigen und Fotos.

»Manche dieser Anzeigen sind ja wirklich zu komisch«, sagte sie und tippte auf eine, die das tragische und viel zu frühe Ableben eines Achtundneunzigjährigen beklagte. »Was ist denn bitte tragisch daran, wenn du mit fast hundert stirbst? Meine Mutter würde diese Leute für völlig bekloppt halten. Die sollen doch froh sein, dass …«

Fundas Stimme lullte mich ein, während ich auf die Knie ging und den Parkettboden nach Hohlräumen abklopfte.

»Wie groß ist so eine Festplatte eigentlich?«, fragte sie.

»Ungefähr so groß«, antwortete Henrike und bildete die Maße mit Daumen und Zeigefingern beider Hände nach.

»Habt ihr schon mal das Huhn abgetastet?« Funda zeigte auf das Foto, auf dem das Stofftierhuhn im ehemaligen Hühnerstall im hinteren Garten zu sehen war. »In Filmen ist das, worauf es die Killer abgesehen haben, ganz oft in den Stofftieren der Kinder versteckt.«

»Ich weiß«, sagte ich und deutete lachend auf das Huhn neben Bens Bett. »Ich habe es schon durchgeknetet.«

»Ist hier irgendwo eine Schere?«, fragte Henrike und sah sich um.

»Da ist nichts drin.«

»Lass uns auf Nummer sicher gehen. Es gibt auch sehr kleine Datenträger.«

Widerstrebend holte ich die Schere aus der Küche und sah dabei zu, wie Henrike das Huhn aufschnitt und ausnahm. So sorgfältig, wie sie das tat, wäre ihr sogar ein Gegenstand von der Größe eines Stecknadelkopfes aufgefallen. Wie sollte ich nur meinen Eltern das zerstörte Huhn erklären?

»Da ist nichts«, sagte Henrike und sah mich entschuldigend an.

Ich nahm ihr das Stofftier aus der Hand und schob es unters Bett.

»Vielleicht müssen wir im Hühnerstall nachsehen. Wieso sollte ein Vierundzwanzigjähriger sein Stofftier für ein Foto im Stall platzieren und dann noch dazuschreiben, es habe ein Ei gelegt? Das ist doch merkwürdig«, meinte Funda. »Und es ist ja nicht so, als wäre es ein Foto von außergewöhnlicher künstlerischer Qualität, es ist ...« Sie suchte noch nach den passenden Worten, als Henrike und ich bereits die Treppe hinunterstürmten.

Wir mussten den halben Hühnerstall umgraben, bis wir auf eine kleine Metallkassette stießen. Darin lag eine externe

Festplatte, die so gar nicht nach einem Scherz aussah. Wie ich am nächsten Tag von Henrike erfuhr, die den Datenträger bereits eine Stunde später bei den zuständigen Kollegen abgegeben hatte, befanden sich tatsächlich Fotos und Namen darauf. Außerdem Informationen über Abläufe und geplante *Projekte*. Nils Bellmann war einer der Namen, die auf der Festplatte auftauchten. Wie Henrike mir sagte, war er nach Bens Verschwinden als sein Mitbewohner genauso wie Matthias Schütze im Visier der Ermittler gewesen. Aber es hatte sich nicht einmal der leiseste Anhaltspunkt um ihn herum ergeben.

Funda strahlte vor Genugtuung, dass sie es gewesen war, die Bens Versteck gefunden hatte. Mit einem Augenzwinkern meinte sie zu mir, Henrike müsse noch viel lernen, bevor das mit dem Krimischreiben etwas werde.

An dem Tag, an dem Nils verhaftet wurde, saß ich auf der Steinmauer, auf der bis vor Kurzem die Bonsais meiner Mutter gestanden hatten. Die Blumentöpfe, die ich dort platziert hatte, damit die Mauer nicht so nackt aussah, waren verschwunden. An ihre Stelle war der Bonsai gerückt, den mein Vater meiner Mutter zum Trost geschenkt hatte. Er sah mickrig aus und hatte nichts mit den kunstvoll geformten Bäumchen zu tun, die meine Mutter herangezogen hatte. Aber darauf kam es nicht an. Hauptsache, er stand überhaupt dort.

Bevor ich zurück ins Büro ging, warf ich noch einen Blick auf Bens Kerze. Sie brannte – wie in jeder Minute der vergangenen sechs Jahre, von einer einzigen Ausnahme einmal abgesehen. Und sie würde weiterbrennen, wie mein Vater beschlossen hatte. Er hatte es nicht über sich gebracht, sie auszublasen.

»Warum auch?«, hatte Funda ihn gefragt.

»Weil sie ein Licht der Hoffnung war«, hatte er geantwortet. »Aber Ben ist tot. Wir haben unsere Hoffnung mit ihm begraben.«

»Dann ist sie jetzt eben ein Licht der Erinnerung«, hatte sie mit ihrer Zimmerbrunnenstimme entgegnet.

Anmerkung der Autorin:

Bestimmte juristische Formulierungen habe ich zugunsten der allgemeinen Verständlichkeit modifiziert und dadurch möglicherweise nicht ganz exakt dargestellt. Das habe ich bewusst in Kauf genommen, um dem Spaß am Lesen den Vorrang zu geben.